HEYNE <

Das Buch

Dreihundert Jahre sind vergangen, seitdem die verzweifelte Schlacht um das Kaiserreich von Khatrimantine geschlagen wurde. Die Schattenkönige sind besiegt worden, und ihre Fragmente sind gefangen. Doch tief in den Eingeweiden der Erde beginnt sich das alte Übel aufs Neue zu regen. Der Magier und Poet Beltran Calabos, den ein düsteres Geheimnis umgibt, hat es sich mit einer kleinen verschworenen Gemeinschaft zur Aufgabe gemacht, das Imperium vor einem neuen Angriff durch den Herrn des Zwielichts zu schützen. Und schon bald haben die Wächter alle Hände voll zu tun, denn der große Schatten ist zurückgekehrt, und seine Handlanger überziehen das Land erneut mit Krieg. Nur Calabos kann die schwarze Hexerei noch aufhalten, die sich gnadenlos über Khatrimantine ausbreitet – aber dazu muss er sich seinem größten Feind stellen: dem Schattenkönig Byrnak, der er einst selbst gewesen ist ...

Mit »Schattenkrieger« schließt Michael Cobley seine atemberaubende Fantasy-Trilogie ab, die mit »Schattenkönige« begann und mit »Schattengötter« fortgesetzt wurde.

Der Autor

Michael Cobley, geboren in Leicester, studierte Ingenieurswissenschaften an der Universität von Strathclyde. Als Herausgeber verschiedener Magazine und durch seine Kurzgeschichten machte er sich schnell einen Namen in der Fantasy-Literatur. »Schattenkönige«, sein erster Roman, war in Großbritannien auf Anhieb ein riesiger Erfolg. Cobley lebt und arbeitet in Glasgow.

Mehr Informationen zu Autor und Werk unter:
www.michaelcobley.com

MICHAEL COBLEY

SCHATTEN KRIEGER

Roman

Deutsche Erstausgabe

WILHELM HEYNE VERLAG
MÜNCHEN

Titel der englischen Originalausgabe
SHADOWMASQUE
Deutsche Übersetzung von Wolfgang Thon

FSC
Mix
Produktgruppe aus vorbildlich bewirtschafteten Wäldern und anderen kontrollierten Herkünften
Zert.-Nr. SGS-COC-1940
www.fsc.org
© 1996 Forest Stewardship Council

Verlagsgruppe Random House FSC-DEU-0100
Das FSC-zertifizierte Papier *München Super* für Taschenbücher aus dem Heyne-Verlag liefert Mochenwangen Papier.

Deutsche Erstausgabe 3/06
Redaktion: Natalja Schmidt

www.heyne.de
Printed in Germany 2006
Umschlaggestaltung: Animagic, Bielefeld
Satz: Christine Roithner Verlagsservice, Breitenaich
Druck und Bindung: GGP Media GmbH, Pößneck

ISBN-10: 3-453-52140-4
ISBN-13: 978-3-453-52140-7

Meinem Bruder
Peter

Karte des Kaiserreichs Khatrimantine
auf dem Kontinent von Toluveraz
GOLF VON NORIEL
DAS WILDE MEER
RAUTHAZ
Yularia
CASALL
GOLF VON FANDUGAR
TREVADA
Prekine
Khatris
Westlic
Ebene von Kalen
Anghatan
NIMAS
Jefren
Die Birrdaelin-See
Druandag-Gebirge
Herzogtum Patrein
Muruga-Gebirge
Nagira-Gebirge
TOBROSA
HANGREL-SPITZE
KIZAR
ALVERGOST
Honjir
Roharka
Ebene von Hanoriath
BIDOLO
CHORAYA
HORN BUCHT
Kejana
KAP ZORN
Der Sarlek-See
HARGA
SCALLOW
PORT CAELEC
Sturmbrecher-Inseln
Sulros-Insel
Dalbar

① Die Schlacht von Arengia
② Die Schlacht im Moor der Stelen
③ Die Schlacht an der Wolfsschlucht
④ Vanyons Furt
⑤ Wujads Becken
⑥ Krusivel
⑦ Die Bergfeste von Untollan
Ebro'Heth
BEREIAK
Massiv
Plateau von Arengia
1
TYMORA
Mantinor
Gehölz von Gulmaegorn
Nord-Khatris
Rukang-Massiv
Insel Nydratha
GOLF VON BRYKON
Weg
Das Königstor
Besh-Darok
BELKIOL
Ost-Khatris
ADRANOTH
Krail
SEJEEND
das Große Tal
Cabringa
Forst von Falado
ADNAGAUR
Ogucharn Inseln
STRASSE VON MAGHAR
Der Ornim-See
OUMETRA
GINDOROJ
Der Audagal-See
PORT VODIR
Melipor-Inseln
DAS DRAAKILIS-MEER
N

Besh-Darok:

(im Nordwesten: Keshada, im Westen: Gorla)

1) Das Gallaro-Tor
2) Das Schild-Tor
3) Das Fehde-Tor (versiegelt)
4) Der Kaiserliche Palast
5) Der Herrscher-Hain (zerstört)
6) ErdenMuttertempel des Hains (geplündert)
7) Der Hain der Toten (entweiht)
8) Die Halle der Magier (geschleift)
9) Die Eisen-Kaserne
10) Die Kaserne am Fluss
11) Das Fort an der Kapelle
12) Kolleg von Hendreds Hallen
13) ErdenMuttertempel in Wybank
14) Der Fünfkönigs-Pier
15) Bazar von Kulberisti
16) Handelskolleg der vier Gilden
17) Zunfthaus
18) Garnison des Ordens vom VaterBaum (geschleift)
19) Felsenschrein, VaterBaumtempel (zerstört)
20) Der Lange Kai
21) Fischerviertel

Gorla

Brücken über d. Olodar

(flussaufwärts)

a. Ritterbrücke
b. Königinnenbrücke
c. Falkenbrücke
d. Speerbrücke
e. Veteranenbrücke

10
11
12
13
14
15
18
19
20
21
Der
Olodar-Fluss

PROLOG

Der Keim der Dunkelheit ruht im Boden,
Genährt durch Regen und Schmerz,
Und gefesselt durch die Ketten der geblendeten Nacht.

USHALD DRUSARIK, DER KAISER DES ZWIELICHTS,
1. AKT, II. SZENE

Der von hohen Mauern umgebene Rasen im Hof der Kaiserlichen Akademie von Sejeend war von den Frühlingsblüten der vier Spiralblattbäume übersät, die dort standen. Ein Schwarm Grünschwingen ließ sich zwitschernd von der warmen Brise treiben, die über das Kloster hinwegzog und die blaugelben Blüten aufwirbelte. In der Ostmauer des Hauptgebäudes, im Schutz der Kreuzgänge, öffnete sich eine Tür, und ein Mann trat heraus. Die braune Lederhaube, unter die er sein hellbraunes Haar zurückgeschoben hatte, sowie der knöchellange, schwarze Umhang wiesen ihn als Schreiber der Akademie aus. Er bedachte die fröhlichen Grünschwingen mit einem verächtlichen Blick aus kalten, grauen Augen, die in einem ausgemergelten Gesicht saßen. Der Schreiber schloss die Tür hinter sich, wandte sich um und schritt über den blütenbedeckten Rasen. Er lächelte freudlos, als er den Kronfalken sah, der den Grünschwingen gnadenlos hinterherjagte.

Vor den beiden schweren, schmiedeeisernen Flügeln des Ostportals hielten vier Maskierte Wache, die mit Schilden und Streitkolben bewaffnet waren. Ihre Waffenröcke und die Bronzemasken zierte das Wappen der Kaiserlichen Akademie, ein Buch und eine Krone. Dasselbe Emblem befand sich auf dem Siegel, das der Schreiber deutlich sichtbar an einer Kette um den Hals trug. Die mürrischen Wachposten musterten es eingehend, bevor sie ihn passieren ließen. Der Schreiber kochte zwar innerlich vor Wut, sagte jedoch nichts, als er an ihnen vorbei zu der steinernen Treppe eilte, die den Hang des bewaldeten Hügels hinabführte, auf dem die Akademie errichtet worden war.

Die Treppe endete an einer hohen Steinmauer, in die eine schwere Holztür eingelassen war. Tagsüber war sie unverschlossen. Die uralten Angeln quietschten, als er einen Türflügel aufzog und auf eine gepflasterte Chaussee hinaustrat. Über die Straße wälzte sich ein stetiger Strom von Karren und Fußgängern, und gelegentlich ratterte eine Kutsche vorbei. Der Schreiber verzog keine Miene, während er die Straße zügig überquerte und eine ebenfalls recht belebte Brücke betrat, die eine tiefe, bewaldete Schlucht überspannte. An ihrem Ende bog ein Schotterweg von der Chaussee ab, der in die Schlucht hineinführte und ihrem Verlauf nach Norden bis nach Sejeend folgte. Der Mann blieb kurz stehen, sah sich misstrauisch um und eilte dann weiter den Pfad entlang.

Das unablässige Rauschen des Kala erfüllte die baumbestandene Schlucht und mischte sich in das Zwitschern der Vögel und das Murmeln von Stimmen. Zahlreiche Gäste saßen an den Tischen der kleinen Schänken und Tavernen, die sich an den steilen Hängen der Schlucht drängten. Kinder rannten hinter ihren Haustieren her oder spielten Fangen, während Kulesti-Spieler von Tisch zu Tisch gingen. Der Schreiber wich ihnen aus, so gut er konnte, während er seinen Weg nach Norden fortsetzte.

Der Kala hatte vor vielen Jahrhunderten diesen Eingang zu der Schlucht ausgewaschen, der nun einen scharfen Einschnitt in die fünfzig Meter hohe Felswand bildete, welche die Stadt Sejeend überragte. Früher einmal war dieser Zugang von einer befestigten Mauer versperrt gewesen, die noch aus der Epoche vor dem Khatrimantinischen Reich stammte. Ihre Ruinen waren noch an den beiden Seiten des Einschnitts zu sehen, gewaltige Steinquader, die fast gänzlich von der wuchernden Vegetation bedeckt wurden. Ein großes, von Moos überzogenes Stück Mauerwerk mit einem geschwungenen Sockel ragte etwas in den Pfad hinein. Seine Oberfläche zierten

Bären-Reliefs. Der Schreiber schenkte ihnen nur einen flüchtigen Blick, während er vorübereilte, vom Pfad abbog und den Fluss auf einer hölzernen Fußgängerbrücke überquerte. Sonnenstrahlen durchdrangen das dichte Blattwerk gewaltiger Agathon-Bäume und ließen das Wasser des Kala wie flüssiges Kristall glitzern. Insekten blitzten wie Funken in der Sonne. Der Schreiber schloss geblendet die Augen, als er durch einen dieser Lichtstrahlen ging, doch im nächsten Moment verschwand er auf der anderen Seite wieder im Schatten.

Er ging jetzt schneller. Seine Absätze klackten auf dem hölzernen Fußweg, der das Ufer säumte und bis in die Stadt führte. Wo der Fluss unter einer mit Pferdereliefs geschmückten Steinbrücke verschwand, erhoben sich die ersten vier- und fünfstöckigen Gebäude. Dahinter tauchte der Kala in der Nähe des Hafens wieder auf. Der Schreiber hielt sich in westlicher Richtung und folgte einer schmalen Straße, die zwischen einigen prachtvollen Stadtvillen entlangführte, den Heimstätten der Reichen, und um die hohe Mauer eines Bestattungshaines herum und schließlich durch das Bogenportal des Haines hindurch.

Der Hain lag geschützt hinter dieser Ringmauer und schmiegte sich tief in den Schatten der Eisenholzbäume, deren Zweige sich schwer unter den Büscheln der süß duftenden Litrilu-Blüten bogen. Opferglocken klingelten an den niedrigsten Ästen, während vereinzelt Trauernde die reich geschmückten Grabsteine pflegten. Die Gräber lagen alle am Fuß des Felsens oder doch ziemlich dicht in seiner Nähe, und der Schreiber steuerte auf eines davon zu.

Es war das Grabmal eines Soldaten, dessen letzter Ruheplatz von einem gewaltigen Granitblock geschützt wurde, der einer archaischen, mit Palisaden versehenen Festung glich und dessen vier Ecken von strengen Wachen mit Schwertern in den erhobenen Fäusten bewacht wurden. Der Schreiber drückte sich an einem hohen Busch vorbei, der den Spalt zwischen Grabmal und Fels verbarg, hockte sich hin und griff hinter einen Stein am Sockel des Grabes. Einen Moment später zog er einen kleinen, schweren Lederbeutel hervor. Er richtete sich wieder auf und drehte sich dann zu dem Felsen herum, der mit Flechten, winzigen blühenden Pflanzen und Grasbüscheln bewachsen war. Er musterte den Fels einen Moment, lächelte, und stieß dann ein einzelnes Wort aus.

Der Fels kräuselte sich wie eine Wasseroberfläche, und plötzlich erschien eine rostige Eisentür darin. Der Schreiber förderte einen spitzen Schlüssel aus einer Tasche in seiner Robe zutage, öffnete die Tür und trat ein.

Die Tür fiel hinter ihm zu. In dem Raum war es vollkommen dunkel, bis auf den winzigen Streifen Sonnenlicht um die Einfassung der Tür. Der Mann tastete nach einer kleinen Lampe, die in einer Nische etwa in Hüfthöhe stand, entzündete sie mit einem weiteren Wort und zwängte sich dann in einen unbehauenen, schmalen Spalt im Fels. Seine Roben blieben an den Vorsprüngen des grob behauenen Steines hängen, aber er ging weiter, ohne darauf zu achten. Er folgte dem kurvigen Gang, der tief in den uralten Felsen hinabführte.

Nach einiger Zeit wurde der Tunnel wieder eben und mündete schließlich in einer ovalen Kammer. Die Flamme der Öllampe warf den Schatten des Mannes über unebene Wände, die mit Symbolen beschmiert waren und an denen verrottete Amulette aus Holz, Leinen und Knochen hingen. Doch er achtete nur auf das Gesicht, das sich aus dem sandigen Boden erhob. Es war aus grauem Lehm geformt und maß vom Scheitel bis zum Kinn etwa zwei Meter. Breite, leere Augenhöhlen starrten an die dunkle Decke der Kammer, und die Lippen waren geöffnet, als wollten sie sprechen.

Der Schreiber starrte das Gesicht einen Moment an, zog dann den Beutel heraus und öffnete ihn. Er beugte sich hinab und streute ein wenig von dem feinen Aschepuder, das sich darin befand, in die Augen und den Mund sowie in eine flache Rinne, die das Gesicht umgab. Dann richtete er sich auf, steckte den Beutel wieder ein, trat einen Schritt zurück und stieß eine Reihe von rauen, gutturalen Silben aus.

Vor dem Licht, das plötzlich in dem Gesicht aufflammte,

musste er den Blick abwenden. Als er nach einem Moment erneut hinsah, verschleierten Dampfwolken die glühenden, grünlichen Strahlen, die aus den Augen, dem Mund und der umlaufenden Rinne drangen. Er trat näher, und helle, smaragdgrüne Augen drehten sich in ihren Lehmsockeln und sahen ihn an. Der Mund verzog sich zu einem glühenden, unangenehmen Lächeln.

... spät, Jumil ... du hast dich wieder einmal verspätet ... vielleicht solltest du bestraft werden ...

Jumils Gesicht verzerrte sich vor Furcht.

»Nein, bitte, Großer Schatten, ich flehe Euch an! Ich bin so rasch gekommen, wie ich konnte. Einer der Hohen Meister hat mich aufgehalten ... dieser idiotische Frolek mit seinen hirnlosen Fragen!«

Ein glühender Tentakel entrollte sich wie eine Schlange aus einem Mundwinkel, zuckte auf Jumil zu und wickelte sich um seinen Hals. Der Schreiber schrie auf und fiel auf die Knie.

»Gebieter, ich bitte Euch ... verschont mich, ich flehe Euch an! Ich habe alles getan, was Ihr von mir verlangt habt ...«

Alles?

»... ja, ja, ich schwöre es! Es gibt jetzt fünf Herden der NachtGeschöpfe, die alle streng nach Euren Instruktionen gebildet wurden, Großer Schatten ...« Jumil keuchte vor Angst, und sein Gesicht war schweißgebadet. »Abgesehen von ihren Anführern weiß keine Herde ... von den anderen und jede glaubt, sie wäre die Einzige ... Ich werde sehr bald die Vorbereitungen für ihre ... Reisen treffen ...«

Das Lehmgesicht erglühte in grüner Macht und schien ihn einen Moment finster anzustarren. Dann löste sich der Tentakel vom Hals des Schreibers und glitt in den Mund zurück. Der Mann fiel auf Hände und Knie, rang nach Atem und zitterte sichtlich vor Erleichterung.

Und unsere Feinde, die Wächter? Was hast du wegen ihnen unternommen?

Ein ängstliches Grinsen huschte über Jumils Gesicht. »Noch nichts, aber das ändert sich bald. Ich habe sehr lange und gründlich nachgedacht und einen Weg gefunden, die Fragmente des Zerbrochenen gegen sie zu richten.« Sein Lächeln wurde ruhiger und zuversichtlicher. »Noch ein oder zwei Tage, dann sind wir bereit.«

Und der Tod des Kaisers Magramon vor zwei Nächten?, fuhr das Gesicht am Boden fort. *War das auch dein Werk?*

Jumil schüttelte den Kopf. »Nein, Gebieter, ich hätte so etwas niemals ohne Euren ausdrücklichen Befehl getan. Vertrauenswürdigen Berichten zufolge scheint der erhabene Magramon einfach an der Hohen Tafel an einem Obstkern erstickt zu sein, vor den Augen des Hohen Lordministers und verschiedener anderer Würdenträger. Kronprinz Ilgarion wird am morgigen Tag zurückerwartet. Der Thron wartet auf ihn.« Er rieb sich den Nacken. »Welche Auswirkungen wird das auf Eure Pläne haben, Gebieter? Was die Gestalter-Wallfahrt angeht, ist unser Vorhaben bereits sehr weit fortgeschritten, obwohl ich nur wenig von der Situation in Honjir weiß ...«

Kümmere du dich nicht um die Vorgänge in Jefren oder Honjir. Ich habe außer dir noch andere Aufseher. Sei versichert, dass sich an meinen Plänen nichts ändern wird, obwohl einige unbedeutende Einzelheiten möglicherweise berichtigt werden müssen. Das hängt nicht zuletzt vom Charakter dieses Ilgarion ab.

»Er ist ein verbitterter Mann«, erwiderte Jumil. »Er wurde an seinem achtzehnten Geburtstag zum Thronfolger bestimmt und musste beinahe dreißig Jahre warten, bis er jetzt endlich den Thron besteigen kann. Als Kaiser ist er gewiss ebenso der Tradition verhaftet wie sein Vater, vor allem angesichts einer äußeren Bedrohung. Das dürfte seine erste Sitzung mit dem Konklave ziemlich interessant gestalten ...«

Also ist er ein Mann, der den Wert der Macht kennt, entgegnete das Gesicht. *Der aber über keinerlei Erfahrung in ihrer Ausübung verfügt. Gut. Unsere Wallfahrer-Taktik wird seinen Stolz reizen, obwohl du vielleicht diesen Drang verstärken und das Messer ein wenig in der Wunde drehen musst. Was nun die Wächter angeht ... Hast du mittlerweile Fortschritte gemacht, was die Enthüllung ihrer Identität angeht?*

»Bedauerlicherweise nicht, Großer Gebieter. Meine Spione konnten nur herausfinden, dass es acht oder neun von ihnen gibt. Sie verbergen sich unter Kapuzen und hinter Masken, und alle sind in den Gesängen der Niederen Macht wohl bewandert.« Der Schreiber runzelte die Stirn. »Sie scheinen sogar sehr versiert und außerordentlich geschickt darin zu sein.«

Das freut mich keineswegs, Jumil. Ich will, dass sie gefasst und getötet werden!

Die Miene des Schreibers verriet seine Furcht. »Großer Schatten ... Ich tue, was ich kann. Mein Plan für die Fragmente des Zerbrochenen wird sie beseitigen ...«

Um das sicherzustellen, gebe ich dir jemanden als Beistand zur Seite, einen meiner ergebensten Diener.

Jumil sah das Gesicht eifrig und erwartungsvoll an.

»Einen Diener aus Eurem glorreichen Nachtreich? Wie wird er in unsere Welt überwechseln, Gebieter, und wann?«

Ein großer Tempel, durch Anrufungen richtig geweiht und mit genügend vielen Opfern versehen, wäre gewiss ein besseres Portal. Aber die gegebenen Umstände in dieser Welt erlauben einen solchen Luxus nicht, also muss ich einfachere Methoden anwenden. Und zwar durch ein Opfer, das bereits mehrere Wochen lang dafür vorbereitet wurde. Es wird das Bluttor bilden, durch welches mein Diener deine Welt betreten kann.

Und er kommt bald, Jumil, sehr bald.

Fahles grünes Feuer leuchtete durch das Netz aus feinen Rissen in dem Lehmgesicht. *Ich nehme an, du begreifst.*

Der Schreiber antwortete nicht. Er hockte auf den Knien, beugte sich auf geballten Fäusten vor und schien sich weder bewegen, noch einen Laut von sich geben zu können. Eine Art Fieberkrampf hielt ihn in seinen Klauen, und ihm lief der Schweiß über Hals und Arme. Er riss den Mund weit auf, und im Ausdruck seiner Augen lag grausiges Entsetzen. Sie rollten unkontrolliert in den Höhlen, ihr Blick irrte durch die Kaverne und richtete sich immer wieder flehentlich auf das große Gesicht auf dem Boden der Kammer, das nur leise lachte, während es ihn beobachtete.

Kurz darauf kamen Jumils Augen zur Ruhe, wurden leblos und glasig. Sein Körper jedoch zuckte merkwürdig rastlos, als würden die Muskeln sich unaufhörlich verkrampfen und wieder lösen. Arme und Beine spannten sich an, und die Knochen schienen sich in ihren Gelenken zu bewegen. Obwohl der Schreiber Jumil tot war, richtete sich sein Leichnam auf. Sein Kopf bewegte sich ruckartig, sein Gesicht wirkte aus der Form geraten, und seine Haut war teigig und straff gespannt.

Dann knackte es, und der Leichnam des Schreibers sank zusammen. Etwas zerriss mit einem unangenehmen Geräusch, und Blut spritzte auf den Boden der Kammer. Die Laute wiederholten sich, als würde lebendiges Fleisch zerfetzt, dann holte jemand gurgelnd Luft und zischte kehlig. Eine dunkle, schlanke Gestalt wand sich aus dem blutigen Leichnam wie aus einem Kokon, zerbrach die Reste von Jumils Schädel und hockte sich schwer atmend neben den Kadaver.

Willkommen, Xabo, sagte das Gesicht des Großen Schatten. *Willkommen in der Zwischenwelt.*

»Meister, ich ...« Die heisere Stimme erstickte in einem heftigen Hustenanfall. »Mein Kopf scheint von einem Fieber mit merkwürdigen Wahnvorstellungen erfasst zu sein«, fuhr sie dann fort. »Ich kann kaum einen klaren Gedanken fassen ...«

Du bist durch ein Bluttor in dieses Reich hinübergewechselt, durch einen Mann namens Jumil. Seine Essenz und seine Erinnerungen trüben deinen Verstand. Lass sie ihren Platz finden, Xabo, und mache sie dir dann zu Eigen. Du wirst sie in den kommenden Tagen dringend benötigen.

Der grelle, grüne Schein aus dem großen Gesicht fiel auf feucht schimmernde Glieder und beleuchtete ein haarloses, hageres Gesicht, in dem rote Augen funkelten.

»Ja, ich sehe Bilder aus seiner Vergangenheit, Meister, und erkenne ihre Bedeutung. Es gibt viele Verbindungen, obwohl ich glaube, dass der General der Dämmerung eine bessere Wahl gewesen wäre als ich.«

Nein. Auf ihn warten andere Pflichten, für deren Erfüllung er einzigartige Fähigkeiten besitzt. Konzentriere du dich auf deine Gestalt, denn ihre Gliedmaßen, ihre Haut und ihr Gesicht werden sich bald verändern. Jumils Erinnerungen sind nicht der einzige seiner Aspekte, die du annehmen wirst.

Der haarlose, schwarze Schädel nickte. »Ich werde dieser Jumil werden, Meister, die Herden der NachtGeschöpfe auf ihre große Aufgabe vorbereiten und die Wächter zerschmettern, bevor sie eine Gefahr werden.«

Sehr gut. Nur ist diese Gefahr bereits sehr real, Xabo. Ich weiß das, nachdem ich kürzlich die Identität ihres Anführers herausgefunden habe ... Wahrlich, als ich dieses Wissen aufdeckte, wurde die Vergangenheit in mir lebendig. Du kennst ihn ebenfalls, Xabo. Es ist derjenige, welcher sich von mir abwandte und versuchte, mich im entscheidenden Moment des großen Kampfes zu hintergehen ...

Xabos Gestalt versteifte sich.

»Ich dachte, er wäre gestorben.« Hass flammte in seinen Augen auf. »Wie ich es genießen würde, ihn in Eurem Weißen Gefängnis ausgestellt zu sehen, Höchster!«

Dennoch lebt er und versucht erneut, mich zu hintergehen. Er hat mittlerweile den Namen Calabos angenommen ...

»Dieser Name ...« Xabo hielt inne. »Er kommt mir ... bekannt vor. Ein Poet, ein Dramaturg ...«

Bald wirst du Jumils Erinnerungen deutlich sehen. Viele davon sind für die schwierigen Aufgaben, die vor uns liegen, von großer Bedeutung. Deshalb, mein Vertrauter, ruhe dich aus, stärke dich und bereite dich auf deine neue Rolle vor. Mache dich mit den Fortschritten vertraut, die Jumil bei den NachtGeschöpfen erreicht hat. Er sprach davon, die Fragmente des Zerbrochenen gegen diesen »Poeten« und seine Helfershelfer einzusetzen. Das wäre eine höchst befriedigende Art, die lang ersehnte Vergeltung zu üben ...

Xabo nickte, kroch von den blutigen Resten von Jumils Leichnam fort und lehnte sich an die Wand der Kammer, grübelnd, beobachtend und wartend.

Erster Teil

1

Wenn die düstere Hand des Todes
Schwer auf Herz und Seele lastet,
Sammle all deine Kraft
Und träume den Traum des Lebens.

ÄBTISSIN HALIMER, MAHNUNGEN UND METAPHERN

Über den Himmel spielten Schattierungen von Rosa und Grau, als Corlek Ondene auf dem alten Mönchs-Pfad den Barathra-Hügel hinaufstieg. Der frische Duft von jungen Blättern und sprießenden Blumen erfüllte die kühle Luft. Die ersten Frühlingsblüten überzogen die niedrigen Büsche und schmückten die schlichten Holzbänke, die im Abstand von etwa zwanzig Metern den Weg säumten. Dies war ein Ort der Sammlung und Besinnung, doch während Corlek einherschritt, kreisten seine Gedanken immer wieder um den Brief, der in einer Innentasche seiner Robe steckte. Er war vor vier Jahren verfasst worden und hatte ihn vor drei Jahren erreicht. Damals lag er von Fieberkrämpfen geschüttelt in einem vom Ozean umtosten Turm am westlichsten Gestade der Sturmbrecher-Inseln.

In diesem Schreiben unterrichtete ihn sein älterer Bruder Rhanye vom tragischen Tod ihres Vaters. Er war bei einem Bootsunglück im Hafeneingang von Sejeend ums Leben gekommen. Dem folgte eine kurze Schilderung, wie die Minister des Kaisers durch eine Intrige die Ondene-Familie um ihren gesamten Besitz und ihr Land betrogen hatten, das anschließend irgendeinem Günstling am Hofe zugeschoben worden war. Immerhin hatte sich der Kaiser herabgelassen, seiner Mutter und seinem Bruder zu gestatten, weiterhin in ihrem alten Sommersitz zu leben. Außerdem gewährte er ihnen eine jährliche Apanage, als »Geste der unfehlbaren Großzügigkeit der Krone …«, wie sich der Kaiser ausdrückte.

Corlek lächelte trübsinnig, während er weiterging. Er konnte sich unschwer vorstellen, mit welch beißendem Sarkasmus Rhanye diese Worte zitierte. In dem Brief beruhigte er Corlek, dass es ihnen trotz der widrigen Umstände gut ging, und schloss mit dem Satz: »In den sechs langen Jahren seit deinem ungerechten und unverdienten Exil ist keine Woche vergangen, in der wir nicht vor dem ErdenMutterschrein gebetet haben. Wir sind in Gedanken immer bei dir, Bruder. Möge das Licht mit dir sein ...«

Jedes einzelne Wort des Briefes hatte sich durch die unzähligen Male, die Corlek das Schriftstück in den vergangenen drei Jahren gelesen hatte, unauslöschlich in sein Gedächtnis gebrannt. In den letzten Tagen seiner Wanderschaft als Söldner war jeder Satz zu einem kleinen Schatz geworden, ein Fragment des Lebens, das er vor einem Jahrzehnt aufgegeben hatte. Dennoch hatte Rhanye in dem Brief mit keinem Wort den Grund erwähnt, warum Corlek wie von Furien gehetzt aus Sejeend und den Ländern des Reiches geflohen war. Weil, wie Corlek wusste, seine Mutter den Brief sicherlich gelesen hatte, bevor sie ihn absendeten.

Es wäre wohl unschicklich gewesen zu erwähnen, dass ein junger Ritter, der gerade erst in die Eherne Garde aufgenommen worden war, die Tochter des Kaisers entehrt hat, stimmt's, Mutter?, dachte er. *Vor allem, wenn es sich bei diesem jungen Ritter um deinen eigenen Sohn handelt ...*

Der Boden wurde ebener, als Corlek auf den Hügelkamm hinaustrat, der von zwei Öllampen mit kelchförmigen Gläsern schwach beleuchtet wurde. Die grasbewachsene Lichtung dominierte ein Brunnenschrein, der dem Gedenken an den göttlichen Kaiser Tauric I. gewidmet war, dem Befreier Sejeends, der sein Leben in jener letzten Schlacht gab, in welcher der Herr des Zwielichts endgültig besiegt wurde. Über dem muschelartigen Becken erhob sich eine Statue aus blassem Marmor, die den jungen Kaiser zeigte. Er schwenkte ein Banner über dem Kopf, während er den Fuß auf den Rücken einer fünfköpfigen, reptilienartigen Bestie stemmte, aus deren gefletschten Fängen Wasser in das Becken sprudelte. Das Becken wies einen fingerlangen Riss auf, der schon sehr alt sein musste, dem langen Streifen von grünen Algen nach zu urteilen, die das heraussickernde Wasser auf der Unterseite des Beckens bis zum Sockel gebildet hatte. Im Licht der Lampen wirkte dieses Rinnsal fast schwarz. Es rann die andere, steilere Seite des Barathra-Hügels hinunter, vorbei an krummen, verblichenen Holzstufen.

Corlek hegte viele Erinnerungen an Lyndil, die Tochter des Kaisers, deren Schönheit und Anmut sein Herz und seinen Verstand verzaubert und seine Sinne umgarnt hatte. Als der Kaiser ihre Liebe entdeckt hatte, war er so wütend geworden, dass ein Freund seines Vaters Corlek geraten hatte, schleunigst aus der Hauptstadt zu fliehen, um einer Anklage wegen Hochverrats zu entgehen, der mit Sicherheit ein Todesurteil gefolgt wäre.

Doch jetzt war Magramon tot und seine Leiche in der königlichen Gruft auf der Insel des Gedenkens beigesetzt. Wenn er nach Süden über die Außenbezirke der Stadt hinwegsah, konnte er die Laternen des Bestattungshains sehen. Diesen künstlich aufgehäuften Hügel mitten in der Stadt nannten die Priesterinnen der ErdenMutter *Insel des Gedenkens.* Während sich die Nacht herabsenkte, breitete sich allmählich ein Teppich aus Licht in den Straßen und den Bezirken aus, als Verandalampen und Straßenlaternen entzündet wurden. Er lachte plötzlich, fest davon überzeugt, dass er an der Schwelle eines neuen Anfangs stand, einer neuen Hoffnung und eines neuen Lebens. Vorher blieb ihm nur noch, seine Mutter und seinen Bruder aufzusuchen und herauszufinden, was er aus der Vergangenheit retten konnte.

Er stieg über die Holztreppe hinunter, neben dem träufelnden Rinnsal, das am Fuß der Stufen im dichten Unterholz verschwand. Corlek ließ den Hügel hinter sich und ging zügig über einen Knüppelweg, der an beiden Seiten von Büschen gesäumt wurde und zwischen Feldern hindurchführte. Der Weg brachte ihn zu einem trägen, gewundenen Fluss namens Deinlok. Dahinter lagen die nördlichen Stadtteile von Sejeend und die ehemaligen Besitzungen der Familie Ondene. Als er sich der Brücke näherte, musste er stehen bleiben, als eine Kolonne von mehr als zehn Pferdekarren aus dem Norden vorbeirumpelte. Vermutlich transportierten sie die erste Ernte der fruchtbaren Felder von Ost-Khatris. Das Klappern der Hufe und die eisenbeschlagenen Räder der Karren, die über die schweren Planken polterten, vereinten sich zu einem mächtigen Dröhnen. Corlek zog die breite Krempe seines Hutes tiefer in die Stirn, schulterte seinen Reisesack und folgte ihnen.

»Zurück in die Zivilisation«, flüsterte er, als er das andere Ufer des Deinlok erreichte.

Er folgte den Karren nicht hinauf in die nördlichen Vororte, sondern schlug sich nach rechts auf den grasbewachsenen Uferweg. Er eilte durch die Dunkelheit und ließ sich von seinen Erinnerungen führen. Sie sagten ihm, dass er bald an einen großen, schief stehenden Königsgoldbaum kommen würde, in dessen Rinde Rhanye und er als Kinder ihre Initialen geschnitzt hatten. An einer Flussbiegung blieb er stehen, zündete eine kleine Blendlampe an und schaute sich um. In dem Dickicht fand er, wie erwartet, den geneigten Baum, und auch die Initialen waren dort, wenngleich mittlerweile auch ein wenig höher, als er es in Erinnerung hatte.

Er hakte die Lampe an seinen Gürtel, streifte sich die Handschuhe über und riss den Schleier aus Hundsdorn und Gras beiseite. Er suchte nach den flachen Steinen und Holzscheiten, die sie einst auf den ausgedehnten Sumpfboden gelegt hatten, der die östliche Grenze des Ondene-Besitzes versperrte. Die Büsche und Setzlinge hatten schon lange ausgetrieben und waren zu großen Pflanzen geworden, die Felsen jedoch waren noch da. Sie bildeten sichere Trittsteine. Als er eine Weile später aus dem Wald heraustrat, schmutzig und zerkratzt, stand er vor einem hohen, schweren Palisadenzaun, statt vor den mit Blumen geschmückten Zäunen, die einst als Einfriedung der Katen für die Dienstboten gedient hatte. Er folgte dem Verlauf des Weges nach rechts, bis er sehen konnte, wo der Zaun auf den alten Westwall stieß, der aus Holz, Schiefer und Torf bestand. Er kauerte sich ein Dutzend Schritte davor hinter dichtes Buschwerk und suchte den geheimen Eingang. Es war ein kleiner Ausschnitt in dem alten Wall, der nach innen fiel, nachdem Corlek einige Male kräftig dagegen getreten hatte. Als er auf Händen und Knien durch den kurzen, von Wurzeln gesäumten Tunnel kroch, lachte er leise, als er sich die Überraschung auf den Gesichtern seiner Mutter und seines Bruders ausmalte, wenn sie ihm die Tür öffneten.

Das Licht seiner Lampe zeigte ihm den viereckigen Holzrahmen der Luke, die sich in der schrägen Flanke auf der anderen Seite des Erdwalls öffnete. Er brauchte eine Weile, bis er sie öffnen konnte, weil die Graswurzeln im Laufe der Jahre ein dichtes Flechtwerk darüber gezogen hatten. Als er schließlich auf die andere Seite gelangt war, befestigte er das Paneel wieder in der Öffnung und passte anschließend sorgfältig die mit Gras bedeckte Luke in das viereckige Loch ein.

In einigen der Dienstbotenkaten brannte Licht, und er hörte Stimmen, während er nach Norden schlich, in Richtung des alten Wäldchens, an dem das Sommerhaus lag. Er hielt sich zwischen den Bäumen und benutzte das Unterholz als Deckung, als er auf der anderen Seite aus dem Laubwerk trat. Einen Moment glaubte er, er habe sich verirrt. Statt des zweistöckigen Hauses mit dem angebauten Gewächshaus lag nur dunkles, offenes Gelände vor ihm, das leicht abschüssig bis zu den von Büschen gesäumten Gärten führte, an die sich die beleuchteten Mauern und hellen Fenster des Herrenhauses anschlossen. Doch vom Balkon über dem Haupteingang des Hauses hatte man direkt auf die Laube auf der Rückseite des Sommerhauses blicken können, also musste es hier doch irgendwo sein ...

Eine beklemmende Furcht überfiel ihn, und ohne an irgendwelche neugierigen Blicke zu denken, öffnete er die Klappen seiner Lampe und stolperte suchend über den kahlen, harten Boden ...

»Bleibt, wo Ihr seid, Herr, und löscht Eure Laterne!« Der Sprecher musste irgendwo in der Dunkelheit hinter ihm stehen.

Corlek wirbelte herum und griff mit der Hand nach seinem Schwert. Im nächsten Moment erstarrte er, als er den Speer sah, der zum Stoß erhoben kaum einen halben Meter vor ihm in der Luft schwebte und dessen eiserne Spitze auf seinen Hals zielte.

»Die Lampe!«, knurrte der Speerträger. »Macht sie aus!«

Corlek gehorchte. Der ältere Mann ihm gegenüber trug eine Blendlaterne an einer Kette um seinen Hals, deren schwacher Schein den hölzernen Schaft und die dunkle Eisenspitze des Speers beleuchtete. Das Licht zitterte leicht.

»Wer seid Ihr?«, wollte der Mann wissen. »Warum schleicht Ihr Euch hier herein?«

Corlek dachte jedoch nicht an die Gefahr, sondern antwortete, getrieben von seinen schlimmen Vorahnungen: »Herr«, stieß er hervor, »ich bitte Euch, sagt mir, was mit dem Sommerhaus passiert ist ... Es stand immer hier an dieser Stelle ...«

»Woher ...?« Der Mann ließ den Speer sinken, hob die Laterne an und leuchtete damit in Corleks Gesicht. Er stieß vernehmlich den Atem aus.

»Meister Corlek!«

Der Schein der Laterne fiel auch auf das Gesicht des Sprechers, und Corlek erkannte ihn sofort. Es war Rugal, der alte Stallmeister seiner Familie. Aber seine zehn Jahre alten Erinnerungen an den Mann wollten überhaupt nicht zu der Person passen, die er jetzt vor sich sah. Einst war Rugal ein großer, stattlicher Mann gewesen, nun war er ausgemergelt und gebeugt, sein einst schwarzes, langes Haar war ergraut und ungepflegt, seine Augen wässrig und ihr Blick schmerzerfüllt und furchtsam.

»Rugal! Was ist hier geschehen?«

Der ältere Mann durchbohrte ihn mit einem grimmigen Blick.

»Könnt Ihr es nicht riechen, junger Herr?«, fragte er. »Atmet nur tief ein!«

Fast gegen seinen Willen gehorchte Corlek. Er roch tatsächlich etwas, es war ein schwacher Geruch nach verkohltem Holz, wie alte Asche ...

»Das Sommerhaus ist … niedergebrannt?«

»Es ist in Flammen aufgegangen wie ein Buch in einem Brennofen«, bestätigte Rugal. »Als Alarm geschlagen wurde, bin ich mit allen anderen zum Wäldchen gerannt und wollte Eurem Bruder und Lady Ondene helfen, aber die Flammen … Sie waren überall. Gewaltige Feuerlohen bedeckten die Wände …«

»Bei der Leere!«, stöhnte Corlek. »Nein …!«

Rugal drehte sich um, ging ein paar Schritte weiter und blieb dann stehen, als sähe er alles, was er beschrieb, erneut vor sich.

»Meine Kleidung qualmte, so fürchterlich war die Hitze. Sie hat uns zurückgetrieben. Es gab auch kein Wasser, außer in der Zisterne hinter dem Herrenhaus.« Er kehrte mit ein paar Schritten zu Corlek zurück. »Doch von dort kam keine Hilfe, nein. Stattdessen standen sie auf dem Balkon und gafften.«

Corlek fühlte sich leer und ausgelaugt, und ihm zitterten vor Schwäche die Beine. »Wurde denn etwas gerettet … Irgendetwas …?«

»Es sind nur Asche und zerborstene Steine übrig geblieben«, erwiderte Rugal heiser und stützte sich schwer auf seinen Speer. »Die neuen Herren wollten keinen Gedenkstein auf ihrem Grundstück und haben auch nicht angeboten, die Kosten für einen zu übernehmen. Das konnte ich jedoch nicht dulden …« Unvermittelt setzte er sich in Richtung des Wäldchens in Bewegung. »Kommt hier entlang, junger Herr, das möchtet Ihr gewiss sehen.«

Corlek stolperte wie betäubt von den schrecklichen Neuigkeiten im Dunkeln hinter ihm her und folgte dem Schein der Laterne in das kleine, überwucherte Gehölz. Rugal führte ihn mitten in das dichteste Unterholz, wo die ältesten Bäume standen, die nicht mehr abgeholzt wurden. Hinter einem Vorhang aus wildem Wein öffnete er die Klappen der Lampe und hielt sie hoch, damit Corlek besser sehen konnte.

Irgendwann hatte ein Blitz in einen der alten Bäume eingeschlagen und nur einen Stumpf übrig gelassen, aus dem einige schmalere Äste gesprossen waren. Der Baumstumpf selbst war offenbar von einem Holzschnitzer bearbeitet worden, der eine sehr fein herausgearbeitete Skulptur aus Blättern, Beeren und Kletterpflanzen gestaltet hatte, welche die geschnitzten Gesichter von Corleks Mutter und Bruder umrahmten. Sie hatten die Augen geschlossen, lächelten aber, als ruhten sie in Frieden. Unter ihren Halbreliefs waren drei kleine Regale übereinander aus dem Holz herausgearbeitet worden, und auf jedem standen daumengroße Votivkerzen. In den winzigen Vertiefungen um ihre Dochte hatte sich Regenwasser gesammelt.

Als Corlek die Hand ausstreckte, um die wundervoll geschnitzten Gesichter zu berühren, konnte er endlich seinen lautlosen Tränen freien Lauf lassen.

Keine Familie, keine Leichen, keine Knochen und keine Gräber, dachte er trostlos. Kein Heim und keine Hoffnung.

»Mir ist nichts geblieben als mein Name«, murmelte er und verstummte, als leises Prasseln und das Rascheln der Blätter einen Regenschauer ankündigten. Er setzte seinen Hut ab und hob das Gesicht den kalten Regentropfen entgegen. So verharrte er eine Weile, bis Rugal ihn schließlich aus dem Wäldchen führte.

»Du wusstest es«, erklärte Corlek. »Du wusstest von unserer Geheimtür.«

Rugal lachte leise. »Natürlich. Ich selbst habe die Büsche rechts und links daneben als Tarnung gepflanzt. Dachte mir, dass ein Fluchtweg irgendwann vielleicht ganz nützlich sein könnte ...«

Als sie sich dem Wall näherten, verstummten sie und schlichen geduckt weiter. Rugal kniete sich vor die versteckte Luke und öffnete sie. Dabei flüsterte er Corlek einen Namen und eine Adresse zu.

»Sie sind alte Freunde meiner Familie«, sagte er. »Sagt ihnen, dass Vater Wolf Euch geschickt hat, junger Herr, dann werden sie Euch eine Weile verbergen und für Euch sorgen. In der Zeit suchen wir ein sicheres Versteck außerhalb Sejeends für Euch. Denn wenn Ilgarion erst die Krone trägt, wird Friede zu einem seltenen Gut werden, und es wird nirgendwo mehr Sicherheit geben.«

»Was meinst du damit?«, erkundigte sich Corlek.

»Ihr wisst es vielleicht noch nicht, aber diese fanatischen Mogaun, die den Gestalter anbeten, haben letzte Woche Mantinors größte Armee ausradiert. Und was diesen Gestalter-Propheten angeht, der die Tempelherren der Jefren unter seinem Banner sammelt ...«

Corlek schüttelte den Kopf. Er hatte nur vage Gerüchte über die Bedrohung gehört, die das vom Gestalter-Kult dominierte Anghatan für Honjir darstellte. Letzteres war seit fast fünfzig Jahren Schutzprotektorat des Kaiserreiches. Er hatte die Gerüchte jedoch nicht so ernst genommen, weil schließlich das gewaltige Nagira-Gebirge zwischen den beiden Ländern lag.

Neben ihm hob Rugal die grasbedeckte Luke an, und Corlek kniete sich hin, um hindurchzukriechen. Er hielt jedoch kurz inne und sah noch einmal zu dem alten Diener hoch.

»Danke, Rugal. Danke für deine Güte und für den Schrein. Er ist ... mehr als nur angemessen ...«

»Ich hätte mehr getan, wenn es mir möglich gewesen wäre, Meister Corlek. Ich wünsche Euch Gesundheit und ein langes Leben. Beides werdet Ihr sicherlich eher woanders als hier in dieser Stadt finden. Ich gebe Euch diesen Rat, auch wenn ich weiß, dass Ihr ihn wohl kaum annehmen werdet.«

Corlek lächelte traurig. »Vielleicht doch, Rugal, aber verrate mir zunächst den Namen der Menschen, die sich in unserem Heim breit machen. Den Namen der Leute, die tatenlos zusahen, wie meine Mutter und mein Bruder verbrannten.«

Rugal zögerte, und Corlek wartete. Schließlich beugte sich der alte Mann vor.

»Die dor-Galyn sind eine einflussreiche Familie und enge Vertraute des Kronprinzen Ilgarion. Ihr ältester Sohn ist gerade zum Hauptmann der Ehernen Garde befördert worden.« Er legte die Luke neben das Loch in der Erde. »Seid wachsam, junger Herr«, sagte er noch. »Möge das Licht Euch den Pfad weisen.«

Als Corlek in den niedrigen Tunnel gekrochen war, fiel die Luke mit einem gedämpften Laut an ihren Platz zurück. Auf der anderen Seite des Walles starrte er einen Moment lang in die stickige Dunkelheit des Blattwerks und lauschte auf die Schläge seines Herzens. Dabei sagte er sich lautlos immer und immer wieder einen Namen vor.

Dor-Galyn, dor-Galyn ... Ich muss mehr über sie in Erfahrung bringen.

Dann seufzte er und setzte seinen Weg durch das Dickicht fort, bis er zu einer Straße gelangte, die in Sejeends Geschäftsviertel führte. Einen Augenblick blieb er stehen und dachte an den geschnitzten Schrein zurück, den Rugal ihm gezeigt hatte. Er schloss die Augen und flüsterte ein Gebet für seine Mutter und seinen Bruder, bevor er sich in die Stadt begab.

2

Er versammelte die ganze Welt auf einer Bühne,
Flüsse, Wälder, Städte und Länder,
Und ließ die Helden mit wilden Sprüngen
Von ihren Taten Kunde geben.

Epitaph auf dem Grabstein eines Poeten in Adnagaur

Der Rauch zahlreicher Pfeifen und der Qualm aus dem löchrigen Abzugsrohr des Kamins überzogen den hohen, von gekreuzten Dachbalken gekrönten Schankraum der Gaststätte *Die Vier Winde* mit einem diesigen Schleier. Es war warm und laut von dem Gedränge der abendlichen Gäste. Viele Gäste standen direkt neben dem Tresen, scharten sich in kleinen Gruppen um das lodernde Feuer oder lehnten auf der Empore direkt über dem Haupteingang. Die einzelnen Gespräche vermischten sich zu einem anhaltenden Stimmengewirr, in dem gelegentlich Gelächter aufbrandete oder jemand laut hustete. In einer Ecke erfüllten zwei Musiker auf einer Fidel und einer Flöte die Wünsche der Gäste.

Das *Vier Winde* lag an einer der größten Kreuzungen im nördlichen Sejeend, zwischen dem Blauhof-Markt und dem Fürst von Westbogen-Theater. Deshalb befanden sich auch viele Vertreter der Zünfte unter seinen Gästen, ebenso wie Bauern und Händler von den Ebenen aus Ost-Khatris, Kutscher aus dem weit entfernten Gronanvel, Pelzhändler aus den schattigen Schluchten des Rukang-Massivs, Fischer und Austernsammler, Weber und Zimmerleute, Soldaten und Gelehrte. Alle wurden von zwei kräftigen Männern scharf beobachtet, die mit Blei beschwerte Knüppel schwangen.

Und noch eine weitere Gestalt schaute von ihrem Tisch unter der Empore gelegentlich hoch, wenn die Gäste über ihr stampften oder die hölzernen Tragbalken aus einem anderen

Grund bedrohlich knarrten. Tashil Akri trug einen langen, schlichten, grünen Umhang über ihrer verschlissenen Reisekleidung und nippte an einem kleinen Bierhumpen. Dabei behielt sie den Eingang im Blick. Die kleine Maske aus roter Baumwolle, die kaum mehr als ihre Augen verdeckte, hatte sie, dem Beispiel anderer Gäste folgend, in ihr zerzaustes, braunes Haar hochgeschoben. Fast niemand in der Schänke trug seine Maske, abgesehen von einigen Studenten und einem großen, hageren Mann an einem Tisch auf der anderen Seite des überfüllten Schankraumes.

Die schwere Eingangstür öffnete und schloss sich mehrmals knallend, wenn Gäste kamen und gingen. Jedes Mal strömte kühle Luft herein, aber Tashil blieb an ihrem Tisch sitzen. Sie wollte unbedingt Calabos abfangen, sobald er auftauchte. Nach ihrer Rückkehr aus Honjir hatte sie sich eine Weile in dem sicheren Haus in Vanyons Furt aufgehalten, als sich Dardan mittels Gedankensprache bei ihr gemeldet hatte. Er übermittelte eine dringende Nachricht, in der er die Hohen Wächter nach Sejeend bestellte. Da Magramon erst vor wenigen Tagen gestorben war, vermutete Tashil, dass diese Kunde etwas mit dem Tod des Kaisers zu tun hatte.

Sie nahm einen tiefen Zug aus ihrem Humpen und lehnte sich mit ihrem knarrenden Weidenstuhl an die Wand zurück. Sie spürte noch die Schmerzen in ihren Gliedern. Beinahe unbewusst richtete sie ihre magischen Sinne auf die Baummönche, die am Feuer knieten, und hörte dabei, wie sie murmelnd Gerüchte über Verfolgungen im nördlichen Anghatan und Folterungen anderer Mönche in Casall austauschten. Dann richtete sie ihre Aufmerksamkeit auf einen Mann am Zapfhahn, der einem der Schankmädchen sagte, sie solle ihm den Kunden zeigen, der Schwierigkeiten machte. Sie streifte die kurzen Stoßgebete der Würfelspieler, in denen sie die Götter um Glück baten, bevor sie die Würfel rollen ließen ...

Tashil entspannte sich. Wenn sie weitermachte, war sie vielleicht verlockt, die Niedere Macht einzusetzen. Und das wäre leichtsinnig gewesen.

»Man kann nie wissen, wer mithört«, hatte ihr alter Lehrer Tregaylis einmal gesagt. »Ein Wächter muss der Versuchung widerstehen, diese Gabe in heiklen Situationen zu benutzen. Wächter zu sein bedeutet auch, solche Situationen zu erkennen ...«

Es bedeutet auf jeden Fall, sich in Geduld zu üben, dachte sie ironisch. Und wenn man die Zeit totschlug, während man auf jemanden wartete, konnte das schnell dazu führen, sich die Langweile mit Lauschen zu vertreiben. Was sie trotz ihrer Vorsätze tat, als sie mitanhörte, wie drei maskierte Studenten eines Kollegs vom Nordufer und eine Gruppe elegant gekleideter Studenten der Kaiserlichen Akademie ein Wortgefecht miteinander begannen. Als Tarnung für ihre Aktivitäten als Wächter in Sejeend führte Tashil ein kleines Geschäft, in dem sie Bücher, Pergamente, Tinte und Spielsteine verkaufte. In den drei Studenten des Nordufers erkannte sie Kunden, während sie die Akademiestudenten noch nie gesehen hatte. Sie eröffneten ihre Auseinandersetzung mit einigen allgemeinen Beleidigungen über die Institutionen des jeweils anderen und ihre Kleidung, doch es weitete sich rasch auf gelehrtere Themen aus. Die Verfechter der Akademie waren, wie sich herausstellte, Studenten des Dramaturgischen Seminars und außerdem Schauspieler in der jährlichen Inszenierung der Kaiserlichen Akademie.

»Verstehe«, sagte einer der Studenten vom Nordufer, ein gut aussehender, blonder Junge, der, wenn sie sich recht erinnerte, Brondareg hieß. »Ich nehme an, Ihr habt alles gemietet: Das Theater, die Kulissenschieber, die Kostüme ... und vor allem das Publikum!«

Dröhnendes Gelächter belohnte seinen geistreichen Seitenhieb, und Tashil beugte sich etwas vor, um dem Schlagabtausch besser folgen zu können.

»Ihr verratet mit einem solch billigen Scherz nur Eure Ignoranz, werter Herr«, konterte einer der Akademiestudenten, dessen aufwändige, silberne Maske mit Adlermotiven verziert war. »Jeder halbwegs Gebildete weiß, dass die Aufführungen der

Akademie immer gut besucht sind. Die letztjährige Inszenierung *Das Große Haus von Hallebron* war sogar jeden Abend ausverkauft.«

Das stimmt, dachte Tashil. Aber da das Theater von der Krone finanziert wurde, wäre es auch einem Hochverrat gleichgekommen, wenn die Hofschranzen aus Magramons Gefolge die Aufführungen nicht besucht hätten.

Brondareg nickte nachdenklich. »Hmm ... Das *Große Haus* ist ein ganz ordentliches Schauspiel ...«

»Wenn auch das nachfolgende Drama ihm weit überlegen ist«, mischte sich einer seiner beiden Gefährten ein. Er war ein untersetzter junger Mann in einem verschlissenen braunen Wams, dessen Name Tashil nicht einfallen wollte. »Aber natürlich ist *Der Untergang des Hauses Hallebron* für unsere heutigen Zeiten viel zu gewagt ...«

Einer der Akademiestudenten, dessen schwarzbronzene Maske mit Wölfen verziert war, schüttelte den Kopf. »Eurem schäbigen Äußeren und Eurem höhnischen Ton nach könnte man Euch für Spöttergesellen oder pedantische Möchtegern-Lehrer halten.«

Brondareg drehte sich zu seinem Freund um. »Ghensh, dieser vornehme Herr scheint von uns gehört zu haben!«

Die beiden Studenten verbeugten sich übertrieben tief vor ihrem Ankläger und provozierten damit erneut Gelächter unter den Zuschauern. Der Dritte in ihrem Bunde sagte nichts, sondern hing zusammengesunken auf dem Tisch. Sein Kopf ruhte auf einigen ledergebundenen Büchern, um die er beschützend seine Arme geschlungen hatte.

»Schuldig im Sinne der Anklage, werter Herr«, erklärte Brondareg. »Vielleicht könntet Ihr ja unsere unwürdigen Seelen erleuchten, indem Ihr uns verratet, welches Werk dieses Jahr zum Opfer des Ehrgeizes Eurer Akademie auserkoren wurde?«

»*Der Kaiser des Zwielichts*«, antwortete der Angesprochene hochmütig.

Der dritte Student richtete sich ruckartig auf. Es war eine dunkelhaarige junge Frau, die einen bitterbösen Blick zum

Nachbartisch hinüberwarf, an dem sich die überheblichen Akademiestudenten lümmelten.

»Dieses hitzige, aufgeblasene Machwerk von Drusarik?«, fragte sie. »Doch hoffentlich nicht ...!«

Tashil grinste. Das Mädchen hieß Viorne und war wie Tashil selbst eine Halb-Mogaun.

»Hütet Eure Zunge!«, fuhr der Student mit der Adlermaske sie an. »Unser Bühnenmeister ist ein direkter Nachkomme von Drusarik selbst!«

»Trotzdem ist das Ende des *Kaisers des Zwielichts* einfach lächerlich!«, erklärte Ghensh. »Tauric und der Herr des Zwielichts duellieren sich in den Schlünden der Leere, während sie sich derbe Beschimpfungen an den Kopf werfen ... Nichts in den alten Quellen belegt auch nur im Entferntesten, dass sich so etwas ereignet hätte!«

»Wenn ihr es vorzieht, sklavisch den Historikern zu folgen«, meinte Wolfmaske, beugte sich plötzlich vor und riss Viorne die Bücher aus den Händen. »Dachte ich es mir doch ... *Der Große Krieg der Schattenkönige* von Beltran Calabos. Ihr seid wohl alle Schüler dieser noblen Antiquität?«

Tashil musste sich zusammenreißen, um sich nicht einzumischen und etwas zu Calabos' Verteidigung zu sagen. Unter allgemeinem Gelächter sprangen Viorne und Ghensh zornig von ihren Stühlen auf, doch Brondareg bedeutete ihnen mit einer Handbewegung, sich wieder zu setzen. Stattdessen erhob er sich gelassen, trat mit zwei Schritten an den Tisch der Akademiestudenten und streckte lächelnd eine Hand aus. Tashil sah zu, wie er und Wolfsmaske sich mit Blicken maßen. Nach einem Moment lenkte der Akademiestudent ein, zuckte mit den Schultern und gab die Bücher wieder heraus. Brondareg reichte sie Viorne zurück, die sie rasch in ihrer Tasche verstaute. Er setzte sich hin und hob seinen Trinkbecher.

»Wir sind nicht seine Schüler, edle Herren«, erklärte er. »Sondern nur Suchende nach der Wahrheit, der allerdings, wie man wohl sagen kann, Calabos weit mehr Ehre erweist, als Drusarik es tut.«

Tashil fand die Wortgefechte der Studenten sehr amüsant, doch plötzlich wurde sie von einem anhaltenden kühlen Luftzug abgelenkt. Sie drehte sich um, und im selben Moment ließ sich eine große Gestalt, die in einen schwarzen Mantel gehüllt war, an ihrem Tisch nieder. Sie wollte den stattlichen Mann gerade zurechtweisen, als der einen mit Kupfer verzierten Eisenholzstock auf den Tisch vor sich legte und die Kapuze zurückschlug. Helle Augen, die gleichzeitig durchdringend und freundlich blickten, musterten sie unter dichten, buschigen Brauen, während er mit einer kräftigen Hand, an deren Ringfinger ein schlichter Reif steckte, über seinen gepflegten Bart strich, der ebenso grau und lockig war wie sein Haupthaar. Unter seinem Kinn baumelte eine Halbmaske aus rotem Satin, deren einziger Schmuck ein offenes Auge war, das auf der Stirn des Trägers prangte, wenn man die Maske aufsetzte.

»Dardan hat mich von Eurer Ankunft informiert«, sagte er. »Ich habe kurzerhand beschlossen, Euch selbst aufzusuchen. Außerdem bin ich seit vielen Jahren nicht mehr hier gewesen ...«

Tashil lächelte und deutete auf die Studenten hinter sich, die immer noch miteinander stritten. »Ihr habt gerade einen Disput über eines Eurer Werke versäumt«, sagte sie. *»Der Große Krieg der Schattenkönige.«*

Beltran Calabos runzelte die Stirn und zuckte dann mit den Schultern. »Gab es Tote? Nein? Hm, dann muss ich es vielleicht doch noch einmal überarbeiten ...« Er winkte einem Schankmädchen, bestellte einen Krug Hethu und beugte sich vor. »Wir gehen, sobald ich mich daran erinnert habe, wie Hethu-Bier schmeckt.«

Nachdem der Krug serviert worden war, nippte er einige Male daran, und nahm dann einen tiefen Schluck von dem dunkelbraunen Bier. Er wischte sich den Schaum aus dem Bart und nickte lächelnd.

»Wie war denn Eure Reise von Vanyons Furt?« Er sprach so leise, dass sie ihn nur mit ihren magischen Sinnen hören konnte.

»Erschöpfend, Meister«, erwiderte sie ebenso leise. »Ich musste zweimal das Pferd wechseln, und ich kann nur sitzen, weil dieser Stuhl gepolstert ist. Erwartet Ihr etwas ... Ungünstiges?«

»Ilgarion trifft in einem oder zwei Tagen in Sejeend ein«, erwiderte Calabos. »Zweifellos, um sich die Krone aufzusetzen und mehr Warnungen über die ›Wallfahrer-Bedrohung‹ zu verkünden. Mittlerweile gibt es keine Nachrichten mehr von den NachtGeschöpfen, und sämtliche Spuren sind erkaltet. Wir wissen jedoch, dass wir vor einem Monat in der Nacht auf dem Roten Strand nicht alle getötet haben, also müssen sie etwas planen ...«

»Ein Attentat?«, fragte Tashil grimmig.

»Oder eine Entführung, eine Erpressung oder ...« Er verstummte und schaute in seinen halb leeren Krug.

Tashil wollte gerade nachfragen, was ihr Meister meinte, als eine laute, aber gelassene Stimme das Stimmengewirr durchdrang.

»Ich glaube, da habt Ihr einen Fehler gemacht, Freundchen. Wollt Ihr dem jungen Herrn seine Geldbörse nicht lieber wieder aushändigen?«

Schlagartig verstummten alle Gespräche. Calabos sah hoch, und Tashil drehte sich um. Die meisten Gäste richteten ihre Blicke auf einen sitzenden Gast, der einem Mann einen langen Dolch in die Seite drückte. Der stand wie erstarrt neben Ghensh, einem der drei Studenten des Nordufers, an dem er offenbar gerade vorbeigegangen war. Die jungen Gelehrten hatten sich ebenfalls neugierig umgedreht.

»Ihr verwirrt mich, Herr«, erwiderte der Beschuldigte, ein knochiger Mann in schäbiger Kleidung.

Der Mann mit dem Dolch seufzte und beugte sich vor, sodass Tashil ihn sehen konnte. Er war unrasiert und trug einen langen, formlosen Umhang und eine Lederhose. Sein schwarzes Haar war zu einem kurzen Pferdeschwanz zurückgebunden und bereits von einigen grauen Strähnen durchzogen, obwohl er in der Blüte seiner Jahre zu stehen schien. Seine ganze Erscheinung umgab etwas Düsteres. Er musterte den Mann vor ihm mit einem festen, ruhigen Blick. »Erlaubt mir, Euer Gedächtnis aufzufrischen«, sagte der Dolchträger. »Ihr habt den jungen Mann dort angestoßen«, er deutete mit einem Nicken auf Ghensh, »und ihn dabei um seine Geldbörse erleichtert.«

»Im Namen der Mutter!«, rief Ghensh, nachdem er an seiner Taille genestelt hatte. »Sie ist weg!«

Der Dieb lächelte dünn. »Ah, Ihr meint die Börse, die ich auf dem Boden gefunden habe. Ich wollte sie dem Schankwirt aushändigen, aber jetzt bin ich ja in der glücklichen Lage, sie ihrem rechtmäßigen Besitzer persönlich überreichen zu können!«

Er ließ die Geldbörse in die ausgestreckte Hand des empörten Ghensh fallen, verneigte sich und verschwand in der Menge. Während die Gäste aufgeregt murmelten, bedankte sich Ghensh bei dem Fremden, der seine Worte mit einem knappen Nicken quittierte und sich dann wieder seinem Bier widmete. Tashil grinste und drehte sich um. Zu ihrer Überraschung sah sie, dass Calabos seine Kapuze übergestreift und tief ins Gesicht gezogen hatte, während er an ihrer Schulter vorbeischaute.

»Stimmt etwas nicht?«, fragte sie.

»Das könnt Ihr wohl laut sagen«, murmelte er. »Ich bleibe selten ruhig, wenn ein Gesicht aus der Vergangenheit urplötzlich mitten in einer gut besuchten Schänke auftaucht.«

»Ah, Ihr meint den Herrn mit dem raschen Dolch.«

Er nickte. »Er heißt Corlek Ondene, so wahr ich lebe.«

Tashil zuckte mit den Schultern. »Wer ist das?«

»Vor zehn Jahren war er der jüngste Soldat, der jemals in der Ehernen Garde des Kaisers zum Hauptmann befördert wurde. Obwohl er ein außerordentlich guter Krieger war, verhielt er sich in anderen Dingen äußerst leichtsinnig. Er verfiel der Tochter des Kaisers und wohnte ihr bei ...«

»Aber doch wohl mit ihrem Einverständnis?«, fragte Tashil schelmisch.

»Zweifellos. Als Magramon davon erfuhr, schwor er, Ondene persönlich den Kopf abzuschneiden, allerdings erst, nachdem er sein Jagdmesser an seinem Gemächt gewetzt hätte.«

Tashil war gleichzeitig entsetzt und amüsiert. »Wie ist er entkommen?«

»Jemand aus dem Palast hat ihn gewarnt und ihm geholfen, von einem der Wachtürme zu klettern. Ein anderer hat ihn aus Sejeend geschmuggelt. Seitdem hat man nichts mehr von ihm gesehen oder gehört, aber die Konsequenzen seines Handelns beschäftigten die Stadt noch Monate, ja sogar Jahre. Habt Ihr schon einmal von dem Drama *Der Prozess des Aetheon* gehört? Von Momas Gobryn?«

»Ich kenne den Titel, aber ich habe es weder gelesen, noch jemals eine Aufführung gesehen.«

Calabos lächelte spröde. »Das konntet Ihr auch nicht, jedenfalls nicht zu Magramons Lebzeiten. Gobryn hat es als eine Allegorie auf Ondenes Narretei verfasst …«

Calabos hielt plötzlich inne, senkte den Kopf und ließ die Kapuze ganz über sein Gesicht fallen. Bevor Tashil etwas sagen konnte, schob sich Corlek Ondene an ihnen vorbei zur Tür. Er trug einen mitgenommenen, breitkrempigen Hut, und obwohl er keinen von ihnen direkt ansah, bemerkte Tashil den Ausdruck trostloser Verzweiflung auf seinem Gesicht, als er sie passierte. Er strahlte noch etwas anderes aus, etwas Bedrohliches, was ihr einen Schauder über den Rücken trieb, als habe sie ein eiskalter Hauch berührt. Sie erkannte an Calabos' Miene, dass auch er das empfunden hatte. Sein bärtiges Gesicht wirkte fast gehetzt, doch seine Augen funkelten glühend.

»Was war das?«, sagte sie leise, als Ondene die Tür erreichte und hinaustrat.

Calabos schwieg eine Weile und holte dann tief Luft.

»Eine Vorahnung«, erklärte er. »Ondene läuft in sein Verderben. Kommt!«

Er stand abrupt auf, nahm hastig seinen Spazierstock vom Tisch und marschierte zur Tür. Tashil stürzte ihr Bier hinunter und ging ihm rasch hinterher.

Der kalte, dichte Nebel vom Fluss quoll durch die engen Gassen und verstärkte Tashils Furcht. Ihre Vorahnungen waren selten so stark, dass sie bis in ihr Bewusstsein drangen.

Während sie Calabos aus den *Vier Winden* folgte, fragte sie sich, warum er so besorgt um Ondene war. Doch dann rissen Stimmen sie aus diesen Grübeleien, als sie an der Einmündung einer Gasse vorübergingen, die an der Längsseite der Gaststätte entlangführte. Ein Lichtkeil durchdrang die Dunkelheit, als zwei Gestalten aus einer Seitentür heraustaumelten und in die Gasse einbogen. Ihnen folgte eine dritte, welche die Tür hinter sich schloss. Der Lichtschein und das Stimmengewirr aus der Schänke erloschen. Tashil lauschte einen Moment, erkannte die Stimmen der drei Studenten und folgte dann eilig Calabos, der an der nächsten Ecke unvermittelt stehen blieb und sich umsah. Der Nebel dämpfte das Licht der Laternen und Straßenlampen zu einem schwachen, vereinzelten Schimmern. Die grauen Straßen vor ihnen und zu ihrer Linken führten ebenerdig weiter, während rechts von ihnen eine Straße abbog, die zum Hügel anstieg. Von Ondene war weder etwas zu sehen noch zu hören, aber Calabos deutete nach rechts. »Hier entlang.«

Tashil hielt mit ihm Schritt und konzentrierte sich auf ihre magischen Sinne. Nach einem Moment glaubte sie, Zeichen auf den Pflastersteinen der Straße sehen zu können. Es war die Fährte, anhand derer Calabos seine Beute verfolgte. Erneut gewann die Neugier die Oberhand in ihr.

»Woher kennt Ihr Hauptmann Ondene, Meister?« Sie rief sich ins Gedächtnis, wie Calabos in der Schänke sein Gesicht verhüllt hatte.

Er lachte leise. »Ich kannte seinen Vater, Arnos, Baron Ondene, und daher die Familie. Ich war es, der dem Jungen damals geholfen hat, aus Sejeend zu entkommen. Für Arnos, seine Frau und ihren älteren Sohn konnte ich jedoch leider nichts tun.« Die Belustigung in seiner Stimme war Verbitterung gewichen.

Er verstummte und betrachtete aufmerksam die Pflastersteine. Schließlich deutete er mit seinem Spazierstock darauf. Tashil konnte sehen, dass sich andere Fußspuren zu der einzelnen Fährte gesellten und ein kompliziertes Muster bildeten, aus dem Fußspuren diagonal über die Straße zu einem kleinen Park führten. Die dunklen Bäume wurden von einer niedrigen Steinmauer umfasst, in der ein Spitzbogen eingelassen war, durch den die Fährte verlief.

»Sie haben ihn erwischt. Es muss gerade eben erst geschehen sein!«, sagte Calabos und lief los. Tashil konnte am Rand ihrer Wahrnehmung schwache Kampfgeräusche spüren, Zweige, die unter schweren Schritten brachen, Äste und Laub, die gegen Kleidung schlugen ...

Als sie auf einem breiten Weg in den Park eilten, mitten in das dämmrige Unterholz, drehte Calabos seinen Stab mit beiden Händen, teilte ihn in zwei Stücke und verstaute diese in seinem Mantel.

»Ich werde eine Umhüllung benutzen, um ihre Laternen zu löschen«, erklärte er leise. »Ihr rettet derweil den unglückseligen Hauptmann. Einverstanden?«

»Ja, Meister.« Tashil suchte in ihrem Gedächtnis nach einem angemessenen Gedankengesang.

Der bewaldete Park bildete eine dunkle Masse, die nur von dem flackernden Licht von Lampen unterbrochen wurde, das etwas abseits vom Hauptweg zwischen den Bäumen und Büschen hindurchdrang. Grausames Lachen und Schmerzenslaute drangen an Tashils Ohren, als sie den Gedankengesang der Klammer beschwor und ihn in ihren Gedanken kreisen ließ. Es war ein verwobenes Gebilde aus Wispern und Traumschatten. Calabos stand einige Schritte von ihr entfernt und streckte seine verschränkten Hände vor sich aus. Mit ihrer Magiersicht nahm sie die feste Entschlossenheit in seinen Zügen wahr, während er auf seine gefalteten Hände sah.

»Bereit?«, fragte er, ohne sie anzusehen.

Tashil hauchte ihr Schlüsselwort. Der Gedankengesang strömte in ihre Hände und überzog sie mit einem flackernden Netz aus eisblauer Macht.

»Bereit.«

Calabos nickte in einer knappen Geste und blickte auf das flackernde Licht der Laternen. Dann flogen seine Hände auseinander, als er den Umhüllungszauber freisetzte. Eine vollkommene, pechschwarze Dunkelheit breitete sich aus, verschluckte alle Einzelheiten und erstickte jeden noch so kleinen Lichtschein. Tashil hastete bereits zwischen den Bäumen hindurch, doch ihre Sicht war vollkommen an ihre Magiersinne gebunden. So nahm sie ihre Umgebung als geisterhafte Silhouetten und Umrisse wahr.

Momente später erreichte sie die Lichtung, auf der vier gespenstische Männergestalten auf dem Boden lagen und blindlings gegen Wurzeln und dornige Kletterpflanzen kämpften, während sie wütend und verwirrt brüllten und fluchten. Mit ihren glühenden Händen brachte Tashil einen nach dem anderen zum Schweigen und versetzte sie mit einer leichten, genauen Berührung in tiefe Bewusstlosigkeit. Alle, bis auf einen, der ein halbmondförmiges Amulett an einer Kette trug, die aus seinen billigen, unordentlichen Kleidern heraushing. Er widerstand ihrem Gedankengesang zunächst, doch dann flammte das Amulett einmal hell auf, erlosch, und sein Besitzer erstarrte.

Tashil hatte nicht gemerkt, wie angespannt sie war, bis sie die Erleichterung spürte, die ihre verkrampften Muskeln löste. Sie drehte sich hastig zu der Gestalt von Corlek Ondene um, der an einen Baum gebunden war und übel zugerichtet aussah. Sie band ihn los. Er konnte kaum stehen, also schlang sie sich seinen Arm um die Schultern und schleppte ihn weg. Sie kämpfte sich gerade mit ihm durch die Büsche, als Calabos mit seinen kräftigen Händen zupackte und sie von ihrer Last befreite. Als sie aus der Finsternis wieder auf die Straße traten, war Ondene bewusstlos. Calabos musste ihn über der Schulter tragen.

»Wie lange dauert es, bis diese Schläger wieder aufwachen?«, fragte der Poet schwer atmend.

»Eine knappe halbe Stunde«, erwiderte Tashil.

»Gut.«

Vor dem Eingang des Parks blieb er stehen und ließ den bewusstlosen Ondene von seinen Schultern sinken und lehnte ihn an die Mauer.

»Ich habe Pferd und Wagen in einem Mietstall in der nächsten Straße untergestellt«, erklärte er. »Passt Ihr auf unseren Freund auf. Ich bin gleich wieder da.«

Er verschwand und ließ eine beunruhigte Tashil zurück, die vor Kälte zitterte und ihr Mündel bewachte, während sie gleichzeitig den dunklen Park hinter sich nicht aus den Augen ließ. Alles schien ruhig zu sein. Eine kalte, tödliche Stille schien über dem verlassenen Park und der Straße zu liegen. Dann regte sich etwas am Rand ihrer magischen Sinne. Ein subtiles, unbehagliches Gefühl, als würde sie aus den Schatten der Straße heraus beobachtet, die von der Schänke hier hinaufführte. Sie drehte unmerklich den Kopf, bis sie die Straße mit ihrer Magiersicht beobachten konnte. Sie glitt durch die Entfernung und löste den grauen Schleier aus Schatten und Nebel allmählich auf ...

Hufgeklapper und das Rattern von Rädern störten ihre Konzentration. Einen Moment später tauchte ein Zweisitzer auf, aus dem Calabos kletterte. Der Moment des Unbehagens verflog. Tashil half Calabos, den bewusstlosen Ondene in die Kutsche zu hieven, kletterte hinein und zwängte sich auf den Sitz neben ihn. Calabos stieg wieder auf den Kutschbock, nahm die Zügel auf und trieb das Pferd an. Aus den Nüstern und dem Maul des Tieres stieg der Atem in großen Dampfwolken auf, als es wieder auf die Straße trabte.

»Wohin bringen wir ihn?«, erkundigte sich Tashil. »Ins Wachhaus?«

Calabos schüttelte den Kopf. »Ich halte es für besser, wenn wir zu meiner Stadtloge fahren. Dort sind wir sicherer.«

Damit hatte er zweifellos Recht. Calabos' Stadtsitz war wie eine Festung gebaut. Tashil lehnte sich auf dem harten Sitz zurück, während ihr Meister den Einspänner um den Park herum in die östlichen Bezirke von Sejeend steuerte.

Aus einem schattigen Torweg starrte eine große, hagere Gestalt dem Einspänner nach. Das rechtzeitige Eingreifen der beiden Magier hatte es ihm zwar erspart, Ondene selbst aus seiner misslichen Lage befreien zu müssen, aber dennoch kamen sie ihm verdächtig vor. Vor allem dieser mächtige, ältere Mann, der sich so geheimnisvoll gab. Die junge Frau besaß vielleicht weniger magisches Potenzial, aber es war ihr immerhin gelungen, seine Gegenwart wahrzunehmen, obwohl er so weit von ihr entfernt gewesen war.

Er sog die kalte, dunstige Luft ein, die ihn an den Seenebel erinnerte. Er lächelte. Er sehnte sich danach, auf das Deck der Sturmklaue *zurückzukehren, aber er und seine Gefährten waren vom erhabenen Prinz Agasklin persönlich mit der Wahrung von Ondenes Geheimnis beauftragt worden. Agasklin hatte dabei auf irgendwelche rätselhaften Sätze aus dem Buch der Stürme angespielt. Seine Pflicht zwang ihn nun, Ondenes Rettern zu folgen und ihr Ziel herauszufinden, was angesichts ihrer Eigenheiten nicht schwierig sein konnte.*

Er reckte sich, rollte Kopf und Schultern, um die steifen Muskeln seines Nackens zu lockern, und begab sich dann eilends an ihre Verfolgung.

3

Vom ersten kristallklaren Morgen
Bis zur letzten glücklosen Nacht,
Zog er über hundert Inseln,
Schlief in hundert Höhlen,
Und betrauerte das verlorene Land.

Ralgar Morth, Der letzte Schildwall

Während Corlek Ondene zwischen Wachen und Bewusstlosigkeit hin und her taumelte, wurde er von Schmerzen gequält. Ihm schien es, als würde er in einer Art Karren gefahren und später dann sogar von jemandem getragen. Gesprächsfetzen durchdrangen den wogenden Nebel in seinem Verstand und vertrieben die anderen Bilder seiner Erinnerung, die jedoch hartnäckig immer und immer wieder auftauchten. Wie diese Angreifer sich von allen Seiten auf ihn gestürzt hatten, bevor sie ihn in den Park schleppten, wie sie ihn an einen Baum fesselten und ihn prügelten, wie einer sagte: »Du hättest nicht wiederkommen sollen ...!«

Als er zu sich kam, lag er weich gebettet mitten in einem dämmrigen Raum, der von dem gelblichen Schein des Kaminfeuers und einiger Lampen erleuchtet wurde. Zwei Menschen saßen rechts und links neben seinem Bett ...

Dann nur noch eine Person, deren Hand sich kühl auf seiner Haut anfühlte, als sie ihm das Haar aus der Stirn strich. In dem milden Licht des Feuers nahmen ihre Gesichtszüge gewisse Ähnlichkeiten mit denen seiner Mutter an, deren aristokratische Strenge von einer verhärmten Trauer gemildert wurde.

»Mein Sohn«, glaubte er sie sagen zu hören. *»Mein armer, misshandelter Sohn ...«.* Dann zuckte das Feuer, und Licht und Schatten verwandelten ihre Züge in das Antlitz von Lyndil, der Tochter des Kaisers, die ihn einen süßen Moment lang anlä-

chelte, bevor sich das Gesicht erneut veränderte und nun einer jungen Frau gehörte, die er nicht kannte ...

Aber die Gezeiten seiner Schwäche trugen sie hinweg, und als er aus einer weiteren Ohnmacht erwachte, nahm er eine andere Person wahr. Groß und dunkel stand sie neben dem Bett. Ihr eindringlicher, prüfender Blick lastete fast wie ein fühlbarer Druck auf jeder Faser seines Körpers. Und als dieser merkwürdige Druck verschwand, spürte Corlek, dass auch seine Schmerzen verschwunden waren.

Das Gesicht der dunklen Gestalt verbarg der tiefe Schatten einer weiten Kapuze, dafür jedoch funkelte ein mit Messing verziertes Langschwert im Licht des Kaminfeuers, das an der Wand hinter dieser Person hing. Eine alte Redensart wisperte wie eine vagabundierende Erinnerung durch Corleks Bewusstsein ... *werde zur Schneide des Schwertes* ... bevor ihn der Schlaf wie eine gewaltige Woge übermannte, die aus dem unergründlichen Ozean der Erschöpfung über ihm zusammenschlug.

Es hatte ihn zufrieden gestellt, gemeinsam mit Tashil Corleks Wunden zu heilen. Am Ende jedoch kämpfte die junge Frau darum, wach zu bleiben. Auch an Calabos ging die Anstrengung dieser Arbeit nicht spurlos vorüber, aber er verfügte über größere Kraftreserven als seine Schülerin. Schließlich bestand er darauf, dass sich Tashil zur Ruhe legte. Sie hatten alles getan, was in ihrer Macht stand. Gähnend hatte sie zugestimmt, ihm eine gute Nacht gewünscht und sich in der Kammer zur Ruhe gebettet, die er ihr zugewiesen hatte.

Calabos blieb allein neben Corlek Ondenes Lager zurück und dachte über den letzten Spross dieses entehrten und ausgelöschten Adelshauses nach. Als er in dem dunklen Raum neben dem Bett stand, erinnerte er sich an einen sonnigen Tag auf dem Besitz der Ondenes zurück, den er in Begleitung des Barons und seiner Falken verbracht hatte. Damals war ein sehr viel jüngerer Corlek jubelnd aus dem Herrenhaus zu ihnen gerannt, versessen darauf, seinem Vater das mit Siegeln und Bändern geschmückte Pergament zu zeigen, das seine Aufnahme in die Kadettenschule der Kavallerie seiner Majestät des Kaisers bestätigte.

»Hast du dich jemals an das erinnert, was ich dir an jenem Tag gesagt habe?«, fragte Calabos leise den bewusstlosen Corlek. »›Trainiere hart, und du wirst zur Schwertschneide deines Kaisers, überlebe und lerne, so wirst du zur Schneide deines eigenen Schwertes.‹ Ich frage mich, was dich diese zehn Jahre deines Exils wohl gelehrt haben.«

Unvermittelt flatterten die Augenlider des Mannes, und er sah Calabos an. Doch dann glitt sein Blick ohne Ziel und unwillkürlich durch das Zimmer, bis die Lider erneut flatterten und sich schlossen. Dann schlug er die Augen noch einmal auf. Diesmal wanderte Corleks Blick nur kurz umher, bis er an dem Langschwert hängen blieb, das hinter Calabos an der Wand hing. Der runzelte die Stirn und achtete auf eine mögliche Veränderung in der Waffe. Nichts störte ihre Ruhe. Corlek murmelte etwas Unzusammenhängendes, drehte sich auf die Seite und schlief wieder ein.

Calabos wusste, dass dieser Schlaf ihn heilen würde, verließ den abgedunkelten Raum und ging in seine eigenen Gemächer. Rasch entkleidete er sich und zog die schweren Wolldecken über sich. Er schob alle Gedanken beiseite, verlangsamte seinen Atemrhythmus und stürzte sich in den Schlaf wie ein Schwimmer, der sich vom Strand ins Meer wirft.

Doch seine Kontrolle über die Schluchten und Abgründe seines Verstandes war in dieser Nacht weniger vollkommen als sonst. Immer wieder schossen verworrene Gedanken flüchtig durch seinen Geist.

Er befand sich in einem düsteren, durchscheinenden Nebel. Schwarze, silberne und graue Schatten herrschten hier, und von überall her drangen verzweifeltes Stöhnen, Seufzen, erstickte Rufe und Schmerzensschreie auf ihn ein. Calabos wollte aus diesem fremdartigen Traumzustand erwachen, doch gleichzeitig hielt ihn die Neugier darin fest. Er beobachtete eine Abfolge von grotesken Visionen. Ein Mann mit einem Katzenkopf, eine Anzahl schwarzer, geisterhafter Kinder, die in der Luft schwebten und ihre Köpfe und Gliedmaßen wild schüttelten, während sie seltsame Figuren tanzten. Eine Frau mit goldblondem Haar und einer Fackel in der Hand wurde von einem einäugigen Barbaren verfolgt und getötet. Als er ihr das Fleisch vom Körper riss, kamen jedoch keine Knochen zum Vorschein, sondern Dolche, Schwerter, Pfeile und Äxte, allesamt blutverkrustet. Calabos sah einen großen, schwarzen Bullen, aus dessen Augen und Mund goldenes Feuer leuchtete und der eine Spur aus brennenden Buchstaben hinterließ, als er durch die Luft galoppierte. Die Buchstaben entstammten der alten Othazi-Schrift und bildeten verschiedene Flüche und Verwünschungen.

Dann wurden die sich langsam drehenden Spiralen des aschfarbenen Nebels erschüttert, als wäre etwas Gewaltiges dicht neben ihm vorübergegangen. Lücken rissen in dem schweren Schleier auf, in denen Gesichter von Männern und Frauen auftauchten, die Calabos anstarrten, als würden sie ihn erkennen. Er dagegen kannte keinen von ihnen. Sie musterten ihn wütend und mit kalter Verachtung, während ihre blutleeren Lippen lautlos ein Wort formten, einen Namen, den sie unaufhörlich wiederholten ...

Calabos riss sich hastig aus dem Traum los und wachte in seinem kalten Gemach auf. Der erste Schimmer des Tages drang durch die Vorhänge und tauchte den Raum in ein schwaches, graues Licht. Er setzte sich auf, schwang seine Beine über den Bettrand und stellte seine nackten Füße auf den blank polierten Holzboden. Sein Kopf war voll von den Bildnissen seines Traumes.

Das ist kein gutes Zeichen, dachte er. Gar kein gutes Zeichen.

Es war schon sehr, sehr lange her, seit er etwas geträumt hatte, das so voller Zeichen gewesen war und ihn so sehr beunruhigt hatte. Er musste die Bedeutung dieser Symbole herausfinden, und es gab nur einen Mann, dem er eine solche Wahrheit anvertrauen konnte. Ihn zu besuchen, bedeutete einen zweistündigen Ritt nach Norden zu einer Ortschaft im Vorgebirge des Rukang-Massivs.

Er zuckte mit den Schultern, stand auf, kleidete sich in dunkle, warme Reisegewänder, verließ das Zimmer und ging in die von Lampen erhellte Empfangshalle des Stadthauses hinab, in der zwei Wachen Dienst taten. Er winkte einen zu sich, einen Kejaner namens Gillat, und befahl ihm, Osig, den Stallknecht zu wecken. Er sollte ihm eine Stute für einen morgendlichen Ausritt satteln. Während Gillat davoneilte, um den Befehl auszuführen, zog sich Calabos Stiefel und einen Reitumhang über. Dann blieb er vor dem großen, ovalen Spiegel unter einer der Lampen stehen, wo er sein Ebenbild sorgfältig betrachtete. Verriet es Spuren der Wahrheit?

Vor ihm stand ein großer, grauhaariger Mann, der den Zenit seines Lebens bereits deutlich überschritten hatte. Trotzdem strahlte er eine gewisse Energie aus. Das dunkelbraune Wams und die Hose waren nüchtern und formell, doch der halblange Umhang verlieh ihm ein beindruckendes Aussehen.

Dennoch konnte er die Erinnerung an diese körperlosen Köpfe nicht abschütteln, die lautlos immer wieder ein Wort gerufen hatten. Einen Namen, den er so gut kannte.

Calabos fühlte eine alte Furcht in sich aufsteigen. In der Vergangenheit war es nur wenigen Traumbildern gelungen, die sorgsam errichtete Barriere zu überwinden, die er über die Abgründe seiner Erinnerung gelegt hatte. Fetzen von schneebedeckten Schlachtfeldern, endlose Schlachtreihen dunkler Armeen und Szenen eines grauenvollen Blutbades. Konnten diese Traumbilder die ersten Bruchstücke eines Beweises sein, dass der Herr des Zwielichts zurückgekehrt war, um Sejeend heimzusuchen?

Dreihundert Jahre, dachte er, und beinahe ein Dutzend Leben habe ich gelebt, Hunderte von Freunden und Geliebten gewonnen und verloren, bin mit Schiffen zu allen Küsten gesegelt, habe alle Städte gesehen und bin hier und dort aufgetaucht und wieder verschwunden, und dennoch spüre ich dein Mal auf meinem Geist, eine Narbe, die so dauerhaft und tief ist, dass sie sofort in anderen selbst das schwächste Teil von dir erkennt ...

Erneut drangen die Gesichter aus seinen Träumen auf ihn ein. Sie starrten ihn mit gnadenlosen Blicken an und formten mit ihren aufgerissenen Mündern lautlos die Buchstaben des einen Namens, unaufhörlich ...

Byrnak, Byrnak, Byrnak, Byrnak ...

Calabos schloss gequält die Augen und knirschte mit den Zähnen.

Nein! Dieser Name gehörte einem anderen, einem, der Marionette und Maske war, einem, der den Tod seines Gottes nicht überlebte ...

Er öffnete die Augen und starrte in sein Spiegelbild. Unverhüllte, grimmige Entschlossenheit funkelte zurück.

Wer weiß schon, wann mich die Unsterblichkeit berührte?, dachte er. Vielleicht war es die Konsequenz, als Wirt eines Gottes zu dienen, oder mein Eintauchen in den BrunnQuell, möglicherweise auch beides. Ich habe jedenfalls schon dreihundert Jahre gelebt, ein Dutzend Gesichter und Namen getragen, und jedes schenkte mir mehr Selbsterkenntnis und innere Stärke als das vorige ... Nein, Byrnak ist tot, und Calabos lebt!

Eine Seitentür in der Halle schwang auf. Osig, der Stallknecht, trat herein, und mit ihm drangen ein Hauch kalter Luft und die Morgensonne in die Halle. »Gebieter, Euer Pferd ist bereit.«

Calabos nickte, hinterließ Gillat eine kurze Mitteilung für Tashil und folgte Osig in den Stallhof. Es war kalt, und eine Windbö schüttelte die Blüten von dem alten Apfelbaum in der Ecke des Hofes. Calabos schwang sich in den Sattel und keuchte dabei angestrengt, ein Täuschungsmanöver für seinen Stallknecht, während der das schwere Hoftor für ihn öffnete.

Nachdem es hinter ihm wieder verschlossen und verriegelt war, trabte Calabos über die schmale Straße, die in östlicher Richtung an Stadthäusern und Webereien vorbeiführte, bevor sie nach Norden abbog. Eine Weile später erreichte er ein riesiges, eisernes Portal, das in einen trutzigen, massiven Teil der Stadtmauer eingelassen war und die alte Grenze Sejeends markierte. Es gab noch andere solcher Tore rund um die Stadt herum. Einige davon waren bewacht, andere, wie dieses, unbeaufsichtigt und geöffnet.

An der Straße dahinter lagen weitere Häuser und Gebäude. Calabos lächelte, als er daran vorbeiritt und sich an die Zeit erinnerte, als die Tore noch eine echte Barriere gegen die Außenwelt gewesen waren. Sejeend war viel kleiner gewesen, damals, als Kaiser Tauric III. die melancholische, halb verlassene Insel Besh-Darok aufgegeben und seinen Hof und die Hauptstadt von Khatris hierher verlegt hatte. Calabos runzelte die Stirn, als er in seiner Erinnerung nach dem Namen suchte, den er damals angenommen hatte ... Malban, richtig. Malban, gebildeter und lakonischer Schwertmeister, Lehrer für die Kinder des Adels und reicher Kaufleute.

Er erinnerte sich an den Anblick der Flotte Taurics des III., auf der sein Hofstaat in Sejeends größerem Außenhafen eingelaufen war. Es war ein klarer Sommernachmittag gewesen, die Steine der Stadt strahlten die Hitze des Tages ab, und die untergehende Sonne tauchte den Himmel in helles Rot, das von grellen, orangefarbenen Strahlen durchzogen war. Mit unzähligen Fahnen geschmückt, hatte die Trireme des Kaisers den stattlichen Konvoi vornehmer Schiffe und langsamer Lastgaleeren angeführt, die schwer mit sämtlichen Reichtümern und Gütern des Palastes in Besh-Darok beladen waren. Calabos hatte die Flottenparade vom Balkon einer Schänke auf der Klippe verfolgt, dem *Seiltänzer*, von der man früher einmal einen großartigen Blick über die Flussmündung und die Umgebung gehabt hatte. Von dort oben aus ähnelte die Flotte des Hofes mit ihrem Geleitschutz aus Kriegschiffen gewaltigen Insignien, die sich Sejeend näherten.

Calabos lachte leise, während er weiterritt. Der *Seiltänzer* hatte diesen historischen Moment nicht lange überdauert. Er war kurz danach abgerissen worden, um Platz für die Gärten und Kreuzgänge des neuen Palastes zu schaffen, der damals erst halb fertig war.

Ich wünschte mir fast, ich hätte diese Schänke gekauft, dachte Calabos jetzt. Dann hätte ich sie abtragen und weiter oben auf den Klippen neu aufbauen können. Vielleicht baue ich sie ja nach, wenn sich erst einmal eine dicke Schicht von Jahren auf diesem Jahr abgelagert hat ...

Die Ortschaft hieß Hekanseh. Sie schmiegte sich zwischen zwei Hänge des grünen, dicht bewaldeten Vorgebirges des Rukang-Massivs. Wie viele andere Ortschaften nördlich von Sejeend oder auch in westlicher Richtung an der Flanke von Gronanvel, war Hekanseh eine uralte Siedlung, die sich während der Blütezeit vergangener Jahrzehnte zu einer Ortschaft vergrößert hatte. Ihre Besonderheit war, dass es hier eine Klause des Friedens gab, eine von mehreren, die über das ganze Kaiserreich verstreut waren. Diese Häuser waren von den Heilern des Ordens der ErdenMutter gegründet worden und boten den Kranken im Geiste Zuflucht. Dort kümmerte man sich um sie und studierte sie gleichzeitig. Hekansehs Klause des Friedens war Calabos' Ziel, und einer seiner Bewohner sein Ratgeber.

Er vermied die Hauptstraße der Ortschaft und ihren Marktplatz und ritt stattdessen über einen schmalen Pfad, der den westlichen Ortsrand von Hekanseh umging. Er kam an einen Schotterweg, der auf einen Berghang führte, und bog in eine buschbestandene Schlucht ein, die zwischen hohen Bäumen lag. Als er zwischen den Bäumen hinausritt, wurde der Weg eben, und er sah ein kleines, verwittertes Haus, von dessen gedrungenem Glockenturm das Banner der Heiler hing. Mauerdorn und Efeu überwucherten die Fassade und verbargen einige der großen, dekorativen Fenster. Sie überzogen sogar das große, geschwungene Portal, durch das er sein Pferd lenkte.

In dem kleinen, ummauerten Hof stieg er ab. Eine junge Novizin der Heilkunst im grünen Gewand trat an ihn heran und nahm ihm die Zügel seines Pferdes ab. Von der anderen Seite kam einer der geweihten Brüder auf ihn zu. Er stützte sich auf einen langen, einfachen Gehstock, den er mit jedem Schritt vorwärtsschwang.

»Willkommen, Herr Calabos«, begrüßte ihn der Mönch. »Wir haben Euch nicht vor nächster Woche erwartet.«

Calabos ließ sich von der kühlen Begrüßung nicht aus der Fassung bringen. Der Mönch war Niloc, der wichtigste Ordensbruder des Hauses nach Bischof Waldemar.

Niloc war ein hochmütiger, humorloser Mann, den Calabos gern reizte, indem er ihm den stumpfsinnigen Aristokraten vorspielte.

»Mein guter Bruder Niloc«, erwiderte er jovial. »Ich habe meinen täglichen Ausritt ein bisschen ausgedehnt und bin unversehens in die Nähe des prächtigen Hekanseh geraten. Da kam mir in den Sinn, an diesem Tag noch etwas Tugendhaftes zu vollbringen und meinen armen Kusin zu besuchen. Sagt mir bitte, wie geht es ihm?«

Trotz Nilocs beherrschter Miene spürte Calabos seine Verachtung. Es bereitete ihm leichte Gewissensbisse, dass er die Vorurteile des Mannes verstärkte. Andererseits war es eine notwendige Tarnung.

»Er hat in diesen letzten Tagen eine ungewöhnliche Klarheit an den Tag gelegt«, erwiderte Niloc. »Aber Näheres müsst Ihr beim Bischof erfragen ...«

»Liegt das vielleicht an der Kost, die Ihr ihm verabreicht?«, erkundigte sich Calabos. »Oder möglicherweise am Wasser, hm?«

Er konnte die bissige Erwiderung beinahe hören, die Bruder Niloc sichtlich auf den Lippen lag, aber das Auftauchen des Bischofs verhinderte, dass er sie äußerte. Bischof Waldemar trat aus einer niedrigen Tür in einer Ecke des kleinen Hofes. Er war ein untersetzter, kahlköpfiger Mann mit einer starken Persönlichkeit, was seine energischen Gesichtszüge deutlich verrieten. Die leichte Unordnung seiner grünen Roben tat seiner Autorität keinerlei Abbruch.

»Ah, mein guter Calabos!«, rief er. »Welch unerwartete Freude, Euch heute in unserem Haus begrüßen zu dürfen. Danke, Bruder Niloc, dass Ihr unseren Freund empfangen habt. Ich nehme mich unseres Gastes jetzt selbst an.«

Niloc senkte kurz den Kopf. »Wie Ihr wünscht, Eure Eminenz.« Mit einem kühlen Nicken in Calabos' Richtung verschwand er durch die Tür.

Der Bischof schüttelte den Kopf und tippte Calabos leicht mit dem Zeigefinger auf die Brust. »Eines Tages werdet Ihr dieses Possenspiel übertreiben. Niloc wird Euch dann weit weniger höflich begegnen ...«

Calabos lachte ironisch, als sie das Gebäude betraten. »Ich glaube kaum, dass er mir wirklich Beachtung schenkt«, sagte er. »Aber ich verstehe, was Ihr meint.«

Im Inneren führte ein langer, hoher Korridor an der Längsseite des Gebäudes entlang. Aus den kleinen Fenstern hoch oben in den Wänden drang nur wenig Tageslicht herein. Calabos blieb stehen und schaute den Bischof an.

»Wie geht es ihm?«

Waldemars Miene wurde plötzlich ernst, ein Ausdruck, den seine Augen weitaus häufiger zeigten als Heiterkeit. Calabos hielt viel von der Intelligenz und dem Mitgefühl dieses Mannes. Er würde ihm weder ausweichen, noch irgendwelchen Unsinn erzählen.

»In den letzten anderthalb Wochen war er bei Verstand«, erwiderte der Bischof. »Es dürfte die längste Periode ungebrochener geistiger Klarheit sein, seit Ihr ihn zu uns gebracht habt ... Bis gestern Abend, jedenfalls.«

Calabos verließ der Mut, und die Erinnerungen an seine Träume schossen ihm durch den Kopf. »Hat sich sein Verstand wieder vernebelt?«

Bischof Waldemar nickte traurig und führte Calabos zu einem Durchgang, hinter dem eine grob gehauene Steintreppe ins Obergeschoss führte.

»Sein unbeständiger Geist schwankt jedoch auf eine merkwürdige Weise, als wäre seine Vernunft ein Pendel, das zwischen Dunkel und Hell hin und her schwingt und dabei unbekannten Gesetzmäßigkeiten gehorcht«, erklärte er, während er vor Calabos die Treppe hinaufging. »Ich fürchte, er hat wieder angefangen zu schnitzen.«

»Verstehe.« Calabos nahm die Stufen mit schweren Schritten. »Hat sich schon eines seiner ... Talente gezeigt?«

»Hmm ... Bis jetzt nicht.«

Waldemar war für sein Alter noch recht rüstig und zeigte keine Zeichen von Anstrengung, als sie den oberen Absatz der Wendeltreppe erreichten. Calabos atmete aus Gewohnheit schwerer und lehnte sich kurz an die Wand, nachdem er die letzte Stufe genommen hatte. Von dem Treppenabsatz gingen zwei Türen ab.

»Ihr solltet wissen«, fuhr Waldemar fort, »dass ich letzte Woche ein sehr faszinierendes Gespräch mit ihm geführt habe. Wir unterhielten uns über cabringanische Poesie aus der Epoche von Droshan dem Ersten. Falls Ihr mir diese Frage erlaubt: War er einmal Archivar?«

»Ich werde sein Vertrauen sicher nicht missbrauchen, wenn ich sage, dass sich gewiss Archive unter seiner Obhut befanden. Bis zu seinem tragischen Unglück, versteht sich.«

Bischof Waldemar nickte ernst, trat dann zu einer der beiden Türen und legte sein Ohr an das dunkel gemaserte Holz.

»Es scheint alles ruhig zu sein«, sagte er. »Ihr könnt eintreten, wenn Ihr wollt. Ich erwarte Euch in der Wachkammer.« Er deutete auf die andere Tür.

Calabos blieb zögernd vor der Tür stehen, während sich seine Gedanken beinahe furchtsam überschlugen. Dann riss er sich zusammen, öffnete die Tür und trat ein.

In dem niedrigen, rechteckigen Raum war ein Schlafalkoven in der Wand neben der Tür eingelassen. Die grauen, grob verputzten Wände waren schmucklos bis auf einen Gobelin, der mit Bäumen und unleserlichen Versen bestickt war. In einem kleinen Kamin glühte ein halb erloschenes Feuer, daneben stand ein halb leerer Korb mit Feuerholz sowie ein massiver Holzstuhl und ein niedriger, dreibeiniger Hocker. Eine bronzene Öllampe hing in Schulterhöhe an einem Wandarm aus Eisen. Ihr Licht konnte jedoch den dämmrigen Raum nicht erhellen, in dem die Vorhänge vor dem einzigen Fenster zugezogen waren und das Tageslicht dämpften. In der Mitte des

Gemachs stand ein niedriger, schwerer Tisch, der mit Holzresten, unterschiedlich langen geschälten Zweigen und ein paar Brettern übersät war. Einige von ihnen wiesen Spuren von Bearbeitung auf. Sie zeigten grobe Halbreliefs von Pferdeköpfen, Schiffen und Fischen. Die Ecke des Tisches, die der Tür zugewandt war, war ebenfalls mit Schnitzwerk verziert worden, einem fantasievollen Gewirr aus Blättern, Beeren und Ranken, aus denen hier und da die Schnauze eines kleinen Fuchses hervorlugte.

Ein Ableger der Ranken kroch über den Rand zu der Gestalt des Mannes am Tisch. Er trug eine abgetragene gelbe Tunika und beugte sich über ein flaches Stück goldgelben Steinholzes. Er bearbeitete es energisch, ja beinahe wütend, mit einem kleinen Werkzeug. Calabos lächelte, als er seinen alten Gefährten betrachtete, sein freiwilliges Mündel.

»ER ist hier!« Der Mann legte das Werkzeug zur Seite und drehte sich um.

Mehr als dreihundert Jahre und lange Perioden der Geistesgestörtheit hatten die durchdringende Strenge in Coireg Mazarets Augen nicht lindern können.

Calabos erwiderte den unsteten Blick, als ihm die Bedeutung der Worte dämmerte. *Der Herr des Zwielichts ist hier ...*

»Bist du sicher? Woher weißt du das?«

Coireg Mazaret lachte barsch und verächtlich auf und wühlte in dem Haufen aus Holzstücken vor sich. »Woher wohl? Natürlich durch meine Verbindung zum BrunnQuell. Er pulsiert immer noch in den tiefsten Abgründen der Leere, aber ich spüre jede Flut und jede Ebbe des gefangenen Ozeans. Einiges davon ist über die Grenzen zwischen den Reichen gedrungen. Sein gieriger Geist ist wieder in dieser Welt unterwegs.«

Er unterbrach sich, als er fand, was er in den verstreuten Holzstücken gesucht hatte. Es war ein dunkles Stück Holz, das er fest gegen seine Brust drückte, als er weitersprach. Calabos hörte ihm aufmerksam zu, während eine dunkle Ahnung sich in ihm ausbreitete.

»Sein gieriger Geist«, wiederholte Mazaret. Seine Augen

glänzten wie im Fieber. »Er ist auf dem Höhepunkt dieses letzten Gefechts nicht gestorben, weißt du, nicht gänzlich und nicht wirklich ... Ich habe das von dir verfasste Drama darüber gelesen. Du hast klug gehandelt, keine unwahrscheinliche Endszene zu ersinnen, in welcher der junge Kaiser seinen Widersacher endgültig überwindet ...«

»Wo ist Er?«, wollte Calabos wissen.

»Er regiert in der Schwärze«, sagte Coireg und lächelte boshaft. »In der glitzernden, erhabenen, herrlichen Schwärze ...« Er drehte sich auf seinem Stuhl halb herum, während er Calabos einen abschätzenden Blick zuwarf. »Sag mir, denkst du jemals an den Tod, Poet? An deinen Tod?«

Calabos knirschte mit den Zähnen. *Seit drei Jahrhunderten immer wieder dieselbe verfluchte Frage ...*

»Nicht an meinen Tod«, entgegnete er.

»Die große Ebene von Khatris verwüstet, die Städte und Ortschaften niedergebrannt, ihre Bewohner abgeschlachtet oder versklavt ...«

»Nicht an meinen Tod«, wiederholte er scharf.

Coireg stand auf und drehte sich jetzt ganz zu ihm herum. »War es nicht deine Hand, welche die Länder von Yularia und Anghatan ihrer Männer beraubte? Zehntausende zählten sie, und sie wurden allesamt von deinen Akolythen entführt, die sie zu Gefäßen für ältere, loyalere Geister machten ...«

»Nicht durch meine Hand«, widersprach Calabos grimmig.

»... und die toten Mogaun, die Toten von Besh-Darok und diejenigen deiner maskierten Sklavenarmee, die ihren Tod zweimal erlitten ...« Mazaret ging auf ihn zu, bis er kaum noch eine Armeslänge entfernt war. »Ein gewaltiges, alles bedeckendes Gebirge von Toten, ein Abgrund der Qualen, ein Meer aus Blut.« Er bleckte die Zähne zu einem verzerrten Grinsen. »Dein Tod. Deine Hand.«

Blick traf auf Blick, Wille rang mit Wille. Calabos musste sich zusammenreißen, um dem Druck dieses geistesgestörten, boshaften Wesens vor ihm zu widerstehen. Gleichzeitig hielt er sich vor Augen, dass dies nur ein Teil von Coireg Mazaret war, pervertiert und deformiert von den unmenschlichen Torturen jenes Geistes, der ihn vor drei Jahrhunderten unterjocht hatte.

»Das Ich, das ich jetzt bin«, antwortete Calabos schließlich leise, »hat kaum existiert, als Byrnak den Pfad entlangtaumelte, den ein anderer ihm wies. Als Er ... von dem vereinten Schwert befreit wurde, hörte Byrnak auf zu existieren. Er bestand nur noch aus einer wandelnden Hülle, einigen Instinkten und Gewohnheiten, genug, um so etwas wie ein vernunftbegabtes Wesen nachahmen zu können ...«

Mazaret lachte finster. »Aber du erinnerst dich, nicht wahr?«

Es stimmte. Selbst nach all den Jahren glich sein Verstand einem gewaltigen Lagerhaus voller Erinnerungen eines anderen, aber das war längst nicht alles. Seine, Calabos' Hände, waren dieselben, die einst jene Axt gehalten hatten, die Kisos Hände in jener schicksalhaften Nacht von Taurics Gefangenschaft abgehackt hatte. Seine Macht hatte den Schwarzen Priester Ystregul unterworfen und ihn nach dem ersten, misslungenen Angriff auf Besh-Darok in den mit Zaubern gesicherten eisernen Käfig gesperrt. Seine Brust war von dem vereinten Schwert durchdrungen worden, das Nerek führte ...

Calabos atmete tief ein und langsam wieder aus. Seine Anspannung ließ allmählich nach.

Er fürchtete diese wiederholten Begegnungen mit Coireg Mazarets Wahnsinn, aber er brauchte sie ebenso. Coiregs Verrücktheit war ebenso das Ergebnis seines Eintauchens in das Grauen wie auch der vollen Kraft des BrunnQuell.

»Meine Erinnerungen gehören mir«, antwortete er. »Ich heiße sie willkommen oder lehne sie ab. Ich gehe mit ihnen um, wie es mir gefällt.« Er beugte sich ein wenig vor und erwiderte Mazarets feindseligen Blick. »Dessen ungeachtet wäre es für uns außerordentlich nützlich, wenn du mir sagen könntest, wo Er sich aufhält ...«

Mazaret grinste verschlagen. »Im Nachtreich, der Domäne der Ewigkeit.«

»Wie kann es hierher gelangen?«

Aber Mazaret hörte ihn nicht. Sein fiebriger Blick zuckte durch den Raum. »Erinnerst du dich noch daran, was ich dir auf dem Dach des Großen Frieds in Rauthaz gesagt habe?«

Calabos konnte sich diesen Moment mühelos ins Gedächtnis rufen, ebenso wie alles, was dort gesagt wurde, noch während Mazaret selbst die Worte wiederholte.

»Geister im Himmel und im Meer und in dem schwarzen Abgrund der Nacht … umgeben von Geistern, von Armeen und ganzen Völkern von Geistern …«

Mazaret streckte die Hand aus und hielt Calabos das Stück schwarzen Eisenholzes hin. Er nahm es misstrauisch entgegen, während die Worte weiter aus Coiregs Mund sprudelten.

»Eine Welt voller Geister, bis zum Überlaufen voll, hungrig genug, um das Fleisch des Firmaments und die Knochen der Erde zu fressen … Sie lassen nichts übrig, nur Schatten …« Er trat zurück, und sein bleiches Gesicht verzerrte sich vor Angst. Seine Augen waren starr auf etwas gerichtet, das anscheinend nur er sehen konnte. *»… die Welt selbst ist ein Gespenst, ein durchscheinendes Pergament, gespannt über einen rußgeschwärzten Schädel …!«*

Er verdrehte die Augen, bis nur noch das Weiße darin zu sehen war, sank zur Seite und stieß einen Stuhl um, während er zu Boden fiel. Calabos sprang vor und fing ihn gerade noch rechtzeitig auf. Einen Moment später legte er ihn sanft auf die schlichte graue Pritsche. Coireg kam langsam wieder zu Bewusstsein, er stöhnte und hustete schwach, und seine Augenlider hoben sich zuckend. Calabos schenkte Wasser aus einem Krug am Boden in einen Becher und hielt ihn Mazaret an die Lippen. Der nickte dankbar und trank mit kleinen Schlucken.

»Du bist ein guter Freund«, sagte er schließlich. »Ich wünschte, ich wäre dir weniger eine Bürde als eine Hilfe.«

»Du hilfst mir mehr, als du ahnst«, antwortete Calabos. »Und zwar schon vom Beginn unserer gemeinsamen Wanderschaft an.«

»Wenn ich jetzt nur …« Coireg Mazaret schüttelte vorsichtig den Kopf. »Alles, wovon mein Schatten in diesen Tagen erfährt, ist von seltsamen Symbolen überlagert, deren Sinn ich nicht ergründen kann.«

»Er war aber recht eindeutig, was unseren alten Widersacher betrifft«, meinte Calabos. »*Er ist hier.*«

»Und er hat einen Ort erwähnt ...«, Mazaret gähnte ausgiebig, »den er *Nachtreich* nannte, die Domäne der Ewigkeit. Irgendwie klingt das vertraut.«

Calabos runzelte die Stirn. »Ich habe das auch schon gehört, aber das muss nach dem Krieg gewesen sein. Ich weiß nicht mehr, wann und wo ...« Unsicher hielt er inne und erwog mehrere Möglichkeiten. »Es klingt nach einem Gebet, einem Ritual oder vielleicht einer Anrufung ...«

Er unterbrach sich, als ihm auffiel, dass Coireg Mazaret fest schlief.

Du segelst wahrlich auf deiner eigenen, rastlosen See, dachte er, und ziehst merkwürdige Fänge in deinen Netzen aus der Tiefe hinauf.

Sorgfältig stellte er Krug und Becher auf den Boden in Reichweite der Kastenpritsche, stand auf und verließ leise das Zimmer. In dem schmalen Flur zog er das geschnitzte Stück Eisenholz aus der Tasche und betrachtete es. Es war sehr sorgfältig bearbeitet, und die Einzelheiten traten deutlich hervor, was seine Wirkung allerdings noch beunruhigender machte. Es zeigte eine flache Oberfläche, aus der sich Gestalten von Menschen erhoben, Gesichter, Köpfe und Schultern, Hände und Arme. Alle schienen gegen ihr Ertrinken zu kämpfen ...

Die andere Tür öffnete sich, und Bischof Waldemar trat in den Flur. Ruhig schob Calabos die Holzplastik in seine Tasche.

»Habt Ihr ihn zugänglich vorgefunden?«, erkundigte sich der Bischof.

»Er war eher halsstarrig«, erwiderte Calabos lächelnd. »Aber dabei merkwürdig mitteilsam.«

»Und jetzt?«

»Schläft er fest«, antwortete Calabos. »Der Wahnsinn ist zwar von ihm gewichen, aber er ist vollkommen erschöpft.«

Waldemar nickte eifrig. »Ja, mein Freund, das ist eine uns

bekannte Folge. Ich lasse eine Brühe für ihn zubereiten, wenn er nachher aufwacht.«

»Dankc für alles, was Ihr für ihn tut.« Calabos ging langsam zur Treppe. »Bedauerlicherweise muss ich nach Sejeend zurückkehren. Wenn er wieder bei Bewusstsein ist, sagt ihm, dass ich in einigen Tagen zurückkehre.«

»Das werde ich«, versprach ihm der Bischof. »Möget Ihr eine sichere Reise haben.«

Calabos lächelte und stieg die Treppe hinunter. Er dachte an Mazarets Worte und die Schnitzarbeit und vergaß dieses eine Mal, sich wie ein alter Mann zu bewegen.

4

Silberne Glocken tragen klar und weit,
In der heiligen Ruhe der Tempel.
Auch kleine Steine stören den Frieden
Von ruhigen und windstillen Seen.
Und ebenso, je reiner das Licht,
Desto dunkler der Schatten.

KELDON GHANT, GEBETE ZUR MITTERNACHT

Vorik dor-Galyn fand nach längerer Suche endlich die Ansammlung schäbiger Werkstätten, die weitaus tiefer in dem von steilen Flanken gesäumten Tal des Kala lagen, als der Schreiber Jumil angedeutet hatte. Zwar begegnete Vorik auf den Gehwegen immer noch vereinzelten Städtern, aber er hatte dennoch seine Maske abgelegt und verließ sich als Tarnung auf seinen Mantel und die Kapuze sowie das vom Blattwerk gedämpfte Licht des Nachmittags.

Die Werkstätten gehörten zu einem langen, grob gezimmerten Gebäude, das in kleine, offene Abschnitte unterteilt war, in denen Hufschmiede, Pfeilschnitzer und Weber ihrem Handwerk nachgingen. Vorik näherte sich dem im Schatten liegenden Ende des Gebäudes und lehnte sich an einen Eckpfeiler. Er wartete, bis er niemanden mehr auf dem Weg sehen konnte, ging dann rasch zur Rückseite einer leer stehenden Werkstatt und öffnete mit einem primitiven Schlüssel die baufällige Tür. In dem dunklen, schmalen Raum dahinter roch es muffig und feucht. Er zog einen Samtbeutel aus einer Innentasche seines Umhangs und kippte einen hellen, leuchtenden Edelstein heraus, der an einer langen Kette hing. Er wickelte das Metallband um sein Handgelenk und betrachtete dann den Schutt, der den Boden bedeckte. Vorsichtig suchte er einen Weg zum Ende des Raumes, wo ein Schrank an der Außenwand stand. Mit einem zweiten Schlüssel, der weitaus besser gefertigt war, öffnete er die Tür. Der Schrank war leer. Nur an der Rückwand hingen in Kopfhöne ein paar hölzerne Haken. Er streckte die Hand aus und drehte den äußersten rechten Haken herum. Die Rückwand des Schranks klaffte auseinander, schwang nach innen und gab den Blick auf einen dämmrigen Tunnel frei.

Ein kalter, modriger Lufthauch schlug Vorik entgegen, als er durch die Öffnung stieg. Dann schloss er erst den Schrank und danach die Geheimtüren. Er drehte sich herum und hielt den Edelstein hoch, der seine Umgebung schwach beleuchtete. Die Wände des Stollens waren zwar uneben, aber seltsamerweise wies der blanke Fels keine rauen oder spitzen Vorsprünge auf. Dann bemerkte Vorik etwas, das in dem Felsen eingeschlossen zu sein schien, eine merkwürdige Unregelmäßigkeit. Es sah beinahe aus wie ... Zähne. Noch während er sie im Licht seines Steins betastete, hörte er vor sich im Gang eine Stimme.

»Trödle nicht herum, Vorik! Du weißt, wie ich es hasse, warten zu müssen!«

Überrascht fuhr er hoch und unterdrückte einen Fluch. Jumil klang sehr nah. Vermutlich wartete er direkt hinter der ersten Biegung. Als Vorik diese erreichte, war jedoch niemand zu sehen. Nur der Stollen senkte sich sanft in die Dunkelheit hinab.

Er muss vorausgelaufen sein, dachte Vorik. Was sollen diese alberne Spielchen?

Verärgert eilte er durch den Stollen. Seit ihm diese verfluchten Wächter Undene letzte Nacht aus den Händen gerissen hatten, stieg bei der geringsten Kleinigkeit die Wut in ihm auf. Bis vor kurzer Zeit hätte er sich nicht einmal gescheut, seinem Ärger auch Jumil gegenüber freien Lauf zu lassen. Aber Vorik hatte erst vor kurzem eine Nachricht von Jumil erhalten, nachdem dieser sich tagelang nicht gemeldet hatte. In der Botschaft hatte der Schreiber ihn aufgefordert, sich vier willige Männer unter den Schlägern der Stadt zu suchen und sie in der Nacht in ein sicheres Haus am West-Pier zu bringen. Er kam dem Befehl pflichtschuldigst nach und traf mit den neuen Rekruten auf einem Pferdekarren ein. Das »Haus« war nur ein baufälliger Schuppen, der aus einem einzigen Raum mit einer Spülküche und einer Kochnische bestand. Von den beiden Stützpfeilern hingen ein paar qualmende Lampen herunter. Jumil erwartete ihn bereits, und er verschloss die einzige Tür, nachdem sie eingetreten waren. Vorik hatte große Lust verspürt, ihm eine Beleidigung an den Kopf zu werfen, hatte sich dann aber doch jeden Hohn verkniffen, als er das Breitschwert sah, das der Schreiber an der Hüfte trug.

Jumil führte die Männer zu vier Stühlen, die zu einem Quadrat in der Mitte des Raumes aufgestellt waren. Was dann geschah, hatte sich unauslöschlich in Voriks Gedächtnis eingebrannt.

Jumil hatte sie einen nach dem anderen genau betrachtet und dann erklärt, dass er nur für drei von ihnen Verwendung hätte. Er zeigte auf sie und trat dann an den Vierten heran, legte ihm die Hand auf die Schulter und bat ihn, ihm etwas über seine Familie zu erzählen. Ein merkwürdiges Licht glühte in den Augen des Mannes, als er über seine Eltern und Verwandten zu berichten begann, aber Vorik hatte sich nichts dabei gedacht. Jedenfalls zunächst nicht.

Der Schreiber hörte dem Mann zu, nickte ab und zu, zog dann ruhig sein Schwert und hackte ihm ein Bein ab. Vorik hatte vor Schreck einen Schrei ausgestoßen, wie die drei anderen Männer auch, aber deren Gefährte plapperte weiter, als wäre nichts geschehen. Er blutete aus der Wunde, aber es war nur ein sachtes Träufeln, und er sprach gelassen weiter, selbst als Jumil ihm das andere Bein und danach beide Arme abschlug. Schließlich stand Jumil in einer Blutlache, während der lebendige Torso auf einem mit Blut getränkten Stuhl saß und weitersprach. Erst nach dem letzten Schlag kehrte Ruhe ein. Danach versprach Jumil den anderen drei Männern, die leichenblass waren und vor Furcht zitterten, dass ihnen für ihren Gehorsam und ihre Loyalität eine große Belohnung sicher wäre.

Dann befahl er ihnen, weitere Instruktionen abzuwarten,

und schickte sie weg. Alle waren benommen vor Grauen, als sie stolpernd hinauseilten. Voriks Magen war jedoch stärker und vertrug den blutigen Anblick weit besser. Er hatte bei der kaiserlichen Armee in Honjir gedient und den Wallfahrern blutige Lektionen erteilt. Doch dieses Erlebnis machte ihm klar, dass sich etwas Grundlegendes in Jumil geändert hatte, denn dieses grausame Schauspiel war ebenso für seine Augen bestimmt gewesen wie für die drei neuen Handlanger. Vorik wusste außerdem im Gegensatz zu ihnen von der großen Macht, über die Jumil verfügte, eine Macht, die zu besitzen Vorik sich oft selber wünschte.

Sein Ehrgeiz hatte Jumil vor einigen Monaten auf ihn aufmerksam gemacht. Zunächst hatte Vorik die Initiation durchlaufen, ein magisches Ritual, bei dem sich die Macht des Schattens manifestierte, die er vom Herrn des Zwielichts selbst bezog. Obwohl Er schwächer geworden war, schien Er immer noch mit dem BrunnQuell verbunden zu sein. Daher vermochte er, seine Ränke in seinem Refugium zu schmieden, das hinter den mannigfachen Schleiern der Leere sicher verborgen lag. Danach erfolgte Voriks Weihe zum Meister der NachtGeschöpfe. Jetzt oblag ihm die Verantwortung, Nachschub für die Herde zu rekrutieren, und das verhieß Macht.

All dies ging Vorik durch den Kopf, als er durch den merkwürdigen Stollen stolperte, der sich kurvenreich tiefer in den kalten Felssockel unter Sejeend grub. Nach einer Weile verbreiterte sich der Stollen und mündete in eine niedrige Kammer, die von einigen Fackeln in Fassungen an den Wänden beleuchtet wurde.

»Endlich. Deine Auffassung von *Eile* lässt sehr zu wünschen übrig!«

Jumil wartete an der gegenüberliegenden Wand, wie üblich in seine langen, schwarzen Roben gekleidet. Neben ihm stand ein Mann, dessen Gesicht dem Fels zugewandt war. Seine Arme und Beine zitterten. Sein Kopf war unter einer Kapuze verborgen, doch sein übriger Körper war nackt.

»Ich bin so rasch gekommen, wie ich konnte, Erlauchter.«

Voriks Stimme klang abgehackt, als würde sein Zorn ihn ersticken. »Mir war nicht klar, wie lang dieser Stollengang ist …«

Jumil tat seine Ausflucht mit einer ungeduldigen Handbewegung ab. »Das spielt keine Rolle. Du bist hier, also können wir beginnen. Ich habe herausgefunden, dass diese Narren von Wächtern gerade in diesem Augenblick eine Beratung abhalten …« Er lächelte. »Was der beste Moment sein dürfte, um uns bemerkbar zu machen.«

»Wie kann ich Euch dabei von Nutzen sein?«, erkundigte sich Vorik.

»Um meinen Plan auszuführen, muss ich zwei Anrufungen durchführen, die selbst an meinen Kräften zehren werden«, erklärte Jumil und starrte den Mann an der Felswand an. »Obwohl wir über ein Opfer verfügen, werde ich anschließend vor Erschöpfung beinahe hilflos sein. Dann brauche ich dich. Du musst mich von diesem Ort hier durch jene Passage bringen«, er deutete auf einen zweiten dunklen Durchgang, den Vorik bisher nicht bemerkt hatte, »und in die uralte Kammer der Hüter tragen, wo du mich neben das Gesicht des Großen Schatten auf die Erde legen wirst.« Er schaute Vorik durchdringend an. »Ist das klar? Hast du irgendwelche Einwände gegen diese Aufgabe?«

Voriks Ärger flammte bei dieser herablassenden Frage erneut auf. »Nein, keine, Erlauchter«, erwiderte er mit erzwungener Ruhe. »Ich verstehe vollkommen.«

Jumil betrachtete ihn einen Moment amüsiert, bevor er sich zu der Felswand und dem Nackten herumdrehte. »Gut. Machen wir also weiter.«

Der bis auf die Kapuze unbekleidete Mann hatte während ihres Gesprächs keinen Laut von sich gegeben und sich auch nicht bewegt. Er rührte sich auch nicht, als Jumil die Hand auf das dunkle Gestein legte und einen Zauber sprach. Ein kalter Schauder überlief Vorik, als der Hexer Silben in einer uralten Sprache anstimmte, die noch aus der Zeit vor dem Fall Jagreags stammte. Plötzlich tauchten helle Linien auf Jumils nacktem Oberarm auf und bildeten ein Netzwerk aus brennenden Adern um sein Handgelenk. Sie wanden sich über seinen Handrücken und wurden heller, als sie seine Finger überzogen und sich von der Stelle, wo er sie auf den Stein presste, über das Felsgestein ausbreiteten.

»Der Ruf wird erschallen«, murmelte Jumil, »und der Ruf wird vernommen. Calabos und sein Abschaum werden ihn hören, aber nur er wird wissen, was er bedeutet.«

»Was bedeutet er denn ... Erlauchter?«

Jumil schaute ihn scharf an und lächelte dann kalt. »Du kennst das Märchen, das sich die Illusionisten über den Untergang des Herrn des Zwielichts erzählen ...?«

»Ja.« Vorik wusste nicht genau, worauf sein Meister hinauswollte. »Die letzte Schlacht in den Schlünden der Leere, Tauric I., der unseren Gebieter auslöscht ...«

»Genau das. Nur wurde der Herr des Zwielichts nur verbannt, nicht vernichtet. Die Märchenerzähler knüpfen zwar einen komplizierten Teppich aus Fantasien, aber sie wissen nichts von den Zerbrochenen, den Dienern des Großen Schatten. Nun, schon bald werden ihre Lügen offenbar und zerplatzen dann, wie die dreihundert Jahre alten Larven, die sie sind ... ah, endlich ist der Fels bereit.«

Die glühenden Linien hatten sich in einem scheinbar ziellosen Zickzackmuster über die Wand ausgebreitet, bis ein Teil des Gesteins einem merkwürdigen Mosaik glich. Jumil ließ seine Hand schlaff an seiner Seite hinunterfallen, hob dann die andere und zog dem Nackten die Kapuze herunter. Vorik kniff die Augen zusammen, als er einen der vier Männer erkannte, die er vor einigen Tagen rekrutiert hatte.

»Siehe, meine Verbindung, mein Kanal zu den Knochen, der Lebensader dieses Landes!« Jumil versetzte dem Nackten einen Stoß in den Rücken. »Geh, und betritt diese zwiespältige Umarmung!«

Der Mann machte einen Schritt nach vorn und trat direkt in die Wand. Vorik schaute fasziniert zu. Hell umrandete Abschnitte der Felsoberfläche bewegten sich und wichen zur Seite, als ruhten sie auf einer zähen, gallertartigen Masse. Schon bald war Jumils Sklave, sein Opfer, zur Hälfte in die Felswand eingetaucht. Ein Bein war darin versunken, ebenso beide Arme bis zu den Ellbogen. Dann verschluckte der Stein auch das andere Bein, sein Kreuz, und darauf erst eine Schulter, danach die andere ... Jumil murmelte mit tiefer Stimme einen Befehl, und der Mann rührte sich nicht mehr.

Voriks Furcht vor dem, dessen Zeuge er wurde, rang mit seiner Gier nach einer ebensolchen Macht. Jumil schenkte ihm einen kurzen Seitenblick. Er verzerrte vor Anstrengung das Gesicht, während hellrotes Licht aus seinen Augen und seinem Mund strahlte.

»Vergiss nicht«, sagte er. »Trage mich zu der Kammer der Hüter, und lege mich neben das Gesicht des Großen Schatten.«

»Es wird so geschehen, Erlauchter«, erwiderte Vorik.

Jumil nickte kurz und drehte sich dann zu der Wand um, aus der nur noch die Schulterblätter, der Hals und der Hinterkopf des nackten Mannes herausragten. Er stimmte einen tiefen, dröhnenden Gesang an, der immer eindringlicher anschwoll, während sich das merkwürdige Strahlen in seinen Augen und seinem Mund verstärkte. Schon bald glühten sie in einem weißen, leuchtenden Feuer. Jumil schwankte, und seine geballten Fäuste verrieten die Anstrengung, die ihn diese Anrufung kostete.

Seine Stimme schraubte sich höher, und der Gesang endete in einem unverständlichen, zweisilbigen Wort. Das Licht der Fackeln schien von dem Feuer ausgelöscht zu werden, das in diesem Moment aus Jumils Augen in den Hinterkopf des gefangenen Mannes fuhr. Der Boden der Kammer bebte, und ein ächzendes, tosendes Geräusch übertönte alles andere. Es wurde zu einer tiefen, dröhnenden Stimme, die den Staub auf dem Boden vibrieren ließ. Selbst die Luft in Voriks Lungen schwang im Rhythmus der Silben mit.

Blankes Entsetzen überwältigte den Hauptmann, als diese furchteinflößende Stimme in einem tiefen Bass unaufhörlich dieselben Worte wiederholte, die in der ganzen Kammer wiederhallten.

Hier! Hier ist der Ort. Komm zu uns!

Im Großen Salon der Wächterloge hatten sich acht Menschen versammelt. Sechs regenfeuchte Mäntel und Umhänge hingen dicht am Kamin, während ihre Besitzer auf Diwans lagen oder am Feuer saßen.

Die beiden anderen Anwesenden waren Tashil und Corlek Ondene. Am frühen Morgen war Tashil von einer Wache benachrichtigt worden, dass Calabos wegen dringender Geschäfte bereits sehr früh aufgebrochen sei und erst gegen Abend zurückkehren würde. Der Poet hatte angeordnet, Ondene so zuvorkommend wie möglich zu behandeln, obwohl die Wachen Befehl hatten, ihn daran zu hindern, die Loge zu verlassen, falls man ihn immer noch verfolgte.

Das war keine leichte Aufgabe. Sie führte zu mehreren Wutausbrüchen und einem Ringkampf mit den Wachen in der Eingangshalle. Tashil versuchte dem Mann zu erklären, dass sie ihn nur zu seinem Schutz festhielten. Diese Behauptung wurde später bestätigt, als einer der Boten der Loge eintraf und erklärte, auf Märkten und Plätzen hingen Plakate, die Ondenes Gesicht zeigten. Die Eherne Garde habe eine hohe Belohnung für seine Ergreifung ausgesetzt.

Ondene hatte darauf abweisend und verschlossen reagiert und hockte jetzt auf einer Fensterbank etwas abseits im Salon. Er blätterte abwechselnd in einem Buch über die Geschichte Roharkas oder starrte mürrisch in den Regen hinaus. Tashil ließ ihn dort alleine schmoren und widmete sich ihren Wächterkollegen, die durch einen mentalen Befehl von Calabos zusammengerufen worden waren.

Die Hohen Wächter stellten eine bunt gemischte Truppe dar, und ihre Kleidung war ebenso unterschiedlich wie ihre Herkunft. Sounek zum Beispiel war ein großer, gepflegter Mann, der wie ein khatrisischer Aristokrat wirkte, obwohl er in Wirklichkeit einer bescheidenen Familie aus Tymora entstammte. Dardan bildete das andere Extrem. Er war ein drahtiger Mann mittleren Alters mit einem zerfurchten Gesicht, der, wie Tashil wusste, der abtrünnige Sprössling eines vornehmen cabringanischen Adelsgeschlechts war. Seine Kleidung dagegen ließ eher auf einen Wildhüter oder einen fahrenden Handwerker schließen.

Als Tashil Dardan ansah, bemerkte sie überrascht seinen forschenden Blick. Er lächelte sarkastisch und schlenderte zu ihrer Seite des Kaminsims, wo die Hitze des Feuers geringer war. Tashil war verlegen, und sie fragte sich, ob er ihr Vorwürfe machen wollte. Dardan genoss innerhalb des Ordens der Wächter großen Respekt und war Calabos' Stellvertreter.

»Und? Wer von uns fasziniert Euch am meisten?«, fragte Dardan. Seine Stimme klang amüsiert.

»Ich kann unmöglich eine einzelne Person aus diesem ehrenwerten Kreis herausheben, Herr«, antwortete Tashil. »Stellt Euch nur die Konsequenzen vor ...«

»Allerdings«, bestätigte Chellour, ein robuster Magier, dessen Gesicht von der Wärme des Feuers gerötet war. Er saß vor dem Kamin und hatte einen Haufen Pergamentrollen in seinem Schoß. »Ich würde es höchst empörend finden, wenn ich zum Beispiel in Eurer Einschätzung tiefer stehen würde als, sagen wir, Dybel ...«

Dybel war ein großer Mann mit einem kantigen Kinn, der auf einem Stuhl auf Tashils anderer Seite saß. Er lächelte und schüttelte den Kopf. »Seid vorsichtig mit Euren Wünschen, mein Freund ...«

Dardan quittierte diese Plänkelei mit einem Schulterzucken. »Vielleicht sollten wir unsere Neugier ja auf ein anderes Ziel richten, zum Beispiel auf unseren mürrischen Studenten dort«, meinte er und deutete mit einem kurzen Nicken auf Ondene.

Darauf war Tashil vorbereitet. »Oh, das ist ... Stom. Er ist Calabos' Gast und soll einige alte Statuen restaurieren.«

Dardan kicherte ironisch.

»Ihr braucht keine Salonspielchen mit mir zu spielen, Mädchen. Ich habe den berüchtigten Hauptmann Ondene in dem Moment erkannt, als ich den Raum betrat.«

»Ist er das wirklich?« Diese Frage wurde von Inryk gestellt, einem nervösen, unordentlich wirkenden Mann, der sich auf seinem Lehnstuhl umdrehte und zu Ondene blickte. »Er sieht gar nicht so gefährlich aus ...«

Mit einem gedämpften Knall schlug Ondene das Buch zu und schaute sich finster um.

»Immerhin hielten mich einige Junker und Burgherren im Süden für gefährlich genug, dass sie mich während der letzten Jahre lieber in Brot und Lohn genommen haben, Ihr Herren«, knurrte er. »Obwohl Euch das überhaupt nichts angeht.«

Inryk schüttelte unbeeindruckt den Kopf. »Ich wüsste nicht, warum das die Henker der Stadt veranlassen sollte, die Hauswände mit Steckbriefen von Euch zu schmücken ...«

»Ihr solltet mehr auf den Klatsch über den Adel achten, Inryk.« Der sechste Magierwächter war eine elegante, dunkelhaarige Frau, Gräfin Ayoni. »Dann wüsstet Ihr, dass die ehemaligen Besitzungen der Ondenes dem Haus dor-Galyn ... verliehen wurden, deren Sohn zudem als Hauptmann in der Ehernen Garde dient.« Sie betrachtete Corlek gleichmütig. »Der wiederum weiß, dass sich Baron Ondenes letzter lebender Nachkomme in Sejeend aufhält und folglich ...«

Corlek Ondene nickte kurz, als wollte er ihre Worte bestätigen, doch Inryk war nicht zufrieden.

»Das ist ja alles gut und schön, aber wieso ist er hier?«

Alle Blicke richteten sich auf Tashil, doch bevor sie anfangen konnte, von den Ereignissen der vergangenen Nacht zu berichten, hörte man, wie in der Vorkammer eine Tür geöffnet und wieder geschlossen wurde und sich Schritte der geschwungenen Tür des Salons näherten.

»Ah, Calabos ist da«, sagte Sounek. »Jetzt bekommen wir endlich einige Antworten.«

Doch nicht Calabos trat ein, sondern ein größerer Mann, der sich unter dem Türsturz bücken musste. Er trug einen schlichten, langen, taubenblauen Mantel und eine einfache graue Kappe. Seine Ausstrahlung jedoch ließ alle Anwesenden verstummen. Sein silbergraues Haar war kurz geschnitten, ebenso wie sein gestutzter Vollbart. Dies und sein wettergegerbtes, knochiges Gesicht verliehen ihm eine Aura der Autorität.

Der Blick seiner blassen, graublauen Augen, deren Farbton irgendwo zwischen Eis und Asche lag, war hart und erbarmungslos.

»Gut.« Seine Stimme klang gelassen und etwas barsch. »Alle sind da, bis auf den Poeten.«

Das Eindringen dieses Fremden überraschte Tashil, und es verblüffte sie, dass die anderen Magier angespannt und wachsam auf ihn reagierten. Sie betrachteten den Neuankömmling schweigend, der ihre Blicke mit einem verächtlichen Lächeln erwiderte. Bevor sie ihn nach seinem Namen fragen konnte, sprach Sounek.

»Das hier ist ein privates Treffen, Herr«, sagte er. »Offenbar habt Ihr Euch im Haus geirrt.«

»Nein, Sounek, ich bin hier ganz richtig«, antwortete der Mann.

»Ihr habt mich wohl missverstanden, Herr. Ich bin Ven Hortis, ein Antiquitätenhändler aus Scarbarig ...«

»Sounek aus Tymora«, unterbrach ihn der Mann scharf. »Geboren in eine Familie von Fassmachern, im Alter von elf Jahren weggelaufen, Student in der Grünen Halle von Tobrosa, von meinem Vorgänger vor einunddreißig Jahren in den Orden der Magier aufgenommen, hat diesem Orden vor acht Jahren abgeschworen, um sich den Wächtern anzuschließen ...«

»Ihr seid nicht auf ein herzliches Willkommen aus, Tangaroth«, sagte Chellour ärgerlich.

Tangaroth?, staunte Tashil. Der Erzmagier? Hier?

»Ah, Nyls Chellour, jüngster Sohn eines Taschendiebes aus Adnagaur, Mündel im Haus der Gilden, zum Schreiber und Illustrator ausgebildet, bevor ein Magierbruder im ErdenMuttertempel sein Potenzial erkannte und ihm half, ein Eingeweihter zu werden. Vor fünfundzwanzig Jahren in den Orden der Magier aufgenommen, hat ihn jedoch vierzehn Jahre später verlassen ...«

Er betrachtete sie der Reihe nach. »Ich kenne jeden Einzelnen von Euch, weiß, was Ihr wart und wofür Ihr Euch haltet. Ich kenne selbst Euren leichtsinnigen jungen Gast dort drüben ...«

»Das tut Ihr nicht, Tangaroth«, ertönte eine vertraute Stimme von der Tür. »Ihr kennt vielleicht Einzelheiten aus ihrem Leben, aber Ihr kennt sie nicht so, wie ich es tue …«

Erleichtert sah Tashil, wie Calabos den Raum betrat, sich mit einem Schulterzucken seines feuchten Umhangs entledigte und ihn über eine freie Stuhllehne warf, bevor er sich vor dem unwillkommenen Besucher aufbaute. Die beiden Männer maßen sich einen Moment mit ihren Blicken, bevor Calabos das Schweigen brach.

»Was wollt Ihr hier, Tangaroth?«, fragte er. »Drohungen ausstoßen und die einzigartigen Versprechungen der Krone herunterleiern, oder gibt es einen triftigen Grund?«

»Ihr und Eure Wächter werdet von uns nur toleriert, Calabos«, antwortete der Erzmagier. »Vergesst das nicht. Ihr seid Renegaten, Ausgestoßene, und die Nachkommen von Feinden …« Bei diesen Worten warf er Tashil einen kurzen Blick zu. »Nur Eure eher geringe Nützlichkeit hat Euch bisher vor den Verliesen des Kaisers bewahrt.«

Der boshafte Seitenhieb des Erzmagiers löste in Tashil eine seltsame Mischung aus Furcht und Wut aus. Einige andere Wächter waren aufgesprungen, und Dardan trat mit geballten Fäusten auf den Erzmagier zu. Calabos hielt ihn mit erhobener Hand und einem gezwungenen Lächeln auf.

»Das war ein niederträchtiger Schlag, Tangaroth«, erwiderte er. »Und Eures Amtes nicht würdig. Ihr wisst, dass wir alle hier geschworen haben, die Interessen des Kaiserreiches und seiner Bewohner zu schützen. Allein zu diesem Zweck existieren die Wächter.«

Tangaroth schnaubte verächtlich. »Dann scheint Ihr wohl vergessen zu haben, aus welchem Grund es die Magierzunft gibt. Sei dem, wie es will, wenn Ilgarion und sein Hofstaat die Zügel der Macht in die Hand nehmen, wird er von Euch und Euren Umtrieben erfahren. Zweifellos wird er sich fragen, warum Ihr nicht unter meiner direkten Aufsicht und Leitung dient.« Er zuckte mit den Schultern. »Ich bezweifle, dass irgendwelche Eurer früheren Erfolge verhindern, dass Ihr auf einen Wink Ihrer Majestät hin augenblicklich eingekerkert werdet.«

»Es seid denn?«, fragte Calabos.

»Es sei denn, die Wächter leisten einen Dienst, der für das Wohl des Landes lebenswichtig ist.«

Alle sahen Calabos an. Tashil starrte dem alten Meister ins Gesicht und hoffte, dass er diese unverschämte Erpressung abschmettern würde, aber zu ihrer Bestürzung runzelte er nur die Stirn und nickte kurz.

»Fahrt fort.«

Der Erzmagier wirkte zufrieden. »Dem Hohen Minister der Nacht wie auch mir selbst ist zu Ohren gekommen, dass die Große Wallfahrt zur Insel von Besh-Darok nur als Tarnung benutzt wird, um eine Armee von Fanatikern aus dem Norden zu versammeln, die Sejeend angreifen soll. Gleichzeitig werden die Pilger versuchen, in der Stadt selbst Verwirrung zu säen, indem sie plündern, morden und dergleichen. Es ist die Aufgabe der Wächter, die wenigen bedeutenden Priester der Pilger und ihre Anhänger in Sejeend auszuspionieren, herauszufinden, wer an diesem Komplott beteiligt ist und seine Einzelheiten aufzudecken.«

Calabos betrachtete ihn mit hochgezogenen Augenbrauen. »Darf ich fragen, womit sich der Orden der Magier in der Zwischenzeit die Zeit vertreibt?«

»Wir arbeiten sehr eng mit dem Hohen Lordmarschall und seinen Offizieren zusammen, um diese Bedrohung aus dem Norden abzuwehren«, erwiderte Tangaroth. »Wir werden zuerst zuschlagen, wenn es sein muss.«

Tashil war so zornig, dass sie vor Wut beinahe aufgeschrien hätte. Mit den Nördlichen Pilgern konnte er nur ihr eigenes Volk meinen, die Stämme der Mogaun. Sie wusste, dass die wirklichen Eiferer unter den Stämmen nur die fanatischen *Schwurbrüder* waren. Dieser Bund stellte eine verschwindend kleine Gruppe innerhalb der Pilger dar, und die Schwurbrüder konnten kaum eine Armee bilden. Es wäre jedenfalls blanker Wahnsinn, wenn sie einen Angriff gegen eine Stadt wie Sejeend wagen würden ...

Sounek fing ihren Blick auf und hob warnend einen Finger. Sie riss sich zusammen, nickte knapp und hörte weiter zu.

»Eine wahrhaft einzigartige Strategie, Erzmagier«, gab Calabos zurück. »Wohlan, seid versichert, dass wir diese ... Ermittlungen für Euch durchführen. Allerdings unter der Bedingung, dass unsere Unabhängigkeit so erhalten bleibt wie unter Magramon.«

»So sei es«, sagte Tangaroth. »Bevor Ihr jedoch beginnt, wäre es vielleicht klug, Euren hitzköpfigen Gast aus der Stadt zu schaffen. Wer weiß schon, was ihm alles zustoßen könnte, wenn er weiterhin durch die Straßen streunt.«

»Ja, das ist ...«

Calabos brach ab, schwankte und umklammerte Halt suchend die Lehne eines Diwans. »Hört ihr auch ... diese ... Stimme ... rufen ...?«

Tashil hörte tatsächlich etwas, tief in ihrem Verstand, eine dunkle, grollende Stimme, die unverständliche Silben ausstieß. Erst dann hörte sie das Grollen, das immer lauter und lauter in ihrem Kopf dröhnte. Im nächsten Moment stieß Calabos einen erstickten Schrei aus und sackte auf dem Boden zusammen.

Das Furcht erregende Dröhnen hörte nicht auf, selbst als die anderen Magier Calabos eiligst zu Hilfe kamen. Sie schienen von dem entsetzlichen Geräusch ähnlich gequält zu werden. Die Stimme war mittlerweile so laut, dass Tashil der Kopf zu platzen schien und sich ihre Sinne verwirrten. Sie konnte nichts anderes mehr hören, und schon die wenigen Schritte zu dem reglos daliegenden Calabos zu überwinden, kam ihr wie ein Drahtseilakt über einen gähnenden Abgrund vor.

Schließlich ebbte das Grollen ab, wurde überraschend schnell zu einem Flüstern und verstummte schließlich ganz. Die Gesichter ihrer Wächterkollegen verrieten Erleichterung. Tangaroth kniete neben dem bewusstlosen Calabos und tastete mit den Fingern nach seinem Puls.

»Er ist unversehrt«, stellte der Erzmagier fest und erhob sich mit sichtlicher Mühe. »Wenn er aufwacht, macht ihm den Ernst der Lage deutlich.« Er sah sie der Reihe nach an. »Ich bin sicher, dass er darin ebenfalls einen Zauber dunkler Herkunft erkannt hat.«

»Es war eine Anrufung«, erklärte Dardan gereizt.

»Schon, aber von einer Art, die einem Befehl gleichkommt«, führte Tangaroth aus. »Er soll mächtige Geister und andere Dinge in die Nähe des Rufenden zerren. Wenn dies von Eiferern der Wallfahrt verursacht wurde, ist Eure Aufgabe erheblich dringender, als ich ursprünglich angenommen habe.«

Der Erzmagier hatte seine Fassung wiedererlangt und gab sich wieder hochmütig und herablassend.

»Wenn Calabos sich genügend erholt hat, soll er in Gedankensprache Kontakt zu mir aufnehmen«, befahl er. »Vorher solltet Ihr jedoch vielleicht erwägen, einen Suchtrupp loszuschicken. Denn ich fürchte, Euer Vögelchen ist ausgeflogen.«

Mit einem leisen, boshaften Lachen drehte er sich um und schritt aus dem Raum, während Tashil herumwirbelte und herzhaft fluchte. Ein Fensterflügel stand offen, und das Buch über roharkanische Geschichte lag auf dem Stuhl davor. Nur von Hauptmann Corlek Ondene war nichts zu sehen.

5

Der alte Tyrann ist schon lange gestürzt,
Doch sein verfluchter Geist lebt heimlich fort,
Eine Seuche, die das Land bedroht
Und uns alle vernichtet.

Ralgar Morth, Das Imperium der Nacht,
Gesang III

Aus den tiefen Schatten einer schmutzigen Gasse beobachtete er das Logenhaus der Wächter, das auf der anderen Straßenseite hinter einer hohen Hecke lag. Der dunkle Umriss des Gebäudes wurde nur von dem gedämpftem Lampenlicht hinter einigen mit Vorhängen verschlossenen Fenstern erhellt. Er wusste, dass auch andere dieses Haus beobachteten, der Fahrer einer Kutsche, ein Gärtner und eine Person hinter dem Vorhang eines Fensters des Nachbarhauses. Sie alle waren ihm aufgefallen, als ein Mann die Loge betrat, der bei der machtvollen Aura, die ihn umgab, nur der Erzmagier des Kaisers sein konnte. Mit der Langen Stimme hatte er dies Prinz Agasklin gemeldet, seinem Sippenhäuptling an Bord der Sturmklaue*. Der Prinz hatte, um das Mindeste zu sagen, sehr besorgt reagiert.*

Der ältere Magier, dem er am Tag zuvor im Park begegnet war, kam kurz nach dem Erzmagier an. Er kannte die Gerüchte, dass die beiden sich nicht sonderlich gut verstanden, und erwartete ein Aufflammen von Magie, doch nichts rührte an die Ruhe der Niederen Macht. Er nahm nur die Stille der gut gepflegten Gärten und der menschenleeren, nächtlichen Straßen wahr.

Zuerst klang es wie ein schwaches Wispern in der Luft, während eine feine, aber spürbare Kälte ihn durchströmte. Dann glaubte er ein Murmeln zu hören, das aus dem Boden drang, ein Geräusch, das immer mehr anschwoll, bis es zu dröh-

nenden Stimmen wurde, die eine endlose Reihe von Silben in einem uralten, primitiven Dialekt der Othazi intonierten. Sie wurden von dem hallenden Lärm verzerrt und waren kaum verständlich. Dennoch gelang es ihm, hier und da Aufforderungen zu verstehen, die zum Erwachen riefen, zum Gehorsam, zur Erfüllung ...

Er nahm zunächst an, dass dieses Dröhnen für alle zu hören war, bis er zwei trunkene Anwohner in dem schwachen Licht vorbeischwanken sah, die offenbar unberührt davon miteinander plauderten.

Ihm wurde klar, dass nur die, welche auf die Leere eingestimmt waren, den archaischen Wortschwall wahrnehmen konnten. Es war nicht wirklich Hexerei, eher eine lockende Anrufung, die in die Gedanken sickern sollte, während unterschwellig ein hartnäckiger Zwang die Magiersinne bearbeitete. Die Anrufung hatte keinen Fokus, kein Ziel, sondern ihr verführerischer Strom breitete sich in alle Richtungen aus und ergoss sich aus einer Quelle irgendwo am Fluss, in der Nähe der Felsen.

Als sie ihren Höhepunkt erreichte, erblickte er eine Gestalt, die über eine Mauer kletterte, welche die Loge von dem Grundstück nebenan trennte. Einen Augenblick wurde ihr Gesicht von dem Licht in der Loge beleuchtet, bevor die Gestalt in der Dunkelheit verschwand. Ohne zu zögern trat er auf die schwach beleuchtete Straße hinaus und nahm dabei den schwankenden Gang eines Trunkenboldes an. Er humpelte und sang undeutlich und mit brüchiger Stimme ein derbes Seemannslied. Die anderen Spione bemerkten zunächst weder Ondenes Flucht noch schöpften sie Verdacht bei seinem eigenen trunkenen Gang, als er die Straße überquerte und auf eine Gasse zusteuerte, die zur Rückseite des Hauses der Wächterloge führte.

Er war nur noch wenige Schritte davon entfernt, als er einen schrillen Pfiff hörte. Er ging schneller, und als er sich im Schatten der Gasse befand, lief er los, so schnell, dass er jeden Beobachter verblüfft hätte. Er wusste zwar nicht, wohin die Jagd ihn führte, aber er musste Ondene vor den anderen

Spionen erreichen. Seine Brüder und Schwestern auf der Sturmklaue *erwarteten nicht weniger von ihm. Hatte er den Mann erst einmal in seiner Obhut, stellte sich allerdings das Problem, was er als Nächstes tun sollte.*

Er grinste wölfisch, während er weiterlief. Sehr wahrscheinlich würde die Lösung dieses Problems eine eher radikale Strategie erfordern.

Der gespenstische Ruf fegte von der Kammer unter den Felsen südlich von Sejeend in alle Himmelsrichtungen hinaus. Sein Zwang durchdrang Holz, Stein, Ziegel und Eisen. Die wenigen, welche auf die Niedere Macht eingestimmt waren, Wahrsager, Wetterfrauen und Sturmwarner auf ihren Schiffen, überkam eine Benommenheit, und ein hohles Rauschen füllte ihre Ohren. Diejenigen, welche über ein größeres Talent verfügten, durchlitten ein entsprechend größeres Maß an geistigen Qualen.

Dann gab es noch die eigentlichen Empfänger des Rufes, der wie eine widerhakenbewehrte Pfeilspitze in ihren Verstand eindrang.

In einem heruntergekommenen Bezirk am Nordufer stob ein Rudel Hunde panisch auseinander, als der Leithund von einem Rüden angegriffen wurde, der in der Hackordnung unter ihm stand. Es war ein hässlicher, brauner Mastiff, der mit seinen mächtigen Kiefern seinem Anführer mit einem einzigen Biss die Kehle herausriss. Mit bluttriefendem Maul wirbelte er herum, stürzte sich auf den Nächsten im Rudel und brach ihm das Rückgrat, während die anderen jaulend vor Furcht und mit eingekniffenen Schwänzen in die Nacht flohen …

In den Verliesen im Kaiserpalast wartete ein zu Unrecht verurteilter Töpfer, bis der Schließer die Zellentür öffnete. Dann rammte er dem Wächter einen hastig angeschliffenen Löffel in den Hals und schlitzte ihn mit fürchterlicher Kraft auf. Er hielt nur inne, um dem zuckenden Sterbenden den Dolch aus dem Gürtel zu reißen, schlüpfte hinaus und hastete zielstrebig über den mit Fackeln erleuchteten Gang zum Lagerraum.

Dort befand sich, wie er wusste, eine verrammelte Luke, die in eine Spülküche führte ... Er hatte die Tür des Lagerraumes kaum erreicht, als der Bolzen einer Armbrust sich in seine Schläfe grub und ihn auf der Stelle tötete ...

Ein Entführer ermordete erst seinen Kumpan und dann ihr gemeinsames Opfer, bevor er gleichgültig mit ihrem Blut Boden und Wände beschmierte. Er schrieb immer dieselben Worte: »Hier ... Folgt ... Jetzt ... Kommt!«

In einer Ecke einer Hafenkaschemme, die von grölendem Gelächter und Stimmengewirr erfüllt war, legte die Wahrsagerin gerade die Karten aus, um sich die Zeit zu vertreiben, als die Woge von Hexerei sie traf. Sie hielt unwillkürlich den Atem an, als die Gesichter und Bilder auf den Karten plötzlich lebendig zu werden schienen. Die Königin der Kelche leckte sich anzüglich die Lippen, der Ritter der Scheiben hob grüßend seinen Schild, und zu Füßen des Gehörnten flehten die gefangenen Gestalten um Gnade ...

Sie schloss die Augen, doch als sie die Lider wieder hob, waren die Figuren auf den Karten noch so lebendig wie zuvor. Dann wurde sie vollkommen ruhig. Sie brauchte ja einfach nur die Kaschemme zu verlassen und den Fluss zum Südufer zu überqueren ... Aber sie schuldete dem Schankwirt Geld für ihren kleinen Schnaps, und sie hatte keinen Heller. Sie sah, wie er ihr ab und zu einen Blick zuwarf. Dann fiel ihr die Lösung für ihre Notlage ein, als habe die Fähigkeit dazu schon immer in ihr geschlummert. Mühelos formte sie aus rauchiger Luft und Kerzenlicht ein perfektes Abbild ihrer Selbst und ließ die Illusion neben sich Platz nehmen. Gleichzeitig verwandelte sie sich in einen kleinen, heruntergekommenen Dockarbeiter, stand auf und drängte sich durch die Menge der Gäste, bis sie endlich die niedrige Tür erreichte.

Am Hafen führten einige wenige Fackeln und Laternen einen aussichtlosen Kampf gegen die Dunkelheit. Zwischen einem Lichtkreis und dem nächsten streifte sie ihre Verkleidung mit einem einzigen Gedanken ab und machte sich auf den langen Marsch zur nächsten Brücke über den Vaale.

Der magische Ruf breitete sich unerbittlich immer weiter und weiter aus. Dabei sprach er jedoch nur zu wenigen Leuten. Der Sohn eines Müllers in Zentral-Cabringa, ein Holzfäller am Ostufer des Ornimsees und eine Prostituierte aus Oumetra verfielen durch ihn dem Wahnsinn. Einen Weinhändler in Adranoth dagegen, ein ehemaliger Söldner, der in einer Ausnüchterungszelle in Port Vodir schmorte, und einen dumpfen Kutscher, der über den Roten Weg nach Norden rumpelte, erfüllte der Ruf mit einer kalten, brutalen Entschlossenheit.

An der Küste von Nord-Cabringa, etwa dreißig Meilen östlich von Sejeend, wand sich derweil ein Mann auf dem steinigen Strand einer kleinen Bucht. Er hatte seine noch brennende Fackel fallen gelassen, und ihre Flamme beleuchtete sein schmerzverzerrtes Gesicht. Einer der Ausgucke auf seinem Sitz hoch oben in den Ästen eines uralten Steinholzbaumes schlug Alarm, und kurz darauf rannte ein Dutzend Gestalten aus einem dunklen Blockhaus, das unmittelbar hinter dem Eingang der Bucht lag.

Als sie den Mann erreichten, hatten die Krämpfe nachgelassen, und er richtete sich bereits auf. Die Männer umringten ihn. »Geht es Euch gut, Käpt'n?«, fragte einer.

Kapitän Bureng, der auch den Beinamen der *Schwarze Dolch* trug, erwiderte nichts, sondern hielt dem Frager seine Hand hin. Der Mann half ihm gehorsam auf die Beine. Einen Moment blieb der Kapitän stehen und betrachtete seine Untergebenen, deren derbe Gesichter meistenteils Vollbärte und die unvermeidlichen Narben zierten. Dann hob er den Blick über ihre Köpfe, atmete tief ein, als genieße er die Luft und schmecke die Nacht. Er lächelte, riss die Augen auf und lachte dann laut auf. Die meisten seiner Leute lachten ebenfalls, obwohl ihre Nervosität deutlich zu erkennen war.

»Knochen, ihr verdammten Schurken«, sagte Bureng schließlich mit rauer Stimme. »Ich kann die Knochen der Reichen riechen.«

Gier flammte in ihren Gesichtern auf, und die Männer grinsten voller Erwartung.

»Wessen Knochen, Kapitän?«

»Die der Reichen von Sejeend!«, erwiderte er und bleckte die Zähne wie ein Raubtier.

Das Grinsen erlosch, und die Männer sahen sich an, als ob sie an ihrem Verstand zweifelten. Schließlich sagte einer, den man den *Verfluchten Rikken* nannte: »Das ist, ähm, die Hauptstadt des Kaiserreichs, Käpt'n.«

Er nickte. »Das ist sie, Rikken, sehr gut. Und?«

»Sie ist verdammt gut bewacht, das ist sie, Käpt'n. Boote und Schiffe und Wachen und Ritter und Festungswälle und ...«

»Das weiß ich alles, Rikken. Glaubst du wirklich, ich würde euch ohne einen feinen Plan in eine solche Drachenhöhle führen?« Bureng grinste und nickte. »Ja, ich habe einen Plan, der uns die Reichtümer von Sejeend in die Hände spielen wird. Beim nächsten Vollmond, das schwöre ich, genießen wir ihre Weiber, tragen ihre Goldketten und saufen ihren Wein aus ihren eigenen Krügen!«

Kapitän Bureng versetzte Rikken einen kameradschaftlichen Schlag auf die Schulter. »Wenn wir das hinter uns haben, wird man dich den *Gesegneten* Rikken nennen!«

Wildes Gelächter brandete in der Bucht auf, aber es wurde vom Heulen des Windes und dem Tosen des Meeres verschlungen.

Tashil und Dardan hatten erst zwei Straßen südlich von der Wächterloge abgelaufen, als der Magier langsamer wurde und verkündete, dass Ondene seine Richtung geändert hatte.

»Und wohin geht er?« Tashil atmete schwer, als sie stehen blieb.

»Er bewegt sich in westlicher Richtung durch den Nordteil der Stadt«, erklärte Dardan und schüttelte den Kopf. »Er hält direkten Kurs auf die ehemaligen Besitzungen der Ondenes.«

Dardans Geschicklichkeit im Einsatz der Jagdsicht war unvergleichlich, also nickte Tashil nur, bevor sie ihm im Laufschritt folgte und an der nächsten Ecke nach Westen abbog.

Sie hatten nicht abgewartet, bis Calabos wieder zu Bewusstsein kam, obwohl Dardan das eigentlich gewollt hatte. Tangaroths bissige Bemerkungen hatten Tashil tief verletzt. Als sie verkündete, dass sie sich, falls nötig, auch allein auf Ondenes Fährte setzen würde, hatte Dardan ergeben die Hände erhoben und eingewilligt, sie zu begleiten. Jetzt hasteten sie über einen kleinen Platz mit einer verwitterten Reiterstatue des Lordregenten Yasgur, dann durch die Gasse der Brauer und Fassmacher, in der das scharfe Aroma von Hopfen und Malz ihre Nasen reizte. An der Straße lag ein kleiner, überwachsener Laubengang, und als sie sich ihm näherten, spürte Tashil einen kalten Hauch. Sie wollte das Dardan schildern, als sie ein Gestrüpp aus Ranken und überwucherten Büschen passierten. Zweige brachen und Blätter flogen durch die Luft, als ein knurrender Schatten aus dem Unterholz sprang, sich auf Dardan stürzte und ihn zu Boden warf.

Instinktiv beschwor Tashil den Gedankengesang der Stacheln, konzentrierte die Niedere Macht in ihrer rechten Hand, sprang vor und schlug der Kreatur auf die Flanke. Es blitzte, als die Macht zuschlug und das Biest gequält aufheulte. Es handelte sich offenbar um einen großen, massigen Hund. Er ließ sofort von Dardan ab, fuhr herum, und sein mächtiger Kiefer schnappte nach Tashil. Sie war jedoch geschickt zurückwichen und erwartete, dass der Hund zu Boden stürzte.

Stattdessen schien das Tier jedoch die machtvolle Wirkung des Gedankengesanges zu bezwingen und stürzte sich erneut knurrend auf die beiden Magier.

»Das war nicht besonders wirkungsvoll«, murmelte Dardan, der aufgestanden war und jetzt vorsichtig zurückwich.

»Es war genug Macht in meiner Hand, um ein Pferd zu fällen«, widersprach Tashil. Sie redete leise und bewegte sich nur langsam, weil der Hund sie feindselig anstarrte. »Was jetzt?«

»Ich habe den Feuerdolch vorbereitet«, sagte Dardan. »Wenn ich seine Aufmerksamkeit auf mich lenke, springt Ihr aus dem Weg, und zwar schleunigst, versteht Ihr? Gut ...«

Er holte aus und trat dem Hund gegen den Hinterlauf. Der knurrte böse, wirbelte wild herum und sprang ihn an. Tashil war bereits ausgewichen, als der Feuerdolch-Zauber wie eine rote, gefiederte Klinge aus Dardans Händen schoss. Einen Moment tauchte er die Straße, die Magier, den Hund und das Dickicht in seinen roten Glanz. Der Hund stieß ein gequältes, ächzendes Stöhnen aus, als der Feuerdolch-Zauber erst in seinen Schädel drang und ihm dann eine fürchterliche Wunde in die Flanke riss. Das Tier fiel zu Boden und wand sich mehrere Sekunden lang. Seine Klauen kratzten kläglich über den Boden, dann lag es ruhig da, das Maul halb geöffnet, und richtete ein unversehrtes Auge auf Dardan.

Tashil und Dardan schauten sich schwer atmend an. Dardan schüttelte den Kopf und wischte sich die Hände an seinem schmutzigen Mantel ab. Er lachte, und Tashil lag die Bemerkung auf der Zunge, dass die Wächter ganz gut eigene Wachhunde gebrauchen könnten, als sie ein dunkles Knurren hörten, bei dem ihnen die Haare zu Berge standen. Sie drehten sich um. Der Hund war wieder aufgestanden, trotz seines zerschmetterten Schädels und der blutenden Wunde an seiner Seite, in der die weißen Rippen leuchteten. Blutiger Geifer tropfte aus seinem versengten Maul, während sein Knurren anschwoll.

»Haltet Euch ein Stück weiter hinter mir!«, befahl Dardan, während er sein Schwert zog. Es blitzte in der Dunkelheit.

Tashil gehorchte ihm gern, bereitete dennoch erneut den Gedankengesang der Stacheln vor, für alle Fälle.

Schließlich sammelte der Hund seine unnatürlichen Kräfte und stürzte sich mit einem großen Satz auf Dardan. Mit seinem geifernden Maul schnappte er nach der Kehle des Magiers. Doch der wirbelte auf einem Bein herum und ließ mit derselben Bewegung sein Schwert heruntersausen. Es war ein perfekt geführter Schlag, der den Kopf des Hundes von seinem Rumpf trennte. Der Kopf rollte noch ein paar Schritte weiter und blieb dann in einer Pfütze liegen, während der Körper auf der Stelle zusammenbrach. Dardan bückte sich, wischte sein Schwert am Fell des Hundes ab, schob es in die Scheide und sah Tashil an.

»Gehen wir«, sagte er. »Die Zeit wird knapp.«

Während sie weiterliefen, spielte Tashil das albtraumhafte Ereignis noch einmal durch und kam zu einer beunruhigenden Schlussfolgerung.

»Er war besessen, Dardan, hab ich Recht?«, fragte sie. »Was für ein Geist würde denn in ein Tier fahren?«

»Vor allem: wessen Geist?«, erwiderte Dardan keuchend. »Doch darüber müssen wir später reden. Jetzt hat unser guter Hauptmann bereits einen beträchtlichen Vorsprung herausgeholt. Hoffen wir, dass er den Besitz der Ondenes nicht zu früh erreicht ...«

Er schaute sich kurz um, ohne innezuhalten. Sie befanden sich nun in der Altstadt, wo die Straßen schmaler wurden. Die Gassen waren noch enger und die meisten Gebäude älter als ein Jahrhundert. Viele hatten Brüstungen vor ihren ersten und zweiten Stockwerken, oder sogar über den Giebeln. Einige Häuser waren quer über die Straße mit Laufstegen aus Holz und Geländern aus Tauwerk verbunden.

»Wir kürzen über die Dächer ab«, erklärte er grinsend.

Das nächste Haus war ein massives Gebäude aus großen Sandsteinquadern. An seiner Seite war eine Treppe in den Stein geschlagen worden. Die Stufen waren schmal und glitschig vom Regen und verliefen im Zickzack die Außenwand empor. Vom zweiten Stock führte eine Leiter hinauf auf den Dachgang. Lockere, verwitterte Balken klapperten unter ihren Füßen, und das hölzerne Geländer des Laufstegs wirkte baufällig und wenig Vertrauen erweckend. Die ganze Konstruktion schwankte heftig, als sie darüber polterten. Aber sie erreichten kurz darauf das Gebäude am Ende der Straße, stiegen über den mit Ziegeln gedeckten Giebel und kletterten auf der anderen Seite wieder hinunter. Tashil konzentrierte die Niedere Macht auf ihre Magiersicht und achtete so auf ihre Füße, während sie sich bemühte, Dardans unermüdlich raschen Schritten zu folgen.

Während sie über die Hausdächer hasteten, hörte Tashil aus den Wohnungen darunter Streit, kläffende Hunde, unmelodiösen Gesang, das Klirren zerbrechenden Glases, trunkenes Gerede, und einmal den süßlichen Refrain einer Fidel, auf der jemand geschickt eine schöne, melancholische Melodie spielte. Während sie Dächer, Giebel und Kuppeln passierten, mussten sie darauf achten, nicht von den Bewohnern oder den Wächtern entdeckt zu werden.

Schließlich führte Dardan sie zu einem niedrigen Balkon eines Gebäudes nahe am Ende einer abschüssigen Straße, in der kleine Geschäfte und Schänken lagen, deren Besitzer meist in den Wohnungen darüber lebten. Tashil war schweißgebadet und kauerte sich erleichtert auf den schattigen Balkon, wo sie Atem schöpften.

»Gut, wir haben ihn überholt«, murmelte Dardan und deutete den Hang hinunter. »Der ehemalige Besitz der Ondenes liegt am Ende dieser Straße. Unser entschlossener Hauptmann muss gleich hier entlangkommen. Dann springe ich hinunter, schlage ihn bewusstlos und bringe ihn auf das Dach. Von dort aus können wir uns in Ruhe an der Verwirrung seiner Verfolger weiden.«

»Wie viele sind es?«, fragte sie.

»Vier, vielleicht fünf ... Still jetzt, der Hauptmann kommt.«

Eine einsame Gestalt schlich hastig über die Straße und tauchte gelegentlich im Lichtkreis der Fackeln oder der Verandalaternen auf. Ondene trug noch immer das Hemd und die Hose, die Calabos ihm gegeben hatte. Während Tashil ihn beobachtete, bewunderte sie ihn fast für seinen hartnäckigen, wenn auch närrischen Drang nach Vergeltung. Dennoch, nur jemand, der keine Hoffnung mehr hatte, würde sich so dumm verhalten.

Ondene war nur noch ein paar Meter von ihrem Balkon entfernt, als er langsamer wurde, stehen blieb und die Straße hinunterblickte.

»Bei den Zähnen des Schattens!«, fluchte Dardan. »Einer seiner Verfolger hat ihn gesehen!«

Tashil schaute sich um und sah, wie sich eine Gestalt rasch in einen Torweg duckte. Als sie wieder zu Ondene blickte, erkannte sie gerade noch, wie er ein paar Schritte weiterlief, um eine Ecke bog und verschwand. Dardan fluchte wieder.

»Dieser Narr! Er ist in den Hof vom *Wolf und Dolch* gelaufen. Die Schänke ist seit über einem Monat geschlossen, und sie besitzt keinen Hinterausgang. Jetzt hockt er in der Falle ...«

Ohne Warnung sprang er auf und hastete die Empore entlang um die Ecke des Hauses. Tashil folgte ihm an der Seitenwand entlang und auf die Brüstung, von der aus sie einen Meter tiefer auf das Dach des niedrigeren, benachbarten Gebäudes sprang. Dardan kletterte bereits über das Gerüst aus eisernen Sprossen hinab, das normalerweise von Handwerkern und Dachdeckern benutzt wurde. Sie folgte ihm hastig. Auf der anderen Seite tasteten sich zwei Männer mit Fackeln in die lichtlose Einbuchtung zum Hof der Schänke. Mit ihrer Magiersicht erkannten Tashil und Dardan mehr Einzelheiten auf dem dunklen Hof. Das Wrack eines räderlosen Karrens, zwei zerschmetterte, leere Kisten, ein umgestürzter Eimerstapel und hinter einem Pfeiler in der vollkommenen Dunkelheit der entlegensten Ecke die hockende, wachsame Gestalt eines Mannes.

»Wir folgen dem Verlauf des Daches bis dorthin«, flüsterte Dardan. »Vielleicht haben wir so eine Chance, ihn zu erwischen.«

Sie schlichen lautlos und geduckt weiter über das schräge, flache Dach der Schänke, aber sie waren erst ein halbes Dutzend Schritte weit gekommen, als drei weitere Männer mit Fackeln und Laternen den Hof betraten. Dardan stieß einen leisen Fluch aus.

»Tashil, wir müssen sie aufhalten. Ich werde den Gedankengesang der Umhüllung einsetzen, während Ihr ...«

»Wartet!«, sagte sie drängend. »Da ist jemand bei ihm!«

In dem Schatten, den ihre Magiersicht sanft schimmern ließ, erkannte Tashil noch eine Gestalt in der Schwärze hinter Ondene, die der Hauptmann offenbar nicht bemerkte.

»Bei der Leere!«, knurrte Dardan. »Wer ...?«

Der Schrei eines der Fackelträger schnitt ihm das Wort ab. Tashil sah, wie Ondene rückwärts taumelte, herumwirbelte und plötzlich dem großen Fremdling von Angesicht zu Angesicht gegenüberstand. Der packte mit einer Hand das Hemd des Hauptmannes und schien mit der anderen etwas in die Luft zu schreiben. Die Fackeln erloschen schlagartig, und der Hof versank in vollkommener Dunkelheit, welche sich, wie Tashil verblüfft feststellte, auch auf ihre Magiersicht erstreckte.

Diese merkwürdige, undurchdringliche Finsternis löste sich nach einem Moment auf, aber als die Häscher, die ihre Fackeln neu entzündet hatten, in den Hof vordrangen, waren Ondene und der Fremde fort. Den wütenden Rufen der Männer entnahm Tashil, dass alle Türen verschlossen und von innen verriegelt waren. Das ließ nur eine Erklärung zu: Magie. Mächtige Magie.

»Ich frage mich, was Calabos wohl dazu sagen wird«, murmelte Dardan mit einem schiefen Lächeln. »Zweifellos irgendetwas schwer Verständliches.«

Wie rasch es ihm gelungen war, bei der allgemeinen Verwirrung in der Loge der Wächter zu flüchten. Er genoss die freudige Erregung, als er wieder zum Rächer wurde, zu einem wandelnden Instrument der Vergeltung, das sich unaufhaltsam denen näherte, die seine Familie hatten elend zugrunde gehen lassen.

Doch dann mischten sich andere ein, schnitten ihm den Weg zu seinem Ziel ab, das er immer noch als den Sitz seiner Familie betrachtete. Schließlich war er kopflos von der Straße abgebogen und hockte jetzt wie eine Ratte in der Falle im Hof einer verschlossenen und verrammelten Kutscherherberge. Während er sich hinter einen Pfeiler der Veranda duckte, bedauerte er beinahe seine hastige Flucht, die ihn auch des Schutzes der Wächter beraubt hatte. Ob seine Verfolger etwas mit den Soldaten zu tun hatten, die ihm in der letzten Nacht aufgelauert hatten? Im Licht ihrer Fackeln sahen sie aus wie diese finsteren Schläger, welche die eher übel beleumundeten Viertel der Stadt unsicher machten. Es waren Schurken, die er leicht erledigen oder entwaffnen konnte, falls sie ihm den Gefallen taten, ihn nacheinander anzugreifen.

Dann jedoch tauchten noch mehr Verfolger mit hellen Laternen auf. Seine Flucht war bald zu Ende. Die flackernden Lichter kamen näher, und plötzlich schrie einer der Fackelträger, als er ihn sah. Die Häscher zückten lange Dolche und schwangen ihre Knüppel. Ondene wich weiter in den Schatten zurück. Er musste eine Stange oder ein Stück Holz in dem Abfall suchen, damit er sich wenigstens verteidigen konnte ...

Als er sich umdrehte, stand er einem großen, hageren Mann mit langem, strähnigem Haar gegenüber, dessen Augen zu glühen schienen. Ondene stieß die Luft aus und zuckte zurück, doch der Mann packte sein Hemd und zog ihn dichter an sich.

»Macht Euch bereit.« Er hatte eine tiefe, sonore Stimme. »Und schließt Eure Augen.«

»Verdammt, lass mich los ...!«

Bevor er etwas sagen konnte, flüsterte der Mann etwas und zeichnete mit seiner ausgestreckten Hand rasch eine kleine, silbrige Hieroglyphe in die Luft, die dort weiter schwebte, auch nachdem er die Hand zurückgezogen hatte. Die Striche des Zeichens wirkten wie Schnitte oder klaffende Wunden und dehnten sich allmählich aus. Alles andere um sie herum schien sich zu verlangsamen. Die Schläger näherten sich gemächlich, während die Flammen ihrer Fackeln plötzlich träge, wogende Zungen aus orange und gelb wurden, aus denen gelegentlich Funken sprühten. Dann breiteten sich die grauen Linien des Zeichens rascher aus und ertränkten alles in aschfarbenem Silber.

Ondene hatte das Gefühl, als würde ihm der Magen in den Hals gedrückt, und er schloss die Augen. Er war sicher, dass dies der Tod war und er sehr bald im Reich der ErdenMutter erwachen würde, im Tal der Linderung ...

Plötzlich sackte er nach vorn und landete mit Händen und Knien auf etwas Weichem, Gepolstertem, Kaltem. Ihm war schlecht, er zitterte und ihm schwindelte. Plötzlich verkrampfte sich sein Unterleib, und er übergab sich.

»Ich riet Euch doch, die Augen zu schließen«, sagte jemand dicht neben ihm.

Corlek hustete und wandte sich angewidert von seinem Erbrochenen ab. Dann merkte er, dass er im Schnee kauerte. Einige Schritte neben ihm stand der große Fremde und beobachtete ihn.

Plötzlich durchzuckte ihn ein Gedanke. Schnee? Mitten im Sommer?

Furcht packte ihn, die Angst, dass er entführt, bewusstlos geschlagen und in die Berge verschleppt worden war. Sein Atem bildete Wolken vor seinem Gesicht, als er schwankend aufstand.

»Wer seid Ihr, und warum habt Ihr mich hergebracht?«

Sein Häscher schnaubte amüsiert. »Beide Fragen erfordern mehr Antworten, als ich Zeit und Muße habe, darauf zu verschwenden. Auf die zweite Frage gibt es vielleicht nicht einmal eine angemessene Antwort ...«

»Ich habe keine Lust, mir Eure Wortspielchen anzuhören ...«

»In diesem Fall könnt Ihr mich fürs Erste Qothan nennen. Allerdings wäre es wichtiger, Eurer Umgebung etwas mehr Aufmerksamkeit zu schenken, Hauptmann Ondene.« Der hagere Mann deutete über Ondenes Schulter.

»Was meint Ihr mit ›Umgebung‹?« Corlek drehte sich um.

Vor ihm lagen schneebedeckte Felder und einige Siedlungen am Ufer eines breiten Flusses, der sich verengte und in eine breite Bucht mündete, auf deren anderer Seite eine große Stadt lag, aus deren Schornsteinen Rauchsäulen in den eisgrauen Himmel emporstiegen.

»Seht nur ... das mächtige Sejeend!«, erklärte Qothan.

»Seid nicht albern ...!«

Corlek unterbrach sich, als er mitten unter dem Häusermeer die unverwechselbaren Umrisse des Weißen Frieds erkannte, auf dessen Zinnen eine große, blassblaue Fahne flatterte. Dahinter erhob sich eine steile Felswand mit einer bewaldeten Spitze.

Ihm wurde erneut übel, und gleichzeitig überfiel ihn eine namenlose Furcht.

»Wie ... Wo ist das ...?«

»Die richtige Frage lautet nicht ›wo‹, guter Hauptmann, sondern ›wann‹.«

Damit ging der Mann an Ondene vorbei den Berghang hinab in Richtung Fluss. Panisch stolperte Ondene hinter ihm her.

»Wartet! Was muss ich tun? Was kann ich hier tun?«

»Unser Ausflug wird nicht lange dauern«, warf der Mann über die Schulter zurück. »Falls wir den Hafen innerhalb einer Stunde erreichen, ist alles gut. Wenn Ihr mit mir Schritt haltet, wird das außerdem die Kälte aus Euren Knochen vertreiben.«

Ondene kam sich völlig hilflos vor angesichts der finsteren Andeutungen seines Begleiters und in dieser fremdartigen, und doch seltsam vertrauten Umgebung. Er hatte keine andere Wahl, er musste der Aufforderung dieses Fremden gehorchen und beeilte sich, ihn einzuholen.

6

Unter dunklen und rastlosen Wogen,
Unter tiefen Wassern und in tiefsten Schlünden,
Schallt noch der Schrei untergegangener Nationen,
Und ihre traumlosen Geister rühren sich.

ESHEN KAREDU, STURMREISE, KAPITEL 9

Corlek Ondene folgte dem geheimnisvollen Qothan über die schneebedeckten Felder zu einem Wäldchen, dessen kahle Bäume von Eis überkrustet waren. Ihm war kalt bis ins Mark, und bis sie endlich einen Karrenweg gefunden hatten, schneite es. Die weißen Flocken fielen unaufhörlich, während sich die ersten Schatten des Abends herabsenkten. Als Qothan ohne innezuhalten über den Feldweg marschierte, protestierte Ondene mit klappernden Zähnen. Er schwor, keinen Schritt mehr zu machen, wenn sie nicht bald eine Pause einlegten. Um seinen Worten Nachdruck zu verleihen, setzte er sich auf einen Felsbrocken am Wegesrand und schlang die Arme um seinen Oberkörper.

Qothan trat neben ihn und legte ihm eine Hand auf die Schulter. Ondene wollte schon eine bissige Bemerkung von sich geben, als er spürte, wie eine wohlige Wärme in seiner Brust entstand und sich in seinem ganzen Körper ausbreitete. Zuerst erwartete er das Schlimmste, glaubte, es handelte sich um den Beginn eines schrecklichen Anfalls, aber als frische Kraft ihn durchströmte, fühlte er sich erleichtert und gleichzeitig verwirrt.

»Was für Kräfte besitzt Ihr?«, fragte er den Fremden. »Was wollt Ihr von mir?«

Qothan schüttelte den Kopf. »Ich kann Euch diese Fragen nicht beantworten ...«

»Wer dann?«

Der große Mann sah ihn streng an. »Mein Anführer könnte Euch diese Antworten geben. Aber nur, wenn wir es schaffen, die Bucht bald zu erreichen.« Er drehte sich um und ging weiter. »Die Zeit ist hier nicht unser Verbündeter, Hauptmann.«

Ondene fluchte leise, stand wieder auf und folgte ihm über den unebenen, gefrorenen Weg.

Es schneite noch stärker, als sie zum Nordufer des Vaale hinabgingen, aber Ondene fühlte sich seltsam beschützt, als trüge er einen unsichtbaren Mantel, der keine Kälte durchließ und ihn wärmte.

Seine Gedanken dagegen waren alles andere als behaglich. Sie überschlugen sich förmlich vor Furcht, während er herauszufinden versuchte, wo und vor allem wann er hier war. *Die Zeit ist hier nicht unser Verbündeter*, hatte Qothan gesagt, und dennoch war es offensichtlich, dass dieser grimmige Fremde, der in sein Schicksal eingegriffen hatte, eine dunkle Magie gewirkt und sie beide durch den langen Tunnel der Zeit zurückgeworfen hatte. In eine Epoche, in der Sejeend kaum mehr als ein größeres Dorf gewesen war.

Je länger er über diese albtraumhafte Situation nachdachte, desto stärker wuchs seine Angst, bis sie ihn geradezu einschnürte. Er schob diese Gedanken beiseite und konzentrierte sich lieber darauf, mit Qothan mitzuhalten.

Die Landschaft war nur zur Hälfte von Menschenhand bebaut, und nur wenige Vögel störten mit ihren Rufen die gedämpfte Stille. Nach kurzer Zeit verbreiterte sich der Karrenweg und traf auf andere Wege aus dem Norden, auf denen sie gelegentlich Reisenden begegneten. Die meisten waren zu Fuß unterwegs und führten Pferdekarren mit sich, die mit Kisten, Bündeln und ihren in Lumpen gewickelten Habseligkeiten beladen waren. Einige erleuchteten den Weg mit rauchenden Fackeln, als das Tageslicht immer schwächer wurde. Und an jedem Karren schaukelte dicht neben dem Kutscher eine Laterne am Haken.

Ondene sah die Erschöpfung und Not in ihren Gesichtern. Es mussten Flüchtlinge sein, die offenbar vor einer ihm unbekannten Notlage aus dem Norden flohen. Dieser Anblick war ihm aus seiner Zeit als gedungener Schwertkämpfer nur zu vertraut, als er für die Junker und Gutsherren an der Küste von Dalbari gekämpft hatte. Es hatte ihn stets belastet, dieses Elend mit ansehen zu müssen. Ihm fiel auf, dass kaum einer der Flüchtlinge redete. Alle schienen vor Müdigkeit und Gram in sich versunken zu sein, bis auf ein paar Kinder, die auf einem der Wagen miteinander plapperten. Er schnappte das ein oder andere Wort auf. Sie redeten in einer alten Form des Mantinorischen, vermutlich war es ein Dialekt.

Selbst wenn ich etwas sage, dachte er, werden sie mich nicht verstehen und vielleicht sogar unfreundlich reagieren ...

Also trottete er schweigend hinter Qothan her.

Der Weg führte durch ein dichtes Wäldchen aus schwarzen, kahlen Bäumen zum Ufer des Vaale und zu einer massiven Steinbrücke. Auf der anderen Seite schlängelte sich eine Straße zu den Toren von Sejeend hinauf, doch Qothan bog von ihr ab und steuerte nach Norden, zum Ufer des Flusses. Mit einem traurigen Blick zurück auf die Flüchtlinge hastete Ondene hinter ihm her, über den verschneiten, unebenen Boden, der von Senken und vereisten Pfützen unterbrochen wurde, die in der Dämmerung kaum zu erkennen waren. Qothan hatte seine Schritte noch weiter beschleunigt und eilte durch den Schnee. Ondene hastete zu dem Mann und packte seinen Arm. Er wollte ihn aufhalten, doch stattdessen wurde sein eigener Arm in einen eisernen Griff genommen, und er wurde weitergezogen.

»Wartet! Verdammt, halt! Warum habt Ihr es ... so verdammt eilig?«

»Ich sagte Euch bereits, Hauptmann, die Zeit ist gegen uns!« Qothan ließ ihn los und ging etwas langsamer. »Schon bald werden wir wieder in das Jahr und den Tag zurückversetzt, an dem wir sie verlassen haben, und bis dahin müssen wir an einem sicheren Ort sein.«

»Und Ihr kennt einen solchen Ort«, stellte Ondene fest.

»Allerdings. Wir müssen ihn schnellstens erreichen.« Er schaute Ondene an. »Wenn Eure Kräfte schwinden, kann ich Euch tragen. Es wird mich nicht aufhalten.«

»Ich glaube, ich schaffe es selbst.«

»Gut.« Der große Mann drehte sich um und setzte den Weg mit weit ausgreifenden Schritten fort. Ondene starrte ihm einen Moment erstaunt nach, bevor er ihm folgte, so schnell er es vermochte.

Einige hölzerne Molen ragten auf Holzpfeilern ins Meer hinaus, und Qothan lief unter ihnen hindurch. Seine Schritte knirschten auf dem vom Frost überzogenen Kies. Ondenes Erinnerung sagte ihm, dass sich über diesen Teil der Bucht ein ausgedehntes Netz von Anlegestellen und Docks erstreckte, oder jedenfalls eines Tages erstrecken würde, und er konnte sich Qothans Hast nicht erklären. Schließlich tauchten sie aus dem von Unkraut überwucherten Schatten eines weiteren Landungssteges auf und Qothan knurrte.

»Da!«, sagte er. »Wir haben es gerade noch rechtzeitig geschafft ...«

Er lief noch schneller weiter. Ondene rang nach Luft und sah nur einen riesigen Felsvorsprung, den uralten Ausläufer eines Flussbettes, der unter der Wasserlinie schimmerte und bei Ebbe auftauchte.

»Vergesst nicht, diesmal Eure Augen zu schließen, Hauptmann«, rief Qothan über die Schulter zurück. »Der Schwung wird gleich einsetzen ...«

Ondene drehte sich der Magen um, und er taumelte benommen. Er verlor das Gleichgewicht, schwankte, stolperte und streckte schützend die Arme aus, als er stürzte. Sand und Kiesel spritzten zur Seite, als er auf einem Ellbogen landete, sich abrollte und versuchte, wieder auf die Füße zu kommen. In seinem Kopf herrschte eine merkwürdige Leere, während sein Gehör schubweise ausfiel und sich ein blasses Netz vor seine Augen schob ...

Er hat gesagt, ich soll die Augen schließen, dachte er verzweifelt. Schließ deine Augen ...

Er tat es, und die Übelkeit und der Schwindel ließen nach. Dann fühlte er, wie jemand ihn hochhob und über den Strand schleppte.

»Haltet Euch bereit«, murmelte Qothan hinter einem Schleier aus Wispern und rauschendem Wasser.

Ondene hielt die Augen fest geschlossen, aber dennoch blieb das merkwürdige Gefühl. Abstrakte Bilder formten sich hinter seinen Augenlidern, regenbogenfarbene Fäden und strahlende Funken, die merkwürdige, augenförmige Umrisse bildeten und dann verwischten. Einen kurzen Moment schienen sie ein großes Waffenarsenal darzustellen: Pfeile, Schilde, Speere, Dolche, unterlegt von dem Gesicht eines Mannes, das ihm vage bekannt vorkam. Dann spaltete ein Riss das Gesicht in zwei Teile und bildete eine Kluft, durch die er stürzte ...

Eine beißende Kälte riss ihn wieder ins Bewusstsein zurück. Sie hüllte ihn von der Brust abwärts ein und lähmte seine Beine, als er versuchte, sich zu rühren. Im nächsten Moment kehrten Sicht und Gehör so plötzlich wieder zurück, dass er vor Überraschung keuchte und beinahe erneut gestürzt wäre. Ein Arm stützte ihn und bewahrte ihn davor, mit dem Gesicht voran ins Wasser zu fallen.

»Beruhigt Euch, Hauptmann. Wir sind aus dem Schlund der Zeit zurückgekehrt.«

Sie waren vollkommen von Dunkelheit und dem Rauschen der Wellen eingeschlossen. Unter Ondenes Füßen gaben Sand und Kies nach, und als er hochblickte, sah er eine waagrechte Linie in der Dunkelheit, die vom gelblichen Licht von Fackeln erhellt wurde. Er lachte heiser, als ihm klar wurde, dass sie am Fuße eines der kleineren Kais an der Südküste der Bucht herumwateten.

»Woher wusstet Ihr ... wisst Ihr, wohin Ihr gehen müsst?« Er folgte Qothan durch das unruhige Wasser zu der senkrecht aufragenden Mauer des Kais.

»Beobachtung«, erwiderte der große Mann. »Von unveränderlichen Zeichen.«

Ondene runzelte die Stirn. Dieser Küstenabschnitt sah heute doch gewiss völlig anders aus als früher. Das Ufer war vollkommen umgestaltet worden, und der Küstenboden war ausgehoben worden, damit auch größere Schiffe anlegen konnten. Aber er sagte nichts, denn die eisige Meeresluft drang ihm bis auf die Knochen, und er begann heftig zu zittern. Es war jetzt so dunkel, dass er kaum mehr Qothans Gestalt erkennen konnte. Dann fasste ihn jemand an den Händen und führte ihn einige Meter weiter, bis seine Finger an etwas Kaltes, Nasses, Metallisches stießen.

»Klettert hinauf, Hauptmann. Wir haben unser Ziel fast erreicht.«

Die Leiter war zerfressen, und das brüchige Eisen blätterte ab. Er fühlte den bröckelnden Rost und die schlüpfrigen Algen, als er die Sprossen emporstieg. Die Anstrengung wärmte ihn auf, aber sie verbrauchte auch seine letzte Kraft. Die letzten Sprossen bereiteten ihm die größte Mühe. Oben angekommen sank er nach vorn und kroch ein Stück auf die groben, breiten Planken des Piers. Dort blieb er keuchend liegen. Einen Moment später zog Qothan ihn hoch.

»Nur noch ein kleines Stück, Hauptmann. Zu einem der Tiefwasser-Ankerplätze.«

»Ein ... Schiff?«, fragte Ondene erschöpft.

»Ja. Die *Sturmklaue.*« Qothan stützte ihn mit einem Arm. »An Bord wartet mein Herr, der Euch vielleicht einige Antworten geben kann.«

Sie boten ein seltsames Bild, die beiden so unterschiedlich großen Männer, die vollkommen durchnässt und vom Rost der Leiter beschmutzt waren. Qothan erklärte den seltenen Passanten, denen sie begegneten, sein Gefährte sei so betrunken wie ein Lord am Hochzeitstag. Ondene verzichtete darauf zu protestieren. Er dachte über seinen glühenden Wunsch nach Vergeltung an der Familie dor-Galyn nach, die sein Heim an sich gerissen hatte. Zurückblickend musste er einräumen, dass er seine Rache besser auf eine verstohlenere, sicherere Art und Weise hätte planen sollen. Hätte er einen solchen Mordanschlag für jemand anderen ausgeführt, wäre er ein Schatten unter Schatten gewesen, eine kalte, unsichtbare Klinge des Todes. Jetzt jedoch, in seiner Erschöpfung, erkannte er, dass sein ungestümes Vorgehen einem

Drang zur Selbstzerstörung entsprungen sein musste, der alle Vorsicht und List ignoriert hatte.

Meine Mutter und mein Bruder sind tot, dachte er. Ich muss um sie trauern, eine Möglichkeit finden, ein letztes Wort für sie zu sprechen, für sie zu beten und mich von ihnen zu verabschieden. Erst danach kann es Vergeltung geben.

Der Geruch von feuchtem Holz und Tauwerk und das Flackern von Mastlaternen verrieten Ondene, dass sie an den hoch aufragenden Bugs von mehreren vertäuten Schiffen vorübergingen. Selbst zu dieser späten Stunde waren die Hafenarbeiter noch bei der Arbeit und beluden einen riesigen Lastkahn. Ihre Rücken bogen sich unter den Säcken, Kanistern, Tuchballen und all den anderen Handelsgütern. Überall sah er Wachen auf den Schiffen, und die Hafengarde patrouillierte zu zweit. Ihre Stablaternen trugen sie über den Schultern.

»Ah, endlich!«, sagte Qothan.

Ondene konnte sich nur noch mühsam auf den Füßen halten und folgte dem Mann über eine Laufplanke zu einer erleuchteten Öffnung. Es kostete ihn die letzte Kraft, diese Planke zu erklimmen, und als er an ihrem oberen Ende stolperte, verhinderte nur die geistesgegenwärtige Hand eines Matrosen, dass er stürzte. Jemand warf ihm eine grobe Wolldecke über die Schultern, als Qothan neben ihm auftauchte.

»Prinz Agasklin erwartet Euch im Orakel«, sagte der Matrose, der ebenso groß und hager war wie Qothan.

Der nickte und drehte sich zu Ondene herum.

»Ich sehe Eure Erschöpfung, Hauptmann, aber mein Herr möchte sofort mit Euch sprechen, falls Ihr dazu in der Lage seid.«

Ondene hätte beinahe laut gelacht, rieb sich jedoch stattdessen nachdenklich das Kinn und holte tief Luft. Er versuchte, die Müdigkeit wenigstens aus seinem Geist zu vertreiben.

»Ich bin gewiss alles andere als ein wortgewandter Gesprächspartner«, meinte er. »Falls ich überhaupt etwas sagen kann. Aber ich werde es gern versuchen.«

»Sehr gut, Hauptmann. Hier entlang.«

Qothan führte ihn von der Luke durch einen niedrigen Eingang in einen breiteren, von Laternen beleuchteten Flur, der in einen Längsgang mündete. Die anderen Matrosen der *Sturmklaue* waren genauso schlaksig wie Qothan und überragten allesamt Ondene mindestens um einen Kopf. Außerdem wirkten sie genauso mürrisch wie sein merkwürdiger Führer. Begegnete er jedoch ihren Blicken, fand er dort weder Verachtung noch Ablehnung, wie er halb erwartet hatte, sondern nur entschlossenen Ernst.

Während sie durch den Gang marschierten, bemerkte er, dass die dunkelbraunen Schotten reich verziert waren, ebenso wie die geschwungenen Türrahmen und die Intarsien aus hellerem Holz. Zumeist zeigten die Schnitzereien fliegende Kreaturen, Vögel, Insekten oder Fabelwesen aus den Legenden. Das Holz wirkte alt und glatt, wie auch die Deckplanken, die sich unter seinen Füßen weich und abgeschliffen anfühlten. All das sprach dafür, dass die *Sturmklaue* ein sehr, sehr altes Schiff war.

Kurz darauf erreichte Qothan eine breite Tür aus glänzendem, roten Holz, in dem Silber- und Perlmuttintarsien ein merkwürdiges Muster bildeten, das entfernt an einen Kreis aus Augen erinnerte.

»Das ist das Orakel«, erklärte er. »Es wird für die Meditation und Kontemplation benutzt. Unter anderem.«

Er stieß die Tür auf, und sie traten ein. Das Orakel war eine runde Kammer mit zwölf Nischen, welche in die Wände eingelassen waren. Hölzerne Säulen trennten die Alkoven und verjüngten sich zu schlichten Sparren, die in der Mitte der niedrigen, gewölbten Decke zusammenliefen. Deren zwölf Segmente waren mit lebhaften Szenen bemalt. Der Boden war gefliest und ebenfalls in zwölf Abschnitte unterteilt. In der Mitte erhob sich ein Podest, auf dem ein regungsloser, bärtiger Mann in einer langen, grauschwarzen Robe auf einem von vier prachtvollen Stühlen saß. Er beobachtete die Eintretenden, während sich die Tür leise hinter ihnen schloss.

Das muss Agasklin sein, dachte Ondene.

»Seid gegrüßt, Qothanalorimundas«, sagte der Mann und stand auf, als sie sich ihm näherten. »Wie ich sehe, war Eurem Ausflug Erfolg beschieden.«

»So ist es, mein Prinz. Darf ich Euch Corlek Ondene vorstellen, ehemaliger Hauptmann der Ehernen Garde und danach militärischer Berater im Süden.«

»Es ist mir eine Ehre, Euch kennen zu lernen, Hauptmann.« Agasklin lächelte frostig. Ondene vermutete, dass er sich nur selten einen solchen Gefühlsausbruch gönnte. »Ich bin Prinz Agasklin von den Ushralanti, Sippenhäuptling auf diesem Schiff, der *Sturmklaue*. Ich habe vorzügliche Berichte über Eure Talente gehört, vor allem vom Armigerlord von Schildah, vor beinahe zwei Jahren.«

Ondenes Überraschung wich Argwohn. Die Festung in Schildah auf den südlichen Ogucharn-Inseln war Gegenstand häufiger Spannungen zwischen ihrem Herrn Bazak, dem brutalen Armigerlord, und seinem Nachbarn, dem nicht weniger rohen Verogin, dem Herzog der Knochen, gewesen, bis es zu einem offenen Konflikt gekommen war. Ondene war von Ersterem angeheuert worden, Letzteren zu ermorden, und hatte mit der Idee gespielt, gleich beide widerlichen Tyrannen zu beseitigen. Letztlich hatte er sich jedoch an seinen Vertrag gehalten. Um ihn zu erfüllen, hatte er seinem Opfer mitten in der Nacht ein Gift verabreicht.

»Es war mir eine große Ehre, dem Armigerlord zu Diensten sein zu dürfen«, erwiderte er vorsichtig. »Bedauerlicherweise scheint er alle Vorsicht außer Acht gelassen zu haben, nachdem sein Hauptrivale beseitigt worden war. Wenn ich mich recht entsinne, wurde er kaum sechs Monate später von einem Gefolgsmann umgebracht.«

»Ein solches Schicksal dürfte Seine Majestät Kaiser Ilgarion wohl schwerlich ereilen, würdet Ihr das nicht auch sagen?«

Ondene starrte Agasklin an. Seine Müdigkeit war schlagartig verschwunden, vertrieben von handfestem Unbehagen.

»Ihr wollt doch sicher nicht vorschlagen ...«

»Hauptmann, wo denkt Ihr hin ...? Ihr seht ein wenig mitgenommen aus. Bitte, setzt Euch ...«

Ondenes Beine drohten bereits nachzugeben, also ließ er sich dankbar auf einen der gedrechselten Stühle sinken, die bequem gepolstert waren.

»Nein, Hauptmann«, fuhr Agasklin fort, »unsere Sorge gilt der Stabilität des Kaiserreiches und der Sicherheit der Krone. Ilgarion stellt für beides keine unmittelbare Bedrohung dar. Doch es gibt eine ... Person in dieser Stadt, deren Ränke und böse Hexerei alles in den Untergang stürzen könnte.«

Er beugte sich vor, und Ondene musste sich zwingen, dem eindringlichen Blick seiner dunklen Augen standzuhalten.

»Ilgarion ist heute Abend nach Sejeend zurückgekehrt und hat eine obligatorische Audienz für den Adel und die Stadtväter einberufen. Unter denen sich auch der Agent der Dunkelheit aufhalten wird. Sein Name ist Jumil. Er nimmt als einer von mehreren Offiziellen der Kaiserlichen Akademie an dieser Audienz teil. Es ist überflüssig, ihn Euch genauer zu beschreiben, denn wir besitzen ein Bildnis von ihm, das Ihr betrachten könnt.«

»In solchen Situationen«, erwiderte Ondene vorsichtig, »schließt man gewöhnlich einen Kontrakt und klärt vorher die Natur des Unternehmens. Wollt Ihr, dass ich diesen Jumil umbringe?«

Agasklin nickte. »Eine wundervolle Lösung, Hauptmann, aber bedauerlicherweise könnt Ihr diesem Mann keinen Schaden zufügen. Keine gewöhnliche Waffe würde auch nur seine Haut ritzen. Nein, Eure Aufgabe besteht darin, an Ilgarions Audienz im Palast teilzunehmen. Wir werden Euch mit einer Maske, höfischer Kleidung und allem, was sonst erforderlich ist, ausstatten. Beobachtet den Mann, merkt Euch, mit wem er spricht und versucht möglichst, diese Gespräche zu belauschen.«

»Es ist ziemlich riskant, eine solche Aufgabe im Palast durchzuführen«, erwiderte Ondene. »Wie sähe mein Entgelt aus?«

»Fünfhundert Königstaler«, sagte Agasklin. »Das ist eine beträchtliche Summe, ganz gleich, woran man sie misst. Aber es gibt noch einen Aspekt, der möglicherweise Euer Interesse wecken könnte. Die rechte Hand dieses Hexers Jumil ist ein Hauptmann der Ehernen Garde namens Vorik dor-Galyn. Einer seiner Lakaien hat Euch erkannt, als Ihr Sejeend betreten habt, und es waren seine Handlanger, die Euch verfolgten. Sollten wir den Hexer entlarven können, werden Vorik dor-Galyn und sein Haus in tiefste Ungnade fallen.«

Ondene schwieg einen Moment, während er diese Neuigkeit verarbeitete. Dennoch blieb er misstrauisch, denn schließlich hörte er das alles aus dem Munde eines geheimnisvollen, mächtigen Mannes auf diesem merkwürdigen Schiff.

»Ich bin durchaus geneigt, Eure Bedingungen zu akzeptieren, Herr«, sagte er schließlich. »Allerdings wüsste ich gern mehr über Euer Volk, die Ushralanti, und ihre einzigartigen Talente.«

Agasklin hob eine Braue und wechselte einen kurzen Blick mit Qothan.

»Ich verstehe Eure Neugierde, Hauptmann«, erklärte er schließlich, »und ich kann Euch einen kurzen Abriss unserer Geschichte geben. Allerdings muss er unvollständig bleiben, weil wir gewisse Dinge nicht mit Außenstehenden teilen.«

»Das dürfte genügen«, meinte Ondene, lehnte sich auf dem Stuhl zurück und hörte zu.

»… hör genau zu, Hund! Du und die anderen werden zu dieser Kaschemme zurückgehen und sie und die umliegenden Straßen absuchen, und zwar so lange, bis ich sage ›Genug‹!«

Die Nachricht von Ondenes Entkommen löste bei Vorik einen Wutanfall aus.

»Es kümmert mich nicht, was ihr glaubt, gesehen zu haben! Er muss noch irgendwo in der Stadt sein, also macht euch auf den Weg, und haltet die Augen auf! Und meidet Bierschänken, sonst ergeht es euch schlecht. Jetzt verschwinde!«

Voriks Handlanger hastete zerknirscht davon und tauchte in den Schatten des Bestattungshains unter. Er erschien noch einmal kurz im Lichtkegel der Torlampen, bevor er gänzlich in der Nacht verschwand. Vorik stand neben einer Laterne am Fuß des Grabmals des alten Soldaten und starrte seinem Lakaien nach. Sein Ärger ebbte langsam ab.

Ondene war einfach verschwunden, oder zumindest hatten seine Männer versucht, ihm das weiszumachen. Nachdem sie ihn im Hof einer alten Kutscherherberge in die Falle getrieben hatten, hätte er sich einfach in Luft aufgelöst. Das war natürlich unmöglich, es sei denn ... Es sei denn, es war das Werk von jemand mit Kräften, die denen von Jumil gleichkamen. Es konnte sich jedenfalls kaum um einen Taschenspielertrick der schwächlichen Niederen Macht handeln.

Vorik zuckte mit den Schultern. Er konnte nur warten, bis Jumil sich gänzlich erholt hatte. Er drehte sich um, bückte sich, um die Laterne aufzuheben, und seine Finger berührten bereits den Holzgriff ... als er innehielt und sich wieder aufrichtete. Er kniff die Augen zusammen und spähte in die Dunkelheit zwischen den Grabmälern zu seiner Linken, wohin das Licht der Lampen auf den Pfaden nicht reichte.

»Wer auch immer sich dort versteckt!«, sagte er laut. »Tritt vor und zeige dich!«

Nach einem Moment schälte sich eine Gestalt aus dem Schatten und näherte sich ihm. Dicht hinter ihm folgten drei weitere.

Vorik lächelte unfreundlich.

»Aha, unsere kleinen Falken flattern hier umher«, höhnte er. »Bedauerlicherweise kann unser Meister gerade niemanden empfangen. Also kehrt zu euren Herden zurück und wartet auf seine Befehle.«

»Wir sind keine Narren, dor-Galyn.« Der Sprecher war ein hagerer Aristokrat namens Lymbor cul-Mayr. »Wir haben den magischen Ruf empfangen und sorgten uns um unseren Meister. Wir wollen ihn sehen.«

»Wir müssen uns davon überzeugen, dass er unversehrt ist«, setzte ein anderer hinzu, ein untersetzter ehemaliger Kämpfer aus den Sklavengruben namens Amaj.

»Das ist vollkommen unmöglich«, erwiderte Vorik. »Jumil erholt sich gerade von den Strapazen des Rufes.«

»Wer sagt uns, dass du ihn nicht einfach umgebracht hast?« Skotan war eine nervöse, verhärmte Frau, die früher einmal den Kindersklavenhandel in Sejeend kontrolliert hatte. »Vielleicht liegt er gerade in diesem Moment in einer Lache seines eigenen Blutes!«

»Lächerlich«, erklärte der vierte, ein mondgesichtiger Mann namens Rugilo. Er trug eine braune Mönchskutte. »Es ist albern anzunehmen, dass unser mächtiger Meister jemandem wie Vorik unterliegen könnte. Nein, im Gegensatz zu meinen Hüterkollegen erbitte ich nur eine letzte Anleitung von unserem Herrn, bevor er befiehlt, unsere Herden von NachtGeschöpfen durch die Wildnis zu unserem geheimnisvollen Ziel zu führen ...«

»Die Antwort bleibt nein.« Vorik verschränkte die Arme.

Skotan deutete mit einem knochigen Finger, den ein langer, krallenartiger Nagel zierte, auf ihn. »Ich sehe nur Betrug und Verrat in deinem Gesicht. Selbst wenn der Meister nicht tot ist, wette ich, dass du seinen Untergang planst.«

»Oder er schmiedet Ränke gegen uns«, murmelte Amaj und ballte seine großen, schwieligen Fäuste.

»Siehst du, Vorik?«, fragte Lymbor cul-Mayr. »Niemand von uns gibt sich mit deinen glattzüngigen Erklärungen zufrieden. Wir sollten dich einfach nicht beachten und in die Kammer unseres Meisters hinabsteigen ...«

Als Vorik sein Schwert mit einem metallischen Singen zückte, blieb er abrupt stehen.

»Natürlich, versuchen könnt ihr es.« Vorik richtete die Spitze seiner Klinge mitten auf cul-Mayrs Brust. »Ihr könntet aber auch umkehren und in eure Nester zurückflattern. Unser Meister, der sehr lebendig ist, wird in angemessener Zeit nach euch senden.« Er starrte die vier Herdenhüter finster an. »Jetzt wird es Zeit, dass ihr verschwindet, und zwar schleunigst!«

Sie starrten ihn wütend an, unentschlossen, ob sie ihn besiegen könnten, dann hob cul-Mayr seine behandschuhte

Rechte und stieß die Schwertklinge zur Seite. Er schnaubte verächtlich, drehte sich auf dem Absatz um und schritt zum Ausgang. Die anderen folgten ihm auf dem Fuß, bis auf Amaj, der vor Vorik stehen blieb und in einem wortlosen Knurren die Zähne bleckte, bevor er sich hastig den anderen anschloss.

Der Hauptmann wartete, bis sie den Bestattungshain verlassen hatten, dann schob er sein Schwert in die Scheide zurück, bückte sich und hob die Laterne auf.

Verweichlichte Narren, dachte er. Allesamt. Hätte ich zu entscheiden, hätte ich fähigere Anführer für die NachtGeschöpfe ausgesucht. Wenigstens weiß meine Herde, wer das Sagen hat.

Mit der Laterne in der Hand drehte er sich zu der verborgenen Tür hinter dem Grabstein um und unterdrückte einen überraschten Ausruf. Unmittelbar vor ihm stand eine bäuerlich gekleidete Frau. Während er zurücksprang, riss er sein Schwert aus der Scheide und hieb jähzornig auf sie ein.

Sie löste sich in Luft auf, als die Klinge ihren Hals traf.

Im nächsten Augenblick trat eine identische Frau um die andere Seite des Grabmals. Vorik bemerkte, dass sie klein und von plumper Statur war. Ihr Kleid war geflickt, und sie hatte ein gestricktes Dreieckstuch um den Kopf geschlungen. Sie sagte nichts, sondern stand nur da und beobachtete ihn. Vorik beruhigte sich, hob das Schwert und durchbohrte beiläufig die Schulter der Frau. Sie verschwand erneut.

»Ich weiß nicht, wer du bist«, erklärte er. »Aber es wird Zeit, dass du dich zeigst.«

»Sobald du aufhörst, mit diesem Bratspieß herumzufuchteln«, erwiderte eine Frauenstimme.

Zähneknirschend ließ er sein Schwert in der Scheide verschwinden.

»Zufrieden?«

Die Schatten zu seiner Linken verschwammen, wurden heller und nahmen schließlich die Gestalt derselben Frau mit dem Dreieckstuch an. Sie näherte sich ihm und blieb einige Schritte vor ihm stehen.

»Jemand hat zu mir gesprochen«, erklärte sie, während sie ihn mit ihrem Blick zu durchbohren schien. »Es war, als öffnete sich eine Tür in meinem Kopf, und eine Stimme, alt und mächtig wie die Berge, befahl mir, zu erwachen ... ›Hier entlang, folge‹, sagte sie ...« Ihr Blick wurde hart. »Weißt du, woher sie kam, oder wer zu mir gesprochen hat? Nun?«

Vorik betrachtete die Frau. Er hatte Geschichten von den Illusionen gehört, die von den alten Magiern beschworen werden konnten. Aber er hatte nicht erwartet, einmal ein so perfektes Trugbild mit eigenen Augen zu sehen. Ganz gewiss wollte Jumil mit seinem unterirdischen Ritual genau diese Leute anlocken.

»Mein Meister hat zu dir gesprochen«, erwiderte er, trat neben die versteckte Tür und stieß sie auf. »Er hat sich zwar zurückgezogen und empfängt eine Weile keine Besucher, aber du kannst eintreten und warten, wenn du das wünschst.«

Die Frau nickte kurz. »Gut, das werde ich tun.«

Sie ließ Vorik nicht aus den Augen, als sie in die dämmrige Passage trat. Als sie dicht an ihm vorbeiging bemerkte er, dass die Iris ihrer Augen glitzerte, als sei sie mit Smaragden besetzt.

Getrieben vom guten Wind einer steifen Morgenbrise umrundeten drei Schiffe ein zerklüftetes Kap und nahmen Kurs auf Krail, den berüchtigten Piratenhafen. Krail bestand aus einer Anhäufung schäbiger Hütten, die sich in eine große, natürliche Senke am Fuße steiler Klippen schmiegten. Die schmale, steinige Bucht mit dem kleinen Landesteg bot praktisch den einzigen sicheren Hafen in dieser mit Riffen durchzogenen Ansammlung von Inseln.

Das größte der drei Schiffe war die *Muräne*, eine Zweimast-Brigg, die schon bessere Tage gesehen hatte. An Bord lag Kapitän Bureng, der *Schwarze Dolch*, auf einer Bank aus Weidengeflecht und grinste, als sein Schiff sich sanft nach Steuerbord neigte.

»Rikken!«, rief er in einem melodischen Singsang. »Was siehst du?«

»Die Lichter von Krail, Käpt'n«, erwiderte der Verfluchte Rikken von seinem Ausguck am Bug.

»Was noch?«

»Die Hecklaternen von vier, nein fünf Schiffen, die an der Mole vertäut sind.«

»Irgendwelche darunter, die du kennst?«

Rikken kniff die Augen zusammen, als er versuchte, das dämmrige Morgengrauen zu durchdringen. »Noch nicht, Käpt'n ... Moment ... eins hat einen gegabelten Bug ...«

»Ah, Flanes *Seeschlange.*«

Burengs Stimme schien plötzlich ganz aus der Nähe zu kommen. Aus den Augenwinkeln bemerkte Rikken, dass der Kapitän nur wenige Schritte von ihm entfernt stand.

»Und die *Eiserne Faust* ebenfalls, wie ich sehe ...«

Rikken fröstelte, als sein Skipper die anderen Piratenschiffe benannte, obwohl ihre Umrisse aus dieser Entfernung kaum zu erkennen waren. Etwas an Kapitän Bureng war seit gestern Abend verändert, er schien alles und jeden mit einer merkwürdigen Gier zu betrachten. Doch von dem Moment an, seit der Kapitän seine Mannschaft an Deck der *Muräne* beordert hatte, war Rikken von der Überzeugung erfüllt, das Schicksal selbst setze ihren Kurs.

Während der Himmel sich allmählich aufhellte, suchten sich die drei Schiffe eine Anlegestelle an der gut belegten Mole, setzten Anker und machten ihre Leinen an den Duckdalben fest.

Die Laufplanken knallten auf die vom Alter geschwärzte Mole, und Bureng führte eine handverlesene Gruppe seiner Männer an Land, darunter Gont und Peshik, die Skipper der *Hammerhai* und der *Rochen*, und der Verfluchte Rikken.

Einige Minuten später stiegen sie die Treppe zu den Doppeltüren einer heruntergekommenen, zweistöckigen Kaschemme hinauf, dem *Versteck*. Im Schankraum der Taverne kämpften einige wenige Talglampen gegen die Dämmerung an. Die hellste hing über einem viereckigen Tisch in der Mitte des Raumes. Die Männer, die daran saßen, blickten hoch, als Bureng und seine Leute eintraten. Rikken sah einige bekannte Gesichter, andere sagten ihm nichts, doch auf allen schimmerte derselbe Ausdruck von Hass und Hinterlist.

Ohne zu zögern schritt Bureng an den Tisch, seine Männer auf den Fersen.

»Der Schwarze Prahlhans kommt zu Besuch«, sagte einer der Sitzenden.

»Mir klingeln schon die Ohren«, meinte ein anderer.

Rikken sah, wie Bureng freundlich grinste, als wären diese Lumpen die reinste Augenweide.

»Ich höre da jemanden quaken, Flane«, wandte er sich an einen Mann in einem weiten schwarzen Mantel, der wohl auch schon bessere Zeiten gesehen hatte. »Wirst du das Ungeziefer zertreten, oder muss ich es tun?«

Die beiden Sprecher, die ihn so bissig begrüßt hatten, fuhren gereizt hoch, doch bevor sie etwas sagen konnten, sah Flane sie kalt an. »Verschwindet!«

Sie knurrten böse, räumten jedoch ihre Plätze, und Bureng setzte sich an den Tisch. Gont nahm zu seiner Linken Platz, während Peshik sich rechts neben ihn stellte. Die anderen bauten sich hinter ihnen auf.

»Die *Seeschlange* wirkt ein bisschen angegriffen, Flane«, eröffnete Bureng das Gespräch. »Wie lange ist es her, dass du sie das letzte Mal hast überholen lassen?«

Flane betrachtete ihn mit unverhohlenem Misstrauen. Der Kapitän der *Seeschlange* war ein großer, harter Mann mit nur einem Auge. In der anderen Augenhöhle funkelte ein roter, glänzender Edelstein.

»Zu lange«, war seine säuerliche Antwort.

»Und du, Logrum?« Bureng wandte sich feixend an den massigen, bärtigen Mann neben Flane. »Ist die *Herrin der Säbel* bereit zum Kampf?«

»Der Rumpf ist an einem Dutzend Stellen aufgerissen«, knurrte Logrum und fletschte seine gelben Zähne. »Aber die *Muräne* könnte sie jederzeit schuppen und ausnehmen!«

Bureng quittierte das mit einem Lachen und sah die beiden

anderen Kapitäne am Tisch an. »Was ist mit der *Eisernen Faust?* Und der *Meduse*?«

»Ich brauche ein neues Hauptsegel und ein Ruder für die *Faust*«, erwiderte ein schlichter, unrasierter Mann namens Raleth. »Das sieht jeder auf den ersten Blick.«

Der Kapitän der *Meduse*, Zanuur, war ein drahtiger, dunkelhäutiger Mann mit einem schwarzen Schnurrbart. Er verschränkte die Arme, lehnte sich auf seinem Stuhl zurück und stützte seinen Stiefel auf den Tischrand.

»Meine Probleme sind meine Sache.« Er sprach mit einem deutlichen Jefren-Akzent. »Mich interessiert eher, warum du das überhaupt wissen willst.«

»Genau!« Flane beugte sich vor und richtete den Blick seines gesunden Auges auf Bureng. »Du planst doch wohl keine Überraschungen für uns, hm?«

Bureng schüttelte lächelnd den Kopf, als bekümmere ihn weder ihr deutliches Misstrauen noch die spürbare Abneigung, die ihm von den Männern entgegenschlug.

»Meine Herren Kapitäne«, sagte er. »Ich wollte nur herausfinden, ob ihr bereit und seetüchtig für eine kleine Expedition seid, die ich vorhabe.«

»Vielleicht hören wir uns erst einmal deinen Vorschlag an, bevor wir etwas dazu sagen«, erwiderte Zanuur.

»Worum geht's denn, hm?«, höhnte Logrum. »Willst du den Krabbenfischern an der Küste Mantinors auflauern? Oder die gefährlichen Tangsammler von Maghar ausrauben? Das schaffst du sicher mit den Schiffen, die du hast.«

Bureng stimmte in das Lachen ein, aber sein Blick verhärtete sich. »Für das, was ich plane, brauche ich mehr als drei Schiffe, sogar mehr als sieben. Viel mehr.«

Flane schnaubte. »Warum so viele? Welche Beute würde eine solche Flotte ...?« Er hielt inne und sein Auge weitete sich. »Du willst doch wohl nicht ...?«

»Sejeend«, beantwortete Bureng seine unausgesprochene Frage. »Das Juwel des Kaiserreiches.«

Logrum prustete vor Lachen. »Aha, du bist also endgültig

übergeschnappt, ja? Du willst die Hauptstadt angreifen? Wir könnten genauso gut versuchen, durch Khatris zu segeln und Trevada zu belagern, oder unsere Schiffe versenken und die Götter des Meeresbodens überfallen. Das macht doch alles keinen Sinn!«

»Trotzdem«, entgegnete Bureng, »habe ich es auf Sejeend abgesehen.«

»Und wie?« Zanuur sah ihn argwöhnisch an. »Wo willst du die Schiffe und die Männer für ein solches Unternehmen finden?«

»Nicht weit von hier«, erwiderte Bureng. »In der Sichelbucht.«

»Ich habe dort vor ein paar Jahren in einem Sturm eine schöne Kogge verloren«, murmelte Flane. »Die Riffe haben ihr den Rumpf aufgerissen.«

»Ein übler Ort«, meinte Raleth. »Und seit Urzeiten ein Schiffsfriedhof.«

Logrum grunzte. »Denkt nur an Hanavoks letztes Gefecht.«

»Ganz recht«, bestätigte Bureng. »Sagt mir, hat einer von euch schon einmal den Namen Crevalcor gehört?«

Die Männer furchten die Stirne und schüttelten ihre Köpfe.

»Er war ein mächtiger Nigromant, der im Zeitalter der Legenden lebte.« Bureng klang nachdenklich. »Beim Großen Krieg der Schattenkönige wurde seine Essenz wiederbelebt und für ihre Zwecke eingesetzt. Während seines kurzen zweiten Lebens, vor der Niederlage seiner Gebieter, hat er einen Kodex von Riten, Anrufungen und Kommentaren verfasst ... und ich bin im Besitz dieses Buches.«

Rikken schluckte schwer, als er das hörte. Unbehagliches Schweigen machte sich im Schankraum breit.

»Und was steht da drin?«, erkundigte sich Zanuur misstrauisch.

Bureng legte seine Hände flach auf den Tisch. »Es handelt von Hexerei«, erklärte er. »Von schwärzester Hexerei. Mit ihrer Hilfe werde ich eine Armada vom Grunde der Sichelbucht heben und sie gegen die Verteidigungswälle Sejeends führen. Danach wird der unermessliche Reichtum der Hauptstadt mir gehören ... Und euch, falls ihr euch mir anschließt.«

»Wann stichst du in See?«, wollte Logrum wissen.

»Sofort«, kam die Antwort. »Denkt nicht lange nach, sondern entscheidet euch jetzt.«

»Einverstanden«, erwiderte der Hüne. »Ich bin dabei.«

Die anderen sahen ihn überrascht an. »Wenn sich dieses Unternehmen als die Marotte eines Verrückten entpuppt, habe ich wenigstens das Vergnügen, mit ihm persönlich abrechnen zu können.«

Die Männer lachten. Zanuur schlug mit der Faust auf den Tisch. »Teufel, ich mache mit.«

»Ich auch«, erklärte Raleth.

Alle sahen Flane an, der Bureng gelassen betrachtete. »Du kommst mir nicht vor wie einer, der sich mit Hirngespinsten abgibt, Kapitän. Ich nehme deine Einladung an.«

»Also abgemacht«, erklärte Bureng. »Zeit, aufzubrechen.«

Als die Männer sich erhoben und zur Tür gingen, blieb Raleth stehen. »Was ist mit Buskal, dem Skipper der *Spalter?* Er schläft gerade oben seinen Rausch aus, aber wenn du noch ein Schiff brauchst, kann ich ihn jederzeit ...«

Bureng schnitt ihm mit einer Handbewegung das Wort ab. »Wir brauchen ihn nicht. Fünf genügen. Fünf sind perfekt.«

Der Verfluchte Rikken nickte glücklich bei den Worten seines Kapitäns. Er verstand zwar kein Wort, aber er fühlte sich entschlossen und wagemutig, als sein Käpt'n die Männer nach draußen zu ihren Schiffen führte.

7

Die Götter fischen Menschen
Im Ozean der Zeit.
Und Furcht und Begierde
Sind die Köder.

GUNDAL: DER UNTERGANG VON GLEORAS, PROLOG.

»Seid Ihr sicher, dass es Euch gut genug geht, Meister?«, fragte Tashil. »Eine solche Strapaze würde selbst einen jüngeren Mann erschöpfen.«

»Ihr verwechselt einen Moment der Überraschung mit den ersten Anzeichen von Gebrechlichkeit«, erwiderte Calabos lächelnd. »In den nächsten fünfzehn Jahre werde ich hoffentlich noch nicht senil werden.«

Gräfin Ayoni sah Dardan an. »Habt Ihr schon versucht, ihn zur Vernunft zu bringen?«

»Ich habe es versucht,« bestätigte Dardan. »Einmal, vor etwa zehn Jahren.«

Calabos lächelte unmerklich, als er sich an diese Gelegenheit erinnerte. Die beiden Frauen betrachteten ihn jedoch nach wie vor besorgt, und er seufzte.

Ich bezweifle, dass einer von euch begreifen würde, dass mein wahres Alter drei Jahrhunderte beträgt und nicht sechs Jahrzehnte, dachte er. Oder dass ich körperlich weit kräftiger bin, als ich mich nach außen gebe. Nein, ich muss in diesem Punkt glaubwürdig bleiben.

Die vier Magier saßen an einem Tisch neben dem breiten Panoramafenster im Sommersalon der Loge. Draußen fielen gerade die letzten Tropfen eines kurzen Platzregens, und der nasse Garten vor dem Fenster glänzte im Sonnenschein.

Calabos breitete die Hände aus.

»Meine Freunde, Eure Sorge um mein Wohlergehen rührt

mich.« Er sah von einem zum anderen. »Aber Euch sollte klar sein, dass wir im Augenblick heikle Zeiten durchleben, die zwangsläufig unsere Kraft und unsere Entschlossenheit beanspruchen, meine wie die von jedem anderen Wächter. Damit will ich sagen, dass ich mich nicht unnötig erschöpfen oder irgendwelche überflüssigen Risiken eingehen werde.«

Dardan wirkte skeptisch, enthielt sich jedoch eines Kommentars.

»Ihr seid unsere Stütze, Beltran«, meinte Gräfin Ayoni. »Ohne Eure Leitung würden die Wächter ihren Zweck einbüßen.«

»Sollte die Dunkelheit triumphieren, würden die Wächter ohnehin nutzlos.« Calabos richtete sich auf seinem Stuhl auf und lächelte herausfordernd. »Außerdem bin ich nicht ohne Verteidigung.«

Ayoni und Tashil nickten zustimmend, während Dardan nur mit den Schultern zuckte.

»Wie auch immer, kommen wir zum nächsten Punkt«, erklärte Calabos. »Ich habe heute Morgen mit Sounek und Inryk gesprochen und sie gebeten, mehr über die Jünger des Gestalters in Sejeend herauszufinden. Sounek versucht, sich in eine der fanatischeren Wallfahrergemeinden einzuschleichen, während Inryk seine unvergleichliche Kunst der Heimlichkeit einsetzt, den Hintergrund einiger hochrangiger Gestalter-Priester zu durchleuchten.«

»Ihr meint, er wird über die Dächer klettern und verschlossene Türen öffnen«, meinte Dardan.

»Und nach Beweisen von Komplotten, Verschwörungen, Bestechungen und dergleichen suchen«, bestätigte Calabos.

»Also nehmt Ihr Tangaroths Verdacht ernst?«, wollte die Gräfin wissen.

»Nicht ganz«, erwiderte Calabos. »Ich glaube nicht wirklich, dass die Wallfahrer in Sejeend eine ernsthafte Bedrohung darstellen. Tangaroth und andere, die Ilgarion nahe stehen, haben sich das jedoch nun einmal eingeredet. Allerdings haben wir Grund zum Zweifel, da wir nicht genug über die verschiedenen Gestalter-Gemeinden wissen. Deshalb habe ich Sounek und Inryk losgeschickt.«

»Ich habe Chellour und Dybel heute Morgen noch gar nicht gesehen, Meister«, merkte Tashil an. »Sind sie ebenfalls beschäftigt?«

Calabos nickte. »Sie suchen die Quellen der Dunkelheit auf.« Allerdings nicht die Quelle des magischen Rufes von letzter Nacht, dachte er. Was die Anhänger des Gestalters angeht, weiß ich wenig über Ilgarions Inneren Zirkel und seine Motive, also ist der Palast ihr Ziel, ein geheimes Ziel.

»Macht Euch keine Sorgen«, fuhr er fort. »Auch Ihr beide habt wichtige Aufgaben zu erledigen. Gräfin, ich nehme an, dass Ihr mit Eurem Gatten an Ilgarions Audienz teilnehmen werdet? Gut, dann achtet bitte darauf, mit wem Ilgarion und Tangaroth sprechen. Es wäre vielleicht auch sehr hilfreich, wenn Ihr einige Gespräche belauschen könntet. Es ist eine Staatsangelegenheit, also werden alle formelle Masken tragen, was wir uns zunutze machen können.«

Calabos wandte sich an Tashil. »Ich möchte, dass Ihr Euch die Zeit nehmt, in verschiedenen Herbergen und Schänken einzukehren und auf Erzählungen von irgendwelchen merkwürdigen Vorfällen von letzter Nacht zu achten. Der Erzmagier mag glauben, dass die Gestalter-Wallfahrer hinter diesem magischen Ruf stecken, aber ich bin sicher, dass im Untergrund der Stadt noch jemand anders oder etwas anderes am Werke ist. Seht zu, was Ihr herausfinden könnt.« Er bedachte die beiden Frauen mit einem freundlichen Lächeln. »Muss ich Euch auffordern, mit Vorsicht und Zurückhaltung vorzugehen?«

Tashil und Ayoni sahen sich an und lachten.

»Natürlich nicht, Beltran«, sagte Gräfin Ayoni mit gespielter Unschuld. »Ich werde die Mutter der Klugheit sein.«

»Und ich ihre Schwester, Meister«, versicherte Tashil strahlend.

Sie standen auf und verließen den Sommersalon. Wenn Calabos mit seiner Vermutung über ihren Widersacher Recht hatte, überstiegen die Gefahren, denen sich die Wächter gegenübersahen, allem, dem sie sich bisher entgegengestellt hatten.

»Ihr seid immer noch zu unserer kleinen Expedition entschlossen?«, wollte Dardan wissen.

Calabos nickte. »Während der Rest andere Beute verfolgt, werden wir die Dunkelheit bis zur Quelle zurückverfolgen.«

»In diesem Fall ...« Dardan stand auf und zog seinen abgeschabten, dunkelgrünen Ledermantel an, »muss ich zuvor noch einiges erledigen.«

An der Tür blieb er stehen. »Macht Euch keine Sorgen. Ich werde alle gebotene Vorsicht walten lassen. Diese Wäscherinnen können zu dieser Tageszeit ganz schön garstig sein!«

Er kicherte, öffnete die Tür und verschwand.

Calabos grinste und schüttelte den Kopf. Aber sein Lachen erlosch, als er mit seinen Gedanken allein war. Er stand auf und wollte nach unten gehen, um mit seinen Wachen zu reden, blieb jedoch stattdessen stehen und schaute aus dem Fenster auf den von einer Mauer umgebenen Garten der Loge. Von Osten zog eine dunkle Wetterfront heran, welche die Sonne verbarg und graue Wolken vom Meer her nach Sejeend trieb. Calabos drehte sich mürrisch wieder um. Er trat an einen langen, geschnitzten Schrank, in dessen Nischen und Regalen viele Bücher und merkwürdige Artefakte standen. Er nahm eine Öllampe, entzündete sie mit einem Zunderrad und stellte sie auf den Schrank. Darüber hing ein Wandteppich, der die Belagerung von Besh-Darok zeigte.

Seine verblassten Farben zeigten den Augenblick, in dem die Hexenmähren, angeführt vom jungen Kaiser Tauric, das große Heer der Masken der Schattenkönige angriffen. Calabos hatte den Gobelin bei einem Besuch in Adnagaur gesehen und ihn aus einer Laune heraus gekauft. Er hatte ihn eigentlich in seiner Villa aufhängen wollen, dann aber seine Meinung geändert und ihn der Loge gespendet. Dort würde er ihn wenigstens nicht zu oft sehen. Als er jetzt zu ihm hochblickte, schien der Gobelin einen schweigenden, doch eindringlichen Kommentar zu den beunruhigenden Ereignissen der letzten Nacht abzugeben.

Diese hartnäckige Anrufung, die einen in den Wahnsinn treiben konnte, war sehr sorgfältig in einer uralten Sprache verfasst. Er war sich sicher, dass sie an alle Fragmente des Herrn des Zwielichts gerichtet war, die überlebt haben konnten. Ein Ruf, der weit über das nächtliche Land hinaushallte. Und etwas in ihm hatte darauf geantwortet.

Nein, das stimmte nicht. Er wusste, dass nichts von dieser fürchterlichen Wesenheit in ihm übrig geblieben war, seit es von Nerek mit dem Vereinten Schwert der Mächte vernichtet worden war. Konnte es sein, dass ein Teil von ihm immer noch die Prägung dessen enthielt, der einst in ihm geschlummert hatte? Die Erinnerung an eine Erinnerung? Und hatte möglicherweise dieses schwache Echo auf den Ruf geantwortet?

Calabos schüttelte sich. Nachdem er aus seiner Ohnmacht aufgewacht war, hatte er mehrere Stunden tief und ungestört geschlafen. Er war in eine vollkommene Leere hinabgesunken, aus der er ohne den kleinsten Fetzen eines Albtraums oder einer Vision aufgetaucht war. Neben seinem Bett standen eine blasse, besorgte Tashil und ein finster dreinblickender Dardan, ein Anblick, der ihn, schlaftrunken, wie er war, beruhigt hatte. Nachdem er sich erholt hatte, hörte er von Corlek Ondenes Flucht durch das Fenster des Großen Salons. Anschließend schilderten Tashil und Dardan ihre Verfolgungsjagd. Der Bericht von Ondenes unerklärlichem Verschwinden aus der Falle im Hof der Kutscherherberge gab Calabos zu denken. Keiner seiner beiden Wächterkollegen hatte einen gezielten Einsatz der Niederen Macht bemerkt, und sie hatten auch nicht gesehen, dass Ondene aus den Schatten aufgetaucht war, frei oder gefangen.

Das ließ nur zwei Erklärungen zu. Entweder hatte der flüchtige Hauptmann einen Weg gefunden, ungesehen aus der Falle zu entkommen, oder eine unbekannte Macht hatte eingegriffen. Blieben die Handlanger, die ihn durch die Straßen verfolgt hatten. Arbeiteten sie für Tangaroth, oder hatten sie etwas mit den Soldaten zu tun, die dem ehemaligen Hauptmann schon in der Nacht zuvor aufgelauert hatten?

Calabos betrachtete die flüchtenden, schwarz maskierten Truppen auf dem Gobelin. Unbekannte Mächte, dachte er gereizt. Ich kenne den Namen dieser Macht. Ich schmecke den Verfall, der in dieser Stadt um sich greift. Selbst zerstört und an sieben Küsten verstreut, ist noch genug von ihm übrig, um sein pervertiertes Gefolge aus seinen Löchern zu locken.

Wenn diese Dunklen Priester erst mehr Gefolgsleute um sich versammelten und ihre Macht vergrößerten, würden auch ihre Ziele immer vermessener werden. Dieses Muster hatte er in den letzten drei Jahrhunderten wiederholt erlebt.

Nein, diesmal nicht, dachte er, als er das Licht der Lampe abdunkelte. Wir werden ihren Bau aufspüren, ihn aufgraben und sie dann wie das Ungeziefer vertilgen, das sie sind. Der Herr des Zwielichts darf niemals zurückkehren. Niemals!

Die Sonne durchdrang die Wolken, und ihr strahlendes Licht erhellte erneut den Sommerraum. Als sich Calabos von dem Wandteppich abwandte, zitterten seine Hände. Aus Wut, redete er sich ein. Nur aus Wut.

Nicht etwa aus Furcht.

Vor der Loge verabschiedete sich Tashil mit einem Winken von Gräfin Ayoni, die in ihre große, dunkle Kutsche stieg. Sobald sie davonfuhr, drehte sich Tashil um und setzte sich zum Flussufer in Bewegung. Sie suchte gelegentlich unter Torbögen Schutz, wenn ein kurzer, aber heftiger Schauer auf die Straßen prasselte.

In der Nähe des Flussufers, hinter den Warenhäusern und Lagerschuppen, lag der Alte Hofgang, eine lange, schmale Straße, an der nur elende Pensionen lagen, einige heruntergekommene Kaschemmen und verschiedene kleine Bierschänken. Einige standen verdientermaßen in dem Ruf, für eine allein stehende Frau ein Wagnis darzustellen, also kehrte sie kurz in einigen der anderen ein, trank ein kleines Bier und plauderte mit den Stammgästen. Mit ihrem schmalen Gesicht, ihrem kurz geschorenen Haar und ihrer flüssigen Beherrschung des Hafenslangs fühlte sie sich sicher. Niemand würde in ihr eine Mogaun erkennen. An dieser Verkleidung hatte sie seit ihrer Ankunft in Sejeend hart gearbeitet. Sie hatte sich als sehr hilfreich erwiesen, um Fanatismus und Intoleranz auszuweichen.

In der *Schwarzen Flasche* berichtete sie von ihrer und Dardans Begegnung mit dem unnatürlichen Hund, aber sie erzählte die Begebenheit, als wäre sie nur Augenzeugin gewesen, und schmückte die Geschichte zudem ein wenig aus. So bekam der Hund gelbe Augen und hatte überdies Feuer gespuckt. Ihr Gesprächspartner, ein betrunkener Reepschläger, antwortete mit einer ausufernden Erzählung von einem kopflosen Pferd, das nach Mitternacht durch die Straßen irrte. Im Lauf des Gesprächs kam er dann auf neblige Geister der Mogaun zu sprechen, die um das Fundament des Weißen Frieds herumschlichen, von Leichen, die aus der Bucht stiegen und an den Kiesstrand kletterten, wo sie von einem Schwarm Ratten und einer Schar Krähen angegriffen wurden. Als der Mann schließlich aufdringlich wurde, verabschiedete sie sich rasch und verließ die Schänke.

In einer kleinen Kaschemme namens *Nigels Kissen* gab sie ihre Geschichte erneut zum Besten, hörte jedoch nur die Geschichte eines langhaarigen Spielmanns, der Stein und Bein schwor, er wäre mitten in der letzten Nacht aufgewacht, in einem kleinen Park in der Nähe, und hätte zwei zierliche Damenstiefel mit einem roten Samthandschuh im Gras tanzen sehen. Nebenan im *Zerbrochenen Krug* hörte sie von fliegendem Geschirr und einer Kulesti, die ganz von allein spielte. Im *Bronzekeller* war die Rede von sprechenden Mäusen, die in der nächsten Kaschemme, dem *Schifferhaus,* offenbar von Straßenkatzen gefressen worden waren, die angeblich ebenfalls sprechen konnten.

Als Tashil wieder auf dem Alten Hofgang stand, dachte sie an das, was sie einmal von einer Schwester gehört hatte, die im Tempel der ErdenMutter als Heilerin gearbeitet hatte. Sie hatte ihr Gefühl beschrieben, dass fast die ganze Stadt kränkelte, weil sie nur noch kranke Menschen zu Gesicht bekam. Tashil lächelte. Im Moment fand sie eher, dass ganz Sejeend zu tief ins Glas geschaut hatte.

Doch im *Mönchshaupt* hörte sie, wie ein Kurierreiter von einer Erfahrung sprach, die ihm das Blut in den Adern hatte gefrieren lassen. Es war in einer Kutscherherberge etwa vierzig Meilen südlich von Sejeend auf dem Roten Weg geschehen. Nach seinem anstrengenden Ritt von Vanyons Furt hatte er in einer Herberge übernachten wollen und sattelte gerade sein Pferd ab, als er ein Geräusch von einem Karren hörte, der mit einer Plane zugedeckt in der Stallung stand. Als er nachsah, bemerkte er einen Arm, der unter der Segeltuchplane heraushing. Als er sie zurückschlug, sah er zu seinem Entsetzen sechs oder sieben Leichen, die achtlos auf den Karren geworfen worden waren. Er hastete sofort zur Schänke. Der Wirt saß im Hinterzimmer, aber noch bevor der Kurierreiter seine grausige Geschichte erzählen konnte, ertönten draußen Geräusche. Als er mit den anderen hinausstürzte, hörten sie nur noch das Rumpeln des Karrens, der über den Roten Weg nach Norden fuhr. In der pechschwarzen Nacht war an Verfolgung nicht zu denken, und am nächsten Morgen fanden sie auch keine Radspuren mehr, weil es in der Nacht heftig geregnet hatte.

Der Reiter erzählte seine Geschichte schlicht und undramatisch, deshalb wirkte sie beunruhigend überzeugend. Als Tashil dann in der nächsten Schänke einkehrte, *Zu den Fünf Königen*, und man dort die Geschichte einer gespenstischen Wahrsagerin erzählte, die aus einer gut besuchten Hafenschänke verschwunden war, hatte sie genug gehört.

Tashil verließ das Hafenviertel und ging nach Norden zu dem Kollegviertel, in dem sie wohnte. Ihre Zimmer lagen hinter ihrem kleinen Tinten- und Papiergeschäft im Obergeschoss eines spitzgiebeligen, dreigeschossigen Hauses, das sich auf halber Höhe der Griffelgasse befand. Diese schmale Gasse führte hinter einigen beeindruckenden Handelshäusern vorbei. Als sie um die Ecke in die Griffelgasse einbog, sah sie sich plötzlich einem räudigen Straßenköter gegenüber. Sofort erinnerte sie sich an die Begegnung mit dem verhexten Hund von letzter Nacht. Also blieb sie wie angewurzelt stehen und beschwor instinktiv einen abwehrenden Gedankengesang. Doch der Hund hatte nur an einem weggeworfenen verschimmelten Brotlaib Interesse, der auf der Straße lag. Bei ihrem Auftauchen klemmte er den Schwanz ein und gab Fersengeld. Erleichtert atmete Tashil aus und ging weiter. Sie war wütend auf sich selbst, weil sie so rasch in Panik geraten war.

Sie trat durch den von einem Weidenbogen gekrönten Durchgang mit seinen verschlungenen Zweigen aus Hundsdorn und stieg die mit Eisen verstärkte Holztreppe hinauf, die an der Fassade des Gebäudes hinaufführte. Im obersten Stockwerk blieb sie stehen, überzeugte sich, dass ihre Gehilfin Maud den Laden ordentlich verschlossen hatte, und eilte dann über den kurzen Laufsteg zu ihrer eigentlichen Haustür, die sie nur benutzte, wenn ihr Geschäft geschlossen war.

Mit einem komplizierten Schlüssel öffnete sie die Tür, schlüpfte hinein und ... spürte sofort, dass sich noch jemand oder etwas im Haus befand. Sie blieb einen Moment regungslos stehen und lauschte mit ihren Magiersinnen. Sie hörte das schwache Rascheln von Stoff auf Stoff, ein Atmen, das schneller war als normal, sei es aus Nervosität oder aus Furcht. Es kam weder aus ihrem Schlafzimmer noch ihrem Arbeitszimmer, sondern von weiter weg, vom Ende des schmalen Flures, aus ihrem Salon neben der kleinen Küche ...

Sie bereitete einen Gedankengesang der Abwehr vor, während sie aus ihren Halbstiefeln schlüpfte und barfuß durch den Flur schlich. All ihre Sinne sagten ihr, dass der Besucher keine magische Aura hatte, was sie angesichts der letzten Ereignisse dennoch nicht gerade beruhigte.

Sie blieb vor dem Salon stehen, stieß die Tür auf und trat zurück. Der Gedankengesang kreiste in ihren Gedanken, bereit, endlich losgelassen zu werden. In dem Zimmer war es dunkel.

»Wer Ihr auch seid«, sagte Tashil laut, »tretet vor, damit ich Euch sehen kann!«

Einen Moment passierte gar nichts, dann tauchte eine dunkle Gestalt in einem langen Mantel aus der Dämmerung auf.

»Du hast eine merkwürdige Art, Besucher zu begrüßen, Tash.« Sie erkannte die Stimme, noch bevor die Gestalt ins Licht trat. Es war ihr Bruder Atemor. Doch seine Miene wirkte merkwürdig leer und gehetzt.

»Atti«, erwiderte sie, entspannte sich ein bisschen und ließ den Gedankengesang verklingen. »Was machst du hier? Warte, ist Vater ... Ist er ...?«

»Nein, Tash, der alte Akril lebt noch«, beantwortete er ihre unausgesprochene Frage. »Er hat sich sogar eine neue Frau genommen. Das heißt, wir dürfen nächstes Jahr einen neuen Bruder oder eine Schwester willkommen heißen.«

Die Nachricht verärgerte Tashil, aber es war wie der Schmerz in einer alten Wunde.

»Du bist sicher nicht zu mir gekommen, um mir von Vaters neuester Eroberung zu berichten«, sagte sie und führte ihn zurück in den Salon, wo sie die Vorhänge aufzog und das Licht hereinließ. »Was willst du hier?«

»Vater hat beschlossen, die Wallfahrt zur Insel von Besh-Darok zu unternehmen«, erklärte Atemor und betrachtete die Bücher, die sich auf den Stühlen und Regalen stapelten. »Er hat ausdrücklich darauf hingewiesen, dass es unsere heilige Pflicht sei, ihn zu begleiten.«

»Und meine Mutter?«, fragte sie. »Ist sie mit ihm gegangen?«

Atemor lächelte spöttisch. »Sie hat sich schlicht geweigert. Sie hat gedroht, ihm das Leben zur Hölle zu machen, wenn er sie dazu zwingen würde.«

»Die anderen sind mitgegangen?«, wollte Tashil wissen.

»Frauen, Brüder, Schwestern, selbst die Großmütter und zwei Großväter ...«

Er zählte eine Reihe von Namen ihrer Halbgeschwister auf und ratterte eine kurze, traurige Liste von denen herunter, die seit Tashils letztem Besuch gestorben waren. Während sie zuhörte, kam es ihr vor, als würde sie wieder von dem eingeholt, was *Familie* bedeutete, von der Essenz genau dessen, wovor sie seit ihrem freiwilligen Exil fliehen wollte. Doch statt davon erdrückt zu werden, genoss sie es, von ihren vielen Verwandten in der weit verzweigten Akri-Familie zu hören.

Dann schien Atemor jedoch keine Lust mehr zu haben, weitere Familiengeschichten zu erzählen, oder ihm fiel nichts mehr ein, oder beides, was Tashil zur nächsten Frage brachte.

»Ist die Familie wohlbehalten in Besh-Darok angekommen?«

»Ja, wir haben einen sehr schönen Lagerplatz nördlich der Stadt gefunden.«

»Dann sag mir eines: Wenn sie in Besh-Darok lagern, was machst du dann hier in Sejeend?«

Atemor schwieg eine Weile, und als er sie schließlich ansah, bemerkte Tashil die Furcht und Verzweiflung in seinen Augen. Ihr Unbehagen schlug in Angst um.

»Ich habe letzte Nacht Wache gehalten«, erklärte er. »Alles war ruhig, bis auf das Summen der Krezziks in den Büschen. Plötzlich hörte ich ... diese Stimme. Erst hat sie nur geflüstert, doch sie wurde rasch lauter und befahl mir, nach Sejeend zu kommen, alles stehen und liegen zu lassen und hierher zu reiten, ohne Pause und ohne Verzögerung!« Seine Stimme zitterte. »Ich dachte erst, ich würde unter Halluzinationen leiden, wie diese alten Baumeremiten von Gulmaegorn, dann glaubte ich, es wäre die Stimme eines Gottes, vielleicht sogar die von der Grauen Eminenz selbst.

Als Nächstes kann ich mich nur noch daran erinnern, dass ich über eine der Brücken nach Süden geritten bin. Die Stimme hat meinen ganzen Schädel ausgefüllt, wie eine Wolke aus Schmerz, gegen die ich nicht ankämpfen konnte. Ich schien keine Kontrolle über meinen Körper mehr zu haben. Dann verlor ich das Bewusstsein, und als ich wieder zu mir kam, ritt ich gerade nach Sejeend hinein. Immerhin gehörte mir mein Körper wieder, und auch die Kopfschmerzen waren verschwunden. Ich habe mich daran erinnert, wo du lebst, und bin zu dir gekommen. Ich bin durch ein Fenster in dein Geschäft eingestiegen.«

Die Verzweiflung überwältigte ihn, und er sank auf die Knie.

»Die Stimme ist immer noch da, Tash! Sie ruft mich ohne Unterlass, immer und immer wieder! Du musst mir helfen. Bin ich verflucht oder besessen? Hilf mir, ich flehe dich an. Als ich aufgewacht bin, klebte Blut an meinem Dolch ...«

Tashil blieb äußerlich ruhig, packte seine Hände und zog ihn wieder hoch. »Ich weiß nicht, wie ich dir helfen kann, Atti, aber ich kenne jemanden, der es kann.«

Innerlich jedoch war sie entsetzt und einer Panik nahe. Wenn Calabos dir nicht helfen kann, was sollen wir dann tun?, dachte sie.

8

Was für eine Falle mit honigsüßem Gift
Ist der Hof dieses boshaften Königs,
Wo tugendhafte Worte
Gier und Hass verschleiern,
Wo Eitelkeit sich Mut nennt
Und die Grundmauern unbemerkt verfallen.

JEDHESSA GANT, EIN KÖNIG IN ALVERGOST,
1. AKT, II. SZENE

Das Stimmengewirr von etwa zweihundert Unterhaltungen erfüllte die von Säulen gestützte Audienzhalle des Tagfrieds, ein unaufhörlich tosendes Meer von Gesprächen. In diesem Lärm wurden Verbindungen erneuert, alte Feindseligkeiten in vornehme Spitzen gekleidet, die Rangordnung des Hochadels neu festgelegt, Beleidigungen versteckt oder offen ausgeteilt und Schmeicheleien mit oder ohne Ironie dargebracht. Da die Palastetikette eine zeremonielle Maskerade erforderte, boten sich enorme Möglichkeiten für Verwechslungen und Missverständnisse. Auf einen distanzierten Beobachter jedoch wirkten die versammelten Edelleute vielleicht eher wie ein Rudel juwelenbehangener Wölfe.

Gräfin Ayoni, die neben ihrem Ehemann mitten in der Menge stand, fand es durchaus aufregend, dass man nicht ganz sicher sein konnte, mit wem man gerade sprach. In den ersten Jahren seiner Regentschaft war Kaiser Magramon oft unerkannt durch ähnliche Versammlungen geschlichen, versteckt hinter einer unauffälligen Maske, die seine Kostümschneider angefertigt hatten. Der gesetzte Ilgarion dagegen würde allen Berichten zufolge kaum etwas tun, das möglicherweise seine Würde gefährden könnte.

Was jedoch Ayonis Vergnügen nicht minderte, zu erraten, wer sich hinter welcher Maske verbarg, während sie gleichzeitig versuchte, alle Höflinge im Auge zu behalten, die ihres Wissens nach Ilgarion nahe standen.

Der Hochadel versteckte sein Gesicht hinter vollständigen Masken, während ihre Diener Halbmasken trugen, die je nach dem Geschmack ihrer Herren einfach oder detailliert waren. Einige Masken waren den Wappentieren der Adelshäuser nachgebildet, wie die Moorkatze des Fürsten von Rovali, oder die Sturmkrähe der Barone von Ashryn. Andere waren eindeutig nach der Willkür ihrer Träger entworfen worden, was zu einer bunten Parade des gesamten Tierreichs führte – ein Bulle, der sich lauschend einem Salamander zuwandte, die Maus, die mit dem Schakal über einen Witz lachte, während ein Kater versuchte, eine Krabbe zu verführen.

Ayonis Maske zeigte eine Füchsin, die aus dem Wappen ihrer eigenen Familie entlehnt war, während auf der ihres Mannes Jarryc der Bär der Grafen von Harcas prangte. Im Moment war ihr Gemahl gerade in einem leisen Gespräch mit zwei seiner engsten Freunde und Verbündeten vertieft, Baron Klayse von Rukang, der als Bache kostümiert war, und Markgraf Tergalis, dessen Maske einen Jagdhund darstellte.

»Habt Ihr dor-Fandresk bemerkt?«, murmelte Klayse.

»Der dort drüben mit dor-Gaemos vor dem Gobelin steht?«, fragte Tergalis. »Machen sie sich vielleicht schon bereit, Ilgarion zum König auszurufen?«

Graf Jarryc lachte leise unter seiner Maske.

»Es ist zwar meist angeraten, hier dunkle Motive zu unterstellen, meine Herren, aber üblicherweise helfen vor allem Tatsachen bei einer Einschätzung.« Er drehte sich zu Ayoni um. »Vielleicht weiß meine Gattin ja mehr als wir?«

Ayoni erwiderte seinen Blick lächelnd. »Mein Lord Gemahl ehrt mich«, erwiderte sie. »Ich weiß nur, dass Lord Fandresks Kusin zweiten Grades um die Hand von Lord dor-Gaemos' Großnichte angehalten hat. Ebenso könnten sie jedoch das Schreiben besprechen, das sie und alle anderen Anhänger von Magramon heute Morgen von Ilgarions Kammerherrn erhalten haben ...«

Der Baron und der Markgraf starrten sie einen Moment erstaunt an, während der Graf leise lachte.

»Meine Herren«, sagte er mit gesenkter Stimme. »Bevor sie gnädigerweise erwog, meine Gemahlin zu werden, diente die Gräfin mehrere Jahre als Kammerzofe von Königin Darlia. Viele der ehemaligen Zofen haben zwar mittlerweile in den Hochadel eingeheiratet, ihre in jener Zeit geknüpften Freundschaften jedoch weiterhin gepflegt.«

»Faszinierend«, meinte der Markgraf. »Wisst Ihr zufällig auch, Mylady, was in diesem Schreiben stand?«

»Leider nicht, Mylord«, erwiderte sie. »Die Boten Ilgarions haben sie den jeweiligen Adligen persönlich zugestellt.«

»Wie ich Ilgarion kenne«, meinte Baron Klayse, »kann es sich nur um eine Bestechung oder eine Drohung handeln.«

Der Markgraf erging sich gerade in einer leisen Ausführung darüber, dass Bestechungen höchste Diskretion benötigten, als das Gemurmel um sie herum verstummte und alle zum Haupteingang blickten, wo drei Gestalten aufgetaucht waren. Zwei waren Hellebardenträger in Kettenhemden und roten Umhängen. Sie flankierten einen großen Mann, der einen langen schwarzen Mantel trug, dessen breiter Kragen mit Silber geschmückt war. Ayoni erkannte in ihm Herzog Mendalse, den Hohen Minister der Nacht und Herrn des Nachtfrieds. Es war allerdings merkwürdig, dass von Herzog Byrceyn nichts zu sehen war, dem Herrn des Tagfrieds.

Der Herzog musterte unbeteiligt die Menge und räusperte sich vernehmlich.

»Mylords und Myladies, ich muss die Anwesenden darüber in Kenntnis setzen, dass die Audienz seiner Königlichen Hoheit in der Großen Halle stattfinden wird. Wenn man mir bitte folgen würde. Es bedarf dazu eines, allerdings recht kurzen, Marsches über den Sonnenkorridor.«

Mit diesen Worten drehte sich der Hohe Minister der Nacht um und schritt hinaus. Einige empörte Proteste wurden laut, doch der Minister schien sie nicht zu hören, als er gemessenen Schrittes den Audienzsaal verließ, flankiert von seinen Wachen. Zwischen den Angehörigen der vornehmen Familien brachen lautstarke Diskussionen aus, und die meisten ließen ihren Unmut an den Lakaien aus, die Erfrischungen reichten. Ayoni achtete jedoch kaum darauf, sondern drängte ihren Ehemann, seine Freunde und ihre eigenen Bediensteten hastig, dem Hohen Minister Mendalse zu folgen.

Schon bald schob sich der gesamte Hochadel von Khatris über den Sonnenkorridor. Dabei handelte es sich um einen breiten, überdachten Säulengang, der durch die kaiserlichen Gärten führte und den Tagfried mit den Hauptgebäuden des Palastes verband. Der Boden war mit roten und taubenblauen Fliesen ausgelegt und wurde von Hängelaternen und Wandlampen, die in Gold und Messing eingefasst waren, hell erleuchtet. An den weißen Wänden hingen Spiegel, auf denen kunstvolle Bilder eingeätzt waren. In kleinen Nischen waren wundervolle Gemälde und Plastiken aus hellem Holz zu bewundern.

Der Korridor endete schon bald in einem anderen Gang, der die Große Halle umrundete, deren Seitentüren weit offen standen.

Das Oval der Großen Halle verengte sich zu dem Ende, an dem der gerade verwaiste Kaiserthron auf einem halbkreisförmigen Podest stand, zu dem ein Dutzend flacher Stufen aus blassblauem Marmor hinaufführte. Der Thron selbst war ein Lehnstuhl, der aus pechschwarzem Eisenholz gedrechselt und mit Silber und verschiedenen Kristallen und Halbedelsteinen geschmückt war. Er hatte die Form eines stilisierten Baumes, dem uralten Symbol der Kaiser von Khatrimantine, und bildete den Mittelpunkt der Großen Halle. Hier befand sich das Zentrum der Macht, und alles im Raum war darauf ausgerichtet. Die scheinbar schwebenden Pfeiler der hohen, gewölbten Decke, die massigen Stützpfeiler sowie die Verteilung der Lampen lenkten die allgemeine Aufmerksamkeit dorthin.

Ayoni sah jedoch keine Spur von Ilgarion, als der Graf und seine Gefährten eintraten und sich dem Podest näherten, wo sie bereits von anderen Mitgliedern des Hofstaates erwartet wurden. Herzog Byrceyn, der Hohe Minister des Tages, und sein Gefolge waren dort, die Fürsten von Broha und Narlaq, beide langjährige Verbündete von Ilgarion, eine Gruppe von Frauen und Männer in strenger, förmlicher Kleidung und blauen Dreiviertel-Masken, die, wie ihre geschulte Sicht ihr verriet, Magier waren, und eine weitere große Gruppe mit silbernen Halbmasken und grauen oder schwarzen Roben, welche Buch und Schlüssel trugen, die Insignien der Kaiserlichen Akademie. Zusätzlich waren Wachen in regelmäßigen Abständen in der Halle postiert, und eine Gruppe von Hofbeamten war in eine murmelnde Unterhaltung vertieft. Etwas abseits standen noch sechs oder sieben Männer in prachtvollen roten oder grünen Gewändern. Ihre dunkelgrauen Masken und bestickten Samtkappen verrieten ihren Status als wohlhabende Kaufleute und Händler.

Schließlich bemerkte sie, dass eine der Frauen in Herzog Byrceyns Gefolge eine auffällige Schmetterlingsmaske trug. Das musste seine Frau sein, Lady Fyndil, eine alte Freundin von Ayoni. Sie unterrichtete ihren Gatten, wohin sie gehen wollte, weil sie sicher war, dass sie von Lady Fyndil mehr über den Grund dieser Audienz erfahren würde, vielleicht sogar etwas über den geheimnisvollen Brief, und schickte sich an, sich durch die Menge zu drängen. Sie hatte nicht einmal die halbe Strecke zu ihrem Ziel hinter sich gebracht, als eine große Gestalt mit einer blauen Maske neben ihr auftauchte, ihr eine Hand auf die Schulter legte und sie höflich, aber bestimmt, an den Rand der Menschenmenge führte.

Sie erkannte mit ihren magischen Sinnen sofort den Erzmagier Tangaroth, und ebenso rasch begriff sie, dass dieses Gespräch vertraulich war.

»Gräfin«, begann der Erzmagier jovial. »Ich erbitte Eure Nachsicht für meine unschickliche Einmischung, aber ich will den Frieden dieser Audienz wahren. Der, wie ich fürchte, empfindlich gestört werden könnte, solltet Ihr versuchen, Euch Herzog Byrceyn zu nähern.«

Ayoni setzte ein amüsiertes Lächeln auf und schaute an ihm vorbei zu der Stelle, wo sich das Gefolge des Hohen Ministers des Tages um ihn scharte. Jetzt bemerkte sie Einzelheiten, die ihr zuvor entgangen waren. Die Männer, die sie für Lakaien in einer braunen Livree gehalten hatte, waren Gardisten, die eine Barriere zwischen dem Gefolge des Herzogs und den anderen Adligen bildeten. Der Herzog selbst trug eine schwarze und graue Uniform mit einer goldenen Seidenmaske, die seinen Mund freiließ. Seine Lippen waren unverkennbar grimmig verzogen.

»Der Herzog wirkt ein wenig düster«, erwiderte sie beiläufig. »Und dennoch wollt Ihr nicht, dass ich zu ihm gehe und ihm einen guten Tag wünsche. Warum?«

»Wegen schwerwiegender Staatsangelegenheiten, Mylady.«

»Ihr meint, der arme Herzog hat sich irgendwie die Feindschaft seiner Königlichen Hoheit zugezogen. Steht er unter Arrest? Soll hier vielleicht ein Exempel statuiert werden?«

Die Gesichtszüge des Erzmagiers wurden von seiner Maske verborgen, aber Ayoni spürte dennoch seine kalte Verachtung.

»Angesichts Eurer Familiengeschichte und Eurer Erziehung, Gräfin«, erwiderte er, »ist es enttäuschend, dass Ihr nicht mehr Anstand und Loyalität an den Tag ...«

»Ich habe Eure Spielchen satt, Erzmagier,« sagte sie ruhig. »Ich werde mit Herzog Byrceyn sprechen ...«

Doch Tangaroth versperrte ihr den Weg. »Ich rate Euch dringend davon ab, Gräfin. Ich bin durchaus in der Lage, Euch in Schlaf zu versetzen und es wie eine Ohnmacht aussehen zu lassen.«

Ayoni trat ärgerlich zur Seite. »Tut, was Ihr für angebracht haltet, Herr! Ich werde es genauso halten.«

Der Erzmagier baute sich drohend vor ihr auf und wollte etwas sagen, als plötzlich ein Mann mit einer geschmacklosen Feuervogelmaske trunken lachte und, über seine Schulter nach hinten blickend, gegen ihn stieß. Der Inhalt eines großen Weinpokals ergoss sich über Tangaroths Gewand und durchnässte auch seine Hose. Einige überraschte Schreie wurden laut, von denen der des Erzmagiers mit Abstand am lautesten war.

»Oh, werter Herr!«, stammelte der schwankende Trunkenbold. »Es tut mir so schrecklich, schrecklich Leid ...«

Tangaroth war beinahe außer sich vor Wut.

»Haltet Euch von mir fern, Ihr verblödeter Vollidiot! Ihr habt meinen Mantel ruiniert!«, schrie er, als der Mann in der Feuervogelmaske versuchte, mit seinen weiten Manschetten die Weinflecken von den Gewändern des Erzmagiers zu tupfen. Einen Moment begegnete sein Blick dabei dem von Ayoni, und er ... zwinkerte ihr zu.

Sie ging rasch um Tangaroth herum und mischte sich wieder in die Menge. Doch noch bevor sie sich Byrceyns Gefolge nähern konnte, schmetterten Fanfaren, und eine Kolonne von Wachen mit Hellebarden formte eine Gasse in der Halle mitten durch die Versammelten. Gleichzeitig hinderten sie Ayoni daran, sich dem Herzog und seiner Frau zu nähern.

Das Fanfarensignal erklang erneut, etwas leiser diesmal, als Ilgarion und sein Gefolge die Große Halle betraten.

Zwei Diener in blauen Roben mit langen Schleppen gingen voran und trugen einen kleinen Korb, der mit einem weißen Schleier bedeckt war. Ihnen folgten Ilgarion und seine Gemahlin Lady Gesaul, die sich an den Händen hielten. Ilgarion hatte die stämmige Statur seines Vaters und dessen schwarzes Haar geerbt, das bereits von reichlich Silber durchzogen war. Während Magramon jedoch eine gewisse Wärme und Umgänglichkeit ausgestrahlt hatte, streifte Ilgarion den versammelten Adel mit einem Blick aus blassblauen Augen, der tiefsten Argwohn verriet.

Hinter ihm schritt eine verschleierte Priesterin des Erden-Mutter Tempels, deren weiße Roben mit Purpur verbrämt waren, was ihren hohen Rang anzeigte. Vermutlich war es die Äbtissin selbst. Ihr folgte Shumond, der Lordkommandeur der Ehernen Garde, flankiert von vier seiner höchsten Offiziere. Sie alle trugen goldene Helme ohne Visier, die mit Drachenemblemen verziert waren, und dunkelblaue, mit Wolfspelz besetzte Umhänge.

Am Ende folgten Diener, die eine Vielzahl von Bündeln unter ihren Armen oder über den Schultern trugen. Als sie sich am Rand des Podestes aufbauten, stieg Ilgarion in Begleitung des Lordkommandeurs und des Hohen Minister Mendalse die Stufen des Podestes hinauf, blieb jedoch auf halber Höhe stehen und drehte sich zu den neugierigen Adligen herum.

Während der Prozession hatte Ayoni sich nach vorn gedrängt, wo sie Ilgarion und sein Gefolge besser sehen konnte. Zu ihrer Überraschung war es Mendalse, der die Hände hob und Schweigen gebot.

»Seht!«, sagte er, »die Ehrwürdigen Hüter!«

Eine Welle des Staunens und der Verblüffung lief durch die Adligen und löste in ihrem Gefolge Flüstern, Kopfschütteln und staunende Blicke aus. Ayoni war erschüttert, als sie begriff, dass Ilgarion das Konklave der Stabträger überredet haben musste, die Kleine Krönung jetzt und innerhalb des Palastes durchzuführen, statt am Flussufer, wie es seit jeher Brauch war. Sie wusste, dass dies bei der Bevölkerung beträchtlichen Unmut auslösen würde, doch ebenso klar war ihr, dass der versammelte Hochadel bereit sein würde, diesen Traditionsbruch zu akzeptieren und Ilgarion als Kaiser zu bestätigen.

Dann erinnerte sie sich an Herzog Byrceyns missliche Lage. Vielleicht ist die Unterwürfigkeit der Aristokratie doch nicht ganz so deutlich ausgeprägt, dachte sie.

Durch die von den Soldaten gebildete Gasse schritten zwei mit blauen Umhängen verhüllte Gestalten, die je einen langen, von einem Wappen gekrönten Stab in der Rechten und einen mit einem Tuch verhüllten Gegenstand in der Linken trugen. Als sie den Fuß des Podestes erreichten, hatten die anderen Lakaien ihre Bündel ausgepackt und bauten Laternen sowie schlanke Holzrahmen mit zeremoniellen Fahnen neben dem Thron auf, und daneben kleine Tische und Podeste, auf die sie heilige Reliquien und Räucherfässer stellten. Schon bald durchzog ihr würziger Duft die Große Halle, aber nichts konnte verbergen, dass diese überstürzten Vorbereitungen eine schäbige, beschämende Verzerrung der uralten Krönungstraditionen darstellten.

Die Ehrwürdigen Hüter hatten ihre Stabbündel zur Seite gelegt und schoben ihre Kapuzen zurück. Darunter kamen die Gesichter zweier älterer Männer zum Vorschein, heilige Brüder des ErdenMutter Tempels, die von dem Konklave der Stabträger für diese besondere Aufgabe abgestellt worden waren. Jeder hielt nun eine Nachbildung des Mutterkeims und des Kristallauges in Händen, jener uralten Artefakte, die in dem Großen Krieg der Schattenkönige für immer verloren gegangen waren.

Das Krönungsritual begann in einer merkwürdigen, bleiernen Stille, die nur von gelegentlichem Hüsteln und dem Rascheln von Seide unterbrochen wurde. Die Priesterin der ErdenMutter nahm ihren Schleier ab. Es war tatsächlich die Äbtissin. Sie begann ein rituelles Zwiegespräch mit den Ehrwürdigen Hütern, sprach erst den einen, dann den anderen an, während die beiden gemeinsam antworteten. Der Wortwechsel fand in formellem Mantinorisch statt, da die Khatrimantinischen Kaiser ihre Abstammungslinie bis zu den Königen von Mantinor zurückverfolgen konnten. Ayoni hatte noch nie eine Kaiserkrönung miterlebt, aber sie wusste aus den historischen Berichten, dass dies eine absurde Verstümmelung der uralten Zeremonie war, die oft zwei, manchmal sogar drei Tage gedauert hatte.

Sie hatte von gewaltigen Chören gelesen, die sangen und beteten, dem Läuten von Glocken und dem süßen Klang der gezupften Kulesti. Als jedoch nun die Ehrwürdigen Hüter der Äbtissin die Repliken der Herrschaftsinsignien aushändigten, geschah das mitten in einem gespenstischen Schweigen. Die Mine der Äbtissin wirkte wie versteinert, als sie sich umdrehte und die Stufen des Podestes hinaufschritt, wo Ilgarion auf sie wartete. Sie blieb stehen, starrte zu ihm hoch, rezitierte die Worte der heiligen Weihe und hielt ihm die Artefakte entgegen. Ilgarion verbeugte sich, nahm sie ihr aus der Hand und schritt dann die restlichen Stufen hinauf zum Thron, wobei er zwei Stufen auf einmal nahm. Der Thron war mittlerweile von einem blassen, schimmernden Stoff bedeckt. Ilgarion setzte sich. Zwei Gestalten in weißen Roben tauchten hinter ihm auf.

Sie trugen ein Schwert, einen Morgenstern und eine Krone, alle mit dieser schimmernden Gaze umwoben. Das Paar in blassen, juwelenbesetzten Masken repräsentierte die ErdenMutter und den göttlichen Tauric. Die Verleihung der Herrschaftsinsignien sollte die enge Verbindung zwischen Thron, Land und den unsichtbaren Mächten symbolisieren.

Doch dieses Schauspiel wirkte leer und bedeutungslos, bar jeder Würde oder Bedeutung.

Schließlich kam die Weihe zu einem Ende, als die symbolischen Gestalten die Krone auf Ilgarions Kopf setzten und die Schließe unter seinem Kinn befestigten. Als sie sich zurückzogen, stand Ilgarion auf. Er hielt den Streitkolben des Gesetzes in der einen und das Schwert des Staates in der anderen Hand. Zudem war er nun in einen langen Umhang mit Schleppe gehüllt, dessen Außenseite himmelblau leuchtete.

Jemand vorne in der Menge schrie plötzlich auf. »Der Kaiser ist tot, es lebe Kaiser Ilgarion!« Mehrere Adlige stimmten in den Ruf ein und riefen seinen Namen, doch Ayoni empfand nur tiefste Verachtung für sie.

»Ein wahrlich erhebender Augenblick, nicht wahr?«, fragte jemand dicht neben ihr.

Sie drehte sich um und sah ihren Retter, den geheimnisvollen Mann mit der Feuervogelmaske. Sie konnte nur seine Augen und seinen Mund erkennen. Er lächelte spöttisch.

»Vieles an unserem neuen Kaiser ist einzigartig«, erwiderte sie. »Ich bin Ayoni Feldaru, Gräfin von Harcas. Ich danke Euch für meine Rettung vor dem Erzmagier.«

Der Mann neigte den Kopf. »Manchmal bringt Unachtsamkeit Segen. Ach ja, verzeiht, ich bin ... Lord Kerlo von den Nordmarschen.«

Ayoni runzelte die Stirn. »Die Nordmarschen? Davon habe ich noch nie gehört, glaube ich.«

»Es ist nur ein kleiner, relativ unbedeutender Landstrich an der Nordgrenze zu den Ländern der Mogaun. Bälger aus dem nördlichen Rukang-Massiv gehören zu unseren gewinnbringendsten Exporten ...«

Plötzlich kam ihr seine Stimme irgendwie bekannt vor, doch bevor sie ihn weiter befragen konnte, verstummten die Hochrufe der Menge, und Ilgarion sprach.

»Dieses Reich hat sich viele Jahrhunderte lang gegen den Hass und die finsteren Ränke böser Feinde gestemmt«, sagte er. »Aus der Standhaftigkeit, dem Mut und der Loyalität von Euch und Euren Vorfahren hat dieses mächtige Reich seine Kraft gezogen. Aber selbst unter Unseren nächsten Vertrauten haben sich Schwäche und Betrug eingeschlichen. Wenn ein solches Gift zum Vorschein kommt, ist es Unsere Pflicht, es gänzlich auszumerzen!«

Ayoni erstickte beinahe an ihrer Furcht, als sie die Boshaftigkeit in Ilgarions Stimme wahrnahm, während er den Hohen Minister des Tages, Herzog Byrceyn ansah.

»Lordkommandeur Shumond! Herzog von Byrceyn hat Hochverrat gegen die Krone begangen! Also ermächtige ich Euch, Eure Pflicht zu tun! Verhaftet ihn und legt ihn in Ketten!«

Der Kreis der Schwertträger öffnete sich, und Shumond sowie zwei seiner Offiziere traten hinein. Als man Byrceyns Hände mit einem Strick zusammenband, schrie seine Frau angsterfüllt auf, riss ihre Maske herunter und versuchte, ihren Ehemann zu befreien.

»Lady Fyndil ebenfalls!«, fügte Ilgarion hinzu.

»Nein, verdammt sollt Ihr sein …!« Mehr konnte Byrceyn nicht sagen, bevor eine behandschuhte Faust ihn unsanft zum Schweigen brachte.

Ayonis Wut überwog bei diesem Anblick ihre Vernunft. Sie musste handeln und schritt zielstrebig durch die versammelten Adligen, um diese ungeheure Ungerechtigkeit aufzuhalten. Aufgeregte Stimmen begleiteten ihren Weg, aber sie achtete nicht darauf. Sie konzentrierte sich nur auf ihre Freundin Lady Fyndil, die sich gegen den groben Griff der Offiziere der Ehernen Garde wehrte.

Sie kam jedoch nur ein paar Schritte weit, als eine merkwürdige Benommenheit ihre Sinne umnebelte. Die Große Halle schien sich um sie zu drehen, sie stolperte, wurde langsamer und blieb stehen, während sie tief Luft holte, um den Schwindel aus ihrem Kopf zu vertreiben. Plötzlich wurden ihre Beine vollkommen kraftlos, und sie sank zu Boden, umgeben von lautem Geschrei. Sie hörte gerade noch Tangaroths amüsierte Stimme in ihrem Kopf. *Gut gemacht, Mylady. Niemand sonst könnte so wunderschön in Ohnmacht fallen.* Dann wurde alles schwarz um sie herum.

Als Gräfin Ayoni sich auf den Thron zubewegte, begriff Corlek, dass er sich schleunigst von ihr distanzieren musste. Er schlenderte unauffällig zu einer Menschentraube im Parkett. Allerdings wünschte er sich, seine Maske wäre etwas weniger auffallend modelliert, als ausgerechnet nach dem Vorbild des mythischen Feuervogels.

Plötzlich jedoch stolperte die Gräfin, schwankte und sank dann anmutig zu Boden. Man hörte erstauntes Keuchen und leise Schreie, als ihr Ehemann, Graf Jarryc, sich hastig und ohne Rücksicht zu nehmen durch die Menge drängte. In dem Gedränge der bunt gekleideten Adligen, welche die gestürzte Gräfin umringten, sah Corlek auch die große, dunkelblau gekleidete Gestalt des Erzmagiers Tangaroth, der von dem Grafen kurzerhand zur Seite gestoßen wurde.

Tangaroth war einer der Leute, auf die Agasklin und Qothan ihn hingewiesen hatten. Auf ihn sollte er achten. Von seinem Standort aus konnte er auch Ilgarion auf seinem Podest sehen, der unbewegt den Abtransport von Herzog Byrceyn und seiner Frau verfolgte, während Graf Jarryc seine Gemahlin auf den Armen aus der Großen Halle trug. Corlek wusste, dass einer der vier Offiziere, die Lordkommandeur Shumond begleiteten, Vorik dor-Galyn war, aber er konnte nicht erkennen, welcher es war. Und dann gab es noch diesen Jumil, einen finsteren und tödlichen schwarzen Hexer, jedenfalls laut Agasklin.

»Merkt Euch, mit wem er redet«, hatte der Prinz gesagt. »Aber erregt auf keinen Fall seine Aufmerksamkeit und haltet gebührenden Abstand zu ihm.«

Im Moment stand Jumil in einer Gruppe von Palastbeamten und Akademikern auf der rechten Seite des Podests, einige Schritte entfernt von einer Gruppe von Kaufleuten, die Ilgarion scharf beobachteten. Jumil war größer und deutlich schlanker als die anderen, die unübersehbar wohlgenährt waren. Während eines kurzen Wortwechsels mit einem der Beamten der Akademie hatte Corlek herausgefunden, wer Jumil war. Es hatte genügt zu behaupten, er wäre mit einem der Angestellten der Akademie verwandt.

Corlek verschob seine Maske ein wenig und konnte nun unbemerkt zu Jumil hinübersehen, der anscheinend Ilgarion auf dem Podest beobachtete. Der Schwarzmagier stand etwas abseits von seinen Gefährten und verfolgte die Zeremonie offensichtlich leicht gelangweilt. In dem Moment betrat einer der Offiziere der Ehernen Garde, der Byrceyn und seine Frau nach draußen eskortiert hatte, durch eine Seitentür die Große Halle. Er blieb stehen und nahm seinen Helm ab. Corlek hielt die Luft an. Vorik dor-Galyn. Als er ihn beobachtete, registrierte er, wie dor-Galyn einen raschen Seitenblick und ein angedeutetes Nicken mit Jumil wechselte. Dann strich er sich das Haar zurück und setzte den Helm wieder auf. Corlek biss die Zähne zusammen, als das Ziel seines Hasses zu dem Podest schritt, auf dem Lordkommandeur Shumond stand, der die aufgeregte, murmelnde Menge der Adligen musterte.

Dann sprach Ilgarion wieder. Sein Ton war ruhig und gemessen, fast schien er um Verständnis zu werben, und er forderte von den Anwesenden Tapferkeit und Tugend, wenn es galt, das Khatrimantinische Reich zu verteidigen.

Einige der Adligen schienen von seiner Verbindlichkeit verblüfft zu sein, aber Corlek lächelte hinter seiner Maske spöttisch. Er kannte diese Art von Reden. Es war eine einlullende Litanei, der für gewöhnlich finstere, drohende Worte folgten.

Und richtig, im nächsten Moment umriss Ilgarion die Gefahren, denen sich das Kaiserreich gegenübersah. Angefangen von den fanatischen Gestalter-Wallfahrern im Westen und Norden, über die ehrgeizigen Generale Mantinors, bis zu den barbarischen Piraten, welche die Küsten Cabringas heimsuchten.

»Und die traurige Wahrheit, die Wir Euch allen jetzt enthüllen müssen, ist die, dass jeder Feind, der sein gieriges Auge auf Unser Reich richtet, dieses sehr schlecht auf eine entschlossene Invasion vorbereitet finden würde. Unsere großen Heere sind heillos unterbesetzt, und es mangelt ihnen selbst an den grundlegendsten Waffen und Rüstungen. Unsere Kavalleriebataillone müssen sich mit minderwertigen Kleppern zufrieden geben, während die kaiserliche Marine nur zwei neue Schiffe in den letzten zehn Jahren bekommen hat. Während Khatrimantine also allmählich immer schwächer wurde, sind die, welche dem Kaiserreich schaden wollen, immer mehr erstarkt.

Aber Wir wissen, dass dieses Reich von keinem Angriff des Bösen dem Untergang überantwort oder zerschmettert werden wird, wie es zuvor schon geschehen ist. Nein, Unsere Bestimmung ist klar, stark und gesegnet, und Khatrimantines glorreichstes Zeitalter liegt noch vor Uns. Aber Wir müssen das Schicksal selbst in die Hände nehmen. Wir werden Unseren Willen und Unser Streben über alle Länder hinweg darauf richten, Uns jenen entgegenzustellen, welche an den Altären des Bösen beten, und eine neue Welt willkommen heißen, in der Friede und Wohlstand regieren.«

Einige Adlige applaudierten, eine höfliche, eher zurückhaltende Reaktion, wie Corlek bemerkte, aber Ilgarion schien das nicht zu stören. Er sprach weiter.

»Unser erster Schritt zur Erneuerung des Reiches wird die Auffrischung des Adels sein ...«

Er hielt inne und schaute nach links. Ein blassgelb gekleideter Lakai stieg die Treppe hinauf, verbeugte sich und reichte Ilgarion einen dünnen Reif mit einem eingefassten blauen Edelstein. Gleichzeitig führten andere Lakaien einen der bisher abseits stehenden Kaufleute von rechts auf das Podest vor Ilgarion. Der korpulente Mann ließ sich nicht ganz ohne Mühe auf die Knie hinab und drückte seine Stirn dann auf das geflieste Podest. Einige Leute aus der Menge murmelten empört, aber sie verstummten rasch, als Offiziere der Ehernen Garde mit ihren Blicken die Menge nach den Störenfrieden absuchten.

Corlek waren Ilgarions Ziele vollkommen klar. Eine Armee oder eine Flotte aufzubauen, würde hohe Kosten verursachen, und Corlek zweifelte nicht daran, dass jeder der Kaufleute, die jetzt einer nach dem anderen aufgerufen und mit Titel und Reif in den Adelsstand erhoben wurden, eine Menge Geld repräsentierte. Natürlich gab es überdies eine Vielzahl von Beispielen, in denen die Aristokratie ihren Herrscher aus Furcht vor seiner Macht abgesetzt hatte. Ilgarion schien gleichzeitig seine eigene Position stärken zu wollen, indem er Armee und Marine förderte.

Wenn jedoch ein Skandal die Ehre der Ehernen Garde befleckt oder ein Schwarzmagier am Hofe entlarvt wird, dachte Corlek, würde das die Schachfiguren durcheinander wirbeln. Wer weiß, was dann mit Ilgarion passiert?

Die Zeremonie schleppte sich dahin, und während Corlek die Prozession der neu ernannten Adligen beobachtete, bemerkte er, wie Tangaroth gelegentlich beifällig nickte. Dor-Galyn stand immer noch auf den unteren Stufen des Podestes und musterte die Menge, während der rätselhafte Jumil regungslos rechts neben dem Thron stand, direkt vor den schweren, gelben Vorhängen der rückwärtigen Wand.

Der vorletzte Kaufmann rückte sich gerade den Reif auf dem Kopf zurecht, als vor den nördlichen Türen, durch welche die Adligen hereingekommen waren, Unruhe entstand. Man hörte Schreie, die zunächst gedämpft klangen, jedoch rasch deutlicher wurden. »Alarm ... Feuer!« Im nächsten Moment flogen die Türen auf, und ein Haushofmeister stürzte herein, mit einem halben Dutzend Schreiber und Lakaien im Schlepptau.

»Eure Hoheit«, sagte er. »Ich bitte untertänigst um Verzeihung für mein hastiges und unangemeldetes Eindringen bei ...«

»Genug!«, fuhr Ilgarion ihn an. »Was gibt es?«

»Feuer, Majestät!«, keuchte der Hofmeister entsetzt. »Der

Tagfried steht von den Grundmauern bis zum Dach in Flammen.«

Ilgarion starrte den Mann lange an und nickte schließlich. »Versammelt alle tüchtigen Diener und evakuiert die Gemächer, die an den Fried angrenzen. Lordkommandeur Shumond, alarmiert die Garde und öffnet alle Zisternen in den Gärten. Herzog Mendalse und Erzmagier Tangaroth, was ratet Ihr, wie man dieser Tragödie schnellstmöglich Einhalt gebieten kann?«

Mitten in dem allgemeinen Aufruhr drängten die Höflinge bereits zu den Türen. Die meisten strebten zum Sonnenkorridor. Corlek war einen Moment unentschlossen und geriet fast in Panik, als er beobachtete, wie dor-Galyn Befehle vom Lordkommandeur erhielt und dann durch eine Tür auf der anderen Seite des Podestes verschwand. Corlek drehte sich zu Jumil um – und sah nur noch die gelben Wandvorhänge, die neben einer halb geöffneten Tür schwangen. Er zögerte einen Augenblick, dann rannte er dorthin und stürmte hindurch.

Hinter der Tür ging ein kurviger Gang in zwei Richtungen von einer Diele ab. In ihrer Mitte erhob sich eine geschnitzte Treppe mit einem Geländer, und Corlek erhaschte gerade noch einen Blick auf Jumil, der ins nächste Stockwerk lief. Aber als er ihm folgen wollte, sprach ihn jemand an. Die Stimme kam von links.

»Moment! Ihr habt in diesem Teil des Palastes nichts zu suchen!«, erklärte ein junger Gardist, der auf ihn zueilte.

Corlek zuckte mit den Schultern und stammelte. »'N großer Kasten, was? Ich kann ... einen verdammt'n Flur nich vom anneren unterscheiden ... Wo is'n nun das Feuer, hm?«

»Kommt einfach mit mir, Herr, dann bringe ich Euch zu Euren Freunden zurück ...«

»Nein, nein, mein junger Freund.« Corlek winkte trunken mit einem Finger. »Ich fühl' mich hier recht wohl, wisst Ihr?« Er machte schwankend einige Tanzschritte und stolperte dabei gegen den Gardisten. »Oh, ähm, Entschuldigung. Sagt, ist das da nicht Euer Befehlshaber?«

Als der junge Mann sich umdrehte, versetzte Corlek ihm mit seiner behandschuhten Faust einen gut platzierten Kinnhaken. Es knackte, der Gardist keuchte, drehte sich um seine eigene Achse und sank bewusstlos zu Boden.

»Tut mir Leid, Junge«, murmelte Corlek, während er dem Ohnmächtigen den Dolch und sein Kurzschwert abnahm. »Das wird dich lehren, in Zukunft Abstand zu halten, hm?«

Rasch schleppte er den Gardisten hinter den Vorhang vor der Nische eines Schreins, schaute sich um und hastete eilig die Treppe hinauf.

Im nächsten Stockwerk führte ein kurzer, dunkler Flur zu einer Passage, die an der Nordmauer des Palastes entlangführte. Sie war kalt und verlassen und wurde nur von ein paar gedämpften Laternen erleuchtet. Corlek schlich so leise wie möglich über den gefliesten Boden, auch wenn die Räume, die davon abgingen, vermutlich nicht bewohnt waren. Vor sich bemerkte er einen flackernden, gelblichen Schein an einer Stelle, an der verschiedene Fenster auf den zur Stadt gerichteten Abschnitt des Palastes hinausführten.

Bei dem Anblick des brennenden Tagfrieds blieb er wie angewurzelt stehen. Mit seinen neun Stockwerken überragte der Fried sogar noch die Staatsflagge und den Glockenturm auf der Kuppel der Großen Halle. Aus den Fenstern der einzelnen Stockwerke schlugen lodernde Flammen. Trotz seiner Aufregung kam es ihm merkwürdig vor, dass diese Feuersbrunst in so kurzer Zeit das ganze Gebäude ergriffen haben sollte.

In den Gärten unter ihm hatte sich eine Menschenkette gebildet, die verzweifelt Wassereimer weiterreichte, um die Flammen zu löschen. Sie standen auf verlorenem Posten. Das Feuer hatte sich zu rasch ausgebreitet und brannte zu stark.

Fast, als wäre es so geplant gewesen.

Da fiel ihm jemand im schattigeren Teil der Gärten nahe der Mauer auf. Eine große Gestalt schlich über einen Pfad, der vor den Blicken der freiwilligen Helfer durch Büsche verdeckt wurde. Das musste der Hexer Jumil sein. Corlek hastete weiter über den Korridor und gelangte an eine breite Treppe, die nach unten führte. Während er hinabstieg, hörte er Stimmen aus einem Gang im Erdgeschoss. Zum Glück fand er einen kleinen Vorraum, dessen Tür nur angelehnt war und nach draußen in die Gärten führte.

Die Luft war warm und roch nach beißendem Qualm. Der Fried brannte wie eine gigantische Fackel und löschte alles andere durch seinen grellen, weiß glühenden Schein aus. Corlek erhaschte einen Blick auf Jumil, der die Steintreppe an der Innenmauer zu einem Verbindungsgang hinaufstieg und offenbar zu einer Tür an dessen Ende wollte. Es war noch jemand bei ihm. Eine kleine, verhüllte Gestalt, die mit ihm Schritt hielt. Corlek machte sich an die Verfolgung.

Die Bohlen des Verbindungsganges knarrten unter seinen Füßen, als er zu der Tür lief. Der lodernde Fried lag direkt vor ihm, und durch das Tosen des Feuers hörte er das Krachen von einstürzenden Balken und die Schreie der Menschen, die in dem Gebäude eingeschlossen waren. Dann hörte er wütende Rufe von unten und sah, wie einige Gestalten auf den Balkonen des Frieds auftauchten. Selbst aus der Entfernung konnte er sehen, dass ihre Gewänder und auch ihre Haare angesengt waren und qualmten.

Zwei von ihnen schleppten ein langes Objekt auf den Balkon, hielten es fest und ließen den Rest über das Geländer fallen. Es entfaltete sich und entpuppte sich als Banner, das mit dem roten Hobelmesser eines gewöhnlichen Holzschnitzers verziert war, dem Symbol des Glaubensbekenntnisses der Gestalter-Jünger.

Noch während das Banner in Flammen aufging, verwandelten sich die Schreie der Menschen in den Gärten in wütendes Gebrüll. Die Gestalten auf dem Balkon deuteten nur einen Moment wortlos nach unten, bevor sie sich umdrehten und sich in die Flammen stürzten.

Corlek war wie gelähmt. Er konnte kaum fassen, was er soeben gesehen hatte, aber er zwang sich, weiterzulaufen. Er wollte diesen Jumil in die Finger bekommen, mochte er ein Hexer sein oder nicht. Doch schon nach wenigen Schritten versperrte ihm eine dunkle, kräftige Gestalt den Weg und zückte ein sehr beeindruckendes Breitschwert.

»Der entehrte Spross eines untergegangenen Hauses«, erklang eine spöttische Stimme. »Es ist zwar eigentlich die Arbeit eines Henkers, Euch zu töten, aber auch ich kann tun, was getan werden muss.«

Vorik dor-Galyns Gestalt hob sich gegen das flammende Inferno des Tagfrieds als dunkle Silhouette ab. Nur der Glanz der eisernen Schnallen seiner Rüstung, einer Gürtelschließe, eines Ringes in seinem Ohr und die starren Augen, die Corlek ansahen, hoben sich aus dem Dunkel ab.

»Kommt nur.« Corlek packte den Griff seines Kurzschwertes fester. »Die Arbeit als Henker ist für Euch doch sicher ein gewaltiger Schritt nach oben.«

Dor-Galyn grinste, machte einen schnellen Ausfall und zielte mit seiner Klinge auf Corleks Hals. Doch Corlek hatte den Schlag kommen sehen und stürzte seinerseits vor, sein Kurzschwert direkt auf die Brust von dor-Galyn gerichtet. Aber er fühlte keinen Aufprall, als sich die Klinge in das Leder und die Haut grub, keinen Widerstand, gar nichts. Dafür löste sich dor-Galyn plötzlich in Luft auf. Corlek keuchte überrascht auf und stolperte zwei, drei Schritte an der Tür vorbei, bevor er seine Balance zurückgewann und sich hastig umsah.

Er hörte, wie jemand an der Tür spöttisch Beifall klatschte. Furcht und eine böse Vorahnung überkamen ihn, aber er streckte sein Schwert fest vor sich aus und schritt misstrauisch durch die Türöffnung. Dahinter führten einige Stufen zu einem offenen, von Zinnen umgebenen Hinterhof. Fässer und schwere Holzkisten waren an der Rückwand des Hofes gestapelt, und auch neben einer Treppe, die in den Palast hineinführte. Corlek begriff, dass dies eine innere Befestigung war, ein Stützpunkt, von dem aus man jeden Eindringling abwehren konnte, dem es gelang, die Tore zu durchbrechen.

Vorik dor-Galyn lehnte auf der rechten Seite an einem Fass und grinste humorlos, als er aufhörte, zu applaudieren.

»Hat Euch unsere kleine Illusion gefallen, Ondene?«, erkundigte er sich näselnd. »Ich fand meine Stimme gut gelungen, obwohl sie ein wenig tief war. Allerdings hätte ich niemals einen derartig unbeholfenen Schlag geführt.«

»Ich habe dir gesagt, Gardist«, zischte eine heisere Frauenstimme links von Corlek, »dass ich nichts vom Schwertkampf verstehe.«

Der Hof lag an den Gärten direkt unter dem Sonnenkorridor. Der brennenden Fried an seinem Nordende war jetzt vollkommen in Flammen gehüllt. Der lodernde Turm warf scharfe, gezackte Schatten auf die Feldsteine des Hofes, und der Feuerschein enthüllte die Umrisse einer kleinen, gebeugten Gestalt, die in der Mitte des Walls stand. Die Frau hob die Hand und deutete auf das flache Dach des Frieds. Im selben Moment tauchte dort jemand auf, der ein Gestalter-Banner schwenkte. Dann deutete die Frau auf einen Balkon in halber Höhe, und andere Gestalten in rußgeschwärzten Gewändern traten heraus und tanzten mitten in dem züngelnden Flammenmeer. Die Frau drehte sich um. Ihr faltiges Gesicht war in Schweiß gebadet, und sie lächelte unsicher.

»Mein gefiedertes Volk«, sang sie leise. »Mein feines, wildes, gefiedertes Volk ...« Dann richtete sie ihren Blick wieder auf den brennenden Fried.

»Verstehst du jetzt, Ondene?«, fragte dor-Galyn. »Hast du genug Verstand, um es zu begreifen?«

Corlek nickte unwillkürlich. Der Anblick von Gestalter-Fanatikern, die scheinbar für die Zerstörung des Frieds verantwortlich waren, würde jeden Anhänger dieses Glaubens in Sejeend zum Ziel für den Zorn des Pöbels machen.

»Illusionen.«

»Mehr als das, Ondene. Nahrung für einen Hass, der das Alte hinwegfegen und Platz für das Neue schaffen wird.« Ein metallischer Klang ertönte, als er sein Schwert zückte. »Das Feuer allerdings ist sehr real.«

Corlek drehte sich zu ihm um. Agasklins Rat, auf Jumil zu achten, schien jetzt belanglos zu sein. Corlek stand regungslos da und erwiderte dor-Galyns Blick. Er spürte das heiße Blut in seinem Kopf und das Hämmern seines Herzens in der Brust. Dor-Galyn hielt das Schwert beinahe achtlos am Knauf, die Spitze auf die Feldsteine am Boden gerichtet.

»Ich frage mich, ob Ihr leise sterbt«, meinte er, »oder Euren letzten Atemzug hinausschreit.«

Er schien ausgiebig gähnen zu wollen und hob eine Hand zum Mund. Doch Corlek sah, wie er mit der anderen Hand den Schwertgriff fester packte, die Klinge vorstieß ... und das Schwert dann in einem blitzenden Bogen hochriss, als er auf Corleks Hals zielte. Der konnte gerade noch vor dem Hieb zurückweichen, aber er erwischte ihn dennoch an der Schulter, durchdrang sein besticktes Wams und das Hemd. Er sog bei dem stechenden Schmerz scharf die Luft ein, auch wenn es nur eine kleine Wunde war. Dor-Galyn lachte und holte zu einem weiteren Hieb aus.

Corlek warf sich zur Seite, trat gegen ein Fass und rollte es auf dor-Galyn zu, der zurückspringen musste.

»Feiger Hund!«, knurrte dor-Galyn, als er in einem Hagel aus Schlägen angriff.

Dor-Galyn war deutlich größer als Corlek und hatte auch breitere Schultern, sodass der sich hauptsächlich am Rand der größeren Reichweite seines Gegners halten musste. Er wurde zwischen die Kisten und Fässer zurückgetrieben und musste all seine Kunst aufbieten, um die Schläge zu parieren und ihnen auszuweichen. Dor-Galyn war ein exzellenter Schwertkämpfer.

Corlek sprang von den Kisten auf ein Fass und wich dabei einem gewaltigen Stoß aus, der auf seine Hüften gezielt hatte. Dabei stieß sein Fuß gegen etwas, das hölzern klapperte. Aus den Augenwinkeln bemerkte er den Speer eines einfachen Gardisten. Er parierte einen wuchtigen Überkopfschlag mit seinem Kurzschwert, bückte sich, riss den Speer hoch und sprang über eine lange Kiste. Dann schulterte er den Speerschaft in der Art, wie die Stabkämpfer der Dalbari fochten, und stellte sich erneut seinem Widersacher.

Diesmal war Corlek im Vorteil. Er täuschte mit seiner Speerspitze einen Stoß gegen dor-Galyns Gesicht an, den dieser abwehrte, indem er die Spitze der Waffe abschlug. Im gleichen Moment jedoch führte Corlek mit dem Schwert einen Schlag gegen den Unterleib seines Gegners. Der Hauptmann der Ehernen Garde sah den Hieb kommen und ließ sein Breitschwert in einer verzweifelten Parade hinuntersausen. Gleichzeitig jedoch wirbelte Corlek den abgehackten Speer mit der anderen Hand herum, holte mit dem Schaft aus und hämmerte ihn auf den ungeschützten Hals dor-Galyns.

Dieser schrie erstickt auf, als er taumelte, das Gleichgewicht verlor und auf die Steine stürzte. Seine Klinge flog ihm aus der Hand und landete klappernd neben ihm. Wütend und mit einer triumphierenden Verachtung erfüllt, baute sich Corlek über ihm auf, das Schwert in der Hand.

»Die Zeit ist gekommen«, stieß er keuchend hervor, »dass Eure Familie Verlust und Trauer schmeckt.«

»Das glaube ich eigentlich nicht«, widersprach jemand direkt neben ihm.

Er wirbelte erschreckt herum und sah Jumil kaum einen Meter von sich entfernt. Er stand da und hatte seine Maske in einer Hand. Corlek wollte seine Waffe herumreißen, aber zu seinem Entsetzen merkte er, dass seine Gliedmaßen und jeder einzelne Muskel wie erstarrt waren.

»Nur ich bestrafe meine Diener«, fuhr Jumil ungerührt fort. »Außerdem ist dieses Schattenspiel hier beinahe beendet ...« Er warf einen Blick auf den brennenden Tagfried, und Corlek hörte das dumpfe Geräusch der einstürzenden Wände, dem ein verrücktes Kichern der Frau folgte, welche die Illusionen geschaffen hatte. Dor-Galyn stöhnte.

Jumil betrachtete Corlek aus dunklen, grausamen Augen. Die lodernden Flammen des zerstörten Frieds warfen einen dunklen Schatten über sein hageres Gesicht, eine Trennungslinie, die sich von den braunen Augen über seine spitze Nase und die zynisch grinsenden Lippen bis zu seinem kleinen, runden Kinn erstreckte. Corleks Schwert war nur einen kurzen Stoß vom Herz des Mannes entfernt, aber die magische Lähmung brannte wie ein Netz aus rasiermesserscharfem Stahl auf seiner Haut, als er versuchte, sich zu bewegen.

»Du hast dich als ein Ärgernis erwiesen, obwohl ich dein Geschick anerkenne, da du es so weit geschafft hast«, meinte Jumil. »Ich hatte eigentlich vor, meinem Diener seinen Wunsch zu erfüllen und dir das Leben zu nehmen. Doch gerade ist mir ein sehr interessanter Weg eingefallen, wie du meinen Zwecken weit dienlicher sein kannst.«

»Ich werde ... Euch niemals ... dienen!«, stieß Corlek heiser hervor.

»Ein leeres Versprechen«, entgegnete Jumil. »Von einem leeren Gefäß, das allerdings schon bald wieder gefüllt sein wird.«

Er machte eine winzige Handbewegung, und das eisige Netz schnitt in Corleks Körper, durch all seine Glieder und seinen Kopf wie eine Woge glühenden Feuers, das jeden klaren Gedanken aus seinem Hirn brannte.

9

In der Nacht läuft die Angst in sichere Häfen ein
Wie ein Geisterschiff mit einer grausigen Fracht.

Ralgar Morth: Das Tagebuch des Wachmannes,
2. Kapitel

Das Amatellis-Refugium der Gestalter-Gläubigen war ein ehemaliges Warenhaus am Südufer des Vaale, westlich von Sejeend. Seine hohen Ziegelmauern waren rissig, ihr Mörtel bröckelte, und der Regen hatte jede Farbe von ihnen abgewaschen. Dennoch war das Gebäude solide erbaut und bot seinen Bewohnern und allen, die in ihm Schutz suchten, eine gewisse Sicherheit. Nach Einbruch der Dunkelheit wirkten die massiven Mauern wie eine Festung, neben deren großen Flügeltüren zwei Fackeln brannten. Hinter der Reihe kleiner Fenster konnte man gelegentlich einen Wachposten erkennen.

Die hohe Halle in dem Lagerhaus, die früher einmal als Hauptladeraum gedient hatte, wurde von einigen Binsenlichtern erhellt, deren gedämpftes Licht auf zahllose Reihen von Pritschen fiel, die auf dem kalten Steinboden standen und auf denen in Decken gewickelte Gestalten lagen. Die Lehre des Gestalters verlangte, dass jedes Refugium Reisenden und Wallfahrern Unterschlupf gewährte, ebenso wie den Unglücklichen, den Bekümmerten und den Notleidenden. Einige schmiedeeiserne Feuerkörbe verbreiteten Wärme, und in dem großen Kamin am anderen Ende des Saales prasselten Flammen.

Sounek lag in der Nähe des Kamins zwischen zwei langen Tischen und versuchte vergeblich, auf der dünn gepolsterten Pritsche eine bequeme Schlafposition zu finden. Er trug verschlissene Gewänder, ausgetretene Stiefel und eine leere Rapierscheide am Gürtel, dazu jedoch einen seidengesäumten Umhang, angeblich sein letzter wertvoller Besitz. Es war ihm nicht schwer gefallen, sich als verarmter Landjunker auszugeben, der seine Habe, seine Frau und seine Würde verloren hatte. Diese Geschichte hatte er jedenfalls einem Gestalter-Mönch namens Lemker erzählt, der mitleidig zuhörte. Danach führte er ihn in den warmen Saal und gab ihm einen kleinen Napf mit heißer Fleischbrühe. Später erfuhr Sounek, dass Lemker ein Manualer war, der niedrigste Rang unter den Mönchen des Gestalters. Sounek kannte außer einigen Parabeln nur wenig von der Lehre des Gestalters, aber er wusste, dass die nächsthöheren Mönche die Literants waren. Sie durften die Minderen Bücher des Glaubens studieren. Von ihnen hielten sich nur eine Handvoll in dem Amatellis-Refugium auf. Sie alle unterstanden dem Litanisten Tyorzin. Den Litanisten war es gestattet, auch die geheimnisvollen Hohen Bücher zu lesen, neben anderen heiligen Werken, und wenn Lemker auf die Litanisten zu sprechen kam, senkte er die Stimme zu einem ehrfürchtigen Flüstern.

Sounek und einige andere Schutzsuchende hatten zugehört, wie Lemker eine Parabel des Gestalter-Glaubens rezitierte, während er gemeinsam mit seinen Tischgenossen Brot und Suppe aß. Gleichzeitig hielt Sounek eine Gedankenverbindung mit Inryk aufrecht, der in diesem Moment über die Simse und Regenrinnen des stufenförmigen Dachs des Refugiums kroch.

Während Sounek sich jetzt schlaflos auf seiner Pritsche herumwälzte, führte er ein Gedankengespräch mit seinem Wächterkollegen, der sich gerade nach einer sorgfältigen Suche aus der Zelle eines Mönches zurückgezogen hatte.

... habe nichts von Interesse gefunden, teilte Inryk ihm gerade mit. *Ein paar Pergamente mit Abschriften des Katechismus und dergleichen, aber keine Stifte, nicht mal ein Stück Holzkohle.*

Es muss hier irgendwo eine Schreibstube geben, meinte Sounek. *Aber ja, das klingt nach der Zelle eines Literanten.*

Ein was?

Ein Literant, ein niederer Mönchsrang. Sucht eine Kammer mit vielen Büchern und Schriftrollen. Die wird von dem Litanisten bewohnt. Aber hütet Euch, ihn aufzuschrecken.

Was Ihr nicht sagt! Ich habe alle Fensterflügel auf dieser Seite überprüft, also muss seine Stube auf der anderen Seite des Gebäudes liegen. Pah, sehr wahrscheinlich stürze ich bei dieser Kletterpartie ab und breche mir das Genick.

Bitte nicht. Es wäre eine anstrengende Aufgabe, diese Schweinerei zu beseitigen.

Sehr komisch. Und wenn ich in der Höhle dieses Litanisten nun nichts Belastendes finde?

Dann müssen wir es in den anderen Gestalter-Refugien erneut versuchen.

Das kann eine lange Nacht werden.

Dann brach die Gedankenverbindung in Souneks Kopf ab, und er lag allein auf seiner unbequemen Pritsche. Er stützte sich auf seinen Ellbogen. Von hier aus hatte er die Diele im Blick, jedenfalls so gut er sie unter dem langen Tisch hinweg beobachten konnte. Es war so ruhig, wie es in einem derartigen Schlafsaal sein konnte. Man hörte das regelmäßige Atmen der Schlafenden, ab und zu ein Schnarchen. Eine Frau jammerte leise vor sich hin, jemand hustete, und von Bettstatt zu Bettstatt wurden geflüsterte Gespräche geführt. Am Kamin tröstete eine Manualerin ein weinendes Kind. All diese Beobachtungen verstärkten Souneks Eindruck, dass diese Gestalter-Anhänger mehr Interesse daran zu haben schienen, den Ärmsten der Armen Hilfe und Trost zu spenden, als sich in fanatische Prügeleien zu stürzen.

Natürlich war diese Beobachtung angesichts der Meinung von Leuten wie dem Erzmagier und Ilgarion bedeutungslos. Sie hatten längst entschieden, wer der Feind war, und die Wächter hatten nur die Aufgabe, die nötigen Beweise heranzuschaffen. So viel war klar.

Er lehnte sich zurück und dachte über Corlek Ondene nach, als sich Inryks Gedanken erneut in seinem Kopf formten.

Bin jetzt auf der anderen Seite des Daches, teilte sein Begleiter ihm mit. *Hier sind nur drei Fenster. Es sollte nicht lange dauern ...*

Ist eines von ihnen erleuchtet?

Ich sehe nicht mal den kleinsten Schimmer ... Aber über dem Zentrum von Sejeend glimmt ein merkwürdiges Licht. Ich dachte vorhin schon, ich hätte etwas gesehen, aber jetzt ist es heller und nicht zu übersehen. Es muss ein großes Feuer sein. Leider kann ich nicht über die Klippen und den Baum hinwegblicken.

Wenn es wichtig ist, erfahren wir es noch früh genug, meinte Sounek.

Richtig ... Eins nach dem anderen.

Die Gedankenverbindung brach ab, und Sounek lag wieder in der Dunkelheit der Halle und betrachtete die tanzenden Schatten des Kaminfeuers. Nachdem er eine Weile dagelegen und gelauscht hatte, glaubte er ein schwaches Rauschen von draußen zu hören, als würde ein starker Wind um das Gebäude wehen. Als das Geräusch lauter wurde, erkannte er, dass es von der Straße vor dem Lagerhaus kam. Er stützte sich auf die Ellbogen und sah, dass auch andere aufgewacht waren. In dem Moment meldete sich Inryks Stimme in seinem Kopf.

Das sieht nicht gut aus, Sounek.

Was gibt es denn?

Auf der Straße nähert sich eine große, aufgebrachte Menschenmenge. Sie haben Fackeln, Steine und Speere dabei. Irgendwie scheinen sie auf jemanden zu warten ...

Sounek hörte Schritte und blickte sich um. Der besorgte Lemker weckte rasch die Schlafenden in seiner Nähe, während die Übrigen von den anderen Manualern wachgerüttelt wurden.

»Es sind nur Betrunkene auf der Straße«, beruhigte Lemker sie. »Aber um eurer Sicherheit willen solltet ihr in die Ruheräume nach oben gehen ...«

Ah, sie haben auf einen Rammbock gewartet ...

Momente später hämmerte etwas gegen die Flügeltüren. Der mächtige Knall hallte durch die ganze Diele. Die Menschen jammerten verängstigt, und der Weg zu der Treppe verwandelte sich in ein panisches Gedränge. Der zweite Stoß war noch lauter als der erste, und gleichzeitig knackte etwas vernehmlich. Sounek hatte sich aus dem Gewühl befreit und taumelte gegen die blanke Steinwand neben dem Kamin, als der dritte Stoß die hölzernen Sperrbalken zerbrach und die großen Doppeltüren nach innen aufflogen. Mit lautem Gebrüll drang der Mob ein.

Sie haben gerade die Türen aufgebrochen, erklärte Inryk überflüssigerweise. *Wo steckt Ihr?*

Ich bin mittendrin, erwiderte Sounek, der sich jetzt wünschte, er hätte sich von der flüchtenden Menge mitreißen lassen. In der Mitte der Diele versuchte eine Hand voll Wächter und Mönche mit Kampfstäben die Meute aufzuhalten, doch sie wurden in wenigen Augenblicken überwältigt. Sounek rannte zu der Treppe an der rechten Wand, die plötzlich nach oben schwang. Sie wurde von dicken Tauen angehoben, die an den Streben der untersten Stufe befestigt waren. Er sprang hoch, erwischte den Rand und wuchtete sich hinauf. Als ihn helfende Hände auf den Treppenabsatz zogen, hörte er die Angreifer wütend miteinander streiten, während immer wieder das gebrüllte Wort »Mörder!«, zu hören war.

Wo seid Ihr, Sounek? Verdammt, antwortet ...!

Sounek keuchte vor Anstrengung und folgte den verängstigten Schutzsuchenden zu einer Treppe, die höher in das Refugium hinaufführte, während er sich bemühte, Inryk einen zusammenhängenden Gedanken zu senden.

Im Moment ... bin ich außer Gefahr.

Gut. Ich warte im dritten Stock. Sucht Euch einen Weg hier hoch, dann können wir verschwinden.

Einverstanden.

Am Ende der Treppe stritten zahlreiche verängstigte Menschen mit einigen Mönchen, die versuchten, sie durch einen schmalen Gang zu treiben. Sounek wollte sich an ihnen vorbeizwängen, während sie langsam in eine Kammer auf einer Seite des Ganges strömten. Auf der anderen Seite war der

Gang von einer hölzernen Balustrade durchbrochen, durch die man in die Diele sehen konnte. Sounek warf einen Blick hinunter. Der Mob fing an, die Stützpfeiler hinaufzuklettern, um in das nächste Stockwerk zu gelangen. Außerdem ertönte ein beunruhigendes, regelmäßiges Klopfen direkt unter seinen Füßen.

Andere Flüchtlinge eilten vom entgegengesetzten Ende des Ganges heran, wo eine weitere Treppe hinaufführte. Als Sounek sie erreichte, hörte er ein splitterndes Krachen hinter sich. Er fuhr herum und sah die schwarzen Eisenkrallen eines Enterhakens, die sich in die Balustrade gegraben hatten. Es knallte erneut, als der zweite Haken durch die nächste Öffnung flog und kratzend zurückgezogen wurde, bis seine Haken Halt fanden. Zuerst glaubte Sounek, dass der Pöbel zu den Mönchen hinaufklettern wollte, doch dann hörte er ein tiefes, hölzernes Ächzen und fühlte, wie der Boden unter seinen Füßen erbebte.

Im Namen der Mutter!, dachte er. Sie wollen das ganz Stockwerk einreißen!

Er hastete zur nächsten Treppe und war sie bis zur Hälfte hinaufgelaufen, als unter ihm etwas mit einem langen, dumpfen Stöhnen nachgab. Balken bogen sich und zerbrachen, und Sounek sah entsetzt zu, wie sich die Balustrade samt Gang von der Wand des Gebäudes löste und auf den Boden der Diele krachte. Menschen stürzten kreischend die steile Schräge hinunter und über ihren zerfetzten Rand hinweg, während andere sich verzweifelt an den geborstenen Balken festklammerten.

Sounek? Was geschieht bei Euch?

Der blanke Wahnsinn! Er rang um die angemessenen Worte. *Sie haben den halben ersten Stock zerstört!*

Kommt hier rauf! Sofort!

Bevor Sounek antworten konnte, packten ihn Hände und schleuderten ihn die letzten Stufen zu dem Absatz auf halber Höhe der Treppe hinauf. Eine Gestalt mit wirren Haaren beugte sich zu ihm hinab.

»Ich wurde gerufen ... ER hat mir gesagt, dass du sterben musst ... du und der andere ...«

Der Mann starrte ihn aus blutunterlaufenen Augen an. Sein Gesicht war zerkratzt, Blut sickerte aus seinen zerschlagenen Ohren, und seine Kleidung war zerfetzt. Souneks Magiersinne registrierten die Ausdünstung einer bösartigen Macht. Um sich gegen einen Angriff zu wappnen, bereitete er einen Gedankengesang vor, doch bevor der Mann sich auf ihn stürzen konnte, näherte sich jemand auf der Treppe zum Stockwerk über Sounek.

»Abschaum!«, brüllte der Neuankömmling. »Weiche oder stirb!«

Sounek sah sich um. Eine Gestalt in einer Kutte griff mit vorgehaltenem Speer den Besessenen an. Die Speerspitze traf ihn mitten in die Brust, durchdrang sie, rammte ihn gegen die Holzwand der Treppe und nagelte ihn dort fest, so groß war die Wucht des Stoßes. Der Mann stieß einen gequälten Schrei aus und schlug mit einer Hand gegen den Speer, der aus seiner Brust herausragte. Mit der anderen packte er den Mönch an der Schulter seiner Kutte und riss ihn mit brutaler Kraft zu sich.

Der entsetzte Mönch schlug mit beiden Fäusten auf seinen Widersacher ein, doch vergeblich. Der Durchbohrte warf Sounek einen flüchtigen Seitenblick zu, grinste, zog den Mönch noch dichter zu sich und biss ihm die Kehle heraus. Der Schrei des Mönchs erstarb in einem grauenvollen, gurgelnden Knacken, während Sounek sich benommen erhob und die Treppe hinauflief.

Im zweiten Stock gelangte er an eine T-förmige Kreuzung, von der ein kurzer Flur abging. Hinter der nächsten Ecke hörte er Kinder weinen und die schrillen Stimmen panischer Erwachsener. Die Treppe in den dritten Stock lag jedoch dahinter, also lief er weiter. Zu seiner Erleichterung tauchte endlich Inryk aus dem Schatten unter dem Dach auf.

»Endlich!«, rief er. »Was hat Euch aufgehalten?«

»Ein unerwarteter Gast«, keuchte Sounek. »Mit einem ziemlich starken Willen ...«

Lautes Geschrei hinter ihm schnitt ihm das Wort ab. Ihm folgte ein gequältes Winseln.

»Ah, das müsste er sein.«

Die beiden Magier schauten sich um. Eine albtraumhafte Gestalt tauchte am Fuß der Treppe auf. Das Gesicht des Mannes war blutüberströmt, und Blut tränkte auch die Brust seiner zerlumpten Kleidung, aus welcher noch immer der zersplitterte Schaft des Speeres herausragte. Der Mann starrte zu ihnen hoch und verzerrte seine Fratze dann zu einem entsetzlichen Grinsen.

»Ihr müsst sterben«, knurrte er. »ER hat es mir befohlen ...!«

Mit einer Behändigkeit, die Sounek und Inryk gleichermaßen überraschte, sprang er die Treppe hinauf. Sounek zuckte unwillkürlich zurück, aber Inryk blieb stehen und schleuderte in rascher Folge drei Feuerbälle auf die Kreatur ab. Als sie den Besessenen trafen, brachen sie wirkungslos auseinander, und Kaskaden von Flammen und Funken stoben über das Holz und die Treppe. Sounek trat vor und schleuderte ihrem Widersacher einen mächtigen Gedankengesang entgegen, eine Faust aus Energie. Die unsichtbare Kraft traf den Durchbohrten mitten in die Brust und fegte ihn von den Füßen. Während er rücklings die Treppe hinunterfiel, brüllte er vor Wut. Sounek sah Inryk an.

»Zum Dach.«

»Hier entlang.« Inryk hastete zu einer offenen Tür rechts von der Treppe. Der Raum war dunkel, und es roch nach Weihrauch. Ein Fensterflügel stand offen und umrahmte den nächtlichen Himmel, der von Sternen übersät war. Inryk zog sich mit der Geschicklichkeit langer Übung hindurch, und Sounek hatte gerade sein Bein über den Fenstersims geschwungen, als sie polternde Schritte hörten. Als er zur Tür schaute, wurde das spärliche Licht aus dem Flur von einer dunklen Gestalt ausgelöscht, die fast im selben Augenblick in den Raum stürmte.

Sounek stieß einen Schrei aus und hechtete hinaus auf den schmalen Schiefervorsprung zwischen dem Fenster und der niedrigen Mauerkrone des Gebäudes. Der Durchbohrte sprang hinter ihm her und griff nach seinen Beinen. Sounek spürte seine Finger bereits an seinem Stiefelabsatz, doch da zog Inryk ihn weg und half ihm hoch. Ihr Verfolger knurrte heiser und kletterte ebenfalls auf das Dach hinaus.

»Er ist wirklich sehr hartnäckig«, bemerkte Inryk.

Sounek nickte. »Eine Eigenschaft, die ich an meinen Feinden nicht sehr schätze. Es bringt sie nur in Schwierigkeiten.«

Sie huschten so rasch über den Sims, wie das schräge Schieferdach des Refugiums es erlaubte. Auf der anderen Seite gähnte ein zwanzig Meter tiefer Abgrund. Ihr Verfolger verlor einmal fast das Gleichgewicht und kroch anschließend auf Knien hinter ihnen her. Die beiden Magier erreichten die Ecke des Daches, wo Inryk stehen blieb.

»Hier hängt das geknotete Seil«, erklärte er. »Wir schaffen es niemals bis zum Boden, bevor er das Tau erreicht.« Er deutete auf die Stelle, an der ein schweres Seil um einen eisernen Balken geschlungen war.

»Wir müssen ihn aufhalten. Oder wir laufen so lange um dieses verdammte Dach herum, bis wir noch abstürzen!«

Inryk nickte, und sie wirkten zusammen ein Sperrfeuer aus Gedankengesang-Zaubern, sandten Blitze und feurige Pfeile aus. Das hemmte ihren Verfolger zwar, und Sounek roch den ätzenden Gestank von versengter Haut und brennenden Haaren, dennoch näherte sich ihr Widersacher ihnen Zentimeter um Zentimeter. Die zerfetzte Kleidung des Mannes qualmte, und der verkohlte Schaft des Spießes ragte nach wie vor aus seiner Brust heraus.

»Es gibt eine Möglichkeit«, meinte Inryk schließlich. »Ich werde ihn angreifen und ihn über den Rand stoßen. Er wird mich vermutlich mit hinunterreißen, aber wenigstens ...«

»Nein, wartet, Inryk.« Sounek lächelte grimmig und deutete auf den abgebrochenen Speer. »Wir haben das Offensichtlichste übersehen. Hört zu ...«

Tashil und Atemor waren noch eine Straße von der Loge der Wächter entfernt, als ihr Bruder erneut einen kurzen Anfall von Geistesabwesenheit erlitt, den dritten, seit sie ihre Wohnung über dem Ladengeschäft verlassen hatten. Wie zuvor ging er langsamer und schleppender, wirkte orientierungslos, schaute sich verwirrt um und redete mit sich selbst. Glücklicherweise waren um diese nächtliche Stunde kaum Menschen auf den Straßen dieses Viertels unterwegs, also hatten sie keine unerwünschten Zuschauer. Tashil führte ihn zu einer niedrigen Mauer, wobei Atemor versuchte, sich ihr zu widersetzen, aber er war zu schwach und unkoordiniert. Es gelang ihr, ihn auf die Mauer zu setzen.

Tashil redete mit ihrem Bruder, wiederholte seinen Namen, und versuchte, ihn zu sich selbst zurückzurufen. Das Wirken dieses rätselhaften Geistes, der sich in Atemors Wesen gegraben hatte und versuchte, ihn aus seinem Selbst zu verdrängen, war schrecklich anzusehen. Seine Augen lagen wie glanzlose Scheiben in ihren Höhlen, während seine Lippen sich unaufhörlich bewegten und Worte in einer unbekannten Sprache stammelten. Manchmal vernehmlich, manchmal auch nur lautlos. Einmal richtete er sich auf und schaute nach Süden, zur anderen Seite von Sejeend, und sein Tonfall änderte sich, als stellte er einer unsichtbaren Wesenheit Fragen.

Tashil gab nicht auf, wiederholte immer wieder seinen Namen, schob ihm das Haar aus dem bleichen Gesicht und streichelte seine Hände, bis endlich so etwas wie Erkenntnis in seinen Augen aufflackerte. Gleichzeitig verriet sein Blick eine tiefe Furcht. Er holte zitternd Luft.

»War es so schlimm wie vorher?« Tashil wischte sich die Tränen aus dem Gesicht.

»Als ob ... du in Stimmen ertrinken würdest, Tash! Oder von Toten gejagt ...« Seine Stimme versagte vor Grauen, und er umklammerte fest ihre Hände. »Jedes Mal wird es klarer und stärker. Ich kann den Staub in ihrem Atem riechen und die Berührung ihrer Finger spüren ...« Er ließ ihre Hände los und schlug die seinen zitternd vor das Gesicht. »Hilf mir, Tash, ich bitte dich!«

Ihr war klar, dass sie jetzt stark sein musste. Also unterdrückte sie ihre Gefühle und drängte ihn, aufzustehen.

»Komm, wir sind fast da.«

Kurz darauf erreichten sie das Vordach vor dem Eingang der Wächterloge. Ein eisiger Wind fuhr durch die Bäume und fegte die Regentropfen von Blättern und Büschen. Eine Lampe brannte in einer Wandnische neben der Tür, vor der einer von Calabos' stämmigen Wachen stand. Der Mann nickte und ließ sie ein. In der dämmrigen Halle warteten noch drei weitere Wachen und der alte Enklar. Der kahlköpfige Leibdiener sah mit einem Blick, wie nass und durchfroren sie waren, und bedeutete ihnen, ihm zu folgen.

»Im Großen Salon brennt ein Kaminfeuer, Mylady«, sagte er. »Ihr solltet Euch beide aufwärmen.«

»Danke, Enklar. Das ist mein Bruder Atemor.«

Der alte Diener sah sich lächelnd um und neigte den Kopf. »Es ist mir eine Ehre, junger Herr.«

Atemor erwiderte seinen Gruß nur mit einem grimmigen Nicken.

»Enklar, sind Calabos und Dardan noch unterwegs?«

»Allerdings, Mylady. Die beiden sind kurz nach Euch weggegangen.«

»Haben sie vielleicht angedeutet, wann sie zurückkehren?«

»Nein, Mylady. Meister Calabos hat sich jedoch kalten Braten einpacken lassen, bevor sie gegangen sind. Anscheinend haben sie sich auf eine längere Reise vorbereitet.«

Im Salon war es hell und behaglich warm. Und es wartete schon jemand auf sie, ein kleiner Mann in einer staubigen Mönchskutte. Enklar stellte ihn als Bruder Graas vor und deutete auf einen Beistelltisch, auf dem Krüge mit Bier und Wasser nebst Bechern standen, bevor er hinausging. Tashil half ihrem Bruder aus seinem feuchten Umhang, den sie zusammen mit ihrem Mantel über einen Holzrahmen neben den Kamin hängte. Während sie das tat, stellte sie sich und Atemor Bruder Graas vor und fragte ihn, welchem Orden er angehörte.

»Ich gehöre zum Heilerkapitel der ErdenMutter, Mylady«, antwortete er. »Ich überbringe Herrn Calabos eine Nachricht von Bischof Waldemar von Hekanseh, die nur für seine Ohren bestimmt ist.« Er machte eine Pause. »Verzeiht meine Neugier, Mylady, aber wisst Ihr vielleicht etwas über das Feuer im Palast?«

Sie sah ihn verblüfft an. »Was für ein Feuer?«

Bruder Graas sah sie beinahe entschuldigend an. »Als ich mich Sejeend aus dem Norden näherte, nicht lange, bevor Ihr hierher gekommen seid, habe ich zufällig einige Worte mit einem Kräuterhändler gewechselt, der nach Adranoth wollte. Er erzählte mir, dass die Gestalter-Jünger den Palast in Brand gesteckt hätten. Alle, die sich im Tagfried aufhielten, seien verbrannt, einschließlich der Fanatiker selbst ...«

Tashil schüttelte entsetzt den Kopf. »Das wusste ich nicht, und mir ist auch nichts aufgefallen. Ich war auf andere Dinge konzentriert ...« Dann erinnerte sie sich an die Audienz, die auf Ilgarions Geheiß einberufen worden war. *Ayoni muss jetzt dort sein ... Es sei denn, sie ist verletzt ... Nein, wir wüssten es, wenn ihr etwas zugestoßen wäre ...*

Sie sah ihren Bruder an, aber der saß nur da und starrte in das Feuer. Wie schnell ihr gewohntes Leben aus den Fugen geraten war. Sie konnte nur hoffen, dass Calabos wusste, wie er diese finstere Wesenheit austreiben konnte, die sich in Atemors Seele eingenistet hatte, ohne ihn dabei zu zerstören. Sie hatte einiges über Austreibungsriten gelesen, und dieses Wissen machte ihr Angst. Sie kannte die Schäden, unter denen diejenigen litten, die eine solche Behandlung über sich ergehen lassen mussten.

Wenn Enklar Recht behielt, würde Calabos allerdings erst in einigen Stunden zurückkommen. Andererseits war es möglich, dass er umkehrte, wenn er von dem Feuer im Palast erfuhr ...

Sie seufzte und trat an den Beistelltisch. Das Bier sah einladend aus, aber sie entschied sich stattdessen für Wasser, von dem das delikate Aroma von Imilblüten aufstieg. Bruder Graas hielt bereits einen Becher in der Hand, also füllte sie zwei Becher und reichte einen Atemor. In diesem Moment hörte sie, wie im Flur eine Tür geöffnet wurde. Schritte und leise Stimmen näherten sich, aber sie gehörten Sounek und Inryk, nicht

Calabos und Dardan. Die beiden wirkten mitgenommen und angespannt, als sie den Salon betraten. Während Inryk sich einen großen Becher Bier genehmigte, ließ sich Sounek auf einen gepolsterten Stuhl fallen. Er sah vollkommen erschöpft aus.

»Calabos?«, fragte er heiser.

»Irgendwo in der Stadt«, antwortete Tashil. »Ich habe weder von ihm noch von Ayoni etwas gehört.«

»Ihr wisst von dem Feuer?«, erkundigte sich Inryk. Er hatte den Becher Bier in einem Zug geleert und schenkte sich bereits nach. »Auf unserem Weg hierher sind wir an einigen Aussichtspunkten vorbeigekommen. Ich konnte mit meinem Sichtglas einiges erkennen. Der Tagfried ist nur noch ein Haufen qualmender Schutt. Es stehen nur noch einige von Ruß geschwärzte Grundmauern.« Er hielt inne, runzelte die Stirn und sah Atemor an, der unbeteiligt zuhörte.

»Das ist mein Bruder Atemor«, erklärte Tashil rasch. »Und das ist Bruder Graas. Er hat Gerüchte gehört, dass Gestalter-Fanatiker hinter dem Feuer stecken. Stimmt das?«

»Jedenfalls scheinen viele Bewohner Sejeends das zu glauben«, erwiderte Sounek. »Der Mob hat Gestalter-Schreine und die Geschäfte der Glaubensanhänger niedergebrannt.« Er wechselte einen kurzen Blick mit Inryk. »Wir wurden sogar in einen Aufruhr am Westufer verwickelt ...«

Er umriss kurz seinen und Inryks Geheimauftrag im Amatellis-Refugium und wie der aufgebrachte Pöbel die Türen aufgebrochen hatte und hineingestürmt war. Die Schilderung seiner Flucht in das Stockwerk über dem Saal war schon spannend genug, doch als er den Besessenen erwähnte und seine Immunität gegen die Gesänge der Niederen Macht, gefror Tashil beinahe das Blut in den Adern. Sie erinnerte sich an ihre und Dardans Begegnung mit dem verhexten Hund.

Sounek erzählte gerade, wie ihr unerbittlicher Widersacher sie bis auf das Dach und an den Rand verfolgt hatte und offenbar immun gegen alle magischen Angriffe durch die Gedankengesänge war.

»Da kam mir die Lösung«, fuhr Sounek fort. »Die Niedere Macht war zwar nutzlos gegen ihn, aber körperliche Angriffe wirkten. Immerhin steckte der Schaft eines Speeres in seiner Brust. Also mussten wir ihn angreifen, während wir aus seiner Reichweite blieben ...«

»Dachschindeln«, fiel Inryk ihm ungeduldig ins Wort. »Wir haben Dutzende von Dachschiefern gelöst und sie mit einem Gedankengesang auf ihn geschleudert.« Er lächelte freudlos. »Sie haben ihn in Fetzen gerissen. Es dauerte trotzdem eine Weile, bis er sich nicht mehr rührte. Er hat um sich getreten und gebissen wie dieser Hund, den Ihr erledigt habt.«

Tashil spürte plötzlich, dass ihr Bruder sie anstarrte. Sie drehte sich um und erkannte die Angst in seinem Blick, die ganz offensichtlich von der grotesken Geschichte Souneks ausgelöst worden war. Sie legte ihm beruhigend die Hand auf die Schulter.

»Das ist beinahe alles«, schloss Sounek. »Abgesehen von einem weiteren interessanten Detail ...«

Bevor er weitersprechen konnte, kündigten Schritte und Stimmen Neuankömmlinge an. Diesmal waren es Calabos und Dardan, die ihre durchweichten Umhänge Enklar reichten. Calabos wirkte finster und grimmig, als er zu einem großen, verschlossenen Schreibtisch ging und ihn öffnete.

»Ich weiß von dem Feuer, Freunde«, sagte er, während er die Klappe des Schreibtisches hob. »Wir haben es von den Hafenanlagen der Westbucht gesehen, als wir versuchten, eine Fähre zu finden. Hat Ayoni sich schon gemeldet?«

Als die Anwesenden ihre Köpfe schüttelten, runzelte Calabos die Stirn. »In der Stadt herrscht allgemeiner Aufruhr, und es ist unmöglich, Botenläufer in den Palast oder hinaus zu schicken.« Er sah Tashil an. »Habt Ihr irgendwelche aufschlussreichen Gerüchte in den Schänken aufschnappen können?«

»Nur nichtssagendes Gerede«, erwiderte sie.

Er richtete seinen Blick auf Sounek und Inryk. »Und Ihr?«

»Wir sind mitten in einen Aufruhr geraten«, erklärte Inryk. »Wir hatten nicht viel Zeit für etwas anderes, außer ...«

Calabos schnitt ihm mit einer Geste das Wort ab, während er mit der anderen Hand Bücher und Unterlagen aus den überfüllten Fächern des Schreibtisches holte. »Wir haben vielleicht nicht mehr viel Zeit. Nachdem der Tagfried nur noch eine ausgebrannte Ruine ist, wird der Erzmagier wissen wollen, warum wir das nicht verhindern konnten ...«

»Ihr ...! Ich kenne Euch!«

Tashil fuhr furchtsam zusammen, als ihr Bruder plötzlich aufsprang. Sein Gesicht war eine wütende Fratze, als er Calabos anbrüllte.

»... ich kenne Euer Gesicht ... Woher kenne ich Euch?«

Mit geballten Fäusten wollte er sich auf Calabos stürzen, aber Tashil und die anderen packten ihn an Armen und Beinen, rangen ihn nieder und warfen ihn auf einen langen Diwan.

Mittlerweile schrie Atemor in einer unverständlichen Sprache, und nichts, was Tashil tat, ob sie sein Gesicht streichelte oder seinen Namen wiederholte, schien zu ihm durchzudringen.

»Wer ist das?«, wollte Calabos wissen.

»Mein Bruder Atemor.« Tashil war bestürzt. Sie schilderte hastig, wie Atemor in ihrem Haus aufgetaucht war und dass er offenbar von einem bösartigen Geist als Wirt benutzt wurde. »Er sagte, man hätte ihn gerufen. Was kann das bedeuten?«

»Ich fürchte, er ist ein weiteres Opfer dieser Welle von Hexerei«, meinte Calabos. »Aber ich glaube, ich kann diesen besonderen Fall von Wahn kurieren. Haltet ihn fest ...«

Er drehte sich um und eilte in die Eingangshalle.

»Was ist das für ein ... Wahn?« Dardan verstärkte seinen Griff um Atemor, dessen Gegenwehr stärker wurde.

»Ich glaube ... er leidet unter demselben Wahn wie der Mann, gegen den Sounek und Inryk gekämpft haben«, vermutete Tashil. »Er hat in meinem Geschäft auf mich gewartet und meinte, er habe einen magischen Ruf gehört ...«

Sounek war entsetzt. »Und dann habt Ihr ihn hierher gebracht?«

»Er ist mein Bruder«, fauchte Tashil wütend.

»Erkennt Ihr ihn denn jetzt noch?«, wollte Dardan wissen.

Sie betrachtete Atemor. Nichts in seinen Augen oder seiner Miene war ihr vertraut. Sie unterdrückte ein trockenes Schluchzen, als Calabos wieder auftauchte. Er hatte ein langes Objekt von etwa einem Meter fünfzig Länge bei sich, das in eine gemusterte Decke gewickelt war.

»Stellt ihn auf die Beine«, befahl er, trat um die hohe Rückenlehne des Diwans herum und baute sich vor ihnen auf.

Atemor tobte vor Wut, und es war körperliche Schwerstarbeit, ihn hochzuziehen, nachdem sie ihm die Füße zusammengebunden hatten. Als er sich in Augenhöhe mit Calabos befand, wurde er etwas ruhiger. Die beiden Männer maßen sich eine Weile mit Blicken. Tashil sah, wie Calabos' Miene sich verfinsterte, und sie nahm auch den Ärger wahr, der in seinen Augen aufflammte. Ohne den Blick von Atemor abzuwenden, griff er mit seiner freien Hand in das Ende des Bündels und glitt mit den Fingern unter die Decke. Tashil fragte sich, ob es ein magischer Stab sein konnte, den er für diese Art von Austreibung bereit hielt, oder eine Art Amulett ...

Ein metallisches Singen ertönte, als Calabos ein langes, doppelschneidiges Breitschwert herauszog. Die Klinge strahlte silbern und smaragdgrün. Alle starrten gebannt darauf.

Als Atemor die Waffe sah, knurrte er dunkel.

»Im Namen der Mutter!«, murmelte Inryk. »Ist das nicht ...?«

»Meister ...« Tashil bekam plötzlich Angst. »Was habt Ihr vor ...?«

»Vertraut mir«, sagte Calabos. Mit einer unerwarteten Leichtigkeit und Kraft sprang er mit ausgestrecktem Schwert auf ihren Bruder zu und rammte ihm die Klinge in die rechte Seite seiner Brust.

Die Anwesenden keuchten und fluchten, und Tashil schrie vor Entsetzen laut auf. Atemor erstarrte und stand wie angewurzelt da, den Mund halb geöffnet, und blickte ins Leere. Tashil hielt seinen Arm fest und spürte, wie sich seine Muskeln verkrampften. Eine Sekunde lang herrschte ein schreckliches

Schweigen. Dann riss Calabos das Schwert aus Atemors Brust. Tashil fühlte, wie die ungeheure Anspannung in ihrem Bruder plötzlich nachließ und sah, wie sein Gesicht erschlaffte. Aus der Wunde, die das Schwert in seine Brust gebohrt hatte, sprudelte kein Blut, kein einziger Tropfen.

»Lasst ihn los«, befahl Calabos, »und haltet Euch von ihm fern.«

Sie gehorchten. Tashil war die Letzte, die sich von ihrem Bruder löste. Die Wut und die fieberhafte Anspannung wichen aus Atemors Miene und seiner Haltung. Er wirkte benommen, schwankte, sackte auf die Knie und stützte sich mit der Hand auf dem Boden ab, während er die andere auf seine Stirn presste.

»... diese Schreie ...«, stöhnte er. »Es ... kreischt ...«

Nach diesen Worten sank er vornüber, blieb zitternd liegen und atmete keuchend. Tashil konnte den Anblick nicht ertragen und trat einen Schritt auf ihn zu, doch Calabos hielt sie mit einer brüsken Geste auf.

»Nein! Lasst ihn noch eine Weile in Ruhe!«

Noch während er sprach, verdunkelte sich eine Seite von Atemors Kopf, als würde sich ein großer, blauer Fleck bilden. Im nächsten Moment züngelten graue Tentakel aus dem Fleck und breiteten sich wellenförmig aus, bis sie sich von Atemors Schädel losrissen. Das Gebilde war aschgrau und formlos und hatte die Größe einer Kinderhand. Seine schwarzen Fasern bildeten eine Art Netz, das sich wie ein rauchiger Schleier bewegte. Tashil erschauerte, als sie es beobachtete. Mit ihren magischen Sinnen nahm sie die einschüchternde, tödliche Gefahr wahr, die von diesem Ding ausstrahlte. Alle beobachteten es wachsam und vorsichtig, nur Calabos musterte das gespenstische Gebilde angewidert und irgendwie bedrückt.

»Bleibt, wo Ihr seid«, befahl er leise. »Zwingt Euch zur Ruhe und ...«

Er unterbrach sich, als das Gespinst sich erhob und zu ihm schwebte. Calabos wich nicht zurück und zuckte nicht einmal zusammen, sondern hielt stattdessen das strahlende, silbriggrüne Schwert senkrecht vor seinen Körper, die Klinge nur wenige Zentimeter von seinem Gesicht entfernt. Das Gespenst stieg bis auf gleiche Höhe mit seinem Kopf, schwebte dort in der Luft und streckte seine grauen, wabernden Tentakel aus, die unmittelbar vor dem strahlenden Schwert innehielten. Dann bewegten sie sich weiter, als wollten sie um das Hindernis herumgleiten, aber ein Tentakel berührte das Metall ...

Tashil hörte in ihrem Kopf ein kurzes, ängstliches Heulen, in das sich wütender Hass mischte. Im nächsten Moment fegte das Gebilde durch den Raum und drang ungehindert durch die Wand neben den großen Fenstern. Calabos' Gesicht war schweißgebadet, aber er entspannte sich sichtlich und ließ das glänzende Breitschwert mit der Spitze voran zu Boden sinken. Tashil kniete sich neben ihren Bruder, der sich schwach bemühte, sich aufzurichten. Sie öffnete besorgt sein Hemd, aber seine Haut wies nicht die kleinste Wunde auf.

»Was war das?«, fragte sie, als sie Atemors Fußfesseln löste.

»Das würden wir auch gern wissen«, meinte Sounek. Inryk neben ihm nickte nachdrücklich. »Vor allem, weil das schon das zweite ist, das wir heute Nacht gesehen haben.«

Calabos straffte sich und sah die beiden an.

»Sprecht weiter.«

Sounek beschrieb eine gekürzte Version der Ereignisse in dem Gestalter-Refugium.

»Eines solcher Ereignisse könnte man vielleicht als absonderlich abtun«, meinte Dardan. »Aber zwei deuten darauf hin, dass mehr dahinter steckt.«

»Ich glaube, Ihr könnt meine Meinung erraten«, meinte Calabos.

»Fragmente des Herrn des Zwielichts«, sagte Tashil, während sie Atemor half, aufzustehen. »Sie sammeln sich ...«

»Sie werden versammelt«, berichtigte Calabos sie. »Hinter diesen Vorfällen steckt ein bösartiger, listiger Geist, derselbe, der diesen verhexten Ruf abgegeben hat, der so viele Unglückliche nach Sejeend lockte«, er deutete auf Atemor, »einschließlich unseres Gastes hier. Wie fühlt Ihr Euch jetzt, junger Mann?«

Atemor warf Tashil einen nervösen Blick zu. Sie lächelte ihn aufmunternd an.

»Es geht mir ... gut. Ich habe geträumt, dass Ihr mich mit dieser Klinge dort durchbohrt hättet, Herr, kurz bevor die schwarze Faust mich packte. Aber als ich aufwachte, war ich unversehrt.« Atemor sah auf seine nackte Brust, dann wieder auf Calabos. »Ist das gut oder schlecht?«

»Diese Frage kann ich nicht beantworten«, erwiderte Calabos. »Aber Ihr könnt Euch freuen, dass Ihr die Krankheit in Eurem Geist losgeworden seid.«

»Bei diesem praktischen Stechwerkzeug«, meinte Inryk, »handelt es sich nicht zufällig um die berühmte Doppelklinge, das Vereinte Schwert der Mächte?«

»Genau das ist es«, bestätigte Calabos, hob die Klinge und betrachtete sie ehrfürchtig. »Geschmiedet vom Erzmagier Bardow während der Belagerung von Besh-Darok, gestohlen un ter der Herrschaft Tavalirs des Vierten, und von einem alten Freund aus unwürdigen Händen gerettet. Er übergab es in meine Obhut. Es wird uns in den kommenden Tagen wertvolle Dienste leisten.«

»Und was genau werden wir in diesen vor uns liegenden Tagen tun?«, erkundigte sich Sounek. »Wir wissen ziemlich wenig über diesen Hexer.«

»Es könnte eine Verbindung zu den Anhängern des Gestalters geben«, spekulierte Dardan. »Falls es stimmt, dass sie den Fried niedergebrannt haben, wie die Leute behaupten.«

Sounek schüttelte den Kopf. »Irgendwie erscheint mir das nicht schlüssig. Wir wüssten mehr, wenn die Gräfin sich mit uns in Verbindung setzen würde.«

»Chellour und Dybel sind ebenfalls im Palast«, bemerkte Calabos. »Und auch sie haben seit dem Beginn von Ilgarions Audienz nichts von sich hören lassen.«

Tashil nutzte den Moment. »Ich könnte versuchen, sie auf

magischem Wege zu erreichen, Calabos. Die Vertrautheit zwischen Ayoni und mir reicht dafür aus.«

Der ältere Magier betrachtete sie einen Moment, lächelte schließlich und nickte. Tashil setzte sich auf ein Sofa, dessen Polster mit gestickten Weinranken überzogen waren, und atmete gleichmäßig ein und aus, um ihren Verstand zu reinigen und zu beruhigen. Mit ihren magischen Sinnen nahm sie die Gegenwart der Umstehenden wahr, aber sie musste ihre Wahrnehmungen konzentrieren und schob sie zurück, immer weiter zurück ...

Mauern wurden zu geisterhaften Barrieren, Sejeend zu einer Stadt aus Rauch und Glas, durch die ihre Sinne trieben. Sie wanderte zwischen den schwachen Auren tausender Geister hindurch, lauschte und suchte nach dem vertrauten Schwingen der Essenz von Ayoni. Schließlich entdeckte sie ihre Aura in einem Gebäude, das sie kannte – dem Kaiserlichen Palast. Doch als sie sich ihm näherte, spürte sie andere, stärkere Geister, die das Gebiet bewachten. Keiner schien jedoch zu bemerken, dass sie am Rand herumstrich, also ließ sie sich dichter herantreiben ... bis sie plötzlich durchdringend gemustert wurde. Sie hielt inne, bevor sie zögernd weiter vorrückte. Einen Moment fühlte sie sich von einer finsteren und gnadenlosen Präsenz beobachtet, die sich nicht die Mühe machte, ihre vernichtende Verachtung für sie zu verbergen.

Diese Begegnung erschütterte sie bis ins Mark, störte ihre Konzentration, und sie fand sich unvermittelt im Salon auf dem Sofa wieder, am ganzen Körper zitternd. Die anderen sahen sie erwartungsvoll an.

»Ayoni ist noch im Palast«, erklärte Tashil. »Aber sie ist eingesperrt und wird von normalen ebenso wie von magischen Wächtern beaufsichtigt.«

»Dybel und Chellour?«, erkundigte sich Calabos.

»Die beiden konnte ich nicht wahrnehmen«, gab sie zu. »Aber jemand im Palast hat mich entdeckt. Deshalb musste ich so rasch zurückkehren.«

Calabos kniff die Augen zusammen. »Ihr wart doch vorsichtig?«

»So vorsichtig wie möglich. Ich bin behutsam vorgegangen und habe meine Gedanken maskiert«, erklärte sie. »Aber diese Wesenheit hat mich sofort durchschaut.« Sie fröstelte. »Es war sehr unangenehm.«

Dardan lachte leise. »Unser erlauchter Erzmagier vielleicht?«

Calabos runzelte die Stirn. »Ich hätte Tangaroth nicht für so geistesgegenwärtig gehalten. Da sich Ayoni in seinem Gewahrsam befindet, müssen wir jedoch das Schlimmste annehmen. Er und seine Untergebenen dürften versuchen, den Rest von uns ebenfalls in ihre Gewalt zu bekommen.«

»Könnte der Erzmagier mit unserem Widersacher, diesem Hexer, unter einer Decke stecken?«, wollte Tashil wissen.

»Möglich wäre es ...« Calabos dachte einen Augenblick darüber nach und schüttelte dann den Kopf. »Nein, mein Instinkt sagt mir, dass er einem eigenen Plan folgt. Trotzdem wissen wir nicht genau, was im Palast passiert ist, solange wir keinen Kontakt mit der Gräfin aufnehmen können.«

»Vielleicht könnte ich zu Diensten sein«, mischte sich jemand zögernd ein. »Die Äbtissin ist eine gute Freundin von mir.«

Alle Blicke richteten sich auf den Sprecher, und Tashil überkam plötzlich ein schlechtes Gewissen.

»Verzeiht mir, Herr, dass ich Euch so vernachlässigt habe«, sagte sie zu dem Heilermönch, der geduldig auf seinem Stuhl an der Wand gewartet hatte. »Meister Calabos, das ist Bruder Graas aus Hekanseh.«

»Aus der Klause des Friedens«, fügte Graas hinzu, stand auf, trat vor Calabos und verbeugte sich knapp.

»Bruder Graas.« Calabos wirkte unsicher. »Euer Angebot, als unser Vermittler zu fungieren, ist uns höchst willkommen, aber Ihr seid gewiss aus einem anderen Grund hier.«

»Allerdings, Herr. Ich habe eine Botschaft von Bischof Waldemar, aber sie ist nur für Eure Ohren bestimmt.«

»Betrifft sie meinen Kusin?«

»Das tut sie.«

»Dann könnt Ihr offen sprechen«, meinte Calabos. »Alle hier sind vertrauenswürdig.«

»Wie Ihr wünscht«, erwiderte Graas. »Die Botschaft des Bischofs lautet: ›Richte dem Ehrenwerten Calabos aus, dass sein Kusin es vorgezogen hat, unser Haus zu verlassen. Wir führen eine gründliche Suche nach ihm durch.‹ Das ist alles.«

Calabos' Miene verfinsterte sich. Tashil hatte nicht gewusst, dass ein Verwandter von Calabos so nahe bei Sejeend lebte. Sie wollte Calabos gerade fragen, wer dieser Kusin war, als ihr einfiel, dass die Klause des Friedens dem Studium und der Heilung von Geistesgestörten diente. Vielleicht war es besser zu schweigen.

»Danke, dass Ihr mir diese traurige Mitteilung überbracht habt, Bruder Graas«, erklärte Calabos schließlich und wendete sich dann an die anderen Anwesenden. »Mein armer Kusin Gurric wurde von unseren Familienältesten in meine Obhut übergeben. Leider haben die Heiler von Hekanseh bisher nur wenig Erfolg bei der Besserung seines Zustandes erzielt.« Er schaute Bruder Graas an. »Überbringt bitte Bischof Waldemar nach Eurer Rückkehr meinen tiefsten Dank für seine Mühe. Könntet Ihr jedoch vor Eurer Abreise aus Sejeend noch Eure Freundin im Palast aufsuchen und ihr eine Nachricht für Gräfin Ayoni überbringen?«

»Ich bin gern bereit, es zu versuchen, Herr«, erwiderte Bruder Graas. »Vorausgesetzt, meine eigentliche Aufgabe wird dadurch nicht gefährdet.«

»Ich respektiere Euer Pflichtgefühl, Bruder. Teilt der Gräfin mit, dass unsere Pflicht uns zwingt, diese Loge sofort aufzugeben und Schutz außerhalb der Stadt zu suchen. Das ist alles.«

»Gehe ich mit Euch?« Atemor schaute von Calabos zu Tashil. »Bin ich Euer Gefangener?«

»Atti«, sagte sie, »überall lauern Gefahren ...«

»Der Hexer, der Euch in diese Stadt gelockt hat, kennt Euch jetzt«, fuhr Calabos ernst fort. »Er weiß außerdem, dass Ihr uns begegnet seid. Fallt Ihr ihm erneut in die Hände, seid Ihr nur ein kleiner Bissen für seinen unstillbaren Hunger. Bleibt bei uns, dann erwartet Euch vielleicht ein gnädigeres Schicksal. Die Entscheidung liegt bei Euch.«

Atemor wirkte bedrückt und verunsichert. Tashil beugte sich vor.

»Komm mit uns, Atti. Es ist sicherer.«

Ihr Bruder lächelte reumütig. »Unser Vater wird mir genug Vorhaltungen machen, wenn er das erfährt.«

»Solange du nur lebst und sie dir anhören kannst«, entgegnete Tashil, »soll er sagen, was er will.«

Calabos lächelte die beiden an. »Gut, das wäre also geklärt.«

Er rief seine Wächter zu sich, gab Befehle aus und wies jeden an, Ausrüstung und Proviant in die Eingangshalle zu bringen. Enklar sollte ihnen helfen. Als Tashil und ihr Bruder losgingen, um Decken und wasserdichte Umhänge zu besorgen, drehte sie sich noch einmal um. Calabos und der Heilermönch traten an den Kamin.

»Übrigens, Bruder Graas«, hörte sie Calabos sagen, »was nun diese Nachricht an die Gräfin betrifft …«

Coireg Mazaret hatte eine lange und seltsame Nacht hinter sich. In unregelmäßigen, klarsichtigen Momenten schienen die schattigen Straßen der Stadt an ihm vorbeizuziehen. Er erinnerte sich an kurze Eindrücke der Landschaft um Hekanseh, an vage Bilder von einer Fahrt auf einem hölzernen Karren, Bruchstücke von gepflasterten Straßen und den tintenschwarzen Einmündungen von unbeleuchteten Gassen. In sein Gedächtnis hatten sich jedoch auch andere Visionen eingegraben, zum Beispiel die eines großen Feuers im Palast, dessen grelle Flammen wie Zungen und zuckende Schleier in den düsteren Himmel gestiegen waren. Oder von einem wütenden Mob, der sich Keulen und Speere schwingend durch die Stadt wälzte. Oder an die Flucht vor Bettelkindern, die ihn mit Steinen bewarfen, an ein Versteck in einem kleinen Park westlich des Stadtzentrums, auf einer Anhöhe in der Nähe der Klippen.

Dort gewann Coireg für einen langen, wohltuenden Moment seinen Verstand zurück, und zu seiner Überraschung verließ ihn diese Klarheit nicht mehr. Er orientierte sich allmählich und merkte, dass er in hohem, feuchtem Gras kauerte, den Kopf zwischen den Knien. Vorsichtig hob er den Blick, musterte das Dunkel und leckte sich die trockenen, gesprungenen Lippen. Danach richtete er sich auf. Im Gras vor ihm wuchsen kleine Wurzeln, Knollen und Pilze, und er hatte einen sandigen, bitteren Geschmack im Mund. Er lachte zitternd. Offenbar hatte sein verrücktes anderes Selbst versucht, einen Gifttrank für irgendeinen boshaften Zweck zu brauen. Doch er schien ihn nur beruhigt zu haben. Vielleicht hatte er ihm ja sogar den ersehnten Schlaf geschenkt.

Coireg ließ sich zurücksinken, legte den Kopf in den Nacken und sog tief die kühle, nach Pflanzen duftende Luft des Parks ein. Er war immer noch er selbst, doch das Gefühl der Erleichterung erstickte er im Keim. Besser, wenn er seine Gefühle eisern unter Kontrolle hielt. Er konnte sich an zahllose ähnliche Situationen in den drei Jahrhunderten seines unberechenbaren Lebens erinnern. Erst letzte Nacht hatte er wie jetzt gerade eine lange Periode der Ruhe in seinem schäbigen, dämmrigen Raum erlebt, glücklich mit einem Federkiel und Tinte herumhantiert und Notizen in sein Tagebuch eingetragen.

Da hörte er ein undeutliches Summen, wie eine schwache Brise, das erst zu einem murmelnden Flüstern, dann zu einem vielsprachigen Rufen anschwoll, unter dessen Oberfläche eine tiefe, weit entfernte Stimme einen unaufhörlichen Strom von Silben intonierte. Schließlich fegte die Stimme wie ein Orkan durch seinen Verstand, wirbelte seine Gedanken durcheinander und beraubte ihn aller Hoffnung. Nur aus einem verzweifelten, primitiven Reflex heraus klammerte er sich an sein Bewusstsein, bevor sich sein wahnsinniges Ich rührte, sein Coireg-Selbst verdrängte und den reißenden Strom unheimlicher Macht willkommen hieß.

Er war dem Ruf gefolgt, aus der Klause des Friedens geflohen und hatte sich auf eine wilde Jagd durch die Nacht gemacht, die ihn schließlich in diesen verlassenen, verwahrlosten Park führte, von dem aus er den Hafen sehen konnte.

Jetzt entspannte Coireg sich, genoss den Frieden unter den Bäumen und Büschen, lauschte dem leisen Rascheln der kleinen Lebewesen im Blattwerk über seinem Kopf und in den von Unkraut überwucherten Blumenbeeten ein paar Schritte entfernt. Dennoch verharrte sein Bewusstsein in unterschwelliger Anspannung, die von der Bürde der Vergangenheit herrührte, der Erwartung des Sturzes in die Leere.

»Ich warte auf das Vergessen«, flüsterte er in die Dunkelheit.

»Das mag irgendwann kommen«, antwortete eine tiefe Stimme zwischen den von Kletterpflanzen überwucherten Bäumen. »Die Dosis, die er verschlungen hat, sollte ihn für einige Stunden in Eurem Verstand schlummern lassen. Wenn er jedoch daraus erwacht, dürfte er schwerlich dieselbe Mischung von Zutaten noch einmal schlucken.«

Coireg fühlte sich zugleich beunruhigt und resigniert.

»Woher wisst Ihr ... Wie könnt Ihr meine Qualen kennen? Wer seid Ihr?«

»Mein Volk ist mit gewissen, ungewöhnlichen Gaben ausgestattet. So können unsere Blicke die Hülle des Lebens durchdringen und entblößen daher etwas von dem wahren Sein, das darunter liegt.«

Die Schatten unter den Bäumen bildeten nur vage Umrisse, die keinerlei Hinweise auf die Identität des Sprechers verrieten.

»Und was liegt unter meiner Haut?«, fragte Coireg hoffnungslos.

»Ein Verstand, der geteilt ist«, kam die Antwort. »Und in dessen Rissen und Spalten die Glut einer uralten Macht haust. Euer Äußeres gleicht dem eines Mannes in seinem fünften Lebensjahrzehnt, ich jedoch erkenne, dass Ihr viel, viel älter seid ...«

Coireg geriet in Panik und sprang auf.

»Was? Das ist ... lächerlich!«, rief er. »Närrisches Geschwätz!«

»Ihr habt keinen Grund zur Sorge«, erwiderte die Stimme. »Außer uns beiden befindet sich niemand in diesem Gehölz, und wenn Ihr gehen wollt, werde ich Euch nicht daran hindern. Falls Ihr es allerdings tut, seid versichert, dass Euer dunkleres Ebenbild erwachen und Euch erneut in den Abgrund des Vergessens stürzen wird. Begleitet Ihr mich dagegen zu meinem Schiff, kann unser Heilkundiger einen Trank zubreiten, der Euer anderes Selbst für immer daran hindert, aus den Tiefen Eures Verstandes aufzutauchen.«

Unsicherheit und Furcht schlugen jäh in Hoffnung um, die Coireg beinahe übermannte. Er wusste jedoch nicht, ob er dem Sprecher trauen konnte und was von dessen Angebot zu halten war.

»Woher soll ich wissen, ob ich Euch glauben kann?«, wollte er wissen. »Warum zeigt Ihr Euch nicht?«

Statt einer Antwort hörte er das Rascheln von Blättern und das Knacken von Zweigen. Im nächsten Moment tauchte eine große Gestalt aus dem Schatten auf. Mittlerweile erhellte der erste Silberstreif des Morgengrauens den Horizont, und Coireg konnte ein langes, hageres Gesicht unter einer ungepflegten Haarmähne erkennen. Der Mann trug einen langen, dunklen Umhang, und seine leeren Hände hingen locker an seiner Seite herunter.

»Wie heißt Ihr?«, fragte Coireg.

»Nennt mich Qothan. Und Ihr?«

»Coireg. Coireg Mazaret!«, erwiderte er trotzig.

»Das erklärt eine Menge«, erwiderte der Mann.

Coireg starrte ihn an. »Wird Euer Arzneihändler mir einen Trank geben, der dieses Monster in meinem Kopf für immer zum Schweigen bringt?«

»Ich habe in der Vergangenheit miterlebt, wie er solche Mittel gebraut und angewendet hat, ja.«

»Dann begleite ich Euch zu Eurem Schiff.«

Noch während er das sagte, überkam Coireg das Gefühl, dass dieser Moment vorherbestimmt war. Zwar quälten ihn nach wie vor Furcht und Unsicherheit, und er verspürte Gewissensbisse, weil er nicht zuerst Calabos aufgesucht hatte, aber dieser Weg hatte auf ihn gewartet. Qothan bedeute ihm mit einer Handbewegung, ihm zu folgen, und Coireg ging hastig über die grasbewachsene Lichtung zu einem Pfad, der zu einem Tor in den Hecken führte, welche den Park umringten, und von dort auf eine gepflasterte Straße zum Hafen, wo ein Wald aus Masten und Sparren in der Dünung schwankte.

»Ihr sagtet, Euer Volk würde ungewöhnliche Talente besitzen«, meinte Coireg. »Zu welchem Stamm oder Clan gehört Ihr denn?«

Qothan ging einen Moment schweigend weiter. »Auf unseren Reisen entlang dieser und anderer Küsten haben wir verschiedene Namen angenommen und viele verliehen bekommen. Neue Loyalitäten brachten neue Namen, was nur recht ist, da die Zeit und die Gezeiten die alten zu Staub zermahlen haben.« Plötzlich schienen seine eigenen Worte ihn zu verstimmen. »Kurzum, Herr Mazaret, einst waren wir die, welche dienten. Zu jener Zeit kannte man uns unter dem Namen Dämonenbrut.«

Zweiter Teil

10

In die grauen Schleier des Ozeans,
Dem riesigen Leichentuch der Welt,
Werfen wir Eure Haut und Eure Knochen,
Sicher in diesem ewigen Grabmal,
Gefangen in den eisigen Tiefen,
Zerfressen vom trostlosen Abgrund.

RALGAR MORTH, DIE SCHWIMMENDE FESTUNG,
GESANG XXIII

Die *Muräne* glitt nur langsam durch die Nebelbänke, obwohl sie jeden verfügbaren Fetzen Segeltuch gesetzt hatte, um die unbeständige Morgenbrise einzufangen. Die Mannschaft ging ihrer Arbeit nach, schoss die Seile auf, lotete mit dem Senkblei die Tiefe aus oder schrubbte die Decks. Doch der graue Schleier legte sich über ihre Aktivitäten und unterdrückte jedes Lachen ebenso wie alle Gespräche. Selbst das Knarren der Bäume und Sparren war gedämpft. Und der regelmäßige Schlag der Glocke der *Muräne* war kaum mehr als ein dumpfer Gong.

Auf dem Ruderdeck lag Kapitän Bureng auf der zerschlissenen Bank aus Weidengeflecht, die man aus seiner Kajüte heraufgetragen hatte. Vor ihm lag auf einem stockfleckigen Kissen aus roter Seide der Kodex des Crevalcor, dessen vergilbte Seiten er mit einer Hand niederhielt, während er mit der anderen in regelmäßigen Abständen eine kurze Tonpfeife an die Lippen setzte, aus der er einen süßen, berauschenden Zug nahm.

Während seine Augen die eckigen Buchstaben auf den zerknitterten Seiten überflogen, waren seine geschärften Sinne auf die nebligen Gewässer um ihn herum gerichtet, auf den Kurs der *Muräne* und auf die Stimmung seiner Mannschaft. Seine Absicht, die Reste von Hanavoks Flotte zu suchen, hatte abergläubische Angst in ihnen geweckt, und mittlerweile schnürte ein dichtes Netz aus Furcht sie ein.

Was für Kinder!, dachte er. Selbst Flane und Logrum ... allmählich begreife ich es. Ich werde euch schon noch dazu bringen, an mich und meine Bestimmung zu glauben, euch alle, letzten Endes. Er lachte leise. Doch zuerst muss ich Sejeend erobern, es meinem Willen unterwerfen und herausfinden, wer mich dorthin lockt ...

Er bekam plötzlich Durst und hob die Hand. Einen Augenblick später tauchte Rikken mit einem bronzeverzierten Humpen heißen Weines auf. Ein starkes Aroma stieg aus dem Gefäß auf, und Bureng nahm es Rikken ab. Er sog noch einmal an der Pfeife und stieß eine Rauchwolke aus, bevor er den Humpen an die Lippen setzte und einen tiefen Schluck trank. Der Wein ergoss sich wie ein glühendes Rinnsal in seinen Magen, und der Geschmack erschien ihm ungeheuer intensiv. Seit dieser Nacht in der Umbril-Bucht, in der ihm seine Bestimmung offenbart worden war, hatten seine Sinne sich ungemein verstärkt. Er konnte Tiefe und Schichten von Gerüchen, Geschmäckern und Klängen wahrnehmen, ja, er merkte sogar, wann jemand log, indem er nur seinen Worten lauschte und den Geruch seiner Haut aufsog.

Aus diesem Grund verärgerten ihn die Unterhaltungen mit Flane, dem Kapitän der *Seeschlange* so sehr. Dieser Kerl log, wenn er nur den Mund aufmachte.

Bureng leerte den Humpen und hielt ihn Rikken hin, damit er ihn erneut füllte. Dabei bemerkte er, dass sein Maat über seine Schulter auf das geöffnete Buch starrte. Ertappt zuckte Rikken zusammen und hätte Bureng den Becher beinahe wieder aus der Hand gerissen.

»Entschuldigt, Käpt'n! Ich wollte nicht ...!«

»Schon gut, genug!« Bureng amüsierte das furchtsame Zittern des Mannes. »Bist von deinen Augen betrogen worden, was, Rikken? Du kennst also die Sprache der Grauen Eminenz?«

»N... nein, Käpt'n!«

»Hast du dann wenigstens genug Verstand, die Zeichen der uralten und vornehmen Othazi-Schrift lesen zu können?«

Rikken schüttelte den Kopf.

Bureng lächelte. Er war sich bewusst, dass alle Männer auf dem Ruderdeck zusahen und zuhörten. Also legte er seine gespreizte Hand auf die uralten Seiten des Kodex und tippte fünfmal sachte auf die eckigen, miteinander verschlungenen Zeichen, die er studiert hatte.

»Crevalcor wusste es«, erklärte er. »Er war ein Nigromant des BrunnQuell, der wusste, wie man die Macht anzapft, sie konzentriert, und er wusste auch, wie man die Toten zum Gehorsam zwingt ...«

Ein paar Schritte hinter ihm schüttelte sich der Steuermann am Ruder, während andere Fetzen nutzloser Gebete murmelten oder verstohlen irgendwelche Zeichen gegen böse Geister machten. Bureng nahm davon jede Einzelheit wahr, redete jedoch unbeeindruckt weiter.

»Seine Schriften sind klar und enthalten eine Fülle von Anleitungen. Fünf metallene Objekte müssen aus den Wracks von Hanavoks Flotte geborgen werden. Sobald wir sie mit den Glyphen beschriftet haben, werden sie uns ausgezeichnete Dienste leisten ...«

Er hielt inne, als er plötzlich etwas in der Nähe spürte. Er klappte das Buch zu und stand auf.

»Wir sind dicht dran«, erklärte er. »Sehr dicht. Ausguck! Was kannst du sehen?«

»Auf Backbord und achtern nichts in Sicht, Käpt'n«, antwortete eine Stimme vom Heckmast.

»Ich sehe eine Küste, Steuerbord voraus!«, rief ein anderer Ausguck.

»Endlich, die Sichelbucht!«, meinte Bureng. »Glocke, Schlag verdoppeln!«

Die Glockentöne hallten durch den Nebel. Das war das verabredete Zeichen, dass sie ihr Ziel erreicht hatten. Der Wind wurde stärker und riss die Nebelwand auf, aber Bureng brauchte weder freie Sicht noch Sonne. Er wusste genau, wo Hanavoks Wracks auf dem Meeresboden faulten. Das Zusammenspiel zwischen seinen geschärften Sinnen und seiner Bestimmung leitete ihn, als säßen zusätzliche Augen in seinem Schädel, die Dinge sahen, die den anderen verborgen blieben. Er wusste, wo die Wracks lagen. Mit dem Buch Crevalcors unter dem Arm baute er sich neben seinen Rudergängern auf, befahl Kurswechsel, ließ die Segel reffen und manövrierte die *Muräne* über eine Stelle, die kaum eine Viertelmeile vom Ostufer der Bucht entfernt lag.

»Wir ankern!«, rief er. »Rasch! Wir wollen nicht auf die Felsen auflaufen, wie es Hanavok passiert ist.«

Während auf dem Hauptdeck plötzlich geschäftiges Treiben ausbrach, blieb Bureng stocksteif stehen und schien auf das hügelige Land hinter dem Strand der Bucht zu starren. In Wirklichkeit richtete er seine Sinne jedoch in die Tiefe unter seinem Schiff, und nach einigen Klaftern nahm er regungslos daliegende schattige Rümpfe zwischen spitzen Felsen wahr, um die gemächlich Gabelflossenhaie kreisten.

Das ist der Ort, dachte er. Der Friedhof von zahllosen Schiffen, ein kaltes, trostloses Gefängnis. Das ich schon bald zwingen werde, seine Geister freizugeben.

Er rief seine Leutnants zu sich und gab ihnen Befehle. Zum Schluss nahm er sich den Mann vor, der die Tauchmannschaften beaufsichtigte.

»Ich will vor allem Dinge, die aus Gold oder Silber sind, Arik«, erklärte Bureng. »Danach Eisen, Bronze oder Kupfer. In etwa vier Glasen rufe ich die Boote zurück. Deine Männer sollen sich sputen!«

»Aye, das werden sie«, erwiderte Arik, ein stämmiger, kahlköpfiger Mann, den der Rest der Mannschaft nur unter seinem Spitznamen *der Bulle* kannte.

»Und Münzen«, fuhr Bureng fort. »Ich brauche viele kleine Wertgegenstände, Perlen oder Edelsteine, so viele, wie du finden kannst.«

Als der Bulle sich zu seinen Tauchern gesellte, die bereits über die Reling kletterten, sah Bureng den Verfluchten Rikken, der immer noch an dem Feuerkorb stand, wo er den Wein erhitzte.

»Rikken.« Er winkte den Mann zu sich. »Wir bekommen bald Gäste. Also geh in die Kombüse und schaff ein Fass Bier, einen Krug Goldwasser und ein halbes Dutzend Becher heran.«

»Aye, Käpt'n.« Rikken eilte hastig unter Deck.

Wie leicht er zu erfreuen ist und wie rasch einzuschüchtern, dachte Bureng. Man kann sich keinen besseren Diener wünschen.

Als die Beiboote mit den Tauchern von der *Muräne* wegruderten, tauchten langsam die grauen Umrisse der anderen Piratenschiffe aus dem Nebel auf. Sie folgten dem Läuten der Schiffsglocke, und ihre geisterhafte Erscheinung löste sich auf, als der Wind den Nebel vertrieb. Bureng marschierte über das Ruderdeck, den Kodex des Crevalcor immer noch unter dem Arm, während er regelmäßig zu den Beibooten hinübersah, die jetzt an ihren Ankerketten dümpelten. Dabei spürte er die ganze Zeit, wie die vier anderen Kapitäne die Taucher von ihren Schiffen aus beobachteten. Sie warteten darauf, dass er das Versammlungsbanner hisste, um sie an Bord zu bitten.

Seine geschärfte Wahrnehmung verriet ihm, dass Raleth eine Münze in die Luft warf. Zanuur schrieb Tagebuch, und Logrum schleuderte Dolche in ein hölzernes Schott. Flane dagegen schaute einfach nur über das Meer.

Die Sonne war bereits hinter orangefarbenen Wolken verschwunden, als einer von Burengs Männern die verabredete Zeit glaste. Bureng schloss das Buch und nickte.

»Hisst die rote Flagge«, befahl er, »und holt sie rein!«

Als die Taucher das Signal sahen, stellten sie ihre Tauchgänge ein. Als der Letzte an Bord war, ruderten die Beiboote zur *Muräne* zurück. Kurz darauf wurden triefende Säcke mit Beute zum Ruderdeck weitergereicht, wo Bureng einen Klapptisch hatte aufstellen lassen. Während er zusah, leerten zwei Schiffsjungen den ersten Sack aus und sortierten eine Vielzahl unkenntlicher Objekte aus, die vom Schlamm des Meeresbodens überzogen waren.

Bureng wählte gelegentlich den einen oder anderen Gegenstand aus, der in ein großes Bassin mit Wasser geworfen und sauber geschrubbt wurde, damit man ihn erkennen konnte. Meistens waren es jedoch nur Tonscherben, Knochen oder Schädelfragmente, und zweimal gemeißelte Marmorornamente eines Schotts. Während der Inhalt der Säcke nacheinander untersucht und aussortiert wurde, verdüsterte sich Burengs Stimmung immer mehr, bis ihm schließlich der Geduldsfaden riss.

»Abfall«, knurrte er, »Abfall und Dreck!« Er schaute den Bullen an, der sichtlich nervös am Ende des Tisches stand. »Hast du nicht zugehört? Ich brauche Metall, selbst eine einfache Gürtelschließe würde genügen, aber das hier ...!« Während er sprach, wurde ein weiterer Sack ausgeschüttet, dessen Inhalt nur aus Algen, Segeltuchfetzen, verrotteten Lederschuhen und Tonscherben bestand. Bureng verfluchte den schmutzigen Müll und wollte gerade seine Wut an den Tauchern auslassen, die sich furchtsam auf dem Hauptdeck versammelt hatten, als schließlich der vorletzte Sack geleert wurde. Sein Inhalt klapperte dumpf auf dem Tisch. Alle schauten hin, als sich die schlammbespritzten Schiffsjungen wie wild auf den Inhalt stürzten. Neben dem verfaulten Tuch, den zerfetzten Netzen und dem Kieferknochen eines Pferdes befand sich darunter auch ein Stück einer Eisenkette, das etwa einen Meter lang war.

Vielleicht kann uns das ja von Nutzen sein, dachte Bureng, wenn wir keine Münzen herausgefischt haben.

Er runzelte die Stirn und nickte. Die Kette wurde gesäubert und zur Seite gelegt.

Danach kamen in rascher Folge bessere Funde ans Licht. Ein runder Bronzeschild, ein schlichter Eisenhelm, eine bronzene Laterne, die Messingstatuette eines Bären und ein kleiner, silberner Handspiegel, dessen Oberfläche korrodiert war. Der letzte Sack enthielt dagegen wiederum Knochen, einige zerfressene Stücke Tauwerk, ein paar Spielsteine und eine kleine, mit eisernen Bändern eingefasste Kiste, in der es dumpf klapperte, als Bureng sie schüttelte. Ein Hieb mit einer Handaxt zerbrach das verrostete Schloss, und ein Schwall von Schlamm und Sand ergoss sich auf den Tisch, zusammen mit etwa zwanzig Gold- und Silbermünzen. Bureng lächelte, und sein Lächeln spiegelte sich auf den Gesichtern seiner Mannschaft wider.

»Gut, gut,« meinte er, nahm eine Hand voll Münzen und ließ sie klimpernd in die Kiste zurückfallen. »Hol von Grezak, dem Schlosser, einen Hammer und eine Zange«, befahl er einem der Schiffsjungen, »zerteile die Kette und leg die einzelnen Glieder zu den Münzen.« Er sah den anderen Jungen an. »Schaff den Rest von diesem stinkenden Abfall weg, und wisch den Tisch ab. Ich will, dass er sauber und trocken ist, hörst du?«

Während die beiden hastig ihre Aufgaben erledigten, richtete sich Bureng auf und schnupperte. Die Sonne war bereits untergegangen, und das Abendrot wurde allmählich vom Grau der aufziehenden Nacht erstickt. Es war kühl und feucht, und ein unbeständiger Wind blies vom Strand heran. Es wird kälter, dachte er, aber es wird eher Nebel geben als Regen. Dann fiel sein Blick auf Rikken, der an der hölzernen Reling des Ruderdecks stand, an die er einen geschlossenen Weidenkorb gehängt hatte.

»Alles bereit für unsere Gäste, Rikken?«

Rikken grinste, drehte sich um, öffnete den Korb und zeigte Bureng die kurzen Hälse von zwei Tonkrügen, die mit Stopfen verschlossen waren. »Alles bereit, Käpt'n.«

»Sehr gut. Also, hisst das Versammlungsbanner. Es wird Zeit, eine herzliche Einladung auszusprechen ...«

»Die anderen Schiffe haben bereits ihre Boote zu Wasser gelassen, Käpt'n«, sagte Ferm, einer seiner Leutnants. »Eins ist schon fast bei uns.«

Bureng nickte, als sein inneres Auge ihm das Sichtbare und Unsichtbare zeigte. Da kommt Zanuur, der seine Tagebucheintragung beendet und das Buch zugeschlossen hat. Hinter ihm Logrum, der davon träumt, Sejeend zu plündern, der Dritte ist Raleth und der Letzte Flane, ein verdammt gefährlicher Mann ...

Er lächelte über diese Gedanken, über seine eigene Weisheit

und Umsicht. Es freute ihn, wie sie beinahe aus eigenem Willen aus seinem Bewusstsein aufzusteigen schienen. Vielleicht war dies die geheime Stimme seines Schicksals, die über ihn wachte und ihn führte.

Kurz darauf stieg der dunkelhäutige Zanuur auf das Ruderdeck. Er trug ein ledernes Kopftuch, das mit Halbedelsteinen besetzt war und sein langes, braunes Haar zurückhielt. Der Mann lächelte ein wenig verächtlich.

»Warten kann eine Last sein«, sagte er. »Deshalb bin ich schon hier. Meine Kameraden kommen ebenfalls bald.«

Bureng zuckte mit den Schultern. »Einige Dinge darf man nicht überstürzen, Zanuur, also musst du noch warten. Rikken, kredenze dem Mann einen Schnaps.«

Er stellte sich hinter den Klapptisch, der jetzt sauber und mit einem am Rand zerfetzten Tuch aus blauem Satin bedeckt war. Darauf waren die Metalltrophäen ausgebreitet. Er schlug den Kodex des Crevalcor auf und musterte die verschlungenen Zeichen, folgte den Linien und Schleifen, den sich wiederholenden Mustern und Emblemen, die alle die überschäumende Macht des BrunnQuell kanalisieren sollten, um bestimmte Wirkungen zu erzielen. Aber nur wenn die Muster mit einer Aura von Macht graviert wurden, konnten sie Crevalcors Absichten erfüllen. Also zog Bureng aus seinem langen, schweren Mantel den Stichel eines Juweliers und klärte seinen Verstand. Jetzt konnte der scharfe Strom des BrunnQuell ihn durchdringen, bis er seinen Geschmack in seinem Mund kostete und sein grünes Funkeln in seinen Augen leuchtete. Als er fühlte, wie die Macht in seinen Fingern kribbelte, welche den mit einer diamantenen Spitze bestückten Stichel hielten, beugte er sich vor und betrachtet das erste Muster in dem Kodex. Dann zog er die bronzene Laterne zu sich und begann sein Werk.

Er richtete seinen ganzen Willen und seine ganze Aufmerksamkeit auf diese Aufgabe, dennoch nahm ein Teil seines Verstandes seine Umgebung wahr. Zanuur, der Rikkens Bier kostete und dann nach Goldwasser verlangte. Logrum von der

Herrin der Säbel, der sich nach seiner Ankunft gleich einen Krug von beidem geben ließ, Raleth von der *Eisernen Faust* war der Nächste. Er entschied sich für einen Humpen Bier. Flane kam als Letzter, obwohl die *Seeschlange* am nächsten zur *Muräne* lag.

Bureng war mit der Gravur der Laterne schon zur Hälfte fertig, als Flane an Deck kletterte. Er spürte den grimmigen Blick des Korsaren von dem Moment an, in dem er auf das Ruderdeck trat, die anderen ignorierte und zum Ende des Tisches ging. Einen Moment passierte gar nichts, dann nahm Flane beiläufig den Eisenhelm in die Hand und untersuchte ihn genauer ...

»Sei so freundlich«, sagte Bureng gelassen, »und fass nichts davon an.«

Die Drohung in seiner Stimme war unüberhörbar. Alle beobachteten die beiden Männer. Flane achtete jedoch nicht darauf, als er mit dem Daumennagel über einige Dellen in dem Helm fuhr.

»Wozu dient das alles?«, fragte er.

Es kostete Bureng alle Willenskraft, seine Fassung zu bewahren und gleichzeitig die Kontrolle über den Strom der BrunnQuell-Macht aufrechtzuerhalten. Er hob die glänzende Spitze des Stichels von der Laterne und sah Flane an.

»Ich habe es doch bereits erklärt«, sagte er. »Die Hexerei des Nigromanten, erinnerst du dich, Kapitän? Jedes dieser Objekte wird ein Fetisch mit großer Macht, und ihr alle werdet einen bekommen ...« Er trat zur Seite, nahm Flane gelassen den Helm aus den Händen und legte ihn wieder auf den Tisch. Flane leistete keinen Widerstand. »Aber noch nicht.«

Er kehrte zu der Laterne zurück, setzte den Stichel an und fuhr mit seiner Arbeit fort.

»Ich verstehe auch etwas von Magie«, sagte Flane. »Vielleicht kann ich dir helfen, die Angelegenheit etwas zu beschleunigen.«

»Deine Fähigkeiten werden nicht genügen, Kapitän. Hab Geduld.«

»Nun, wenn ich dir irgendwie sonst helfen kann ...«

»Nein, ich brauche nichts von dir.«

»Auch das hier nicht?«

Es klimperte leise, als etwas auf dem Tisch landete. Bureng blickte hoch und sah einen etwa faustgroßen Beutel, aus dessen locker verschnürter Öffnung sich Goldmünzen ergossen.

»Ich habe einen meiner Leute zu den Wracks hinuntergeschickt«, fuhr Flane fort. »Er kam damit wieder hoch.«

Bureng sah Flane an und hielt dessen prüfendem Blick stand.

Ein gefährlicher Mann, sagte seine innere Stimme. Er könnte deine Pläne gefährden und den Glanz deines Schicksals beschmutzen. Du musst dich seiner entledigen, aber jetzt noch nicht. Er wird dir schon bald Grund genug liefern, ihn zu zerschmettern. Doch jetzt ist er nützlich ...

Bureng grinste wölfisch, griff nach dem Beutel und kippte ihn aus.

»Die sind allerdings nützlich. Die fünf Fetische, die ich schaffen will, dienen als Quelle des Wiederbelebungszaubers, während diese Münzen und die anderen durch Hexerei an die Fetische gebunden und an den Wracks in der Tiefe befestigt werden. Damit verankern sie dort die Macht des Zaubers.« Er lächelte höhnisch. »Ist deine Neugier befriedigt, Flane?«

»So gerade eben«, erwiderte der Kapitän der *Seeschlange*. »Für den Augenblick jedenfalls.«

Er kehrte Bureng den Rücken zu und starrte auf das dämmrige Ufer der Sichelbucht. Bureng musterte ihn einen langen, hasserfüllten Moment lang und konzentrierte sich dann wieder auf die vor ihm liegende Aufgabe.

In der nächsten Stunde machten Raleth und Logrum wüste Scherze, und jeder versuchte, den anderen mit Obszönitäten zu überbieten. Danach verwickelte Logrum Zanuur in einen spöttischen Dialog, der bald sarkastisch und bösartig wurde, was damit endete, dass Zanuur wütend zum Bug stampfte. Seine Miene war zornerfüllt. Logrum trank einen Becher Goldwasser nach dem nächsten, bis der kleine Krug leer war, und wollte sich dann über das Bier hermachen, als Raleth protestierte. Der Streit uferte rasch aus und wurde von Zanuur noch angestachelt, der mittlerweile wieder zu den anderen zurückgekehrt war. Es hätte in wütenden Flüchen und gezückten Dolchen geendet, hätte Flane nicht eingegriffen.

»Hört auf mit dem Geschrei!«, fauchte er. »Im Namen der Mutter, ihr jaulenden Welpen macht ja noch mehr Radau als irgendwelche Hafenschlampen!«

»Sie wären erheblich leiser, wenn wir sie über Bord werfen würden, damit sie ihre Hitzköpfe etwas abkühlen könnten.« Bureng grinste böse.

»Ich schneide jedem die Gedärme raus, der mich anfasst ...!« Logrum warf Bureng einen argwöhnischen Blick zu. »Bist du endlich fertig mit deinem Gekratze?«

»Die Gravuren sind fertig. Jede ist eine perfekte Darstellung von miteinander verwobenen magischen Symbolen, und jedes steht mit den anderen in Verbindung.« Vor ihm auf dem Tisch lagen der Helm, der Schild, die Bärenstatuette, der Handspiegel und die Laterne. Sie waren ordentlich um die kleine Kiste aufgereiht, die jetzt alle Münzen und die Kettenglieder enthielt. Ein schwacher, grüner Glanz schimmerte in den Mulden und den Mustern auf den Fetischen und überzog das Metall.

»Und jetzt?«, wollte Flane wissen, als er sich mit den anderen dem Tisch näherte.

»Jetzt«, wiederholte Bureng, »wird es Zeit für ein Wort der Macht!«

Aus dem dunklen Becken in seinem Verstand entrollte sich ein langes Wort mit schrillen, gutturalen Silben. Sofort flammten die Muster auf den Fetischen in einem blendenden, grünlichen Licht auf. Die anderen Kapitäne fluchten, stolperten zurück und bedeckten ihre Augen. Bureng dagegen blickte das unheimliche Leuchten unverwandt an und genoss den rohen, grellen Ausbruch der Macht. Das glühende Licht löschte alles aus, und einen Moment hatte Bureng das Gefühl, er wäre mit allem verbunden und alles wäre in seiner Gewalt.

Dann wurde die gleißende Helligkeit schwächer und erlosch,

bis die Fetische nur noch dunkel wie grüne Glut leuchteten. Aber er konnte Bänder und Verbindungen sehen und fühlen, die zuvor nicht da gewesen waren.

»Jetzt sind sie bereit für euch«, sagte er. Die anderen Kapitäne drängten sich um ihn, als er nacheinander die Fetische austeilte. Den Schild gab er Raleth, den Helm Zanuur, die Bärenstatuette Logrum und die Laterne Flane. Den Spiegel behielt er für sich. Die vier Kapitäne betrachteten die Gegenstände mit einer Mischung aus Neugier und Skepsis.

»Und was jetzt?« Logrum hielt die Bärenstatuette fest, als wäre sie eine Katze, die zu entkommen suchte.

»Ihr kehrt jetzt alle zu euren Schiffen zurück und verstaut die Fetische in euren Kajüten oder behaltet sie bei euch«, erklärte Bureng. »Den Grund erkläre ich euch später. Währenddessen werden die Männer wieder nach unten tauchen und die da zu den Wracks bringen.« Er deutete auf die kleine Kiste mit den Münzen und Kettengliedern. Jedes einzelne Teil schimmerte jetzt grün von der Macht des BrunnQuell und würde als Leitung für die mächtigen Zauber dienen, mit welchen die Fetische belegt waren.

Bureng winkte den Bullen zu sich und drückte ihm das Kästchen in die Hände.

»Tauch jetzt mit deinen Männer hinunter«, sagte er. »Gib jedem Mann für jeden Tauchgang je eine dieser Glyphen. Sie sollen sie an den Wracks anbringen, in Spalten und Ritzen. Wenn alle verbraucht sind, sollen sich die Taucher ausziehen, und dann werden sie gründlich durchsucht, verstanden?«

Arik nickte grimmig und entschlossen. »Aye, Käpt'n.«

Schon bald ruderte eine kleine Flottille von Beibooten von der *Muräne* weg. Vier Gigs brachten die Kapitäne zu ihren Schiffen zurück, während die übrigen Boote die Taucher zu den Wracks der Toten ruderten.

Schon bald, frohlockte Bureng in seinen Gedanken. Sehr bald.

Es wurde allmählich dunkel, und der kalte Nordwind ließ nach. Der Nebel wurde dichter, ein Vorbote der Nacht. Schließlich waren die Taucher fertig, und Bureng beobachtete vom Ruderdeck aus, wie die Boote sich sammelten, damit der Bulle die Taucher durchsuchen und feststellen konnte, ob sie etwas versteckt hatten. Plötzlich gab es einen kurzen Kampf, und anschließend wurde eine Leiche über das Dollbord eines Beibootes gerollt. Ein einzelner Taucher ging ein letztes Mal hinunter.

Als Arik zur *Muräne* zurückkehrte, wartete Bureng auf der schmalen Brücke auf ihn, von der aus man das Vordeck überblicken konnte.

»Nur ein Betrüger, Arik?«

»Aye, Käpt'n.« Der massige Mann war sichtlich gereizt. »Gref, der Honjirer. Hätte ihn nicht für so dumm gehalten.«

»Es gibt viel Dummheit in der Welt, Arik«, meinte Bureng. »Wer weiß schon, wann sie ans Tageslicht kommt?« Er betrachtete seine Mannschaft. »Und nun, Seefahrer, wappnet euch gegen jede Furcht und zeigt mir, was für Männer ihr seid!«

Er zog den Fetisch-Spiegel aus seinem langen Mantel. Den größten Teil der korrodierten Oberfläche hatte er sauber gekratzt, aber das Metall war immer noch stumpf und fleckig, bis auf die Stellen, wo das helle Silber unter dem Muster leuchtete, das er hineingraviert hatte. Er streichelte den runden Rahmen und murmelte den ersten Zauber der Beschwörungsformel. Das Ornament glühte auf und schien sich zu winden. Plötzlich flammten Strahlen der Macht aus dem Muster auf. Vier zuckten in gerader Linie über das Meer zu den Schiffen der anderen vier Kapitäne, während Dutzende und Aberdutzende anderer Strahlen in das Wasser der Bucht hinabschossen. Einige durchdrangen sogar die Planken der *Muräne*. Schon bald schickten auch die anderen Fetische ihre Strahlen in die Tiefe. Das Netz der Anrufung breitete sich vor ihm aus, ein Netz aus geisterhaften Tentakeln.

An Bord der *Muräne* herrschte gespanntes Schweigen, während die Matrosen Bureng anstarrten. Mittlerweile herrschte vollkommene Windstille, und die Segel hingen schlaff an den

Masten. Die düsteren Gewässer der Sichelbucht waren ruhig und vom Nebel verhüllt. Bureng lächelte und sprach die nächsten Sätze des Rituals.

Von seinem und den vier anderen Fetischen stoben grellgrüne Funken auf und tauchten ins Wasser hinab. Einen Moment passierte nichts. Dann flammte in der Tiefe ein grünliches Leuchten auf. Die Mannschaft sah das und drängte sich an der Reling, um es zu beobachten. In das Glühen mischten sich Blitze, die in der Tiefe wie geisterhaftes Elmsfeuer zuckten. Tintenschwarze Wolken schienen unter den Wogen hinwegzutreiben, und man hörte ein unheilvolles Rumpeln, das wie ein Sturm im Abgrund des Meeres klang.

Ein merkwürdiger Druck lastete plötzlich auf diesem Teil der Sichelbucht, und über ihre flache, scheinbar friedliche Oberfläche trieb ein merkwürdiger Geruch. Einen Moment roch es nach heißem Stein, im nächsten nach altem Rost. Von seinem Standort auf der Brücke sah Bureng, wie viele seiner Männer unwillkürlich nach irgendwelchen Amuletten griffen oder Schutzgesten vollführten. Unter ihnen war auch der Verfluchte Rikken, der sichtlich zitterte, während er sich mit beiden Händen an einem Taljereep festhielt. Dann wurde Bureng abgelenkt, als sich etwas im Netz der Macht veränderte, und er schaute nach Steuerbord auf die Bucht hinaus. Der erste Mast durchbrach die Wasseroberfläche.

Ihm folgten rasch andere, einige unversehrt, andere zerbrochen. An einigen hingen noch die vermoderten Reste von Segeln und die wirren Knoten der Takelung. Sie alle waren von Algen bedeckt. Jetzt tauchten langsam Dutzende von Masten aus der Tiefe empor, denen geschwärzte Sparren folgten, während der Sturm in der Tiefe weitertobte. Nach den Masten wurden die Schiffe selbst sichtbar. Ihre Rümpfe waren von Muscheln und Korallen überzogen, und aus Löchern und zerschmetterten Flanken ergoss sich Wasser, das Schlick, Seetiere und verrotteten Abfall hinausspülte.

Als der unterseeische Sturm langsam abebbte, zuckten blasse Blitze über Decks und Takelage. Die emporgestiegenen

Schiffe schimmerten leicht, und trotz der einbrechenden Dunkelheit sah man, wie Gestalten auf den Decks erschienen. Sie marschierten steif an die Relings und starrten stumm auf die fünf Schiffe der Lebenden. Andere kletterten die vermoderten Flanken der regungslos daliegenden Wracks empor, und die Reihen der Untoten wurden immer dichter. Trotz der Entfernung konnte die Mannschaft der *Muräne* den widerlichen Verwesungsgestank riechen.

Bureng war sehr zufrieden mit dem, was er sah, und nahm seinen Fetisch-Spiegel in beide Hände.

»Hanavok, Admiral der Seewölfe, tritt vor! Ich befehle es dir!«

Einen Moment lang schien es, als wäre sein Ruf ungehört verhallt. Doch plötzlich bewegte sich ein großes Schiff in einiger Entfernung, wendete langsam seinen Bug in Richtung *Muräne* und glitt ohne den geringsten Windhauch durch die ruhigen Wasser. Die feuchten Bohlen knarrten, als das uralte Schiff längsseits ging. Bureng stieg ohne Hast auf das Ruderdeck, während das Schiff der Untoten neben dem seinen zum Stillstand kam. Sein hohes Achterdeck überragte das Heck der *Muräne* um einiges. Bureng hielt den Spiegel in der Hand und lächelte, als er das verfaulte Holz des Hecks betrachtete. Die kunstvollen Schnitzereien waren jetzt halb verrottet und von tropfenden Algensträngen bedeckt, durch die Krabben und ähnliches Getier krochen.

Eine Gestalt trat auf einen Gang mit einer niedrigen Reling, der an der Seite des Achterdecks entlangführte und sich fast in gleicher Höhe mit dem Ruderdeck der *Muräne* befand. Der Mann trug eine archaische, schuppenbewehrte Rüstung, die jetzt verfault und zerfetzt war. Ein vom Rost angefressener Helm umschloss seinen Schädel, dessen leere Augenhöhlen sich auf Bureng richteten. Bureng musterte sein Gegenüber. Dies musste Hanavok sein, der Kommandeur der Seewölfe von Ogucharn und Stellvertreter von Siggarak, der vor mehr als einem Jahrhundert die Piratenprinzen gegen Khatrimantine in den Krieg geführt hatte. Die Wiederbelebungszauber taten derweil ihr Werk und zogen Feuchtigkeit und andere Essenzen aus ihrer Umgebung, um das abgefaulte Fleisch dieser untoten Seeleute zu ersetzen.

Der von Flechten überzogene Kiefer besaß weder Lippen noch Zunge, aber dennoch berührte ein schwaches Wispern Burengs Geist.

Du hast uns zurück an diesen Ort geholt. Warum?

»Damit Ihr Eure unvollendete Aufgabe zu Ende bringen könnt, Admiral«, sagte Bureng. »Um den Thron von Khatrimantine zu stürzen und die Hauptstadt in Schutt und Asche zu legen.«

Wir ... erinnern uns ... aber wir begehren dies nicht länger ... wir wollen nichts mehr ...

»Aber ich will es!«, erklärte Bureng. »Und ich zwinge Euch, meinem Willen zu gehorchen.«

Mittlerweile überzog ein grauer Film die Schädelknochen Hanavoks, und ein einzelnes, blasses Auge starrte aus der rechten Höhle.

Wir gehorchen ... Seinem Willen ... wie lautet dein Befehl?

»Nehmt Kurs auf Sejeend«, sagte Bureng. »Sobald Ihr dort seid, belagert Ihr die Stadt und zerstört ihre Mauern.«

So sei es.

Wie von Zauberhand bewegten sich alle Schiffe der Geisterflotte und richteten sich westwärts aus. Bureng gab seiner Mannschaft entsprechende Befehle, die sie mit der Hast von Menschen ausführten, die froh waren, von diesen gespenstischen Erscheinungen abgelenkt zu werden, zwischen denen sie segelten.

Seid guten Mutes, meine Kaperfahrer, dachte er, als er ihre furchtsamen Gesichter sah. Sollte jemand von euch in den kommenden Gefechten fallen, wird Hanavok nur zu gern seine Mannschaften auffüllen.

11

Siehe, die Nachtbarken kommen,
Die Geister einzusammeln,
Eine Ernte verlorener Träume
Und aufgegebener Wünsche.

Jedhessa Gant: Die Herrn der Vernichtung,
2. Akt, II. Szene

Die Nebelschwaden über der Korfaen-Marsch wirkten unter dem Mantel der Nacht noch bedrohlicher. Die kleine Gruppe der Wächter, die hintereinander durch den Graben marschierte, der die Sümpfe teilte, war froh über die drei Laternen, die Enklar, der Hausdiener, und Calabos' Gardisten Gillat und Rog trugen. Ihr Licht fiel jedoch nur auf die Wächter selbst und den steinigen Pfad, über den sie trotteten. Die kalte, endlose Dunkelheit, die sie von allen Seiten umzingelte, konnten die Laternen nicht erhellen.

Die Wächter waren vor beinahe sechs Stunden aus Sejeend geflohen. Die Korfaen-Marsch zu überqueren, hatte sie allein die Hälfte dieser Zeit gekostet.

Calabos führte die kleine Gruppe zu Pferde durch die unbewohnte Einöde. Er war sich der Anspannung und Niedergeschlagenheit seiner Reisegefährten wohl bewusst. Aber ihm war auch klar, dass sie für ein solches Abenteuer durchaus die Richtigen waren. Er lächelte unmerklich, als Gillat, der mit seiner Stablaterne neben ihm ging, sich leise über seine kalten, wunden Füße beklagte.

»Es dauert nicht mehr lange, Gillat«, sagte er. »Das südliche Ende der Marsch ist nicht mehr weit. Dann steigen wir ein kurzes Stück zu dem verlassenen Turm hinauf, wo wir den Rest der Nacht lagern.«

»Ein verlassener Turm, Herr?« Der Gardist sah ihn unbehaglich an.

Calabos lachte leise. »Keine Sorge, Junge. Das Einzige, was dort sein Unwesen treibt, ist ein versteckter Schatz von Vorräten.«

»Wenn Ihr das sagt, Herr.«

Calabos' Vermutung bestätigte sich, als der steinige Graben nach einer guten halben Stunde langsam anstieg. Kurz darauf trotteten sie über einen schmalen, unebenen Trampelpfad durch dichtes Gras. Gelegentlich kamen sie an einem Klettenbusch vorbei. Der Pfad wandte sich nach Westen und führte einige Schritte an einer flachen Schlucht entlang, bevor er sich gabelte. Calabos nahm die linke Abzweigung und führte seine Gefährten einen noch steileren Hang hinauf.

Urplötzlich ertönte ein Schrei am Ende der Gruppe, dem sofort ein zweiter folgte.

Calabos fluchte und zügelte sein Pferd. Als er abgestiegen war, warf er Gillat die Zügel zu und hastete an dem Packpferd vorbei zurück. Im Licht von Enklars Laterne sah er, wie die anderen zum Rand eines Felsvorsprungs eilten, an dem der Pfad vorbeiführte. Von Rog und der dritten Laterne war nichts zu sehen, aber aus der Dunkelheit drangen die unverkennbaren Geräusche eines Kampfes zu ihnen herauf. Calabos zählte kurz durch. Gillat kümmerte sich um die Pferde, Sounek stand wachsam neben ihm, Tashils Bruder Atemor hatte sein Kurzschwert gezückt, hielt sich aber in Enklars Nähe, während Tashil und Dardan aus dem Lichtkegel der Laterne verschwanden und sich einen Weg nach unten suchten. Das bedeutete, Inryk und Rog waren in Gefahr.

Calabos konzentrierte sich auf seine Magiersicht, und das Dunkel wurde heller. In dem grauen Schimmer erkannte er drei Gestalten, die sich auf dem grasbewachsenen Hang unter ihm befanden. Zwei standen aufrecht, während die dritte ein verletztes Bein zu haben schien. Noch während er zusah, stand der dritte Mann, Rog, auf, zückte seinen Dolch und stürzte sich auf eine der kämpfenden Gestalten. Der Dolch durchstieß den Hals seines Gegners, der sich davon jedoch nicht sonderlich beeindrucken ließ. Ein Geisterwirt, schon der dritte, dem sie begegneten, seit sie Sejeend verlassen hatten.

Die besessene Kreatur schien Inryk erwürgen zu wollen, wirbelte jedoch nach dem Dolchstoß kurz herum und versetzte Rog einen Schlag mit dem Handrücken, der den Gardisten zurückschleuderte. Dennoch gab Inryk diese Ablenkung genug Zeit, seine Kräfte zu sammeln. Im nächsten Moment blitzte es auf, und die beiden Gestalten stoben auseinander. Mittlerweile hatten sich auch Tashil und Dardan in das Gewühl gestürzt, und nach einigen angetäuschten Schlägen auf die Beine der Kreatur war Dardan in der richtigen Position. Mit einem wuchtigen Schwerthieb schlug er seinem Feind den Kopf ab.

Selbst dann wand sich der kopflose Leib noch eine grausige Minute lang auf dem Boden, bis er zu viel Blut verloren hatte und schließlich regungslos liegen blieb. Dardan kümmerte sich um den verletzten Rog, und die anderen Magier traten von dem Leichnam zurück. Nach einer Weile löste sich das Phantom von seinem toten Wirt. Es war ein aschfarbenes, sich windendes Netz, das einen Moment in der Luft schwebte, als würde es warten oder lauschen, und dann nach Norden wehte, in Richtung Sejeend. Es wurde immer schneller, bis es schließlich verschwand.

Calabos atmete noch einmal durch und löste seinen Griff vom Griff des Schwertes der Vereinten Mächte. Sie hatten bereits zwei Geisterwirte erledigt, welche die kleine Gruppe innerhalb einer Stunde nach ihrer Flucht angegriffen hatten. Und wie bei diesem hier hatten sich auch von den anderen Leichen die bösartigen Phantome gelöst. Sie waren ebenfalls nach Sejeend zurückgeflogen.

Wo unser Feind sie gewiss wieder einsammelt, dachte Calabos grimmig. Und irgendeinen anderen Unglückseligen als Gefäß für all diese Fragmente des Wahnsinnigen Gottes benutzt. Wer weiß, was uns droht, wenn er etwas von seiner früheren Stärke wiedergewinnt, und sei es auch nur die Macht eines Schattenkönigs ...

Der Rest der Gruppe hatte ebenfalls den Trampelpfad verlassen. Enklar und Atemor näherten sich Calabos.

»Wie geht es Eurem Bein?«, fragte er Rog.

Obwohl er sich auf Dardan stützte, humpelte der Gardist stark.

»Ich habe es mir verdreht, als ich zu Boden gestürzt bin, Herr«, erwiderte er. »Ich werde wohl in nächster Zeit nirgendwohin marschieren.«

Calabos klopfte ihm auf die Schulter. »Wir haben es nicht mehr weit bis zu unserem Nachtquartier. Während Ihr rastet, wird sich Tashil um Euer Bein kümmern.« Er sah Dardan an. »Setzt ihn für den Rest des Weges auf mein Pferd.«

»Mache ich.«

Inryk tauchte aus dem Dunkel auf. Seine Kleidung war unordentlich, seine Hose schlammbespritzt, und er massierte sich mit einer Hand den Hals, wo er rote Flecken von dem Angriff des Geisterwirts davongetragen hatte.

»Ich lebe noch«, erklärte er heiser.

»Was ist passiert?«, erkundigte sich Calabos.

»Dieser Bursche hat unter dem Rand dieses Abhangs gelauert. Da muss es einen Vorsprung oder einen kleinen Sims geben. Als wir vorbeigegangen sind, ist er herausgesprungen und hat uns über den Rand nach unten gezerrt. Ich bin zum Glück in einem Schlammloch gelandet, im Gegensatz zum armen Rog. Danach hat sich diese Kreatur auf mich gestürzt und wollte mich einfach nicht loslassen.« Er räusperte sich vernehmlich. »Wie viele von denen gibt es denn noch?«

»Schwer zu sagen«, erwiderte Calabos. »Falls ich Recht habe und das wirklich die in alle Winde zerstreuten Fragmente des Herrn des Zwielichts sind, gibt es vielleicht Dutzende, wenn nicht Hunderte von möglichen Wirten. Wie viele jedoch von diesem magischen Ruf erweckt wurden und wie weit er über Sejeends Grenzen hinaus reichte, kann uns nur die Zeit verraten.«

Inryk lächelte sarkastisch. »Ich hatte auf eine tröstlichere Antwort gehofft.«

»Die Tröstungen sind mir leider ausgegangen«, erwiderte Calabos ironisch. »Aber Enttäuschungen habe ich noch reichlich anzubieten!«

Sie setzten ihren Marsch ohne weitere Zwischenfälle fort. Doch die letzten Meter boten eine andere Art Hindernis, in Gestalt von steilen Stufen, die man in den felsigen Untergrund geschlagen hatte. Sie waren von der Zeit abgeschliffen worden und von Pflanzen überwuchert. Doch sie überwanden auch die glitschige Treppe, und schließlich tauchte die dunkle Mauer des alten Forts vor ihnen auf. Es war ein viereckiges und zweistöckiges Gebäude aus groben Steinquadern, dessen erhöhte Lage auf dem Hügel einen weiten Blick über das Gelände gewährte. Das Fort gehörte zu einer Kette aus Türmen und Verteidigungsanlagen, die in den kurzen, aber wilden Jahren der Regentschaft der Herzöge von Cabringa in einem weiten Bogen um Sejeend errichtet worden waren.

Irgendwann war eine Ecke der Befestigung eingestürzt, entweder wegen schlechter Bausubstanz oder aufgrund eines feindlichen Angriffs. Sie hatte einen Teil des oberen Geschosses mit heruntergerissen. Der Schutt bildete mittlerweile einen grasbewachsenen Hügel, den die kleine Gruppe müde im Gänsemarsch umging, bevor sie das dunkle Fort betrat. Die Laternen erhellten notdürftig das Innere, bis die Fackeln entzündet und in die rostigen Wandhalter gesteckt wurden. Calabos ordnete an, den Müll aus zerbissenen Knochen und aufgegebenen Vogelnestern hinauszukehren, und bat dann Dardan, Atemor und Gillat, einige große Steinbrocken wegzurollen, die in einer Ecke aufgehäuft waren. Unter ihnen lag eine gut geölte Falltür, die leicht aufschwang. Eine Treppe führte in die Tiefe. Die Stimmung der Gefahrten hob sich merklich, als Wasser und Bier, Pökelfleisch und Fisch, Laternenöl und Mehl hinaufgeschafft wurden. In einem rußigen Kamin in einer Wand wurde ein Feuer entzündet, und schon bald köchelte ein Eintopf mit geschnetzeltem Fleisch in einem Kessel über dem Feuer, zusammen mit Gemüse und Kräutern aus einer der Taschen des Packpferdes. Ein appetitlicher Geruch breitete sich in dem Fort aus, aber nicht alle konnten genüsslich auf eine Schüssel Eintopf warten. Tashil hatte Rogs Bein untersucht, ihre Heilkunst angewendet und anschließend das

Knie und den Knöchel bandagiert, bevor sie ihn schlafen schickte und eine dicke Decke über ihn legte. Währenddessen schleppte der gähnende Enklar aus den Vorräten unter der Falltür auch eine Decke für sich selbst herauf.

Calabos hatte sich in einen pelzgefütterten Umhang gewickelt, den er hinter seinen Sattel geschnallt hatte, und betrachtete seine Gefährten mit einer merkwürdigen Mischung aus Zuneigung und Sorge, die er nur zu gut kannte. In den dreihundert Jahren seines Lebens hatte er viele Freunde im Kampf fallen oder bei Unfällen sterben sehen. Nur selten waren sie friedlich im hohen Alter verschieden. Und seine Sorge um die hier anwesenden Freunde wurde durch die Abwesenheit der anderen noch verstärkt. Dybel, Chellour und die Gräfin Ayoni befanden sich in der Gewalt von Tangaroth und schwebten vermutlich in großer Gefahr durch ihren unbekannten Feind. Dazu kam noch die Nachricht von Coiregs Verschwinden aus der Klause des Friedens in Hekanseh, ganz zu schweigen von Hauptmann Ondenes listiger Flucht.

Nur ich trage dafür die Verantwortung, dachte Calabos verbittert. Dreihundert Jahre hätten mich alles lehren sollen, was ich über rücksichtlose und teuflische Feinde wissen müsste, und doch hat dieser hier mich wiederholt überrascht.

Er schnaubte gereizt. Für Selbstmitleid hatte er keine Zeit. Er musste überlegen, wie ihre nächsten Schritte aussahen, ob sie weiter nach Süden in die Kyrloc-Berge und die gut versteckte Zufluchtsstätte der Wächter fliehen oder umkehren und gegen diese tödlichen Mächte und deren rätselhafte Absichten kämpfen sollten. Er hatte zu wenig Informationen, aber es gab einen Weg, diesem Mangel abzuhelfen. Der Geflügelte Geist.

Eine feste Steintreppe führte zur Westmauer hinauf, und kaum jemand sah ihm nach, als er zu den Zinnen hochstieg. Es war feucht und kalt, und Calabos wickelte sich fester in seinen Umhang, als er über die Marsch hinausblickte. Hier oben war der Nebel dünner, und er konnte die Wolken über den Himmel ziehen sehen. Zwischen den Lücken funkelten die

Sterne. Der Nebel ähnelte einem grauen, erstarrten Mantel, dessen Ränder von der Dunkelheit verschluckt wurden, während ein paar Bäume auf kleinen Felshügeln wie Inseln aus dieser geisterhaften See herausragten.

Er legte seine Hand auf den kalten, harten Stein der Zinnen, atmete tief ein, schloss die Augen und atmete aus. Es war ein langer Atemzug, der perfekt mit dem Gedankengesang des Geflügelten Geistes in seinem Inneren harmonierte. Während seine Lungen sich leerten, fühlte er, wie sich die Bande, welche den Geist an den Körper fesselten, lösten. Er spürte, wie sein Bewusstsein zu schweben begann, seine Wahrnehmung sich veränderte und ausdehnte. Der Atem in seiner Luftröhre und das Blut in seinen Adern wurden dünner, und einen Augenblick lang sah er sich selbst aus einigen Metern Entfernung. Er blickte hinter das graue Haar und das faltige Gesicht, das seine Maske war und ein Tableau für die Spuren von drei Jahrhunderten Erfahrung, und sah noch weiter, auf die grausamen, barbarischen Erinnerungen, welche dem Schattenkönig Byrnak gehörten …

Dann flog er los, über die Sumpflandschaft. Für die Sinne seines Geflügelten Geistes gab es weder Tag noch Nacht, sondern für ihn galt nur das Leben selbst und seine unzähligen Möglichkeiten, die sich vor ihm ausbreiteten. So weit er sehen konnte bestand das Land aus einem ungeheuren Netz aus miteinander verwobenen Ursachen, Folgen und Begierden, die miteinander rangen oder sich trennten, von einem Platz zum anderen strömten oder im Sande verliefen. Wälder erschienen dem Blick des Geflügelten Geistes wie uralte, mächtige Wesen, die sich mit unerbittlichem Griff am Land festklammerten. Berge glichen immensen Gedanken der Welt, die sich manifestiert und erhoben hatten, und so eine Herausforderung für alles Leben boten, das sich auf ihnen und um sie herum drängte. Rauschende Ströme ähnelten liebreizenden Melodien, während in weiter Ferne der grenzenlose Chor des Ozeans einen ewigen Wohlklang erzeugte.

All dies durchdrang das strahlende Netzwerk der Niederen

Macht. Verglichen mit der schon lange ausgerotteten Macht der Wurzel oder dem BrunnQuell wirkte die Niedere Macht schwach und ungeformt, aber ihre alles durchdringende Natur verlieh ihr eine gewisse Ausgeglichenheit, ein Streben nach Harmonie.

Es lauerten jedoch noch andere, geringere Mächte in diesem Land, die wie dunkle Knoten in einem vielfarbigen Netz wirkten. Manchmal war es ein besonderer Ort, zum Beispiel ein stehendes Gewässer, ein Monolith oder eine Kreuzung. Manchmal handelte es sich auch um etwas Lebendiges, einen alten, einsamen Baum, einen Ameisenhaufen oder ein Rattennest. Obwohl sie nicht mit den Feinden der Wächter im Verbund standen, musste man sie als Gefahr einstufen. Calabos nahm sie gelegentlich wahr, wenn er über sie hinwegflog, spürte, dass sie ihn bemerkten, und empfing ihre dumpfe Aufmerksamkeit, die allerdings nur sehr flüchtig war.

Schließlich näherte er sich den Außenbezirken von Sejeend, dessen Gebäude sich wie Mauern und Türme aus gefrorenem Rauch und silbrigem Eis vor ihm erhoben. Mit einem Gedanken brachte er den Geflügelten Geist in Sichtweite des Kaiserlichen Palastes zum Stehen und landete sacht auf dem dunklen Boden, während er seinen Geist reinigte. Die Stadt vor ihm vibrierte von lebhaften, geisterhaften Bildern, den kurzlebigen Visionen der träumenden Einwohner. Calabos konzentrierte sich auf den inneren Kern der Stille, um den er den Gedankengesang des Geflügelten Geistes wand …

Die Innere Stille veränderte sich, formte eine Öffnung, ein Tor in die gähnende Unendlichkeit der Leere, einen Weg hindurch … der nur Gedanken und Worten offen stand.

Ayoni.

Sofort glitt seine Astralleib weiter, passierte die grauen, durchsichtigen Tore der Stadt, tauchte in die dichten Schatten der Erde und des Felsens unter der Spitze der Klippe. Der Geflügelte Geist trug ihn vom Palast fort nach Norden, überquerte mit ihm den Vaale, hielt sich an die Viertel nahe der Bucht und flog parallel zum Ufer. Calabos erkannte ihr Ziel, noch bevor die stark befestigten Mauern in Sicht kamen. Sie wirkten wie steile, aschgraue Vorhänge, auf deren Bastionen schimmernde Umrisse von Soldaten patrouillierten. Es war die Schleuse von Hubranda, eine der drei größten Garnisonen von Sejeend. Calabos spürt Ayonis Gegenwart irgendwo in dieser Garnison, zusammen mit anderen Auren, die er kannte. Tangaroth und sein Oberster Magier, mehr als ein Dutzend Herzöge und Barone und auch Shumond, der Lordkommandeur der Ehernen Garde. Als er seine Wahrnehmung ausdehnte, bemerkte er, dass mehr als tausend Soldaten in der Kaserne untergebracht waren. Weitere Truppen, Fußsoldaten und Kavallerie, wälzten sich in langen Kolonnen durch die Straßen zu der Kaserne. Hier wurde eine Armee zusammengezogen, und Calabos war klar, dass Ilgarion die Besatzungen der beiden anderen Kasernen Dremari und Kanoth vollkommen abgezogen haben musste, um so viele Truppen zu versammeln.

Eine kleine Veränderung seiner Position verriet ihm, dass Chellour ebenfalls in der Kaserne festgehalten wurde. Von Dybel dagegen war kein Lebenszeichen zu erkennen.

Was hat Ilgarion mit dieser Armee vor?, dachte er. Sicher wollte er als Reaktion auf den Brand des Tagfrieds einen Vergeltungsschlag führen, aber die Hauptstreitmacht der Gestalter-Theokratie stand in Süd-Anghatan und in West-Honjir. Um über eine so große Entfernung hinweg zuzuschlagen, brauchte der Kaiser ein weit größeres Heer, und musste dazu noch angreifbare und unsichere Nachschubwege in Kauf nehmen. Es deutete jedoch nichts darauf hin, dass er so etwas vorbereitete, also musste das Ziel seines Vergeltungsschlages näher liegen und kleiner sein. Zum Beispiel die Wallfahrer, die sich vor Besh-Darok versammelten.

Ja, dachte Calabos, das passt genau in Ilgarions armseliges, egozentrisches Weltbild. Aber was will er von Chellour und der Gräfin? Und wo ist Dybel ...?

Er klärte erneut seinen Geist, und als sein inneres Portal zur Leere sich zögernd auftat, konzentrierte er seine Wahrnehmung auf einen Namen.

Dybel.

Plötzlich setzte er sich wieder in Bewegung, wirbelte durch die gespenstischen Gebäude der Stadt, fegte durch die transparenten Wände und Dächer, die in einem Strom von perlmuttfarbenen Schatten an ihm vorüberhuschten. Aus dem Wirbel erhoben sich die steilen Klippen westlich des Vaale, die der Geflügelte Geist in einem eleganten Bogen in westlicher Richtung umrundete, bevor er sich sanft über die Dächer erhob. Noch während er das Gronanvel-Tal entlangflog, fühlte Calabos eine Wesenheit, die auf ihn reagierte, einen erschreckten Blick, der sich auf ihn richtete, gefolgt von einer Lanze schwärzesten Hasses, die nur einen Moment zu spüren war. Doch dieser Augenblick genügte. Calabos erkannte den Gestank dieser Wesenheit von dem verhexten Ruf der vergangenen Nacht.

Der Geflügelte Geist trug ihn weiter und wurde langsamer, als er an den Bezirken vorüberflog, die von Webern, Weinhändlern und Gerbern bewohnt wurden. Er durchquerte bunt schillernde Gebäude, näherte sich weiter dem Fuß des Felsens und glitt in die Richtung, in der verschiedene Schuppen und Werkstätten lagen, die sich am Fuß der Melvio-Stiege drängten. Sie führte an der Flanke der Klippe hinauf bis auf ihren Gipfel. Dann näherte er sich einem dieser Schuppen und drang durch einen dunklen, überwucherten Spalt auf seiner Rückseite ein. Tropfen und kleine Rinnsale rieselten von den zerklüfteten Spitzen der Klippen hinab, und dort traf er auf eine Gestalt, die vor Schmerz gebeugt auf einer Kiste saß und sich die Seite hielt.

Dybel!, sprach er ihn in Gedanken an.

Als dieser den Kopf hob, wirkte das vertraute Gesicht mit dem kräftigen Kinn blass und gequält. Sein braunes Haar klebte an seinem Kopf, und einige Strähnen hingen über seine gerunzelte Stirn. In seinen Augen jedoch überstrahlte ein Funken von Hoffnung die Furcht.

»Calabos ... Ich höre Euch, aber nicht in Gedankensprache ...«

Ich bin direkt in Eurem Verstand, mithilfe des Geflügelten Geistes. Wie schlimm ist die Wunde?

Dybel hielt die Augen geschlossen und antwortete nicht. Dann schlug er sie auf und stieß gequält die Luft aus.

»Ein mit doppelten Widerhaken versehener Pfeil eines Scharfschützen, mit einer eisernen Spitze«, erwiderte er. »Er hat mich erwischt, als ich aus dem Palast geflohen bin.« Er schöpfte kurz Atem und sprach dann weiter. »Die Spitze drückt gegen eines meiner Organe, also kann ich sie nicht hinausschieben. Meine Kraft reicht gerade noch aus, den Schmerz zu betäuben und bei Bewusstsein zu bleiben. Für eine gründlichere Heilung fehlt mir das Talent ...«

Ich sende Euch jemand von den anderen, der Euch wegschaffen kann ...

»Bitte, das wäre mir höchst willkommen. Hört zu, Ayoni und Chellour ...«

Werden in der Schleuse von Hubranda festgehalten, ich weiß. Ich habe auch Ilgarions Armee gesehen.

»Ayoni sitzt als Geisel dort ein, als Unterpfand für den Gehorsam ihres Mannes und seine Bereitschaft, Ilgarions Kavallerie anzuführen, wenn sie am morgigen Tag nach Norden aufbrechen. Sie und Chellour werden Tangaroth als besondere ... Gäste begleiten ...«

Ist jemand aus dem Palast Eurer Spur gefolgt?

»Das glaube ich nicht. Ich habe eine falsche Fährte nach Osten über den Gipfel der Klippe gelegt, bevor ich über den Kala zurückgekehrt bin. Dann habe ich mich über die Straßen des Südufers hierher geschlichen und diesen Ruheplatz gefunden. Calabos? Seit Ihr noch da?

Dybel! Ihr müsst sofort verschwinden! Ich bin von einer feindseligen Wesenheit gesehen worden, und sie kommt hierher. Haltet Euch in zwei Stunden in der Nähe der Melvio-Stiege auf ...

Dybel hob grüßend die Hand, als er sich mühsam aufrappelte und taumelnd davonging. Calabos sah ihm einen Moment nach und stieg dann empor, hoch über die Dächer, um sich der nahenden Bedrohung zu stellen. Sie war für jeden normalen Betrachter beinahe unsichtbar, doch Calabos sah sie als ein heranrollendes, von Blitzen durchzogenes Wolkengebirge, in dessen Mitte eine Kreatur aus den Legenden flog, ein Drache. Es war ein flügelloses Exemplar, was darauf hindeutete, dass es entweder ein Fluss- oder ein Seebewohner war, aber seine Klauen waren groß und gefährlich, ebenso wie die Reißzähne in seinem weit aufgerissenen Maul. Eine dreigeteilte Zunge zuckte in dem gewaltigen Schlund, gelblicher Dampf quoll aus seinen flammenden Nüstern, und unauslöschlicher Zorn glühte in seinen leuchtend roten Augen. Schon bald standen sich Calabos und der Drache in der Luft gegenüber. Nur wenige Armeslängen trennten sie voneinander.

DU MUSST STERBEN!

Verschwinde, du Wurm. Meine Zeit ist noch nicht gekommen!

DU WAGST ES, MICH ZU BELEIDIGEN? WOHLAN DENN, DEIN TOD WIRD EIN ENDLOSES MEISTERSTÜCK AUS QUALEN SEIN!

Warum sollte ich mich mit einem Handlanger herumstreiten? Genug geredet! Entweder du bereitest dich auf eine gehörige Tracht Prügel vor, oder du kriechst zurück unter die Fittiche deines Herrn!

Die Antwort war ein Brüllen voll urtümlicher Blutrünstigkeit, als der Drache mit weit aufgerissenem Maul angriff. Calabos war darauf vorbereitet. Er hatte die Eigenschaften seines Astralleibes in den Jahrhunderten seines Lebens verfeinert und gestärkt, und mit einem einzigen Wort verwandelte er seine Arme in lange, funkelnde Klingen. So erwartete er den Angriff des riesigen Wesens. Die glitzernden, rasiermesserscharfen Schneiden zerstückelten die Gestalt des Drachens, die sich auflöste, als die Kreatur zurückwich. Glühende Wolken scharten sich um sie und verbargen sie vor Calabos' Blicken.

Er hegte bereits einen Verdacht, der sich bestätigte, als die blitzenden Wolken verschwanden, und ein anderes Wesen daraus auftauchte. Es war ebenfalls eine mythische Kreatur, eine

Hornkatze mit mächtigen, muskulösen Vorderbeinen und einem fauchenden, weit aufgerissenen Maul. Diesmal jedoch griff Calabos zuerst an. Er stürzte sich mit schwingenden Armen auf sie. Die Hornkatze schlug mit ihren Klauen und den langen, glänzenden Krallen nach ihm, aber Calabos trennte ihr eine Tatze ab und zerstückelte sie. Die Tatzenteile lösten sich in Luft auf. Nach weiteren brutalen Schlägen zog sich die Hornkatze zerfetzt in die Wolke zurück, die jedoch gleich darauf eine weitere Kreatur ausspie, eine verdrehte Verschmelzung aus Pferd und Wolf. Als Calabos angriff, duckte sich das Wesen und wich seinen Schlägen aus. Es kreischte, als es versuchte, zu entkommen. Doch Calabos war schneller und zerstückelte es mit gezielten Hieben. Wie die anderen löste sich auch diese Kreatur in Luft auf.

Aus den Sagen und Mythen wusste Calabos, dass es ein Komavyle war, der ihn angriff, ein böser, blutsaugender Geist, der sich vorwiegend auf Kranke und Alte stürzte und sich in verschiedene Gestalten verwandeln konnte, um seine Opfer zu besiegen. Calabos war jedoch weder krank noch gebrechlich, also war ihm nicht klar, warum es ihn ausgesucht hatte. Dann grinste er böse, als ein bekanntes, netzartiges, amorphes Ding aus den sich auflösenden Fragmenten des Komavyle aufstieg.

Unser unbekannter Feind ist weit mächtiger, als ich mir hätte träumen lassen, dachte er. Wenn er in der Lage ist, einen urzeitlichen Geist zu versklaven und ihn zu steuern, ist er wahrhaft ein Ehrfurcht gebietender Gegner.

Während der Komavyle über die blassen Dächer von Sejeend schwebte, wandte Calabos seinen Blick nach innen auf den Gedankengesang des Geflügelten Geistes, der dort kreiste. Ein perfekter Zirkel aus all seinen selbst erwählten Elementen. Es bedurfte nur eines kurzen Gedankens, um einen davon herauszupflücken, den Kreis zu unterbrechen und den Zauber zu beenden ...

Plötzlich wurde ihm schwindelig, und ein schweres Gewicht drückte ihn nieder, wie immer, wenn er von seinem Astralleib in seinen eigenen Körper zurückkehrte. Seine sterbliche

Hülle hielt sich immer noch mit einer Hand an der Mauer fest. Calabos keuchte, holte tief Luft und sog die kalte, neblige Luft ein, die schwach nach den Ausdünstungen des Sumpfes roch.

»Was habt Ihr herausgefunden?«, fragte jemand neben ihm auf dem Wall. Dardan.

»Sie halten Chellour und die Gräfin in der Schleuse von Hubranda fest«, erwiderte Calabos und berichtete kurz, was er gesehen hatte. Während er sprach, gewöhnten sich seine Augen an die Dunkelheit, und er konnte Dardans hageres Gesicht erkennen.

»Merkwürdig«, sagte Dardan, nachdem Calabos seinen Bericht beendet hatte. »Ich habe zwar schon von den Komavyles gehört, bin jedoch noch nie einem begegnet. Immerhin habe ich einmal eine Zungenklinge im Mondlicht gesehen. Also, wer soll Dybel abholen?«

»Ihr und Tashil«, erklärte Calabos. »Wenn Ihr ihn gefunden habt, versorgt seine Wunden, so gut Ihr könnt, aber haltet Euch nicht zu lange auf. Bringt ihn so schnell es geht nach Murstig. Das ist eine kleine Ortschaft am Gronanvel, wo wir anderen zu Euch stoßen werden.«

»Wenn Dybel schwer verletzt ist, müssen wir vielleicht einen Karren oder ein Boot mieten«, wandte Dardan ein. »Obwohl es sicherer wäre, es zu stehlen. Aber warum ausgerechnet nach Murstig?«

»Falls Tangaroth seine besten Magier auf Ilgarions Strafexpedition mitnimmt, werden die, welche er zurückgelassen hat, uns kaum Schwierigkeiten machen. Also haben wir freie Hand, uns um den Herrn dieser Erscheinungen zu kümmern.«

Dardan nickte nachdenklich. »Wir sollten ihn zur Strecke bringen, bevor er noch stärker wird.«

»Richtig. Deshalb möchte ich, dass Ihr und Tashil sofort aufbrecht. Nehmt mein Pferd. Es bringt Euch beide rasch zur Stadt, auch wenn Ihr zu zweit darauf reitet.« Calabos runzelte die Stirn. »Ist es Euch recht, Tashil mitzunehmen, oder zieht Ihr einen der anderen Wächter vor?«

»Ich habe nichts an ihr auszusetzen.« Dardan ging zur Treppe. »Sie ist eine gute Verbündete und ein würdiger Magier.«

»Gut, aber vergesst nicht, vorsichtig zu sein …«

»Das werden wir, falls Ihr mir bei unserer nächsten Begegnung Euer Geheimnis verratet, was die Anwendung des Geflügelten Geistes angeht.«

»Was wollt Ihr damit sagen?«

Dardan lächelte. »Bei meinen wenigen Erfahrungen mit dem Geflügelten Geist war ich anschließend so hilflos und schwach wie ein neugeborenes Kätzchen. Ihr dagegen könnt noch immer gleichzeitig reden und stehen!«

Calabos verwünschte seine Achtlosigkeit, was seine Maskerade anging, winkte jedoch nur beiläufig mit der Hand.

»Das verdanke ich nur dem Segen meines fortgeschrittenen Alters und der Fähigkeit, in besserer Form zu erscheinen, als es eigentlich der Fall ist!«

Die beiden Männer lachten, und Dardan schüttelte den Kopf.

»Na gut, behaltet Eure Geheimnisse.« Er ging die Treppe hinunter. »Möge das Licht Euch führen, Bruder.«

»Wie auch Euch«, erwiderte Calabos.

Als er wieder allein auf der Brüstung stand, sog er tief die würzige Luft ein und runzelte die Stirn, als ihm Coireg Mazaret und Hauptmann Ondene einfielen.

Ich konnte sie nicht beschützen, dachte er verbittert. Mögen die Mächte ihnen jetzt gewogen sein.

Dann hörte er Dardans Stimme von unten und eilte hastig die Treppe hinab, weil er sich von ihm und Tashil anständig verabschieden wollte.

Die Stimmen in seinem Kopf flüsterten unaufhörlich, murmelten, schrien, fluchten, diskutierten, heulten, lachten und beteten unerbittliche Glaubensbekenntnisse herunter, sangen tief und wohlklingend oder jaulten bestialisch. Wenn es ihm gelang, sich in diesem Lärm zu konzentrieren, konnte er sich an den Moment erinnern, in dem das erste dieser schwebenden Phantome in seinen Kopf eingedrungen war. Geleitet von dem Hexer Jumil, der ihn mit einer einzigen Berührung eingefroren hatte. Zunächst hatte er keine Veränderung in seinem Verstand gefühlt, jedenfalls keine offenkundige, bis er das leise Flüstern in einer unbekannten Sprache gehört hatte, und dann einige lauter gesprochene Wörter.

Kurz darauf tauchte ein anderes Phantom auf und wurde wieder von Jumil in seinen Geist geführt, dann noch eines und noch eines. Schon bald gingen seine eigenen Gedanken in einem Mahlstrom aus fremden Stimmen unter, und jetzt kauerte er selbst zumeist in einem Winkel seines eigenen, überfüllten Verstandes, während sein Körper auf dem lumpenübersäten Boden einer dämmrigen Kammer in einem unbewohnten Flügel des Palastes hockte. Seine Handgelenke und Knöchel wurden von eisernen Fesseln gehalten, aber er spürte sie kaum, während er versuchte, seine inneren Barrikaden gegen den reißenden Strom dieser Invasion von Stimmen aufrechtzuerhalten und bei Verstand zu bleiben.

»Mein Name ist ... Corlek Ondene, Sohn des Baron Arnos Ondene«, murmelte er. »Ich bin kürzlich von den ... Sturmbrecher-Inseln zurückgekehrt ...«

Er verstummte, als er hörte, wie sich Schritte und Stimmen näherten, und formte die Worte lautlos mit den Lippen.

»... wird diese Verschmelzung stattfinden?« Er erkannte Vorik dor-Galyns Stimme. »Wie viele dieser Funken braucht es denn noch?«

»Das ist schwer zu entscheiden, weil so etwas noch nie zuvor versucht wurde«, antwortete jemand anderes. Die hochmütige, bösartige Stimme gehörte dem Hexer Jumil. »Wenn die Verschmelzung eintritt, wird sie sich dramatisch gestalten. Dann darfst du etwas von der Größe und der Macht miterleben, die einst durch diese Länder schritt!«

»Ich erwarte demütig diesen Moment, Erlauchter«, erwiderte dor-Galyn. »Ich wollte nur sichergehen, dass dieses Fragment des Zerbrochenen unseren Plänen dient und sie nicht etwa zerstört.«

»Gleiches spricht zu Gleichem, Vorik. Das Verständnis wird gegenseitig sein, wie auch die Ziele.«

Ein leises Lachen drang von irgendwo her an Corleks Ohren, ein ruhiges, doch wahnsinniges Lachen, und er erschrak, als ihm klar wurde, dass es aus seinem Mund kam.

»Der tapfere Hauptmann verspottet uns«, meinte Vorik drohend und kam näher. »Vielleicht wäre eine kleine Maßregelung angebracht.«

»Das ist nicht mehr Ondene, Narr!«, tadelte ihn Jumil. »Sondern einer seiner vorübergehenden Gäste. Ein vielversprechendes Zeichen ... Da kommt der Nächste! Gut, ich habe ihn bereits erwartet ...«

»Erwartet?«

»Ja. Einer dieser Wächter ist in seiner Astralform über die Stadt geflattert, also habe ich einen Komavyle auf ihn angesetzt. Es könnte Calabos selbst gewesen sein, aber wie dem auch sei, ihre Begegnung hat einen weiteren Splitter des Zerbrochenen freigesetzt. Da kommt er und bezieht sein neues Heim.«

Ondene fühlte nichts, sah nichts und hörte nichts anderes als den Lärm, der die letzten Erinnerungen seines Selbst niederrang.

»Wie viele von diesen Splittern gibt es denn noch?«, wollte Vorik wissen.

»Wie viele?«, höhnte Jumil. »Wie viele Tassen Wasser ergeben einen Ozean? Aus wie vielen Sandkörnern bestehen die Strände? Wie will man die Essenz eines Gottes ermessen? Nein, du solltest lieber fragen, wie viele von meinem Großen Ruf erweckt wurden.«

»Erlauchter, ich verbessere meine ungenaue Frage nach Euren Vorgaben.«

»Dutzende und Aberdutzende, Vorik. Vielleicht sogar Hunderte. Aber einstweilen genug davon. Reden wir über die anderen NachtGeschöpf-Herden. Wir müssen die letzten Einzelheiten ihres Aufbruchs festlegen, damit alles bereit ist, wenn die Zeit kommt ...«

Ihre Stimmen verklangen, als sie den Raum verließen. Corlek Ondene kauerte in derselben Haltung wie zuvor, und ein nicht enden wollendes, bösartiges Lachen drang aus seinem Mund. Aus seinen Augen jedoch rollten Tränen.

Als Tashil und Dardan den *Silbernen Schlüssel* erreichten, eine Herberge am Rand der Klippen an der Spitze der Melvio-Stiege, war es bereits früher Vormittag. Der Himmel war grau und bewölkt. Während ihres Rittes von der Korfaen-Marsch hatte Tashil mehrmals versucht, Dybel mit Gedankensprache zu erreichen. Sie hatte nur einmal eine Antwort bekommen, eine wortlose Bestätigung. Sie fragte sich, ob Dybel vielleicht zu schwer verletzt war, um transportiert zu werden. Sie teilte Dardan ihre Befürchtung mit, als sie im Innenhof des *Silbernen Schlüssels* abstiegen.

»Deshalb werde ich ein Boot suchen, während Ihr seine Wunden versorgt«, erwiderte er, bevor er einen der Stallknechte zu sich rief, bei dem er für die Unterbringung von Calabos' Pferd zahlte.

Als sie die Herberge eilig verließen, wies Tashil auf die Schwierigkeiten hin, die sie möglicherweise bei Dybels Heilung erwarten würden. »Einen Pfeil mit Widerhaken zu entfernen ist eine größere Operation«, meinte sie. »Das ist etwas anderes, als einfache Wunden zu verbinden. Wir werden hinterher beide geschwächt sein.«

»Kein Wenn und Aber, Tashil. Wir lösen diese Problem, wenn es sich uns stellt.«

Sie folgten einem Schotterweg am Rand der Klippe, dessen fester Holzzaun verhindern sollte, dass Kinder und Tiere in den sicheren Tod stürzten. Auf der anderen Seite des Pfades erstreckten sich die Ausläufer eines Gehölzes in beide Richtungen, nur unterbrochen von der Lichtung, auf der sich der *Silberne Schlüssel* befand, und von einer freien Fläche hinter der Melvio-Stiege, auf der sich der Weg gabelte. Als sie zur Spitze dieser langen Steintreppe kamen, schärfte Tashil ihre Magiersinne und tastete in Gedankensprache nach Dybel.

Dybel, wir sind da. Könnt Ihr zu uns kommen?

Kommt rasch ... sie verfolgen mich ...

Die beiden Magier wechselten einen besorgten Blick und hasteten die Treppe hinunter. Sie nahmen zwei, drei Stufen auf einmal, trotz der Abnutzungserscheinungen, welche die Jahrhunderte und die zahllosen Reparaturen an der Treppe hinterlassen hatten. Im Augenblick benutzten jedoch nur wenige Menschen die Treppe, und die blickten kaum hoch, als die beiden Wächter an ihnen vorbeihetzten.

Tashil hörte nichts mehr von Dybel, aber nach zwei Dritteln des Weges sah sie eine Gestalt, die langsam die Treppe hinaufkroch. Eine Ahnung regte sich in ihr, die rasch zur Gewissheit wurde, als sie sich der Gestalt näherten. Kurz darauf hob Dybel sein bleiches Gesicht zu ihnen empor und lächelte schwach.

»Da waren Wachen ...«, stieß er heiser hervor. »Sie haben angefangen, die Häuser in der Straße zu durchsuchen ... vor etwa einer Stunde. Ich musste fliehen ...«

»Ich kann jetzt keine sehen.« Dardan spähte über das Geländer in die Tiefe.

Tashil hockte sich neben Dybel und untersuchte seine Wunde. Der zerbrochene Schaft eines Pfeils ragte aus der Seite unterhalb seiner Rippen heraus. Vorsichtig schob sie den blutdurchtränkten Lappen zur Seite, den er darauf gepresst hatte, und sah die dunklen Ränder um die Eintrittswunde. Das Fleisch darum herum war bereits farblos. Sie runzelte die Stirn.

»Er muss sofort behandelt werden«, sagte sie zu Dardan. »Wir können nicht riskieren, am Ufer entlang zu gehen. Wir müssen die Klippenstraße nehmen.«

»Sollen wir ihn auf Calabos' Pferd setzen?«

Sie schüttelte den Kopf. »Nicht sechs Meilen bis nach Murstig. Das würde ihn umbringen.« Sie schaute Dybel entschuldigend an. »Es wäre wirklich sehr riskant ...«

»Die Spitze der Treppe wäre vielleicht für dieses Gespräch ein ... geeigneterer Ort, nicht wahr?«, murmelte Dybel.

Tashil und Dardan nickten, halfen ihm auf, und nach etwa

zwanzig Minuten und mehreren Pausen erreichten sie den obersten Absatz der Melvio-Stiege. Auf der anderen Seite des Weges, der zu der mit Steinen gepflasterten Treppe führte, lag ein großer Felsbrocken, in den man eine Bank für Fußgänger gemeißelt hatte. Sie führten Dybel dorthin. Tashil setzte sich neben ihn, während Dardan zum *Silbernen Schlüssel* eilte, um ihr Pferd zu holen.

»Calabos hat mir von Ilgarions Armee erzählt«, sagte Tashil. »Hat der Kaiser wirklich vor, die Wallfahrer anzugreifen, die sich vor Besh-Darok versammeln?«

»Es stimmt«, erwiderte Dybel. »Ich habe mehrere Offiziere am Hof belauscht. Es klang fast so, als hätten sie nur auf einen Vorwand gewartet, endlich die Mogaun angreifen zu können. Und der Brand des Tagfrieds war ein mehr als ausreichender Grund.«

Tashil dachte ängstlich an ihren Vater und die anderen Angehörigen der Akri-Familie und versuchte, sie sich nicht als Opfer der Truppen von Khatrimantine vorzustellen.

»Unser neuer Kaiser fällt seine Urteile sehr rasch«, meinte sie. »Und noch schneller ist er mit Strafen bei der Hand. Aber er weiß doch hoffentlich, dass eine Blutsverwandtschaft zwischen seinem eigenen Geschlecht und einem der Mogaun-Clans besteht?«

»Vielleicht hasst er sie ja deshalb so sehr«, vermutete Dybel.

Tashil wollte etwas antworten, als zwei Gestalten auf dem Klippenweg auftauchten. Ein Mann führte ein Pferd am Zügel, und ein anderer ging neben ihm. Als sie näher kamen sah sie, dass Letzterer mit einem Kutscherumhang, schweren Stiefeln und einem Schlapphut mit zerrissener Krempe bekleidet war. Sie blieben vor der Bank stehen, und Dardan übernahm die Vorstellung.

»Tashil, Dybel, das ist Egbir. Er war im Schankraum der Herberge und hat gehört, wie ich mit dem Wirt verhandelt habe. Der Wirt hat zwar einen ausgezeichneten Karren, aber er will ihn jedoch weder vermieten noch verkaufen. Egbir ist ein Kutscher aus Harcas und will uns helfen, Dybel nach Murstig zu schaffen. Gegen ein angemessenes Entgelt, natürlich.«

»Ja, hab'n guten Karren«, knurrte Egbir. Er war groß und breitschultrig, ging jedoch gebeugt. Korngelbe Haarsträhnen lugten unter seinem Hut hervor, und sein schiefes Grinsen entblößte seine gelben Zähne, die einige Lücken aufwiesen. »Bring' Euch nach Murstig, oder wohin auch immer, sagt's nur!«

»Murstig wäre ausgezeichnet«, meinte Tashil. »Wo ist Euer Karren denn? In der Herberge?«

Egbir warf einen verächtlichen Blick in Richtung des *Silbernen Schlüssels.* »Pah! Der verlangt zu viel, zahl ich nicht, hab mein' Karren im Wald versteckt. Gehen wir hin?«

Tashil zuckte mit den Schultern und nickte dann. Dardan und sie halfen Dybel auf die Beine, und während Egbir voranging und Calabos' Pferd führte, marschierten sie langsam den Pfad entlang. Niemand begegnete ihnen, nur eine Grünschwinge saß auf dem Zaun neben der Klippe und betrachtete einen Moment, wie sie näher kamen, bevor sie aufflatterte und hastig über den dichten Wald davonflog. Egbir führte sie von der Kreuzung noch ein Dutzend Schritte weiter in den Wald, bevor er stehen blieb und auf einen Vorhang aus Ranken und dicken, fleischigen Blättern deutete.

»Hab den Karren hier versteckt«, raunzte er. »Altes Gehöft.«

Tashil sah Zaunpfähle unter dem Blattwerk und Karrenspuren auf den niedergedrückten Pflanzen, während sie dem Mann in den Wald folgten. Hinter den Kletterpflanzen herrschte grünliches Dämmerlicht, und ein überwucherter Trampelpfad führte zu einem schäbigen, torlosen Stall, dessen Dach schon vor langer Zeit eingestürzt war. Im Inneren wartete geduldig eine graue Mähre, die an einen niedrigen Karren angeschirrt war, dessen Ladefläche mit einer Segeltuchplane zugedeckt war. Calabos' Pferd scheute, als sie sich näherten, und Tashil stieg ein modriger Geruch in die Nase, fast wie von verfaultem Fleisch. Als sie schnüffelte und das Gesicht verzog, nickte Egbir.

»Da drin is'n toter Hund. Futter für die Ratten.« Er zeigte ein schmieriges Grinsen und band Calabos' Pferd an einen dicken, hüfthohen Zaunpfahl. Dann sah er Dardan an.

»Helft Ihr mir beim Karren? Die Plane abheben und Platz für Euren kranken Freund schaffen, ja?«

Dardan musterte ihn einen Moment prüfend. »Wie Ihr wünscht«, sagte er, und überließ es Tashil, Dybel zu stützen.

Als die beiden Männer um den Karren herumgingen, schüttelte Dybel den Kopf.

»Irgendwas stimmt hier nicht«, sagte er. »Dieser Gestank ...«

»Ich weiß«, bestätigte Tashil. »Das erinnert mich an etwas, dass ...«

Dann fiel es ihr ein. Nur einen Moment, bevor sie einen dumpfen Schlag und ein Stöhnen hinter dem Wagen hörte, dem ein rotes Glühen folgte, und ein wütender, schmerzerfüllter Schrei.

»Dardan!«, schrie sie.

Dybel ließ sie los und deutete mit einer Hand fort von dem Karren.

»Das ist einer dieser Geisterwirte«, meinte er. »Beeilt Euch, solange noch Zeit ist ...«

»Ich lasse Euch nicht allein!«, widersprach Tashil wütend. »Niemals ...!«

Die Kampfgeräusche brachen mit einem gedämpften Schlag und einem Grunzen ab. Augenblicke später tauchte Egbir auf. Er schwang einen schweren Knüppel, obwohl seine verbrannte Schulter noch qualmte. Dybel hob die Hand und schleuderte ihm einen Feuerdolch-Blitz entgegen, der direkt auf den Kopf des Kutschers zuschoss. Doch statt sich zu ducken, wartete Egbir einfach, bis ihn der Zauber mitten ins Gesicht traf. Tashil sah entsetzt, wie er grinste, als der Feuerdolch auf seinem Gesicht zersplitterte und ihn in Flammen tauchte, die seine Brauen und sein Haar versengten. Seine Haut blieb jedoch vollkommen unversehrt. Dybel stolperte bei diesem Anblick zurück, Egbir sprang vor und schlug ihn mit seinem Knüppel zu Boden. Dann richtete er seinen starren Blick auf Tashil.

»Ich kenne deinen Geist«, sagte er. »Der Dunkle Gebieter hat mich davon kosten lassen und mir befohlen, dich zu töten und dich zu den anderen zu schicken …«

Der Knüppel sauste durch die Luft, aber Tashil hatte gesehen, wie der Mann seinen Griff verändert hatte und nun den Unterarm hob. Sie konnte dem Schlag ausweichen und schoss vor, während sie mit ihrer in schimmernde Magie getauchten Hand auf seinen Hals zielte. Noch während das silberne Netz der Macht um ihren Feind tanzte und an ihm zerrte, erinnerte sie sich an den Kampf mit dem verhexten Hund. Verzweiflung überkam sie, als Egbir ihren magischen Angriff mit einem Lachen abtat und sich erneut auf sie stürzte.

Ihre Gedanken überschlugen sich, während sie den Hieben des besessenen Kutschers auswich und dabei über die kleine Lichtung sprang. Hastig versuchte sie, sich an die Einzelheiten aus den Kämpfen mit den anderen Geisterwirten zu erinnern. Als sie hinter den Bäumen in Deckung ging und den zugewucherten Karrenweg überquerte, stieß sie mit dem Fuß gegen einen der Zaunpfähle. Und verwünschte sich, weil sie das Naheliegendste übersehen hatte. Sie trat gegen den Pfosten, bog ihn hin und her und lockerte ihn schließlich weit genug, dass sie ihn aus dem Boden reißen konnte, bevor Egbir sie erreichte. Sein brutaler Schlag mit dem Knüppel ging fehl, und sie schlug mit aller Kraft mit dem Zaunpfahl zu. Sie landete einen heftigen Schlag gegen seinen Kopf, der ihn von den Füßen holte.

Während er sich wieder aufrappelte, sprach Tashil ihr Schlüsselwort für den Gedankengesang Wurf, mit dem sie den Pfahl packte, ihn eine Sekunde in der Luft schweben ließ und ihn dann direkt auf Egbir schleuderte. Er traf ihn links in die Brust, als er sich gerade aufrichtete, und warf ihn wieder hintenüber. Der Pfosten durchbohrte den Körper und spießte ihn auf den Boden.

Der Kutscher brüllte bestialisch, und seine wütenden Schreie steigerten sich bei jedem weiteren Zaunpfahl, mit dem Tashil ihn auf der Erde festnagelte. Sie ignorierte das Kreischen, überzeugte sich rasch, dass Dybel noch atmete, riss sein Kurzschwert an sich und ging zu dem gefangenen Geisterwirt. Der widerliche Gestank auf der Lichtung sagte ihr jetzt ganz eindeutig, was auf seinem Karren lag, und ihr eisiger Zorn legte sich wie eine kalte Rüstung um sie. Sie achtete nicht auf seine Hände, die nach ihr griffen, sondern trat dichter an ihn heran, umklammerte den Schwertgriff mit beiden Händen und schlug ihm den Kopf ab.

Nachdem das Blut versiegt war, wurden die Bewegungen des aufgespießten Leichnams langsamer, die Hände zuckten nicht mehr durch die Luft, die Gliedmaßen zitterten beinahe friedlich, und dann, endlich, lag er still. Tashil bebte von der Anstrengung und dem Schreck, ließ sich ein Stück neben der Leiche zu Boden sinken und wartete.

»Gut ... gemacht!«

Sie drehte sich um und sah, wie Dardan sich an einem Karrenrad festhielt und hochzog. Besorgt sprang sie auf und eilte an seine Seite.

»Ihr seht schlimm aus!«, stellte sie unverblümt fest. »Wie fühlt Ihr Euch?«

»Mein Kopf dröhnt, mir ist schlecht, und ich weiß nicht, wo mein Gleichgewichtssinn geblieben ist«, erwiderte er. »Diese Kreatur hat mich mit dem Knüppel an der Schläfe erwischt. Er muss sein ganzes Gewicht in den Schlag gelegt haben.« Dardan schloss einen Moment die Augen. »Wirklich üble Kopfschmerzen ... Ah, da kommt das Phantom ... seht!«

Wie bei den anderen Wirten zuvor entwich ein gewundenes, rauchiges Netz der kopflosen Leiche. Die feinen Tentakel wogten sanft, als es sich befreite. Einige Augenblicke schwebte es in der Luft, bevor es sich in Bewegung setzte. Es nahm Kurs auf das Zentrum von Sejeend, womit Tashil gerechnet hatte. Doch plötzlich wurde es langsamer und schlug einen östlicheren Kurs ein. Tashil und Dardan sahen sich verblüfft an.

»Folgt ihm«, forderte Dardan sie auf. »Aber haltet Abstand.«

Sie nickte und lief los, zwischen den Bäumen hindurch. Sie verfolgte das Netz über den Pfad und wieder in den Wald hinein und gab die Verfolgung erst zehn Minuten später auf, als das Phantom über einen reißenden Strom schwebte und sich rasch entfernte. Sie eilte zu dem verfallenen Stall zurück, wo sich Dardan um den fast bewusstlosen Dybel kümmerte.

»Nach Osten«, sagte sie. »Wohin es auch fliegt, es will nicht nach Sejeend.«

Dardan verzog das Gesicht. »Ein weiteres Rätsel neben den vielen, die wir noch nicht gelöst haben. Wir sollten so rasch wie möglich nach Murstig fahren. Leider werde ich Euch nicht sonderlich behilflich sein können.« Er biss die Zähne zusammen. »Wir brauchen den Karren. Und der ist voller Leichen.«

»Verstehe«, erwiderte Tashil stoisch. »Ich finde sicher einen Weg, wie ich ihn säubern kann.«

Zum Beispiel mit dem Gedankengesang Wurf.

12

Wenn die Nacht aus seinen Augen starrt,
Werden sich die Himmel verdunkeln,
Flüsse werden versiegen, Ernten werden verderben,
Kinder werden siechen, Türme werden einstürzen,
Und Könige werden dem Wahnsinn verfallen,
Wenn die Nacht aus seinen Augen starrt.

Gilly Cordale: Der Festzug der Verheerung,
5. Kapitel

Auf dem Achterdeck der *Muräne* schlug die Glocke acht Glasen. Im Ausguck am Bug seufzte der Verfluchte Rikken erleichtert, da seine Wache beendet war. Endlich konnte er nach unten in seine Koje gehen, sich dort aufwärmen und die beißende Kälte vertreiben, die sich trotz seines dicken Umhangs in seinen Knochen eingenistet hatte. Schon bald würde ihn jemand ablösen.

Er drehte sich um, doch von der Ablösung war nichts zu sehen. Also starrte er wieder in die grauen Nebelfetzen voraus. Obwohl bereits Mittag war, blieb der Dunstschleier genauso eisig und dicht wie während der Nacht. Er wurde weder dünner noch riss er auf, sondern schwebte nach wie vor über der großen, stillen Flotte, die unbeirrt nach Westen segelte. Rikken erspähte an Steuerbord im Nebel die dunklen Umrisse eines der Schiffe der Untoten. Das Flaggschiff von Hanavok, dem Admiral der Piratenprinzen von Ogucharn. Vor einer Stunde hatte sich der Kurs der beiden Schiffe zufällig so weit angenähert, dass Rikken die Mannschaft des Untotenschiffes sehen konnte. Offenbar hatte sich mittlerweile so etwas wie Fleisch an ihren Knochen gebildet, während sie zuvor nichts weiter als von Algen bedeckte, klappernde Skelette gewesen waren. Jetzt konnte er zwar nur noch einige undeutliche Silhouetten ausmachen, aber ihn fröstelte schon bei der bloßen Erinnerung an den Anblick …

Eine Hand fiel schwer auf seine Schulter, und er fuhr heftig zusammen. Es war nur seine Ablösung, Girzi, ein dürrer Mann aus Caleg, der Rikken verächtlich angrinste, während dieser den dicken Umhang abstreifte und ihn dem Mann reichte. Jetzt fühlte er, wie kalt es wirklich war, verließ eiligst den Bug und lief nach achtern zur Hauptluke.

Der Niedergang war schmal und im Laufe der Jahre und durch den Rauch zu einem schmutzigen Gelb nachgedunkelt. An den Sparren flackerten kleine Öllampen, deren Licht von Schalen aus Büffelhorn gedämpft wurde. Der Geruch des brennenden Talgs vermischte sich mit dem Aroma von Essen. Rikken bekam plötzlich Hunger und ging rasch weiter. Ihm lief das Wasser im Mund zusammen, als er sich lebhaft eine Schüssel heißen Eintopfes und ein Stück Schwarzbrot dazu ausmalte. Als er den fettstarrenden Vorhang der Kombüse erreichte, steckte Erdzic, der Koch, seinen kahlen, schweißglänzenden Schädel heraus, sah ihn und lachte.

»Wurde auch Zeit! Der Käpt'n hat schon nach dir gerufen.« Erdzic schaute kurz über die Schulter zurück und balancierte dann mit einer Hand ein Tablett, das mit einem Deckel verschlossen war. »Hier, bring das sofort in die Kapitänskajüte!«

Er verschwand wieder in der Kombüse, und Rikken starrte einen Moment auf den schmutzigen Vorhang, bevor er sich umdrehte und ein Stück den Weg zurücktrottete, den er eben gekommen war. Die Kapitänskajüte lag im Achterdeck auf der Backbordseite. Der einfachste Weg dorthin führte durch den Laderaum, über die Backbordleiter, auf das Achterdeck, dann noch zwei Schritte, und man war da. Als Rikken die Kajüte erreichte, stand die Tür leicht offen.

»Kapitän?«, rief er. »Seid Ihr da?«

Außer dem Knacken und Knarren des Schiffes hörte er nichts, also stieß er die Tür weiter auf und spähte in die Kajüte. Es brannte nur eine Hängelampe, deren Licht auf ein Durcheinander von Truhen und mit Wachstuch verkleideten Kisten fiel, eine Koje mit zerwühltem Bettzeug und einen massiven Tisch, auf dem Seekarten von schweren Gewichten festgehalten wurden. Durch die geöffneten Flügeltüren des Achterbalkons strömte feuchte, kalte Luft herein. Rikken bemerkte den Schatten eines Mannes, der dort stand.

Er trat ein und ging um den Tisch herum, weil er Kapitän Bureng lieber aus der Nähe ansprechen wollte. Als er sich den Flügeltüren näherte, sah er, dass sein Kapitän sich auf die Reling des Balkons stützte und zur Seite blickte. Rikken wollte sich melden, aber er bekam kein Wort heraus, als sein Blick auf das fiel, was der Kapitän betrachtete. Das Ding sah aus wie ein Knoten aus aschgrauen, gefiederten Tentakeln, die sich langsam bewegten, während es in Kopfhöhe auf den Kapitän zuschwebte.

Rikkens erster Gedanke war, dass diese *Ding* von einem von Hanavoks Schiffen stammen musste. Bevor er jedoch eine Warnung ausstoßen konnte, schossen die Tentakel vorwärts und landeten mitten im Gesicht des Kapitäns. Bureng keuchte und taumelte einen Schritt zurück. Rikken schrie erschreckt auf. Sein Kapitän wirbelte herum. Eine Seite seines Gesichtes war von der zappelnden Monstrosität bedeckt, die andere Hälfte von mörderischer Wut verzerrt, und ein glühendes, erbarmungsloses Auge richtete sich auf Rikken.

Mit einem Satz sprang Bureng durch die offenen Fensterflügel und packte Rikkens dünnes Wams mit beiden Fäusten. Rikken war wie gelähmt vor Entsetzen und erschlaffte unter dem groben Griff.

»Du spionierst mir nach!«

»Nein, Käpt'n! Nein! Ich habe Euch nur Euer ...!«

»Bist du ein Feind? Bist du ein Feind?«

Bevor Rikken antworten konnte, ließ Bureng ihn los und sank stöhnend auf die Knie. Das Tentakelding glitt durch seine Haut und in seinen Kopf wie der Geist eines Meeresungeheuers. Nach einer Weile war der Spuk vorbei, und Kapitän Burengs Gesichtzüge sahen vollkommen normal und unversehrt aus. Er stieß einen langen, bebenden Seufzer aus, wischte sich die Stirn und betastete vorsichtig die Stelle, an der das Ding eingedrungen war. Dann hob er den Kopf und betrachtete Rikken. Seine Augen weiteten sich, als sähe er ihn zum ersten Mal.

»Rikken, mein Rikken«, murmelte er. »Hast du die ... Vereinigung gesehen?«

Rikken konnte nur nicken, und Bureng verzog ironisch das Gesicht.

»Hm, schade, dass du es miterleben musstest.« Dann grinste er. »Aber besser du als die anderen. Denn dir kann ich trauen.«

»Das könnt Ihr, Käpt'n«, erklärte Rikken inbrünstig.

Bureng nickte, stand auf und bedeutete Rikken, ihm zu folgen. Aber er wirkte erschöpft, denn er stützte sich schwer auf den Kartentisch und ließ sich dann auf den nächstbesten Stuhl fallen.

»Diese Vereinigung hat mich geschwächt«, sagte er. »Doch das geht vorbei, und meine Essenz wird dadurch stärker.« Er schaute Rikken an. »Ich trage ein merkwürdiges Erbe in mir, Rikken. Möchtest du die Geschichte hören?«

Rikken war begeistert, weil sein Käpt'n ihm solche persönlichen Dinge anvertrauen wollte, und gleichzeitig machte es ihn verlegen.

»Aye, Kapitän.«

»Dann hör gut zu. Früher einmal war mein Geist, dieses klägliche Bruchstück, ein Teil von etwas, das unermesslich viel größer und mächtiger war, als alle Magier zusammengenommen.« Er zuckte mit den Schultern. »Was macht einen Gott aus? Ich kann es nicht sagen, aber ich weiß, dass er eine Katastrophe erlebt hat, die ihn in Wolken von Fragmenten zersplittert hat, die sich über den ganzen Kontinent verteilten, ins Blut von Familien eindrangen und dort Generation über Generation schlummerten. Ein zerstreutes Vermächtnis einer ungeheuren Majestät. Jetzt sind all diese Splitter und Bruchstücke erwacht, suchen einander und sammeln sich. Ich habe das selbst erst nach und nach erfahren, von der Nacht am Strand angefangen bis zu diesem Moment, in dem wir an der Spitze einer finsteren, unheiligen Flotte segeln ...«

Bureng runzelte die Stirn und dachte nach. »Aber es gibt noch einen wie mich. Er haust in Sejeend, ein junger Mann, geschüttelt von Furcht, der die Stimmen nicht begreift, die in seinem Schädel hausen. Als das Gottfragment in mir erwachte, habe ich es sofort akzeptiert, er aber kämpft gegen diese heranrauschende Welle an, wehrt sich gegen das Unausweichliche.« Er lachte. »Der erbärmliche Narr. Ich spüre seine Panik davor, langsam zu ertrinken. Ihm ist nicht klar, dass diese Vereinigung erst der Anfang ist, nicht das Ende, an dem alle Stimmen wie eine sprechen ...«

Er lächelte, und Rikken grinste beflissen.

»Also gibt es ... noch mehr von diesen ... zerbrochenen Geistern, Käpt'n?«

»Ja, Rikken. Und ich will, dass du mir nicht mehr von der Seite weichst, jetzt, da du mein Geheimnis kennst«, erklärte Bureng. »Hanavoks Schiffe müssen sich mit diesem drückenden Nebel vor der Sonne schützen, deshalb sind wir so langsam. Also werden wir nicht vor morgen Nachmittag in die Vaale-Straße einlaufen, selbst wenn wir heute Nacht eine größere Strecke zurücklegen. Sobald wir uns der Straße nähern, müssen wir auf die Dämmerung warten, bevor wir angreifen. Das Netz der Hexerei ist nach Sonnenuntergang stärker.«

»Wie kann ich Euch dienen, Käpt'n?«

»Du bleibst bei mir, wenn wir die Mauern des Hojamar-Frieds durchbrechen und den Palast selbst stürmen«, sagte er. »Wenn sich mir ein dunkler Geist nähert, könnte deine Hilfe von unschätzbarem Wert sein.«

Rikken nahm Haltung an und verbeugte sich ergeben.

»Ich bin Euer Diener, Kapitän. Meine Klinge gehört Euch.«

»Gut, gut. Jetzt muss ich dir noch einiges erzählen, aber schenk mir zuerst einen Becher Goldwasser aus dieser kleinen Kiste da drüben ein ...«

Gräfin Ayoni hörte, wie die Tür ihres Gefängnisses geöffnet wurde und schwere Stiefel das Innere betraten. Die Person murmelte kurz mit dem Wachposten am Ende des kurzen Gangs. Einen Moment später tauchte der Gardist an dem vergitterten Fenster auf und entriegelte die Tür.

»Ein Besucher, Gräfin!«

Er trat zur Seite und ließ den Ehemann von Ayoni vorbei, Graf Jarryc. Als sie sein geliebtes Gesicht sah, bröckelte ihre sorgfältig aufrechterhaltene stoische Miene. Sie stand rasch auf und sank in seine Arme. So blieben sie einige Momente lang stehen und murmelten sich tröstende Worte zu, bis Ayoni brennende Tränen über die Wangen liefen.

»Verflucht sollen sie sein!«, knurrte der Graf. »Dieser Stall ist nicht einmal einem Hund angemessen!«

»Ich habe meine kleine Wandlampe und einen Band liturgische Verse von Roharkan, die mir der Erzmagier freundlicherweise überlassen hat.« Sie tupfte sich mit einem Taschentuch die Augen ab. »Stell dir vor, wie viel schlimmer es sein könnte. Ich könnte in einem der verlausten Kerker Magramons vegetieren, und du könntest tatsächlich in Gefahr sein.«

Jarryc lächelte säuerlich. »Wir sind mittlerweile eine Tagesreise von Sejeend entfernt, und es gibt kein Anzeichen, ja nicht einmal einen Hauch einer angeblichen ›Bedrohung‹ durch die Mogaun. Warum überrascht mich das nicht? Ich muss Ilgarions Stabssitzungen ertragen und seine wahnsinnigen Befehle ausführen, und das ohne jeden Kommentar, weil Tangaroth dich und Chellour hier gefangen hält.« Er verzog die Lippen und blickte zu dem niedrigen Dach hinauf. »Ich habe deine Schließer gesehen, als ich hergebracht wurde.«

Ayoni wusste, dass er auf die drei erfahrenen Kriegsmagier anspielte, die der Erzmagier auf dem Dach postiert hatte. Sie sollten sie und Chellour scharf im Auge behalten und jeden noch so kleinen Versuch von Zauberei sofort unterbinden.

»Ich hätte mir nie träumen lassen, dass deine Pflicht als Wächterin dich in eine solche Lage führen könnte«, sagte er mit einem traurigen Lächeln.

»Es tut mir so Leid, Liebster«, erwiderte sie. »Aber als ich sah, wie sie die arme Fyndil und den Herzog behandelten, habe ich einfach den Kopf verloren …«

Sie legte eine Hand auf seine Brust und senkte den Kopf. Jarryc strich ihr zärtlich über das Haar.

»Das braucht dir nicht Leid zu tun, Liebste«, sagte er. »Es gibt andere, die eine weit größere Bürde auf sich geladen haben, als du und ich es jemals tun könnten.«

Jemand räusperte sich vernehmlich an der offenen Zellentür.

»Verzeiht, Euer Gnaden, aber laut Befehl des Erzmagiers darf dieser Besuch nicht lange dauern.«

Der Graf warf dem Wachposten einen kühlen Blick zu und drückte seine Frau an sich. Sie schlang einen Arm um seinen Hals, und ihre Lippen berührten sich zum Abschied einen Moment, sehnsüchtig und traurig. Sie ahnten, dass Schicksal oder Willkür noch ein gerüttelt Maß an Grausamkeit für sie bereithielt. Dann trennten sie sich voneinander und hielten sich an den Händen, während sie sich in die Augen sahen. Schließlich lösten sie auch ihre Finger voneinander. Jarryc drehte sich herum, verließ die Zelle und verschwand. Als die Tür zugesperrt wurde und der Riegel an seinen Platz fiel, lauschte sie seinen Schritten, die sich langsam entfernten, bis sie schließlich ganz verklangen.

Sie setzte sich auf ihre Pritsche, die nur mit einer Strohmatte gepolstert war, und kämpfte gegen ihre Verzweiflung an.

»Geht es Euch gut, Ayoni?«, fragte Chellour laut aus der Nachbarzelle.

»Ruhe da! Kein Gerede ...«

Ayonis Verzweiflung schlug in Zorn um. Sie stand auf und trat an die Zellentür.

»Es könnte nicht besser sein, lieber Chellour«, erwiderte sie. »Und wie geht es Euch an diesem schönen Abend?«

»Ach, Ihr wisst ja, wie das ist. Zu viel guter Wein und erlesene Delikatessen. Dieser Überfluss kann einem so richtig den Magen verderben ...«

Der Wachposten tauchte vor ihrer Zellentür auf und schlug mit einem kurzen Stock dagegen.

»Das reicht jetzt! Ihr kennt die Regeln: keine Unterhaltung, überhaupt keine, für die Dauer Eurer Einkerkerung.« Er schnaubte verächtlich. »Oder soll ich den Erzmagier bitten, Euch wieder schlafen zu legen?«

Ayoni schüttelte den Kopf und ging schweigend wieder zu ihrer Pritsche zurück. In die Zellen waren mehrere Amulette der Niederen Macht eingelassen, die Tangaroths Magiern erlaubte, jeden Gefangenen in einen unfreiwilligen Schlummer zu versetzen und ihn zu wecken, wann und wie es ihnen beliebte. Chellour und sie hatten diesen erzwungenen Schlaf bereits zweimal über sich ergehen lassen müssen. Er hinterließ eine tiefe, traumlose Lücke zwischen diesem und dem nächsten Moment. Ayoni verspürte nicht das geringste Verlangen, diese unangenehme Erfahrung zu wiederholen. Stattdessen legte sie sich auf den dünnen Strohsack und versuchte ihre sorgenvollen Gedanken um Jarryc zu vertreiben, indem sie echten Schlaf suchte.

Nach einer Weile verschwamm die Gefängniszelle vor ihren Augen, und der Schlaf senkte sich herab. Einige Traumpfade drängten sich ihr auf, von denen jeder zu einem lebhaften Flickmuster des Vertrauten und Unwahrscheinlichen führte. Bevor sie sich für einen entscheiden konnte, geschah etwas Merkwürdiges. Das undeutliche Netz schimmerte, und die Schatten vertieften sich, als jemand in einer brüchigen, rauen Stimme flüsterte. Er wisperte ein Gebet oder einen Gesang in einer Sprache, die ihr irgendwie bekannt vorkam ...

Die Decke des Schlafes wurde fadenscheiniger und löste sich schließlich vollkommen auf. Sie saß im Dunkeln auf dem Rand ihrer Pritsche. Ihre Wandlampe hatte die letzten, spärlichen Talgreserven verbrannt. Doch die Dunkelheit war seltsam, denn alles schien mit einer schwachen, strahlenden Aura überzogen zu sein, wie von einer Staubschicht, die sich über das Funkeln eines Diamanten legt. Ayoni sah sich langsam um und schnappte verblüfft nach Luft, als sie eine Gestalt auf der Pritsche hinter sich liegen sah. Die Gestalt trug ihr eigenes Gesicht. Erschreckt sprang sie auf, stützte sich Halt suchend an die Zellenwand und ... stolperte hindurch in die nächste Zelle, in der Chellour gerade sein schlafendes Spiegelbild musterte. Überrascht richtete sich ihr Magierkollege auf und grinste, als er sie erkannte.

»Seid gegrüßt, Gräfin. Sind wir Gast in unseren jeweiligen Träumen? Oder sogar in den Nachtgespinsten von jemand ganz anderem?«

»Was auch immer hier passiert, anscheinend entgeht es der Aufmerksamkeit unserer Wächter«, sagte sie.

»Ich habe mich noch nicht nach draußen getraut«, meinte Chellour und streckte die Hand aus, die ungehindert durch die Außenwand seiner Zelle glitt.

»Es gibt kein Draußen«, schnarrte eine Stimme hinter ihnen.

Sie drehten sich um und sahen einen alten, kahlköpfigen Mann, der schmutzige Felle und eine geflickte Tunika trug. Eine lange Kette aus Perlen, Amuletten und Knochen war um seinen Hals geschlungen, und Ayoni fiel auf, dass er fast dreißig Zentimeter über dem Boden schwebte. Dies musste ein Schamane der Mogaun sein, vielleicht sogar ein Seher.

»Es gibt kein Draußen?«, wiederholte Chellour.

»Nein«, bestätigte der alte Mogaun. »Übrigens auch kein Drinnen, hier, wo wir sind.«

»Und, Ehrwürdiger«, mischte sich Ayoni ein, »wo sind wir?«

Der alte Schamane lächelte sie wissend an.

»Im Geistland, der Domäne der Untoten, dem Schmerzlosen Ozean, der Einöde«, erwiderte er. »Ich musste Euch hierher schaffen, um Euch vor neugierigen Blicken zu verbergen.« Er warf einen Blick nach oben und legte den Kopf schief, als ob er lauschen würde, zuckte dann mit den Schultern und winkte ihnen. »Ich bringe Euch zu ihnen. Folgt mir.«

Er drehte er sich um und schwebte zu der geschlossenen Zellentür. Ayoni sah Chellour verblüfft an, doch bevor sie etwas sagen konnte, glitten sie beide wie von Zauberhand bewegt hinter dem Schamanen her. Die Wände ihres Gefängnisses huschten an ihnen vorbei, und dann folgten sie dem Schamanen durch die Nacht, während sie ständig an Höhe gewannen.

Ayoni konnte ihre Perspektive ändern, indem sie einfach nur den Kopf und die Schultern drehte. Sie blickte über das ganze Lager der kaiserlichen Armee, das auf einer Anhöhe zwischen zwei Gebirgsausläufern errichtet worden war. Sie gehörten zu einer unregelmäßigen Reihe von zerklüfteten Klippen und Bergrücken, welche die äußeren Ufer des Großen Kanals säumten. Diese mächtige Wasserstraße war an manchen Stellen mehr als eine halbe Meile breit. Sie umringte das alte Hoheitsgebiet von Besh-Darok und mündete mehrere Meilen nördlich und südlich von der Stadt im Golf von Brykon. Aus der Geschichte wusste Ayoni natürlich, dass es vor dreihundert Jahren hier keine Wasserstraße gegeben hatte, sondern nur eine lange Reihe zerklüfteter Felsen, den Buckelgurt, den die Schattenkönige in ihrer Grausamkeit und ihrem Hass in eine lange, befestigte Mauer verwandelt hatten, an deren Enden die finsteren Zitadellen Gorla und Keshada gestanden hatten. Als der Herr des Zwielichts bezwungen wurde, waren die Furcht einflößende Mauer und die beiden Zitadellen in der Tiefe versunken, in die Unterwelt, und hatten dadurch diesen gewaltigen Kanal aufgerissen. Ein magischer, unterirdischer Stollen, der Große Gang, verband die beiden Festungen mit der Zitadelle von Rauthaz hoch im Norden. Als er zerstört wurde, war ebenfalls ein gewaltiger Kanal entstanden, der bis zum Golf von Noriel reichte.

Der Große Kanal wirkte wie eine gewaltige schwarze Schlange, während Ayoni und Chellour jetzt im Gefolge des Schamanen in der Abenddämmerung hinüberflogen. Die Lichter des kaiserlichen Lagers wurden immer schwächer und erloschen, als sie das andere Ufer erreichten. Dann sahen sie eine größere Ansammlung von hellen Lichtpunkten am Großen Kanal, einige Meilen entfernt, die sich über das diesseitige Ufer erstreckten.

»Belkiol, die Stadt der tausend Zelte«, erklärte der alte Mogaun. »Der Rastplatz für die Wallfahrer, bevor sie sich auf das letzte Wegstück nach Besh-Darok begeben. Dort absolvieren sie ihre drei Entbehrungen, singen die fünf Lieder, sprechen die sechs Gebete und entbieten die zehn Lebewohls.«

Sie flogen weiter, während ihr Führer wortlos auf Pilgergruppen deutete, die von Belkiol aufbrachen oder in der Stadt eintrafen. Sie trugen Stablaternen über ihren Schultern. Nur ein paar Meilen weiter im Osten schimmerten die fahlen Mauern von Besh-Darok. Ayoni hatte die uralte, fast gänzlich verlassene Stadt nur einmal in ihrer Jugend besucht. Damals begleitete sie ihren Vater auf einer Reise zu Verwandten in Süd-Mantinor. Ihr kleines Schiff hatte an einer der wenigen Molen angelegt, die man noch benutzen konnte. An den meisten Kais versperrten verrottende Wracks den Zugang. Sie hatten die Nacht in einer Herberge am Hafen verbracht, ohne die zerstörte Stadt näher zu besichtigen. Ayoni lächelte, als ihr die Ironie dieser Situation aufging. Obwohl sie am nächsten Morgen unbedingt die verlassenen Straßen hatte erforschen wollen, hatte ihr Vater sich geweigert. Aus Respekt vor den Toten und deren Geistern, die vielleicht noch zwischen Mauern und Türmen umhergingen. Und jetzt kehrte sie selbst als körperloser Geist nach Besh-Darok zurück.

Sie flogen weiter durch den dunklen Himmel, unberührt von Kälte oder Wind. Kurz drauf sanken sie zwischen den zerfallenden Bastionen in die Stadt hinab. Deren eingestürzte, baufällige Gebäude waren alle von derselben, dunklen Strahlung umgeben, einer schwachen türkisfarbenen Aura. Der Verfall langer Jahrhunderte und das unaufhörliche Vordringen der Pflanzenwelt war deutlich zu erkennen. Schutt und Mauerwerk wurden von Moosen und Gräsern überwuchert, Büsche und Kletterpflanzen verschleierten Fenster und Türen, zerbrochene Pfeiler erstickten unter Efeu oder Mauerdorn, und aus den Ruinen vieler Gebäude wuchsen Bäume, deren Äste Mauern umstießen und deren Wurzeln auf dem Weg ins Freie Bodenfliesen und Steine durchdrangen.

Der Mogaun änderte seinen Kurs und schwebte auf ein gewaltiges, ovales Gebäude in der Nähe der Stadtmauer zu, das von den Resten eines rautenförmigen Walls umschlossen wurde, an dessen Enden sich zwei große, zylindrische Türme erhoben. Aufgrund seiner Lage wurde Ayoni klar, dass es sich bei diesem Bauwerk um den alten Kaiserlichen Palast handeln musste. Der neue Palast in Sejeend war teilweise nach seinem

Vorbild erbaut worden. Von alten Zeichnungen und Gemälden wusste sie, wie er einst ausgesehen haben musste. Doch irgendwann nach dem Schattenkönig-Krieg war der Hohe Turm eingestürzt. Seine überwucherten Reste lagen zwischen dem nördlichen Teil der Feste und der Stadtmauer verstreut, auf die er gefallen war.

Innerhalb der Palastmauern verbarg dichtes Gestrüpp die Reste der Zerstörung und die uralten Spuren jener furchtbaren Schlacht. Der alte Mogaun landete mit ihnen auf einem von Kletterpflanzen überwucherten Abschnitt zerborstener Feldsteine vor einer großen Arkade. Als der Schamane sie dorthin führte, glaube Ayoni eine blasse, nebelhafte Gestalt an einem der oberen Fenster entlanggehen zu sehen. Im nächsten Moment war sie jedoch verschwunden. Chellour runzelte die Stirn, als sie ihm und ihrem Führer hinterhereilte, doch sie hinderte ihn mit einem kurzen Kopfschütteln an einem Kommentar. Dann überholte sie den Schamanen und stellte sich ihm in den Weg.

»Welchen Zweck verfolgt Ihr damit, dass Ihr uns hierher bringt, Ehrwürdiger?«, fragte sie. »Wer hat Euch gesendet, uns zu holen?«

»Ich wurde von niemandem gesendet«, erwiderte der Mogaun scharf, während er um sie herumging. »Es war und es ist notwendig, Euch hierher zu bringen, auf dass Ihr fragt, antwortet und Zeuge werdet ...«

Sie gingen durch eine zerstörte Eingangshalle, die fast vollkommen von Schutt bedeckt war; große, von Flechten überzogene Mauerstücke und lange Bruchstücke einst mächtiger Pfeiler lagen verstreut auf dem Boden. Früher einmal hatte sich mitten im Saal eine gewaltige Treppe befunden. Ihr Sockel überragte den mit Moos bewachsenen Schutt immer noch. Die zerborstenen Stufen hoben sich scharf gegen den dunkelroten Abendhimmel ab. Der alte Mogaun durchquerte die Halle und führte sie in eine große Kammer dahinter. Auch hier war der Boden mit bemoostem Schutt übersät. Durch die Lücken der teilweise eingestürzten Decke konnte man den Nachthimmel sehen.

Die blasse, schwarzgewandete Gestalt einer jungen Frau saß auf einem der Trümmerstücke und schaute aus einem schmalen, hohen Fenster. Als sie eintraten, drehte sie sich herum und lächelte.

»Oh, Atroc! Und du hast Gäste mitgebracht!«

»Nur für kurze Zeit, Alael!«, erwiderte der Mogaun Atroc. »Sie kommen in einer schwerwiegenden Angelegenheit!«

Die Frau namens Alael nickte, als sie sich ihnen näherte. Sie wandte sich an Ayoni und Chellour. »Es geht gewiss um diese Fremden«, meinte sie. »Sie haben im Tagfried ihr Lager aufgeschlagen. Bardow ist sehr besorgt.«

»Wo ist der Erzmagier jetzt, Herrin?«, fragte Atroc.

»Ich sah ihn vor kurzem noch auf der Silbernen Aggor, wo er sich mit Yasgur unterhielt.«

»Dort habe ich ihn nicht gefunden. Vielleicht ist er ja im Nachtfried«, meinte Atroc. »Danke, Herrin.«

Die junge Frau lächelte strahlend und schlenderte dann durch die zerstörte Kammer davon. Ayoni warf Chellour einen erstaunten Blick zu.

»Ist das wirklich ... Königin Alael?«, fragte der Magier.

»Vielmehr Königin Alaels Geist?«, verbesserte ihn Ayoni. Sie versuchte, diese schlanke junge Frau mit den Gemälden in Einklang zu bringen, die sie in ihrer Kindheit und Jugend gesehen hatte. Sie zeigten eine strenge, befehlsgewohnte Frau, die immer die Königskrone trug und auf allen Porträts ein Schwert, einen Schild oder ein sonstiges Symbol des Kampfes trug. Alael war kurz nach dem Schattenkönig-Krieg gekrönt worden und hatte sich mit Chaos und Aufruhr herumschlagen müssen, die sich wie bösartiges Unkraut in Khatrimantine verbreitet hatten. In der Folge hatten einige entschlossene Möchtegern-Rivalen Alaels Herrschaft herausgefordert und versucht, sie vom Thron zu stoßen. Die ersten zwanzig Jahre ihrer Herrschaft bestanden ausschließlich aus einem einzigen, endlosen Feldzug, mithilfe dessen sie versuchte, die ehemaligen Gebiete des Khatrimantinischen Reiches zu vereinen. Dieser gewaltige Feldzug hatte bei den nachfolgenden Generationen das Bild von Alael, der Kriegerkönigin geprägt.

Doch hier, in diesem Besh-Darok der Geister, sah sie so jung und unbeschwert aus, wie sie es vor ihrer Krönung gewesen sein mochte. Zudem waren auch andere Namen aus der Geschichte gefallen: Erzmagier Bardow und Yasgur, der Mogaun-Prinz, der während des Krieges zum Lordregenten aufgestiegen war. Bei ihrem Führer musste es sich um den Seher Atroc handeln, Yasgurs engsten Berater und Freund des berühmten Gilly Cordale, den Atroc gerettet hatte.

»Wir könnten Chael Bardow treffen«, murmelte sie Chellour zu, als sie hinter Atroc die Kammer verließen, indem sie einfach durch die Wand glitten.

Chellour runzelte die Stirn. »Irgendwas stimmt hier nicht. Warum sollte der Geist von Königin Alael jung sein, statt alt? Erinnert sie sich überhaupt daran, dass sie Königin gewesen ist?«

Atroc führte sie durch die Dämmerung über einen Pfad, der von vertrockneten Büschen und Setzlingen erstickt wurde, zu einem breiten Spalt zwischen der einst prunkvollen Befestigung und der Inneren Mauer. Hier draußen herrschte tagsüber strahlender Sonnenschein, und Pflanzen, Büsche, Blumen und mit Beeren überladene Sträucher gediehen prächtig, ebenso wie mächtige Eisenholzbäume, die gegen die Steinquader der Inneren Mauer drückten. Ihre Zweige waren von Litrilu-Blüten überladen, die ebenfalls von der gedämpften, farbigen Aura überzogen schienen. Plötzlich blieb Atroc stehen und deutete auf die dunkle Masse des Nachtfrieds.

»Bardow erwartet uns«, erklärte er. »Fragt ihn, was Ihr wollt, aber seid gewiss, dass Ihr am Ende mehr Fragen habt als am Anfang.«

»Da ist er nicht mehr.«

Die durchscheinende Gestalt eines großen, bärtigen Mannes in Kettenhemd und Umhang trat aus dem dämmrigen Blattwerk. Auf Ayoni wirkte er düster, vielleicht auch ein wenig müde, doch der Blick seiner dunklen Augen schien fest und wachsam.

»Wo könnten wir ihn dann finden, Mylord?«, erkundigte sich Atroc.

»In den Kasernen, Atroc. Im Observatorium.«

»Schon wieder? Befragt er wieder die Sterne?« Atroc schnaubte. »Genauso gut könnte er aus den Wellen in der Bucht lesen. Wenn das Ende tatsächlich bevorsteht, wie sollen uns dann die Sterne helfen, es aufzuhalten?«

Der Mann schien erst jetzt Ayoni und Chellour zu bemerken und musterte sie scharf und misstrauisch.

»Vielleicht hat Bardow Euch deshalb gebeten, nach Zeugen zu suchen«, meinte er. »Lady, mein Herr, ich bin Ikarno Mazaret, ehemaliger Lordregent dieses traurigen und verfallenen Ortes. Ich weiß nicht, was diese Fremden hier wollen, aber ich befürchte das Schlimmste. Aus diesem Grund ist uns jede Hilfe willkommen.« Sein Blick richtete sich wieder auf Atroc. »Ich bin im Garten und passe auf ...«

Der alte Mogaun verbeugte sich knapp. »Natürlich, Herr.«

Ikarno Mazaret, dachte Ayoni, während sie dem großen, geisterhaften Mann nachsah, der über den überwucherten Pfad davonging. Er hatte die letzte Schlacht im Reich des Herrn des Zwielichts überlebt, jedenfalls den alten Legenden zufolge.

»Kommt«, sagte Atroc. »Wir nehmen den direkten Weg.«

Während er sprach, erhoben sie sich in die Luft und flogen in einem Bogen über und durch die Palastbefestigungen, bis sie in einem großen Nebengebäude landeten. Sie schwebten durch zerbrochene Decken hinauf zum Dachboden, wo Vögel auf rostigen Eisenträgern hockten und sich Stümpfe von Strebpfeilern dunkel gegen den Himmel abhoben. Am Ende des langen, offenen Dachbodens stand eine fahle Gestalt und starrte einen zerfallenen Abschnitt der Wand an. Als sie näher kamen, erkannte Ayoni die untersetzte Gestalt eines Mannes, der durch eine von mehreren röhrenförmigen Vorrichtungen spähte, die aus der Wand ragten.

»Gut«, sagte er, ohne sich umzudrehen. »Danke, Atroc, dass du solch vornehme Gäste in unser bedauerlich baufälliges Domizil gebracht hast.« Er warf ihnen einen Seitenblick zu und lächelte. »Ich bin froh, dass Ihr hier seid, und hoffe, dass Ihr Magier etwas Licht auf unsere geheimnisvollen Besucher werfen könnt. Sie sind vom Meer gekommen, und zwar mehrere Stunden, bevor die Armee Ilgarions ihr Lager aufgeschlagen hat.« Er richtete sich auf, drehte sich um und faltete die Hände. »Aber zuerst wollen wir uns vorstellen. Dies ist Atroc, Schamane und Seher, wie Ihr vielleicht bereits wisst. Ich bin Chael Bardow, einst Erzmagier seiner Majestät Kaiser Tauric des Ersten. Und Ihr seid ...?«

»Ayoni, Gräfin von Harcos. Ich bin durch Eid und Pflicht an den Orden der Wächter gebunden.«

»Nyls Chellour von Adnagaur«, meinte Chellour. »Ebenfalls vom Orden der Wächter.«

»Ausgezeichnet«, sagte Bardow. »Dass Ihr erst kürzlich von diesem Narren Ilgarion eingekerkert wurdet, bürgt mehr als ausreichend für Euren Charakter.«

»Verzeiht meine Frage, Erzmagier«, meinte Ayoni. »Aber seid Ihr zufällig darüber informiert, was in Sejeend geschieht?«

»Nicht besonders ausführlich«, gab Bardow zu. »Wir haben einige nützliche Einzelheiten von den Pilgern aufgeschnappt, die Besh-Darok besuchen, obwohl die stichhaltigeren Informationen von anderen stammen. Von Händlern, Seeleuten und dergleichen.«

»Falls man sie dazu bringen kann, überhaupt darüber zu reden«, mischte sich Atroc säuerlich ein.

»Gelegentlich erfahre ich auch hier etwas«, fuhr Bardow fort. »Nicht alle Röhren in den Wänden sind auf die Sterne gerichtet. Doch genug der Höflichkeiten. Vielleicht sollten wir zum Tagfried gehen und herausfinden, ob diese Fremden dort irgendwelche aufschlussreichen Bemerkungen fallen lassen.« Er sah Atroc an. »Hält Yasgur noch Wache?«

»Gilly hat ihn abgelöst.«

»Gut. Ich bin hier einstweilen fertig ...«

Ayoni lächelte ihn an. »Erzmagier, ich muss zugeben, dass ich verwirrt bin, sowohl von Eurer Anwesenheit hier als auch von all diesen Gestalten. Verzeiht meine Frage, aber seid Ihr alle Gespenster? Und wenn ja, was sind Chellour und ich dann?«

Bardow kommentierte ihre Worte mit einem Nicken. »Ich muss ebenfalls meine Unsicherheit eingestehen, Gräfin«, antwortete er dann. »Wir erscheinen geisterhaft und sind für die Wallfahrer und die wenigen Bewohner der Stadt unsichtbar, wie auch für die meisten Tiere. Wir scheinen einen leeren Ort zu bewohnen, der sich mit dieser Welt deckt, deshalb können wir durch feste Dinge gehen. Sie befinden sich ja nicht dort, wo wir uns tatsächlich aufhalten. Wenn Menschen schlafen und träumen, nehmen sie eine andere Gestalt an. Aus diesem Grund konnte Atroc Euch hierher bringen.

Doch zu Eurer Frage: Sind wir Geister? Das würde bedeuten, wir wären gestorben und hätten diese fahlen Schatten hinterlassen. Ich kann mich sehr wohl an meinen Tod im Reich des Herrn des Zwielichts erinnern. Dort wurde ich von den Reptilienreitern mit ihren Sicheln niedergemäht. Später fand ich mich in den Straßen Besh-Daroks wieder, durch die ich wanderte, während eine singende, jubelnde Menschenmenge den Untergang der Schattenkönige und den Zusammenbruch ihrer Schreckensherrschaft feierte. Doch niemand konnte mich sehen oder hören. Bald darauf begegnete ich Ikarno Mazaret, dessen Gestalt ebenso bleich und durchscheinend war wie die meine. Interessanterweise war seine letzte Erinnerung der fürchterliche Höhepunkt der Schlacht im Reich des Herrn des Zwielichts. Andere wie er und ich trafen in den folgenden Tagen und Wochen ebenfalls in Besh-Darok ein, und jeder wusste eine ganz ähnliche Geschichte zu erzählen.«

»Wer waren sie?«, fragte Ayoni. »Und wo sind sie jetzt?«

»Die meisten waren Magier oder Menschen, die direkt von der Niederen Macht oder dem BrunnQuell berührt worden waren. Die überwiegende Mehrheit von ihnen ist weitergezogen, während wir Übrigen aus einem Gefühl der Vertrautheit oder der Verbundenheit mit Besh-Darok heraus hier geblieben sind. Vielleicht auch, weil wir hoffen, dass eines Tages lang vermisste Gesichter wieder auftauchen.« Seine Worte verrieten seine Trauer. »Aber ich glaube nicht, dass wir Geister sind. Mehr als eine Woche, nachdem Ikarno Mazarets bleiche Gestalt hier erschien, sahen er und ich den leibhaftigen Ikarno Mazaret durch das Stadttor reiten. Dasselbe widerfuhr Alael und Gilly. Allerdings blieb unser Gilly hier, während der leibhaftige Gilly nach Cabringa gezogen ist.«

Chellour war fasziniert. »Das bedeutet also, dass Lord Mazaret mitangesehen hat, wie er ... alt wurde?«

»Er war in den Höfen des Morgens, als seine geliebte Suviel Hantika in einem Blumenbeet auftauchte«, erklärte Bardow. »Während sein reales Selbst sie herzlichst begrüßte, konnte er nur daneben stehen und sie stumm beobachten.«

»Wie traurig«, murmelte Ayoni. *Deshalb hat er gesagt, er ist in den Gärten.*

»Alael hat etwas ganz Ähnliches erlebt. Sie schaute ihrer eigenen Krönung zu, verfolgte, wie sie sich in ihrer Rolle als Königin zurechtfand, wie sie regierte, Befehle erteilte, Probleme abwog, Krisen meisterte, urteilte, bestrafte oder belohnte.«

»Das muss sehr schwer für sie gewesen sein«, vermutete Ayoni.

Der Erzmagier lächelte schwach. »Ich glaube, sie hat irgendwann entschieden, dass die leibhaftige Alael eine andere Person war, die sich in vielen Dingen von ihr unterschied, und ihr lebhaftes Interesse kühlte etwas ab. Als jedoch der echte Ikarno Mazaret verschied, mit mürrischen zweiundachtzig Jahren, trauerten zwei Alaels an seiner Totenbahre. Unser Mazaret verzichtete auf einen Besuch am Totenbett und nahm auch an den Beisetzungsfeierlichkeiten nicht teil.«

»Verständlich«, warf Chellour trocken ein.

»Wenn Ihr keine Geister seid, Meister Bardow«, fragte Ayoni, »was seid Ihr dann?«

Der Erzmagier schaute in den Himmel empor und lächelte geheimnisvoll. »Ich glaube, wir sind Echos unseres wahren Selbst. Etwas Gewaltiges ist geschehen, als Suviel und Tauric den Herrn des Zwielichts in der Leere zum letzten Kampf stellten, etwas, das gewisse Menschen tief berührte und ihre ... Spiegelbilder ... in diesen Ort des Traumes geworfen hat.«

»Ich fühle mich nicht wie ein Echo«, knurrte Atroc mürrisch.

»Dennoch sind wir seit mehr als dreihundert Jahren in unseren alterslosen Existenzen gefangen«, meinte Bardow. »Vielleicht finden wir irgendwann eine Antwort auf dieses Mysterium, aber jetzt wollen wir unsere ätherische Natur zu unserem Vorteil nutzen und in den Tagfried gehen.«

Sie erhoben sich alle gleichzeitig in die Luft und schwebten nach Norden. Momente später drangen sie durch die Wände des Tagfrieds, der großen, zylindrischen Bastion, welche die inneren und äußeren Paradeplätze überragte. Das Dach war zum größten Teil eingefallen, und Teile der Außenwand lagen in grasbewachsenen Schutthaufen am Sockel des Frieds. Obwohl es im Inneren dunkel war, sahen sie die eingestürzten Decken, die zerborstenen Pfeiler und Treppen, die unter Mauertrümmern begraben waren. Während sie Stockwerk um Stockwerk hinabsanken, wurde deutlich, dass die unteren Etagen offenbar weniger Schaden genommen hatten. Schließlich kamen sie im Erdgeschoss an, in einer großen, runden Kammer, in der zahlreiche Fackeln brannten. In der Mitte bildeten zehn brennende Kerzen einen großen Kreis. Vor jeder Kerze saß eine verhüllte Gestalt. Als die vier geisterhaften Magier die Kammer betraten, flackerte die nächstgelegene Kerze auf.

»Meister!«, rief einer der verhüllten Männer. »Wieder ein Eindringling, hier drüben!«

In der Mitte des Kreises der Zehn hockte ein elfter Mann. Er hielt sich sehr aufrecht und schlug die Kapuze zurück. Die dunklen Augen in seinem hageren, gut aussehenden Gesicht funkelten überheblich. Ayoni starrte ihn überrascht an.

»Im Namen der Mutter!«, sagte sie zu Chellour. »Das ist Lymbor cul-Mayr!«

Chellour starrte den Mann einen Augenblick an und nickte. »Der schäbige Junker höchstpersönlich. Ich wette, das ist seine Herde von NachtGeschöpfen ... Ich bin zwar nicht sicher, was er vorhat, aber vielleicht sollten wir etwas Abstand halten ...«

Cul-Mayr hatte ein kleines Blasrohr aus seiner Robe gezogen und schob gelassen einen kleinen, rotgefiederten Pfeil in das Mundstück. Die vier zogen sich hastig hinter die Mauer der

Kammer zurück und landeten in einem dunklen, kurvigen Korridor, in dem ein anderer durchscheinender Mann umherschlenderte. Er trug einen Bart und grinste.

»Hab mich schon gefragt, wie lange es dauert«, meinte er. »Hat er einen seiner Pfeile nach Euch gespuckt?«

»Das haben wir nicht abgewartet, Gilly«, erwiderte Bardow und wandte sich an Ayoni. »Ihr kanntet den Anführer dieser Männer? Was wisst Ihr über ihn?«

Ayoni betrachtete den Neuankömmling einen Moment. Das musste Gilly Cordale sein. Dann nickte sie. »Er ist ein verarmter Landjunker, der seinen ganzen Familienbesitz durch schlechte Geschäfte und Spielschulden verloren hat. Wir vermuteten schon eine Weile, dass cul-Mayr sich mit einer bösartigen Sekte eingelassen hat, den NachtGeschöpfen, aber wir hatten keine stichhaltigen Beweise ... bis jetzt.«

»Gibt es eine Verbindung zwischen diesen Kultisten und der Armee, die auf der anderen Seite des Großen Kanals lagert?«, erkundigte sich Bardow.

»Wir wissen, dass bestimmte Angehörige des Adels wie auch hohe Offiziere des Militärs darin verwickelt sind«, erklärte Ayoni. »Aber wir wissen so gut wie nichts über ihre Motive oder ihre Ziele. Deshalb ist es schwierig, einen Sinn in ihren Handlungen zu erkennen ...«

»Zufällig«, mischte sich Gilly ein, »befindet sich eine Tür dahinten im Korridor. Von dort können wir zusehen, ohne unsere Anwesenheit zu verraten.«

Rasch schwebten sie durch den Korridor und bogen um die Kurve, während der Erzmagier Gilly formell Ayoni und Chellour vorstellte.

»Ich vermisse Sejeend sehr«, meinte Gilly. »Obwohl sie jetzt zu einer solch überbevölkerten Stadt geworden ist.«

»Warum seid Ihr dann hier und nicht dort?«, wollte Chellour wissen.

Gilly Cordale lächelte freudlos. »Schlimmer als die Existenz als körperloser Geist ist es, sich als Gespenst an einem Ort aufzuhalten, der einmal dein Heim gewesen ist.«

Als sie den Durchgang erreichten, versammelten sie sich auf der Schwelle, um die Geschehnisse zu beobachten. Der Anführer, Lymbor cul-Mayr, saß immer noch in der Mitte seiner Herde NachtGeschöpfe und nahm jetzt aus einem Korb einige kleine, goldene Embleme, die er vor sich auf den Boden legte. Es waren insgesamt zehn. Ayoni sah, dass sie alle von einer merkwürdigen aschgrauen Aura eingehüllt waren. Cul-Mayr grinste unfreundlich, als er das Letzte auf den Boden legte und seine NachtGeschöpfe betrachtete.

»Brüder«, sagte er. »Die gesegneten Embleme.«

Die Männer steckten ihre Hände in die Taschen oder in ihre Roben und holten zehn identische Anhänger heraus. Sie bestanden aus einem abgeflachten, mit Glyphen überzogenen Kupferring, den ein grünlicher Stein in der Mitte zierte. Als die NachtGeschöpfe sich die Amulette umhängten, bemerkte Ayoni, dass auch auf ihnen diese graue Aura flackerte. Einige Männer lachten nervös, sahen sich verstohlen an, leckten sich die Lippen oder fuhren rastlos mit den Händen umher. Cul-Mayr nickte zufrieden.

»Jetzt die Anrufungen.«

Die zehn Männer stimmten einen dunklen Gesang in uraltem Hoch-Mantinorisch an. Es waren schwer verständliche Silben, denen Ayoni nur entnehmen konnte, dass es sich bei dem Gesang um Anrufungen für eine Wesenheit handelte, die der *Große Schatten* genannt wurde. Darin flehten sie um seine Fürsprache.

Während die NachtGeschöpfe ihren Gesang wiederholten, deklamierte cul-Mayr auf Yularisch.

»Hört Euren Diener, Großer Schatten der Äonen, die Feinde der Heiligen Nacht sind schwach und zerstreut, und unsere Länder liegen brach. Sie erwarten Euren Pflug, Euren Samen, Eure Sense. Städte und Ortschaften werden vor Euch ihre Mauern senken, und Eure ewige Welt wird über Leben und Tod herrschen. Öffnet die Quelle Eures Willens und Eurer Weisheit, so flehen wir, auf dass wir vollendet werden und unseren Zweck erfüllen. Öffnet die Zisterne Eurer Kraft, auf dass diese Eure armseligen Diener sich selbst als wahrhaft würdige Gefäße Eurer unerbittlichen Macht opfern ...«

Cul-Mayr fuhr noch eine Weile in dieser Weise fort, bevor er verstummte. Nach einer kurzen Pause begann er jedoch aufs Neue. Diesmal rezitierte er eine Reihe von unterwürfigen Eiden und Gelöbnissen, Versprechungen, die Feinde des Großen Schatten zu verfolgen und sie bis auf den letzten Mann auszumerzen. Als er ein zweites Mal innehielt, drehte sich Bardow zu Atroc herum. »Erkennt Ihr davon etwas wieder?«

Der alte Mogaun knurrte. »Bevor die Stämme in dieses Land kamen, wanderten die Akolythen des Zwielichts häufig unter uns umher. Sie versuchten, uns ihre Gebete zu lehren. Viele Schamanen ließen sich bekehren, aber die Seher blieben skeptisch. Sie versuchten schon immer, Fallen für den Verstand zu vermeiden. Die Litanei, die er«, – er deutete auf Cul-Mayr, – »da herunterleiert, ist nur ein schwacher Nachhall dieser uralten Anbetungen.«

»Also dient dieses Ritual dazu, den Herrn des Zwielichts anzurufen?«, erkundigte sich Bardow.

Atroc schüttelte den Kopf. »Ein solches Ritual braucht mehr als nur Worte. Es verlangt den Einsatz aller Gedanken, des ganzen Glaubens, aller Liebe und allen Hasses. Nein. Aber betrachtet die Amulette, die sie tragen und die er auf dem Boden verteilt hat. Es kommt etwas Dunkleres auf uns zu.«

Bardow sah Ayoni und Chellour an. »In den dreihundert Jahren sind wir Zeugen zahlloser Eiferer und selbst ernannter Propheten an diesem Ort geworden. Es kann sein, dass etwas erscheint, oder auch nicht.«

»Dennoch ist der Gestalter selbst hier erschienen und zum Himmel aufgestiegen«, meinte Chellour. »Hat das jemand von Euch gesehen?«

»Nur Nerek«, erwiderte Atroc. »Und sie hat nur wenig darüber gesagt. Allerdings soll der Körper des Gestalters wie unsere geworden sein, bevor er verschwand.«

»Versuchen sie das auch?«, meinte Gilly. »Eine Art Himmelfahrt?«

»Nein, mein Freund«, antwortete Bardow. »Ihr Ziel ist reale Macht im Hier und Jetzt, Macht, die sie für ihre eigene Größe einsetzen wollen, Macht, um noch mehr Macht zu gewinnen ...«

»Da geht etwas vor sich!«, meinte Ayoni.

Während sie zusah, hatten sich die unruhigen grauen Auren um die zehn Embleme auf dem Boden ausgedehnt, langsam, aber deutlich. Jetzt erhoben sie sich und leckten wie Flammenzungen um cul-Mayr, der mit geschlossenen Augen unaufhörlich weiterbetete. Gleichzeitig begannen die Amulette, welche die NachtGeschöpfe trugen, in demselben grauen Licht zu pulsieren, während ihre Träger regungslos dasaßen und sangen. Sie achteten nicht darauf, während die grauen Auren ihrer Anhänger ihre rauchigen Tentakel zu den entsprechenden Emblemen auf dem Boden neben cul-Mayr ausstreckten. Plötzlich zuckten die gespenstischen Lanzen vor und vereinten sich mit den Auren der Embleme am Boden. Gleichzeitig erstarrten die NachtGeschöpfe mitten im Gesang. Sie rissen die Münder weit auf, und ihre Lippen zitterten, als sie versuchten, zu reden oder zu schreien. Als cul-Mayr das sah, lächelte er.

»Höre mich, Gebieter!«, sang er. »Meine Herde ist gefangen, und ich bin bereit, mit der Zeremonie des Bluttores zu beginnen.«

Dann hörte man eine andere Stimme in der großen, leeren Kammer, eine zischende, rauschende Stimme.

Du hast deine Sache gut gemacht ... bereite dich auf deine Belohnung vor!

Die aschgrauen Tentakel wirbelten durch die Luft, wickelten sich sacht um cul-Mayr und hüllten ihn von seinen gekreuzten Beinen bis zu seinem Scheitel ein. Seine Miene verzerrte sich vor Grauen, doch er keuchte nur erstickt, als er gegen diese gespenstischen Bande ankämpfte. Seine Gegenwehr erlahmte jedoch rasch, und seine Augen wurden glasig und leer. Die zehn NachtGeschöpfe zuckten auf ihren Plätzen. Sie schienen von Krämpfen geschüttelt zu werden, während sich die grauen Tentakel verdunkelten, die sie an cul-Mayr banden. Dann liefen plötzlich leuchtend rote Wellen durch das Grau, das den Mann umhüllte.

Ayoni verfolgte dieses Schauspiel angewidert. Sie wusste, dass all diese Narren von ihrem Herrn hintergangen und zu Opfern dieses ekelhaften Aktes der Bluthexerei gemacht worden waren.

Die NachtGeschöpfe sanken eins nach dem anderen leblos zu Boden, als ihre Adern vollkommen ausgesaugt worden waren. Die grauen Tentakel, die cul-Mayr umhüllten, verfärbten sich zu einem dunklen, schwarz gesprenkelten Zinnoberrot, das in seine Haut und seine Gewänder einsickerte. Als seine gesamte Herde tot am Boden lag, wurde cul-Mayr vollkommen von einem gedämpft strahlenden Rot umhüllt, durch das man sein Gesicht kaum noch erkennen konnte. Schweißtropfen traten ihm auf die rot glühende Haut und perlten seine Schläfen hinunter. Das Rot veränderte sich und durchlief verschiedene Nuancen, bis es schließlich die glühende Intensität eines Hochofens annahm. Ayoni und die anderen wandten ihre Blicke ab, als die gleißende Helligkeit die ganze Kammer ausfüllte.

Schon bald ließ das Glühen nach und verblasste. Als Ayoni wieder hinsah, waren alle Fackeln und Lampen erloschen. Nur das schwache, schimmernde Strahlen des Traumreiches hellte die Dunkelheit etwas auf. Sie betraten die Kammer, und Ayoni sah einen merkwürdigen grauen Fleck auf dem Boden, wo Lymbor cul-Mayr gesessen hatte. Es war eine undefinierbare Masse aus einem unauffälligen Blaugrau. Sie maß etwa fünf Meter im Durchmesser, und in ihrer Mitte befand sich eine fußhohe Erhebung. Von ihrem Rand erstreckten sich zehn spitz zulaufende Verjüngungen in den Raum.

»Berührt es nicht!«, befahl Bardow. »Das ist das Ergebnis schwärzester Hexerei, und das bedeutet normalerweise eine tödliche Bedrohung.«

»Da bin ich aber erleichtert.« Gilly grinste und schwebte über der graublauen Stelle. »Ich dachte schon, es wäre wirklich gefährlich.«

Bardow runzelte die Stirn und schüttelte den Kopf. »Wenn Ihr nicht auf mich hören wollt ...«

Gilly schwebte mittlerweile bereits einen Meter über dem Mittelpunkt der kleinen Erhebung.

»Die Oberfläche ist sehr glatt und sehr eben«, berichtete er. »Darunter erkenne ich undeutliche Umrisse. Ich weiß nicht genau, was es darstellt ... Aha!«

»Was?«, fuhr Bardow ihn an.

»Ein ... Augenpaar hat sich gerade auf der Erhebung geöffnet und ... starrt mich an.«

»Haltet Abstand, sofort!«, sagte Bardow. »Das gilt für alle. Weicht zurück!«

Gilly stieg höher und wandte sich von der grauen Erhebung ab, doch in dem Moment stülpte sich die Oberfläche nach außen, und ein Tentakel mit einer flachen Spitze fuhr blitzschnell heraus. Er zuckte nach oben und wickelte sich um Gillys Beine. Der schrie vor Schreck auf und wehrte sich verzweifelt, während weitere graue Tentakel aus der Erhebung zuckten und sich ebenfalls um seine Beine und Füße schlangen.

»Bardow, was können wir tun?«, rief Ayoni.

»Was können körperlose Wesen schon tun?«, gab der Erzmagier gereizt zurück.

»Vielleicht nichts«, meinte Atroc. »Vielleicht aber doch etwas.«

Zwar schüttelte Bardow den Kopf, doch dann flog er mit dem alten Mogaun zu Gilly hinüber, der langsam und unerbittlich hinabgezogen wurde. Wieder stülpte sich die pulsierende, graue Erhebung unter ihm aus. Köpfe und Schultern zweier verhüllter Gestalten in demselben Grau wie das widerliche Ding, das den Boden bedeckte, bildeten sich heraus. Die Formen wurden plötzlich auf dicken, grauen, gebogenen Säulen in die Luft gehoben und streckten die Hände aus. Ayoni und Chellour stießen Warnschreie aus. Atroc konnte den zupackenden grauen Händen gerade noch entkommen, Bardow jedoch wurde von ihnen ergriffen. Die Umrisse der Gliedmaßen schmolzen und hüllten den Erzmagier bis zur Brust ein.

»Schickt sie zurück ... Atroc!«, schrie er, während er hinabgezogen wurde. Gilly versank gerade trotz seines heftigen Widerstandes in der sich unaufhaltsam ausbreitenden Masse.

Der Seher Atroc wich geschickt einigen Tentakeln und zuschnappenden Gestalten aus, während Ayoni und Chellour hastig durch das breite Portal aus der Kammer flüchteten. Atrocs Miene war grimmig, als er sie erreichte.

»Eine schreckliche Art zu sterben«, meinte Chellour.

»Wir leben nicht«, raunzte Atroc bitter. »Wie könnten wir also sterben? Aber vergesst nicht, was Ihr hier gesehen habt, falls Euch das etwas nützt ...«

Er murmelte rasch einige Worte und fuhr mit der Hand durch die Luft, als zerschnitte er etwas. Danach drehte sich der Mogaun um und stellte sich einem monströsen Tentakel, das sich durch die Tür auf ihn stürzte. Das war Ayonis letzter Eindruck von diesem Ort ...

Der Übergang in ihren stofflichen Körper ähnelte einem überraschenden Sturz in einen eiskalten Fluss. Ayoni keuchte und zitterte unter dem plötzlichen Ansturm einer Welle von Sinneseindrücken. Sie brauchte eine Weile, bis sie merkte, dass sie sich nicht länger in ihrer Zelle, sondern in einem Wagen befand. Sein heftiges Schaukeln ließ vermuten, dass er sehr schnell gefahren wurde. Aber von wem?

Sie setzte sich auf der Bank auf und betrachtete im Licht der Lampe, die am Fenster hin und her schwang, die beiden Männer, die ihr gegenübersaßen. Sie entpuppten sich als Chellour und ein bärtiger Mann in einem Kettenhemd.

»Geht es Euch gut, Herr?«, wandte sich der Bärtige an Chellour, der soeben zu sich kam.

Chellour lachte trocken. »Jedenfalls fehlt mir nichts, was ein Monat Ruhe und ein guter Wein nicht wieder ins Lot bringen könnten!«

Ayoni war verwirrt. Ihr Blick fiel auf das Wappen auf dem Brustpanzer des Mannes. Es zeigte eine Bache. Erst jetzt erkannte sie in ihm einen der engsten Verbündeten und Freunde ihres Mannes, Baron Klayse. Ihr Herz schlug ihr bis zum Hals.

»Mein teurer Baron!«, sagte sie. »Es tut unendlich gut, Euch zu sehen. Ich nehme an, wir befinden uns auf der Flucht?«

»Allerdings, Gräfin«, bestätigte Klayse grinsend. »Euer Entkommen erfreut Euren berühmten Ehemann ebenso wie mich.«

»Wo ist Jarryc, Baron?«

»Er lenkt den Wagen, Lady. Unser Ziel ist ein kleiner Hafen in der Nähe der südlichen Mündung des Großen Kanals. Von dort aus fahren wir zum Hafen von Besh-Darok, wo uns ein Schiff aufnimmt und nach Osten bringt, zu den Besitzungen des Markgrafen Tergalis an der Küste des fernen Cabringa!«

Ayoni wechselte einen vielsagenden Blick mit Chellour. »Wie habt Ihr die Wächtermagier übertölpelt?«

Klayse grinste. »Einer von Tergalis' Feld-, Wald- und Wiesenzauberern hat sie mit einem Feuerball abgelenkt. Während sie sich darauf konzentrierten, hat eine Abteilung meiner Bogenschützen eine gut gezielte Salve auf sie abgefeuert.« Er lachte. »Tangaroth hat bestimmt einen Tobsuchtsanfall bekommen.«

Chellour grinste ebenfalls. »Das würde mich nicht überraschen!«

»Nun, Lady, mein Herr, macht es Euch bitte in dieser Klapperkiste so gemütlich wie möglich ... Wir erreichen bald den Großen Kanal, wo wir unser glückliches Wiedersehen feiern und unsere Erlebnisse austauschen können.«

Und hoffentlich Gelegenheit bekommen, meinem geliebten Ehemann zu raten, Besh-Darok tunlichst zu meiden!, dachte Ayoni, während der Wagen durch die Nacht rumpelte.

Hoch oben auf der Westseite des Hojamar-Frieds zitterte Vorik dor-Galyn vor Kälte, während er auf einem offenen Balkon im eisigen Abendwind hockte. Er hielt Wache, während sein Gebieter Jumil, die Stimme des Großen Schatten, einige Schritte entfernt dasaß und eine Gedankenreise unternahm ...

Der Ehernen Garde war die alleinige Nutzung der oberen beiden Stockwerke des Frieds vorbehalten. Da der größte Teil der Garde mit dem Kaiser nach Norden geritten war, hatten sie den Fried praktisch unbewohnt zurückgelassen, abgesehen von ein paar Wachposten. Für Jumil war er deshalb der perfekte Ort, an dem er ungestört seine Strategie planen und durchführen konnte.

Jumil saß mit gekreuzten Beinen auf dem Steinboden des Balkons und hielt die Augen geschlossen. Der eisige Nordwind zerzauste seine kurzen Haare, drang durch sein dünnes Hemd und seine Hose. Vorik trug mehrere Schichten Kleidung und einen dicken Umhang, dennoch spürte er den kalten Wind bis auf die Haut. Er zitterte heftig und spielte mit dem Gedanken, aufzustehen, damit wenigstens das Blut in seine Beine zurückkehren konnte, als Jumil einen langen Seufzer ausstieß. Vorik blickte hoch, sein Meister hatte die Augen geöffnet und starrte auf die weit entfernten, nebelverhangenen Berge. Dann lächelte er und glitt, ohne seine Haltung zu ändern, seitlich zu Vorik.

»Die Herde von Besh-Darok hat ihre Aufgabe erfüllt«, sagte er. »Der erste Schattenkeim hat Wurzeln geschlagen, und der Samen breitet sich aus.«

Trotz der Kälte lachte Vorik leise. »Der arme Lymbor«, sagte er sarkastisch. »Was jetzt, Erlauchter?«

»Die nächste Herde NachtGeschöpfe, die ihr Ziel erreicht, sollte die von Rugilo in Oumetra sein, gefolgt von der Skotans in Alvergost und dann der von Amaj in Adnagaur.«

Vorik nickte. Es waren alles dicht besiedelte Städte. Sie würden ausreichend Nahrung und Hüllen liefern, welche der Keim für sein Wachstum benötigte.

»Die letzte wird natürlich deine Herde und deine Metamorphose im Schattenkeim-Ritual werden.« Jumil lächelte. »Schon bald wirst du die Macht des BrunnQuell beherrschen und in der Lage sein, seine Freuden und Bürden zu teilen. Doch nun geh hinein und statte unserem guten Hauptmann einen Besuch ab. Finde heraus, welche Fortschritte er macht. Ich muss zurückkehren und das frühe Stadium im Wachstum des Keimes in Besh-Darok überwachen.«

»Wie Ihr befehlt, Erlauchter.« Vorik stand auf und duckte sich durch die schweren Vorhänge, die vor der Balkontür hingen. Dahinter war es warm und hell. Er legte seinen schweren Umhang und die Handschuhe ab und trat dann durch einen schattigen Bogengang, hinter dem eine Steintreppe in das oberste Stockwerk führte. Während er hinaufstieg, dachte er über Jumils Worte nach. Er war fest davon überzeugt, dass die Versprechungen dieses Mannes ebenso leer waren wie sein Herz. Er plante sicherlich, dass Vorik Lymbors Schicksal teilen sollte.

O nein, mein Meister, das wird niemals geschehen, dachte Vorik. Aus diesem Grund habe ich gewisse Vorbereitungen für mein Schattenkeim-Ritual getroffen ...

Als er das Ende der Treppe erreichte, hörte er Stimmen aus dem bewachten und gesicherten Lagerraum, in dem Hauptmann Ondene gefangen gehalten wurde. Er schloss die Tür auf, trat ein, zog sie hinter sich zu und verriegelte sie wieder.

»Da kommt unser Schließer!« Die Stimme klang nasal und verächtlich.

»Glaubst du, dass er ein Porträt von uns malen will?«, fragte jemand anders, tief und volltönend.

»Wem sollte das wohl ähneln, du Vollidiot! Einem zerschmetterten Teller mit einem Gesicht auf jeder Scherbe vielleicht?«

»Will er, will er, will er ...«

»Feuer verbrennt Holz, lässt es rauchen und sich biegen ...«

»Weiß er es? Weiß er es? Weiß er es ...?«

»Weiß ich was?«, fragte Vorik unvermittelt.

Ondene starrte ihn mit gesenktem Kopf und verzerrtem Gesicht an. Ein Auge strahlte hell und boshaft, und eine Seite seines Mundes grinste wölfisch. Was auch immer von Corlek Ondene übrig geblieben sein mochte, war jetzt unter den vielen Phantomen begraben, die sich in seinem Kopf drängten. Es befriedigte Vorik und dämpfte sein Unbehagen ein wenig, das ihn jedes Mal beschlich, wenn er mit diesem sabbelnden Zerrbild eines Mannes sprach.

»Kennst du die Harmonien der trägen Nacht?« Vorik vermutete, dass diese barsche Stimme einem Priester gehörte. Normalerweise sprach er mit ihm, seltener auch ein Brigant.

»Kennst du die Grenzen des Unsterblichen Reiches?«, fuhr der Priester fort.

»Sollte ich das?«, spottete Vorik.

»Ich sehe seine Grenzen in deinen Augen«, erwiderte der Priester. »In den Quadern dieser Festung und in dem Fluss davor ...«

»Mein erlauchter Meister hat selbst einen Meister«, erwiderte Vorik. »Nur sein Königreich wird am Ende von Bedeutung sein.«

»Dein Meister, der Herr des Zwielichts ...«

Die Stimme ging unter, als andere lautstark darum stritten, ebenfalls zu sprechen.

»Ich kenne diesen Hund, dieses glorreiche Ungeziefer ...«

»... und gab ihm mein Gesicht, und ihr, ihnen allen, mein entzückendes Gesicht ...«

»Aber deckt er seine Flanke? Man sollte immer Vorbereitungen für das Unerwartete treffen ...«

»... flüchtige Worte des Schmerzes, ein liebloses Lebewohl ...«

»Passt auf den Jungen auf. Ihm steht das Wort *Nemesis* auf seiner Stirn geschrieben ...«

»... Mit Speeren angreifen ... mit ausgestrecktem Arm, bitte sehr ... all das, was wir begehren ... eine untergegangene, vergangene Zeit ... verbannt, schloss ich alle Türen ... die Wut der Narren ...!«

Das gestammelte Kauderwelsch der Stimmen erschöpfte Ondene. Sein Kopf sank schlaff nach vorn. Doch dann hob er ihn wieder und starrte Vorik an, dem ein kalter Schauer über den Rücken lief, als er diesem kalten, scharfen Blick begegnete.

»Was für Qualen Ihr mir bereitet!«, stieß Corlek Ondene hervor. »Was für ein Fest des Grauens Ihr anrichtet. Wäre ich Herr über meinen Körper, würde ich Euch die Kehle herausreißen.«

»Sieh an, der Ehrenwerte Hauptmann!«, schnaubte Vorik verächtlich. »Ergebt Euch nur Euren Wunschvorstellungen. Doch Euer Schicksal ist es, von denen, die Euch überlegen sind, verzehrt zu werden!«

»Gewürm!«, stieß Ondene erstickt hervor. Sein Gesicht wurde vor Anstrengung rot, als er sich auf die Füße zog. »Ich werde Vergeltung üben, das schwöre ich ...«

Bevor er jedoch nur einen Schritt tun konnte, schwebte ein Phantom durch die Wand und landete auf seiner Schläfe. Er keuchte, sank zitternd auf die Knie und stürzte rücklings zu Boden, während das Gebilde langsam in seinen Schädel eindrang. Vorik lächelte, lehnte sich an die Mauer und sah zu, obwohl er es schon mehrmals beobachtet hatte. Wie zuvor ebbten Ondenes Krämpfe bald ab, und er entspannte sich, während er sich auf dem Boden ausstreckte. Dann gewannen die Phantome wieder die Kontrolle über seine Stimme. Auch das hatte Vorik bereits miterlebt. Jetzt würde Ondene eine Weile von den dominanteren Phantomen beherrscht werden, bevor ihn schließlich die Erschöpfung übermannen und er einschlafen würde.

Diesmal jedoch geschah das nicht. Statt eines lauten, heiseren Crescendos von Stimmen, stimmten sie plötzlich einen merkwürdigen Gesang an, der allmählich leiser wurde. Einen Moment herrschte Stille, dann richtete sich Ondene bedächtig auf, das Gesicht von Vorik abgewendet, und fuhr sich mit den Fingern durchs Haar.

»Das Unsterbliche Reich ... wartet«, erklärte er. »Sag deinem Meister, dass ich ihn sprechen möchte.«

»Tatsächlich?«, erkundigte sich Vorik. »Warum?«

Der Mann, den er als Corlek Ondene kannte, drehte sich zu ihm um. Vorik bemerkte sofort die Veränderung, die unnachgiebige, tödliche Gelassenheit, die er ausstrahlte. Von Hauptmann Ondene lag nichts mehr in diesem durchdringenden Blick.

»Die Verschmelzung hat sich vollzogen, Vorik«, erklärte er. »Sag Jumil, dass ein Schattenkönig wartet. Und teile ihm mit, dass ich nicht der Einzige bin!«

13

In finsteren, unendlichen Kavernen,
Erwartet der Schlund uralter Macht
Gierig das Fleisch der Lebenden.

GUNDAL: DIE BELAGERUNG DER STEINE,
3. KAPITEL

An Bord der *Sturmklaue* folgte Qothan dem Ruf ins Orakel und fand dort Prinz Agasklin vor. Er saß bereits in einem der vier Stühle, die sich gegenüberstanden.

»Große Gefahr liegt vor uns, Qothan«, erklärte er. »Die bösartigen Schliche und Machenschaften des Schwarzmagiers Jumil haben Früchte getragen.«

Qothan nickte. »Fast die ganze Mannschaft hat es gespürt.« Er schüttelte sich. »Die Fragmente der Grauen Eminenz haben sich verschmolzen und etwas ... Schreckliches erzeugt.«

»Nur noch wenige von uns Überlebenden erinnern sich an die Schattenkönige«, meinte Agasklin. »Jetzt wandelt wieder einer von ihnen auf der Welt, also müssen wir uns tunlichst bemühen, uns vor seinem gierigen Blick zu verbergen. Vor uns liegen lebenswichtige Aufgaben.«

»Ich verstehe, Erhabener. Doch wird es genügen, einen Angriff auf Jumil zu planen, wenn der erste Schattenkeim in Besh-Darok bereits Wurzeln geschlagen hat?«

»Jumil ist derjenige, mit dem alles steht und fällt, der treibende Wille hinter den Schattenkeimen«, meinte Agasklin. »Ohne ihn werden sie weit weniger gefährlich sein. Aus diesem Grund müssen wir seine Absichten in Sejeend im Auge behalten. Doch er und sein neu erschaffener Schattenkönig sind nicht unsere einzige Sorge. Die Herren der Schiffe haben vor kurzem eine Versammlung abgehalten. Wir haben beunruhigende Nachrichten von dem Orakel an Bord unseres

Schwesterschiffes, der *Seezahn,* empfangen. Jemand hat eine Flotte vom Grund des Meeres gehoben und nimmt mit ihr Kurs auf Sejeend.«

»Eine Flotte, die mit Untoten bemannt ist?«, fragte Qothan entsetzt.

»Genau das.«

»Vergebt mir, Erhabener, aber darf ich bemerken, dass die Schlummernde Gottheit nichts davon beschrieben hat? Allerdings habe ich nur die Zusammenfassungen der Texte studiert, also kenne ich die entsprechenden Passagen vielleicht nicht.«

Agasklin lächelte traurig. »Das *Buch der Stürme* erwähnt so etwas überhaupt nicht. Die Schlummernde Gottheit mag in vielen Dingen Recht behalten haben, doch so etwas wie diese Flotte taucht in keinem der Verse auf.«

Sie schwiegen nachdenklich. Das *Buch der Stürme* wurde von allen Angehörigen der Dämonenbrut als heilig verehrt. Auf seinen Seiten fanden Dialoge zwischen den ersten Hohen Kapitänen der Dämonenbrut und einem verborgenen Gott statt, der Schlummernden Gottheit. Diese Begegnung trug sich wenige Jahre nach dem Ende des Schattenkönig-Krieges zu, weit draußen auf dem Meer, auf einem sturmumtosten Felseiland namens Nydratha. Auf dieser Insel ragten natürliche, zerklüftete Türme fast vierzig Meter in die Luft. Sie wurden von einem permanenten Orkan umtost. In die höchste dieser Felsnadeln war eine Wendeltreppe aus Stein gehauen worden. Nachdem die vier Hohen Kapitäne bis zur Spitze geklettert waren, begegneten sie einem geheimnisvollen Wesen, das sich die Schlummernde Gottheit nannte. Während ihrer Begegnung protokollierten die Schreiber der Kapitäne auf vielen Schriftrollen Dialoge, Monologe und Prophezeiungen, in denen auch die Dämonenbrut auftauchte. Nachdem einige dieser Weissagungen eingetroffen waren, achtete man genauer auf die Aussagen im *Buch der Stürme.* Mit der Folge, dass jedes bedeutsame Ereignis, welches nicht auf seinen Seiten beschrieben stand, als unheilige Bedrohung angesehen wurde.

»Coiregs Rolle ist ebenfalls deutlicher geworden«, sagte

Agasklin. »Dieser neue Schattenkönig könnte sehr wohl die entscheidende Waffe sein, die man gegen den Großen Schatten einsetzen kann. Sollte jedoch diese Flotte der Untoten noch heute Abend angreifen, wie die Stammeshäuptlinge auf der *Seezahn* es vermuten, müssen wir vielleicht Coireg an Land absetzen, bevor wir Anker lichten. Wir werden nach Norden segeln und irgendwo zwischen Sejeend und Andranoth Schutz suchen.«

»Was ist mit Calabos und den Wächtern?«, fragte Qothan.

»Sie haben sich nach Gronanvel begeben und schicken sich an, nach Sejeend zurückzukehren«, erklärte Agasklin. »Im Vergleich zu Jumils Macht sind ihre Kräfte zwar schwach, aber sie sind listenreich und entschlossen. Ihr Anführer Calabos ist stark, aber ein mysteriöser Mann. Sie könnten Jumil möglicherweise ablenken, wenn Coireg Mazaret an Land gesetzt wird.« Er lächelte Qothan an. »Natürlich bleibt er nicht allein.«

Qothan verbeugte sich leicht. »Es ist mir eine Ehre und ein Vergnügen, als Kundschafter zu dienen, Erhabener. Wird mich jemand dabei begleiten?«

»Außer dir werden noch zwei andere dafür abgestellt. Unser Hoher Kapitän Pericogal hat es so angeordnet.«

Wenn ein Hoher Kapitän aktiv in diese Beratungen eingriff, verdeutlichte das den Ernst der Lage. Pericogalteraninor war der letzte lebende der vier Hohen Kapitäne der Dämonenbrut, die von Angesicht zu Angesicht mit der Schlummernden Gottheit gesprochen hatten. Pericogal war bereits alt gewesen, als der Fall der Schattenkönige die Dämonenbrut ins Exil verbannt hatte. Seitdem hatte er Unwetter und Schlachten an Hunderten von Küsten zwischen dieser und der anderen Seite der Welt überstanden und dabei feststellen müssen, dass der einzige Feind, den er nicht besiegen konnte, sein Alter war. Deshalb residierte er mittlerweile in seiner abgeschiedenen Kajüte im Innersten der *Sturmklaue*, abgeschirmt durch verschlossene Türen und bewacht von seiner eigenen Garde. Qothan hatte den Kapitän in den letzten zehn Jahren höchstens dreimal gesehen, und in den letzten zweien gar nicht. Dennoch leitete seine Präsenz das Schiff, als wäre ein Teil seines wachsamen Verstandes immer anwesend, trotz der Träume, denen er sich in seinen langen Meditationen hingab.

»Dann soll es so sein«, erwiderte Qothan. »Dennoch könntet Ihr vielleicht in Betracht ziehen, bis zum letzten Moment zu warten, bevor Ihr Coireg und uns an Land setzt? Wir sollten so viel wie möglich über diese Flotte der Untoten in Erfahrung bringen, und wenn wir uns erst vor diesem neuen Schattenkönig verbergen, können wir die Lange Stimme nicht einsetzen, um mit Euch zu sprechen, nachdem Ihr wieder ausgelaufen seid. Außerdem können wir vielleicht auf den guten Willen des Majordomo hoffen. Möglicherweise gewährt er ja den Wächtern sicheres Geleit im Austausch für unsere Hilfe im bevorstehenden Kampf.«

»Für diesen Plan spricht vieles. Gut, ich werde Eure Vorschläge mit den anderen besprechen«, erklärte Agasklin. »Vielleicht können wir unsere Brüder an Bord der *Seezahn* überreden, mehr über diese bedrohliche Flotte der Untoten in Erfahrung zu bringen.«

»Ich bin dankbar für Euren weisen Kurs«, erwiderte Qothan förmlich.

»Nun zieht Euch in Eure Quartiere zurück und bereitet Euch auf Eure nächste Aufgabe vor.« Agasklin stand auf. »Wer Eure Gefährten sind, wird in Kürze entschieden. Ihr werdet sofort danach benachrichtigt.«

Er legte die Hände aneinander, was das Ende dieses Treffens signalisierte. Qothan verbeugte sich steif und gemessen und verließ das Orakel. Er fragte sich, wer seine Begleiter sein würden, und vor allem, ob dies vielleicht sein letzter Tag an Bord der *Sturmklaue* sein würde.

Die *Mollige Muschel* war ein zehn Meter langer Flusskahn mit einem Mast, der zu seiner besten Zeit offenbar viele Gemüseladungen transportiert hatte, denn ihm hing unauslöschlich der Geruch von Kohl an. Als Tashil Sounek darauf ansprach, erwiderte er, dass der Kapitän wohl auch schon zu oft in seinen Bierhumpen geschaut hätte. Tatsächlich, Kapitän Jodec war ein Flussmann mit einem gewaltigen Schmerbauch, einer rot geäderten Nase und wässrigen Augen. Essensreste klebten in seinem Bart, und getrocknete Fettflecken übersäten sein Wams, doch seine Hand wirkte ruhig, als er die Abmachung mit Calabos besiegelte und das Geld entgegennahm.

Einen Tag nach Dybels Rettung und drei seit ihrer Flucht aus Sejeend kehrten die Wächter in die Hauptstadt zurück, um sich einem ungewissen Schicksal zu stellen.

Die Deckaufbauten der *Molligen Muschel* bestanden aus kaum mehr als einem hölzernen Unterstand mit einem festen Segeltuch über dem hinteren Teil und einem Vordach. Darunter saßen die Wächter auf zwei Bänken aufgereiht an einem schmalen, auf den Deckplanken festgeschraubten Tisch. Tashil hörte abgelenkt zu, wie Calabos Dardan und Sounek seine Pläne erklärte. Die beiden schienen nicht sonderlich überzeugt zu sein. Wenigstens Inryk war allerdings bereit, sich die Ausführungen zunächst einmal zu Ende anzuhören. Tashil dagegen war klar, dass sie dringend etwas unternehmen mussten, und sei es auch nur, um mehr Informationen zu bekommen.

Allerdings konzentrierte sie sich im Moment hauptsächlich auf Dybel, der Enklar, Rog und Gillat mit amüsanten Geschichten unterhielt. Ihr Bruder Atemor saß mit bemüht gleichgültiger Miene neben ihnen. Tashil kannte ihren Bruder gut und wusste genau, wann ihn etwas interessierte. Gerade schilderte Dybel, wie einst der junge Kaiser Tauric ebenfalls in einem Flusskahn nach Oumetra geschmuggelt worden war.

Tashil lächelte. *Genau das könnten wir jetzt auch gut gebrauchen. Einen verloren geglaubten Thronfolger, der die Menschen eint und über verheerende Mächte gebieten kann. Bedauerlicherweise scheinen solche Prinzen in unserer Epoche recht dünn gesät zu sein ...*

Doch ihre Aufmerksamkeit richtete sich rasch wieder auf die Gruppe um Calabos, als Dardan das Wort ergriff.

»Nein, Calabos, das ist eine Einladung zum Desaster«, widersprach er. »Wir haben letzte Nacht beschlossen, dass Ihr, Sounek und ich zusammen in die Höhle des Schwarzmagiers geht. Es wäre Wahnsinn, wenn wir uns trennen.«

»Ich denke nur an Eure Sicherheit und das langfristige Überleben der Wächter«, erwiderte Calabos ernst.

»Trotzdem wären wir gemeinsam ein weit härterer Brocken für unseren Widersacher«, warf Sounek ein.

»Begreift doch, dass er seinen Angriff auf mich konzentrieren wird!«, gab Calabos zurück. »Wenn ich versage, wie lange könntet Ihr wohl widerstehen?«

Dardan sah ihn finster an, aber Sounek lächelte.

»Mein lieber Calabos, falls er zuerst uns überwinden muss, um an Euch heranzukommen, wie geschwächt wäre er dann wohl?«

Calabos seufzte und schüttelte den Kopf. »Ihr beide seid wirklich stur!«

»Allerdings!«, meinte Dardan nachdrücklich.

»Was ich auch sage, Ihr werdet Euch mir als Begleiter aufdrängen, wenn ich bei Yareds Pier an Land gehe, richtig?«

»So ist es«, meinte Sounek.

»Dann sieht es wohl so aus, als müsste ich Euren unvernünftigen Forderungen nachkommen. Vielleicht solltet Ihr Euch jedoch vorher überlegen, wer von Euch als Erster der brutalen Macht unseres Feindes begegnen will.«

»Wir hoffen, dass es dazu gar nicht erst kommt«, antwortete Sounek.

»Dennoch werden wir vorbereitet sein«, fügte Dardan hinzu.

Die drei Männer lächelten, und Inryk lachte laut auf.

»Dann ist die Entscheidung gefallen«, meinte er. »Wir setzen Euch an Yareds Pier an Land, und wir anderen segeln weiter zu der Bucht mit dem sicheren Haus am Südstrand bei ... wie heißt das Dorf noch gleich?«

»Rishtu«, sagte Dardan.

»Ihr solltet von uns hören, bis Ihr das Haus erreicht habt«, sagte Calabos. »Wenn wir uns, sagen wir, eine Stunde nach Einbruch der Nacht nicht gemeldet haben, nehmt das Schlimmste an. Die Unterlagen unseres Ordens einschließlich einer vollständigen Liste aller geheimen Lager, Häuser und Besitzungen verwahre ich in einem versiegelten Kästchen in meinem Schulterbeutel. Das lasse ich bei Euch, damit Ihr entscheiden könnt, wie Ihr weitermacht, falls ...«

»Was für trübsinnige Gedanken«, unterbrach ihn Sounek.

»Wir müssen bedauerlicherweise den Tatsachen ins Auge sehen.« Calabos stand steif auf und stützte sich auf einen Stock. »Wir werden bald Yareds Pier erreichen. Ich muss nach achtern und Kapitän Jodec informieren, wer von Bord geht und wer bleibt.«

Tashil beugte sich vor, als er an ihr vorbeiging und eine schmale Treppe zu der kleinen Brücke hinaufstieg, auf der Jodec und sein Steuermann saßen. Wie die anderen Wächter trug Calabos schlichte Stadtkleidung, heute ein dickes, rotes Wams über einer hellgrünen Tunika und eine schlichte braune Hose, dazu einen weichen, randlosen Hut aus einem dunkelgrauen Material. Dennoch wirkte er Ehrfurcht gebietend, fast majestätisch. Während sie beobachtete, wie er die Stufen hinaufkletterte, wurde ihr klar, dass sie sich niemals Sorgen um seine Sicherheit gemacht hatte, bis zu der Begegnung mit Erzmagier Tangaroth vor einigen Tagen. Als Calabos ohnmächtig vor ihnen zu Boden sank, hatte Tashil schockiert begriffen, dass er ebenso verwundbar und sterblich war wie sie alle. Bei Diskussionen in der vergangenen Nacht hatte sie sich freiwillig gemeldet, zusammen mit Calabos auf die Suche nach dem Versteck ihres Widersachers zu gehen. Die anschließende, heftige Auseinandersetzung, von der dieses Gespräch eben nur ein schwaches Echo gewesen war, hatte ihre Absichten geändert. Sie war zwar zunächst wütend und störrisch gewesen, aber nach einigem Nachdenken und ausgiebigem Schlaf war ihr Egoismus wie weggeblasen. »Ganz gleich, wo wir sind, wir sind immer am richtigen Ort«, hatte ihr alter Lehrer Tregaylis einmal gesagt. Die Frage war nur, ob sie auch aus dem richtigen Grund hier war.

Sie stand auf, überließ Inryk, Sounek und Dardan ihren Taktikdiskussionen und ging zum vorderen Ende des Deckhauses. Dort setzte sie sich hin und schaute auf die Wellen und das Flussufer.

Sie hörte, wie jemand sich näherte, und drehte sich um. Ihr Bruder Atemor setzte sich neben sie. Er lächelte sie unschlüssig an, und einen Moment sagte keiner von ihnen etwas, während er auf die Höfe und Stallungen am Flussufer starrte. Sie wusste, dass er das Schweigen nicht lange aushalten würde.

»Tash«, sagte er schließlich. »Wie lange muss ich bei dir und deinen Freunden bleiben? Ich will zu unserer Familie zurückkehren und sie vor diesem wahnsinnigen Kaiser warnen.«

»Es tut mir Leid, Atti«, erwiderte sie. »Ich weiß es nicht genau. Aber ich rede mit Calabos. Vielleicht können wir etwas Geld erübrigen und dir eine Passage zurück nach Besh-Darok bezahlen, wenn wir Rishtu erreichen.«

Atemor runzelte die Stirn. »Wie lange kann das noch dauern? Ein paar Tage? Solltet ihr mich nicht lieber irgendwo am Nordufer absetzen, mit genug Geld, damit ich mir ein Pferd kaufen kann?«

»Das ist ein guter Plan«, stimmte sie ihm zu. »Aber wir brauchen Calabos' Zustimmung. Ich frage ihn, bevor er uns verlässt.«

Sie mussten nicht lange warten. Einige Minuten später umrundete die *Mollige Muschel* eine steile Landzunge, die vom Südufer in den Vaale ragte. Zwischen den Büschen und verkümmerten Bäumen standen mehrere Holzhäuser und Ställe in der Nähe einer L-förmigen Mole. Das musste Yareds Pier sein. Der Flusskahn näherte sich langsam der Mole, sodass Jodecs Männer hinaufspringen und die Bug- und Hecktrossen befestigen konnten. Während dieses Manövers tauchte Calabos in Begleitung von Dardan und Sounek aus dem Deckhaus auf. Tashil ging zu ihm und schilderte ihm Atemors Unzufriedenheit sowie seinen Vorschlag. Calabos war sofort einverstanden.

»Es stimmt mich traurig, dass Ihr uns verlasst«, erklärte er und umfasste Atemors Hand. »In Besh-Darok lauern sicherlich ebenso viele Gefahren auf Euch wie hier. Dennoch wünsche ich Euch das Beste, was das Schicksal Euch zu bieten hat, Atemor. Es war sehr erfrischend und erfreulich, einen Verwandten meiner Freunde kennen zu lernen. Lebt wohl, Herr.«

Dann drehte er sich zu Tashil und Inryk herum. »Ich werde Euch jetzt mitteilen, was ich bereits Dybel und den anderen gesagt habe. Wir gehen vielleicht unserem Untergang entgegen ... Aber wann genau, in der nächsten Stunde, dem nächsten Tag, oder der nächsten Woche, das steht nirgendwo geschrieben. Also sage ich nicht ›Lebt wohl‹, sondern: Möge das Licht mit Euch sein, wenn Ihr an dunklen Orten wandelt.«

Die *Mollige Muschel* schwankte, als die drei über eine schmale Laufplanke auf die Mole gingen. Calabos blieb stehen, sah sich noch einmal um und nickte Kapitän Jodec zu, der daraufhin seinen Leuten befahl, wieder abzulegen. Kurz darauf bog der Kahn wieder in die Fahrrinne des Vaale ein, und das Segel wurde gesetzt.

Tashil stand an der Reling und beobachtete, wie die drei Wächter Yareds Pier eilig hinter sich ließen. Sie konnte das Gefühl eines schmerzlichen Verlustes nicht unterdrücken, aber sie würde auf keinen Fall verzweifeln. Also dachte sie über die Aufgaben nach, die vor ihr lagen. Sollten sie sich verstecken, wenn sie sich dem Zentrum von Sejeend näherten? Was machten sie, wenn die Flusswächter sie aufhielten? Und wo konnten sie Atemor an Land setzen?

Die ersten Außenbezirke der Stadt tauchten dicht hinter Yareds Pier auf. Es handelte sich vor allem um größere Schuppen und Lagerräume für Getreide und Fleisch, Waren, die aus den westlichen Gebieten Roharks hier gesammelt wurden, bevor man sie auf die Großmärkte brachte. Den Lagerhäusern folgten dichte Häuserreihen, einige Gehöfte, Sägemühlen, Gerbereien und Schmieden. Mittlerweile wurde es Abend. Es war bewölkt, und während sich die Sonne dem Horizont näherte, wurden die ersten Lampen angezündet, sowohl am Ufer als auch an Bord des Lastkahns. Der Verkehr auf den Straßen am Flussufer nahm zu, als die Menschen nach Hause fuhren und die Karren der Bäcker und Brauer zu den Herbergen und Schänken der

Stadt ratterten. Einmal sah Tashil einen Wagen auf einem freien Stück der Landstraße, der im Schatten der Klippen der Stadt entgegenstrebte. Er schien es eilig zu haben und transportierte drei Passagiere. Zwei hockten auf der Pritsche, und ein dritter saß neben dem Kutscher auf dem Bock. Der Mann trug ein rotes Wams und einen formlosen, grauen Hut ...

Noch bevor sie reagieren konnte, führte die Straße den Wagen vom Ufer weg. Er verschwand hinter Häusern und Bäumen. Gleichzeitig wurde ihr klar, dass es nicht sonderlich klug gewesen wäre, die Aufmerksamkeit auf sich oder Calabos zu lenken, falls er es überhaupt gewesen war.

Die *Mollige Muschel* segelte weiter, während die Sonne hinter dem Horizont versank. Die Felsen südlich des Vaale rückten näher, und schon bald konnten sie die Melvio-Stiege sehen. Die lange Treppe wurde von Fackeln beleuchtet, die in regelmäßigen Abständen vom Fuß bis zur Spitze angebracht waren. Als sie daran vorbeisegelten, schaute Tashil zu Dybel zurück, der es sich auf einer der Bänke gemütlich gemacht hatte und unter seinem Umhang schlief. Er war immer noch mitgenommen von seiner Heilung in der Herberge in Murstig vergangene Nacht. Es würde sicher mehr als eine Woche dauern, bis er nur annährend seine frühere Kraft wiedererlangt hatte. Tashil hatte ihm vorgeschlagen, in Murstig zu bleiben und sich zu erholen, aber Dybel hatte darauf bestanden, sie zu begleiten. Calabos hatte nachgegeben. Die Gefahren, einem Geisterwirt zum Opfer zu fallen, waren in Gesellschaft der anderen Wächter weniger groß, als allein auf sich gestellt. Das klang sinnvoll, und schließlich stimmte auch Tashil zögernd zu.

Die Melvio-Stiege blieb hinter ihnen zurück, und nach einer Biegung gab der Vaale den Blick auf einen bewaldeten Hügel frei. Davor stand ein großes Lagerhaus mit einem ausgebrannten Dach. Tashil drehte sich zu Inryk herum, der im Deckhaus saß und durch einen Riss in der Leinwand spähte.

»Wir fahren gerade am Amatellis-Refugium vorbei«, erklärte sie. »Seht Ihr es?«

Inryk verzog das Gesicht und wandte sich ab. »Ich würde auf diesen Anblick gern verzichten, wenn's Euch beliebt«, erwiderte er finster. »An diesen Ort erinnere ich mich nur ungern.«

Der Himmel zog sich immer mehr zu, bis die grauen Wolken eine undurchdringliche Decke bildeten. Wenigstens regnete es nicht, doch als das Licht schwächer wurde, verlor die Umgebung an Farbe und wurde körniger. Der Flusskahn näherte sich jetzt dem Zentrum von Sejeend. Die Spannung an Bord stieg jedes Mal, wenn ein Schiff der Flusswächter an ihnen vorbei flussaufwärts segelte oder sie von Wachsoldaten aufmerksam gemustert wurden, die über eine Brücke patrouillierten oder am Ufer Wache hielten. Tashil hatte deshalb bereits mit Kapitän Jodec einige Absprachen getroffen. Wenn sie angehalten wurden, sollte er behaupten, er wäre nach Norden unterwegs, um eine Ladung Holz abzuholen, und hätte unterwegs einige Passagiere an Bord genommen.

Je weiter sie sich der Mündung des Vaale näherten, desto deutlich waren die seewärts gerichteten Bastionen der Stadt zu erkennen. Dort, wo der Fluss in die Bucht mündete, standen zwei gewaltige Seetore weit offen. Sie konnten jederzeit beim ersten Anzeichen eines Angriffs vom Meer aus mit Tauen und Ketten verschlossen werden. Zudem erstreckten sich dicke Mauern entlang des Nordufers, die wiederum durch Befestigungen mit der Garnison der Schleuse von Hubranda verbunden waren. Im Süden trafen sie auf kleinere Wallanlagen, die direkt zu dem steilen Felsen führten und Sejeends Hafen von der übrigen Stadt abriegelten. All das überragte der Hojamar-Fried, eine zylindrische Festung mit glatten Wänden aus einem hellen Stein.

Als die *Mollige Muschel* sich den Seetoren näherte, schaute Tashil zum Fried hinüber und fragte sich, über wie viele Truppen Sejeends Verteidigung jetzt wohl noch verfügte. Ein großes Banner mit dem Wappen des Khatrimantinischen Reiches, Krone und Baum, wehte über den Zinnen. Einige Meter davon entfernt stand eine einsame, verhüllte Gestalt, die beinahe winzig wirkte. Sie stützte beide Hände auf die Zinnen. Fasziniert konzentrierte Tashil ihre Magiersicht auf die Gestalt. Bedauerlicherweise drehte sie sich genau in diesem Moment um und ging ein paar Schritte weg. Tashil wollte gerade mit den Schultern zucken und aufgeben, als die Gestalt wieder zu den Zinnen zurückkehrte. Jetzt konnte sie ihr Gesicht deutlich erkennen. Es war Corlek Ondene.

»Im Namen der Mutter!«, keuchte sie.

Im gleichen Moment hob Ondene ruckartig den Kopf und schaute direkt zu ihr hinüber. In seinem Gesicht leuchtete eine boshafte Freude. Aus purem Reflex verließ Tashil die Magiersicht und stolperte zurück. Sie wäre über eine Taurolle gestürzt, hätte Inryk nicht dicht bei ihr gestanden und sie festgehalten.

»Was ist denn los?«, erkundigte er sich.

»Ich habe Ondene auf dem Fried gesehen«, meinte sie. »Er wirkte ... besessen, und er hat mich erkannt!«

Inryk nickte grimmig, stützte sich auf die Holzreling und starrte zum Hojamar-Fried hinüber. Dann schaute er zum Hafen und den Molen und richtete seinen Blick auf die Seetore und die dahinterliegende Bucht.

»Wir bekommen Ärger.«

Während er das sagte, sah Tashil eine Abteilung Soldaten, die aus den Haupttoren des Frieds strömte und zu den Molen rannte. Einige schwenkten ab und liefen zu den Seetoren. Mit einem kurzen Blick schätzte sie die Geschwindigkeit der *Molligen Muschel* im Vergleich zu den rennenden Soldaten ab. Das Schiff würde es nicht schaffen.

Tashil wirbelte herum und stürmte durch den Unterstand an Atemor und Enklar vorbei, die ihr überrascht nachsahen, sprang die Stufen zur Brücke hoch und erreichte Jodec, als der gerade eine Lederflasche entkorken wollte.

»Das muss noch etwas warten, Kapitän!«, erklärte sie und schilderte ihm, was sie gesehen hatte. Auf Jodecs Miene wechselten sich Ärger, Verwirrung und Panik in rascher Folge ab.

»Das haben wir nicht vereinbart«, meinte er. »Ärger mit den

Flusswächtern kann mein Ende sein! Ich sollte Anker werfen und warten, bis sie Euch holen ...«

»Kommt schon, Jodec«, erwiderte sie. »Ihr steckt bereits bis zum Hals mit drin, also solltet ihr lieber noch den letzten Fetzen Segeltuch setzen und beten, dass wir nicht erwischt werden. Wenn sie uns gefangen nehmen, werden wir ihnen sagen, dass Ihr schon seit Jahren zu uns gehört ...«

»Die Mutter verdamme Euch!«, spie er aus.

»Erspart mir Eure Hysterie«, gab sie unbeeindruckt zurück. »Schafft uns durch die Tore, bevor sie geschlossen werden.«

Sie ließ den fluchenden Jodec zurück und hastete zum Unterstand, wo Inryk gerade Dybel, Enklar, Rog und Gillat die neue Lage erklärte. Die beiden Gardisten legten ihre Rüstungen an und setzten ihre Helme auf, als die erste Pfeilsalve vom Südufer das Boot traf und eine lautstarke Fluchkanonade beim Kapitän auslöste. Nachdem sich alle unter den holzverkleideten Teil der Deckaufbauten zurückgezogen hatten, lenkte Dybel Tashils Aufmerksamkeit wieder auf den Hojamar-Fried, den er durch ein kleines, mit Latten verkleidetes Bullauge beobachtete. Als sie hinschaute bemerkte sie, dass man das Königliche Banner durch verschiedene kleine, bunte Wimpel ersetzt hatte. Sie stöhnte und stürmte zum Bug, um zu sehen, was in der Mündung des Vaale passierte. Ihre Befürchtungen bestätigten sich: Die Tore wurden langsam geschlossen.

Tashil sank der Mut. Zwei Pfeile landeten klappernd auf dem Deck in ihrer Nähe, ein dritter grub sich in die Planken zwei Zentimeter von ihrem Fuß entfernt und blieb dort vibrierend stecken. Rasch ging sie wieder in Deckung und verrenkte sich fast den Hals, als sie in die Richtung schaute, aus der sie gekommen waren. Doch in dem Moment legten gerade drei Schiffe der Flusswächter von einem Landungssteg hundert Meter flussaufwärts ab.

Sie sind näher an den Toren, dachte sie, und außerdem schließen sie sich rasch. Wir müssen umkehren, eine andere Wahl haben wir nicht.

Sie spürte eine Hand auf ihrer Schulter und drehte sich um. Es war Dybel.

»Weiter«, sagte er und deutete auf Inryk, der einen kurzen Speer in der Hand balancierte und sich vollkommen konzentrierte. Tashil schaute ihn einen Moment verständnislos an. »Der Gedankengesang Wurf?«, fragte sie dann.

Dybel lächelte. Sie nickte und hastete zur Brücke, wo der Kapitän auf dem Boden kauerte und sie alle verfluchte.

»Wir müssen halsen!«, jammerte Jodec. »Wir können doch nicht ...«

»Haltet Kurs!«, drohte sie dem furchtsamen, jungen Steuermann, der die Ruderpinne umklammerte. Er sah sie einen Moment an und nickte schließlich.

»Gut.« Sie drehte sich wieder um und sah, wie Inryk aus dem Schutz des Unterstands trat, sich mittschiffs aufbaute, mit dem Speer ausholte und ihn auf das befestigte Kettenhaus schleuderte, das auf der rechten Seite der Seetore stand. Tashil verfolgte den Flug des Speeres. Er beschrieb eine unbeirrte, flache Bahn durch die Luft. Die Ketten, welche die schweren Torflügel schlossen, wurden von einer Reihe von gewaltigen Zahnrädern bewegt, die durch Fallgewichte angetrieben wurden. Sie befanden sich in zwei viereckigen Türmen zu beiden Seiten der Tore. Die einzige verwundbare Stelle des ganzes Mechanismus war die, an welcher die große Kette zwischen den beiden schweren Zahnrädern hindurchlief. Sie beobachtete den Speer im grauen Licht des Sonnenuntergangs, bis er im Schatten der Hafenbefestigungen verschwand.

Tashil glaubte, einige Gestalten zu erkennen, die über die Signalbrücken in der Nähe der Zahnradschuppen liefen. Eine Weile passierte nichts, während der Kahn sich langsam den Torflügeln näherte, die sich immer weiter schlossen. Plötzlich hallte ein lautes Knacken durch den ganzen Hafen. Zunächst hatte Tashil keine Erklärung dafür, dann sah sie, dass der rechte Flügel des Tores plötzlich stillstand. Doch ihre Begeisterung hielt nur kurz an, als Inryk aufschrie und auf die Planken sank. Ein Pfeil ragte aus seiner Schulter heraus. Tashil, Rog und Gillat stürzten vor und schleppten ihn in den Schutz des Unterstandes.

»Ich habe ihn direkt in eines der Glieder der Kette geschleudert.« Inryk lächelte trotz seiner Verletzung.

»Wir versorgen Eure Wunde ordentlich, sobald wir durch die Tore hindurch sind«, meinte Tashil. »Im Moment haben wir leider nicht die Zeit …«

Sie waren weniger als fünfzig Meter von den Seetoren entfernt. Die wütenden Wachen feuerten eine Pfeilsalve nach der anderen auf die *Mollige Muschel.* Jetzt befanden sie sich außerdem in Reichweite der Bogenschützen auf den Toren, und als sie näher kamen, prasselte ein Hagel aus Armbrustbolzen, Steinen und Pfeilen auf sie herunter. Die Entfernung schrumpfte immer mehr, und als sie kaum noch ein Dutzend Meter vor dem Tor waren, sah Tashil, dass eine der schweren Zugketten gerissen war und dabei eines der beiden großen Zahnräder aus seinem Lager gehebelt hatte.

Dann befanden sie sich auf Höhe der großen, schweren Portale, glitten durch den Spalt und hinaus in die dunkle Bucht.

»Wir haben es tatsächlich geschafft.« Dybel schüttelte den Kopf.

»Ich fürchte, wir sind noch nicht in Sicherheit.« Tashil spähte um die Seite des Unterstandes auf das erste Schiff der Flusswächter, dessen Bug ebenfalls im Spalt zwischen den Torflügeln erschien. Die kleinen, wendigen Boote der Flusswächter wurden von sechs Ruderern angetrieben und hatten normalerweise ein halbes Dutzend Soldaten an Bord. Noch während es seinen Bug auf die *Mollige Muschel* richtete, glitten drei weitere Boote zwischen den Toren hinaus.

»Das könnte interessant werden«, meinte Tashil. »Vielleicht kann ein Feuerdolch-Bann sie entmutigen. Wenn nicht, brauchen wir mehr Zauber, als ich allein bewerkstelligen kann. Könnt Ihr uns helfen?«

Als Dybel nicht antwortete, drehte sich Tashil herum. Ihr Magierkollege starrte angestrengt nach vorn, in eine rasch einfallende, dämmrige Nebelbank.

»Dieser Nebel ist ziemlich merkwürdig, findet Ihr nicht?«, erkundigte er sich.

»Wie bitte?«

»Unser Segel bläht sich unter einem Westwind, doch dieser Nebel zieht aus östlicher Richtung heran.« Er sog tief die Luft ein. »Und er gefällt mir ganz und gar nicht.«

Ein heller Blitz zuckte auf, und eine gezackte, goldene Linie schlug in den Segeltuchschutz über dem Unterstand ein, drang hindurch und verbrannte die Planken.

»Sie haben einen Magier dabei«, erklärte Tashil und biss die Zähne zusammen. »Sehr raffiniert ...«

Plötzlich schwankte der Kahn, als wäre er auf ein Hindernis unterhalb der Wasserlinie aufgelaufen. Tashil hörte, wie Jodec einen Fluch ausstieß, und im nächsten Moment kam der Kahn vollkommen zum Stehen. Atemor und die beiden Gardisten zückten ihre Waffen, als Tashil zu ihren Verfolgern schaute, die ebenfalls gebremst worden waren. Das Boot schwankte wieder, und ein Schlachtruf der Mogaun ließ Tashil herumfahren. Ihr Bruder schlug auf einen vollkommen durchnässten Mann ein, der eben im Begriff war, aus dem Wasser in das Schiff zu klettern. Plötzlich tauchten Dutzende von Händen aus dem Wasser auf, deren Besitzer sich am Dollbord festhielten und versuchten, an Bord zu gelangen ... Nur gehörten sie keinen lebendigen Menschen, sondern Kadavern, die einen grauenhaften Anblick boten.

Atemor, Rog und Gillat war ihr Entsetzen deutlich anzumerken, dennoch stürzten sie sich mit gezückten Schwertern in den Kampf. Dybels Gesicht verriet eisige Ruhe. Um seine beiden erhobenen Hände tanzten rote Flammen, als er zwei Blitze auf zwei der untoten Piraten schleuderte. Das Feuer zuckte durch ihre skelettierten Brustkästen, als sie wieder ins Wasser geschleudert wurden, aber sofort nahmen andere ihre Plätze ein. Der unerträgliche Verwesungsgestank schnürte allen an Bord beinahe die Kehlen zu.

Tashil sammelte all ihre Kräfte und versuchte, mit den Gedankengesängen des Stoßes und der Ramme das Deck von den

Grauen erregenden Angreifern zu säubern. Aus einiger Entfernung drangen andere Kampfgeräusche an ihre Ohren, und während sie in einer kleinen Kampfpause weitere Gedankengesänge vorbereitete, riskierte sie einen kurzen Seitenblick. Etwa zwanzig Meter entfernt, halb verborgen von dem dichten Nebel, befanden sich die Flusswächter in einer ähnlich gefährlichen Lage. Eines ihrer Boote war bereits gesunken, das andere hatte schwere Schlagseite, und auf den beiden übrigen tobte ein verzweifelter Kampf.

Schließlich waren die letzten Untoten an Deck der *Molligen Muschel* erschlagen worden. Die Menschen standen alle noch, auch wenn die meisten zahlreiche Schnittwunden und Kratzer davongetragen hatten. Wenn das unnatürliche Leben aus den Untoten wich, lösten sich ihre Kadaver in einem ekelhaften Haufen schleimigen Fleisches und verfaulter Knochen auf, die jetzt hastig mit Haken und Schaufeln über Bord geschafft wurden. Jetzt erst bemerkte Tashil, dass ihr Boot führungslos in der Dünung dümpelte. Das Segel knatterte nutzlos im Wind, und die Leinen hingen schlaff herunter.

»Jodec!«, rief sie, »wir müssen …!«

»Der Käpt'n ist tot«, unterbrach sie der junge Steuermann von der Brücke. Er war im Gesicht so weiß wie eine getünchte Wand und sichtlich verängstigt. Zwei andere Matrosen tauchten aus der Heckluke auf, doch bevor Tashil ihnen einen Befehl zurufen konnte, hörte sie, wie ihr Bruder Atemor hinter ihr fluchte. Sie drehte sich herum.

Durch den Nebel kam die dunkle Silhouette eines Schiffes auf sie zu. Seine Masten waren mit den zerfetzten Resten von Segeln besetzt, die sich in dem unbeständigen Westwind kaum rührten. Dennoch näherte es sich ihnen unaufhaltsam. Der schwarze Rumpf und das Vordeck zeichneten sich rasch durch den Dunst ab. Beides war vollkommen mit Muscheln und vergammelten Algen überzogen. Noch während Tashil den Matrosen zuschrie, die Segel der *Molligen Muschel* zu setzen, glitten verweste Gestalten über die Seiten des Schiffes ins Wasser und schwammen auf sie zu.

Während sich die *Mollige Muschel* dem Zentrum von Sejeend näherte, eilten Calabos, Dardan und Sounek an der hohen äußeren Mauer vorbei in den Innenhof des Hojamar-Fried. Sie trugen Kapuzenmäntel, die sie aus Murstig mitgebracht hatten, und sie benahmen sich so gut sie konnten wie gläubige Wallfahrer, während Calabos sie zum Kala und seinem bewaldeten Tal führte. So weit war er auch in der Nacht gekommen, als dieser verhexte Ruf ertönt war, doch diesmal wollte er die Höhle ihres finsteren Widersachers finden, ohne sich aufhalten zu lassen. Die Erinnerung an die widerliche Anrufung brannte ihm noch frisch im Gedächtnis, und diese Bilder boten ihm jetzt eine gewisse Orientierung.

Sie überquerten einige Kreuzungen und gelangten auf eine Straße mit einer Reihe gepflegt wirkender Stadthäuser auf der linken und einer hohen Mauer auf der rechten Seite. Die Mauerkrone war mit Beeren und Blättern geschmückt, und dahinter erhoben sich große Bäume. Deren Blattwerk wurde von Lampen beleuchtet, die hinter der Mauer verborgen lagen. Das war der Bestattungshain, und je näher sie seinem Eingang kamen, desto mehr wuchs Calabos' Gewissheit, dass sie auf dem richtigen Weg waren.

»Es ist hier irgendwo in der Nähe«, murmelte er, während sie weitergingen.

»Von den Häusern da drüben beobachten uns Wachen«, meinte Sounek.

»Solange sie uns nicht jagen oder um Hilfe rufen«, meinte Calabos, »können sie zuschauen, solange sie wollen.«

Der Sonnenuntergang tauchte die Stadt in einen roten Schimmer, hier im Schatten des Felsens jedoch war es bereits dämmrig. Die Laternen in den Bäumen erhellten die Pfade und Grabmäler, während die dichten Zweige den größten Teil des Hains vor den Blicken der Wachen auf der anderen Straßenseite verbargen. Als sie durch das geschwungene Portal traten, fühlte Calabos sofort die Veränderung in der Luft und im Boden unter ihren Füßen. Einmal, im nördlichen Yularia, war er durch ein Tal gewandert, dessen Ortschaften und Siedlungen durch ein Erdbeben vernichtet worden waren. In dieser Ehrfurcht Gebietenden Stille hatte er eine beunruhigende Empfindung im Boden wahrgenommen, Hinweise auf eine unnatürliche Veränderung, als wären die uralten Fundamente, welche die Welt stützten, verschoben oder beschädigt worden. Das war dem sehr ähnlich, was er jetzt auf dem Weg durch den Bestattungshain spürte. Ein schwaches, aber hartnäckiges Zeichen, dass eine Umgestaltung der Erde stattgefunden hatte.

Der Hain wurde an drei Seiten von hohen Mauern und auf der vierten von der blanken, steilen Felswand eingefasst. Je näher Calabos der Klippe kam, desto stärker spürte er, dass hier etwas nicht stimmte. Gleichzeitig verstärkte sich sein Gefühl, dass die anderen seine Warnungen besser beherzigt hätten. Aber seine Argumente hatten gegen ihre Loyalität und ihre entschlossene Treue nichts ausrichten können.

Vielleicht ist das ja auch gar nicht so schlecht, dachte er. Die weite Kapuze verbarg sein Lächeln.

Kurz darauf spürte er die finstere, magische Aura eines Grabmals auf, das direkt am Fuß des Felsens errichtet worden war. Es war eine große, überladene Grabstätte, die offenbar einer Festung nachempfunden war. Dahinter kam eine rostige Eisentür zum Vorschein. Calabos warf Dardan und Sounek einen auffordernden Blick zu. Es kostete sie nur eine Minute, sie zu öffnen.

Eine grob behauene Treppe führte in die Tiefe. Dardan zog ein kleines Talglicht aus der Tasche, und in seinem gelblichen Schimmer machten sie sich an den Abstieg. Die Treppe wand sich nach links und rechts, dann wurden ihre Stufen lang und flach und endeten schließlich in einer ovalen Kammer. Vor langer Zeit hatte jemand primitive Symbole auf die Wände gemalt. Ihre Farbe war nun verblasst und blätterte ab, und eine Vielzahl von uralten Amuletten aus Holz, Tuch und Knochen hingen verfault und verrottet an rostigen Nägeln oder lagen im Staub des unebenen Bodens. Früher einmal musste das der geheime Schrein eines Kultes von Geisterbeschwörern gewesen sein. Danach war er wohl der Vergessenheit anheim gefallen, bis ihr Widersacher eine neue Verwendung dafür gefunden hatte.

Calabos konnte den Nachgeschmack der Anwendung des BrunnQuell in der Kammer schmecken, vor allem in ihrer Mitte, wo sich eine Erhebung aus rissigem, gebranntem Lehm auf dem Steinboden befand. Sie maß mehrere Schritte im Durchmesser. Welche Funktion sie hatte, war nicht sofort ersichtlich.

»Ist es hier?« Sounek hielt Dardans Lampe höher.

Calabos schüttelte den Kopf. »Hier wurden einige finstere Rituale abgehalten ...« Er stieß mit dem Fuß gegen einen geborstenen Schädel auf dem Boden, »aber die Anrufung ist nicht von hier ausgegangen.«

»Hier ist noch eine Tür.« Dardan stand am anderen Ende der Kammer. »Ich habe sie erst gesehen, als ich direkt davor stand.«

Eine schmale Öffnung führte auf einen breiteren Gang, dessen Wände aus einem merkwürdig glatten, mit Linien versehenen Stein bestanden, dessen Oberfläche im Licht der Lampe matt glänzte. Der Gang senkte sich eine Weile ab und stieg dann zum Eingang einer anderen Kammer an. Der Rahmen dieser unregelmäßigen Türöffnung schimmerte fahl. Calabos ging voran, gefolgt von Sounek und Dardan, als es plötzlich über ihnen laut knackte und unheilvoll knirschte. Ohne zu zögern wirbelte er herum, packte Sounek an der Schulter und zerrte ihn von dem Eingang weg.

Es rumpelte und krachte, und eine dichte Staubwolke stieg auf. Als der Steinschlag aufhörte, rappelten sich Calabos und Sounek hustend auf, betrachteten den eingestürzten Durchgang und den Tunnel, der jetzt unter Tonnen von Schutt begraben war. Von Dardan war nichts zu sehen oder zu hören. Sie riefen seinen Namen, bekamen jedoch keine Antwort. Ebenso wenig reagierte er auf Gedankensprache. Sie verstummten und fürchteten schon das Schlimmste, als eine andere, bedrohliche Stimme in der Kammer hinter ihnen sprach.

»Willkommen in Eurem Verlies!«

Ein kalter Schauer überlief Calabos, als er sich zu dem Sprecher umdrehte. Sounek stieß einen unterdrückten Schrei aus, Calabos jedoch behielt die Fassung.

Einige Meter vor ihnen schwebte die Gestalt eines großen, schlanken Mannes in der Luft. Er trug das einfache, gelbe Gewand eines niederen Beamten oder eines Gelehrten. Die blauen Bänder und Quasten seiner Robe hingen in der Luft, ebenso wie die weiten Ärmel und die voluminöse Hose, deren Stoff langsam wie in einer schwachen, milden Brise hin und her flatterte. Der Mann würdigte Sounek kaum eines Blickes, sondern konzentrierte sich ausschließlich auf Calabos.

»*Welch Ehre*«, sagte er. »*Endlich lernen Wir den großen Beltran Calabos kennen ... aber vielleicht ist es ja nicht das erste Mal ...*«

Die Stimme des Mannes klang zischend und verzerrt, und seine Gestalt schimmerte kurz durchscheinend. Sie hatten einen Astralleib vor sich, ein weiteres Zeichen von den mächtigen Kräften, die hier am Werke waren.

»Ich kenne Euch nicht, Herr«, erwiderte Calabos. »Obwohl mir Euer Gesicht irgendwie bekannt vorkommt.«

»*Ah, das Gesicht. Es gehörte einmal Unserem Diener Jumil, doch dann gelangte es in Unsere Gewalt, so wie Ihr.*«

»Also seid Ihr nicht, wer Ihr zu sein scheint.« Calabos zuckte mit den Schultern. »Dann seid Ihr nur ein Dieb, wie Euer Herr und Meister.«

Die Augen des Mannes verdunkelten sich vor Hass und Wut, und er schwebte etwas dichter an sie heran. Calabos erwiderte seinen Blick und verschränkte die Arme.

»*Diese Welt war Unser uraltes Vermächtnis, und es wurde wieder die Unsere durch das Recht der Eroberung. Doch Unsere Strategie wurde durch Lügen und Betrug vereitelt ... und durch die perfiden Pläne der Verräter! Aber sie wird erneut die Unsere werden, erneuert auf ewig durch den Willen des Großen Schatten!*«

Während Calabos ungerührt in das verzerrte Gesicht blickte, schoss ihm eine schockierende Erkenntnis durch den Kopf.

Im Namen der Mutter!, dachte er. Er weiß, wer ich bin! Aber wer ist er?

Der Hexer lächelte.

»Wir fühlen Euer Verlangen nach Erkenntnis, Calabos«, sagte er. *»So wisset denn dies: Mein Name ist Xabo, und wisset ebenfalls, das sich hier in Sejeend ein Schattenkönig aufhält, o ja. Ihr könnt über diese Wissenskrumen grübeln, wie es Euch beliebt, in der wenigen Zeit, die Euch noch bleibt. Denn diese Kammer hat Bewohner, die sehr eifersüchtig auf all jene reagieren, die noch Fleisch an ihren Knochen haben. Hier findet die Bezeichnung ›lebendiger Fels‹ seine wahre Bedeutung.*

Falls es Euch dennoch gelingen sollte, zu entkommen, werden Wir einfach darauf warten, bis Ihr zu Uns kommt, was Ihr, wie Wir wissen, müsst. Sobald der Schattenkönig Euch begegnet ist, können Wir diese überlange Geschichte endlich zu einem Ende bringen!« Er lachte. Es war ein zischendes, bösartiges Geräusch. *»Möget Ihr unter Qualen sterben!«*

Die Gestalt namens Xabo verblasste allmählich, und ihr Gelächter verhallte. Ihre Gesichtszüge wurden durchsichtig und lösten sich schließlich völlig auf. Doch da waren Calabos und Sounek längst mit den monströsen Veränderungen beschäftigt, die in den Wänden der Kammer vorgingen. Der zuvor so fest wirkende Fels begann sich zu bewegen. Zunächst liefen nur Wellen darüber hinweg, und er stülpte sich an einigen wenigen Stellen aus. Begleitet wurden diese Erscheinungen von einem unaufhörlichen Flüstern und Seufzen. Dann bildeten sich deutlichere Umrisse heraus, die unverwechselbaren Formen von Knochen, Kniegelenken, Ellbogen, Schultern, Brustkästen und die aufgerissenen Kiefer von Schädeln. Sie alle waren von einem schmutzigen Grau überzogen, als hätte sich die Oberfläche des Felsens plötzlich in eine dehnbare Membran verwandelt. Einige Gestalten schoben sich ein Stück aus dem Fels heraus und starrten mit ihren grotesken, steingrauen Augenhöhlen Calabos und Sounek an, während skelettierte Hände nach ihnen griffen.

Zum Entsetzen der beiden Magier flossen diese knochigen

Gestalten die Wand hinunter und krochen über den Boden von allen Seiten auf sie zu. Calabos schleuderte einen Feuerball auf eine Gruppe, während Sounek mit dem Gedankengesang des Stoßes einen Feuerdolch gegen einige andere warf. Beide Zauber schwärzten zwar den dehnbaren Stein, konnten die Kreaturen darunter aber nicht aufhalten.

»Es gibt bestimmt einen Weg, um zu entkommen«, sagte Sounek. »Leider fällt er mir im Moment nicht ein.«

Calabos dachte fieberhaft nach, während er seine Umgebung betrachtete. Schließlich fand er die Lösung und verfluchte sich laut, weil er nicht früher darauf gekommen war.

»Der Schutt«, sagte er und deutete auf den eingestürzten Durchgang. »Vielleicht bietet er uns Schutz vor diesem Grauen, wenn wir hinaufklettern.«

»Wir brauchen also nur sieben Meter zappelnden, tödlichen Fels zu überwinden«, erklärte Sounek trocken. »Wohlan, versuchen wir es!«

Er lief los, sprang über einige graue Knochenhände, während um sie herum ein unerträglicher Lärm aus krächzenden, sägenden Lauten entstand. Calabos grinste und folgte ihm. Er wählte einen anderen Weg über den wogenden Boden, aus dem sich Skelette in verschiedenen Stadien der Vervollständigung erhoben. Sie rissen Calabos den Kapuzenmantel herunter und zerfetzten ihn, und er büßte die Sohle eines Stiefels ein, aber er kämpfte sich weiter vor und erreichte den Schutthaufen noch vor Sounek. Der war kaum einen Schritt vom rettenden Ufer entfernt, als er stolperte und stürzte. Er versuchte sofort, sich wieder aufzurichten und auf den Schutthaufen zu klettern, aber ein halbes Dutzend grauer Hände tauchten aus dem Felsboden auf, und sie packten seine Knöchel, als er Calabos' Hand fasste. Der versuchte, Sounek aus den knöchernen Klauen zu befreien, aber er kämpfte gegen eine gewaltige Macht an, die Macht der Steine. Die Beine seines Freundes wurden bereits von der grauen Masse überzogen.

»Ich kann Euch befreien«, meinte Calabos. »Aber es wird nicht angenehm.«

Souneks Augen weiteten sich vor Angst und Schmerz. »Spielt keine Rolle, versucht es!«

Calabos griff nach der Niederen Macht und wirkte den Gedankengesang des Eisnetzes, das in seinem Verstand kreiste. Seine Hände leuchteten in einem blassen Blau. Er bückte sich und berührte damit den wogenden Boden aus Knochen. Harter, weißer Frost verbreitete sich ein paar Fuß weit über die steinerne Oberfläche und ließ die Skelette mitten in der Bewegung erstarren. Nach einigen weiteren Berührungen gefror der gesamte Felsboden, der Souneks Beine umhüllte. Dann bedurfte es nur noch einiger gezielter Hiebe mit einem Dolchgriff, mit denen er den Fels zerstückelte. Sounek kroch zitternd auf den Schutthaufen.

Knochige Gliedmaßen griffen rasch wieder nach ihnen, aber sie kamen nur bis zum Rand des zerborstenen Felsens und Schutts heran. Als sie auf dem Schutthaufen saßen, fühlte Calabos, wie eine Botschaft versuchte, sein Bewusstsein zu erreichen. Und dann ganz schwach ...

... sprecht mit mir, verdammt ...! Hört Ihr mich ...?

Er lächelte Sounek zu. *Ja, wir leben und hören Euch gut, Dardan. Entschuldigt unser Schweigen. Wir waren gerade anderweitig beschäftigt.*

Gut zu wissen. Bleibt wo Ihr seid. Wir befreien Euch gleich.

Sounek sah Calabos verwirrt an. »Wir?«

Calabos zuckte mit den Schultern. Sie warteten, während sie die monströse Knochenhöhle im Auge behielten. Während sie dort saßen, bemerkte Calabos, dass Sounek ihn ab und zu neugierig aus den Augenwinkeln musterte. Ob einiges von dem, was dieser Xabo gesagt hatte, Souneks Aufmerksamkeit erregt hatte? Zudem hatte er sich körperlich ziemlich verausgabt, was schwerlich zu seinem sonstigen altersschwachen Gebaren passte.

Was jedoch Xabo anging ... Bei diesem boshaften Geist konnte es sich nur um Obax handeln, den Hohen Akolythen, der einst der Ratgeber des Schattenkönigs Byrnak gewesen war. Er hatte behauptet, ein Schattenkönig sei zurückgekehrt.

Wie konnte das sein? War es möglich, dass Xabo-Obax zu diesem Zweck all diese Phantome in einem einzigen Wirt versammelt hatte, einem Unglücklichen, der dem Untergang geweiht war? Was konnte einer solchen Kreatur durch den Kopf gehen, und wie gefährlich mochte sie sein? Calabos seufzte und beschloss, darüber nachzudenken, sobald sie in Sicherheit waren.

Schon bald hörten sie das gedämpfte Klopfen und Prasseln von Steinen, die weggeschoben wurden, und einige Minuten später wurde der Schutt an der Spitze Stein für Stein beiseite gehoben, bis die Öffnung groß genug war, dass sie hindurchkriechen konnten. Calabos sah in der von einer Lampe beleuchteten Staubwolke das schmutzige Gesicht von Dardan, der ihn angrinste und ihm auf die Schulter klopfte, bevor er Sounek die Hand reichte.

Dann fiel sein Blick auf Coireg Mazaret, der offensichtlich in guter Verfassung und guten Mutes war.

»Ich nehme an, du hast eine interessante Geschichte zu erzählen«, meinte Calabos.

»Mehr als eine, mein Freund!«, erwiderte Coireg. »Aber die Worte müssen warten. An der Oberfläche gibt es harte Arbeit zu erledigen.«

»Wieso? Was ist passiert?«

»Während Ihr Euch hier unten eingegraben habt«, erklärte Dardan, »hat Sejeend höchst unfreundlichen Besuch bekommen.«

14

Du wirst zu
Einer Oase des Lebens werden
Inmitten einer Wüste des Todes.

Keldon Ghant, Orosiada, Ein Maskenspiel,
3. Akt, I. Szene

Die Nacht wurde von Feuern hell erleuchtet. Überall auf den Silbernen Kais, dem Zentrum von Sejeends Hafen, brannten Schuppen, Lagerhäuser und sogar die kleineren, hölzernen Stege lichterloh. Bureng hatte Hanavoks untoten Mannschaften befohlen, auch alles Brennbare in der Nähe der großen Verteidigungsmauer in Brand zu setzen, welche die Hafenanlagen von der Stadt trennte. Deshalb hüllten jetzt dichte Wolken aus beißendem Rauch die Zinnen ein. Als Burengs Invasionsarmee, die Untoten und die Lebenden, von den Schiffen auf die Kais geströmt war, hatten die Verteidiger sie mit einem Hagel aus Felsbrocken, Pfeilen und Bolzen eingedeckt. Jetzt wurde kaum noch ein Geschoss auf sie abgefeuert, geschweige denn ein gezielter Schuss abgegeben.

Der Rauch bot außerdem den Abteilungen, welche die Mauer stürmen sollten, ideale Deckung. Die Männer sollten möglichst eines oder beide der gewaltigen Gatter aus Holz und Eisen entriegeln, welche seine Armee in diesem Teil des Hafens gefangen hielt. Während sie hier festsaßen, kamen die anderen Kapitäne weitaus schneller voran als er. Erst als er und seine Männer an Land stürmten, erfuhr er, dass die gewaltigen Seetore von Sejeend bereits offen gestanden hatten, als Flanes und Raleths Schiffe sie erreicht hatten. Er hatte ausgiebig und giftig in den verschiedensten uralten Sprachen geflucht.

Dennoch schien sich an der Mündung des Vaale der Widerstand der Verteidiger zu konzentrieren. Auch dort brannten viele Feuer. Durch den Rauch und den Nebel wirkten sie wie das Glühen eines gigantischen Hochofens. Sie spiegelten das Verlangen und die Ungeduld, die in Bureng kochten und jeden seiner Gedanken erfüllten. Mittlerweile war er sich seines ursprünglichen Zieles nicht mehr sicher. Wollte er wirklich die Häuser der Reichen und den Palast des Kaisers plündern, was er konnte, oder sollte er die Quelle des Rufes suchen? Oder zog ihn die dunkle, mächtige Wesenheit an, die Verkörperung der Macht, die seiner so ähnlich und die gleichzeitig so selbstsicher war, dass sie nicht einmal versuchte, ihre glitzernde Aura zu verbergen?

Bureng stand neben einem steinernen Zollgebäude, flankiert von seinen Leutnants Gont und Reshik, den Kapitänen der *Hammerhai* und der *Rochen.* Die Mannschaften der drei Schiffe hatten sich neben den beiden großen Hafentoren aufgebaut, aber sie gingen trotzdem fast in der Masse der Untoten unter, die zu Hunderten auf der Mole standen. Sie rührten sich kaum, sprachen kein Wort und schienen vom Rauch der Feuer und dem beißenden Qualm des Schutts vollkommen unberührt zu sein. Hanavok, der neben Bureng stand, drehte seinen Schädel und starrte von den rauchumwölkten Zinnen zu den Feuern an den Seetoren und dann auf die dunklen Umrisse seiner Schiffe, die sich an den langen Molen der Silbernen Kais drängten.

Bureng fragte sich, welche Gedanken den untoten Admiral wohl beschäftigten. Ungeduld zählte jedenfalls nicht dazu.

Bureng fluchte und trat ein Fass vom Rand der Mole. Als es mit einem lauten Platschen in das schwarze Wasser unter ihnen fiel, wirbelte er zu Arik herum.

»Also, wo sind sie?«, knurrte er. »Warum sind die Tore noch geschlossen?«

»Kapitän, wir haben acht Abteilungen über die Mauer geschickt.« Der Bulle zitterte beinahe vor Furcht. »Man sollte meinen, dass wenigstens eine durchkommt ...«

»Schick mehr hinüber!«

»Aber genau das werden sie erwarten ...«

»Gehorche, ohne zu widersprechen, Hund, oder ich schneide dir die Zunge heraus!«

Der Bulle schlurfte mit hängenden Schultern zu einer Gruppe Matrosen, die vor der Mauer standen. Doch bevor er die Befehle seines Kapitäns weitergeben konnte, johlten seine Leute auf, die dicht an den massiven Portalen standen. Diese schwangen langsam nach außen. Sofort brüllte Bureng Hanavok zu, seine untoten Piraten in die Stadt zu treiben. Einen Moment sah der Admiral ihn mit seinen schwarzen, undurchdringlichen Augen ausdruckslos an. Dann hob er sein rostiges Schwert in die Luft und marschierte zu den aufschwingenden Toren. Die Untoten setzten sich ebenfalls in Bewegung, so als gehorchten sie einem lautlosen Schlachtruf.

Bureng folgte dicht hinter ihnen und umklammerte mit einer Hand den Spiegelfetisch. Neben ihm marschierte Rikken, der vertrauensvolle, hündisch ergebene Rikken, der den Kodex des Crevalcor in einer Ledertasche über dem Rücken trug. Bureng hatte nicht gewagt, ihn an Bord der *Muräne* zu lassen, wollte den schweren Band jedoch auch nicht selbst mit sich herumschleppen. Also hatte er ihn Rikken anvertraut, dessen Loyalität, wie er wusste, außer Frage stand.

Als seine Leutnants und seine Leibgarde sich einen Weg durch die Untoten bahnten, durchfuhr ihn ein Gefühl von Erwartung, Erregung und Gier. Er hatte auf der Fahrt nach Sejeend vier weitere Phantome empfangen. Nachdem sie langsam in seinen Verstand eingedrungen waren, hatten ihre Erinnerungen ihn befähigt, von weitem die andere Wesenheit zu kosten, seinen Widerpart, der ihn mit einer ähnlichen Habgier betrachtete.

Was für ein Freudenfest das sein wird, dachte er. Deine Abwehr zu zerschmettern und die Essenz deines Seins zu verzehren, Stück um machtvolles Stück. Dann werde ich größer sein als du oder einer dieser armseligen Magier und mir eine Domäne erschaffen, die niemals untergehen wird!

Schließlich hatten sie das Tor überwunden und ergossen sich inmitten der gewaltigen Woge aus Angreifern in die Straßen von Sejeend. Sie trafen auf einige Verteidigungsstellungen, die jedoch zumeist nur aus ein paar mit Sandsäcken beschwerten Kisten oder aus umgekippten Karren bestanden. Die Hand voll Bewaffnete, die sie bemannten, flohen entweder rasch oder wurden überwältigt. Andere Soldaten und Bogenschützen standen auf den Dächern und Balkonen und schickten ihnen einen Pfeilhagel entgegen, doch Bureng achtete nicht auf sie. Er hatte nur ein Ziel im Sinn.

»Zum Fried!«, brüllte er.

Die Signalflaggen auf dem Dach des Frieds wehten in einem Windstoß, welcher auch die Fackeln in ihren Nischen in der Ziegelwand des viereckigen Vorratsbunkers heftig flackern ließ. Anderthalb Dutzend Bogenschützen, meist reguläre Soldaten der kaiserlichen Armee, standen an den Mauern und suchten nach irgendwelchen lohnenden Zielen auf den Straßen unter ihnen. Je ein halbes Dutzend Schützen bemannte die beiden Ballisten. Es waren große Kriegsmaschinen, die schwere, gewichtete Pfeile schleuderten. Doch im Moment waren keine Gegner in Sicht oder in Schussweite, also erzählten die Männer sich Witze oder Klatsch aus den Kasernen. Oder sie spekulierten leise über den Offizier der Ehernen Garde und seine beiden Gefährten, die auf der anderen Seite des Frieddaches standen.

Sie redeten zwar leise genug, dass ihr Truppführer nicht auf sie aufmerksam wurde, aber der Schattenkönig hörte dennoch alles, was sie sagten. Ebenso deutlich wie die Worte, die Jumil und Vorik wechselten, die dichter bei ihm standen.

»... hätte Ilgarion nicht alle erfahrenen Truppen aus der Stadt abgezogen, befänden wir uns nicht in dieser ärgerlichen Situation«, sagte Jumil gereizt.

»Wenn wir gewusst hätten, wozu dieser Schattenkönig fähig ist, hätte ich Shumond überreden können, mindestens eine Kompanie der Ehernen Garde zurückzulassen«, meinte Vorik. »Jetzt jedoch müssen sich Majordomo Roldur und seine Offiziere mit den Hilfstruppen aus Cabringa begnügen, und das sind schon wenig genug.«

»Ich habe Euch bereits gesagt, dass niemand die Große Macht genau ermessen kann«, fuhr Jumil ihn an. »Der Brunn-Quell widersetzt sich dagegen, eingeschränkt oder kanalisiert zu werden. Die Ordnung ist ihm zuwider, er will genutzt werden, losgelassen, nicht kontrolliert. Ein Hexer des BrunnQuell braucht sehr viel Willenskraft und Zielstrebigkeit, Qualitäten, die dieser andere eindeutig besitzen muss, wenn er sich und seinen Feldzug so lange geheim halten konnte ...«

Der Schattenkönig lächelte unmerklich. Sein Rivale war kaum in der Lage, seine primitivsten Bedürfnisse zu beherrschen, geschweige denn bewusst einen geheimen Plan auszuführen. Der Schattenkönig sah, wie sich die Lage bei dem Kampf um den Pier am Vaale verschlechterte, da eines der Tore an den Silbernen Kais offen stand. Schon bald ...

Ein Läufer tauchte auf der Treppe auf, eilte hastig zu Vorik und flüsterte ihm eine Nachricht zu. Der nickte und schickte ihn wieder weg. Dann sah er Jumil an.

»Etwa zweihundert dieser Piraten haben die Verteidiger am Hafenbecken in der Nähe des Vaale umgangen«, sagte er und stand auf. »Einige sind zur Melvio-Stiege gelaufen, aber der größte Teil von ihnen ist hierher unterwegs. Die Verteidigungslinie am Hafen ist ebenfalls durchbrochen. Immer mehr Invasoren stürmen ungeordnet durch die Straßen. Vor allem aber sind sie auch auf den Silbernen Kais durchgebrochen.« Er lächelte säuerlich. »Vielleicht ist jetzt die Zeit gekommen, große Mächte wirken zu lassen. Entschuldigt mich, Erlauchter, aber ich muss den Männern neue Befehle geben.«

Während Vorik über das Dach des Frieds schritt, beobachtete der Schattenkönig, wie Jumil nach Norden starrte, und fühlte, wie er seine Sinne ausstreckte, um sich von Voriks Worten zu überzeugen.

»Es stimmt«, meinte der Schattenkönig beiläufig. »Alles.«

Der BrunnQuell-Hexer betrachtete ihn kalt. »Deine Macht reicht weit und ist sehr groß«, erklärte er. »Wie leicht kannst du dich des BrunnQuell bedienen?«

Der Schattenkönig ignorierte die Frage, drehte sich um und

stützte sich auf die Zinnen der Befestigung. Er beugte sich vor und sog die rauchige Luft ein.

»Du nennst deinen Meister den Großen Schatten«, antwortete er mit einer Gegenfrage. »Wer oder was ist er?«

»Du kennst ihn gut«, meinte Jumil.

»Ich weiß das, was alle meine Teile einst wussten. Letztendlich sagen sie, dass ich nur ein Teil dieser Gottheit bin, die am Ende des Schattenkönig-Krieges zerbrochen, zersplittert und in alle Himmelsrichtungen verstreut worden ist. Willst du behaupten, dass es noch ein anderes unserer halb blinden Überbleibsel gibt, ein drittes Schattenköniglein, das nach den Rinnsalen der Macht lechzt, die immer noch ihren Weg in die Zwischenwelt finden? Antworte!«

Jumil lächelte gelassen. »Es ist wie ein Ruf unter Gleichen und absolut nicht notwendig, jeden einzelnen Aspekt des Einflusses zu verdeutlichen und jedem Werkzeug die Absicht der Macht zu enthüllen. Sie folgen nur ihrer Natur und arbeiten entsprechend zusammen.«

»Es interessiert mich, verstehst du? Warum sollte ich mich einem Plan von jemandem unterwerfen, der nicht mehr als ein Gleichgestellter sein könnte, wenn überhaupt?«

»Er ist beides, weniger und mehr«, erwiderte Jumil. »Mehr kann ich nicht sagen. Du musst auf seine Pläne vertrauen. Darauf, und mir.«

Der Schattenkönig lachte. »Warum sollte ich dir vertrauen, wenn ich die Wahrheit auch aus dir herausquetschen kann?«

»Du könntest es versuchen.« Jumil sah ihn unbeeindruckt an.

Ohne nachzudenken streckte der Schattenkönig seinen Verstand aus, suchte Ziele und Öffnungen ... fand jedoch nur eine perfekte, undurchdringliche Barriere. Er untersuchte sie genauer und auch das, was dahinter lag, und verstand die Sinnlosigkeit, hier Zwang auszuüben. Er wäre zwar in der Lage gewesen, diese Verteidigung zu durchbrechen, aber zweifellos hätte Jumil eher seinen Körper aufgegeben, als sein Wissen zu enthüllen.

»Du siehst jetzt also, wie vergeblich es wäre«, meinte Jumil. »Der Tod meiner sterblichen Hülle würde auch deine Pläne für ein neues Imperium in dieser Welt zunichte machen. Dafür sind die NachtGeschöpfe und die Schattenkeime da. Sie bereiten diese Welt auf einen neuen Anfang vor.« Er blickte über die Soldaten hinweg. »Aber die Eindringlinge kommen näher, und wie ich sehe, sind die meisten von ihnen vom Tode auferstanden. Interessant ist übrigens, dass ihnen ihr Unleben von magiedurchwirkten Fetischen verliehen wird. Ich fürchte, dass die Truppen des Frieds sie nicht aufhalten können. Möchtest du vielleicht hinuntergehen und ihnen helfen?«

Der Schattenkönig nickte und grinste. Er bewunderte die Art, wie Jumil seine Schwäche in Stärke verwandelt hatte. Er hatte noch viel zu lernen.

»Den Untoten den Tod schenken?«, fragte er. »Warum nicht?«

Damit stand er auf und ging über das dunkle Dach zu der breiten Treppe, die nach unten führte. Er trug noch den langen, braunen Mantel, den man ihm nach der Verschmelzung gegeben hatte, doch jetzt zog er ihn aus und warf ihn achtlos in eine Ecke, bevor er hinabstieg. Darunter trug er eine wattierte Hose und einen alten, rot gefärbten Lederharnisch. Beides war abgewetzt und rissig, tat aber noch den Dienst. Außerdem steckte ein langer Dolch mit einem Horngriff in der Scheide an seinem Gürtel, aber er würde ihn nicht brauchen. In den meisten der verlassenen Etagen des Frieds brannte kein Licht. Sie wurden nur von den Lampen im Treppenhaus erleuchtet. Auf dem Weg hinunter kam ihm auch niemand entgegen.

Im ersten Stock entschloss er sich, den Fried durch eines der großen Fenster zu verlassen, statt durch das Hauptportal. Er flüsterte ein Machtwort des BrunnQuell und sprang die sieben Meter in die Tiefe hinab. Er landete geschickt auf beiden Füßen. Danach huschte er in langen Sätzen lautlos über den gepflasterten Hof zu einer Treppe, die zur Spitze der zehn Meter hohen Mauer um den Innenhof führte. Die Wachen auf den Wällen beobachteten eine Gruppe von Gestalten, die sich im Westen sammelten, jenseits eines von Bäumen gesäumten

Platzes und der breiten Straße dahinter. So konnte er unbemerkt auf die Straße hinter der Mauer springen.

Lautlos suchte er sich den Weg durch den Schatten auf die andere Seite des Platzes. Er hörte Stimmen, stieg an der Seitenwand eines Geschäftes hinauf, schlich über ein zurückliegendes Schrägdach und stieg von dort auf einen Balkon, der zu einer Gasse um die Ecke des Gebäudes führte. Unter ihm versammelte sich eine Gruppe der untoten Angreifer, die von einer kleinen Zahl lebender Piraten begleitet wurden. Offenbar gab es einen Streit.

»Ihr solltet lieber hinübergehen und gegen die Eisenhüte kämpfen«, sagte einer der Seeräuber gerade. »Kapitän Raleth nimmt es gar nicht gut auf, wenn man seinen Befehlen nicht gehorcht ...«

»Das war ... nicht ... sein Befehl ...«, erwiderte einer der untoten Piraten zischend, »es ist ... nicht unser ... Verlangen ... wir wollen nur ... ein endgültiges Ende ...«

»Dein verrottetes Maul sei verflucht! Beweg dich, sage ich!«

»Du hast ... den Schild ... nicht ... deine Worte ... bedeuten ... nichts ...«

Es zischte metallisch, als ein Schwert gezogen wurde.

»Wir ... würden die Klinge ... deines Schwertes ... willkommen heißen ... wir sehnen uns nach ... der Rückkehr des Todes ...«

»Was soll das?«, mischte sich jemand anderes ein. »Gaf, steck dein Schwert weg!«

Der Schattenkönig lächelte im Dunkeln. Er spürte die Aura des Fetischs ebenso wie seinen Träger, fühlte, wie sich die Netze der Macht veränderten und zusammenzogen, noch bevor er den Neuankömmling an der Spitze einer Bande von Piraten herankommen sah. Der Mann trug einen schlichten Eisenschild am linken Arm. Für die Lebenden war es nicht mehr als ein unbedeutender, mitgenommener Buckelschild, aber unter dem Blick des Schattenkönigs war der Schild plötzlich von der Macht des BrunnQuell umgeben. Sie sickerte aus jedem der komplizierten Symbole, die auf dem Schild eingraviert waren.

»Er will nicht angreifen, Käpt'n!«

Der Mann mit dem Schild warf der Gruppe der Untoten einen finsteren Blick zu.

»Warum haltet Ihr Euch zurück?«

»Es ist nicht … unser Begehr«, erwiderte der heisere Sprecher. »Aber du … hast … den Fetisch … Was ist … dein Wille?«

Raleth deutete über den Platz auf den Hojamar-Fried. »Dort befindet sich ein Stützpunkt unseres Feindes. Ich will, dass alle, die sich darin befinden, getötet werden …«

Das war sein Stichwort. Mit einer kleinen Bewegung sprang der Schattenkönig über die Brüstung des Balkons und landete geschickt am Rand der Menge.

»Niemand«, sagte er, »greift diesen Fried an.«

Die Köpfe der Männer fuhren zu ihm herum. Sie bildeten eine Gasse, durch die Raleth auf ihn zukam. Ein paar Schritte vor ihm blieb er stehen und schaute ihn misstrauisch und verächtlich an.

»Ach, wirklich?«, höhnte er. »Niemand? Nun, verzeiht mir, Eure Lordschaft, aber ich habe andere Pläne. Und diese Festung da drüben zu plündern steht ganz oben auf meiner Liste.«

Der Schattenkönig ignorierte ihn. »Ihr werdet nicht nur diesen Fried nicht angreifen, überdies werdet Ihr mir auch Euren Schild geben.«

Raleth lachte. »Ein lustiger Scherz, du Narr, aber für so etwas habe ich keine Zeit …«

Der Schattenkönig trat zu dem ihm am nächsten stehenden untoten Piraten und berührte leicht dessen Stirn. Der lebende Leichnam mit den starren Augen wich einen Schritt zurück, schwankte und zerfiel dann zu Haut, Staub und Knochen. Die Lebenden fluchten, und die Toten schwiegen. Raleth brüllte: »Beschützt mich!«

Die grauen, unbeteiligten Gestalten der Untoten griffen den Schattenkönig mit einer merkwürdigen, ungelenken Hast an, als wären es Schlafwandler, die kaum erwarten konnten, aufzuwachen. Doch er brauchte nur die unsichtbaren Fäden der

Macht zu durchtrennen, die sie mit dem verhexten Schild verbanden, um diese leeren Hüllen zu zerstören. Er erledigte einen nach dem anderen, wie ein Priester, der seine Gläubigen segnet, und befreite sie mit einer Berührung aus ihrer Knechtschaft. Als die Reihen der Untoten sich lichteten, fand er sich plötzlich einem von Raleths lebendigen Piraten gegenüber. Der Mann knurrte, als er mit seiner langen Streitaxt in einem hohen Bogen auf den Schädel des Schattenkönigs einschlug.

Der jedoch hob gedankenschnell den Arm und packte den Schaft der Axt direkt unter dem Blatt. Er riss sie dem überraschten Piraten aus der Hand und rammte ihm den mit Leder umwickelten Griff ins Gesicht. Als der Pirat nach hinten kippte, wirbelte der Schattenkönig die Axt herum, sodass er sie nun richtig hielt, und schickte derweil mit der anderen Hand noch einige untote Angreifer zu Boden. Dann drehte er sich auf der Suche nach Raleth in der dunklen Gasse um. Der Pirat wich langsam in einen Seitengang zurück, während eine Abteilung seiner Plünderer von der anderen Seite des Platzes herankam.

Der Schattenkönig hieb wild mit der Axt um sich, sprang über den Haufen von Knochen und staubigen, zerfetzten Kleidern und verfolgte Raleth, der vor ihm davonrannte. Nach wenigen Schritten hatte er ihn bis auf Armlänge eingeholt und schlug ihm mit der flachen Seite der Axt gegen die Schläfe. Mit einem Schrei stürzte Raleth zu Boden. Er verlor den Schild, rollte über den schmutzigen Boden und blieb regungslos an einer Ziegelmauer liegen. Als der Schattenkönig den Schild aufhob, näherten sich von beiden Seiten der Gasse die Untoten und Raleths Piraten. Ihre dunklen Gestalten wurden vom spärlichen Licht einer Laterne aus einem Fenster in einem der oberen Stockwerke beleuchtet. Unter die Untoten mischten sich die Lebenden, die drohend die Zähne fletschten und ihre Schwerter zückten.

Der Schattenkönig betrachtete sie, hob den Schild, konzentrierte sich auf die eingravierten Symbole und ließ die

Macht des BrunnQuell in sie eindringen. Nach wenigen Augenblicken glühten die Symbole rot, dann gelb und dann weiß auf, bevor sie schmolzen und in kleinen Rinnsalen über den Schild liefen. Augenblicklich stürzten sich die Untoten auf die Lebenden in ihrer Mitte. Der Schattenkönig warf den Schild achtlos beiseite, während er unangetastet durch die wilde Schlacht auf die breite Allee und dann auf den von Bäumen beschatteten Platz schritt.

Der Schildfetisch war mehr ein Instrument, um die Untoten zu kontrollieren, als ein Mittel, das den Lebensbann der Wiedergekehrten aufrechterhielt. Er sah andere Fäden der Macht, die zur Küste und zum Haupthafen führten. Er ging in diese Richtung und ließ das Geschrei und den Kampfeslärm hinter sich. In diesem Moment hörte er eine Stimme, eine dunkle, geschmeidige Stimme.

Du also! Es wird dir dennoch wenig nützen, einen meiner Fetische zu zerstören.

»Gib die Belagerung auf«, erwiderte der Schattenkönig. »Und kapituliere, denn es spielt keine Rolle, wer von uns triumphiert. Vereint bleiben wir dennoch dasselbe, ein größeres Ganzes.«

Verstehe. Dann hast du sicherlich nichts dagegen, dich mir zu ergeben.

»Ich denke, schon.«

Ein amüsantes Dilemma.

»Und nicht gänzlich unbekannt.«

Es wird bald gelöst, so oder so.

»Ich spüre dein Ziel«, meinte der Schattenkönig. »Achte darauf, dass du nicht getötet wirst, bevor ich dich erreiche.«

Ich erwarte dich. Bring dein ganzes Können mit. Du wirst es brauchen.

Der Schattenkönig lachte.

Nach ihrer Flucht aus der unterirdischen Kammer der Knochen berichtete Coireg Calabos ausführlich über seine Erlebnisse, während er ihn über eine verschlungene, geheime Route ins Tal des Kala führte.

»Wie nennen sie sich noch gleich?« Calabos runzelte die Stirn.

»Die Ushralanti«, wiederholte Coireg. »Sie sind ein Clan von Händlern und zähen Seefahrern, und außerdem sehr talentiert, was das Mischen von Tränken angeht.«

Calabos lächelte. Er war sehr froh, seinen alten Freund von dem Dämon in seinem Kopf befreit zu sehen.

»Die geistige Gesundheit steht dir gut«, bemerkte er.

Coireg Mazaret lachte leise und nickte. »Sie liefert mir eine vollkommen neue Perspektive auf das Leben. Ich hatte lange nicht mehr die Gelegenheit, über die Vergangenheit nachzudenken. Sehr lange nicht.«

Sie wechselten einen vielsagenden Blick, der Dardan und Sounek entging. Die beiden Magier folgten ihnen, während sie durch eine dunkle Gasse schlichen. Calabos hielt sich an die Geschichte, die er sich vor ein paar Tagen in der Loge zurechtgelegt hatte und die er Coireg während ihres Aufstiegs aus Jumils Falle rasch zugeflüstert hatte. Jetzt genoss Coireg das Ergebnis seiner glücklichen Begegnung mit den Ushralanti, die anscheinend Calabos unbedingt kennen lernen und mit ihm über die aktuelle Lage reden wollten. Vielleicht war Coiregs Begegnung mit ihnen doch nicht ganz so zufällig gewesen war, wie es den Anschein hatte.

Ein schmaler Durchgang zwischen zwei Gebäuden führte auf einen kleinen, mit Feldsteinen gepflasterten Hof, in dem Ratten bei ihrem Eintreten eilig von einem Fass flüchteten, das mit stinkendem Abfall gefüllt war. Coireg rümpfte die Nase und deutete auf eine Tür in einer Mauernische, über der eine zischende Öllampe hing. Sie hasteten hinter ihm her und fanden sich in einer Kutscherherberge wieder, in der jedoch weder Gäste noch ein Wirt zu sehen waren. Offenbar waren alle überstürzt aufgebrochen, denn die Krüge mit Glühwein auf dem Tresen dampften noch, und die Becher waren gefüllt. Durch das vergitterte Fenster sah Calabos, dass sie sich jetzt nördlich der Stelle befanden, an welcher der Kala in einen gemauerten Kanal strömte und unter der Stadt verschwand. Als er seinen Lauf durch die Dämmerung zurückverfolgte, bemerkte er die primitive Barrikade aus umgestürzten Karren und Fässern, die man über der Mündung des Flussbettes errichtet hatte.

»Siehst du diese Barrikade?«, fragte Coireg. »Sie wird von Truppen aus dem Palast und der Akademie verteidigt sowie von den wenigen Magiern, die Tangaroth zurückgelassen hat. Sie erwarten uns.«

»Einen Moment«, mischte sich Dardan unvermittelt ein. »Wollt Ihr sagen, dass sie uns eine Falle stellen?«

»Im Namen der Mutter, nein!« Coireg schien überrascht. »Nein, hört zu. Weil die Ushralanti vom Thron und von Sejeends Kaufleuten gleichermaßen sehr geschätzt werden, konnten sie Roldur, den Majordomus von Sejeend, überzeugen, den Wächtern freies Geleit zu garantieren. Dafür haben sie versprochen, ihm zu helfen, diese Invasion zurückzuschlagen.«

»Traust du ihnen?«, fragte Calabos.

»Ich war dabei, als Qothan, der beste Kundschafter der Ushralanti, sich mit Roldur einig geworden ist.« Coireg sah die drei der Reihe nach an. »Ja, ich traue ihm, und das nicht ohne Grund.«

Dardan blieb skeptisch. »Für meine Ohren klingt das nicht sehr Vertrauen erweckend.«

»Wenn ich Euch in eine Falle hätte locken wollen«, erklärte Coireg, »warum sollte ich dann die Magier überhaupt erwähnen? Ich hätte Euch einfach in ihre Fänge führen können.«

Sounek lachte trocken. »Da ist was dran. Ich denke, wir sollten es riskieren.«

»Das denke ich auch«, meinte Calabos.

»Wenn es sich so verhält, wie Ihr sagt«, gab sich Dardan nicht geschlagen, »warum schleichen wir dann hier so herum?«

»Wegen der Abteilungen der Ehernen Garde, die noch in Sejeend geblieben sind. Ihnen und einigen Patrouillen der kaiserlichen Armee wurde befohlen, alle Wächter zu verhaften und einzusperren, derer sie habhaft werden können. Das ist der Grund für diese Geheimniskrämerei.«

»Mir genügt das«, meinte Calabos. »Lasst uns keine Zeit mehr verschwenden.«

Die Verteidiger auf den Barrikaden sahen die vier Männer sofort. Angespannt warteten die Wächter, während Coireg zu der improvisierten Schanze ging und verhandelte. Calabos konnte in der Ferne Kampfgeräusche und Schreie hören. Danach brandete lautes Gebrüll auf, allerdings noch immer weit entfernt. Schließlich tauchte Coireg wieder auf und winkte sie zu sich. Die Barrikaden waren von etwa dreißig Soldaten besetzt, von denen vielleicht ein Drittel mit Bögen bewaffnet war. Neben ihnen standen einige Männer in dunklen Roben, die finster beobachteten, wie man Calabos, Dardan und Sounek über die Barrikade aus Kisten, Fässern, Möbeln und Holzbohlen half. In zwei von ihnen erkannte Calabos Tangaroths Magier. Er lächelte sie strahlend an.

Besonders auffallend war ein strenger Mann mit einem grauen Vollbart in einer blau gemusterten, formellen Robe. Auf dem Kopf trug er eine eng anliegende Kappe. Er wurde von einigen Assistenten und weniger hohen Beamten flankiert. Calabos vermutete, dass es sich bei ihm um Roldur dor-Mar, den Majordomo von Sejeend handelte. Er verbeugte sich feierlich und bedeutete den anderen, es ihm gleichzutun.

»Herr Calabos.« Der Majordomo klang gelassen. »Die Umstände Eures Erscheinens sind wahrlich höchst einzigartig. Ich habe erst in den letzten Tagen erfahren, dass die Wächter, die ich stets für eine Stadtlegende gehalten habe, tatsächlich existieren. Dann fand ich heraus, dass an ihrer Spitze der berühmte Dramaturg Beltran Calabos steht. Anschließend erklärte Erzmagier Tangaroth sie zu einer Gefahr für den Thron und befahl vor seinem Aufbruch, sie in Gewahrsam zu nehmen.« Er lächelte kaum merklich. »Vor nunmehr kaum einer Stunde erhielt ich dann den Besuch einer Abordnung der hochverehrten Ushralanti, die mir ihren Rat und Beistand gegen diese fürchterliche Invasion anboten, falls ich Euch und Euren Wächtern sicheres Geleit und Amnestie garantieren könnte.

Das schien mir ein kleiner Preis für eine so wertvolle Unterstützung, also seid willkommen, Calabos, auf dem Höhepunkt dieser seltsamen Zeiten.«

»All unsere Leben sind nur Fäden im großen Gobelin der Zeit, Majordomo«, erwiderte Calabos. »Wir danken Euch für Eure Freundlichkeit.«

»Gobelin, hm? Ich neige stark zu der Vermutung, dass Ihr und Euresgleichen die Weber oder der Schuss dieses Gobelins seid ... Aber die Zeit verrinnt, und die Gesandten der Ushralanti erwarten Euch. Herr Coireg wird Euch zu ihnen führen.«

Mit einem kurzen Nicken waren Calabos und seine Freunde entlassen. Der Majordomo drehte sich um und vertiefte sich in ein Gespräch mit seinen Beamten. Coireg winkte Calabos und den anderen, die ihm über den Pfad in eine kleine Taverne folgten. Der Schankraum lag in einem einstöckigen Gebäude, das auf niedrigen Pfählen ruhte, aus dessen Schlot im Spitzdach grauer Rauch leckte und hinter dessen winzigen Fenstern bunte Lampen brannten. An der kleinen Treppe, die auf seine Veranda führte, blieb Coireg stehen und drehte sich zu Dardan und Sounek um.

»Zunächst, meine Herren, wollen die Ushralanti mit Calabos allein sprechen.«

Dardan runzelte die Stirn, und Sounek hob eine Braue. Calabos lachte leise.

»Übt Euch in Geduld, edle Herren«, meinte er, während er die Treppe hinaufstieg. »Solltet Ihr Euch langweilen, habt Ihr hiermit meine ausdrückliche Erlaubnis, hinter meinem Rücken schlecht über mich zu sprechen!«

Mit diesen Worten stieß er die Tür des Holzhauses auf und trat ein. Er fühlte sofort die Spannung in dem Raum, und Furcht stieg in ihm hoch.

Im Innern des Schankraums standen mehrere Tische, die – bis auf einen – verlassen waren. An diesem saßen drei beeindruckende Gestalten. Sie trugen graue oder erdbraune Umhänge und weite Gewänder, unter denen man sehr gut selbst Breitschwerter hätte verbergen können. Ihre Mienen wirkten unbeteiligt, fast ausdruckslos. Als Calabos sie betrachtete, regte sich ein hartnäckiges und unerklärliches Gefühl von Vertrautheit in seinem Hinterkopf. Sie beobachteten schweigend, wie er sich ihnen näherte, dann ergriff der in der Mitte das Wort.

»Herr Calabos, ich bin Qothan, Kundschafter des Sippenbootes *Sturmklaue*. Dies sind meine Gefährten Viras und Yostil. Bitte, seid an unserem Tisch willkommen.«

Calabos nahm den vierten und leeren Stuhl, stellte ihn neben die Ushralanti und setzte sich. So zwang er sie, zur Seite zu schauen, und sie konnten ihn nicht mehr wie einen Bittsteller mit ihrer geballten Aufmerksamkeit erdrücken, was möglich gewesen wäre, wenn er ihnen direkt gegenübergesessen hatte.

»Herr Qothan«, erwiderte Calabos. »Was mir mein Freund Coireg über Euch erzählt hat, fasziniert mich ebenso wie seine bemerkenswerte Heilung von seiner Geisteskrankheit. Wenn ich recht verstehe, ist sie das Ergebnis eines Elixiers, das Ihr gebraut habt. Dann erfuhr ich, dass Ihr mich sehen wolltet, was meine Interesse an Eurem Volk, den Ushralanti, noch verstärkt hat. Denn Euer Name ist mir vollkommen unbekannt.«

Der Mann namens Qothan lächelte dünn.

»Wir sind unter vielen Namen umhergereist«, erwiderte er. »Aber unsere Essenz ist dieselbe geblieben wie zu der Zeit, als Ihr ... uns kanntet.«

Die vagen Gefühle konzentrierten sich plötzlich auf einen Punkt, und Calabos' Gedanken wurden einen Moment von einer namenlosen Panik wie gelähmt.

Wissen sie wirklich, wer ich bin? Wie könnten sie das?

»Eure Worte verblüffen mich, Freund Qothan«, erwiderte er unbeirrt liebenswürdig. »Wenn wir uns in der Vergangenheit getroffen hätten, würde ich mich gewiss daran erinnern.«

»Vertraut Euren magischen Sinnen, Calabos«, erwiderte Qothan. »Wir werden die Maske unseres äußeren Scheins kurz lüften, auf dass Ihr seht und versteht.«

Calabos wollte sie aufhalten, aber im selben Moment verdunkelten sich die kleinen Lampen in dem Raum, und die drei Gestalten schienen zu schrumpfen, während ihre Gesichter im Schatten verschwammen. Gleichzeitig nahmen geisterhafte Umrisse weit größerer Wesen um sie herum Gestalt an. Sie waren zunächst durchsichtig, wurden jedoch rasch deutlicher und klarer. Er sah massige Brustkästen, breite Schultern, große, schmale, an Reptilien erinnernde Schädel, Klauen und gebogene Schwingen.

Calabos holte erschaudernd Luft, denn dieser Anblick war unverkennbar.

Die Dämonenbrut, die ersten und mächtigsten Diener des Herren des Zwielichts, deren uralter, wahrer Name *Israganthir* lautete.

Unwillkürlich nahm Calabos das Schlimmste an und beschwor den stärksten seiner Gedankengesänge zu seiner Verteidigung, während er sich gleichzeitig von der Tafel erhob. Doch dann verblassten die Furcht erregenden Umrisse, und nur die drei gestreng blickenden Männer blieben zurück. Qothan streckte beruhigend die Hand aus.

»Freund Calabos, ich bitte Euch, habt keine Furcht. Keiner von uns ist bösen Willens oder hat vor, Euch Schaden zuzufügen.«

»Das ist leicht dahingesagt, Qothan«, erwiderte Calabos.

»Dann beurteilt uns nach unseren Taten. Wir haben die Verwirrung Eures Freundes Coireg geheilt und ihn so befähigt, Euch zu helfen, aus der Falle des Hexers Jumil zu entkommen. Wir haben vor, in das Chaos der Unterstadt einzugreifen, die vom BrunnQuell gesteuerten Fetische aufzuspüren und zu vernichten. Sie steuern die Armee der Untoten.«

Sie schwiegen, während Calabos sich auf seinen Stuhl zurücksinken ließ und über Qothans Worte nachdachte.

»Ihr wisst, wer ich einst war«, stellte er fest. Er konnte kaum glauben, dass er es offen eingestand.

»In Wahrheit unterscheidet sich der Mann, den wir vor uns sehen, vollkommen von der Furcht einflößenden Kreatur, die unsere Vorfahren als Schattenkönig Byrnak kannten. So wie sich unsere Loyalitäten und Absichten verändert haben, zuerst gebrochen in der Esse der Niederlage, dann abgeschliffen von der Zeit, und durch Erfahrung und hart erarbeitete Scherben von Weisheit neu geschaffen.«

»Also wisst Ihr auch, dass Er zurückkehren wird, oder vielmehr, dass dieser Jumil die unsterblichen Fragmente Seiner finsteren Essenz sammelt!«, stieß Calabos hervor. »Und heute früh ist noch etwas anderes geschehen, ist es nicht so? Ich nehme seit Stunden eine andere dunkle Wesenheit in der Stadt wahr, irgendwo nicht weit von hier ...«

»Jumil ist es gelungen, einen neuen Schattenkönig zu erschaffen, Calabos«, bestätigte Qothan. »Und er steht nicht allein. Ein weiterer, wenn auch weniger starker Schattenkönig, leitet diesen Angriff der Untoten gegen Sejeend. Zwar ist keiner von beiden so mächtig, wie es die ursprünglichen Schattenkönige einst waren, aber es scheint eine allmähliche, verstohlene Veränderung in Gang zu sein. Wir haben den magischen Ruf ebenfalls gehört, den Jumil aussandte, und wir sind sicher, dass er nach wie vor ertönt.«

Ein Schattenkönig, dachte Calabos. Ihn fröstelte.

»Dennoch, trotz alldem«, antwortete er, »frage ich mich, aus welchem Grund Ihr Euch in dieses düstere Drama einmischt, und warum ich Euer Interesse geweckt habe.«

Qothan dachte einen Moment nach.

»Mein Volk«, antwortete er schließlich, »ist auf der Brücke der Prophezeiung gefangen.« Er schilderte Calabos, wie die Dämonenbrut auf ihren Schiffen nach der Niederlage des Herrn des Zwielichts in den östlichen Ozean geflohen waren. Dort hatten sie ein Eiland mit zerklüfteten Felstürmen gefunden, um die eine ewiger Orkan tobte. In seinem Auge, so sagte er, wären sie einem rätselhaften Gott begegnet, der sich die *Schlummernde Gottheit* nannte. Sie habe eine Reihe von Ereignissen prophezeit, von denen jetzt einige eintreffen würden.

»Aber aufgrund ihrer Natur«, fuhr Qothan fort, »sind Prophezeiungen begrenzt und ungenau, und sie erwähnen nicht, was in diesem kritischen Moment von Bedeutung ist. Das hält uns auf dieser Brücke der Vorhersagen fest, während wir von Nebel umgeben sind ...«

»... und nicht wisst, nach welcher Seite Ihr Euch wenden sollt«, vollendet Calabos das alte Rätsel. »Und ich?«

»Das Buch der Stürme spricht von einem Prinz des Wandels, der sich dem drohenden Schatten stellen und ihn besiegen wird.« Qothan verzog das Gesicht. »Bedauerlicherweise weisen mehrere Kandidaten die Eigenschaften auf, welche in den Prophezeiungen beschrieben sind. *Keine Mutter, kein Vater, sondern entrissen der Erde,* verkündet einer der Verse. Ein anderer lautet: *Gebrochen und neu erschaffen ist er, begraben und dem Staub entstiegen, angebetet und vergessen ...*«

»Und Ihr glaubt, ich könnte dieser Prinz des Wandels sein«, stellte Calabos skeptisch fest.

»Vielleicht. Ebenso gut könnte es sich auch um Euren Gefährten Coireg Mazaret handeln«, meinte Qothan. »Er ist uns in der Nacht von Jumils Ruf aufgefallen. Der Ruf hat diese Spaltung in seinem Kopf vertieft und ihn verleitet, aus der Klause des Friedens zu fliehen. Mit subtilem Flüstern in Gedankensprache ist es uns gelungen, ihn in Richtung der Silbernen Kais zu lenken, wo wir ihn unter unsere Fittiche genommen und ihm ein Beruhigungsmittel angeboten haben. Er besitzt eine merkwürdige Fähigkeit, die verbliebene Macht des BrunnQuell anzuzapfen, aber es ist eine unberechenbare Fähigkeit, die darüber hinaus dem gestörten Teil seines Verstandes innewohnt.«

Calabos schüttelte den Kopf. Er wusste nicht, was er von dieser Einschätzung seines alten Freundes halten sollte.

»Ihr habt gesagt, es gäbe mehrere Kandidaten für die Rolle dieses Prinzen«, fuhr er fort. »Wer steht noch zur Debatte? Bitte sagt nicht, dass es sich um Tangaroth oder Ilgarion handelt ...«

»Es ist keiner von beiden«, erwiderte Qothan. »Dennoch kennt Ihr ihn. Es ist Corlek Ondene.«

»Der abtrünnige Hauptmann?« Einen Moment war Calabos bestürzt, dann dämmerte es ihm. »Ihr habt ihn aus diesem Hinterhof entführt!«

Qothan senkte bestätigend den Kopf. »Ich selbst war es. Es war das Ende einer langen Reise, die wir im Kielwasser des Hauptmannes zurückgelegt hatten. Aufgrund verschiedener Visionen und Zeichen, die wir im Lauf der Jahre erhalten haben, kannten wir ihn bereits eine Weile, obwohl wir nicht sicher waren, dass er es war, den wir suchten.«

»Also befindet er sich an Bord Eures Schiffes?«

»Nein ...« Die Dämonenbrut wurde ernst. »Durch unseren Mangel an Voraussicht wie auch durch unglückliche Umstände fiel er in die Hände des Hexers Jumil. Er benutzt Corlek als Gefäß für die Phantome des Herrn des Zwielichts, diese unsterblichen Scherben seiner Essenz. Es war ihre Verschmelzung auf Hojamar, die Ihr wahrgenommen habt.«

Die alte, durchdringende Furcht, die seine Worte in Calabos auslösten, hatte ihn in seinen Träumen oft heimgesucht. Sie entsprang dem Entsetzen angesichts der Möglichkeit, der Herr des Zwielichts könnte zurückkehren. Und nun wurden diese dunklen Albträume von der Wirklichkeit eingeholt. Er schaute auf seine Hände und erwartete, dass sein innerer Aufruhr sich in einem Zittern bemerkbar machen würde. Doch seine Finger blieben ruhig, und Calabos begriff nach und nach, dass diese Furcht nur ein Widerhall von Byrnaks Angst vor seiner Vernichtung durch den Herrn des Zwielichts war, die von der boshaften Präsenz des Fragmentes verstärkt wurde, das er in sich getragen hatte. Es war in seinen Gedanken einprägt gewesen und hatte versucht, seinen kalten Griff über seinen ganzen Verstand auszudehnen. Jetzt jedoch vermochte er hinzusehen und es als das zu erkennen, was es war.

Er holte tief Luft und entspannte sich, als er ausatmete. »Also sehen wir uns einer ... schwierigen Situation gegenüber«, meinte er. »Die von diesem gespenstischen Angriff der Untoten noch verstärkt wird, den Ihr zurückschlagen wollt, richtig?«

»Wir müssen Jumil und den besessenen Hauptmann Ondene aufhalten«, erklärte Qothan. »Aber zunächst müssen wir uns der untoten Eindringlinge annehmen. Nicht zuletzt deshalb, weil es von Nutzen sein könnte, ihren Anführer lebendig gefangen zu nehmen, statt ihn zu vernichten. Er hat diese Untoten erweckt, und sollte das Fragment des Herrn des Zwielichts seines Wirtes beraubt werden, könnte es sich einen anderen Wirt suchen, sehr wahrscheinlich Ondene. Damit würde es die Macht noch verstärken, die bereits in seinem Verstand wohnt – und wartet.«

»Seid versichert, dass die Wächter alles tun werden, was sie vermögen, um Euch dabei zu helfen«, erklärte Calabos. »Welches Vorgehen schlagt Ihr vor?«

»Wir bilden drei Gruppen aus Soldaten, Euren Leuten und den Magiern von Tangaroth, mit jeweils einem von uns in jeder dieser Gruppen«, sagte Qothan. »Dann greifen wir mit dem Ziel an, die Untoten zurückzuschlagen und ihren Anführer zu ergreifen.«

»Ein lobenswert unkomplizierter Plan«, bemerkte Calabos. »Angenommen, es gelingt uns, diesen Mann gefangen zu nehmen ... Was dann?«

Qothan lächelte ihn frostig an. »Viel wird von den Umständen seiner Gefangennahme abhängen. Es könnte sogar der Fall eintreten, dass unser Schiff hierher zurückkehrt und uns die notwendige Hilfe gewährt.«

Alle vier standen auf, und Calabos schaute die Dämonenbrut offen an.

»Eure Entscheidung, mich zu Eurer Beratung hinzuzuziehen, ehrt mich«, erklärte er. »Obwohl ich nicht Byrnak bin, hallen die Echos seines Lebens noch immer durch meinen Verstand. Heute jedoch sind sie ruhiger geworden.«

»Die Ehre liegt ganz auf unserer Seite, Calabos mit dem langen Leben«, gab Qothan zurück. »Wir sind immer noch die, welche dienen, aber wir folgen jetzt einer höheren Pflicht als den finsteren Plänen eines zerbrochenen Gottes.« Er senkte den Kopf. »Wir sind hier fertig, Ihr Herren. Gehen wir ans Werk.«

Es hatte angefangen zu regnen, und die Blätter der Büsche und Bäume glänzten in dem Licht der Lampen entlang des Fußweges. Bogenschützen und Speerträger hasteten zu zweit oder zu dritt an ihnen vorbei zu der Barrikade, die in der

Zwischenzeit angewachsen war und nunmehr von mehr als hundert Männern verteidigt wurde.

Als die vier aus der Bierschänke traten, sah Calabos Dardan und Sounek in einem Gespräch vertieft, das sie bei seinem Anblick abrupt abbrachen. Einen Moment glaubte Calabos Unsicherheit in Dardans Miene zu erkennen, doch dann trat Coireg zu ihm. Seine nassen Haare klebten ihm am Schädel.

»Wir dürfen nicht mehr länger warten«, meinte er. »Tangaroths Magier behaupten, dass mindestens drei Abteilungen der Piraten hierher unterwegs sind.«

Sounek und Dardan hatten sich zu ihnen gesellt. Calabos sah sie fragend an. Sounek nickte.

»Eine sehr genaue Zusammenfassung«, meinte er. »Wenn Ihr Eure magischen Sinne konzentriert, fühlt Ihr die Fetische, die ihre Anführer tragen. Sie glühen wie drei brennende Juwelen in der Nacht. Außerdem haben wir Nachricht von Tashil erhalten. Sie und die anderen sind sicher an Land gekommen, und zwar ausgerechnet an den Silbernen Kais.«

»Ich habe nichts von ihr gehört.« Calabos wandte sich stirnrunzelnd zu Qothan um.

»Wir verschleiern aus Gewohnheit unsere Gedanken vor irgendwelchen möglichen Spionen«, erwiderte die große Dämonenbrut. »Eure Nähe zu uns hat vielleicht verhindert, dass Euch Gedankensprache erreichen konnte. Aber wir dürfen nicht länger zaudern. Mittlerweile beginnen bereits verschiedene Mächte, miteinander zu konkurrieren.«

Calabos nickte und schaute seine Gefährten an. »Wir bilden drei Gruppen, und mithilfe von Tashil und den anderen haben wir vielleicht eine größere Chance, den Anführer lebendig gefangen zu nehmen. Hört zu …«

Auf der abschüssigen, regengepeitschten Straße stürmte eine Horde der Untoten bergauf auf eine wackelige Barrikade zu, an der kaum zwanzig Angehörige der Stadtwache sie erwarteten. Ihre Äxte und Schwerter glänzten feucht in dem spärlichen Licht zischender Fackeln, während ein humpelnder Sergeant versuchte, seinen Männern Mut zu machen: »Zielt auf die Hände, dann auf die Knöchel«, sagte er. »Und dann erst auf die Köpfe. Benutzt Eure Schilde zum Angriff, haltet Eurem Kameraden den Rücken frei und achtet auf meine Befehle ...

Dann griff die erste Welle an. Ein Teil der Barrikade zerbrach, und die untoten Angreifer stürzten vor, warfen sich gegen die Äxte der Wachsoldaten ...

Von dem Fenster im dritten Stock eines Hauses ein Stück abseits beobachtete Tashil den Kampf, während sie gleichzeitig den Hauptteil der einfallenden Streitmacht, sowohl die Lebenden als auch die Toten, im Auge behielt. Währenddessen schmiedete sie in Gedankensprache eifrig einen Plan mit Inryk und Calabos.

... verfolgt sie bis zum Onwyc-Feld, sagte Calabos. *Wenn sie es überqueren, greift ihr an. Feuerdolche dürften für den Anfang genügen. Sobald ihr ihre Aufmerksamkeit erregt habt, schlagen wir von hinten zu.*

Meister, die Gebäude auf der Nordseite des Paradefeldes sind nur Scheunen und zweistöckige Werkstätten, wandte Tashil ein. *Wir können nirgendwo eine sichere Position beziehen.*

Während unsere Hauptstreitmacht ihre Nachhut angreift, wird eine zweite Gruppe unter Dardans Leitung auf Eure Stellung zumarschieren. Das genügt, damit Ihr nicht überwältigt werdet, meinte Calabos. *Bis dahin sind die Untoten hoffentlich kein Problem mehr.*

Wenn das der Plan ist, dann lasst ihn uns umsetzen, meinte Inryk. *Der Feind lässt nicht locker.*

Ein Blick aus dem Fenster bestätigte das. An der Barrikade waren nur eine Hand voll Stadtwachen übrig geblieben. Sie flohen in dem strömenden Regen durch die Straße zu einer ebenfalls von Fackeln erleuchteten, weiteren Absperrung. Dahinter lag, wie Tashil wusste, das breite Onwyc-Feld, von dem die Heerstraße zuerst nach Westen führte und dann südlich zu den Haupttoren des Hojamar-Frieds abbog, auf dessen Vorplatz sie mündete. Dort hatten sich laut Calabos Jumil und der andere, mächtige Zauberer verschanzt.

Wenn es unbedingt notwendig ist, den Anführer der Eindringlinge zu ergreifen, sagte sie, *dann ist dieser Plan so gut wie jeder andere.*

Es ist notwendig, das versichere ich Euch.

Dann greifen wir an, meinte sie. *Aber erinnert Dardan ja daran, dass er nicht zu spät kommen darf!*

Sie spürte die Belustigung des alten Mannes, dann wurden seine Gedanken in ihrem Kopf schwächer.

Tashil befand sich mit den anderen in einem kalten, dämmrigen Raum. Im spärlichen Licht einer Lampe schärfte ihr Bruder eifrig sein Schwert, während Rog und Gillat Trockenfleisch und Zwieback kauten, die sie in einem verlassenen Wachhaus in der Nähe des Hafens erbeutet hatten. Inryk stand an dem anderen Fenster und lächelte traurig, und einen Moment wünschte sie sich, Dybel wäre bei ihnen. Aber der Kampf in der Bucht hatte ihn vollkommen ausgelaugt, und er konnte nicht weitermachen. Als sie an den Silbernen Kais angelegt hatten, verfolgt von dem Schiff der Untoten, hatte sich Enklar, der Leibdiener, bereit erklärt, an Bord der *Muschel* zu bleiben und sich um Dybel zu kümmern. Die anderen hatten zugestimmt.

Atemor schaute hoch und erwiderte ihren Blick. »Greifen wir in den Kampf ein, Tash?«

»In gewisser Weise.« Sie erläuterte allen Calabos' Plan. Rog und Gillat zuckten mit den Schultern und nickten, Atemor dagegen runzelte die Stirn.

»Das ist eine sehr riskante Taktik«, meinte er. »Wenn dein Freund und seine Kämpfer zu spät kommen, sterben wir.«

»Wenn wir die passende Stelle suchen, von der aus wir angreifen können«, meinte Inryk, »suchen wir die Gegend nach möglichen Fluchtwegen ab ...« Er blickte aus dem Fenster. »Und je eher wir aufbrechen, desto mehr Zeit bleibt uns dafür.«

Unter ihnen auf der Straße war die Zahl der Angreifer angewachsen. Mittlerweile marschierten mehrere Hundert von ihnen den Hügel hinauf. Die fünf Gefährten erhoben sich fast gleichzeitig und gingen zur Treppe. Tashil eilte voraus und setzte ihre Magiersicht ein, weil Gillat mit ihrer einzigen Lampe die Nachhut bildete. Sie huschten über die gepflasterte Straße und kletterten über eine Holzwand, die eine schmale Gasse versperrte. Während die größeren Straßen in diesem Teil von Sejeend fast alle gerade verliefen, bildeten die Nebenstraßen ein Netz von Gassen, Passagen, Hinterhöfen und provisorischen Mauern. Das war ein sehr riskantes Territorium, weil es jede Menge idealer Orte für Hinterhalte gab und gleichzeitig genügend Fluchtwege, sowohl über als auch unter der Erde.

Sie schlugen einen der höher gelegenen Wege ein, der über Hofmauern, den Flachdächern von verfallenen Schuppen und Misthaufen führte, über Balkone und Gänge, die vom Regen gefährlich glitschig waren. Hier zeigten sich weit mehr Einwohner als auf den Hauptstraßen, und die fünf zogen Schimpfworte und Flüche auf sich, wenn sie an offenen Fenstern und Türen vorbeischlichen. Als sie einmal über ein schräges Dach liefen, bewarf eine Bande Straßenjungen sie von einer niedrigen Mauer aus mit Steinen, bis Inryk einen Sprühregen aus Eisnadeln in ihre Richtung schleuderte und die Kinder hastig in Deckung gingen.

Ein Zaun aus verrotteten Planken markierte die Grenze zwischen den Hinterhöfen und dem Gelände, das dem Onwyc-Feld gegenüberlag. Als sie von einem brüchigen Balkon auf einen schlammigen Weg sprangen, riskierte Tashil eine kurze Mitteilung in Gedankensprache.

Calabos, wir haben unser Ziel fast erreicht.

Einen Moment antwortete niemand.

Wir haben Probleme, hörte sie dann. *Es gibt hier mehr Feinde, als wir dachten, also nehmen wir einen anderen Weg zum Feld. Lasst mich wissen, wann die Hauptgruppe den Platz erreicht ...*

Sie wollte eine Bestätigung formulieren, aber Calabos war bereits wieder aus ihren Gedanken verschwunden. Auf ihrem Weg war es vollkommen düster, und sie fürchtete einen Moment, dass die anderen sie zurückgelassen hätten, bis sie Inryk neben sich spürte. Er stand hinter der Ecke eines zweistöckigen Hauses, vermutlich einer Werkstatt.

»Atemor und die beiden Gardisten sehen sich drinnen um«, sagte er, als sie neben ihn trat. Er stand unter dem tropfenden Vordach. »Diese Stelle hier ist genauso gut wie die anderen an diesem Teil der Heerstraße. Sobald die Eindringlinge die Barrikade am Anfang der Straße durchbrechen, müssen sie hier entlangkommen. Ob sie nun zum Kala wollen oder zum Fried ...«

Er unterbrach sich, als Rog in der dunklen Tür erschien. Er murmelte: »Alles in Ordnung«, und führte sie durch den kurzen Torweg zu einer Steintreppe, die in den dunklen ersten Stock führte. Gillat stand an einem anderen Aufgang, und der gedämpfte Schein seiner Tarnlampe fiel auf Regale, die mit Töpferwaren gefüllt waren. Die Treppe führte auf den Dachboden des Hauses und mündete unter einem baufälligen Gestell mit einem wackligen Baldachin aus Flechtwerk und Segeltuch, unter dem kleine Fässer und eine offene Kiste standen, die zur Hälfte mit zerbrochenem Steingut gefüllt war. Eine kniehohe Ziegelmauer umgab das Dach. Atemor kniete in einer vorderen Ecke und starrte auf die breite Straße. Tashil hockte sich neben ihn, ungeachtet des Regens, der jetzt heftig auf das Pflaster der Heerstraße und die Blätter der Bäume prasselte.

»Manchmal kommen mir diese Städte gefährlicher vor als die Sümpfe von Gulmaegorn«, murmelte Atemor.

Tashil lächelte ironisch über die Wahrheit in seinen Worten. Sie wollte gerade etwas von den Gefahren des Lebens im Haus ihres Vaters sagen, als Gestalten auf der Heerstraße auftauchten. Kurz darauf stapften Männer heran, zunächst allein oder zu zweit, dann jedoch strömte eine dicht gedrängte Gruppe von ihnen auf die Heerstraße und schwenkte ab in Richtung des Hojamar-Frieds.

Tashil sammelte sich, konzentrierte ihre Gedankensprache und suchte Calabos. *Sie haben die Heerstraße erreicht! Sie sind da ...*

Wieder musste sie lange auf eine Antwort warten.

Wir können noch nicht kommen ... wir stecken in einem Obergeschoss fest, aber unser Sergeant glaubt, er kennt einen Ausweg ... Tashil, Ihr müsst sie aufhalten ... Dardan wird bald bei Euch sein ... Ihr müsst ...

Als seine Gedankenaura verblasste, kehrte Tashil in die kalte, nasse Nacht zurück. Inryk hockte neben ihr und grinste.

»Er wird aufgehalten, aber wir müssen trotzdem angreifen, richtig?«

»Richtig.«

»Das ist ebenso reizvoll, wie einen hungrigen Moortiger am Schwanz zu ziehen«, meinte er sarkastisch. »Feuerdolche mitten in einem Wolkenbruch ... Hm, das könnte klappen ...«

Funkensprühende, hellrote Strahlen zuckten um seine Hände, und er lächelte. Tashil lachte leise und schaute wieder auf die Horde der Feinde, die langsam näher kam. Der Anblick war beängstigend. Nur wenige Angreifer trugen Fackeln, vermutlich waren das die lebendigen Piraten. Sie marschierten dicht hinter der ersten Reihe und scharten sich um jemanden, der vermutlich ihr geheimnisvoller Anführer war. Der Rest der Meute bestand aus Hunderten schlurfender Gestalten, die in der regennassen Dunkelheit kaum zu erkennen waren, aber ihre tödliche Ausstrahlung durchdrang die ganze Umgebung. Sie nahm das dumpf flackernde Bewusstsein dieser unterjochten Geister wahr, die aus dem Tal der Linderung und den anderen Reichen der Toten herausgezerrt worden waren, um ihre Rolle in diesem außerordentlichen Drama zu spielen. Es war gewiss trostlos, diese bedauerlichen Kreaturen endgültig auszulöschen, aber es war notwendig.

Als die Feinde sich ihrer Position näherten, griff Tashil noch einmal zur Gedankensprache.

Calabos? ... Dardan? Wir werden bald Eure Hilfe brauchen ...

Wir sind nicht weit entfernt, kam Dardans gereizte Antwort. *Wir sind nur gerade über ein unbedeutendes Problem gestolpert. Macht weiter ...*

Damit war er verschwunden. Inryk lachte leise neben ihr.

»Dann wird es wohl Zeit, ein bisschen Licht ins Dunkel zu bringen, hm?«

Tashil schaute auf die Armee der Untoten, deren Zentrum gerade unter ihnen vorbeimarschierte, und sie unterdrückte die Furcht, die an ihrer Entschlossenheit nagte. Sie hob die Hand, wartete, bis die Nachhut vorbeigelaufen war, und nickte. Die beiden Magier erhoben sich. Ihre Hände flammten auf, und sie schleuderten eine Salve Feuerdolche in die Mitte der Untoten. Die zuckenden Blitze zischten wie brennende Schlangen, als sie sich über zahlreiche Gestalten ausbreiteten. Dampfwolken stiegen auf, und einige wütende Schreie der Lebenden drangen zu ihnen hinauf. Die Untoten dagegen blieben stumm stehen und starrten zu Tashil und den anderen zum Dach der Werkstatt hinauf. Ganz offenbar folgten sie den Befehlen ihres Meisters. Einen Moment lang spürte Tashil förmlich den unheimlichen Druck der Blicke aus Hunderten von toten Augen, die sich mit untrüglicher Sicherheit auf diejenigen richteten, welche es gewagt hatten, sie anzugreifen. Dann setzte sich die Menge wieder in Bewegung und marschierte geschlossen auf die Werkstatt zu.

Beinahe im selben Moment hörte Tashil einen Schrei und Kampfeslärm von der Treppe. Rog und Gillat schlugen und traten auf Gestalten, die versuchten, auf das Dach zu klettern, während Atemor zwei Fässer vom Baldachin heranrollte.

»Die da gehören nicht zu denen auf der Straße!«, rief Tashil. »Woher sind sie gekommen?«

Atemor antwortete nicht, sondern steuerte beide Fässer nacheinander durch die offene Luke. Tashil biss die Zähne zusammen und blickte wieder auf die Straße vor der Werkstatt. Die Untoten drängten sich dicht an der Wand. Inryk und sie schickten ein Sperrfeuer aus Feuerdolchen auf sie hinab, offensichtlich mit geringem Erfolg.

Dardan! Jetzt wäre genau der richtige Moment …

Wartet! Haltet noch ein kleines bisschen aus …!

Ich wünschte, das könnten wir, dachte sie, als eine Gestalt sich über die Mauer zog und sie angriff. Instinktiv wirkte sie den Gedankengesang der Stacheln, und als die klauenartigen Hände nach ihr griffen, schlug sie mit ihrer in Blitze getauchten Faust zu. Einen Moment lang sah sie, wie die Macht durch das Fleisch des Untoten zuckte. Es wurde fleckig und durchscheinend und entblößte seine altersbraunen und zerfressenen Knochen. Die Kreatur riss den Mund auf, als wollte sie schreien, zerbarst jedoch stattdessen in einer Kaskade aus verrotteten, ausgedörrten Knochen und durchnässten Lumpen.

Andere folgten seinem Beispiel, kletterten über die Außenwand der Werkstatt und stiegen dabei übereinander an der Wand zum Dach hinauf.

Sollen wir hier sterben?, dachte Tashil. Ereilt mich hier mein Schicksal?

Atemor kämpfte immer unter Aufbietung all seiner Kräfte um die Seitenmauer und den Baldachin, während Rog und Gillat ein langes Objekt hinter den Fässern hervorzerrten. Es war eine schwere Leiter. Sie schleppten sie zur Mauer und kippten sie hinüber. Sie überbrückte den Spalt zwischen ihrer Werkstatt und dem Dach des nächsten Gebäudes.

In Tashil keimte eine winzige Hoffnung auf, und sie tippte Inryk auf die Schulter.

»Auf zur nächsten Bastion!«, schrie sie über den Lärm hinweg.

Er schleuderte noch kurz einen Feuerdolch in das skelettierte Gesicht eines hünenhaften Untoten und folgte ihr dann zu der improvisierten Laufplanke. Tashil achtete sorgfältig darauf, wohin sie die Füße setzte, während sie hinüberlief, damit sie die Sprossen nicht verfehlte. Als sie die andere Seite erreicht hatte, winkte sie die anderen hinüber. Gillat war der Letzte, der den Übergang wagte, und er musste sich zweier untoter Angreifer und eines lebendigen Piraten erwehren, bevor er endlich die Leiter erreichte. Knapp zwei Meter vor dem rettenden Dach glitt er ab, konnte sich jedoch an der Leiter festhalten und kroch den Rest des Weges auf Händen und Füßen weiter. Sobald er in Sicherheit war, zogen die anderen die Leiter ebenfalls hinüber und stürzten dabei zwei Feinde in die wogende Menge unter ihnen.

Tashil hatte einen verzweifelten Plan. Sie wollte die Leiter auf dieselbe Weise benutzen, um den Spalt zwischen dieser Werkstatt und der Mauer zu überbrücken, die an der Gasse hinter dem Haus entlangführte. So konnten sie in das Labyrinth der Gässchen und Straßen entkommen. Sie schilderte ihren Plan rasch den anderen, und sie wollten gerade die Leiter über die Rückseite des Daches schieben, als ein Mann mit einem kleinen, silbernen Objekt in der Hand mit einem Satz über die Mauer sprang und geschickt auf dem Dach vor ihnen landete.

»Zeit, dass du den Preis für deine Torheit bezahlst.« Er deutete auf die Leiter, die sofort in Flammen aufging. Tashils Gefährten schrien vor Furcht und Wut, als die Leiter in rauchenden Trümmern auf das regennasse Dach fiel, doch sie selbst schwieg. Der Mann musterte sie, während er auf sie zuschlenderte, und stellte gelassen einen Fuß auf die niedrige Mauer. Er grinste, als ein Strom seiner untoten Handlanger aus dem Treppenhaus hinter ihm auftauchte.

»Wer seid Ihr?« Wut mischte sich in Tashils Verzweiflung.

»Kapitän Bureng ist mein Name, schöne Kämpferin«, erwiderte er. »Wenn dies vorbei ist, werde ich allerdings einen Titel annehmen, der meinem neuen Rang angemessener ist …«

»Eurem neuen Rang?«, fragte Tashil. »Wie interessant, Kapitän, erklärt Euch doch bitte.« Gleichzeitig schickte sie einen Hilferuf in Gedankensprache aus. *Durdun, wir brauchen Euch!*

Bureng lachte und hob das silberne Ding in seiner Hand hoch. Es war ein Spiegel und außerdem das Herz der Brunn-Quell-Hexerei, die den Heerhaufen der Untoten kontrollierte. In Tashils Magiersicht wirkte es wie das brennende Zentrum eines Netzes, das sich in alle Richtungen erstreckte. Nur die Zerstörung dieses Fetischs konnte noch die Niederlage der Angreifer herbeiführen, das wurde ihr schlagartig klar.

»Dein Freund kann nicht antworten, weil er gerade um sein eigenes Leben kämpft«, erklärte Bureng und ließ seinen Blick über die Vielzahl von schwarzäugigen Untoten gleiten, die sich mittlerweile auf dem Dach versammelt hatten. »Und was meinen neuen Rang angeht ... wenn ich mich umsehe, blicke ich auf ein herrenloses Land, ich sehe einen Thron ohne Kaiser ...«

»Verzeiht, aber eigentlich haben wir schon einen«, warf Inryk ein. »Zugegeben, er ist vielleicht nicht der Klügste, aber wenigstens verfügt er über die Tugend eines zwar bescheidenen, dafür jedoch gesunden Verstandes.«

Bureng warf ihm einen hohnlächelnden Blick zu. »Dich bringe ich zuerst um«, erklärte er und trat einen Schritt vor. Er hob die freie Hand, die von einem smaragdgrünen Feuer umhüllt war.

Ein greller Lichtblitz zuckte auf, und ein Donnerschlag ertönte, als ein magischer Strahl den Rand des Dachs traf, auf dem Bureng eben noch gestanden hatte. Das blendende Licht erhellte das Dach und erschrockene Gesichter, doch Bureng trat unbeeindruckt an den Rand des rauchenden, qualmenden Lochs und schüttelte drohend die Faust gegen eines der hohen Gebäude auf der anderen Seite der Heerstraße.

»Komm schon, Bruder!«, brüllte er gegen den Wind und das Prasseln des Regens. »Warum so ängstlich? Zeige dich mir von Angesicht zu Angesicht ...!«

Ein zweiter Strahl zuckte aus der Finsternis und schlug in die Menge der Untoten ein. Er vernichtete eine große Zahl, holte noch mehr von den Füßen und schleuderte sie über den Rand des Daches in die Tiefe. Während Bureng seinen unsichtbaren Widersacher herausforderte, drehte sich Tashil zu den anderen herum.

»Wenn wir ihn überraschen, können wir vielleicht diesen Spiegel in unsere Gewalt bringen«, meinte sie. »In ihm sitzt die Macht über die Untoten.«

Alle nickten und griffen Bureng gleichzeitig an, aber ein kleiner, hagerer Mann neben ihm schrie ihm eine Warnung zu. Bureng wirbelte herum. Er schlug mit dem Spiegel zu, der nun vor Macht glühte, und der Hieb schleuderte Gillat zur Seite. Dann hämmerte er seine Faust gegen Inryks Brust. Doch Atemor gelang es, hinter ihn zu gelangen. Er schlang dem Mann den Arm um den Hals, während Rog ihm die Beine unter dem Körper wegtrat.

Sie bildeten ein stöhnendes, fluchendes und vor Wut brüllendes Knäuel aus Gliedmaßen. Tashil bekam den oberen Teil des Spiegels zu fassen und versuchte, ihn dem Kapitän zu entreißen, aber Bureng hielt ihn aus Leibeskräften fest. Seine Stimme war einem unheimlichen, grausigen Knarren gewichen, das immer lauter wurde und aus seinem ganzen Körper zu kommen schien. Plötzlich durchdrang eine fürchterliche Hitze Tashils Hände und Arme, als sie um den Spiegel rang, und in ihre Augen und Ohren stachen glühende, summende Nadeln. Eine urtümliche Furcht überkam sie, und sie konnte nicht anders, als vor diesen brennenden Visionen zu flüchten. Die anderen wichen ebenfalls zurück, bis auf Atemor, der sich verbissen an Burengs Hals festklammerte. Aber der Kapitän war von einer geisterhaften Macht besessen und zog Atemor mit hoch, als er aufstand und versuchte, den jungen Krieger zu packen. Tashil wollte sich gerade auf ihn stürzen, als eine große, hagere Gestalt zwischen ihnen auftauchte. Sie versetzte Bureng einen Hieb mitten ins Gesicht. Das Blut spritzte ihm aus der Nase, und er taumelte zurück.

Dann packte der Fremde den Spiegel und wand ihn Bureng fast mühelos aus der Hand. Der Kapitän, der immer noch gegen Atemor kämpfte, brüllte vor Wut auf, als der große Mann den Spiegel gelassen vor sein Gesicht hob und sich betrachtete. Um sie herum herrschte das blanke Chaos. Rog und Gil lat kämpften erbittert gegen die Meute der Untoten, Inryk hatte sich wieder aufgerappelt und schleuderte Feuerdolche gegen sie, und gleichzeitig ging ein wahrer Wolkenbruch auf die Stadt nieder.

Der große Fremde jedoch schien das alles schlicht zu ignorieren, während er in den Spiegel starrte. Allmählich begann das komplexe, verwobene Muster auf dem Spiegel zu leuchten, erst in einem schmutzigen Orange, dann in Rubinrot und schließlich in dem goldenen Gleißen einer Esse. Die untoten

Piraten hörten schlagartig auf zu kämpfen und richteten ihre leblosen Blicke auf den Spiegel. Dessen Muster war jetzt weiß glühend, und als es plötzlich zu schmelzen begann und sich auflöste, entrang sich den zahllosen Untoten überall in Sejeend ein gewaltiger kollektiver Seufzer und sie fielen auseinander. Jede der verschrumpelten Gestalten sackte zu einem Haufen Knochen und verrotteter Fetzen zusammen, aus denen Wasser strömte.

Als der Fremde die verbogenen Reste des Spiegels achtlos auf die Straße warf, wo die Bruchstücke klappernd auf den Pflastersteinen landeten, stieß Bureng ein wahnsinniges Wutgeheul aus, drehte die Schultern und versuchte noch einmal, sich Atemors zu entledigen. Im selben Moment zuckte ein blendender Blitz von den hohen Gebäuden auf der gegenüberliegenden Seite des Platzes und traf das Dach, auf dem sie standen. Es donnerte ohrenbetäubend, und ein grelles Licht flammte auf, in dem Schatten herumflogen. Als Tashil wieder etwas erkennen konnte, hockten sie und die anderen zwischen Haufen von nassen Knochen. Rauch und Dampf stieg von einem verbrannten Loch auf, wo der Blitzstrahl das Dach getroffen hatte. Dicht daneben lag eine Gestalt auf dem Boden. Tashil taumelte hinüber.

Atemor lag auf der Seite, reglos und ohne zu atmen. Eine schreckliche Angst ließ Tashil erbeben, als sie neben ihm auf die Knie sank. Sein Haar war verbrannt, und er blutete aus einer fürchterlichen Wunde an seinem Hals, dicht hinter seinem Ohr. Sein regennasses Gesicht jedoch wirkte ruhig, beinahe gelassen, und er hatte die Augen halb geöffnet, als würde er einschlafen oder gerade aufwachen ...

Tashil hörte Dardans Stimme neben sich und spürte am Rand ihres Verstandes Calabos' Ruf in Gedankensprache. Aber sie dachte nur daran, dass ihr Vater ihr die Schuld an Atemors Tod geben würde, weil sie ihn nicht hatte beschützen können ...

Die Tränen vermischten sich mit den Regentropfen und liefen Rikken über das Gesicht, in seinen schluchzenden Mund und über den Hals, während er den kleinen, zweirädrigen Karren durch eine Seitenstraße zog. Kapitän Bureng lag darauf. Alles war schief gegangen. Erst war der verhexte Spiegel zerstört worden, dann die Armee der Untoten, und die Mannschaft der *Muräne* war entweder niedergemetzelt worden oder in alle Winde zerstreut, und der Kapitän selbst war kaum noch am Leben gewesen, als Rikken seine bewusstlose, halb verbrannte Gestalt aus der schmutzigen Gasse gezerrt hatte, wo er nach seinem Sturz vom Dach gelandet war. Er konnte von Glück reden, dass er in einem kleinen Schuppen auf der Gasse diesen wackligen Handkarren gefunden hatte. Einen sicheren Weg zurück zu dem Pier zu suchen, wo die *Muräne* vertäut lag, war eine noch weit schwierigere Herausforderung.

Viele Gebäude brannten, und einige Bürger hatten sich zusammengerottet, um ihre Geschäfte und Häuser vor den Banden von betrunkenen Plünderern und Schlägern zu beschützen, die ungehindert durch die Straßen streunten. Von der Armee und der Stadtwache war nichts zu sehen. Gerüchte wollten wissen, dass sie am Pier bei den Seetoren kämpften. Allerdings liefen immer noch genug Leute umher, und Rikken fürchtete die Möglichkeit, von jemandem angehalten zu werden. Also schnappte er sich ein weggeworfenes Stück Sackleinen von einem Müllhaufen in einem Hinterhof und breitete es über Burengs bewusstlose Gestalt.

Es war mühsam, sich durch die verregneten Straßen zu kämpfen und dabei zu versuchen, allen Menschen aus dem Weg zu gehen. Er musste den Karren durch schmale Gassen und über verlassene Hinterhöfe zerren. Wer ihn ansprach, ließ sich normalerweise von der Geschichte abschrecken, dass er einen toten Hund zum Apotheker brachte. Er flocht ein, dass der Hund an der Pest gestorben sei. Normalerweise genügte das. Die meisten schlugen mit entsetztem Blick eine Hand über Nase und Mund und wechselten hastig die Straßenseite.

Als er den Karren mit Bureng aus einer weiteren engen Gasse zerrte, konnte er endlich die großen Seetore sehen, die zu den Silbernen Kais führten. Als er die breite Straße davor überquerte, malte er sich aus, dass Hunderte Augenpaare jede seiner Bewegungen verfolgten, und es kostete ihn eine ungeheure Willensanstrengung, ruhig zu bleiben, so, als würde er diesen Weg seit Jahren tagtäglich gehen. Einige Augenblicke später hatte er die Tore hinter sich gelassen und zog den Karren rasch zum Pier. Er suchte in der Dunkelheit nach den Umrissen der *Muräne*.

Stattdessen lagen jedoch Dutzende von dunklen, verrotteten Schiffen an den Molen und Piers, und ein Feld aus schrägen Masten ragte aus dem Wasser des Hafens. Ihre Querbalken waren gebrochen, die Takelage verknotet und die Segel zerfetzt. Rikken ging vor Überraschung langsamer, bis ihm dämmerte, dass die Zerstörung des Spiegelfetischs nicht nur Hanavoks Armee vernichtet hatte, sondern auch seine Flotte.

Als er sich durch die Pfützen auf dem Pier kämpfte und dabei großen Haufen von Knochen und Leichenteilen auswich, überkam ihn plötzlich eine ungeheure Furcht und das Gefühl eines schrecklichen Verlustes. Dort, wo die *Muräne* gelegen hatte, schlug nur schwarzes Wasser an den Kai. Er konnte gerade noch die Positionslampen eines Schiffes ausmachen, das etwa eine Meile weit in der Bucht segelte und Kurs aufs offene Meer hielt. Rikken glaubte, die Umrisse der *Muräne* zu erkennen, die langsam in der regnerischen Nacht verschwand.

»Weg«, flüsterte er. »Sie ist weg und hat uns zurückgelassen …«

Dann bemerkte er eine Bewegung auf dem fast verlassenen Pier. Eine Gestalt versuchte, sich aufzurichten. Sie lag in der Nähe einer der wenigen Hängelaternen, die noch brannten. Er zog den Karren mit dem Kapitän hastig hinter sich her und eilte dorthin. Erschreckt sah er Kapitän Logrum, der seinen Dolch zog, als Rikken näher kam. Dann erkannte Logrum ihn und ließ die Hand mit dem Dolch sinken.

»Burengs Handlanger!« Sein Lachen wurde von einem rasselnden, abgehackten Husten erstickt, und er verzog schmerzerfüllt das Gesicht. Sein Haar klebte an seinem Schädel, und der unaufhörliche Regen hatte ihn bis auf die Haut durchnässt.

Als Rikken sich neben ihn kniete, sah er die Blutpfütze, die sich unter den zerfetzten Hosenbeinen des Kapitäns der *Herrin der Säbel* gebildet hatte.

»Hat mich niedergeschlagen und auf den Pier geworfen«, erklärte Logrum.

»Wer?«

Wut flammte in Logrums Augen auf, während ihm das Wasser aus dem Bart tropfte. »Flane«, meinte er. »Dieser verfluchte, räudige Bastard! Er hat mir noch ein Geschenk hinterlassen, bevor er verschwunden ist ...!« Der große Mann schlug sein Hemd zur Seite, sodass Rikken den abgebrochenen Schaft eines Pfeils sah, der aus seiner Brust herausragte. »Ein Pfeil mit Widerhaken.« Seine Stimme klang pfeifend. »Flane hat es selbst erledigt, um sicherzugehen, dass er durch die Lunge geht. So braucht es eine Weile, bis ich abkratze ...« Ein weiteres gequältes Husten unterbrach ihn, und er lehnte sich zitternd und bleich zurück.

»Hast du Raleth gesehen?«, erkundigte er sich dann.

»Nein«, antwortete Rikken.

»Ich frage mich, ob er auch einem dieser großen Mistkerle in die Quere gekommen ist. Ich weiß nicht, wer sie waren, aber sie waren hinter den Fetischen her. Ich hab mit eigenen Augen gesehen, wie einer von ihnen mitten in Zanuurs Haufen von wandelnden Leichen gesprungen ist. Die haben sich plötzlich auf Zanuur und seine Leute gestürzt und sie in Stücke zerfetzt. Sie haben ihnen Arme und Beine ausgerissen. Dasselbe ist mir passiert. Einer dieser großen Burschen hat mich angegriffen, mir meinen Bären entrissen und ... ich weiß nicht, was er dann gemacht hat, aber plötzlich spielten alle verrückt ... Zum Glück war da ein offenes Fenster ...«

Er hielt inne und musterte mit einem argwöhnischen Blick den zugedeckten Karren. »Was hast du da auf dem Karren?«

Rikken erstarrte vor Furcht, doch dann kam er zu dem Schluss, dass Logrum keine echte Gefahr mehr darstellte.

»Meinen Käpt'n«, sagte er.

Logrum grinste säuerlich. »Also hat Bureng überlebt, was?

Sieht aber nicht sehr lebendig aus ...« Eine erneute Schmerzwelle unterbrach ihn, und er stöhnte. »... das ist einfach zu viel ... es sind teuflische Schmerzen ...« Er starrte Rikken an. »Nimm meinen Dolch und stoß ihn mir ins Herz ...«

»Nein.« Rikken wich vor ihm zurück. »Das kann ich nicht ...«

Logrum fluchte und spie nach ihm. »Dann kriech weg, du Wurm! Lass mich allein ... ich mache es selbst ...!«

Rikken packte die Griffe des Karrens und schob ihn weiter über den Pier. An einem Gebäude aus Klinkerstein blieb er stehen und sah sich um. Gerade noch rechtzeitig, um zu erkennen, wie Logrum sich erst halb erhob und dann vornüber sackte und auf sein Gesicht fiel. Durch das Prasseln des Regens hörte Rikken ein tiefes Seufzen. Der Kapitän der *Herrin der Säbel* war tot. Rikken fühlte sich plötzlich einsam. Er hockte sich neben den Handkarren, lehnte den Kopf gegen das feuchte Holz und kämpfte gegen die Tränen. Er wusste nicht, was er tun sollte.

Da durchdrang eine Idee seine kreisenden Gedanken ... *Verstecken.*

Ja, das war es! Er würde ein sicheres Versteck für sie beide suchen. Dort konnte er die Wunden seines Kapitäns versorgen. Und wenn er wieder gesund war, würde sein Meister aus seinem Versteck kommen und alle seine Feinde vernichten!

Er sprang auf, packte den Karren mit seinem reglosen, zugedeckten Passagier und ging über den Pier zurück. Neue Zuversicht durchströmte ihn, und ein weiteres Wort drängte sich ihm auf. *Nahrung.* Ja, es musste viele verlassene Geschäfte und Läden in der Gegend geben, also dürfte es einfach sein, Essen zu beschaffen.

Waffen ... Es lagen genug Leichen herum, die ihre Klingen nicht mehr brauchten ...

Geld ... Vermutlich konnte er auch das von den Toten bekommen oder es aus den verlassenen Häusern rauben ...

15

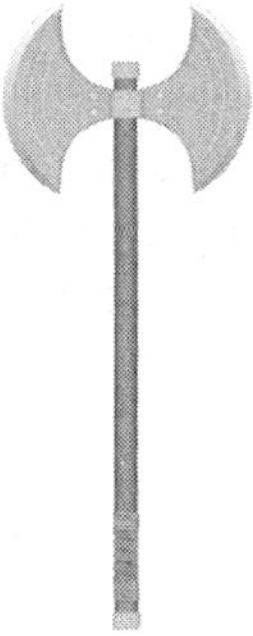

Geister fliegen in der Dunkelheit,
Über die Abgründe des Schlafs.
Geister fliegen in der Dunkelheit,
Unterwegs zu tödlich finsteren Taten.

TAZAY. GEDICHTE AUS PREKINE

Regen und Wind fauchten vom aufgewühlten, nächtlichen Ozean heran und rüttelten und kratzten an den Gebäuden und Lagerhäusern in Besh-Daroks Hafen. Gräfin Ayoni beobachtete den Sturm durch ein vergittertes Fenster aus dem fast leeren Schankraum einer Hafenkaschemme. Sie hatte es aufgestoßen, und gelegentlich fegte ein Windstoß Regentropfen hinein, unter denen die Flamme in der verzierten Lampe auf ihrem Tisch zischte.

Ayoni war schlecht gelaunt und angespannt von Furcht. Vor einer kurzen Weile hatte sie in ihrem Gemach im Obergeschoss ein ausführliches und beunruhigendes Gespräch in Gedankensprache mit Calabos geführt. Er hatte sie beruhigt, dass alle Wächter noch am Leben waren. Dann berichtete er ihr von dem Hexer Jumil und dem unseligen Hauptmann Ondene und warnte sie vor den Geisterwirten. Sie informierte ihn in einem kurzen Bericht über das groteske Ritual, welches sie und Chellour im zerstörten Kaiserlichen Palast mitangesehen hatten, von dem grauen Pesthauch, den es hervorgerufen hatte, und beschrieb ihre Flucht und ihr Eintreffen in Besh-Darok. Jetzt warteten sie auf ein Schiff, das frühestens am folgenden Tag eintreffen sollte.

Ihr Dialog endete abrupt, als Calabos ihr mitteilte, dass Tashil in Gefahr schwebte. Sie wurde von einer Armee der Untoten angegriffen, und er musste ihr beistehen. Als das Band der Gedankensprache abgebrochen war, nahm sie sich vor,

Chellour, Jarryc und Klayse zu überreden, nach Sejeend zurückzukehren und Calabos und den anderen zu helfen. Als sie in den Schankraum kam, war jedoch von den Männern nichts zu sehen. Der Wirt zuckte mit den Schultern, als sie ihn fragte, und murmelte etwas vom »Helling-Markt.« Aber in einem so widrigen Wetter herumzuirren, war nicht sehr verlockend, also setzte sie sich lieber ans Fenster und nippte an einem Becher Silberwasser, während sie gedankenverloren der Gischt nachsah, die der Wind über den langen Kai fegte, wenn die Brecher gegen die Mauern schlugen.

Sie musste nicht lange warten, bis der Erste ihrer Gefährten zurückkam. Es war Chellour. Der Regen tropfte von seinem durchnässten Umhang und seiner Hose. Als er Ayoni sah, grinste er, legte den Umhang ab und hängte ihn über die hohe Lehne eines Stuhles neben ihrem Tisch. Dann wischte er sich das feuchte Haar aus den Augen und setzte sich ihr gegenüber.

Ayoni berichtete von ihrem Gespräch mit Calabos und erklärte, dass sie es sich anders überlegt hätte und nach Sejeend zurückkehren wollte. Chellour lehnte sich bei ihren Worten nachdenklich zurück.

»Ich muss zugeben, dass ich mich gefreut hätte, den Besitz von Markgraf Tergalis zu sehen, aber Ihr habt Recht. Wir sollten den anderen Wächtern helfen, so gut wir können.« Er warf einen skeptischen Blick aus dem Fenster. »Wenn wir nur rasch nach Sejeend kommen könnten. Zudem müssen wir auch noch Euren hochgeschätzten Gatten und den Baron überreden.«

»Ich kann Jarryc gewiss dazu bringen, mir zuzuhören«, erwiderte sie. »Damit wäre diese Schlacht bereits halb gewonnen.«

Zwei verhüllte Gestalten hasteten über den Kai zu der Hafentaverne. Sie gingen gebückt, um sich vor dem Regen zu schützen. Chellour warf Ayoni einen amüsierten Blick zu.

»Wir werden gleich herausfinden, wie überzeugend Ihr seid.«

Sie hob hoheitsvoll eine Braue. »Mein Herr, ich hege vollstes Vertrauen in meine Argumente!«

Sekunden später flog die Tür der Herberge auf, und ein kalter Windstoß fegte zwei Männer hinein. Lachend schlossen Jarryc, Graf von Harcas, und Baron Klayse die Tür, hängten ihre Kastenlaterne an einen Haken, zogen die triefenden Umhänge aus und warfen sie auf den Tisch neben Ayoni.

»Das nenne ich wahrhaftig einen Sturm!«, meinte der Graf.

»Allerdings, Mylord«, sagte Ayoni mit schmeichelnder Stimme. »Und sich in die Gewalt der Elemente hinauszuwagen, ist wahrhaft sehr männlich.«

Jarryc warf ihr einen halb argwöhnischen, halb amüsierten Blick zu, während sie sich bemühte, gleichzeitig unschuldig und geheimnisvoll zu lächeln.

»Meine teure Gemahlin, selbstverständlich habt Ihr vollkommen Recht. Es ist ein wilder Sturm, vor allem, wenn man ihn auf den alten Bastionen auf dem Festland erlebt.«

»Habt Ihr von diesem Aussichtspunkt aus etwas Interessantes gesehen?«

Jarryc und der Baron sahen sich an und grinsten.

»Nun, es flogen eine Menge Zweige durch die Luft«, erwiderte er.

»Vergesst die Kleider nicht«, hakte der Baron ein. »Ich sah unter anderem eine Mönchskutte im Wind flattern, freilich ohne Mönch ...«

»Und diese fliegenden Fische ...«

»... und der Korb mit Gemüse ...«

»... und die Maus!« Jarryc runzelte die Stirn. »Oder war es eine Katze? Aus der Entfernung war das schwer zu sagen ... wie bei dem Drachen, der sich am Ende dann als Krähe entpuppte ...«

»Ganz recht, Mylord!«

Ayoni und Chellour lachten herzlich über diese Aneinanderreihung von Übertreibungen. Jarrycs listiges Grinsen verriet Ayoni jedoch, dass er noch ein Ass im Ärmel hatte.

»Nicht zu vergessen, dass wir mit eigenen Augen die Positionslampen eines Schiffes gesehen haben, das Kurs auf den Kai nimmt«, fuhr er fort.

Ayoni und Chellour richteten sich kerzengerade auf.

»Wirklich?«, fragte Chellour.

Baron Klayse lachte. »Es ist keine Lüge und auch kein Scherz, Herr«, meinte er. »Das Schiff selbst ist zwar in der Dunkelheit nicht auszumachen, aber seine Lampen blitzten wiederholt auf. Es hält eindeutig Kurs auf Besh-Darok. Wenn kein Unglück geschieht, sollte es innerhalb einer Stunde anlegen.«

»Das sind wirklich gute Nachrichten«, meinte Ayoni.

»Tergalis hat eine eigene Brauerei auf seinem Besitz«, fuhr Klayse fort. »Sein bestes Bier ist süß und ein wahrer Gaumenschmaus. Wartet nur, bis Ihr es selbst kostet ...«

»Ihr zeichnet da ein schönes Bild.« Chellour warf Ayoni einen kurzen Blick zu. »Unser Ziel klingt immer verlockender.«

Ayoni seufzte. Sie wusste, dass sie es jetzt versuchen musste, oder nie. »Mein edler Gatte«, sie stand auf, »kann ich mit Euch reden?« Sie sah zur Seite, um anzudeuten, dass sie ihn gern unter vier Augen gesprochen hätte. Er runzelte die Stirn, obwohl er weiter lächelte.

»Mit Eurer Erlaubnis, edle Herren«, sagte er an Chellour und Klayse gewandt und begleitete seine Frau in eine leere Ecke des Schankraumes, wo er sich umdrehte und die Hände spreizte.

»Meine teuerste Gemahlin, ich stehe ganz zur Eurer Verfügung.«

Sie erwiderte sein Lächeln und berichtete die wichtigsten Einzelheiten aus ihrer Unterhaltung mit Calabos. Dann erklärte sie, dass sie nach Sejeend zurückkehren wollte. Jarrycs Miene verdüsterte sich, und er sah Ayoni besorgt an.

»Mehr Nachrichten gibt es nicht von ihm?«, erkundigte er sich.

»Keine, weder von ihm noch von den anderen.«

Der Graf nickte nachdenklich. »Eine Armee aus Untoten«, murmelte er. »Welchen Zweck hätte es, nach Sejeend zurückzukehren, sollte diese schreckliche Streitmacht triumphiert haben?«

»Ich halte das für unwahrscheinlich«, gab Ayoni zu bedenken. »Die Truppen der Adligen und die Soldaten aus den Garnisonen der umliegenden Gebiete werden mittlerweile in der Stadt eingetroffen sein. Ein solcher Überfall kann auf Dauer nicht von Erfolg gekrönt sein.«

»Ich denke dasselbe, Ayoni, aber sollten sie dennoch zur Stunde die Stadt kontrollieren, können wir auf keinen Fall den Hafen anlaufen. Falls Ihr jedoch in der Zwischenzeit etwas von den Wächtern hört, und die Nachricht ist günstig, werde ich versuchen, den Kapitän des Schiffes, das uns nach Adranoth mitnehmen wollte, umzustimmen und ihn zu überzeugen, uns in Sejeend abzusetzen, nötigenfalls mit Gold. Seid Ihr damit einverstanden?«

»Ich bin einverstanden, und Euer Vorschlag ist zudem sehr weise, edler Graf!«

»Ich wusste doch, dass Ihr einen triftigen Grund hattet, mich zu heiraten!«

Sie gingen zu Klayse und Chellour zurück, und Jarryc umriss kurz, welche Möglichkeiten sie hatten. Die beiden anderen stimmten ihnen zu, genau wie sie in ernster Sorge. Um sich die Zeit zu vertreiben, bis das unbekannte Schiff anlegte, erzählten sie sich Anekdoten und Geschichten.

Klayse bemerkte als Erster, wie das Schiff in den Hafen einlief. Sie drängten sich alle ans Fenster und starrten hinaus. Durch die sturmgepeitschten Regenschleier sahen sie zwei schwankende Sturmlaternen, und nach einem Augenblick erkannte Ayoni auch die Umrisse des Schiffes. Es war ein Dreimaster, der nur die nötigsten Segel gesetzt hatte.

Einige Hafenarbeiter in dicken Umhängen standen bereits auf der längsten Mole, und während das Schiff auf den Wogen schwankte und schaukelte, kletterten einige Besatzungsmitglieder auf den erhöhten Bug. Sie schleuderten gewichtete Taue hinunter. Die meisten verfehlten ihr Ziel, aber zwei oder drei landeten auf der Mole. Das genügte. Die Hafenarbeiter fingen sie auf und zogen mit ihnen die schwereren Trossen herunter.

Schon bald lag das Schiff vertäut auf seinem Platz, und ein breites Fallreep wurde vom Deck auf die Mole heruntergelassen.

»Wir müssen mit dem Kapitän sprechen«, meinte Jarryc. »Sollen wir warten, bis er hierher kommt, oder nach draußen gehen und ihn ansprechen?«

»Letzteres, würde ich vorschlagen«, meinte Baron Klayse. »Vielleicht will er ja in eine andere Herberge.«

Dem stimmten alle zu, zogen ihre Umhänge und Kapuzen über und verließen die Herberge. Der Wolkenbruch hatte ein wenig nachgelassen, aber die Feuchtigkeit drang dennoch durch den Kragen von Ayonis Umhang. Während sie die Pfützen auf der Mole umgingen, verließen bereits einige Passagiere das Schiff und marschierten das Fallreep hinunter. Es waren große Gestalten in unförmigen Umhängen und Pelzen. Einige waren mit Enterbeilen und Speeren bewaffnet. Ayoni war von ihnen so fasziniert, dass sie die kleine Gruppe von Männern nicht bemerkte, die sich ihnen von der Mole aus näherten, bis Klayse eine Bemerkung machte.

»Was können diese Burschen von uns wollen?«, fragte er.

Sie waren zu fünft, und alle trugen lange Umhänge mit Kapuzen. Zwei waren deutlich kleiner als der Rest. Als sie näher kamen, lächelte einer der drei größeren sie an. Er hatte dunkle Haut und ein schmales Gesicht und hob seine leeren Hände.

»Seid gegrüßt, Freunde. Wir wollten Eure Bekanntschaft machen und Euch einen Vorschlag unterbreiten.«

»Was für einen Vorschlag?« Ayoni runzelte die Stirn.

»Einen recht komplizierten Vorschlag, aber wenn Ihr annehmt, wird es sich sicher lohnen.« Er hob eine Hand und rieb sich den Nacken.

Im nächsten Moment überstürzten sich die Ereignisse. Die beiden kleineren Gestalten schlugen ihre Umhänge zurück und schleuderten mehrere glänzende, mit Perlen besetzte Netze auf Ayoni und Chellour. Jarryc und Klayse reagierten sofort und achteten einen Moment nur auf die beiden Magier. In diesem

Augenblick traten die beiden anderen Angreifer neben sie und pressten ihnen die Dolchspitzen gegen ihre Hälse. Ayoni und Chellour kämpften gegen die feinen Netze an, vergeblich. Es gelang der Gräfin auch nicht, den Gedankengesang des Feuerdolchs zu wirken. Die miteinander verbundenen Symbole des Zaubers kreisten zwar in ihrem Kopf, aber sie konnte die Niedere Macht nicht erreichen. Selbst ihre Magiersinne schienen aller Nuancen und unsichtbarer Strömungen beraubt, durch deren Bett die Wahrnehmung floss.

Der Mann, der sie angesprochen hatte, hielt jetzt zwei schlanke Säbel an Ayonis und Chellours Kehle.

»Ihr beiden«, sagte er, »habt keine Macht mehr. Also verhaltet Euch ruhig.«

»Was hat das zu bedeuten?«, fuhr Ayoni ihn wütend an. »Was haben wir Euch getan?«

»Es geht hier nicht um unser Wohlergehen«, erwiderte einer der beiden kleineren Männer. Er sprach mit einem deutlichen Mogaun-Akzent und hielt das Ende des Netzes in der Hand, in dem Ayoni gefangen war. Bei ihm musste es sich um einen Schamanen der Mogaun handeln. Die Dolchträger nahmen Jarryc und Klayse unterdessen ihre Waffen ab.

»Hütet Eure Zunge«, sagte der Erste. »Unser Herr kommt.«

Weder ihre Klingen noch ihre Blicke wankten, dennoch lag plötzlich eine gespannte Aufmerksamkeit in der Luft. Ayoni vermied jede hastige Bewegung und drehte nur ein wenig den Kopf zur Seite. Aus den Augenwinkeln sah sie die Passagiere des Schiffes näher kommen. Sie wurden von einem beeindruckenden Mann in einem langen Kapuzenmantel aus Wolfspelz angeführt, der mit bunten Quasten und mit goldenen und silbernen Symbolen besetzt war. Darunter trug er ein gefüttertes Wams, das ihm einige Nummern zu klein zu sein schien. Es klaffte über der Brust weit auf und enthüllte ein schimmerndes Kettenhemd. Seine verschlissene, graubraune Lederhose war mit kleinen Eisenplättchen verziert, und nur die leichten Sandalen an den Füßen passten nicht zu seiner sonstigen Erscheinung. Seine langen Haare waren unter der Kapuze trocken geblieben, und der durchdringende Blick seiner dunklen Augen wirkte gnadenlos und hart.

»Sind sie das?« Seine Stimme passte zu seinen Augen.

»Gefesselt und entwaffnet, älterer Bruder«, sagte der Anführer der fünf Männer, die sie in den Hinterhalt gelockt hatten.

Der Hüne antwortete nicht, sondern musterte kalt seine vier Gefangenen. Er ließ seinen abschätzenden Blick der Reihe nach über sie gleiten und richtete ihn zuletzt auf Ayoni. Sie fühlte sich verletzlich und beinahe nackt ohne den Schutz der Niederen Macht und wich diesen durchdringenden Augen aus, während sie gleichzeitig versuchte, die magische Barriere des merkwürdigen, feinmaschigen Netzes zu durchbrechen. Sie bekam zwar keinerlei Verbindung zur Niederen Macht, spürte jedoch eine bedrohliche fremde Kraft am Rand ihrer Gedanken, die nach ihren Geheimnissen gierte ... und plötzlich dämmerte es ihr.

Dieser Mann sieht aus wie ein Oberhäuptling der Mogaun, dachte sie. Ist er vielleicht auch ein Schamane?

Dann richtete der Hüne seine Aufmerksamkeit auf einen der kleineren Mogaun, und der unangenehme Druck ließ nach.

»Was ist mit der grauen Wucherung?«

»Sie wächst immer noch, Herr«, erwiderte der Schamane. »Aber langsam.«

Sein Blick glitt zum Anführer des Hinterhalts. »Und der Elan meines Heerhaufens in Belkiol? Wie macht er sich? Sind die Flöße fertig?«

»Alles ist bereit, älterer Bruder. Sie erwarten begeistert Eure Ankunft.«

Der Oberhäuptling nickte. »Ich will zuerst die Wucherung sehen. Nehmt die da mit.«

Mittlerweile hatte man den vier Gefährten die Hände gebunden. Klayse und Jarryc wehrten sich und wurden von den Mogaun, die den Oberhäuptling begleitet hatten, mit wütenden Schlägen zur Ruhe gebracht. Ayoni schrie aus Angst um ihren Ehemann auf, doch der Bruder des Oberhäuptlings hielt ihr warnend den Säbel an die Kehle und brachte sie damit zum Schweigen. Von Entsetzen wie gelähmt und vollkommen hilflos wandte Ayoni ihr Gesicht von der Schwertspitze ab. Sie wurden grob auf die Pritsche eines geschlossenen Kutschwagens getrieben, auf den anschließend ein halbes Dutzend Stammesmitglieder stieg. Alle Mogaun waren mit Äxten und Streitkolben bewaffnet. Dann fuhr der Wagen durch die regnerische Dunkelheit davon. Seine Räder ratterten und holperten über die verfallenen Straßen.

Kurze Zeit später stieg die Straße etwas an, und der Wagen hielt. Ayoni vermutete, dass sie sich in der Nähe des alten Kaiserpalastes befanden. Laternen wurden entzündet, und die Gefangenen wurden in den Regen hinausgetrieben und durch die grasbewachsenen, dachlosen Reste eines einstmals beeindruckenden Eingangs geführt. Aus der Dunkelheit vor ihnen tauchten im Lichtkegel der Laternen plötzlich regendurchnässte Schutthaufen auf. Der Oberhäuptling ging voran, flankiert von einem der Schamanen, während der andere Ayoni und Chellour auf den Fersen blieb und das Ende der Netze festhielt, die sie banden. Ayoni war davon überzeugt, dass sie das Gelände des Palastes überquerten, aber wo genau sie waren, konnte sie nicht erkennen, bis sie durch einen kurzen, schmalen Gang zwischen zwei zerstörten Gebäuden kamen, an dessen Ende sie einen massiven Bogengang durchquerten und schließlich stehen blieben. Schweigend starrten sie auf das, was sich vor ihren Augen ausbreitete.

Als Ayoni und Chellour das tödliche Grau zum letzten Mal gesehen hatten, war der größte Teil des zerstörten Tagfrieds davon bedeckt gewesen. Jetzt war der Fried vollkommen verschwunden, und die Wucherung hatte sich auf den von Unkraut überwachsenen Innenhof ausgebreitet, bis zur Mauer des Palastes selbst. Es war nur noch wenige Schritte von ihnen entfernt. Das wuchernde Grau schimmerte fahl, was ihm in der Dunkelheit das Aussehen einer aschfarbenen Schneedecke verlieh. Im Zentrum jedoch, an der Stelle, wo das Ritual durchgeführt worden war, war die Wucherung pechschwarz.

Zwei Lampen schwankten aus dem Dunkel von links auf sie zu. Sie beleuchteten eine kleine Gruppe von Mogaun, vermutlich Schamanen, deren hagere Körper mit Pelzen bedeckt waren.

»Ein Hoch dem Sohn des Krahel«, sagte einer, während sie sich vor dem Hünen verbeugten.

»Sei gegrüßt, Masjig«, erwiderte der Mogaun-Oberhäuptling. »Meine Stimmen sprechen gut von dir.«

»Wir dienen Euch mit Hand und Blut, Prinz, und halten uns an die alten Sitten.«

Der Oberhäuptling deutete auf die Wucherung. »Und, ist dies nun das Werk der Grauen Eminenz? Sollen wir es begrüßen, oder müssen wir es fürchten?«

Die Schamanen tauschten Blicke aus.

»Das entzieht sich noch unserem Verständnis. Wir können zwar sagen, was es tut, aber nicht, aus welchem Grund.«

»Dann zeigt mir, was es tut.«

Der Sprecher der Schamanen nickte und winkte einen der anderen heran. Der führte einen kleinen Hund an einer Leine. Der Sprecher hob ihn hoch, trat mit ihm bis auf einen Meter Entfernung an den Rand der Wucherung und schleuderte ihn hinein. Das Hündchen jaulte, als es landete, und strampelte heftig mit den Beinen. Doch bevor es zurücklaufen konnte, schlug eine graue Welle darüber hinweg. Ayoni wurde fast schlecht, als sie die Umrisse des kleinen Wesens unter der Wucherung kämpfen sah, bis die Bewegungen erlahmten. Danach befand sich nur noch das ebenmäßige Grau an der Stelle.

Der Oberhäuptling drehte sich herum, trat mit drei raschen Schritten neben Ayoni und schaute auf sie herab.

»Dein Kaiser belagert West-Belkiol und baut Kriegsmaschinen, mit denen er die Mauern niederreißen will. Du sagst ihm, dass die Stadt leer ist und alle über die Kreuzung nach Ost-Belkiol geflohen sind.« Wut brannte in seinem Blick. »Tu das, oder es ergeht deinen Freunden wie dem Hund.«

Er war ihr so nah, dass sie seinen ranzigen Atem und den Gestank seines nassen Pelzmantels riechen konnte.

»Der Kaiser wird mir nicht glauben.« Ayoni versuchte verzweifelt, den Mogaun zu überzeugen. »Wir sind erst gestern vor seinen Soldaten geflüchtet! Warum sollte er auch nur einem einzigen meiner Worte trauen?«

»Du musst ihn und seine Schergen dazu bringen, dir zuzuhören und dir zu glauben!«, beharrte er. »Finde einen Weg, sonst …«

Ayoni hatte das Gefühl, als wäre ihr Verstand im Maul eines Untiers gefangen. Sie kämpfte gegen die Verzweiflung an, die sie zu überwältigen drohte, senkte den Kopf, um die Tränen wegzublinzeln, und versuchte, ihre wirren Gedanken zu ordnen. Schließlich straffte sie sich und sah den Hünen an.

»Ich werde tun, was Ihr verlangt«, sagte sie mit versteinerter Miene. »Aber eines würde ich gern von Euch erfahren.«

»Was?«

»Wer seid Ihr?«

Er lächelte, zum ersten Mal. Es ähnelte eher einem bösartigen Zähnefletschen.

»Ich bin der Krieger mit den einhundert Gesichtern«, erwiderte er. »Worte und Gedanken der Geister meiner Ahnen strömen seit einigen Tagen durch meinen Verstand, geweckt von der Stimme der Grauen Eminenz. Seine Essenz erwartet mich in dem stinkenden Müllhaufen einer Stadt namens Sejeend. Meine erste Essenz nennt sich Huzur Marag. Das dürfte für deinen verkommenen Kaiser genügen!«

Nach diesen Worten wandte er sich ab und rief nach seinem Pferd. Während Ayoni durch den Torweg geschleppt wurde, sah sie sich suchend nach Jarryc um und schnappte seinen wütenden, verzweifelten Blick auf. Er bewegte die Lippen, als wollte er etwas sagen, doch im nächsten Moment wurde sie durch das gewölbte Portal in die Dunkelheit gezerrt.

Vorik dor-Galyns Geduld wurde auf eine harte Probe gestellt. Er stand am Fenster und starrte auf die Stadt von Sejeend hinunter. Das erste Morgengrauen vertrieb die Schleier der Dunkelheit. Die Kämpfe und das Chaos der Nacht hatten tiefe Wunden in der Stadt hinterlassen, aber sie hatte in der Vergangenheit schon Schlimmeres überstanden.

All dies beschäftigte Vorik jedoch nur am Rande. Hauptsächlich belasteten seine Gedanken die Zweifel und die Sorgen, was Jumil anging, das bevorstehende Ritual des Schattenkeims und seine eigene Rolle dabei.

Wo ist dieser dreimal verfluchte Hexer?, dachte Vorik erbost. Er sollte schon seit einer halben Stunde da sein.

Er dachte an seine Herde, die NachtGeschöpfe, die er persönlich ausgesucht hatte. Sie waren gerade auf dem Weg in den Palast. Vorausgesetzt natürlich, dass sie die Unruhen der letzten Nacht überlebt hatten. Dieser Gedanke setzte ihm zu, und plötzlich erfüllte ihn eine unerträgliche Unruhe.

Was hielt Jumil auf? Sprach er noch mit dem Schattenkönig, der angeblich eine Stunde vor Tagesanbruch zurückgekehrt war, nachdem er mitten auf dem Höhepunkt der Schlacht in den umkämpften Straßen verschwunden war? Vorik trat von dem Fenster zurück in den goldenen, warmen Schein seines Zimmers, und sog den durchdringenden Geruch ein, der aus dem Kamin drang. Dort brannten in Duftöl getränkte Holzscheite. Er schenkte sich einen Kelch süßen Weines aus Roharka ein und betrachtete eine Weile einen antiken Wandteppich aus Dalbari, bevor er an das Buchregal trat und einen Band mit Aphorismen herauszog. Er schlug ihn willkürlich auf und las einige Seiten, bis er einen Fluch ausstieß, das Buch zuklappte, auf einen Tisch legte, und die Tür zum Flur aufriss.

Zwei erschöpfte Bogenschützen nahmen erschreckt Haltung an, als er an ihnen vorbeistürmte. Er beachtete sie jedoch nicht, sondern marschierte mit weit ausholenden Schritten zur Tür der Gemächer des Hexers. Er klopfte kurz an, stieß sie auf und trat ein.

»Erlauchter, die Stunden verstreichen, und im selben Maß schrumpft die verbliebene Zeit für unsere Pläne ...«

Er hielt inne, als er die Spannung in dem Raum bemerkte und den vertrauten, kupfernen Geschmack von BrunnQuell-Macht im Mund schmeckte. Jumil und der besessene Ondene standen neben einem massiven, geschnitzten Tisch, dessen glatte Oberfläche mehrere Brandstellen aufwies. Ondene, der sich in den Klauen des Schattenkönigs befand, war von einer schwachen, grünlichen Aura umgeben, die den Ausdruck hilfloser Wut auf seinem Gesicht noch verstärkte. Jumil dagegen schien gelassen. Sein Blick war ruhig, beinahe amüsiert, obwohl Vorik eine dünne Schweißschicht auf seinem kahlen Schädel bemerkte.

Er trat noch einen Schritt vor und ließ die Tür hinter sich ins Schloss fallen.

»Verzeiht mir, Ihr Herren, wenn ich Euch störe ...«

Der Ondene-Schattenkönig warf ihm einen giftigen Blick zu. »Ich habe Fragen, auf die ich Antworten verlange. Vielleicht seid Ihr ja hilfreicher als Euer Meister.«

Vorik lächelte kalt. »Es ist eher unwahrscheinlich, dass der Student mehr weiß als sein Lehrer.«

»Mich interessiert mehr, wie bereitwillig Ihr seid.«

Vorik sah Jumil an, der den Wortwechsel mit einem rätselhaften Lächeln verfolgte. Er schien weder besorgt, noch lag eine Warnung in seinem Blick, also beschloss Vorik, die Grenzen seines Wissens herauszufinden.

»Einverstanden.« Er verschränkte die Arme. »Stellt Eure Fragen.«

»Wem seid Ihr und Euer Meister Rechenschaft schuldig?«, fragte Ondene-Schattenkönig. »Wessen Pläne erfüllt Ihr?«

»Die des Großen Schatten.«

»Und? Ist er der Herr des Zwielichts?«

»Ja«, erwiderte Vorik. »Jedenfalls glaube ich das.«

Der Ondene-Schattenkönig trat näher zu ihm. Seine Miene war finster und undurchdringlich. »Ich fühle die Essenz des Herrn des Zwielichts in meinem Verstand, in meinem Blut und meinen Knochen. Euer Meister hat bereits angedeutet, dass dieser Große Schatten und ich nur Fragmente eines größeren Ganzen sind. Glaubt Ihr das auch?«

Die Intensität seines Blickes legte sich wie eine Klammer um Voriks Gedanken.

»Das könnte sein«, antwortete er. »Aber ich weiß es nicht genau. Vielleicht ... kommen die Graue Eminenz und der Große Schatten ja nicht von demselben Ort ...«

Er suchte stammelnd nach weiteren Erklärungen, aber bei seinen letzten Worten weiteten sich Jumils Augen.

»Aus dem Nachtreich?«, fuhr der Ondene-Schattenkönig fort. »Ist das ein anderer Name für das Reich der Dämmerung? Nun, das habe ich gesehen. Ich habe in diese Domäne geblickt, oder vielmehr das, was davon übrig geblieben ist. Von einer großen Macht habe ich dort keine Spur gesehen.« Er schnaubte verächtlich. »Also, was ist er, dieser Große Schatten? Ein Gott ohne Wohnstatt?«

»Die Domäne der heiligen, unsterblichen Nacht«, hub Jumil plötzlich an, »ist ebenso real wie diese Existenz, die Zwischenwelt. Er wartet dort in seiner ganzen funkelnden Majestät, wartet darauf, dass die Schattenkeime Wurzeln schlagen und damit die unerbittliche Eroberung dieser Länder beginnt.« Das Lächeln des Hexers strahlte die glühende Begeisterung unerschütterlicher Überzeugung aus. »Für Euch beide sind hohe Positionen in dem Pantheon vorgesehen, das diese Welt regieren wird.«

»Schöne Worte und große Versprechungen«, gab der Ondene-Schattenkönig zurück. »Luftblasen für Kinder! Ich werde nicht dienen, und ich werde mich nicht unterordnen!«

Mit diesen Worten schritt er zur Tür und klopfte beiläufig mit den Knöcheln gegen das Holz. Es knackte scharf, und die Tür flog in einer Wolke aus Splittern auseinander. Fast ohne innezuhalten trat er hindurch und verschwand. Hinter ihm fielen einige größere Holzsplitter aus dem Rahmen zu Boden.

»Was wird er tun?«, fragte Vorik.

»Sich mit uns vereinen«, antwortete Jumil. »Letzten Endes.« Er nahm einen geschnitzten Stock in die Hand und trat neben Vorik. »Jetzt ist die Zeit beinahe gekommen.«

Vorik straffte sich erwartungsvoll. »Meine Herde NachtGeschöpfe wird sich sehr bald am verabredeten Ort versammeln, Erlauchter.«

»Gut, gut ... Machen wir uns auf den Weg.«

Er füllte rasch einen Sack mit einigen Gegenständen, kleinen Figürchen aus Gold und Silber, Kräuterbündeln, einer Schachtel mit Kienspan und einem Päckchen mit Pergamentstreifen. Danach schritt Jumil ruhig voran. Im Flur sprach Vorik kurz mit einem der Zimmerleute des Palastes, der bereits herbeigeeilt war, um den Schaden zu betrachten, und bat ihn, die Tür so schnell wie möglich zu ersetzen. Als Grund für den Schaden führte er die unberechenbaren Launen der Magier an. Dann beeilte er sich, um Jumil einzuholen, der zügig weitergegangen war.

Von einem der oberen Stockwerke des Frieds erstreckte sich eine Brücke zur Spitze des nahe gelegenen Felsens. Früher einmal hatte eine filigrane, von Magie gestützte Steinbrücke diesen Abgrund überspannt, aber Unruhen und sporadische Aufstände unter der Herrschaft Taurics IV. hatten zu ihrem Einsturz geführt. Sie war von einer soliden Holzbrücke ersetzt worden, die in den ersten Jahren von Magramons Regentschaft errichtet worden war.

Die Sonne ging auf und riss die Wolkendecke auseinander. Lichtstrahlen drangen durch die Lücken und fielen auf die Stadt und das Wasser in der Bucht.

Am anderen Ende der Brücke wurden sie von Wachsoldaten empfangen, die eine schlichte, zweispännige Kutsche bereithielten. Offenbar hatte Jumil dafür gesorgt. Als sie schließlich durch die wohlhabenden Bezirke auf der Klippe fuhren, konzentrierte sich Vorik ausschließlich auf das bevorstehende Ritual. Er war Zeuge der Lügen gewesen, mit denen Jumil die Anführer der anderen Herden eingelullt hatte, und ihm stand das schmerzhafte Schicksal vor Augen, das sie alle in den letzten Tagen ereilt hatte. Zuerst Lymbor in Besh-Darok, dann Rugilo in Adnagaur, Skotan in Oumetra und Amaj in Alvergost. Jeder hatte sich ahnungslos als Gefäß für die Lebensessenz seiner Herden missbrauchen lassen, wodurch sie sich in lebende Portale zwischen dieser Welt und dem Nachtreich des Großen Schatten verwandelt hatten.

Vorik selbst hatte Jumil ebenfalls beschwichtigt. Er wäre der wertvollste seiner Schüler, für ihn würde das Ritual ganz anders verlaufen, und am Ende würde die Macht des BrunnQuell in seinen Geist eingebrannt sein. Er glaubte Jumil kein einziges Wort. Deshalb hatte er versucht, so viel wie möglich von dieser Zeremonie in Erfahrung zu bringen, aus den beiläufigen Bemerkungen, die Jumil ab und zu machte, und aus Abschriften der Zaubersprüche, die er heimlich in den Büchern des Hexers gesucht hatte. Wie sich herausstellte, war das, was Jumil über das Einbrennen der Macht des BrunnQuell in seinen Geist gesagt hatte, durchaus möglich, vorausgesetzt allerdings, es gab einen intensiven Fluss dieser Macht, wozu es ebenfalls während des Schattenkeim-Rituals kommen würde. Voriks Problem war, dem Strom des BrunnQuell nahe zu kommen, ohne zu seinem Opfergefäß zu werden. Er hatte eine sehr einfache Lösung dafür gefunden. So hatte er einem Mitglied seiner Herde heimlich das echte BrunnQuell-Amulett gegeben, während er selbst nun ein sehr gut gemachtes Duplikat trug.

Als die Kutsche über die Kala-Brücke rumpelte, setzte er sich bequemer zurecht und berührte dabei mit den Armen das gefälschte Amulett in einer Tasche unter seinem Mantel. Er blickte auf das bewaldete Tal und lächelte.

»Hüte dich vor zu großem Selbstvertrauen, Vorik«, ermahnte ihn Jumil. »Bis das Ritual vollendet ist, haben wir nur Pläne und Stückwerk. Versagen bedeutet immer vollkommenes Scheitern.«

»Sowohl wahr als auch weise, Erlauchter.« Vorik bemühte sich, demütig zu klingen.

Kurz darauf fuhr die Kutsche durch die Tore eines großen Stadthauses, das dicht an der Grenzmauer des Kaiserpalastes lag. Sein Besitzer Lusad, ein korpulenter Mann mit feisten Hängebacken, trat aus dem Haupteingang, um sie zu empfangen. Ihm folgten die anderen von Voriks NachtGeschöpfen. Sie begrüßten Vorik ernst und feierlich und verhielten sich Jumil gegenüber beinahe unterwürfig. Als Vorik Lusad die Hand schüttelte, wechselten sie einen verschwörerischen Blick, denn der fette Hausbesitzer war derjenige, der das echte Amulett unter seinem Hemd trug.

Vorik musterte seine Herde und war erfreut, dass sie alle ordentlich als Novizen des ErdenMutter-Tempels gekleidet waren. Es handelte sich um sieben Männer und drei Frauen, die alle in braune Kutten gehüllt waren und Kapuzen trugen.

»Brüder und Schwestern«, sagte er. »Auf zu unserer großen Aufgabe!«

Mit diesen Worten führten Jumil und er sie von dem Haus fort und durch die Tore. Es war nur ein kurzer Weg an den Gärten vorbei, in denen Statuen von Helden zwischen blühenden Sträuchern oder neben friedlichen Teichen standen, die im Schatten von uralten Bäumen lagen. Insekten summten, und Federschwänze huschten zwischen den Zweigen hin und her. Als sie an die kleine Ausfallpforte in der Südmauer des Palastes kamen, hatten sich alle die Kapuzen übergezogen. Zwei Wachen standen gähnend davor, während sie ein Dritter von einem kleinen Türmchen mit einem Spitzdach aus beobachtete. Während sich die verhüllte Prozession der Pforte näherte, blieb Jumil plötzlich stehen und blickte finster zur Stadt zurück.

»Stimmt etwas nicht, Erlauchter?«, fragte Vorik.

Jumil schüttelte den Kopf. Zunächst nachdenklich, dann entschieden.

»Unser Schattenkönig-Freund ... Er scheint etwas vorzuhaben, aber das stellt keine Gefahr dar.«

Vorik zuckte mit den Schultern und führte die Gruppe die letzten paar Schritte zur Pforte. Die Wachen erkannten ihn, und aufgrund seiner Autorität als Offizier der Ehernen Garde wurden die NachtGeschöpfe allesamt eingelassen, einschließlich Jumil, der sich als offizieller Schreiber der Akademie ausgab. Nachdem sie alle die Pforte passiert hatten und sie sich hinter ihnen schloss, drehte Vorik sich um.

Wenn ich das nächste Mal hier entlangkomme, sagte er sich, hat sich die Welt erheblich verändert.

Fast zwei Stunden, bevor Vorik und Jumil den Hojamar-Fried verließen, irrten Calabos und Coireg Mazaret durch die schimmernden, holzverkleideten Gänge des Schiffes der Dämonenbrut, der *Sturmklaue*, und suchten eine Kammer, die das Orakel genannt wurde. Dort sollte eine wichtige Beratung stattfinden. Nach den Kämpfen und dem Grauen der letzten Nacht hatte Qothan verkündet, dass die *Sturmklaue* nach Sejeend zurückkehren würde. Die Häuptlinge der Dämonenbrut waren bereit, den Wächtern eine Zuflucht anzubieten, entsprechend den Zusicherungen auf freies Geleit des Majordomo Roldur. Alle hatten diesem Vorschlag dankbar zugestimmt, aber zunächst mussten sie einen Leichenbestatter aufsuchen, der den Leichnam von Tashils Bruder Atemor für eine Mogaun-Beisetzung vorbereiten konnte. Dann lasen sie Dybel und Enklar in dem Lagerhaus auf, wo die beiden in der Nacht zuvor Zuflucht gesucht hatten. Danach hasteten sie über die kleineren Molen zu dem Kai, wo die *Sturmklaue* anlegte.

Alles an diesem Schiff überraschte Calabos, der sich immer noch an Bruchstücke von Byrnaks Wissen über die Dämonenbrut erinnern konnte. Sie waren die ersten und mächtigsten Diener des Herrn des Zwielichts gewesen, wurden von ihm aus der Dunkelheit und dem verstandlosen Zustand des Bestialischen erhoben, ausgestattet mit einem unerschütterlichen Sinn für Ehre und Pflicht und begabt mit eigenen, magischen Kräften, ihrer eigenen Verbindung zu den primitiven Mächten der Leere. Nach der Niederlage ihres Herrn am Ende des Schattenkönig-Krieges waren sie sowohl aus ihrem Heim verbannt worden, dem Reich der Ruinen, als auch des größten Teils ihrer Macht verlustig gegangen. Als sie beschlossen, den Kontinent Toluveraz zu verlassen, hatten sie menschliche Gestalt angenommen, um sich zu verbergen, keinen Verdacht zu erregen und keine Vergeltung auf sich zu ziehen. Allerdings hatte Calabos im Laufe der Jahrhunderte gelegentlich Gerüchte über sie aufgeschnappt, vor allem in den Jahren kurz nach dem gewaltigen Konflikt, als er und Coireg sich ins nördliche Ebro'Heth zurückgezogen hatten, um auszuruhen und zu vergessen.

Als Calabos jetzt durch diese Gänge schritt, bewunderte er die Qualität der großartigen Handwerkskunst. Er hätte nie gedacht, dass diese ehemaligen Sklaven des Herrn des Zwielichts so geschickte Handwerker sein könnten. Er hatte nicht gewusst, was ihn auf der *Sturmklaue* erwartete. Sie war offenbar früher einmal eine Art Kauffahrer gewesen, aber die Dämonenbrut hatte aus dem Schiff etwas gänzlich eigenes gemacht.

Die Kanten von Türrahmen und Sparren waren alle zu eleganten Bögen geschliffen, und obwohl die polierten Schnitzereien allgegenwärtig waren, erweckten sie dennoch nicht den Eindruck überladenen Zierrats. Reliefs von Schwingen und geflügelten Kreaturen waren überall in Paneele und Wandpfosten eingearbeitet oder bildeten das Motiv von Perlmutt-Mosaiken auf Schotts. Gelegentlich sah er in der Mitte von Wandverkleidungen oder geschnitzten Deckenrondellen das Bild einer zusammengerollten, schlafenden Gestalt.

Die Schlummernde Gottheit.

Schließlich blieb Coireg vor einer Tür aus rotem Holz stehen, die eine merkwürdige Einlegearbeit aufwies. Es war ein Ring von zwölf Augen, aus Silber und Perlmutter gearbeitet. Er klopfte dreimal deutlich und trat dann ein. Calabos folgte ihm.

»Seid gegrüßt, Freunde Calabos und Coireg.«

Qothan stand in der Mitte der ovalen Kammer neben vier sich gegenüberstehenden Stühlen. In einem saß ein Mann in schwarzgrauen Roben, der die Neuankömmlinge teilnahmslos betrachtete.

»Herr Calabos«, fuhr Qothan fort, »erlaubt mir, Euch meinen Häuptling vorzustellen, den erhabenen Prinz Agasklin.«

Agasklin erhob sich und empfing Calabos, der ihm forschend in die Augen schaute. Er versuchte, die Dämonenbrut hinter seiner Escheinung auszumachen. Einen Moment schien keiner der beiden Männer nachzugeben, dann zuckte ein sprödes Lächeln über Agasklins Gesicht, und er streckte seine große Hand aus, die Calabos sofort ergriff.

»Es ist mir eine Ehre, den Urheber des *Großen Schattenkönig-Krieges* kennen zu lernen«, sagte Agasklin.

Calabos ließ sich einen Moment Zeit mit der Antwort, während er überlegte, ob der Prinz wirklich ihn meinte oder spöttisch auf Byrnak anspielte. Schließlich kam er zu dem Schluss, dass der Mann keine Doppeldeutigkeit beabsichtigt hatte, und nickte.

»Ihr seid zu freundlich«, erwiderte er. »Es war mein erstes ehrgeiziges Werk. Deshalb bin ich immer überrascht, wenn es Anerkennung findet. Würde ich es heute schreiben, würde ich einige Aspekte vollkommen anders darstellen.«

»Das ist ein ganz natürliches Gefühl, Freund Calabos«, erwiderte Agasklin. »Alle Werke von Hand und Geist erscheinen in der Rückschau fehlerhaft. Unsere eigenen Handlungen, zum Beispiel, wurden in der Absicht ausgeführt, Macht und Gefährlichkeit des Schwarzmagiers Jumil einzudämmen. Stattdessen haben sie die Lage noch komplizierter gemacht.«

»Das ist zweifellos wahr«, meinte Calabos. »Aber ebenso trifft zu, dass wir Schwierigkeiten hatten, weil wir Jumils Motive nicht kannten oder verstanden.«

»Dem hoffen wir jetzt Abhilfe zu schaffen«, mischte sich Qothan ein. »Diese Orakel-Kammer hat gewisse Eigenschaften, die uns erlauben, eine Besprechung mit den Häuptlingen unseres Schwesterschiffes, der *Seezahn*, abzuhalten. Im Verlauf dieser Besprechung werden wir versuchen, mit den tieferen Mächten der Leere Kontakt aufzunehmen, um mehr über dieses Ritual herauszufinden, dessen Zeuge Euer Wächter in Besh-Darok geworden ist.«

Agasklin nickte bestätigend. »Zu diesem Zweck kamen wir überein, Euch beide zu dieser Beratung zu bitten, ein Privileg, das Außenstehenden nur äußerst selten gewährt wird.«

Calabos sah Coireg an und bemerkte seine besorgte Miene. »Ist das ein Problem für dich?«, fragte er.

Coireg zuckte mit den Schultern. »Ich mache mir nur Sorgen, ob es vielleicht den ... labilen Teil meines Verstandes beeinflussen könnte.«

»Ihr werdet keine Schwierigkeiten haben«, versicherte ihm Qothan. »Das Beruhigungsmittel wirkt auf das Gehirn, auf einer Ebene, die von den Gedanken unserer Beratung unberührt bleibt.«

Coireg wirkte fasziniert, aber Qothans Worte schienen seine Anspannung nicht zu lindern. »Wenn ich irgendwelche Zeichen der Verwirrung zeige ... Könnt Ihr mir dann helfen?«

»Es wäre sehr einfach, Euch von der Beratung auszuschließen«, beruhigte ihn Qothan. »Macht Euch keine Sorgen, Freund Coireg.«

»Gut, dann bin ich sehr erfreut und geehrt, an dieser Zeremonie teilnehmen zu dürfen«, meinte Coireg entschlossen.

Calabos spürte, wie unwohl seinem Freund dennoch war, und er verstand ihn nur zu gut. Er fürchtete, sich an diese gnadenlose, verzehrende Wesenheit in seinem Verstand zu verlieren.

Als ich diese Phantome zum ersten Mal gesehen habe, dachte er, erschien mir mein Entsetzen wie ein Mahlstrom aus Nebel, der jeden rationalen Gedanken zu ersticken drohte. Noch heute genügt die bloße Erinnerung an diese Wesenheit, die einst in meinem Kopf eingepflanzt war, um meine Sinne zu lähmen. Wie viel schlimmer muss es da Coireg ergehen, der dieses Monster noch in sich trägt, auch wenn es eingekerkert ist?

»Beginnen wir.« Agasklin bedeutete Calabos und Coireg, sich auf zwei der vier Stühle in der Mitte des Raumes zu setzen. Auf dem vierten nahm Qothan Platz. Im selben Moment betraten andere der Dämonenbrut den Orakelraum, acht an der Zahl, die auf den anderen acht Stühlen Platz nahmen, die an den Wänden der ovalen Kammer standen. Calabos betrachtete die zwölf Segmente an der Decke, die vom Alter dunkel gewordenen, glatten Armlehnen seines Stuhls, die ockerfarbenen Stickereien auf dem dunkelgrünen Bezug und die trüben Kristalle, die in die geschnitzten, hohen Lehnen eingelassen waren. Und ihm fielen auch die strengen, teilweise missbilligenden Blicke von Agasklins Gefährten auf, als sie ihre Plätze einnahmen.

Allmählich kehrte Ruhe ein, und eine erwartungsvolle Stille senkte sich über den Raum. Nach einem Moment fing Agasklin an, einen rhythmischen Vers zu rezitieren, und zwar in einer Sprache, die Calabos zunächst nicht erkannte. Dann fiel Qothan ein, dem Vers um Vers einer der Häuptlinge nach dem anderen folgte, bis sie einen komplizierten Kanon von Worten intonierten. Als die Luft schwach perlmuttfarben schimmerte und die Kammer mit einer weichen Aura überzog, sträubten sich Calabos die Nackenhaare. Ein sicheres Anzeichen, dass sich mächtige Magie aufbaute.

Plötzlich erschienen geisterhafte Umrisse, Gestalten mit unscharfen Konturen, die auf ähnlichen Stühlen saßen wie den vieren, die sich in der Mitte der Kammer gegenüberstanden. Allerdings waren sie zwischen ihnen positioniert, sodass es den Anschein hatte, als ständen acht Stühle dort. An den Wänden tauchten in den Zwischenräumen ebenfalls acht geisterhafte Sessel auf, auf denen die durchscheinenden Gestalten von Dämonenbrut-Häuptlingen saßen.

»Ich heiße Euch zu dieser Zusammenkunft willkommen, Brüder und Schwestern«, sagte Agasklin. »Wie ergeht es der *Seezahn* und ihrer Mannschaft?«

»Wir liegen gut im Wind«, erwiderte einer der geisterhaften Häuptlinge im inneren Kreis, ein alter Mann mit grauem Haar. »Und unser Rumpf fliegt über die Wogen. Wie geht es der *Sturmklaue*?«

»Unser Wesen ist verhüllt, Sunyoril«, erwiderte Agasklin. »Und unsere Mannschaft ist bewaffnet und bereit. Denn der Feind mutmaßt jetzt unsere Existenz, nachdem wir gegen die Fetischträger der Untoten fochten.«

»Der Feind Jumil ist schwer auszurechnen«, nahm Sunyoril den Faden wieder auf. »Der Brand im Palast des Kaisers, der Angriff dieser widerlichen Flotte der Untoten, die Schaffung eines neuen Schattenkönigs, und jetzt die beunruhigenden Riten, die seine Mittelsmänner abhalten ... Das alles gehört zu einem größeren Ganzen, aber wozu?«

Calabos richtete sich ruckartig auf.

»Verzeiht, wenn ich mich einmische, Ihr Herren«, sagte er eindringlich. »Wir wussten bisher nur von einem Ritual, das im zerstörten Palast von Besh-Darok durchgeführt wurde. Ihr wisst von anderen?«

Häuptling Sunyoril musterte ihn mit seinen milchigen Augen. Einen Moment herrschte gespanntes Schweigen.

»Herr Calabos«, sagte er dann. »Wir begrüßen Eure Anwesenheit hier. Wisset, dass noch drei weitere Rituale in den letzten anderthalb Tagen vollendet wurden, eines südwestlich von Sejeend, vielleicht auf der Halbinsel Ramyr, eher jedoch direkt in Adnagaur, eines weit im Süden, in der Nähe von Oumetra, und ein viertes weit im Westen, in Alvergost.«

Calabos sank bestürzt zurück. Er erinnerte sich plötzlich an Jumils drohende Worte in der Höhle der Knochen: *... es wird erneut die Unsere werden, erneuert auf ewig durch den Willen des Großen Schatten!* Er schilderte rasch, was Ayoni ihm über das Ritual in Besh-Darok berichtet hatte, und beschrieb auch die daraus resultierende graue Wucherung. Die strengen Mienen der Häuptlinge verzogen sich grimmig, fast furchtsam.

»Wie lange wird diese Fäulnis benötigen, um sich über das ganze Land auszubreiten?«, fragte Agasklin stirnrunzelnd.

»Wer kann das schon wissen?« Calabos zuckte mit den Schultern. »Langsam, wenn sie eingedämmt wird, schneller, wenn lebende Kreaturen darin gefangen werden. Aber nach allem, was wir wissen, könnten weitere Rituale diesen Wachstumsprozess durchaus beschleunigen ...«

»Wir müssen diesem Pesthauch ein Ende bereiten«, sagte einer der Häuptlinge.

»Vier Ritualstätten, über die westliche Hälfte des ganzen Kontinents verstreut?«, wandte ein anderer ein. »Nicht einmal unsere beide Mannschaften zusammen könnten eine solche Aufgabe bewältigen.«

»Wir können nicht einfach nur tatenlos zusehen.«

»Es geht uns nichts an. Es gibt noch genug Länder jenseits des Ozeans ...«

»Entweder stellen wir uns diesem Übel jetzt und hier, oder in zwei Jahren an einem anderen Ort, darum geht es.«

»Es muss doch eine Möglichkeit geben, es unschädlich zu machen.«

Eine Stimme erhob sich über das Stimmengewirr.

»Es gibt eine Möglichkeit. Ergreift den Hexer Jumil und zwingt ihn, die Wirkung dieser Rituale umzukehren.« Coireg Mazaret war aufgesprungen. »Wenn er sich weigert, tötet ihn!«

Calabos sah seinen alten Freund an und erkannte die eiserne Entschlossenheit in seinen Zügen, die aus Jahrhunderten geistiger Folter entsprang. Und er wusste, dass Coireg Recht hatte.

»Dennoch, Jumil ist sehr mächtig«, gab Calabos zu bedenken. »Ich glaube nicht, dass er bisher seine Macht auch nur annährend gezeigt hat.«

Coireg sah ihn an und nickte ernst. »Es wäre eine ungeheure Aufgabe, sowohl gegen weltliche Feinde als auch gegen die Schwarzmagier zu kämpfen. Möglicherweise bekommen wir es auch mit dem Ondene-Schattenkönig zu tun. Doch Jumil ist die Quelle all des Leides und der Katastrophen, die Sejeend und nun auch andere unselige Orte heimgesucht haben ...« Er schaute sich um und wurde plötzlich nervös, als er sich im Mittelpunkt der Aufmerksamkeit wusste. »Wenn wir ihn beseitigen«, schloss er hastig, »kann sich unsere Lage nur verbessern. Danke, dass Ihr mir zugehört habt, erhabene Häuptlinge ...«

Seine Stimme wurde bei den letzten Worten immer leiser, und er setzte sich rasch hin, noch während einige Häuptlinge ihm nachdrücklich zustimmten und schnelles Handeln forderten. Aber nicht alle waren seiner Meinung, und schon bald fanden drei erhitzte Diskusionen in der Orakel-Kammer statt. Agasklin und Qothan diskutierten angeregt mit Sunyoril, ein Gespräch, in das sich Calabos gerade einmischen wollte, als das Stimmengewirr plötzlich abebbte. Als er hochsah, bemerkte er zwei weitere geisterhafte Gestalten, die an gegenüberliegenden Seiten der inneren vier Stühle standen. Bei beiden schien es sich um sehr alte Männer zu handeln, die sich auf Gehstöcke stützten. Sie waren in juwelenbesetzte, zeremonielle Rüstungen gekleidet. Der eine trug einen silbernen Harnisch, der andere einen goldenen Schuppenpanzer. Verwirrt drehte sich Calabos zu Qothan um. »Die Hohen Kapitäne«, murmelte dieser.

Während alle respektvoll verstummten, schaute Calabos von der einen Erscheinung zur anderen. Wer war wohl Pericogal, der Kapitän der *Sturmklaue*?

Dieser Jumil ist ein geheimnisvoller Feind, sagte die goldene Erscheinung in seinen Gedanken. Seine Stimme war mit einem merkwürdigen Hall unterlegt. *Er hat das Land mit Sporen der Verderbnis überzogen, die das Herz der Welt auffressen, wenn sie nicht eingedämmt werden. Vernichtung droht! Nicht zu handeln, verdammt uns alle zum Untergang!*

Dann sprach der Mann in der silbernen Rüstung.

In den Jahrhunderten unseres langen Exils, begann er, *waren Vorsicht und Verstohlenheit unsere obersten Gebote. Sie haben uns gut gedient, selbst während unserer Reisen durch die Länder von Araphel und Ogreina. Aber die Gefahr, der wir uns jetzt gegenübersehen, unterscheidet sich von allen Bedrohungen, denen wir je begegnet sind. Das Schicksal von Völkern und Nationen steht auf Messers Schneide. Und es ist unsere Bestimmung, eine entscheidende Rolle dabei zu spielen.* Er hielt inne und musterte seine Zuhörer einen Moment. *Dennoch ist das nichts Neues. Wir waren schon einmal in einer solchen Lage.*

Unruhiges Gemurmel brandete auf.

Ich glaube, Ihr wisst, wovon ich spreche, fuhr er fort. *Vor drei Jahrhunderten haben die Israganthir sich für die Ränke der Schattenkönige benutzen lassen, geblendet von den uralten Banden der Loyalität und des Vertrauens in eine Gottheit, die von einer leichtsinnigen Verwandlung pervertiert wurde. Ich bin nunmehr fast der Letzte, der Zeuge all dessen gewesen ist, von der prahlerischen Gier ungezügelten Ehrgeizes bis zur Schande der vollkommenen Niederlage. Und als wir, Eure Vorfahren, uns auf die lange Reise unseres Exils begaben, haben wir geschworen, unser Pflichtgefühl und unsere Dienste nur noch dem Wohlergehen aller zu widmen.* Jetzt sah er Calabos an. *Ehrenwerter Calabos, Ihr seid der lebende Beweis, dass die Vergangenheit der Zukunft keine Bürde aus Wahnsinn und Tod hinterlassen muss. Aus diesem Grund werden wir Euch in diesem Kampf beistehen und dem Vorschlag Eures Freundes folgen. Jumil ist der Schlüssel, und aus diesem Grund werden wir versuchen, ihn gefangen zu nehmen.*

Calabos stand auf und verbeugte sich zunächst vor dem Mann, in dem er jetzt Pericogal erkannte, den Kapitän der *Sturmklaue*, und dann vor dem anderen. Das war Immalarin, der Kapitän der *Seezahn.*

»Edle Herren, Eure Freundlichkeit und die Hilfe, die Ihr uns schon gewährt haben, hat uns zutiefst geehrt. Eure Erklärung, unsere Sache weiter fördern zu wollen, ist eine Gunst, die wir nur mit der Vernichtung unseres gemeinsamen Feindes erwidern können. Möge es sich denn so ergeben ...«

Das kann nicht sein.

Die dröhnende Stimme schien aus allen Richtungen gleichzeitig zu kommen. Die Anwesenden in der Kammer fuhren erschrocken auf und sahen sich erstaunt um. Es überlief Calabos kalt, als sich uralte Erinnerungen in seinem Kopf regten.

Agasklin machte aus seinem Ärger keinen Hehl. »Wer spricht da?«, verlangte er zu wissen. »Wer wagt es, diese Zusammenkunft zu stören?«

Bleibt ruhig, Agasklin, beruhigte ihn Kapitän Pericogal. *Wir werden von der Anwesenheit des Einen geehrt, dessen Worte und Weissagungen die kostbarsten unserer Bücher füllen.*

Agasklin und Qothan reagierten wie die meisten Anwesenden beinah ungläubig auf die Worte des Hohen Kapitäns. Dann lief ein Raunen durch das Orakel. »Die Schlummernde Gottheit ...« Calabos fühlte sein Unbehagen bestätigt. Er schaute Coireg an, der blass und elend wirkte. Er wusste sofort, warum. Auch sein Freund fürchtete aus gutem Grund die erbarmungslose Berührung der Götter.

Warum seid Ihr unter uns erschienen?, fragte Pericogal. *Warum sagt Ihr, dass wir unseren Feind nicht besiegen können?*

In der Luft um den inneren Kreis der Stühle bildete sich ein dunkler, wirbelnder Knoten aus Schatten, der zu einer Masse von Blättern, Zweigen, Farn und Trauben verschmolz, die erschienen, als wären sie aus dunklem Rauchglas erschaffen. Dann teilte sich dieses Dickicht aus geisterhaftem Blattwerk, und ein großes Antlitz erschien. Es war blass und durchscheinend und glich dem marmornen Gesicht einer Frauenstatue. Es hatte glänzende Augen, dichtes Haar, hohe Wangenknochen, und die Haut war makellos und ohne die geringste Unebenheit.

Das perfekte Antlitz starrte Pericogal einen Moment an, bevor es mit einer Stimme sprach, die an einen rauschenden Wasserfall erinnerte.

Euer Feind ist nicht der, für den ihr ihn haltet, und euer Plan könnte ihn niemals vernichten. Derjenige namens Jumil hat bereits die Samen von vier Schattenpforten gepflanzt und wird in Kürze im Palast in Sejeend ein Fünftes errichten ...

»Noch mehr Grund, unsere Kräfte zu sammeln und sie jetzt anzugreifen!«, unterbrach Coireg erregt die Gottheit.

Nein! Ein solches Vorgehen würde eure Kräfte erschöpfen und ihr würdet die Gelegenheit verpassen, die sich euch gerade bietet. Vergesst die Schattenpforten. Der Schaden ist bereits angerichtet.

»Welche Gelegenheit meint Ihr?«, erkundigte sich Calabos.

Das durchscheinende Antlitz blickte auf ihn herab, und seine Erscheinung veränderte sich. Es verlor etwas von seinem weiblichen Charakter und nahm männlichere Züge an.

Die Ankunft des Prinzen des Wandels.

Betretenes Schweigen antwortete ihm. Calabos kannte den Prinzen des Wandels als mythische Gestalt, die eine zentrale Rolle in den Prophezeiungen spielte, welche die Schlummernde Gottheit einst der Dämonenbrut verkündet hatte.

»Und um wen handelt es sich?« Er hoffte inständig, dass nicht er es war.

Die unergründlichen Augen betrachteten ihn.

Ihr kennt ihn gut ... Sein Name ist Corlek Ondene.

Diese Enthüllung wurde mit Seufzern und leisem Gemurmel quittiert.

»Er ist vollkommen von den Fragmenten des Herrn des Zwielichts besessen«, erwiderte Calabos. »Jumil hat ihn als ein Gefäß für all diese Phantome benutzt. Wir können nicht davon ausgehen, dass auch nur das Geringste von Ondenes Selbst übrig bleibt ...«

Coireg lächelte ihn traurig an. »Unmöglich ist das nicht, Calabos. Ich war während des Schattenkönig-Krieges ebenfalls von fremden Geistern in einen Winkel meines Verstandes gesperrt. Dennoch habe ich überlebt.«

Nicht einmal Wir sind in der Lage, alle Enden wahrzunehmen, von daher blieb Uns die Identität des Prinzen des Wandels bislang verborgen. Doch jetzt sind Wir sicher ... Wir haben die verschiedenen Verzweigungen gesehen ...

Calabos war noch nicht überzeugt.

»Dennoch müssen wir nicht einfach Corlek Ondene in unsere Gewalt bringen, sondern einen Schattenkönig. Ein lebendes Stück des Herrn des Zwielichts. Er verfügt über Kräfte, gegen die unsere verschwindend gering sind.«

Wir hatten dich in diesem Punkt für furchtloser gehalten, Dichter. Glaubst du, dass du mithilfe von List und dem Trank, der für deinen Freund hier bereits gebraut wurde, nicht in der Lage sein wirst, das Relikt eines wahnsinnigen Gottes zu unterwerfen?

Calabos wollte die Diskussion fortsetzen, als sich Qothan einmischte.

»Verzeiht, Gottheit, aber wird dieses Beruhigungsmittel auch die gewünschte Wirkung haben? Unser Freund Coireg litt an einer tiefen Spaltung seines Verstandes. Hauptmann Ondene hingegen ist von einem feindlichen Geist vollkommen durchdrungen.«

Das Gottantlitz schaute auf ihn herab.

Der Trank unterdrückt die Makel im Verstand, die seine Natur stören oder ihr zuwiderlaufen. Seien sie nun von einer unterschwelligen Spaltung verursacht oder von einem feindlichen Geist. Das Prinzip bleibt dasselbe, wenn auch dieser Mensch Ondene eine höhere Dosis benötigen wird.

Qothan nickte nachdenklich, aber Calabos betrachtete die göttliche Manifestation mit wachsendem Widerwillen. Coiregs Vorschlag mochte seinem Zorn entsprungen sein, aber wenigstens konnte man ihm zugute halten, dass er direkt auf die Person zielte, welche diese ganze Krise ausgelöst hatte, nämlich Jumil. Außerdem sah Calabos an Agasklins nachdenklich gefurchter Stirn, dass der Prinz ebenfalls Zweifel hegte, obwohl er zögerte, sie auszusprechen. Also beschloss Calabos, seinen eigenen Bedenken Ausdruck zu verleihen.

»Ich muss Euch etwas fragen: Vorausgesetzt, es gelingt uns, Ondene gefangen zu nehmen und den Schattenkönig in ihm erfolgreich zu unterwerfen. Was fangen wir dann mit ihm an?«

Das riesige Antlitz wandelte sich erneut, als es sich Calabos zuwandte, und schwankte auf eine merkwürdige Art zwischen weiblich und männlich hin und her. Plötzlich und unerwartet zuckte ein kaltes Lächeln über die sich verändernden Züge.

Ich will, dass dieser Mensch Ondene zu Uns auf Unser Eiland Nydratha gebracht wird. Falls du ihn begleitest, Calabos, wirst du sehr viel erfahren, was dir bisher verborgen geblieben ist. Das Antlitz der Schlummernden Gottheit schien alle Anwesenden gleichzeitig zu mustern. *Wisset, dass dieser Mensch Ondene der Schlüssel zu dem endgültigen Triumph über den tödlichen Schatten ist, der die Essenz dieser Welt seit Äonen bedroht. Wir bitten euch um euer Vertrauen und um alle Entschlossenheit und Kühnheit, die ihr aufbringen könnt. Wir erwarten euch auf Nydratha, im Auge des Sturms.*

Nach diesen Worten versank die Gottheit in dem Blattwerk, das sich ebenfalls in sich selbst zurückzog, bis nur noch aschfarbener Nebel über ihren Köpfen wirbelte, der sich rasch auflöste. Während um sie herum allgemeine Zustimmung laut wurde, sah Calabos zu Coireg hinüber, der seinen Blick erwiderte.

»Was wirst du tun?«, fragte Coireg.

Calabos schüttelte den Kopf. »Sollten wir uns den Plänen einer Gottheit fügen? Sollte ich das tun?«

Nach einer halbstündigen, intensiven Debatte mit Agasklin, Qothan und den anderen stellte Calabos fest, dass er als Einziger skeptisch zu sein schien. Die Schlummernde Gottheit hatte die Kapitäne beider Schiffe und ihre Häuptlinge überzeugt. Am Ende war es schließlich die Aussicht, Corlek Ondene von einer brutalen Unterjochung zu befreien, die auch Calabos umstimmte.

Kurz darauf befand er sich in einer Gruppe mit Qothan und sieben anderen Mannschaftsmitgliedern der Dämonenbrut, welche unter einem bleiernen Himmel über die Laufplanke die *Sturmklaue* verließen. Die Rolle, die er bald spielen würde, erfüllte ihn mit einer Mischung aus Furcht und Belustigung. Er war der Köder. Sicher, er selbst hatte diese List vorgeschlagen, um den Ondene-Schattenkönig aus dem Hojamar-Fried zu locken, aber eigentlich hatte er erwartet, dass ein anderer Plan in die Tat umgesetzt würde.

Coireg Mazaret war entsetzt gewesen, doch als deutlich wurde, dass keine andere durchführbare Idee zustande kam, zog er seine Einsprüche zurück. Als Calabos jetzt auf den Pier trat, schaute er zu seinem Freund zurück, der auf dem Hauptdeck neben Agasklin stand und ihm nachsah. Sie winkten sich zum Abschied zu, dann schritt Calabos zügig aus, um Qothan und die anderen einzuholen. Die meisten trugen lange, in Tuch eingeschlagene Bündel über den Schultern. Während ihrer Diskussionen hatte der große Kundschafter von einem magischen Schleier gesprochen, der ihnen erlaubte, unentdeckt in die Stadt zu gelangen. Während Calabos der Dämonenbrut vom Hafen aus an Lagerhäusern, Räuchereien und Viehpferchen vorbei folgte, wuchs seine Neugier immer mehr. Als Qothan schließlich von der Hauptstraße abbog und sie zu einer bewaldeten Klippe führte, schlug seine Neugier in Verwirrung um. Qothan blieb auf einer kleinen Lichtung stehen, wo seine Gefährten ihre Bündel auspackten und ein kleines Podest im Gras aufbauten.

Calabos konnte ein Lächeln nicht verbergen. »Ein interessanter Ort, Freund Qothan, aber was haben wir hier vor?«

Qothan lächelte nicht, sondern nahm stattdessen einige Kleidungsstücke aus einem der Bündel. Einen dicken, wollenen Umhang, der einige Löcher aufwies und dessen Saum ausgefranst war, und schwere, pelzgefütterte Stiefel.

»Ihr werdet das hier brauchen, Herr Calabos.« Mit diesen Worten hielt er ihm die Kleidungsstücke hin.

»Im Sommer?«, fragte Calabos. »Zugegeben, es ist ein kühler Sommer, aber ...«

»Seid gewiss, Ihr werdet schon sehr bald Verwendung dafür haben.«

Calabos schaute sich um und sah, dass die anderen ernst nickten. Er zuckte mit den Schultern, nahm die Kleidung entgegen und zog sie an. Beinahe augenblicklich fing er an zu schwitzen.

Nur wenige Augenblicke später war das Podest fertig. Es bestand aus mehreren, etwa einen Meter langen Planken, die auf einem etwa einen halben Meter hohen Eisengestell ruhten. Sie knarrten, als Qothan hinauftrat, Calabos winkte und ihm die Hand hinhielt, um ihn hinaufzuziehen. Dann betrachtete er seine Gefährten.

»Seid vorsichtig, wenn Ihr Euch dem Fried nähert, Brüder. Wir werden Euch ein unmissverständliches Signal geben, wenn der Moment kommt, in dem Ihr hinabsteigen müsst.« Er drehte sich zu Calabos um. »Herr, Ihr müsst die Augen schließen und die Knie ein bisschen beugen.«

»Ist das der magische Schleier, den Ihr erwähnt habt?«, fragte Calabos. »Was bewirkt er?«

Qothans Stimme war eisern, wie sein Griff um Calabos' Arm.

»Er führt uns in die Grube der Zeit. Jetzt schließt Eure Augen ...«

Calabos gehorchte, und beinahe im selben Moment wurde ihm übel. Er unterdrückte das unangenehme Gefühl in der Magengrube, das rasch einer Beklemmung wich, die ihm bis in die Brust zu steigen schien. Qothan hielt ihn immer noch am Arm fest, aber seine Beine fühlten sich wie Gummi an. In seinem Bemühen, sein Gleichgewicht zu halten, öffnete er unwillkürlich seine Augen einen winzigen Spalt ...

Er schien durch eine ungeheure Leere zu fliegen, von unermesslich hohen Gebirgen in die gewaltigen Abgründe bodenloser Ozeane. Plötzlich jedoch tat sich ein Riss auf, der alles um ihn her in blendendem Weiß auflöste.

Ein Ruck ging durch seine Beine, als er aus geringer Höhe auf etwas Weiches fiel, kalt und weiß ...

»Schnee ...« murmelte er.

»Allerdings, Herr Calabos.« Qothan half ihm auf die Füße. Calabos blinzelte, als in dem Weiß undeutliche, schattige Umrisse auftauchten. Er wirkte rasch den Gedankengesang Klarsicht. Sofort schärfte sich sein Blick. Er bemerkte, dass er immer noch auf derselben Klippe stand, nur wuchsen hier jetzt mehr Büsche und weniger Bäume, deren unbelaubte Skelette in die Luft ragten und von Schnee bedeckt waren. Es herrschte eine eisige Ruhe. Es musste kurz vor Sonnenuntergang sein, aber das wenige Licht wurde von dem bleiernen Himmel gedämpft.

»Wir sind noch in Sejeend«, erklärte Calabos. »Aber es ist nicht unser Sejeend ... und es ist Winter.«

»Sehr gut, Herr«, meinte Qothan. »Hauptmann Ondene brauchte erheblich länger, um das zu begreifen. Jetzt kommt, wir müssen uns beeilen. Denn bevor wir unsere Zeit verließen, hörte ich von Agasklin, dass Jumil und Vorik den Fried verlassen haben.«

Damit marschierte er über den verschneiten Abhang in Richtung des Zentrums von Sejeend. Calabos zog den Umhang fester um sich, als er die scharfe Kälte spürte, und hastete hinter der Dämonenbrut her. In seinem Kopf überschlugen sich die Fragen. Während sie über die verlassene Uferstraße der Bucht gingen, vorbei an einigen Fischerhütten und ihren baufälligen Landungsstegen, gelang es ihm, einige spärliche Informationen aus dem hünenhaften Kundschafter herauszubekommen. Ja, genau auf diese Weise hatte er Ondene aus dem Hinterhof geschafft, und dies war die Vergangenheit, gleichzeitig jedoch war sie es auch nicht. Der Dämonenbrut war es für immer versagt, in ihr zerstörtes Reich zurückzukehren. Es hatte lange gedauert, bis einer von ihnen den Mut gefunden hatte oder verzweifelt genug gewesen war, es zu versuchen. Zwei Renegaten hatten es zuerst getan, doch das war auf offener See geschehen, und keiner von ihnen war zurückgekehrt. Erst nachdem die Schiffe wieder in diesen Gewässern kreuzten, hatte ein anderes mutiges Mannschaftsmitglied einen erneuten Versuch unternommen, in die Heimat seiner Vorfahren zu gelangen. Er hatte sich in dieser verschneiten Welt wiedergefunden.

»Es ist eine Welt, die in der Zeit eingeschlossen zu sein scheint. Wann immer wir hierher kommen, herrscht immer Winter, wir haben immer denselben Tag, und unsere Anwesenheit hier ist immer begrenzt«, erklärte Qothan, während sie einen Feldweg entlangstapften, den Karren und Pferde in eine matschige Piste verwandelt hatten. »Nach ungefähr einer Stunde werden wir in unsere Welt zurückversetzt, wie Luftblasen, die unausweichlich zur Oberfläche aufsteigen. Allerdings können wir diese Rückkehr auch willentlich herbeiführen. Wenn das passiert, werdet Ihr Euch sehr nahe am Hojamar-Fried befinden.«

»Was genügen sollte, die Aufmerksamkeit des Schattenkönigs zu wecken«, meinte Calabos lächelnd. »Ich habe mich schon gefragt, wie wir das bewerkstelligen sollen.«

»Sobald er Eure Gegenwart spürt«, fuhr Qothan fort, »liegt es an Euch, einen Weg zu finden, ihn aus dem Fried und vor dessen Ringmauer zu locken. Habt Ihr das geschafft, werden meine Brüder und ich die Aufgabe beenden.«

Calabos war klar, dass dies bedeutete, ihn in diese Welt mitzunehmen. »Ich hoffe nur, dass er überrascht und verwirrt genug ist, damit Ihr ihm den Trank einflößen könnt. Aber sagt mir eines, könnten diese Zeitreisen nicht dazu führen, dass Ihr Euch oder anderen hier begegnet?«

»Niemals«, antwortete Qothan. »Sobald wir in unsere Zeit zurückkehren, werden alle Spuren unserer Anwesenheit hier ausgelöscht. Was die Schlussfolgerung nahe legt, dass es sich hierbei nicht um einen echten Ort der Vergangenheit handelt, sondern um eine Art Zeitloch, in das wir wiederholt eintauchen können. Vielleicht erfahren wir mehr über dieses Phänomen, wenn wir mehr Zeitreisen unternehmen. Doch zur Stunde werden wir die uns gegebenen Möglichkeiten einfach nutzen.«

Kurz darauf kamen sie zu einer groben Mauer, welche die Grenze des historischen Sejeend markierte. Es war weniger eine Stadt, als vielmehr eine Ortschaft mit einer Garnison. Das zerfallende Tor war unbewacht, und als sie durch die verschneiten Straßen gingen, bemerkte Calabos zwischen den Gebäuden eine Prozession von Flüchtlingen, die nördlich der Stadt eine Brücke über die Mündung des Vaale überquerten. Kurz darauf sahen sie die großen Felsen, auf deren Kamm jedoch nur dichte Wälder lagen. Der gewaltige Hojamar-Fried dominierte zwar bereits die Stadt, aber die Ringmauer war deutlich niedriger, als Calabos sie kannte. Auf viereckigen, gedrungenen Holztürmen beiderseits der Tore standen Wachen und gähnten. Ihr Atem bildete in der Kälte weiße Wolken. Qothan steuerte Calabos über das mit Schneematsch bedeckte Pflaster über den Platz vor den Toren und blieb an einem schmalen, mit Felssteinen verkleideten Eingang stehen.

»Dieser Teil der Straßen bleibt in den nächsten dreihundert Jahren unverändert«, erklärte Qothan. »Wenn ich Euch verlasse, werdet Ihr in unsere Zeit zurückversetzt. Der Schattenkönig wird auf Euch aufmerksam werden. Habt Ihr Euch überlegt, was Ihr ihm sagen werdet?«

Calabos strich sich über das Kinn. »Jede erfolgreiche Täuschung muss mit der Wahrheit arbeiten. Ich werde ihm sagen, wer ich war, und ihm anbieten, mich mit ihm zu treffen. Vielleicht behaupte ich, über Wissen zu verfügen, an dem es ihm mangelt.«

Der große Kundschafter zeigte ein angedeutetes Grinsen.

»Gut. Wenn er zu Euch kommt, werden wir anderen eingreifen.« Er drehte sich um und ging zur Hauptstraße zurück. An der Ecke blieb er stehen. »Und, Herr Calabos, haltet Eure Augen geschlossen.« Dann war er verschwunden, und nur die Wolken seines Atems schwebten in der Luft.

Beinahe augenblicklich fühlte Calabos dieselbe Übelkeit wie vorhin, nur konnte er sich diesmal an eine Steinmauer lehnen, als er die Augen schloss. Nach einer erschöpfenden Abfolge von körperlichen Empfindungen, die fast ein Delirium hervorriefen, beruhigte sein Körper sich wieder. Er atmete regelmäßiger, und das Blut strömte ruhiger durch seine Adern. Er schlug die Augen auf. Die Straße war verlassen, aber schneefrei, und im Osten ging die Sonne auf. Er seufzte erleichtert und ging zur Hauptstraße zurück.

Schon in den wenigen Augenblicken, die er dorthin brauchte, sagten ihm seine Magiersinne, dass eine mächtige Wesenheit auf ihn aufmerksam geworden war und sich auf ihn konzentrierte. Nachdem er um die Ecke gebogen war und auf den Fried schaute, sammelte er sich und sandte dann seine Worte in Gedankensprache.

Seid gegrüßt, Freund.

Ihm antwortete eine Welle von Arroganz und Verachtung. *Wer bist du? Das ist meine Domäne. Was machst du hier?*

Ich war einst wie derjenige, der Euch trägt. Auch ich habe einmal den Wirt für die Macht eines Gottes gespielt.

Überraschung vermischte sich mit der Gier nach Wissen, doch dann schlugen die Gefühle in Zweifel und Hass um.

Lügen! Du stinkst nach Lügen! Wie könntest du etwas von dieser Macht wissen?

Calabos wartete einen Moment.

Byrnak war mein Name, als ich und meine Brüder all diese Länder in unserem eisernen Griff hielten. Blickt in Euer Inneres, dann werdet Ihr erfahren, dass ich die Wahrheit sage!

Die Sehnsucht kehrte zurück und ein neues Gefühl. Vorsicht.

Ein Teil von mir kennt den Namen ... Ich erinnere mich an ihn ...

Woran erinnert Ihr Euch?

An nicht annährend genug! Dieses Ungeziefer hat Geheimnisse vor mir! Ich muss mehr erfahren!

Calabos bemühte sich um eine amüsierte Verachtung in seinen Gedanken. *Trefft mich von Angesicht zu Angesicht hier unten. Vielleicht kann ich die Lücken in Eurem Wissen füllen. Aber verschwendet keine Zeit ... Ich habe viel zu tun.*

Er unterbrach die Verbindung und schirmte seine Gedanken gegen die Wut ab, die seine letzte Bemerkung ausgelöst hatte. Dann stand er allein an der Straßenecke, lehnte gegen die Mauer und blickte über die hohe Mauer des Frieds. Die Morgensonne beleuchtete eine friedliche Szenerie. Nur wenige Leute waren neben einigen Geschäften zu sehen, und etwas weiter entfernt überquerte ein Wagen eine Kreuzung.

Plötzlich merkte Calabos, wie sich jemand näherte. Als er hochsah, fiel ihm die verhüllte Gestalt auf, die aus Richtung des Frieds auf ihn zukam.

Er spürte die intensive Konzentration des BrunnQuell in dem Mann, und einen Moment wünschte er sich, er hätte sein Schwert der Vereinten Mächte bei sich. Doch würde er Ondene von dem Schattenkönig in seinem Körper befreien, würde das alles nur noch schlimmer machen. Jetzt musste er sich einfach auf seine Geistesgegenwart verlassen und darauf hoffen, dass Qothan und seine Dämonenbrut pünktlich zur Stelle waren.

Der Schattenkönig blieb einige Meter vor ihm stehen und schnaubte höhnisch.

»Wie kann ein alter Mann wie du der Wirt der Grauen Eminenz gewesen sein?«

Calabos lächelte und schüttelte den Kopf. »Der äußere Anschein täuscht. Mein Aussehen dient meiner Bequemlichkeit, mehr nicht. Außerdem war ich nur der Wirt eines Fünftels des Herrn des Zwielichts, was allerdings immer noch ein größeres Stück ist als der klägliche Rest, der Ihr seid.«

Ondene verzerrte mürrisch das Gesicht, während er über den Rest der Stadt und das Land blickte, das dahinter lag. »Das stimmt. Ich fühle seine anderen Teile irgendwo da draußen. Sie morden, verstümmeln und brandschatzen. Wären sie bei mir, hätte ich die Kraft, diese Kröte Jumil zu beherrschen!«

»Ihr habt gesagt, man enthielte Euch etwas vor?«

»Ja. Zum Beispiel die wahre Natur dieses Großen Schatten«, meinte der Schattenkönig finster. »Wenn er nun ebenfalls nur ein Fragment ist, wie dieser Pirat Bureng? Warum sollte ich mein Knie vor ihm beugen und seinen Befehlen gehorchen? Wenn ich einen Weg in sein Nachtreich finde, werde ich ihn töten und mir sein Fragment einverleiben.« Er blickte Calabos an. Eine boshafte Freude glühte auf seinem Gesicht. »Ja. Das kling wie ein lohnendes Ziel.«

»Und ebenso wie ein gefährliches«, meinte Calabos, der sich wünschte, Qothan würde endlich kommen. »Wäret Ihr denn stark genug dafür?«

»Stärke ist wichtig«, gab der Schattenkönig zu. »Aber ebenso bedeutsam ist die Beherrschung der magischen Macht. Wenn ich dich ansehe, Byrnak, erkenne ich, dass du ein Meister der Niederen Macht bist und dass kein Funken des Brunn-Quell in dir glüht. Dennoch fühle ich, wo er einst war, und merke, wie dein Blut und deine Knochen nach dem gieren, was so verschwenderisch durch meinen Körper fließt. Aber ich bin hier, um zu nehmen, nicht um zu geben ...«

Plötzlich war er nur noch einen halben Schritt entfernt, und seine Hand legte sich um Calabos' Kehle. »Freiwillig oder nicht, du wirst mir alles verraten, was du weißt, jede Fertigkeit, jede List, jeden Fetzen Verständnis vom Gebrauch der Macht, und dann vielleicht ...«

Er kam nicht dazu, den Satz zu beenden. Ein dunkler Schatten stürzte von der Seite heran und warf sich auf ihn. Ein Wutschrei gellte auf, dem ein smaragdgrüner Blitz aus den Händen des Schattenkönigs folgte, als er sie nun um den Hals seines Angreifers legte. Calabos war zu dem nächsten Gebäude zurückgetorkelt und erkannte in dem Angreifer einen der Kundschafter der Dämonenbrut. Sein Haar qualmte in dem Kranz aus grünem Feuer, und der Schattenkönig grinste, als ein zweiter Kundschafter in den Kampf eingriff, dann ein dritter und vierter.

Dann stürzte Qothan von links heran. Er umklammerte eine irdene Phiole, in der sich, wie Calabos ahnte, das Beruhigungsmittel befinden musste.

»Später auf dem Schiff!«, sagte Qothan zu Calabos, bevor er zu dem Knäuel aus knurrenden, sich windenden Leibern trat und einen Arm des Schattenkönigs packte.

Plötzlich schienen die Gestalten zu verschwimmen und sich zu überlagern, dann waren sie verschwunden. Calabos' Puls raste, während er einen Moment auf die verlassene Stelle starrte. Dann blickte er hoch und sah Wachen aus dem Fried in seine Richtung laufen. Er bog hastig um die Ecke, lief die Seitenstraße hinunter, betrat eine dunkle Gasse und suchte sich einen verschlungenen Weg zurück zum Hafen.

Die Dunkelheit in seinem Verstand war so vollkommen, dass sie keine Grenzen zu haben schien. Gleichzeitig ließ sie keinen Raum für Gedanken. Corlek Ondene konnte in der erstickenden, grenzenlosen Grube, in welche der Schattenkönig ihn gestürzt hatte, nur fühlen, nicht denken. Von Zeit zu Zeit spürte er, dass etwas passierte, aber die einzigen Zeichen dafür waren weit entferntes Geschrei voll Triumph oder Wut und das schwache Flüstern zahlreicher Stimmen, die kamen und gingen, wie unruhige Böen, die über eine Wüste wehen.

Er hatte wiederholt Ärger und Hass durchlebt, war in Selbstmitleid und zitternde Furcht verfallen, wenn auch die Angst allmählich weniger Macht über ihn zu haben schien.

Bis die Veränderung einsetzte. Erst hörte er gewaltiges Gebrüll, wie von gigantischen Bestien, die sich von den Gipfeln riesiger Gebirgsketten aus bekämpften. Sie verstummten, begannen jedoch bald aufs Neue. Es war ein anhaltendes, weit entferntes Brüllen, das voller Freude und Energie anschwoll und plötzlich in ein wütendes Heulen umschlug. Ondene bekam Angst und glaubte, eine Erschütterung seines dunklen

Kerkers zu fühlen. Und trotz dieses Pandämoniums hörte er die vielen flüsternden Stimmen.

Unvermittelt überkam ihn ein überraschendes Gefühl, die Empfindung, dass er fiel, dann flog, sich erhob ...

Die Dunkelheit gewann plötzlich an Essenz und Stofflichkeit ...

Ein Wirbel aus Geräuschen ...

Hitze und Kälte ...

Sein unbeholfener Körper ...

Einen Moment schien es, als würde die große, schattige Düsternis zerbrechen. Aber sie blieb intakt, als sie hinter dem Horizont von Ondenes ausufernder Wahrnehmung versank.

Aus der Dunkelheit erhob sich das Licht des Abends, und die Kälte des Bodens, auf dem er lag, und die über ihn gebeugten Umrisse von Gestalten, die ihn umringten. Er genoss die eisige Luft in seinen Lungen, die Feuchtigkeit, die seine Kleidung durchdrang, und die Schreie der Händler und Budenbesitzer auf der Straße.

Als er sich bemühte, sich aufzurichten, packten ihn hilfreiche Hände an Schultern und Armen und stützten ihn. Er hustete, weil er ein Kratzen im Hals verspürte, sah sich nach seinen Helfern um, erkannte Qothan und andere seinesgleichen und lachte. Qothan hielt eine offene irdene Phiole in seiner freien Hand, schaute kurz zu seinen Gefährten hoch und lächelte schwach.

»Geht es Euch gut, Herr Ondene?«, fragte er.

»Mir ging es niemals besser, Qothan, mein Freund!« Er betrachtete die anderen und seine Umgebung genauer, bis ihm dämmerte, wo er sich befand. Er grinste. »Wollt Ihr mir etwa sagen, dass wir zum Hafen hinunter müssen, und das schleunigst und ohne Verzögerung?«

Qothan stand auf und zog ihn hoch.

»Eine sehr genaue Einschätzung, Hauptmann.«

»Gut, das bietet uns genug Gelegenheit, uns gegenseitig Geschichten zu erzählen, was?«

»Vielleicht später«, sagte der große Mann. »Doch zunächst

solltet Ihr begreifen, wie Ihr mit dem Parasiten umgehen müsst, den Ihr in Eurem Kopf beherbergt.«

Ondenes Lächeln erlosch. »Das Ding ... ist noch da?«

Qothan nickte. »Es wird lediglich von einem Elixier gebändigt, das ich Euch einflößen konnte. Aber kommt, für Einzelheiten haben wir unterwegs noch genug Zeit.«

Ondene beschlich eine eisige Furcht, als sie sich auf den Weg machten. Außerdem taten ihm alle Knochen und jede Faser seines Körpers weh. Er rieb sich den Nacken. »Wir kehren zu Eurem Schiff zurück, ja?«

»Ja. Mein Kapitän möchte unbedingt mit Euch sprechen. Ebenso wie Beltran Calabos.«

Irgendwie klingt das bedrohlich, dachte Ondene, während er Qothan gehorsam folgte. Erwarten mich dort möglicherweise noch größere Risiken und Gefahren?

16

Wir segeln durch die eisige Dunkelheit,
Zu einem Strand voll Tod und Blut,
Wo Traumarmeen in kaltem Eisen
Kämpfen, fallen und sich erneut zum Krieg
Erheben.

ESHEN KAREDU: STURMFAHRT, 5. KAPITEL

Glatt und unaufhaltsam dehnte sich der graue Schleier in einem Oval in der Halle aus. Von seinem Platz nahe des Mittelpunktes aus beobachtete Jumil zufrieden, wie die Fäulnis den Sockel eines Pfeilers wegfraß, welcher auf den Schattenkeim stürzte. Der Pfeiler zerbrach in mehrere Stücke, die rasch unter der grauen Substanz verschwanden. Mittlerweile rieselten Gips und Mörtel aus einer Wand, an welcher der Rand der Fäulnis nagte. Auf der gegenüberliegenden Wand bildete sich ein ebenfalls rasch vergrößerndes Loch.

Risse zuckten über die bemalte, vergoldete und mit Spiegeln versehene Decke, und immer mehr Scherben von vergoldetem Gips und versilbertem Glas fielen in glitzernden Kaskaden hinab, die rasch von dem Grau verschluckt wurden. Die Decke würde schon bald einbrechen. Und wenn dann erst eine der Wände verschlungen worden war, würde eine Kettenreaktion einsetzen und sich rasch verbreiten und immer mehr vom Palast zum Einsturz bringen.

Jumil bekümmerte das nicht, denn diese Zerstörung gehörte zum Plan seines Gebieters. Er wollte den gewaltigen Abgrund überspannen, um endlich das uralte Unrecht wettzumachen und dieses Land seiner eigenen Domäne einzuverleiben, unbesiegbar, unteilbar und unwiderruflich.

An der Stelle, auf der er stand, nicht weit von dem formlosen Hügel in der Mitte, bildete die graue Substanz eine harte, graue Fläche unter seinen Schuhen. Es stand jedoch noch eine andere Gestalt darauf, die von Kopf bis Fuß vom Grau umhüllt war. Sie ging darunter hin und her und trottete ständig am Rand der Substanz entlang. Jumil lächelte, als er Voriks Qualen sah, und sein Lächeln verstärkte sich, wenn der Hauptmann finster dreinblickte, wirkungslose Anrufungen formulierte, oder eine grau überzogene Faust in Jumils Richtung schüttelte. Seine ehemaliger Helfer hatte sich mit einem Mitglied seiner eigenen Herde verschworen, um die Konsequenzen des Schattenkeim-Rituals zu umgehen, indem er das Amulett tauschte und Zauber wirkte, die er aus Jumils persönlichen Notizbüchern abgeschrieben hatte. Weil dieser Narr die Sprüche, die er da wirkte, jedoch nicht vollkommen begriff, war er nun trotzdem gefangen. Er schien zwar innerhalb seiner Grenzen bemerkenswert frei zu sein, aber früher oder später, so vermutete Jumil, würde auch dor-Galyn gänzlich von der Substanz verzehrt werden.

Doch Vorik stellte nur eine unbedeutende Ablenkung dar. Jumils Hauptaugenmerk lag auf den Sturmtoren. Seine Sinne nahmen die Ansicht und die Geräusche an den Orten der anderen vier Tore ebenso auf wie die an diesem.

Aus Adnagaur und Oumetra erhielt er Bilder von Wachen, welche an den Rändern der Substanz patrouillierten. Sie befanden sich in beiden Fällen mitten in einer dicht mit Häusern und Lagerhallen bebauten Gegend. Ersteres lag unter einem düsteren Nebel, Letzteres in strahlendem Sonnenschein. In Alvergost, der geschliffenen Zitadelle im tiefsten Süden von Khatris, regnete es auf die graue Fäulnis, die sich aus der Enge eines zusammengebrochenen Hauses hinausgefressen hatte und bereits die umstehenden Häuser vernichtete, während zerlumpte Bewohner aus ihren baufälligen Hütten verängstigt zusahen.

In Besh-Darok selbst sah Jumil diese Mogaun, die er bereits früher bemerkt hatte. Das war etwas Besonderes, jedenfalls so kurz nach den vier aufdringlichen Geisterwesen, derer er sich rücksichtslos entledigt hatte. Bis auf eines hatte er sie alle vernichtet. Aber diese Mogaun ... Sie mussten Schamanen sein, nach ihrer kleinen Gestalt zu urteilen. Außerdem bemerkten sie sofort, wann er sie beobachtete, und entfernten sich augenblicklich aus seinem Blickfeld. Nahmen sie an der Wallfahrt zum Schrein des Gestalters teil, oder gehörten sie zum Gefolge eines Oberhäuptlings? Wenn dem so war, warum hielten sie sich dann immer noch in der Nähe auf?

Jumil lächelte plötzlich. Das Wissen, dass nichts, was sie vermochten, den unaufhaltsamen Vormarsch dieses Leichentuches aufhalten konnte, wiegte ihn in Sicherheit. Im Gegenteil, schon bald würde er die nächste Phase des Schattenkeim-Rituals einleiten können. Sie erlaubte der grauen Fäule, sich schneller auszubreiten. Wenn es erst einen größeren Teil des Territoriums überzog und alles bedeckte, was sich darauf befand, lieferte ihm das den Rohstoff, den es brauchte, um die Sturmtore zu bilden. Sobald sie vollendet waren, konnte die wahre Eroberung beginnen.

Ein Pfeil sauste in den zusammenbrechenden Raum und wurde von einem grauen Tentakel aus der Luft geholt, der aus der Substanz emporschoss. Andere Pfeile folgten. Einige flogen in Jumils Richtung, andere zielten auf Vorik, der mit den Armen winkte und lautlos einige Bogenschützen anzuschreien schien, die sich an dem Spalt in der Wand versammelt hatten. Jedes Geschoss, das ihn traf, wurde von seiner grauen Gestalt absorbiert, fast ohne dass er es merkte.

Schon bald, dachte Jumil, während sich die Bogenschützen hastig vor dem herabstürzenden Mauerwerk in Sicherheit brachten, schon bald kommt das Königreich!

Ayoni war an Händen und Füßen gefesselt worden, dann warf sich ein hünenhafter Mogaun-Krieger die Gräfin über die Schulter und schleppte sie aus dem Palast zu einer überwucherten, von Büschen gesäumten Bresche in der bröckelnden Stadtmauer. Dort wurde sie ohne viel Federlesens auf die Pritsche eines kleinen Karrens befördert, vor den ein Maultier gespannt war. Danach warf jemand ihr einen feuchten, mottenzerfressenen Pelzmantel über. Das merkwürdige, hauchdünne Netz umhüllte sie immer noch und trennte sie mit seiner erstickenden Aura von der Niederen Macht.

Schließlich ergab sie sich in ihre Niederlage und versuchte sich zu entspannen, während der Karren am Ufer des Großen Kanals nach Belkiol rumpelte. Als sie darüber nachdachte, wie sie Ilgarion oder Tangaroth überzeugen könnte, den auf dem Festland liegenden Teil Belkiols anzugreifen, packte sie erneut die Furcht. Die Gesichter von Jarryc, Chellour und Klayse stiegen immer wieder vor ihrem inneren Auge auf, und ihre Gedanken verhedderten sich in einem Gewirr aus möglichen Geschichten und Eröffnungsworten, spielten die Frage durch, was sie betonen sollte, und wann ...

Als der Karren neben den buschigen Ufern des Kanals hielt, wusste Ayoni immer noch nicht, welche Taktik sie anwenden sollte. Als man ihr den Pelzmantel abnahm, sah sie, dass es mittlerweile bereits Vormittag war. Nur wenige Sonnenstrahlen durchdrangen die dichte Wolkendecke, die schwer am Himmel hing. Sie befanden sich etwa eine halbe Meile vor Belkiol, das an seinen vielen Lagerfeuern hinter den felsigen Hügeln unschwer zu erkennen war. Dann zertrennten ihre Häscher, zwei kriegerische Mogaun, die sie mit lüsternen Blicken bedachten, und ein hagerer Schamane, ihre Fußfesseln und stießen sie grob über einen Schotterweg zu einem Holzsteg, der vom Ufer ins Wasser führte. In einem flachen Boot, das am Ende des Steges vertäut war, saß ein Mann in der schmutzigen Kutte eines Fischers und schaute hoch, als sie sich näherten. Seine Miene verzog sich säuerlich, als er seine Passagiere erkannte.

»Habt Euch mächtig Zeit gelassen«, knurrte er.

»Wir zahlen für dein Boot«, gab der Schamane zurück. »Nicht für deine Bequemlichkeit.«

Dem Bootsmann lag eine beißende Erwiderung auf der Zunge, doch dann musterte er die beiden Krieger und zuckte die Schultern.

»Stimmt ... Setzt sie ins Boot, dann bringe ich sie rüber.«

Ayoni wurde an den Armen gepackt und nicht gerade sanft

im Heck des kleinen Ruderbootes abgesetzt. Der Bootsmann sah den Schamanen an und hielt die Hand auf. Die beiden Männer maßen sich einen Moment mit gereizten Blicken, bis der Schamane einige Münzen in die ausgestreckte Hand fallen ließ. Sobald er das Geld gezählt und eingesteckt hatte, holte der Bootsmann einen langen Dolch heraus, dessen Klinge mit Rostflecken übersät war, und schnitt die Taue an Ayonis Handgelenken durch.

»Danke.« Überrascht massierte sie ihre gefühllosen Hände, deren Durchblutung von den Stricken abgeschnitten worden war.

»Rudern«, knurrte der Bootsmann und wedelte nachdrücklich mit dem Dolch.

Wäre sie ähnlich behütet und verwöhnt aufgewachsen wie die meisten vornehmen Damen am Hofe, wäre sie vermutlich längst in Tränen aufgelöst gewesen und unfähig, auch nur einen Schlag zu tun. Stattdessen packte sie ruhig die Ruder und steckte sie nacheinander in die Dollen. Als sie damit fertig war, deutete der Mann einfach nur mit dem Dolch über den Kanal. Während sie sich in die Riemen legte und das Boot von dem Steg wegmanövrierte, grinste der Bootsmann die drei Mogaun verächtlich an.

»War mir ein Vergnügen, Geschäfte mit Euch zu machen ...«

Es war eine lange, anstrengende Ruderpartie, auch wenn sie nicht gegen die Strömung ankämpfen musste und keine hohen Wogen gegen das Boot schlugen. Während Ayoni gleichmäßig weiterruderte, beobachtete sie die drei Mogaun, die am Steg standen und ihr nachsahen.

»Ich weiß, dass Ihr eine Magierin seid«, meinte der Bootsmann unerwartet. »Und ich weiß auch, dass dieses Netz Euch lähmt.« Sein Blick funkelte gierig. »Wenn ich es zerschneide, schwört Ihr mir dann, Euch mir erkenntlich zu zeigen ...?«

Sie sah ihn an. »Wie zum Beispiel?«

»Seht Ihr dieses Schlachtmesser?« Er hob den Dolch. »Es wäre nett, wenn es aus Silber wäre und mit Juwelen besetzt ... Oder wenn ich prächtige Kleidung hätte ...«

»Diese Art von Zauberei beherrsche ich nicht.«

Er wurde wütend. »Sie wollten Euch nicht gehen lassen, das habe ich mitgekriegt. Das Ding bleibt an Euch, und wenn die Truppen des Kaisers Euch aufgreifen, seid Ihr so hilflos wie ein Lamm. Wenn Ihr mir versprecht, dass Ihr Euch erkenntlich zeigt, zerschneide ich es ...«

Es knackte leise, und als Ayoni sich beim Rudern vorbeugte, zerbrach das glitzernde Netz an ihrer Taille, glitt in ihren Schoß und weiter auf den Boden des Bootes. Sofort drang eine Vielzahl von Empfindungen auf sie ein, als sie sich mit der Niederen Macht verband. Sie erlaubte sich einen kurzen Moment der Genugtuung, weil sich das Verhalten des Bootsmannes schlagartig änderte. Sie schmeckte fast die Furcht, die ihm aus allen Poren drang. Sie hörte auf zu rudern und hielt ihm die Riemen hin.

»Ihr seid dran, denke ich«, sagte sie fröhlich, während sie den Gedankengesang des Stachels wirkte, der ihre Hand mit einem Netz aus Blitzen überzog.

Als das Boot kurze Zeit später gegen einen schiefen, halb im Wasser versunkenen Holzsteg stieß, zwang sie sich, ruhig zu bleiben, stand auf und trat auf das glitschige Holz. Bevor sie ihm auch nur ein höhnisches Lebewohl mit auf den Weg geben konnte, hatte sich der Bootsmann bereits vom Steg abgestoßen und ruderte wie von Geistern getrieben davon. Sie sah ihm einen Moment nach und blickte dann zum gegenüberliegenden Ufer. Dort entfernten sich drei Gestalten vom Steg.

Erneut sank ihr Mut. Sie sah sich um und versuchte sich zu orientieren, während sie die verfallenen Planken zu ein paar Hütten hinaufging, die neben einem leeren Viehpferch standen. Vermutlich gehörten die Stege zu diesem Bauernhof, der jedoch offensichtlich schon lange aufgegeben worden war. Ayoni blickte nach Osten, durch den Dunstschleier über dem Fluss, und machte in etwa einer halben Meile Entfernung eine Gruppe von Gebäuden aus, von denen sich zahlreiche Rauchfahnen in die Luft kräuselten. Das musste die Festlandseite von

Belkiol sein. Dieser Teil der Stadt war befestigt, und genau hier wollte der Mogaun Huzur Marag die Armee Ilgarions angreifen.

Aber wie soll ich dafür sorgen, dass unser törichter Kaiser auf seinen Vorschlag eingeht?, dachte sie. Wenn ich versuche, ihn zu überreden, könnte er eine Täuschung oder sogar ein abgekartetes Spiel vermuten, versuche ich, es ihm auszureden, passiert vielleicht dasselbe ...

Sie schüttelte den Kopf. Ihr Gemahl und die anderen verließen sich auf sie, also würde sie tun, was getan werden musste. Das bedeutete, sich erst einmal gefangen nehmen zu lassen. Ayoni fielen mehrere Trampelpfade auf, die von dem Steg wegführten. Einer davon führte bergauf, dann über einen Kamm in westliche Richtung, dorthin, wo die Armee des Kaisers lagerte. Ilgarions Kundschafter würden diese Wege gewiss beobachten, also dürfte es nicht allzu schwer sein, ihre Aufmerksamkeit zu erregen.

Mit schweren Schritten, niedergedrückt von ihrer Verzweiflung, verließ sie das Ufer und trottete bergauf. Es war kühl, aber auch frisch, was Regen verhieß. Aufgetürmte Wolkenberge trieben rasch über den Himmel.

Der Pfad wurde von Büschen und kargen Bäumen gesäumt, und gelegentlich hörte sie das Knacken und Zwitschern von Zweigvögeln. Sie konzentrierte sich auf das melodische Pfeifen einer Grünschwinge direkt über ihrem Kopf, als sie plötzlich hinter sich ein sausendes Zischen hörte. Noch während sie herumfuhr, durchzuckte sie eine Ahnung von Gefahr. Dieses Vogelgezwitscher war nur eine Ablenkung gewesen, und sie sollte sich schleunigst ducken ...

Das Geschoss traf sie an der Schläfe und explodierte in einer Wolke aus rotem Staub, der in ihre Nase, ihren Mund und ihre Augen drang, bevor sie reagieren konnte. Mit ihrem ersten Atemzug sog sie eine Vielzahl von Geschmäckern ein, die Zunge und Gaumen reizten. Ihr zweiter Atemzug ließ ihr die Aromen zu Kopf steigen, und als sie das dritte Mal Luft holte, verwirrten sich ihre Sinne. Sie schien Geräusche sehen und

Farben hören zu können, während ihre Beine unter ihr nachgaben und sie auf den grasbewachsenen Boden sank ...

Wie aus weiter Ferne bemerkte sie die Gestalten, die sich um sie versammelten. Eine schien einen anderen wegen einer Fehleinschätzung zu tadeln, und sie registrierte, dass sie in der Sprache der Mogaun redeten. Doch das wurde bedeutungslos, als eine Vielzahl seltsamer Eindrücke ihre Sinne bestürmte. Silberfarbene Stimmen murmelten Warnungen, dann spürte sie ein Schaukeln, als sie in die Nähe der Flussdüfte getragen wurde ... grüne und blaue Noten hallten durch ihren Kopf ... sie wurde aufgehoben und in eine schattigere Umgebung getragen ... vielleicht in ein Gebäude ...

Als die Wirkung des Staubes nachließ, überkam sie eine zähe Schläfrigkeit, die alle Gedanken erstickte ...

Etwas durchdrang ihren Schlummer wie eine Machete ein Dickicht aus Lianen, ein schockierend starker Geruch, der sie schlagartig aufweckte.

»Gut! Ihr habt keinen Schaden genommen! Die Götter scheinen unsere Pläne zu begünstigen.«

Ayoni riss die Augen weit auf, setzte sich auf und sah sich um. Sie befand sich in einem kleinen, dämmrigen Raum, in dem Talgkerzen in Nischen an den Wänden flackerten. Ein halbes Dutzend hagerer, alter Mogaun-Schamanen beobachtete sie scharf. Einer von ihnen hielt einen kleinen Lederbeutel in der Hand, der, wie sie vermutete, die Quelle des stechenden Aromas war.

»Fuchsgift?«, fragte sie.

Der Schamane mit dem Beutel nickte kurz. Er war der älteste der sechs Mogaun. Er trug ein schmutziges Tierfell über seinen knochigen, gebeugten Schultern, langes, graues Haar hing von einem hageren Schädel herunter, an dem so wenig Fleisch war, dass seine ruhigen, dunklen Augen das einzig Lebendige an ihm zu sein schienen. Er lächelte humorlos und entblößte dabei klaffende Zahnlücken.

»Eine feine Kur gegen Chimärenpulver, von dem Euch zu viel verabreicht wurde.« Seine Stimme klang heiser und zischend. »Ich bin Pirak, siebenundzwanzigster Seher der Zehn Familien, und es freut mich nicht gerade, ein Kind der Erde ins achtbare Belkiol geschmuggelt zu haben. Aber während viele andere unserer Seher übergelaufen sind, bindet uns nach wie vor die Pflicht. Diese Missgeburt muss aus unserem Stamm getilgt werden!«

Die anderen Seher nickten zustimmend. Ayoni beschlich eine üble Vorahnung.

»Missgeburt?«

»Ihr habt ihn gesehen«, sagte Pirak. »Ihr habt gehört, wie er von den Stimmen in ihm gesprochen hat, hm?« Er nickte rasch, und seine Lippen verzogen sich angewidert. »Ihr habt von ihm gehört«, stellte er fest.

»Ihr meint diesen Oberhäuptling, Huzur Marag«, sagte sie. Sie zögerte, mehr zuzugeben.

»Ja, Ihr wisst von ihm«, erklärte Pirak. »Und wir wissen, was getan werden muss ...«

Einer der anderen Schamanen unterbrach ihn und deutete auf die andere Seite des Raumes. »Er kommt.«

Pirak drehte sich erfreut, wenn auch ein wenig furchtsam um, und die anderen Mogaun bildeten eine Gasse, um einer schlanken, gespenstischen Gestalt Platz zu machen, die zu Ayoni schwebte und sie mit gelassenem Humor betrachtete.

Es war Atroc.

»Als ich Euch das letzte Mal gesehen habe«, sagte sie, »schient Ihr nur noch Futter für die graue Fäulnis zu sein.«

»He, he, man muss erst fangen, was man fressen will!« Er grinste.

»Und zu was wollt Ihr mich machen?«, fragte sie. »Zu einer Art Opfer?«

Er schüttelte den Kopf. »Wir wollen, Gräfin, dass Ihr Huzur Marag umbringt!«

Ayoni atmete tief durch und riss sich zusammen.

»Verzeiht, erlauchter Atroc«, presste sie hervor. »Vielleicht ist Euch entgangen, dass Huzur Marag meinen Ehemann und zwei meiner Freunde als Geiseln hält, damit ich seinen Plänen gehorche ...«

»Das weiß ich«, erwiderte Atroc. »Ihnen wird nichts geschehen, das schwöre ich!«

Plötzlich wurde Ayoni wütend. »Warum fällt es mir so schwer, Euch zu vertrauen, Seher? Wer bürgt für Euch, und wieso mischt Ihr Euch in diese Angelegenheit ein?«

Die anderen Schamanen murmelten empört, doch Atroc brachte sie mit einer Handbewegung zum Schweigen.

»Während des Blutkrieges, den Ihr den Großen Schattenkönig-Krieg nennt, waren viele Krieger der Mogaun von bösen Geistern besessen«, erklärte er grimmig. »Selbst einer der Oberhäuptlinge, mein Gebieter Prinz Yasgur, wurde von dem verderbten Geist seines Vaters Hegroun in Besitz genommen. Aus diesem Grund muss Huzur Marag vernichtet werden, so oder so.«

»Und wer ist Huzur Marag?«, erkundigte sie sich.

Atroc sah Pirak an, der sich kurz sammelte, bevor er antwortete.

»Huzur Marag ist der dritte Sohn von Krahel Einarm, dem Oberhäuptling des Clans der Zehn Familien, und außerdem der Kriegsgeneral des Clans. Vor einigen Tagen hat er in seinem Zelt eine Art Anfall erlitten und fiel in einen unnatürlichen Schlaf. Als er erwachte, sammelte er die Heerscharen und die Seher um sich, die ihm treu ergeben waren, und ritt mit ihnen nach Süden. Noch bevor er diese Länder hier erreichte, waren jedoch viele aus seinem engsten Zirkel von seinen Taten und der Veränderung empört und verängstigt, die sich in ihm vollzogen hatte. Sie verließen ihn und berichteten uns alles, was sie wussten. Ihre Schilderung erlegte uns eine eindeutige Pflicht auf, auch wenn es eine schwere Pflicht ist.«

Ayoni nickte, während sie zuhörte. Offenbar war Huzur Marag der Wirt von mehreren Fragmenten des Herrn des Zwielichts.

Was für einen langen, fürchterlichen Schatten er über diese Länder wirft, dachte sie. Aber was kann ich gegen eine solche Kreatur ausrichten, und wie kann ich sichergehen, dass Jarryc und die anderen außer Gefahr sind?

»Sagt mir, wie Ihr meinen Ehemann und meine Freunde beschützen wollt«, forderte sie Atroc auf.

»Sie werden von zwei Schamanen und einer Hand voll Kriegern bewacht«, erklärte der geisterhafte Seher. »Mit einem der Schamanen habe ich gesprochen. Er hasst Huzur und ist bereit, sich gegen ihn zu stellen. Deshalb wird er die Gefangenen befreien, wenn ich es ihm befehle.«

»Und was ist mit Huzur Marag selbst? Die Macht des BrunnQuell sickert ihm aus allen Poren. Wie könnt Ihr erwarten, dass ich ihm gefährlich werden könnte?«

Diesmal antwortete Pirak. »Er ist mächtig, das stimmt, aber er ist undiszipliniert«, erklärte der alte Schamane. »Wir sind zwar nicht so mächtig, aber wir sind listiger. Während wir seinen Zorn auf uns ziehen, schlagt Ihr zu. Er hat keine Abwehr gegen die Niedere Macht. Euer Angriff wird tödlich für ihn sein.«

Als er endete, herrschte erwartungsvolles Schweigen.

Das Atroc brach. »Ihr müsst das nicht für uns tun. Wir können Euch wieder zu den Hügeln bringen, wenn Ihr stattdessen versuchen wollt, Huzurs heimtückischen und sinnlosen Plan zu erfüllen.«

»Warum ist er sinnlos?«

Atroc lächelte überdrüssig. »Weil keine dieser grimmigen Armeen ihren Kurs ändern wird. Huzur hat insgeheim den Teil von Belkiol, der auf dem Festland liegt, geräumt, und den Hauptteil seiner Truppen auf das andere Ufer übergesetzt. Ilgarion wiederum hat seit seiner Ankunft begonnen, Kriegsmaschinen zu bauen, damit es so aussieht, als wollte er die Stadt angreifen. Ohne Huzurs Wissen jedoch hat er in der Nacht heimlich ebenfalls Truppen auf diese Seite geschickt.«

Das überraschte Ayoni. Ob ihr Ehemann bei dieser Taktik seine Hand im Spiel gehabt hatte?

»Und was passiert jetzt?«, wollte sie wissen.

»Wer weiß das schon?« Atroc lachte heiser. »Genug Blutvergießen und Wahnsinn, um die Götter zu erfreuen, vielleicht? Sicher ist jedenfalls, dass Huzur noch heute eine Schar seiner brutalsten Krieger aussenden wird, die das Lager rund um die nächstgelegenen Belagerungsmaschinen überfallen sollen. Ilgarion wird einen solchen Schlag gegen seinen Stolz nicht ungesühnt lassen.«

Die Schamanen beobachteten Ayoni schweigend, während sie über Atrocs Worte nachdachte.

»Ich brauche trotzdem die Gewissheit, dass mein Ehemann und die anderen überleben werden«, meinte sie dann.

Atroc schwebte etwas näher zu ihr. »Wenn die Zeit gekommen ist, werde ich selbst nach Besh-Darok gehen, wo sie gefangen gehalten werden, und dafür sorgen, dass unser Spion nicht versagt.«

»Dann helfe ich Euch.« Ayoni sah die Mogaun-Schamanen der Reihe nach an. »Ich werde tun, was in meinen Kräften steht.«

Calabos fand Corlek Ondene auf dem Beobachtungsdeck am Heck der *Sturmklaue*. Es war eine breite, schmale Kammer auf dem dritten Achterdeck. Die schmalen Fenster gewährten einen Blick auf das Heck des Schiffes, auf das schäumende Kielwasser und die Möwen, die ihm kreisend folgten. Hier hörte man auch das verhaltene Stöhnen der merkwürdigen Kräfte, die das Schiff antrieben.

Calabos bückte sich und stützte sich neben Ondene auf den Sims des Fensters. Der ehemalige Hauptmann der Ehernen Garde wirkte merklich in sich gekehrt, seit Qothan und die anderen ihn an Bord gebracht hatten. Qothan hatte Calabos hinterher unter vier Augen verraten, dass es Ondene sichtlich verstört hatte, zu erfahren, dass die Essenz des Schattenkönigs immer noch in einem Winkel seines Verstandes hauste. Calabos wusste aus eigener Erfahrung, dass ein solches Wissen beinahe zwangsläufig zu finsteren Grübeleien führte, und hatte Ondene aufgesucht, um zu sehen, was in ihm vorging.

Eine Weile standen die beiden Männer schweigend nebeneinander und beobachteten das Kielwasser der *Sturmklaue,* das wie ein langer, grauer Schweif umherwirbelte und schäumte. Schließlich seufzte Ondene.

»Stimmt es, dass Ihr ein Schwert besitzt, mit dem man diese widerlichen Geister, von denen man besessen wird, herausschneiden kann?« Er sah Calabos an. »Könnt Ihr mich von diesem Ding in meinem Kopf befreien?«

Calabos wich seinem durchdringenden Blick nicht aus. Er wusste sehr genau, was dem jungen Mann durch den Kopf ging.

»Ich besitze ein solches Schwert, ja.« Es lag in seiner Scheide und in einem Tuch eingehüllt sicher in einem Lagerraum der *Sturmklaue,* zusammen mit anderer Ladung aus der *Molligen Muschel.* »Wenn ich Euch damit durchbohre, würde das sehr wahrscheinlich den Geist des Schattenkönigs vertreiben. Aber die Konsequenzen dieser Handlung würden unsere Lage vermutlich nur verschlimmern.«

Ondene blieb äußerlich gelassen, doch Calabos schloss aus seiner Miene und dem intensiven Glühen in seinen Augen, welch ein Tumult im Inneren des jungen Hauptmanns herrschen musste.

»Weil sich dieser Geist des Schattenkönigs, sobald er vertrieben wird«, meinte Ondene schließlich, »aus der Reichweite Eurer Wahrnehmung entfernen und ein anderes Opfer suchen könnte, das er versklavt, nicht wahr?«

»Außerdem besteht noch das Risiko, dass er in viele Teile zerbricht«, sagte Calabos. »Das würde die ganze Sache zusätzlich ... erschweren.«

Ondene rieb sich finster sein stoppeliges Kinn.

»Bei allen Göttern«, murmelte er. »Da sind schon die zerbrochenen Reste eines Gottes tödlich, und doch sind wir unterwegs in die Höhle einer weiteren Gottheit, und unser Schiff wird auch noch von irgendwelchen finsteren Kräften der Tiefe übers Meer getrieben!« Er trat vom Fenster zurück. »Ich habe mehr als genug davon, Calabos, versteht Ihr das nicht?«

Calabos nickte. »Das verstehe ich, aber Ihr solltet ebenfalls etwas verstehen. Eine unerträgliche Last kann nur getragen werden, wenn der schwächste Teil des Trägers entweder gestärkt oder entfernt wird. Ich setze nicht viel Vertrauen in die Götter und ihre Handlanger, aber ich weiß, dass es so etwas wie Schicksal gibt. Wenn man eine Last auferlegt bekommt, dann gewöhnlich aus einem ganz bestimmten Grund. Mir ist klar, dass Eure Aussichten im Moment eher düster erscheinen, aber habt Geduld. Warten wir ab, was diese Schlummernde Gottheit zu sagen hat.«

»Dieser Pfad ist sehr steinig«, gab Ondene zurück. »Es ist der schwerste Weg, den ich je beschritten habe. Ich weiß nicht, Calabos, ob ich stark genug dafür bin, ihn weiterzugehen.«

Er wandte sich ab und verließ die Kammer durch eine der schmalen Luken. Calabos sah ihm nach und überlegte, ob er sich vielleicht optimistischer hätte äußern sollen, doch dann lächelte er über den Gedanken.

Welche schönen Worte können eine solch finstere Aufgabe aussichtsreicher erscheinen lassen? Hätte ich ihm von den Prüfungen meines früheren Selbst berichtet, hätte ihm das vielleicht eine gewisse Perspektive gegeben, vorausgesetzt allerdings, er hätte mich nicht für vollkommen verrückt gehalten.

Er lachte bedauernd und verließ die Kammer durch die andere Luke. Er wollte durch die Unterdecks in das Quartier gehen, das Ondene, Coireg und ihm selbst von Prinz Agasklin zugewiesen worden war. Er hatte jedoch den Hauptgang auf dem zweiten Deck erst zur Hälfte durchquert, als er die vertraute Regung von Gedankensprache am Rand seines Bewusstseins verspürte. Er setzte sich auf einen kleinen Schrank unter einer der Treppen und öffnete seinen Geist für Tashil.

Meister?

Ich höre Euch gut. Wie geht es Euch und den anderen?

Wir ... erholen uns. Sounek und Dybel protestieren zwar, aber wir zwingen sie, sich auszuruhen. Aber es ist etwas passiert, seit Ihr fortgegangen seid ...

Hat es mit Jumil zu tun?

Ganz genau. Die graue Fäulnis, die Ayoni in Besh-Darok gesehen hat, ist auch im Palast aufgetaucht. Es quillt aus einem der Salons und reißt unaufhaltsam Wände und die darüber liegenden Stockwerke ein. Jumil steht in der Mitte, als ob er auf etwas wartet. Majordomo Roldur hat versucht, Bogenschützen einzusetzen, aber deren Pfeile erreichen ihr Ziel nicht. Sollen wir gegen Jumil vorgehen und ihn mit ein paar Feuerdolchen bearbeiten?

Nein. Ihr wisst nicht, von welcher Macht er zehrt, nachdem er jetzt diese Tore geöffnet hat. Vermeidet jede direkte Konfrontation und beobachtet ihn einstweilen nur.

Das wird dem Majordomo nicht gefallen.

Ist er bereits an Euch herangetreten?, erkundigte sich Calabos besorgt. *Was ist mit den Magiern, die Tangaroth zurückgelassen hat? Warum werden sie nicht zu Rate gezogen?*

Sie haben sich zurückgezogen, angeblich, weil sie erschöpft sind, die Ärmsten! Er spürte ihr mentales Gelächter. *Aus diesem Grund hat der Majordomo unsere Hilfe erbeten, und zwar vor weniger als einer Stunde. Als wir mit ihm sprachen, merkte ich sehr deutlich, dass eine Weigerung sehr unvorteilhafte Konsequenzen für uns gehabt hätte.*

Die Abmachungen von gestern gelten also nicht mehr, meinte Calabos bitter. *Dann müsst Ihr ihn mit irgendwelchem kryptischen Gewäsch hinhalten. Redet mit Dardan und denkt Euch etwas aus, dann beobachtet die Fäulnis und bearbeitet sie mit irgendwelchem beeindruckenden Hokuspokus. Aber vermeidet jeden echten Angriff. Sobald ich zurückkehre, werden wir diesen Pesthauch gründlich untersuchen und entscheiden, wie wir damit umgehen.*

Eine interessante List, Meister. Ein bisschen Mummenschanz werde ich sicherlich genießen.

Achtet nur darauf, dass keiner von Tangaroths Magiern in der Nähe ist.

Das ist wohl ratsam, ja.

Und Tashil ... Wenn das alles vorbei ist, werde ich dafür sorgen, dass man Eurem Bruder im Kala-Bestattungshain einen

Gedenkstein errichtet. Er war ein tapferer Mann und hat es nicht verdient, so früh zu sterben.

Danke, Meister. Lebt wohl.

Als sie aus seinen Gedanken schwand, richtete er sich aus seiner kauernden Haltung auf und sah, dass Coireg Mazaret an der Treppe lehnte. Er beobachtete ihn und lächelte unmerklich.

»Freund oder Feind?«, erkundigte sich Coireg. »Gute Nachrichten oder schlechte?«

Calabos knurrte amüsiert. »Freund; und schlechte Nachrichten, denen bald noch schlimmere folgen könnten.« Er fasste kurz zusammen, was er von Tashil erfahren hatte.

»Also haben wir jetzt tatsächlich fünf dieser grauen Wucherungen.« Coireg runzelte die Stirn. »Wir haben bereits das Auftauchen eines Schattenkönigs erlebt. Ihr glaubt doch nicht ...?«

Calabos zuckte mit den Schultern. »Ich weiß nicht, was ich glauben soll, aber ich hoffe, dass unsere Audienz bei dieser geheimnisvollen Schlummernden Gottheit etwas Licht an den Ort bringt, an dem im Moment tiefstes Dunkel herrscht.«

»Wir leben in einer verschleierten Welt«, erwiderte Coireg. »Jedenfalls in einer, in der wahres Wissen hinter den Schichten der alten Mythen verborgen ist. Echte Menschen und Ereignisse aus der Vergangenheit werden zu Symbolen für spätere Generationen, und genau das verschleiert das Verstehen noch mehr. Und zwar sowohl das Verständnis der Gegenwart als auch das der Vergangenheit.«

Calabos lachte. Er wusste, auf welche Ereignisse und Personen sein Freund anspielte. »Sollen wir die Geschichte auf dem Scheiterhaufen verbrennen? Uns nur an die uralten Mythen halten?«

»Nein, denn das würde die bloße Möglichkeit, dass wir die Fehler der Vergangenheit wiederholen, zu einer Gewißheit machen. Was uns fehlt, ist das ungetrübte Verständnis dieser uralten Mythen, das Wissen um die Wurzeln dieses tödlichen Konflikts, in dem wir gefangen sind.«

»Ein ungetrübtes Verständnis ...« Calabos schnippte mit den Fingern. »Ah, du meinst, das Wissen unserer Ahnen über die ursprünglichen Mythen, aber in unseren eigenen Begriffen ausgedrückt!«

Coireg schwieg einen Moment und grinste.

»Ja, das kommt dem nahe.« Er nickte. »Dann könnten wir vielleicht die Gründe erkennen, warum wir von Göttern und Gottesfragmenten drangsaliert werden, und was sie dazu treibt, sich in die Angelegenheiten der Sterblichen einzumischen. Diese Mächte zum Beispiel, die uns in dieser unmöglichen Geschwindigkeit übers Meer treiben, sind das wahrhaft Götter der Tiefe oder sind es gottähnliche Geister?«

Calabos lächelte. »Hast du Qothan oder Prinz Agasklin schon danach gefragt?«

»Allerdings. Man sagte mir, dass die uralten Papyri der Israganthir viel über die Götter der Tiefe zu berichten wissen, dass es jedoch nur den Ältesten gestattet ist, sie zu lesen. Deshalb bin ich zu dir gekommen.«

Calabos stand auf und trat unter dem Niedergang hervor.

»Tut mir Leid, Coireg, aber in diesen Angelegenheiten kann ich dir nicht weiterhelfen«, meinte er. »Das Wissen meines ... vorigen Selbst über die ursprünglichen Quellen könnte man im besten Fall lückenhaft nennen. Außerdem war es nie *mein* Wissen, sondern es wurde mir eingepflanzt. Byrnak wusste nichts von den Wurzeln der Ereignisse und besaß von daher auch kein Verständnis für den Tumult der Gedanken und die Erinnerungsfetzen in seinem Bewusstsein ...« Calabos schaute sich um und senkte seine Stimme. »Welche zudem die des Herrn des Zwielichts waren, nicht die von Byrnak selbst.«

»Also ist nichts übrig geblieben? Gar nichts?«

Calabos zuckte mit den Schultern. »Fetzen und Namen, sonst nur wenig ... Tethost, Uzlat, Mozals und Grath, der Grenzenlose. Ich bin sicher, dass ich gehört habe, wie Agasklin diesen ›Mozals‹ Qothan gegenüber erwähnte, kurz bevor wir Sejeend verließen. Vielleicht treibt er oder es uns über das Meer.«

Coireg nickte nachdenklich. »Vielleicht war es ein Fehler,

Qothan und Agasklin zusammen zu befragen. Ob Qothan entgegenkommender ist, wenn ich unter vier Augen mit ihm spreche?«

»Schaden kannst du damit nicht anrichten«, erwiderte Calabos. »Vorausgesetzt, du überschreitest die Grenze nicht.«

»Ah, du meinst, ich soll merken, wann ich eine Frage auf sich beruhen lassen muss«, antwortete Coireg. »Ein weiser Rat. Hoffentlich denke ich daran.«

Lachend gingen sie ihrer Wege. Coireg stieg über den Niedergang zum Hauptdeck hinauf, wo sich Qothan normalerweise aufhielt, während Calabos weiter zum Heck ging. Sein früheres Gespräch mit Ondene war ihm während der Plauderei mit Coireg wieder eingefallen, und es drängte ihn, nach dem Schwert der Vereinten Mächte zu sehen. Er musste sich einfach vergewissern, dass es noch die Möglichkeit eines letzten wirksamen Schlages gab, sollte alles andere versagen.

Coireg stieg ein paar Stufen den Niedergang hinauf, blieb dann stehen und sah Calabos hinterher. Einen Augenblick beobachtete er den Poeten, dann lächelte er. Ja, die Veränderung war deutlich zu erkennen. Calabos veränderte sich, warf die Gebrechlichkeit ab, die zu seiner Tarnung als alter Mann gehört hatte. Er hielt sich jetzt gerader und wirkte kraftvoller, was seinem alten Selbst viel ähnlicher war.

Ungewöhnlich war nur, dass er Qothan und Agasklin seine frühere Identität verraten hatte. Auf ihren langen gemeinsamen Reisen hatte Coireg nur selten gehört, dass Calabos Byrnak erwähnt hatte. Und das nur, wenn er sehr betrunken war. Vielleicht verloren die alten Namen und Erinnerungen allmählich ihre tödliche Macht über ihn. Möglicherweise winkte ihm ein neues Leben, sobald die gegenwärtigen Schwierigkeiten beseitigt waren.

Lächelnd ging Coireg weiter.

Die Fahrt vom Versteck der Schamanen in Belkiol zum Ufer des Großen Kanals und von dort weiter zur Insel von Besh-

Darok wurde begleitet von der ständigen Furcht vor Entdeckung. Neben den Truppen- und Nachschubtransportern, welche die Meeresstraße überquerten, patrouillierten auch Schiffe mit Bogenschützen einige Meilen weit in beiden Richtungen. Als Ayoni und die Schamanen schließlich das gegenüberliegende Ufer erreichten, waren beinahe drei Stunden verstrichen, seit sie aus ihrer Betäubung gerissen worden war.

In der Deckung eines mit dornigen Ranken und struppigen Büschen bestandenen Überhangs kletterten sie über eine primitive Treppe nach oben, die in die Flanke einer gewaltigen Klippe geschlagen worden war. Auf ihrer Spitze folgten sie einem Pfad zwischen Bäumen, die von Efeu umrankt waren, und machten eine kleine Pause auf einem Felsvorsprung an einer zerklüfteten Bergflanke. Dort bot sich ihnen ein großartiger Blick über die sanft geschwungenen Felder und üppigen wilden Obstgärten, die zwischen dem Kanal und der Stadt Besh-Darok lagen. Deren fahle Mauern waren im Dunst undeutlich zu erkennen. Es war sonnig und nur leicht bewölkt, und eine schläfrige Ruhe durchzog den frühen Nachmittag. Sie wurde von einer kleinen Schar Glockenschwänze gestört, die über einem Wäldchen unter ihnen durch die Luft fegten.

Der Pfad führte wieder in das Dickicht zurück und wand sich durch ein Labyrinth aus umgestürzten Bäumen und moosbedeckten Felsbrocken, die so groß wie Häuser waren. Ein ausgetrocknetes Flussbett mündete in eine steile Schlucht, die von den dichten Zweigen der Steinholzbäume überschattet wurde. In ihrem grünlichen Schimmer war es warm und feucht.

Das Blattwerk verschwand, als die Schlucht an einem steilen Abhang endete. Ayoni vermutete, dass hier früher einmal ein Wasserfall in die Tiefe gerauscht war. Sie waren kurz vor dem Abhang auf einen Seitenpfad abgebogen, der durch dichtes Gebüsch zum Rand einer Ebene führte, die auf den ersten Blick wie eine große Lichtung wirkte. Jemand hatte hier sein Lager aufgeschlagen, in dem heilloser Aufruhr herrschte.

Als Ayoni die Gegend genauer in Augenschein nahm, erkannte sie, dass sie über einen großen Bergsattel blickte. In dem allgemeinen Durcheinander und Geschrei liefen Krieger der Mogaun hin und her, packten ihre Waffen oder sprangen auf ihre Pferde. Mit Federn geschmückte Fahnen und kleine, bestickte Wimpel flatterten an dünnen Stangen vor jedem Rundzelt, nur vor einem größeren Zelt in der Mitte wehte ein größeres, rotes Banner an zwei gekreuzten Stangen. Darauf prangte der Schädel eines Wolfes. Vor den zurückgeschlagenen Zeltklappen des Eingangs stand ein großer, in Pelze gekleideter Mann, der pausenlos Befehle bellte. Huzur Marag.

Der Schamane Pirak lauschte einen Augenblick und drehte sich dann zu Ayoni um.

»Ilgarions geheimes Vorhaben ist nicht mehr geheim. Die Soldaten des Kaisers wurden ungefähr drei Meilen weiter südlich entdeckt. Die Krieger reiten ihnen jetzt entgegen.«

»Warum halten sie nicht hier ihre Stellung?«, fragte Ayoni. »Von hier aus könnten sie doch jeden Angriff zurückschlagen.«

»Weil auf der anderen Seite dieses Bergsattels der Ostteil Belkiols liegt, die Zeltstadt der Wallfahrer. Und ihre Bevölkerung ist noch von Flüchtlingen von der anderen Seite des Kanals angewachsen.« Pirak schüttelte den Kopf. »Huzur kann nicht riskieren, dass Ilgarion ihn umgeht, um den Berg herummarschiert und die Zeltstadt aus dem Norden angreift. Er will ihn auf offenem Gelände stellen.«

Ayoni nickte. Insgeheim wünschte sie sich, Atroc wäre noch bei ihnen, doch dieser Wunsch verflog sofort. Der Seher wachte in Besh-Darok über ihren Gatten, Chellour und Baron Klayse. Dieses Wissen verlieh ihr Kraft.

Schließlich verschwand der letzte Reiter mit einem Schlachtruf über den Südhang des Kamms. Das Lager war fast verlassen. Huzur Marag stand vor seinem Zelt und sprach hitzig mit einem Untergebenen, der mit Pelzen und Knochen behängt war, während ein halbes Dutzend Krieger mit Schwertern und Schilden etwas abseits Wache hielt. Ansonsten liefen nur Kinder durch das Lager, die Heuballen in die leeren Pferdepferche schleppten. Ein paar alte Frauen kümmerten sich um die Lagerfeuer oder füllten Wasserkrüge nach.

»Jetzt handeln wir«, erklärte Pirak.

Ayoni drehte sich um. Neben dem alten Seher standen zwei andere Schamanen, von den restlichen drei jedoch war nichts zu sehen.

»Wo …?«

»Sie gleiten bereits wie Nebel über das Gras zwischen den Zelten hindurch«, kam Pirak ihrer Frage zuvor. »Bevor unser Kampf mit dieser Missgeburt beginnt, werden sie die Wachen außer Gefecht setzen. Wenn alle, die überleben, in den Kampf eingreifen, ist dies das Zeichen für Euch, zuzuschlagen. Und … schlagt mit aller Macht zu!«

Ayoni schluckte unsicher, während ihr am ganzen Körper der Schweiß ausbrach. Sie nickte, und Pirak lächelte.

»Mögen die Götter über Euren Weg wachen«, sagte er.

»Und über Euren, ehrwürdiger Seher.«

Die drei Schamanen drehten sich um, traten nebeneinander aus dem Dickicht hinaus und marschierten quer durch das Lager auf Huzur Marag zu. Der Oberhäuptling bemerkte sie erst, als eine seiner Wachen Alarm schlug. Die wütende Miene, mit der er die drei musterte, schlug rasch in boshaftes Grinsen um. Pirak und seine Gefährten blieben einige Meter vor ihm stehen. Der Seher hob die Hand und sagte etwas, das wie ein Gruß klang. Danach verbeugte er sich steif. Das Blattwerk, hinter dem Ayoni in Deckung gegangen war, versperrte ihr Blickfeld, und sie musste ihre Magiersicht einsetzen, um die Szene besser beobachten zu können. Der Wortwechsel schien höflich und ruhig zu verlaufen. Huzur Marag hörte zunächst aufmerksam zu und nickte gelegentlich.

Plötzlich stieg die Spannung schlagartig, als er Piraks Rede unterbrach und mit dem Zeigefinger erst nach Süden und dann nach Norden deutete. Er fuhr einmal mit der Hand flach durch die Luft, offenbar um das Gespräch zu beenden, und wandte sich seinem Zelt zu. Pirak hob eine Hand mit der Fläche nach außen und stieß einen wütenden Schrei aus, der laut von den Flanken des Berges hinter ihnen zurückschallte. Eine Sekunde lang wirkte Huzur Marag ebenso erschreckt wie

Ayoni, doch dann knurrte er eine Erwiderung und spie verächtlich auf den Boden. Pirak ließ seine erhobene Hand sinken und richtete seinen ausgestreckten Zeigefinger auf den Oberhäuptling, als würde er ein Urteil fällen. Huzur Marag tat das mit einem Lachen ab und bedeutete seinen Wächtern, sich der Schamanen anzunehmen.

Die sechs Wachen jedoch kamen nur wenige Schritte weit, bevor sie allesamt zu Boden sanken. Sie keuchten und kämpften gegen neblige weiße Schlangen, die sich um ihre Hälse wanden. Gleichzeitig flogen ähnliche Erscheinungen von den Händen der drei Seher auf Huzur Marag zu. Als sie sich um den wütenden, brüllenden Oberhäuptling wanden, tauchten die anderen Schamanen hinter den Zelten auf. Sie schrieben unsichtbare Muster in die Luft und schüttelten dann ihre Hände. Neblige Wolken fegten von ihren Fingern durch die Luft, trafen Marag und warfen ihn zu Boden.

Mein Einsatz!, dachte Ayoni. Sie zwängte sich durch den blättrigen Vorhang und lief über den Felsboden. Sie achtete darauf, dass die Zelte zwischen ihr und Huzur ihr Deckung gaben. Einige Augenblicke später stand sie hinter einer Jurte neben dem Kampfplatz, und als sie den Kopf herausstreckte, um zu sehen, was passierte, blickte sie auf die große Gestalt von Huzur Marag, der nur wenige Meter von ihr entfernt mit dem Rücken zu ihr gewandt dastand. Seine Hand glühte in einem grünen Feuer, als er sich die verschwommenen weißen Schlangen von Gesicht, Hals und Brust riss, während er mit der anderen Hand einen von Piraks Kollegen am Hals gepackt hielt. Dessen ausdruckslose, starre Augen und sein schlaffer Körper sprachen eine deutliche Sprache.

Als Ayoni in die Niedere Macht eintauchte und aus ihr einen Feuerdolch wirkte, bemerkte Marag ihre Anwesenheit und drehte sich um. Doch schon fuhr ein gezackter, roter Blitz aus ihrer offenen Hand und schlug hoch oben in seine Brust ein. Seine Pelze und sein Haar gingen in Flammen auf, und er heulte vor Schmerz. Er ließ den toten Seher fallen und schlug nach den Flammen, noch während sie unter seine Haut drangen. Das

Heulen steigerte sich zu einem schrillen Kreischen, als er stürzte und sich auf dem Boden wand. Pirak stolperte heran. Er hielt einen besonderen Steindolch in der Hand, sank neben dem zuckenden Oberhäuptling auf die Knie und rammte ihm den Dolch in die Brust. Der Schädel des Mannes brannte immer noch, und er stieß ein langes, heiseres Stöhnen aus. Dann sank er leblos zurück. Doch seine Beine zuckten wild umher, und es gelang ihm, mit seinen krampfhaft fuchtelnden Händen Piraks knochigen Arm zu packen. Ayoni wollte ihm helfen, sich zu befreien, doch im nächsten Augenblick erschlaffte Marags Körper. Langsam rappelten sich die anderen wieder hoch. Ayoni überkam das kalte Grausen, als sie den dunklen Rauch sah, der aus dem Mund und den Augen des Toten quoll. Er sammelte sich zu einem langen, wogenden Knoten aus aschfarbenem Dampf. Ein Phantom, ein Fragment des Herrn des Zwielichts.

Noch während es davonschwebte, erschien ein weiteres, danach ein drittes, und Ayoni fragte sich unwillkürlich, wie viele Menschen wohl noch dazu verdammt sein würden, als Wirte für diese widerlichen Relikte des Bösen zu dienen.

»Er hat seine inneren Stimmen erwähnt«, sagte sie, während sie sich abwandte.

»Es sind durstige Gottheiten«, erklärte Pirak. »Sie gieren danach, die Welt zu verzehren, und selbst das wäre nicht genug …«

Einer der Seher schrie angsterfüllt auf, und sie wirbelten herum. Im selben Moment wurde Pirak von dem langen Messer Huzur Marags getroffen, der sich brüllend aufrichtete. Ayoni schrie erschreckt auf, als Pirak mit einem Schrei rücklings zu Boden stürzte. Marags Gesicht war nur noch eine verbrannte, qualmende Fratze, aber er brüllte bestialisch und sprang hoch. Ohne zu zögern griffen Ayoni und die anderen Schamanen ihn mit Magie an, und er sank wieder zurück. Die Klinge fiel ihm aus der Hand, doch der Leichnam zuckte erneut und kam erst dann zur Ruhe, als ein weiteres Phantom aus dem verbrannten Schädel aufstieg. Es schien wegzuschweben, kehrte jedoch im nächsten Moment zu der Leiche zurück und drang in den rußigen, haarlosen Schädel ein. Die Augenlider Marags zuckten, die Lippen teilten sich, und die Brust hob sich in einem tiefen Atemzug ...

Ayoni griff nach einem Schwert, das auf dem Boden lag, und schlug der Leiche mit aller Kraft den widerlichen Schädel vom Rumpf. Blut sprudelte heraus, und wieder löste sich das graue Phantom von dem leblosen Kopf. Diesmal schoss es über den Bergsattel davon. Ayoni sah ihm einen Moment nach, bevor sie herumwirbelte und sich neben den tödlich verwundeten Pirak kniete.

»Ein mächtiger Schlag, Kind der Erde.« Die Stimme des alten Sehers klang rasselnd. Einer der anderen Schamanen versuchte, die Blutung zu stillen, aber es war vergeblich. Die anderen saßen daneben und stimmten einen leisen Abschiedsgesang an.

Pirak winkte sie mit zitternden Fingern näher an sich heran. »Meine Zeit ist ... fast gekommen, Kind ... also höre mir gut zu ... Dein Ehemann und deine Freunde sind frei und hierher unterwegs ... Die Langstimme von Atroc hat mir das verraten, als wir uns dem Lager näherten ...«

»Und Ihr habt mir das nicht gesagt?«, meinte Ayoni. »Warum nicht?«

»Etwas Schreckliches ist geschehen, Kind ... die graue Pestilenz, von der du so viel erzählt hat, bevor du nach Belkiol gekommen bist, hat angefangen ... zu wachsen ...!« Das Rasseln in seiner Luftröhre klang, als ob jedes Wort dem Schamanen zur Folter wurde. »Es verbreitet sich rasch vom Palast aus und verzehrt alles, was auf seinem Weg liegt. Wenn deine Gefährten hier eintreffen, musst du mit meinen Brüdern den Kanal überqueren. Vor der Stadt wird gekämpft, also müsst ihr euch irgendwo ... einen sicheren Ort suchen ...«

»Wird die Substanz am Kanal zum Stehen kommen?«, fragte sie.

Pirak lächelte unter Qualen. »Wer kann das wissen? Du wirst es ja erfahren, wenn du selbst hinübergehst. Aber jetzt, mein

Kind ... tu mir einen Gefallen ... Eile an die Seite des Berges und beobachte die Stadt, damit wir mehr in Erfahrung bringen ...«

»Selbstverständlich, Pirak«, sagte sie.

Sie stand auf und lief zu einer Stelle, wo eine natürliche Felsplattform aus der Südwand des Bergrückens hervorragte. Von dort schaute sie nach Osten. Aber die weit entfernten, fahlen Mauern Besh-Daroks waren nicht mehr zu sehen. Ein grauer, düsterer Streifen lag wie ein niedriges Band aus Nebel oder Rauch über dem Land. Auch als sie mit ihrer Magiersicht herüberschaute, konnte sie kaum mehr Einzelheiten erkennen, nur dass die neblige Düsternis jetzt dichter wirkte. Sie sah wie eine mehrstöckige Barriere aus, die sich vorwärts bewegte und Felder, Bäume und Gebäude gleichermaßen einschloss. Es war ein Furcht einflößender Anblick. Sie sah, wie Menschen in Panik davor flohen, zu Fuß, zu Pferde oder auf Karren. Nur die kleine Gruppe aus drei Reitern suchte sie vergebens. Allerdings konnten sie sich auch gerade unter dem Laubdach der Wälder befinden, die sich vor ihr erstreckten. Sie weitete ihre Magiersicht aus, fixierte das Bild in ihrem Verstand und eilte dann wieder in das Lager zurück.

Als sie die Schamanen um Pirak erreichte, war Atroc bereits ebenfalls eingetroffen. Er schwebte neben der reglosen Gestalt von Pirak. Der Seher war tot.

»Er wollte nicht, dass ich sehe, wie er von uns geht«, murmelte Ayoni.

Atroc nickte. »Wir Seher legen bis zum bitteren Ende sehr viel Wert auf unsere Würde.«

Sie hörte den Widerhall ihrer eigenen Trauer in seiner Stimme und musterte ihn. Irgendwie schien seine geisterhafte Gestalt noch durchscheinender als zuvor. Er wirkte müde und traurig und anscheinend vollkommen unberührt von dem Wind, der über den Kamm blies und in dessen Hauch die Zeltklappen und Banner flatterten und knatterten.

»Ich weiß nicht, aus welchem Grund die anderen und ich auf dieser Insel gefangen gehalten wurden«, sagte er. »Wir steckten dort fest wie Geister in einer verschlossenen Flasche. Jetzt hat ein anderes, mächtiges und unergründliches Ereignis das Glas zerbrochen und lässt den Sand hinausströmen.« Er erwiderte ihren Blick und lächelte, freundlich, aber resigniert. »Das ist mein Ende, Gräfin, aber ich bitte Euch nicht, den Blick abzuwenden.«

Die überlebenden Schamanen sangen leise, während Atroc allmählich verblasste, bis seine Umrisse zu einem hauchdünnen, unscharfen Gespinst wurden. Der geisterhafte Seher hob grüßend die Hand zu einem letzten Lebewohl, und seine Augen schlossen sich, als er sich still in Luft auflöste. Ayoni wischte sich die Tränen vom Gesicht, stand auf und ging an den Zelten vorbei zu dem Vorsprung, um die alles verschlingende graue Mauer zu betrachten, deren Front breiter geworden und deutlich näher gekommen war. Trotzdem würde sie nach Ayonis Schätzung mehr als eine Stunde benötigen, um die Hügel und die Felsen am Kanal zu erreichen. Als sie über die offenen Felder und Niederungen in der Nähe blickte, bemerkte sie drei Reiter, die sich im Galopp dem Bergsattel näherten.

Chellour!, rief sie in Gedankensprache.

Ah, da seid Ihr ja ...!

Wie geht es Jarryc? Und Klayse?

Die beiden können es kaum erwarten, diesem Mogaun-Gauner eine Lektion zu erteilen.

Sie lächelte. *Das wird nicht mehr nötig sein.*

Verstehe. Höre ich da die Andeutung einer Heldentat?

Ich bin sicher, dass Eure Erlebnisse den meinen gleichkommen.

Hm, da könntet Ihr Recht haben. Wir sehen uns bald ...

Damit verschwand seine Stimme aus ihrem Verstand. Ayoni setzte sich auf einen großen Felsbrocken, blickte nach Osten und wartete.

17

In der Stunde des Zwielichts
Stolpern wir durch die Fänge eines Sturms,
Hinter uns die Ruinen eines Zeitalters,
Vor uns eine geschändete Welt.

Vosada Boroal, Das Grosse Haus Hallebron, Buch II, 2.12

Corlek Ondene stand unter einem Baldachin auf dem Vorschiff der *Sturmklaue*, geschützt vor dem peitschenden Regen und der Gischt, als das Eiland der Schlummernden Gottheit in Sicht kam. Nydratha bedeutete wörtlich: »Hort des wilden Sturmes«, jedenfalls hatte Qothan das behauptet. Zunächst bildete es nur einen verschwommenen, dunklen Fleck in dem ungeheuren Wolkenbruch, aber als die Insel näher kam, wurden düstere Umrisse sichtbar. Es waren die Silhouetten gewaltiger Felszacken, in deren Mitte sich etwas Dunkleres befand. Je näher sie kamen, desto deutlicher sah Ondene die trotzig aufragenden, von Wind und Regen zerfurchten Säulen, verzerrte, gezackte Steingesichter und bizarre Felsnadeln, die Wülste und glatt geschliffene Löcher zierten. Die Formationen ähnelten dem letzten Werk eines geisteskranken Bildhauers.

In ihrem Mittelpunkt wirbelte ein Zyklon, dessen knirschender Bass mit dem rauschenden Prasseln des Regens zu wetteifern schien.

Ondene starrte auf den gewaltigen graubraunen Strudel, auf die Wolkenfetzen und Nebelschleier, die einen dichten Vorhang aus Dunst und Gischt woben.

Der Hort eines Gottes, dachte er düster. Was mache ich hier? Was kann ein Gott von mir wollen? Dann dachte er an das finstere und gierige Wesen, das in den Abgründen seines Verstandes lauerte, und er erbebte.

Unter seinen Füßen schwankte und rollte das Deck der *Sturmklaue*, als das Schiff unerbittlich durch das kochende Gewässer pflügte. Graue Fontänen aus Gischt spritzten unter dem Aufschlag des Bugs auf, und der unregelmäßige Takt war selbst unter dem allumfassenden Donnern des Zyklons noch zu hören. Dann hörte er mitten in dem Brüllen der Naturgewalten Stimmen hinter sich, die etwas riefen. Er drehte sich um und sah einen großen, von Kopf bis Fuß verhüllten Ushralanti an der Steuerbordreling. Die Dämonenbrut hob die Arme und brüllte etwas in die wogenden, sich brechenden Wellen. Noch während Ondene den Mann beobachtete, spürte er, wie etwas in den Wassern sich veränderte. Eine Wesenheit rührte sich und nahm sie in Augenschein.

Nach einem Moment tauchte etwas aus der Gischt auf, silbrige Umrisse gewaltiger Gestalten, groteske, geisterhafte Formen, die auf den Schaumkronen an beiden Seiten des Rumpfs der *Sturmklaue* ritten.

Die Mächte der Tiefe, dachte er. Wem schulden sie wohl Treue, und welche Art von Tribut fordern sie ein?

Er schwankte zwischen Furcht und Ehrfurcht und wünschte sich gleichzeitig, er könnte sich Calabos' gelassenere Haltung zu Eigen machen. Der ältere Mann strahlte eine unerschütterliche Ruhe aus, als wisse er um die Bürden jenseits der Lande der gewöhnlichen Sterblichen. Gleichzeitig schien er die widerliche Furcht genau zu kennen, die an Ondenes Verstand nagte. Er stellte sie sich oft als ein Gewimmel von Ratten oder ein Nest von Schlangen vor, die drohten, aus den schlummernden Schatten im Abgrund seines Bewusstseins hervorzukriechen ...

Er hörte Schritte hinter sich, als jemand den Niedergang hochstieg, und blickte sich um. Es war Coireg Mazaret. Als er Ondene bemerkte, nickte er.

»Seid gegrüßt, Hauptmann«, sagte er. »Wir werden bald unser Ziel erreichen. Dann geben die Mysterien ihre Geheimnisse preis!«

Ondene lächelte schwach. »Freund Coireg, welchen Liegeplatz könnte man an so einem Ort wohl finden? Dieses Eiland scheint absichtlich als ein Schiffsfriedhof entworfen worden zu sein ...«

»Soweit ich verstanden habe«, Coireg trat neben ihn und deutete auf die Insel, »gibt es eine Passage durch die Felsen und Riffs zu einem kleinen, geschützten Hafen. Prinz Agasklin hat mir erklärt, dass unsere mächtigen ... Gönner sich bereit erklärt haben, uns dorthin zu bringen. Allerdings dürften wir wohl ihre Hilfe ebenfalls benötigen, wenn wir wieder auslaufen wollen!«

»Diese Ushralanti sind ein merkwürdiges Volk«, erklärte Ondene ruhig. »Sie sind fast so seltsam wie Calabos und Ihr selbst.«

Coireg lächelte überrascht und hob fragend eine Braue. »Tatsächlich? Wie meint Ihr das?«

Ondene zuckte mit den Schultern. »Euch beide verbindet ganz offensichtlich vielerlei aus der Vergangenheit. Das wird sogar deutlich, wenn Ihr über Eure Familiengeschichte redet. Als ich noch jünger war, viel jünger, war Calabos ein regelmäßiger Gast im Hause meines Vaters. Doch damals habe ich niemals gehört, dass er Euch oder einen seiner Verwandten erwähnt hätte.«

Coireg wirkte amüsiert. »Unsere Familie ist ein ... eigenartiger Haufen. Wir bemühen uns nur sehr selten, mit ihnen Kontakt aufzunehmen, und selbst dann geschieht das meist durch seltsame Vermittler.«

»Vermutlich habt Ihr beide einige großartige Dinge gesehen und wart in gefährliche Abenteuer verwickelt?«

»Gelegentlich ist das schon vorgekommen«, räumte Coireg ein. »Natürlich bevor meine unselige Krankheit mich außer Gefecht gesetzt hat.«

Ondene nickte wissend. »Calabos' Hilfe muss ein großer Trost für Euch gewesen sein. Er hat nur wenig über sein früheres Leben oder über seine Familie gesprochen. Dennoch habe ich von diesem besonderen Schwert erfahren, das er besitzt. Wisst Ihr etwas darüber?«

Coireg stutzte einen Moment und nickte dann. »Ah, Ihr meint seine Trophäe! Soweit ich weiß, verfügt sie über magische Fähigkeiten, die im Laufe der Zeit jedoch offenbar schwächer geworden sind.«

»Hat er die Waffe zufällig mit an Bord gebracht?« Ondene hörte selbst, noch während er das sagte, wie verzweifelt er klang. Coireg runzelte die Stirn.

»Warum fragt Ihr? Ah, wartet, wir sind fast da ... Seht!«

Ondene folgte seinem ausgestreckten Arm und sah einen Irrgarten aus wellenumtosten Riffs an beiden Seiten des Schiffes vorbeigleiten, während die *Sturmklaue* sicher durch die Strömung getragen wurde. Die Planken des Schiffes knarrten und bebten unter seinen Füßen, und die gewaltigen Zacken und Felswände reichten gefährlich nah an die Seiten des Schiffes. Der monströse, gewaltige Trichter des Wirbelsturms bedeckte nun den ganzen Himmel, und sein Brüllen war so laut, dass es alle anderen Geräusche erstickte. Der feuchte Sturm zerrte an den losen Falten von Ondenes Umhang und zerzauste ihm das Haar. Er lachte nervös, während er sich an der Reling des Decks festhielt, als das Schiff plötzlich langsamer wurde und sein Heck herumschwang. Die Wasser schienen zu kochen, als die magischen Verbündeten der Ushralanti die *Sturmklaue* in die relative Ruhe eines kleinen Hafens lenkten, der von kahlen, steilen Klippen geschützt wurde. Ein steinerner Ausläufer war in den Fels gehauen worden. Er diente als Landungssteg, und die *Sturmklaue* wurde daran vertäut. Die Besatzung warf einige große, gepolsterte Säcke aus altem Segeltuch über die Seite, um den Rumpf vor Beschädigungen zu bewahren.

Calabos und Qothan tauchten vom Unterdeck auf und beobachteten die Mannschaft, die konzentriert das Anlegemanöver durchführte. Dann sahen sie zum Vordeck hinauf und winkten. Ondene rief einen Gruß, den der Sturm verschluckte, und winkte zurück. Coireg tippte ihm auf die Schulter und beugte sich zu ihm.

»Wir gehen bald an Land!«, rief er. »Haltet Euch bereit.«

Ondene lachte. »Kann man sich auf ein Treffen mit einer Gottheit vorbereiten? Woher weiß ich, wann ich dazu bereit bin?«

Coiregs Lachen wurde von dem Tosen verschluckt. »Gut! Wie ich sehe, seid Ihr bereits bereit!«

Die aufgewühlten Wasser wogten hier im Hafen wie die normale Dünung einer stürmischen See. Feine Gischt wurde vom Wind durch die Luft getrieben, als Ondene und Coireg Mazaret zu Calabos und Qothan auf das Hauptdeck hinabstiegen. Agasklin und die anderen Häuptlinge des Schiffes versammelten sich bereits. Alle trugen große Kapuzenumhänge aus einem merkwürdig gemusterten, blassbraunen und roten Stoff. Ondene und Coireg bekamen ähnliche Gewänder und legten sie an.

»Diese Gewänder schützen Euch vor inneren und äußeren schlechten Einflüssen«, sagte Calabos. »Seid Ihr bereit? Ausgezeichnet!«

Er wandte sich zu Agasklin um und nickte einmal kurz. Der düstere Ushralanti führte sie dann über eine Planke auf den steinernen Landungssteg. Ondene fühlte sich zwar nicht im Mindesten bereit, raffte jedoch gehorsam die Falten seines Umhangs, bevor er Coireg folgte. In dem Moment, in dem sein Fuß den unebenen Fels berührte, fühlte er sich beobachtet. Unbehaglich und angespannt ging er im Gänsemarsch hinter den anderen her, betrachtete die hohen, verwitterten Felsnadeln und die geschwungenen Wände, auf denen nicht die geringste Vegetation wuchs. Dann hob er den Blick zu der gewaltigen, wirbelnden Säule des Sturms. Er wischte sich mit einem weiten Ärmel die Feuchtigkeit vom Gesicht, während er ironisch lächelte.

Haben unsere Streiche Euch erfreut?, dachte er. *Haben wir unseren Teil in dieser Maskerade gut genug gespielt?*

Er bekam keine Antwort, jedenfalls keine, die er hätte hören können.

Durch die wirbelnde Gischt trottete die kleine Schar über einen zerklüfteten, mit Geröll bedeckten Pfad, der sich durch große, zerborstene Felsbrocken wand. Einige waren offenbar absichtlich so positioniert worden, dass sie eine Art unregelmäßigen Tunnel bildeten. Das Wasser tropfte und sickerte durch die Spalten, bildete Pfützen und Tümpel am Boden, und das Heulen des Sturms gellte wie eine feindselige Kaskade aus Kreischen und Jaulen in ihren Ohren.

Ondene konnte die Wesenheit, die sie beobachtete, bei jedem Schritt deutlicher spüren. Sie wurde stärker und schien ihn vollkommen einzuhüllen, als wäre er nicht mehr als ein zerbrechliches Spielzeug. Er wusste nicht, ob er tatsächlich Anlass zur Furcht hatte, und fühlte sich wie im Schraubstock zwischen einem bekannten inneren Grauen und einem bedrohlichen äußeren Mysterium.

Allmählich stieg der Pfad an, schwenkte nach links und führte in eine vom Regen ausgehöhlte Klippenwand, die einen richtigen Tunnel bildete. Nach einigen Schritten ebbte das Gebrüll des Zyklons etwas ab, und es wurde wärmer und trockener. Einige rautenförmige Fenster waren in eine Seite der Wand geschlagen worden und ließen ein gedämpftes, graues Licht hinein, das auf den feinen Staub auf dem Boden des Tunnels fiel, der sich in den vielen Nischen und Ritzen gesammelt hatte. Der Tunnel stieg ein kurzes Stück an, dann senkte er sich und bog nach rechts ab. Es wurde dunkler, als die Fenster seltener wurden. Ein nebliges graues Licht weit vor ihnen entpuppte sich schließlich als eine Pforte, durch die das Heulen des Orkans und ein feiner Sprühregen drangen. Auf den Wänden dicht neben der Tür sammelte sich Niederschlag, der in vielen Rinnsalen über den Boden abfloss. Dort wurde das Wasser von dem wilden Sturm verschluckt und wieder in Gischt verwandelt.

Hinter der Tür führte eine Felsenbrücke direkt in die tosende Wand des Zyklons. Ohne innezuhalten oder auch nur langsamer zu werden, führten Agasklin und Calabos die Gruppe aus dem Gang mitten in die Fänge des Sturms. Coireg ging vor Ondene und zögerte einen winzigen Moment, bevor er sich durch die Tür zwängte. Ondene folgte ihm auf dem Fuß.

Die Wucht des Wirbelsturms zwang sie, geduckt weiterzugehen. Sie schützten mit den Armen ihre Gesichter gegen die schweren Tropfen des sturmgepeitschten Regens. Für Ondene war es fürchterlich und gleichzeitig seltsam aufregend, diese Felsenbrücke zu überschreiten. Nicht einmal seine Erlebnisse mit den wilden Sturmböen auf den Sturmbrecher-Inseln konnte mit dieser blanken, gespenstischen Gefahr mithalten. Er erwartete fast, entwurzelte Bäume oder Vieh an sich vorüberfliegen zu sehen, obwohl dieses Eiland vollkommen karg war.

Einige Minuten, nachdem sie den schützenden Tunnel verlassen hatten, wurde seine Sicht in der Finsternis auf wenige Schritte reduziert. Deshalb überraschte es ihn, als plötzlich eine senkrechte Felswand mit einer grob behauenen Tür aus der wirbelnden Dämmerung auftauchte. Nach einigen Stufen erkannte er, dass dies keine Felswand, sondern die Flanke einer riesigen Felsnadel war, die sich vor ihnen erhob. Ihre Spitze wurde vom Zyklon verschluckt. Ondene fiel wieder ein, wie Qothan ihm von den Ursprüngen des Buchs der Stürme erzählt hatte. Welche Prophezeiungen würde die Schlummernde Gottheit wohl diesmal verkünden?

Die Gruppe marschierte nacheinander durch dieses finstere Portal und verschnaufte kurz in dem kalten, schattigen Gewölbe dahinter. Das Getöse ließ kein Gespräch zu. In einer Ecke führten schmale Stufen in einer Spirale nach oben. Nach einer kurzen Rast stiegen sie hoch und entzündeten ihre Laternen, um den Weg zu beleuchten. Nach einer Weile hämmerte Ondenes Herz unter der Anstrengung des Aufstiegs, und am ganzen Körper und auf seiner Kopfhaut prickelte kalter Schweiß. Die Strapazen wurden schlimmer, seine Brust hob und senkte sich heftig unter keuchenden Atemzügen, und schließlich schmerzten seine Beine und Füße. Trotz dieses aufreibenden Marsches erlaubten ihre Anführer ihnen nur winzige Ruhepausen, bevor sie weitergingen, was Ondene und Coireg mit gemurmelten Flüchen kommentierten. Schließlich tauchte über ihnen ein schmaler Streifen Licht auf, der immer heller wurde, bis sie auf eine annährend ebene Fläche von mehreren Metern Durchmesser auf der Spitze der Felsnadel hinaustraten. Trotz ihrer ungeschützten Lage wehte hier nur ein mildes Lüftchen, fast als würde eine unsichtbare Barriere das Wüten des Sturms ausschließen.

»Nicht gerade der passende Ort für ein Tänzchen«, meinte Coireg und deutete auf den von den Elementen abgeschliffenen Rand der Plattform.

Dieser Platz muss uralt sein, dachte Ondene, während er sich auf der Spitze der Felsnadel umsah. Dann glitt sein Blick zu dem wirbelnden Sturm. Als er in seinen Kern starrte, nahm er undeutlich die Umrisse von zwei weiteren, ähnlichen Felsnadeln mitten in diesem unaufhörlichen Wirbel wahr. *Einst der Olymp der uralten Götterwesen, jetzt vom Mahlstrom der Zeit verschlungen ...*

Er runzelte verwirrt die Stirn. Wie kam er auf solch düstere Gedanken? *Uralte Götterwesen? Woher soll ich so etwas wissen?*

Noch bevor er diesem Rätsel weiter nachgehen konnte, winkten Calabos und Agasklin die anderen näher. Der Prinz der Ushralanti förderte aus den Taschen seiner Robe ein ledergebundenes Buch zu Tage und schlug es weit vorne auf.

»Unser Kapitän, der ehrwürdige Pericogal, hat mir die Zeilen gezeigt, welche die Aufmerksamkeit der Schlummernden Gottheit wecken ...«

Wie die anderen richtete auch Ondene seinen Blick auf das Zentrum des Zyklons, in dessen dunklem, nebligen Tumult sich Umrisse und vage Formen zeigten. Eine Myriade undeutlicher Einzelheiten formierte sich, bis schlagartig Klarheit einkehrte und die gewaltige Form eines Baumes erschien, der dichtes, üppiges Blattwerk trug. Blumen entfalteten sich in wogender Perfektion, und schwere Beerentrauben bogen feste Zweige herunter. Ein Abbild verschwenderischer Fruchtbarkeit, wären da nicht diese merkwürdigen, durchscheinenden Farbtöne gewesen, ein schmutziges Grau und ein verblasstes Rotgold.

Während die Beobachter wie angewurzelt dastanden und auf diese gewaltige Manifestation starrten, kräuselte eine wellenförmige Bewegung die Blätter und konzentrierte sich in einem einzigen Riss, der sich allmählich immer weiter öffnete. Das unbehagliche Gefühl, im Brennpunkt der Aufmerksamkeit eines unbarmherzigen Beobachters zu stehen, ließ nach, dafür jedoch empfand Ondene jetzt etwas anderes, eine Art Ungeduld oder instinktive Rastlosigkeit. Nervös spannte er seine Nackenmuskeln an, und ihm brach erneut am ganzen Körper der Schweiß aus.

Dann vergaß er jedoch dieses Unwohlsein, als der gigantische Baum aufriss und eine blasse, elfenbeinfarbene Gestalt enthüllte. Sie hatte den Kopf gesenkt, die Schultern hochgezogen, die Arme um die Brust geschlungen und schien zu schlafen. Ein melodiöser Ton überlagerte das raue Brüllen des Zyklons. Die große Gestalt rührte sich, hob den Kopf und drehte ihn sehr langsam herum. Sie musterte die kleine Gruppe, die sich auf der Felsnadel versammelt hatte.

»Der Blick einer Gottheit«, flüsterte Coireg dicht neben Ondene. »Ich fühle ihn auf mir ...«

Ondene empfand dasselbe. Die Augen der Schlummernden Gottheit waren perlmuttfarbene Scheiben, deren starrer, unerbittlicher Blick sich wie ein Gewicht auf seinen Geist legte. Die Augen schienen sich in seine innersten Gedanken zu bohren. Etwas löste sich in ihm, die rastlose Ungeduld entflammte zu einem wütenden Hass, den er nur zu gut kannte. Gleichzeitig dröhnte die Stimme des Schattenkönigs durch sein Hirn.

Schlummernde Gottheit, ich kenne dich! Ich weiß, was du bist!

Während Ondene auf die Knie sank, gerieten die anderen in Panik. Sie murmelten beunruhigt, als Coireg und Calabos rasch zu Ondene eilten. Offenbar konnten sie diese Stimme in seinen Gedanken nicht hören. In dem Moment sprach eine andere Stimme mit einer Gewalt, die das Tosen des Zyklons zu einem bloßen Wispern reduzierte.

Wir kennen dich, du jämmerliches Fragment eines noch er-

bärmlicheren Ganzen! Das Schicksal selbst hat den Käfig für dich geschmiedet, diesen Mann, den Prinzen des Wandels!

Der Schattenkönig bemächtigte sich der Kontrolle über Ondenes Mund.

Prinz des Abschaums!, stieß er laut hervor und provozierte damit wütende Proteste von den Häuptlingen der *Sturmklaue*. *Prinz der Niederlage, deiner Niederlage, wenn die Aspekte des Herrn des Zwielichts erneut vereint sind!*

Närrische Worte! Bereits zweimal zuvor wurde dein größeres Selbst bezwungen. So wie diese Welt Ihm nicht entfliehen kann, kann Er auch Seinem eigenen Untergang nicht entkommen.

Lügen, Lügen, Gott der Lügen! Ich schmecke deine Furcht vor mir in jedem deiner verlogenen Worte ...

Ondene klammerte sich krampfhaft an seinen Verstand, während die wahnsinnige Stimme in seinem Geist wütete und tobte. »Bitte ...«, stöhnte er und schlug die Hände vor sein Gesicht. »Es soll aufhören ...«

Plötzlich kniete Qothan neben ihm und hielt ihm eine kleine, entkorkte Phiole hin. Dankbar nahm er sie und goss sich ihren Inhalt in den Schlund.

Meine Verachtung für dich währt ewiglich ...

Rasch breitete sich eine Wärme in seiner Brust aus.

Meine Stärke ist unbezwingbar, und mein Streben wird nie nachlassen ...

Die Wärme wurde zu einer Hitze, die in seinen Hals stieg und sich in seinem Kopf ausbreitete.

Unermüdlich meine Angriffe ...

Hals und Schultern kribbelten merkwürdig, und der Druck seiner Angst nahm ab.

Unerbittlich bin ich ...

Danach kehrte eine Art Frieden in Ondenes Gedanken ein.

»Ich danke Euch«, flüsterte er Qothan zu, der ihn mitfühlend anlächelte. Dann legte sich eine tröstende Hand auf seine Schultern, und er blickte zu Calabos hoch. Der Poet betrachtete ihn verständnisvoll, und in seinem Blick lag ein sehr, sehr alter Schmerz. Er reichte Ondene die Hand und zog ihn hoch. Als er stand, sprach die Schlummernde Gottheit.

Zahlreich und verschlungen sind die Fäden, die euch alle hierher geführt haben, finster und gefahrvoll die Tage, welche vor euch liegen. All eure Schicksale laufen jetzt zusammen, Stärke fügt sich zu Stärke, selbst ohne euer Wissen ...

Die Schlummernde Gottheit beugte sich ein wenig vor und ragte hoch über ihnen auf, als sie ihre perlmuttfarbenen Augen auf Ondene richtete. Als er zum Brennpunkt dieser Aufmerksamkeit wurde, schien ihm, als würde jeder Winkel seines Geistes offengelegt und abgewogen. Gleichzeitig starrte er das Antlitz an und versuchte, seine Züge zu entschlüsseln, die in einem Moment feminin wirkten, im nächsten hingegen jungenhafte Konturen annahmen. Bevor er jedoch darüber nachdenken konnte, sprach die mächtige Stimme weiter.

Der Faden deines Schicksals ist verschlungen, Corlek Ondene, und seine Wendungen werden dein wahres Wesen zum Vorschein bringen und erproben. Das Heulen des Sturms klang nur noch gedämpft hinter der Stimme der Gottheit. *Wir haben die zerborstenen Scherben der Böswilligkeit gesehen, welche du in dir trägst, und die Schärfe Seines Zorns gekostet, und dennoch wird dir eine noch größere Bürde auferlegt werden. Dergleichen zu ertragen erscheint dir vielleicht zu viel, aber Wir nennen dich nicht umsonst den Prinz des Wandels. Wenn dieser Wandel eintritt, wirst du es wissen.*

»Ich wünsche mir nur, von dieser Bürde befreit zu werden«, erwiderte Ondene wie versteinert. »Ich habe nicht darum gebeten ...«

Wir können sie nicht von dir nehmen, ohne dich zu zermalmen, erwiderte die Schlummernde Gottheit. *Aber Wir sind dennoch nicht gänzlich zur Untätigkeit verdammt ...*

Die Augen der Schlummernden Gottheit brannten sich in Ondenes Geist, als sie tief in seine Gedanken schaute. Einen Moment kam es ihm so vor, als würde ein Strahl reinsten Sonnenlichtes durch seinen Körper fahren und ihn vollkommen erleuchten und blenden. Dann ebbte das Gleißen ab, und die

Wesenheit zog sich aus ihm zurück. Er blieb schwankend, mit weichen Knien und blinzelnd zurück. Seine Sicht war von der Helligkeit getrübt, und als sich seine Augen wieder auf die Umgebung einstellten, bemerkte er keine Spur von Männlichkeit mehr in dem Gesicht der Schlummernden Gottheit, nur strahlende Weiblichkeit, deren Manifestation ihn mit tiefem Staunen erfüllte.

Calabos streckte besorgt die Hand aus und stützte ihn. Ondene zuckte bei der Berührung leicht zusammen, als wäre er aus einem Tagtraum gerissen worden.

»Was ist passiert?«, erkundigte sich Calabos. »Geht es Euch gut?«

»Ein Licht«, erwiderte Ondene staunend. »Welch ein Licht ... Ja, es geht mir gut ... so weit ...«

Von jetzt an schweben eure Leben und die Leben aller in einer Balance. Die Israganthir suchen ein Ende ihres Exils, aber ihre Geschichte ist noch nicht zu Ende, und dieses Ende wird euch ebenfalls auf die Probe stellen.

Die Häuptlinge der *Sturmklaue* murrten wütend. Calabos erwartete fast, dass einige ihre Wut laut herausschreien würden. Prinz Agasklin beruhigte sie jedoch mit einer leisen Bemerkung und einem beschwichtigenden Blick, bevor er sich dem Antlitz der Gottheit zuwandte.

»Haben wir Euch verärgert?«, fragte er. »Warum bürdet Ihr uns weitere Aufgaben auf?«

Das größte Gewicht wird nicht an das schwächste Glied der Kette gehängt, ebenso wenig wie eine Aufgabe des Feuers einem Meister des Wassers übertragen wird. Habt Geduld und vertraut auf eure Stärken.

Dann wandte sich das gewaltige Antlitz Calabos zu, der sich zusammennehmen musste, damit er nicht unter dieser erhabenen Betrachtung zusammenzuckte.

Du hast eine lange Reise hinter dir, Beltran Calabos. Wir erinnern uns an das Gesicht, das du einst trugst. Die Narbe geht tief, dennoch hast du über die Erinnerungen triumphiert und hast dich neu geschmiedet. Bist du bereit, die Ursache zu er-

blicken, die tödliche Saat, welche die Verbreitung der Bosheit über dieses Land gebracht hat? Willst du sehen, was verborgen war?

Calabos holte tief Luft. »Ich bin bereit.«

Dann sieh …

Mit einem Schlag verschwanden die Felsnadel, der heulende Wirbelsturm und die Schlummernde Gottheit. Calabos fand sich in einer von Felsen übersäten Kammer wieder. Er stand auf einem glänzenden grünen Marmorboden innerhalb eines groben Quadrates von verdrehten schwarzen Pfeilern, in dessen Mitte sich ein niedriger, konischer Altar auf einem flachen Podest befand …

Dies war der BrunnQuell im Herzen des Bornbergs im Reich des Herrn des Zwielichts.

Sein grünes Leuchten flackerte wie eine Fontäne aus Feuer. Feuerzungen leckten hinaus, und im nächsten Moment bildeten die Flammen eine kochende Wolke aus gepeinigten Fratzen. Er erinnerte sich daran, und Stück um Stück gab sein Gedächtnis die Bilder der Geschehnisse frei. Er verfolgte, wie Byrnak mit Atroc hereinkam, sah den Schlag, der auf Kodel zielte, dann seinen Abstieg in den BrunnQuell mit dem Kristallauge und dem MutterKeim in seinen Händen, wurde Zeuge, wie er mit den beiden ineinander verschmolzenen Artefakten herauskam.

Danach trat Keren in Gestalt einer Dämonenbrut auf. Sie hatte den Stab der Leere bei sich. Suviel gesellte sich mit den anderen Artefakten zu ihr. Byrnak verließ den Ort des Geschehens, dafür traf Tauric ein. Zum ersten Mal sah Calabos mit eigenen Augen, was Atroc ihm später beschrieben hatte. Wie Suviel und Tauric Hand in Hand in das Tosen des BrunnQuell schritten.

Plötzlich verlor er die Orientierung, und er stürzte körperlos und benommen in die Finsternis, während er ihnen durch die Unterwelten und noch tiefer in die Abgründe der Leere folgte. Ihr Sturz folgte dem Strom zur grell leuchtenden Wurzel des BrunnQuell, und Calabos sah das Staunen und die

Furcht auf Suviels und Taurics Gesichtern, als sie durch diesen Schacht voll schillernder Macht fielen.

Schließlich verlangsamte sich ihr Fall, sie glitten aus dem schmaler werdenden Fluss hinaus und trieben auf einer merkwürdigen schwarzen Ebene, auf der sich undeutliche Formen bewegten, über die eisblau strahlende Netze krochen und blitzten. Suviel und Tauric wateten durch einen zähen, schwarzen Nebel, und Calabos folgte ihnen, als sie sich von der glühenden Fontäne des BrunnQuell entfernten und ein Dutzend Schritte davon entfernt stehen blieben. Suviel holte den glühenden Stab heraus und reichte ihn Tauric. Dabei murmelte sie etwas. Der junge Kaiser nickte, kniete sich in den schwarzen Nebel, packte das Artefakt an seinem oberen Ende und hob es kurz über den Kopf, bevor er es in den merkwürdigen Boden rammte.

Vielfarbiges Licht zuckte aus dieser neuen Wunde und umschlang Tauric. Der ertrug diesen Strom aus roher Energie, ohne mit der Wimper zu zucken. Allmählich veränderte er sich. Ein bunter Schimmer durchdrang seine Haut und glühte auf den bloßen Stellen seines Gesichts, seines Halses und seiner Hände. Schon bald beherrschte eine Farbe alle anderen, ein reines Violett, dessen Farbton sich in verschiedenen blau gefärbten Schattierungen über seiner ganzen Gestalt ausbreitete, während die Reste seines Gewandes schmolzen. Tauric war zu einem Gott geworden.

Calabos schaute verblüfft zu. Von überall her zuckten Netze aus blauem Licht auf die Geburtsstätte von Taurics neuer Macht zu und erleuchteten wie Schlaglichter die Umgebung. Sie gewährten kurze Blicke auf die Ungeheuerlichkeit dieser Ebene auf dem Grund der Leere. Suviel trat zu Tauric und sagte etwas, das er mit einem Nicken kommentierte. Seine Augen glühten. Dann drehte er sich um und ging zum BrunnQuell. Er war noch einige Schritte davon entfernt, als eine hünenhafte Gestalt aus den schwarz funkelnden Schatten trat und sich ihm in den Weg stellte. Tauric blieb stehen und starrte in die boshafte Fratze des Herrn des Zwielichts. Dessen barbarische Rüstung und der Helm mit den nach unten gebogenen

Hörnern schimmerten in dem glimmenden Leuchten der Leere. Tauric stampfte einmal mit seinem Fuß auf. Er wuchs, bis er ebenso groß war wie sein Feind. Dann begann der Kampf der Götter.

Es war ein brutales Gefecht, in dem Tauric trotz der Wut, die ihm seine gerechte Sache verlieh, immer mehr ins Hintertreffen geriet. Der Geschicklichkeit und den einstudierten Listen des Herrn des Zwielichts wusste er immer weniger entgegenzusetzen. Hier fochten die Energie des ungeschulten Jugendlichen gegen die erfahrene Grausamkeit des Alters, wobei Letztere die Oberhand gewann. Blitze und Klingen zuckten hin und her. Das Ungestüm des Kampfes rührte den schwarzen Nebel der untersten Ebene der Leere auf und ließ ihre Fundamente erzittern. Calabos musste mit ansehen, wie Tauric von den Hieben seines Widersachers zurückgeworfen wurde, sich wieder aufrappelte und immer schwächere Gegenangriffe führte. Der Herr des Zwielichts war von Taurics Schlägen zwar gezeichnet, aber das triumphierende Grinsen auf seinem glühenden Antlitz kündete von seinem Sieg. Seine Fäuste glühten in grünem Feuer, als er zu einem furchtbaren Schlag gegen den beinahe wehrlosen Tauric ausholte. In diesem Moment betrat eine andere Gestalt den Kampfplatz. Eine schlanke, weibliche Gestalt, deren Augen vor Hass loderten.

Der Strahl einer goldenen Macht schleuderte den Herrn des Zwielichts zu Boden, und die ErdenMutter ließ einen Hagel gnadenloser Hiebe auf ihn hinabregnen. Calabos wurde Zeuge eines Duells, das mit einer Wildheit geführt wurde, die von Äonen erbitterter Feindschaft kündete. Während die ErdenMutter und der Herr des Zwielichts in ihren erschütternden Kampf verwickelt waren, erholte sich Tauric so weit, dass er sich wieder in die Schlacht stürzen konnte.

Dennoch genügte es nicht. Der Herr des Zwielichts vermochte die wütenden Schläge der ErdenMutter abzuwehren und versetzte Tauric gleichzeitig einen Schlag, der ihn zu Boden warf. Er stürzte rücklings auf die dunkle, neblige Ebene. Nur durch reine Willenskraft zwang er sich aufzustehen, stieß einen verzweifelten Wutschrei aus und setzte zu einem neuen Angriff an ...

Ein Beben durchlief die Ebene. Aus den wirbelnden schwarzen Schatten tauchten verschiedene schattenhafte Gestalten auf, die in den Konflikt eingriffen. Ihre merkwürdigen, hoch aufgeschossenen Gestalten waren vollkommen schwarz.

Die Meister der Leere, sagte die Schlummernde Gottheit in Calabos' Gedanken.

Als die drei Götter die Neuankömmlinge bemerkten, ließen sie voneinander ab. Sie waren erschöpft vom Kampf, glühten jedoch vor Wut.

** Dies * kann * nicht * fortgesetzt * werden,* sagte einer der Meister der Leere. ** Die * Leere * nimmt * bereits * Schaden * durch * Eure * Barbarei.*

Stellt Euch nicht zwischen mich und meinen Sieg!, drohte der Herr des Zwielichts.

** Für * dich * kann * es * keinen * Sieg * geben!,* antwortete ein anderer der Meister.

Der Herr des Zwielichts antwortete mit einem grünen Speer aus Macht. Der Meister der Leere fing ihn in der Luft auf und schleuderte ihn dreifach gegabelt zurück. Der Dreizack traf ihn mitten in die Brust und schleuderte den Herrn des Zwielichts zu Boden.

** Du * vergisst * wer * du * bist.*

** Du * vergisst * wer * hier * herrscht.*

** Du * vergisst * woher * du * kamst.*

Ich kenne meine Macht!, erwiderte der Herr des Zwielichts mit einem bösen Grinsen und stand auf. *Und ich kenne die Eure. Ich weiß, dass ich Euch am Ende besiegen kann.*

** Du * weißt * weniger, * als * du * glaubst,* antwortete einer der Meister der Leere. ** Aber * selbst * wenn * diese * Möglichkeit * bestünde, * wäre * dieser * Krieg * eine * lange * erschöpfende * Folter, * welche * die * Leere * vernichten * würde, * alle Länder * und * Reiche, * und * uns * bis * zur * Unkenntlichkeit * verstümmeln * würde. * Du * weißt * dass * dies * wahr * ist.*

Calabos sah staunend zu und klammerte sich an jedes Wort. Der Herr des Zwielichts schaute den Sprecher der Meister der Leere finster an. Sein Schweigen war ein stillschweigendes Eingeständnis.

Ich werde mich nicht unterwerfen, meinte er dennoch halsstarrig. *Es wäre ein süßer Triumph, euch alle zu zerstören. Was bedeutete es dagegen schon, verstümmelt zu sein? Ich habe mich zuvor wieder erholt und werde das auch erneut tun!*

** Das * verstehen * wir. * Deshalb * wollen * wir * einen * Kompromiss * vorschlagen.*

Jetzt trat die ErdenMutter vor. Ihre perfekten Gesichtszüge waren vor Wut verzerrt.

Schließt keinen Pakt mit diesem Gewürm!, schrie sie. *Es liegt in seiner Natur, zu betrügen, zu töten und zu korrumpieren!*

Tauric stand neben ihr und nickte. *Sie spricht die Wahrheit. Man darf ihm niemals trauen.*

Der Herr des Zwielichts lachte. *Das blöde Blöken der Beute*, höhnte er und wandte sich an die Meister der Leere. *Sagt, was ihr zu sagen habt!*

** Wir * schlagen * vor, * den * Strom * der * Zeit * zu * teilen * und * so * eine * Welt * zu * schaffen, * in * welcher * du * besiegt * wurdest * und * eine * andere, * in * welcher * du * triumphierst.*

Tauric und die ErdenMutter waren entsetzt.

Er ist ein Monstrum!, widersprach die ErdenMutter. *Er würde eine ganze Welt seinem Willen unterjochen.*

** Dafür * wäre * sie * im * anderen * Strom * der * Zeit * frei * von * seinem * Einfluss*, sagte der Meister der Leere. ** Sie * wäre * frei, * ihren * eigenen * Weg * zu * gehen.*

Ihr würdet die Sicherheit der einen Welt erkaufen, indem ihr eine andere opfert, meinte Tauric. *Das wäre ein nicht wieder gutzumachender Fehler. Ich sage nein!*

Die ErdenMutter nickte, aber der Herr des Zwielichts lachte nur.

Ich sage ja! Führt Euren Plan aus!

Tauric ballte die Fäuste, die von violettem Feuer umhüllt waren. *Ich werde dich aufhalten ...!*

Er unterbrach sich, als ein anderer der Meister der Leere vortrat. Er trug eine schlaffe Gestalt in seinen pechschwarzen Armen. Suviel. Calabos konnte erkennen, dass sie tot war.

** Wir * können * sie * wieder * zum * Leben * erwecken * und * sie * in * die * Zwischenwelt * zurückbringen, * wenn * du * der * Teilung * der * Zeit * zustimmst.*

Ich habe vergessen, wir grausam ihr sein könnt, sagte die ErdenMutter.

** Wäre * es * dir * lieber, * gegen * uns * und * den * Herrn * des * Zwielichts * zu * kämpfen? * Es * wäre * keine * lange * Schlacht.*

Calabos hoffte beinahe, dass Tauric und die ErdenMutter sich zu diesem Schritt entschlossen. Sie sahen sich lange an, bevor Tauric verbittert antwortete.

Macht, was ihr wollt ... wir werden uns euch nicht widersetzen!

Suviel rührte sich in den schwarzen Armen eines der Meister der Leere und schaute sich um. Im nächsten Moment stieg die schwarze Gestalt steil nach oben und verschwand mit ihr in den oberen Klüften der Leere. Dann erschütterte eine Reihe von Beben die Ebene. Eine rotgoldene Strahlung umhüllte sie und baute sich immer weiter auf, bis sie in einem blendenden Blitz verschmolz. Während er langsam erlosch, wirkte der schwarze Nebel noch dunkler.

** Es * ist * vollbracht!*

Die drei Götter sahen sich um und betrachteten dann die Meister der Leere.

Welche Welt ist dies nun?, knurrte der Herr des Zwielichts. *Welche Stromwelt der Zeit durchlaufen wir gerade?*

Einer der Meister schwebte langsam auf ihn zu.

** Bei * der * Teilung * des * Stroms * der * Zeit * sind * gewisse * Schwächen * aufgetreten,* sagte er. ** Daher * ist * dies * hier * keine * gute * Welt * für * dich.*

Bei diesen Worten stieß die ErdenMutter einen lauten Schrei

aus und stürzte sich auf den Herrn des Zwielichts, dicht gefolgt von Tauric. Calabos schaute ehrfürchtig zu, wie weißes Feuer gegen Klingen aus glühender grüner Macht klirrten, während Tauric violette Blitze abfeuerte. Dann griffen die Meister der Leere in den Kampf ein und beschworen Scherben undurchdringlicher Schwärze aus den Höhen hinab. Als ihr schrecklicher Aufprall den Herrn des Zwielichts zu Boden schleuderte und sie durch seine Verteidigung hämmerten, brüllte er ...

Ich sehe es! Ich sehe meinen Triumph ...!

In dem Moment zertrümmerte ein gemeinsamer Angriff der Götter und Meister seine letzte Schildmacht, und Calabos hörte einen Moment das Heulen seines Todeskampfes, bevor seine Essenz in einem gleißenden, unvermittelten Zucken der Macht zersplitterte und alles in ein blendendes, grünes Licht tauchte ...

Die Meister der Leere haben versucht, den BrunnQuell versiegen zu lassen, sagte die Schlummernde Gottheit in Calabos' Gedanken, *aber sie konnten ihn nur eindämmen.*

»Tauric und die Erdenmutter«, erwiderte Calabos, »haben sich vereint und sind zu Euch geworden, ist das so?«

Eine bemerkenswerte Schlussfolgerung, Calabos. In der Tat, so ist es geschehen. Diese Vereinigung schien aufgrund Unseres sehr geschwächten Zustandes nach der Zerstörung Unseres Feindes angebracht.

»Und was ist in der anderen Welt geschehen?« Calabos' Sicht kehrte zurück, und er nahm einen dämmrigen, graubraunen Nebel um sich herum wahr. »In welcher der Herr des Zwielichts triumphierte ...« Plötzlich dämmerte es ihm. »... er wurde der ...«

Der Große Schatten. Nachdem Er Uns an diesem Ort besiegt hatte, versklavte er Uns unter Seinen Willen, vereinte Unsere Macht mit der Seinen und vernichtete die Meister der Leere, bevor Er fast die ganze Leere zerstörte, in die Er alle anderen Reiche hinabzog.

Einen Moment begriff Calabos die Konsequenzen der Worte der Schlummernden Gottheit nicht, doch als das Verständnis einsetzte, überlief ihn ein eisiges Grauen.

»Alle anderen Reiche?«, fragte er. »Er hat sie in die Leere gezogen?«

Zutreffender formuliert: Seine Zerstörung der Pfeiler der Leere führte dazu, dass die anderen Reiche hineinstürzten. Dennoch war genau dies Seine Absicht.

»Die Zahl der Toten muss unzählbar gewesen sein«, murmelte Calabos.

Es kam niemand ums Leben. Er machte sich selbst zum Herrn über alle Gesetze und konnte ganz nach Belieben den Tod gewähren oder verhindern. Als daher alle Reiche in die Leere stürzten, hielt Er alle am Leben, ganz gleich, welche Drangsal sie auch erlitten. Immerhin war Er der absolute Monarch des Nachtreiches und benötigte Diener, Anhänger und alle möglichen Arten von unterhaltsamen Untergebenen. Viele versuchten, ihrem Leben ein Ende zu bereiten, wenn sie begriffen, was sich ereignet hatte, aber das erwies sich als vergeblich. Es gab kein Entrinnen.

»Das muss ein fürchterlicher Ort sein«, meinte Calabos finster.

Jedes Dorf, jede Ortschaft und jede Stadt jedes Landes liegt in dem Territorium des Nachtreiches nebeneinander. Sie sind zu einer einzigen, ungeheuren Landschaft zusammengepfercht. Bezirke führen mit ungehemmter Wildheit Krieg gegen ihre Nachbarn, und gelegentlich bilden Rivalen Allianzen, um einen Angriff gegen die Feste des Großen Schatten zu führen. Es ist nutzlos. Dieses Aufbegehren dient nur dazu, den Schatten zu amüsieren. Außerdem haben Seine egoistischen, wahnsinnigen Aktivitäten die Waagschalen der Zeit zwischen dieser Welt und dem Nachtreich gestört, sodass die Zeit dort schneller fließt als hier.

»Und dennoch ist er auf die Idee gekommen, auch noch unsere Welt zu erobern«, meinte Calabos. »Ist ihm langweilig geworden?«

Vielleicht ist er eher zu gewöhnt an die Kapriolen Seiner

Myriaden von Gefangenen. Zudem frisst das Wissen an Ihm, dass eine andere Welt existiert, in welcher die Erinnerung an Seine Macht fast schon zur Legende geworden ist. Es war nur ein kleiner Schritt vom Hass auf Unsere Welt zu einem Angriff auf sie.

Der ihn umgebende graubraune Nebel verwandelte sich in dichtes Blattwerk, als wäre er irgendwie in den gewaltigen Baum versetzt worden, der im Zentrum des Zyklons gestanden hatte.

»Sollte tatsächlich niemand bei dem Zusammenbruch der Reiche gestorben sein«, fuhr Calabos fort, »dann müssten ja alle noch leben.«

In gewisser Weise trifft das zu.

»Was wurde dann aus der anderen ErdenMutter und Tauric?«

Der Große Schatten verfügt über ein besonderes Gefängnis für alle jene, die Seinen besonderen Zorn auf sich gezogen haben. Es ist eine riesige Eiswand, die sich hinter Seinem Thron erstreckt und die jene Unseligen in ihrem klirrenden Griff hält. Dort hält Er die ErdenMutter fest, in Seiner Reichweite, falls es Ihn gelüstet, sie zu foltern. Tauric dagegen hat sich in seine Versklavung ergeben ...

»Also dienen diese Schattenkeim-Rituale dazu, diese Welt seinem Nachtreich hinzuzufügen, stimmt das?«, fragte Calabos. »Lassen die Meister der Leere dies denn zu?«

Sie haben mehr getan, als du annimmst, und das so unsichtbar wie möglich.

Calabos lächelte ironisch. »Gehe ich recht in der Annahme, dass der Faden meines Schicksals mich irgendwann in dieses Nachtreich führen wird?«

Diese Möglichkeit besteht, und nicht nur für dich ... Die Schlummernde Gottheit schwieg einen Moment. *Zudem kommt dieser Übertritt früher, als du denkst.*

Der gewaltige Baum schwang mit einer gleitenden Bewegung um ihn herum, und plötzlich befand er sich wieder auf der Spitze der Felsnadel. Die Schlummernde Gottheit starrte ihn aus der gegabelten Krone des kolossalen Baumes im Zentrum des Zyklons an. Calabos' schwindelte von der Heftigkeit des Übergangs, und als jemand seine Schulter packte, glaubte er, das Gleichgewicht zu verlieren und nach vorn zu stürzen ...

»Calabos! Ondene! Er ...« Es war Coireg. »Er wurde gerade gepackt ...!«

»Ondene?« Calabos versuchte seine Gedanken zu ordnen. »Gepackt? Von wem?«

»Ein Phantom flog durch die äußeren Winde des Zyklons und stürzte sich auf ihn, bevor jemand reagieren konnte.« Coireg wirkte fassungslos. »Er stieß einen so grauenvollen Schrei aus ... Dann taumelte er die Treppe hinunter. Qothan und einige der Oberhäuptlinge sind ihm gefolgt ...«

Auch du musst ihm folgen, Calabos.

Die Stimme der Schlummernden Gottheit durchdrang das gedämpfte Wüten des Zyklons, und alle blickten unwillkürlich auf das majestätische Antlitz.

Er kann nur ein Ziel haben, und dorthin musst auch du dich wenden.

Das Nachtreich, dachte Calabos düster.

Über ihnen wandte sich die Schlummernde Gottheit ab, schloss die Augen und zog sich in den gigantischen Baum zurück, dessen Blattwerk sich um sie schloss. Danach verschwammen die Blätter und Zweige des Baumes und lösten sich in dem dunklen, wirbelnden Röhren des Zyklons auf. Calabos sah einen Moment zu und ging dann zur Treppe.

»Seid Ihr zu einer solchen Jagd fähig und bereit, Herr Calabos?«, erkundigte sich Prinz Agasklin.

»Das werde ich erst wissen, wenn ich es versuche«, gab er zurück und raffte seine Robe, als er die Wendeltreppe hinabstieg.

Coireg folgte dicht hinter ihm mit einer Laterne, was den Abstieg erleichterte, der sich rasch in eine hektische Verfolgungsjagd verwandelte. Schließlich erreichten sie mit schmerzenden Füßen und zerkratzten Händen den Fuß der steinernen

Wendeltreppe und stolperten hinaus auf die vom Wind umtoste Brücke. Geduckt huschten sie hinüber und verschwanden rasch in dem Tunnel, der sie warm und trocken zu dem Pfad brachte, der von zertrümmerten Felsbrocken gesäumt war. Im Tosen des Zyklons konnte Calabos zwar nichts hören, aber er sah Ondene vor sich. Der ehemalige Hauptmann hockte auf den Knien auf einem Felsbrocken neben dem Pfad und presste seine Hände an sein Haupt. Von Qothan und seinen Kameraden war nichts zu sehen.

Ondene bemerkte Calabos sofort. Sein Kopf zuckte hoch, und er starrte ihn mit einem wilden, beinahe animalischen Blick an. Sein schweißüberströmtes Gesicht zuckte heftig.

»Die Steine ... haben kein Gesicht, aber ... sie sprechen zu mir!«, schrie Ondene abgehackt. »Sprechende Steine ... Sind sie ... die Steine von Gorla, von Keshada ...?«

»Corlek«, sagte Calabos ruhig, »hört auf meine Stimme ...« Während er sich ihm langsam näherte, versuchte er seine Worte gleichzeitig in Gedankensprache zu äußern, und hoffte, dass er Ondene so erreichen konnte. »Hört auf mich, folgt meiner Stimme, ignoriert alles andere, was Ihr vielleicht hört ...«

Hass verzerrte Ondenes Gesicht. »Verräterischer alter Mann! Ich werde deine Augen an die Fressbiester verfüttern ...!« Zwischen einem Wort und dem nächsten veränderte sich schlagartig seine Miene. »... Calabos, helft mir, ich flehe Euch an, ich kann nicht dagegen ankämpfen ...!«

In dem Moment tauchten Qothan und die beiden Oberhäuptlinge vor ihnen auf dem Pfad auf. Ondene erblickte sie, sprang auf die Füße und kletterte den Felsbrocken auf der vom Pfad abgewandten Seite hinunter. Calabos fluchte und rannte weiter, bis er einen Spalt zwischen den zertrümmerten Felsen fand. Die anderen folgten ihm, während er sich einen Weg über das weite Geröllfeld suchte. Er versuchte, die Gestalt Corlek Ondenes im Blick zu behalten, der wie ein Verrückter ans Ufer rannte. Aber statt zum Strand zu laufen, kletterte er an der Seite eines verwitterten Steinvorsprungs hinauf, der sich wie eine kleine Landzunge ins Meer erstreckte.

Ondene rannte bis zum äußerten Rand und blieb dort stehen. Die hohen Wellen rauschten und brachen sich direkt unter ihm und hüllten ihn in eine Gischtwolke. Als Calabos ebenfalls auf den niedrigeren Hang des Vorsprungs stieg, schaute Ondene zu ihm zurück und lachte. Dann wandte er sich dem Meer zu, hob die Hände und bellte eine Reihe von Worten, die man unter dem wilden Tosen der Wogen kaum hören konnte.

Einen Augenblick war nichts anderes zu hören als das Toben der Elemente, doch dann ertönte ein ferner, tiefer Klang, als würde in der Tiefe des Meeres ein gewaltiger Gong angeschlagen. Sekunden später erklang er noch einmal, diesmal lauter und näher. Calabos fühlte den Widerhall im bebenden Fels unter seinen Füßen.

Der dritte Schlag war ein ohrenbetäubendes, misstönendes Dröhnen, das in den Ohren schmerzte und den Boden erzittern ließ. Im selben Moment schien das Meer vor der Felszunge zu explodieren. Trauben von dunklen Tentakeln zuckten aus den Wogen, schlanke und massige, mit Gelenken versehene oder in Schuppen gehüllte. In ihrer Fülle wanden und schlängelten sie sich auf die Felszunge zu, während kleinere Tentakel über das felsige Ufer zuckten.

Calabos fühlte, wie jemand ihn am Arm zurückzog. Es war Qothan.

»Das ist Grath, der Grenzenlose! Wir schweben hier in höchster Gefahr …!«

Grath der Grenzenlose … Calabos wusste, dass es sich dabei angeblich um einen uralten Seegott handelte. Aber Qothan war offensichtlich sehr um ihre Sicherheit besorgt, und er schwankte zwischen der Entscheidung, ihm nachzugeben und seinem Bedürfnis, Ondene zu erreichen, der nur ein Dutzend Schritte entfernt war. Dann erklang ein tiefes, rauschendes Stöhnen, als eine riesige Gestalt sich vor der Felszunge aus dem Wasser erhob, ein gewaltiges Maul, von dessen zerklüfteten, mit Schmutz verkrusteten Seiten das Wasser in großen Bächen herabströmte. Ondene stand vor dem grotesken Koloss, ballte die Fäuste und hielt sie ausgestreckt vor sich, während er irgendwelche unverständliche Laute ausstieß.

Calabos schrie ihn an, zurückzutreten, doch Ondene warf ihm nur ein Grinsen über die Schulter zu, ohne dabei seine Anrufung zu unterbrechen. Im nächsten Moment ertönte erneut das hallende Stöhnen, und das dunkle, glitzernde Maul öffnete sich und neigte sich zu der Felszunge hinab. Ondene stieß einen Triumphschrei aus und trat hinein. Calabos sah gerade noch, wie er in einen pechschwarzen Abgrund zu stürzen schien, bevor sich der ungeheure Rachen schloss. Dann wich das Wesen zurück, bog sich und stürzte ins Meer zurück. Der Aufprall ließ riesige Wasserfontänen zu beiden Seiten aufspritzen. Die kleineren Tentakel und Fühler zogen sich ebenso rasch in die kochende Brandung zurück, und nach wenigen Sekunden war das gigantische Wesen verschwunden.

»Im Namen der Mutter!«, stieß Coireg hervor. Er hatte sich etwas abseits von Calabos gehalten und stand langsam wieder auf. »Das war Grath? Ist Ondene jetzt tot?«

»Nein, Freund Coireg«, erwiderte Qothan. »Grath wird als der Grenzenlose bezeichnet, weil die Extremitäten und Auswüchse seiner gewaltigen, verschlungenen Gestalt jeden Teil des Meeresgürtels berühren. Sie reichen an jede Küste und jedes Gestade. Garth ist eine Straße durch das Meer, ein Pfad, der von der inneren Magie seines Wesens getrieben wird. Ganz gleich, welches Ufer das Ziel des Schattenkönigs sein mag, er wird es in weniger als einer Stunde erreichen.«

»Sejeend«, meinte Coireg, und Calabos nickte.

»Deshalb muss ich dorthin gehen«, meinte er. »Behauptet jedenfalls die Schlummernden Gottheit.«

»Ja, diese Gottheit verkündet ebenso viele Rätsel wie Antworten«, murmelte Coireg fast zu sich selbst.

Prinz Agasklin tauchte auf. Er erklomm den Felsvorsprung, und ihm folgten zwei weitere, jüngere Häuptlinge der Israganthir.

»Es gibt einen Weg, Euch fast ebenso rasch dorthin zu bringen, Calabos«, erklärte er und sah Qothan an, der entschlossen nickte.

Calabos wollte fragen, was er meinte, doch dann legten Qothan und die beiden anderen der Dämonenbrut ihre Roben ab. Ihre Gestalten begannen zu wachsen und sich zu verändern. Ihre Torsos verschwammen, ihre Gliedmaßen wurden muskulöser, und über ihren Schultern bildeten sich Schwingen aus. Plötzlich verstand Calabos und lachte.

»Freund Agasklin«, sagte er. »Eure Bemühungen beschämen mich, dennoch würde ich gern eine kleine, zusätzliche Gunst von Euch erbitten, bevor wir nach Sejeend fliegen. Ich würde gern der *Sturmklaue* einen Besuch abstatten, um dort ein ganz bestimmtes Schwert zu holen, das mir gehört.«

Agasklin lächelte leicht. »Diese Gunst gewähren wir Euch gern. Danach bringen wir Euch in Windeseile über den Ozean, Calabos. Möge Euch das Schicksal gewogen sein!«

18

Öffnet die Tore,
Denn jenseits des Schlundes
Warten alle Träume,
Dort, wo die Hoffnung gestorben ist.

Die Schwarze Saga von Culri Moal,
Canto XI, Stanza 3

Es war ein heller, bewölkter Morgen, als ein Kräuseln über die graue Substanz lief. Kleine Wellen zogen darüber hinweg und kamen wieder zur Ruhe, wenn Nahrung aus den weit entfernten Rändern in die Mitte strömte, dorthin, wo einst der Kaiserpalast sich erhoben und Sejeend beherrscht hatte. Jetzt standen nur noch die zerborstenen Ruinen der Grundmauern. Alles andere war von der grauen Substanz verschlungen worden.

Im Zentrum von allem befand sich die Schattenpforte, ein konischer Vorsprung mit einer dunklen, klaffenden Öffnung in seiner schrägen Flanke. Daneben hockte eine verhüllte Gestalt auf einem Stück Mauerwerk, das ebenso von der Fäulnis verschont geblieben war wie sie. Allerdings hätte ein Beobachter bei genauerer Betrachtung den grauen Hauch wahrgenommen, der den Block hinaufkletterte, und auch die grauen Striemen auf den Händen und Beinen des Mannes bemerkt.

Xabo-Jumil wusste, dass diese Substanz sich auch ihn am Ende einverleiben würde, so wie sie schließlich die Aura aufgeweicht hatte, die Vorik beschützte. Ja, dachte er, schon bald wird dieser falsche Körper verschlungen werden, und meine Essenz wird ins Nachtreich an den prächtigen Traumhof meines Gebieters gelangen.

Dem Feldzug, mit dem sie diese Welt und all ihre Werke zu erobern suchten, war voller Erfolg beschieden. Die rasche Ausbreitung der grauen Fäulnis an den fünf vorgesehenen Orten hatte ihre Feinde überrascht und sich seit gestern Nachmittag sowie die ganze Nacht hindurch fortgesetzt, bevor die Fäule ihre eigenen Grenzen erreicht hatte oder an natürliche Barrieren gestoßen war, wie den Großen Kanal, der die Insel von Besh-Darok umgab, oder den Vaale, der Sejeend teilte. Es würde nicht mehr lange dauern, bis die ersten Voraustruppen der Schwarzen Horde aus allen fünf Schattenpforten preschten und die wahre Eroberung vorbereiteten.

Noch während Xabo sich zufrieden entspannte, nahm er eine Wesenheit wahr, die sich vom Meer her näherte. Er dehnte seine Wahrnehmung aus und bemerkte einige Aktivitäten unter den Wächter-Magiern am Nordufer des Vaale. Doch er achtete nicht darauf, sondern konzentrierte sich auf die abgerundete, graue Fläche der ehemaligen Hafenanlagen und Kais, an welche sacht die Wellen schlugen. Nur wenige Seevögel trauten sich näher heran.

Er musste nicht lange warten. Ein tiefer, hallender Gong ertönte, und eine gigantische Gestalt brach durch die Wasseroberfläche. Sie war von einer wimmelnden Traube von Tentakeln umgeben. Das obere Ende dieses ungeheuren Gebildes öffnete sich am Ufer, und aus dem schleimigen Schlund trat eine vertraute Gestalt auf den von grauer Substanz bedeckten Strand. Xabo lächelte. Der Schattenkönig war zurückgekehrt.

Ein unsteter Regen peitschte durch die Luft, als er am Rand der Palastruine auftauchte und sich den Weg hinein bahnte. Xabos gute Laune hielt an, als er die unmerklichen Veränderungen in der Haltung und Aura des Schattenkönigs bemerkte. Ein Beweis für Wachstum in dieser ewigen Essenz, gepaart mit neuen Erfahrungen.

»Ihr seid sehr zielstrebig«, begrüßte er ihn. »Unsere Feinde glaubten, Euch zu fangen und zu besiegen, stattdessen haben sie Euch geholfen, zu wachsen. Wusstet Ihr zuvor schon von Grath dem Grenzenlosen?«

»Ich wusste von ihm«, erwiderte der Schattenkönig und betrat die dachlose Kammer. »Aber nicht so, wie ich jetzt weiß.«

Xabo lächelte und fühlte, wie sich dabei die Haut über den

Knochen spannte, wie bei einer schlechten Maske. Nichts anderes war dieses Gesicht ja auch. »Also seid Ihr hierher gekommen. Was begeht Ihr? Macht? Herrschaft? Ihr könnt einfach auf das Eintreffen der Marschalle und Hauptleute des Generals der Dämmerung warten. Sie werden nur zu gern bei der Unterjochung dieser Welt mit Euch zusammenarbeiten.«

Der Schattenkönig sagte nichts, sondern sah ihn nur an, während er gemächlich über den grauen Boden zu der Schattenpforte schlenderte.

»Oder wollt Ihr mich töten?«, fragte Xabo. »Es wäre weder eine Überraschung noch ein echter Tod, bloß eine Beschleunigung des Unausweichlichen. Tötet mich, dann wird meine Essenz in das Nachtreich reisen, zu den prächtigen Traumhöfen meines Gebieters, der mir eine neue Gestalt geben wird, die meiner Stellung angemessener ist als dieser armselige Knochensack.«

»Ich werde nicht das Knie beugen«, sagte der Schattenkönig. »Ich werde mich nicht unterwerfen, und ich werde mich nicht vor dem Sturm verneigen. Ebenso wenig, wie er es vor mir tun würde.«

»Ah, Ihr begehrt alles«, folgerte Xabo. »Mein Gebieter, der Große Schatten, wird ebenso neugierig wie fasziniert verfolgen, wie Ihr mit den Besonderheiten des Nachtreichs fertig werdet. In meinen Augen kann ein solches Ringen nur fruchtbar sein, denn der Sieger wird gestärkt daraus hervorgehen, und von daher besser in der Lage sein, den Erfolg unseres Feldzuges zu gewährleisten.«

»Dein Gleichmut führt vielleicht deinen Untergang herbei«, meinte der Schattenkönig. »Sollte ich siegreich bleiben, wird meine Ordnung des Nachtreichs möglicherweise nicht nach deinem Geschmack sein.«

»Falls Ihr siegreich bleibt, Herr, werdet Ihr Euch erheblich von dem unterscheiden, der Ihr heute seid«, erwiderte Xabo. »Was auch der Fall sein wird, wenn mein Gebieter, der Große Schatten, triumphiert. Eine Möglichkeit, die, wenn Ihr mir meine Offenheit verzeiht, das wahrscheinlichere Auskommen sein wird. Wenn sich die Essenz verändert, folgt ihr auch die äußere Erscheinung. Darauf bin ich vorbereitet.«

Der Schattenkönig lachte und ging zu dem gähnenden, schwarzen Portal der Schattenpforte.

»Dann bereite dich auch auf einen neuen Zweck und einen neuen Herrn vor!«

Mit diesen Worten trat er durch das Portal und verschwand.

Ich bin bereit, Herr, dachte Xabo. Nur, seid Ihr das ebenfalls?

Mehr als eine Stunde nach dem Verschwinden des Ondene-Schattenkönigs stand Tashil auf den Zinnen des übrig gebliebenen Seetor-Turmes an der Mündung des Vaale und lauschte einem Streitgespräch zwischen Dardan und Sounek.

»... und ein gewaltiger Schlund öffnete sich, und ein Reisender trat heraus«, berichtete Sounek gerade. »Das haben wir gesehen, also muss dieser Schlund der Seegott Grath gewesen sein.«

»Das behaupten jedenfalls die Ammenmärchen, die Ihr am Schürzenband Eures Kindermädchens gehört habt«, gab Dardan gereizt zurück.

»Ich hatte kein Kindermädchen«, konterte Sounek trocken. »Im Gegensatz zu Euch.«

Tashil mischte sich rasch ein. »Wenigstens sind wir uns einig, dass es Corlek Ondene war, der aus diesem Ding getreten ist.«

»Und der wieder unter dem Einfluss des Schattenkönigs stand«, meinte Dardan griesgrämig. »Was auch immer auf diesem Eiland der Schlummernden Gottheit geschehen ist, gut war es nicht.«

Sounek nickte. »Und wir haben nach wie vor keine Nachricht von Calabos oder Dybel.«

Tashil schüttelte den Kopf, während sie die beiden betrachtete. *In einem Moment gehen sie aufeinander los, im nächsten sind sie Brüder im Trübsinn ...*

Sie erinnerte sich noch lebhaft an die gestrige wilde Flucht vor der plötzlichen und schrecklichen Ausdehnung der grauen Fäule. Sie hatte sich mit den anderen im Schankraum des *Braukessels* aufgehalten, wo sie versuchten, die blank liegenden Nerven nach den letzten Katastrophen zu beruhigen. Gerade hatten sie einem verwundeten Bogenschützen zugehört, der auf Ilgarions Marsch nördlich von Besh-Darok von einem Messerstich verletzt worden war, als panische Menschen von der Straße in den Schankraum stürzten und ihnen zuriefen zu fliehen.

Sie stürmten nach draußen. Hunderte von Städtern waren zu Fuß, zu Pferde oder auf Karren zum Vaale unterwegs. Niemand wollte anhalten und ihnen mehr erklären, und sie bekamen nur ungenaue Bruchstücke aus den Leuten heraus, bis sie einen Gardisten in der Uniform des Palastes in der Menschentraube sahen und ihn kurzerhand aus der Menge zerrten. Auf ihre Fragen bestätigte er, was Tashil befürchtet hatte. Die graue Substanz im Palast hatte zu wachsen begonnen, und zwar mit einer Frucht einflößenden Geschwindigkeit. Es fraß sich durch Wände und brachte auf seinem Weg nach draußen ein Gebäude nach dem anderen zum Einsturz. Tashil hatte die Sache untersuchen wollen, aber die anderen hatten nachdrücklich dagegen gestimmt und darauf hingewiesen, dass es nur schwieriger sein würde, mit einem Boot oder über eine Brücke ans Nordufer zu entkommen, wenn sie lange zauderten, nicht leichter.

Also mischten sie sich unter die flüchtende Menschenmenge. Nur wenige Minuten später hatte Dybel die anderen daran erinnert, dass Enklar und die beiden Wachen Rog und Gillat in der Herberge neben der Schänke schliefen. Er hatte die eindringlichen Bitten der anderen ignoriert, sich gegen den Strom der Flüchtlinge zurückgearbeitet und ihnen versichert, dass er sie an der Mole einholen würde. Sie waren kaum bis zur nächsten Ecke gekommen, als ein panischer Aufschrei aus Tausenden von Kehlen hinter ihnen aufstieg. Sie drehten sich um und sahen die graue Fäule über den Rand der Klippe quellen. Zungen der Substanz sickerten langsam die Flanke des Felsens hinab.

Daraufhin verwandelte sich der Exodus in eine brüllende, panische Flucht, die Tashil, Dardan, Sounek und Inryk in einer

Woge aus Leibern mitriss. Die nächste Stunde verstrich zwischen Panik und Wahnsinn, bei dem Tashil Augenzeugin sowohl furchtbarer Barbarei als auch selbstlosen Heldentums wurde. Einige Menschen wurden zu Tode getrampelt, andere vor dem sicheren Tod gerettet. Irgendwann wurde Tashil von den anderen getrennt, konnte sich jedoch in das Fenster eines Hauses ziehen. Sie verließ das Gebäude durch den Hinterhof und suchte sich einen verschlungenen Weg nach Norden. Schließlich stieß sie wieder zu den anderen, die mittlerweile ein Lagerhaus für Tierfutter in der Nähe des Ufers erreicht hatten.

Von den verwitterten Zinnen des Seetor-Turmes aus konnte Tashil die Stelle sehen, wo sie und die anderen in einem flachen Ruderboot, das sie in einem der Schuppen des Lagerhauses gefunden hatten, den Vaale überquert hatten. Auf halber Strecke war der Kahn leck geschlagen, und ihre Bemühungen, das Wasser auszuschöpfen, wurden von etlichen Schwimmern erschwert, die versuchten, in das Boot zu klettern. Irgendwie waren sie so lange über Wasser geblieben, bis sie das Nordufer erreichten. Dabei hatten sie ein halbes Dutzend Flüchtlinge an den Seiten des Bootes mitgezogen, die beinahe erfroren waren. In diesem Chaos hatten sie keine Chance gehabt, Dybel, Enklar und die Wachen zu finden, selbst wenn ihnen der Übergang gelungen wäre. Also waren sie auf Dardans Rat hin zum Turm des Seetores gegangen, durch das sie vor gar nicht allzu langer Zeit noch auf der *Molligen Muschel* entkommen waren. Sie hatten den Nordturm bestiegen, der während der Invasion der Untoten so hart umkämpft gewesen war.

Von dieser Befestigung aus bot die Südstadt von Sejeend einen erschreckenden Anblick. Das Herz der kaiserlichen Stadt war zerstört und vollkommen von dem kriechenden Auswuchs verschlungen, der mittlerweile jeden Quadratmeter festen Bodens bedeckte. Die ganze Bucht bis zum Südufer des Vaale und weiter nach Westen lag unter diesem blassen, tödlichen Grau, aus dem nur die Ruinen eingestürzter Häuser wie zerbrochene Knochen herausragten.

Calabos, dachte sie verzweifelt. Was sollen wir tun?

Schritte kündigten Inryk an, der agil, wenn auch zerzaust auf die Plattform des Turms stieg, angewidert auf einen Blutfleck auf den Planken starrte und dann zu den drei Magiern hochsah.

»Ich habe Neuigkeiten.«

Dardan schnaubte. »Gute oder schlechte?«

»Einige sind unbestreitbar gut, andere nicht ganz so gut.« Er lachte bissig. »Je nach Stimmung könnte man sie auch als schlecht bezeichnen.«

»Dann hebt unsere Laune doch bitte zuerst«, forderte Tashil ihn auf.

»Dybel, Enklar und die Wachen leben. Ich bin gerade von einem Händler informiert worden, der in der Nacht angekommen ist und einige Stunden lang nach uns gesucht hat.«

»Das sind allerdings gute Nachrichten«, bestätigte Sounek. »Und dann kein Wort in Gedankensprache? Zugegeben, er ist nicht auf der Höhe. Und was, bitte sehr, sind die nicht so guten Nachrichten?«

»Seine Allerhöchste Erhabenheit, Majordomo Roldur, erwartet Euer Erscheinen unten im Versammlungsraum«, erklärte Inryk sarkastisch.

»Pferdemist«, knurrte Dardan.

»Wie ist seine Laune?«, erkundigte sich Sounek. »Ist er wütend oder ruhig?«

»Ruhig«, erwiderte Inryk und beugte sich etwas vor. »Sehr ruhig.«

Sounek schüttelte den Kopf und schaute von Tashil auf Dardan.

»Er wird gewiss Antworten von Euch fordern, nach Eurer zweifellos überzeugenden gestrigen Vorstellung.«

Dardan sah Inryk finster an. »Hat er eine Eskorte dabei?«

»Ja, etwa ein Dutzend schwer bewaffnete Wachen.«

»Das ganze Nordufer befindet sich in heller Aufregung«, erklärte Dardan beißend, »und er hat nichts Besseres zu tun, als uns zu drangsalieren.«

Sounek spähte über die zur Stadt gelegenen Zinnen und

schnalzte leise mit der Zunge. »Ja, es sieht bedauerlicherweise so aus, als müsstet Ihr dorthin schwimmen. Ich frage mich, ob noch ein paar Piratenschiffe in der Nähe sind. Sie sind bestimmt dankbar für neue Rekruten ... Tashil? Was habt Ihr ...?«

Tashil schüttelte den Kopf und brachte ihn mit einer Handbewegung zum Schweigen, während sie versuchte, sich auf ihre Magiersinne zu konzentrieren. Sie war sicher, dass sie vor einem Moment den Anflug einer Gedankennachricht von jemandem wahrgenommen hatte ...

... Tashil, Dardan ... schaut nach Osten ...

Sie schöpfte wieder Mut. *Calabos?*

Die einzige Antwort war absolute Stille in ihrem Verstand. Trotzdem trat sie an die seewärts gelegene Mauer und starrte auf den Horizont, der gelegentlich unter den Regenwolken aufblitzte, die sich in weiter Ferne von Nord nach Süd über den Himmel jagten. Sie konzentrierte sich auf winzige Segel, die aus den Nebelwänden auftauchten, als könnte sie deren Erscheinen allein durch ihren Willen beschwören. Aber sie sah keine, so sehr sie sich auch bemühte, selbst als sie eine neue Nachricht in Gedankensprache ausschickte.

Dardan knurrte, gleichzeitig ärgerlich und besorgt.

»Wir können genauso gut hoffen, dass Ilgarion mit einem Generalpardon und Herzogtümern für uns alle im Säckel hier auftaucht«, meinte er.

»Allerdings. Auf der Waagschale der Wahrscheinlichkeit«, meldete sich eine gebildete Stimme zu Wort, »wäre diese Möglichkeit tatsächlich sehr leichtgewichtig.«

Tashil warf Dardan und Sounek einen resignierten Blick zu, während sie sich zu Roldur herumdrehten, dem Majordomo von Sejeend. Der Mann war in ein makelloses, blassblaues und gelbes Gewand mit Zobelbesatz gekleidet, unter dem er ein feines Wams mit dem Rosen-und-Schlüssel-Emblem seines Ranges trug. Sein graues Haar war sorgfältig frisiert, und er war glatt rasiert. Aber seine distinguierte Erscheinung konnte nicht über seinen eisernen Charakter hinwegtäuschen, der sich in seinem Blick zeigte.

»Eine Erklärung wäre wünschenswert«, sagte er und deutete auf das formlose, gefräßige Grau, das den ganzen Norden überzog. »Und zwar dafür.«

Sounek spreizte die Hände. »Erlauchter Herr, diese ernste Tragödie konnte niemand vorhersehen. Wir haben es mit einem Feind zu tun, dessen Verachtung für alles Leben nahezu bodenlos ist.«

»Er meint, dass es uns vernichten wird, wenn wir ihm nicht zuvorkommen.« In Dardans Stimme lag nicht die geringste Ehrerbietung. Tashil knirschte mit den Zähnen und widerstand dem Impuls, ihm einen wütenden Blick zuzuwerfen.

Roldur musterte ihn mit einem strengen Blick.

»Aber Ihr, mein Herr, und die Lady hier sind in den Palast gekommen und haben ein beeindruckendes Ritual an den Rändern dieser Widerwärtigkeit durchgeführt. War an dieser Vorstellung in Wahrheit auch nur das Geringste wirkungsvoll?«

Dardan sah ihn an. »In Wahrheit, Herr, nur sehr wenig, obwohl wir dabei feststellen konnten, dass unsere Feinde sehr mächtig sind.«

»Eine Schlussfolgerung, die Ihr nicht mit mir teilen mochtet, nein?«

»Wir hielten das nicht für weise.«

»*Weise?*«

Tashil hielt es für angeraten, sich einzumischen.

»Ehrwürdiger Roldur«, sagte sie, »obwohl wir sehr wenig von den wahren Fähigkeiten des Feindes wussten, hatten wir keinen Grund anzunehmen, dass sie dieser alles verzehrenden Fäulnis erlauben könnten ...«

»Das genügt, Lady Tashil«, unterbrach sie der Majordomo und hob die Hand. »Ihr habt mir nichts Bedeutungsvolles mitzuteilen, so viel ist klar. Ich war bereit, Eurer Hilfe zu vertrauen und mich auf Calabos' Rat, seine Weisheit und Hilfe zu stützen. Es scheint, dass mein Vertrauen fehl am Platze gewesen ist, wofür ich mir allein die Schuld geben muss.« Sein Blick wurde kalt. »Aber für die Unfähigkeit und den schlechten Ratschlag mache ich die Wächter verantwortlich! Allmählich glaube ich, dass Tangaroth mit seiner Äußerung Recht gehabt haben könnte, dass man Euch schon vor langer Zeit die Zügel hätte anlegen sollen ...!«

Während Roldur anfing, ihre Verfehlungen aufzulisten, erregte Inryk, der an der zur See hin gerichteten Mauer lehnte, unbemerkt Tashils Aufmerksamkeit. Sie fing seinen Blick auf. Er schaute aufs Meer hinaus und in den Himmel. Tashil starrte ihn gereizt an.

Was?

Sieh einfach hin, ja?

Unter dem missbilligenden Blick des Majordomo drehte sie sich um und spähte in den Himmel. Sie erkannte einen dunklen Punkt. Sie konzentrierte ihre Magiersicht, um die Entfernung zu verringern ... Der Punkt wuchs zunächst, teilte sich dann und wurde zu einer Gruppe von Gestalten, von denen drei mit Flügeln eine Vierte trugen, die offenbar keine Schwingen besaß. Sie kamen näher und flogen zur Mündung des Vaale. Der Majordomo ließ von seiner Strafpredigt ab und schaute mit den anderen nach oben. Als Tashil in dem Passagier Calabos erkannte, wurde auch ersichtlich, wer seine Träger waren. Dämonenbrut.

Die drei reptilienartigen Kreaturen schlugen mit ihren mächtigen Schwingen, setzten Calabos behutsam auf einer Ecke des Turmdaches ab und landeten dann auf dem nördlichen Teil des Seeportals, das zum Teil noch offen stand. Wie die anderen war auch Tashil von dem Anblick dieser legendären Bestien gleichzeitig eingeschüchtert und fasziniert.

Jetzt standen sie auf dem Steg, der über das ganze Tor führte. Sie hatten die Flügel gefaltet und betrachteten das alles überdeckende Grau im Süden, ohne auf die Städter zu achten, die sich am Ufer zusammenscharten und sie anstarrten.

»Freunde«, sagte Calabos, »es freut mich sehr, Euch gesund wiederzusehen.« Lächelnd schüttelte er Sounek, Dardan und Inryk die Hand. Zuletzt küsste er Tashil mit vollendeter Grazie die Hand. Tashil fiel auf, dass er das Schwert der Vereinten Mächte auf dem Rücken trug, und sie wurde plötzlich unruhig, als ihr dämmerte, dass dies alles auf ein endgültiges Lebewohl hindeutete. Bevor sie jedoch etwas sagen konnte, wandte sich Calabos an den Majordomo.

»Hohe Exzellenz Roldur«, begann er, »ich hoffe, dass meine Gefährten Euch in meiner Abwesenheit ein wenig helfen konnten, obwohl selbst ich, wäre ich hier gewesen, nichts hätte tun können, um die Perle von Sejeend zu retten.«

Bei diesen mitfühlenden Worten verzog sich das Gesicht des Majordomo vor Gram. »Ich kann dem Gefühl des Verlustes, das ich empfinde, keine Worte verleihen, ehrwürdiger Calabos«, erwiderte er.

Calabos nickte traurig. »Wir haben es mit einem bösen, rücksichtslosen und brutalen Gegner zu tun, Roldur. Und es ist unsere Aufgabe, sich ihm zu stellen, wie es schon vor drei Jahrhunderten unsere Bürde war.«

»Ihr sagt, was gesagt werden muss«, erwiderte der Majordomo feierlich. »Obwohl der Kaiser und sein Erzmagier sich dem Feind im Norden entgegenstemmen, müssen wir den Mut aufbringen, ihm hier Einhalt zu gebieten. Aber wir wissen nur sehr wenig über unseren Feind, werter Calabos, trotz der ... Bemühungen Eurer Wächter.«

Tashil warf Dardan einen unbehaglichen Blick zu.

»Mein Wissen ist ebenfalls sehr unvollständig«, antwortete Calabos. »Aber Ihr seht Euch möglicherweise sehr bald einer neuen Gefahr gegenüber, welche aus dem Portal entspringt, das sich in der Mitte dieser grauen Fäule befindet. Und zwar einer bewaffneten und erbarmungslosen Invasionsarmee.«

Der Majordomo zuckte entsetzt zurück und wirkte plötzlich sehr viel älter. Dann nahm er sich sichtlich zusammen. »Wir müssen uns darauf vorbereiten«, erklärte er und ging zur Treppe. »Ich werde jetzt meine Vorkehrungen treffen und meine Hauptleute instruieren. Steht Ihr uns mit Euren Fähigkeiten und Eurem Rat zur Seite?«

Calabos schüttelte den Kopf. »Meine Pflicht führt mich an einen anderen Ort, zu diesem Portal, von dem ich vorhin gesprochen habe. Meine ungewöhnlichen Verbündeten«, er warf einen Seitenblick auf die drei Gestalten der Dämonenbrut, »und ich werden in das Reich des Feindes eindringen und den Kampf dorthin tragen.«

Tashils schlimmste Befürchtungen bestätigten sich, und sie rang um ihre Fassung. »Wo liegt dieses Reich?« Sie deutete auf das Schwert, das er trug. »Welche Gefahren werden Euch dort erwarten, und wie viele? Calabos, das könnt Ihr nicht alleine bewerkstelligen. Ihr müsst erlauben, dass wir Euch begleiten, bitte ...!«

Noch während die anderen ihr stürmisch beipflichteten, hob Calabos die Hand und lächelte traurig.

»Sollte ich nicht in der Lage sein, allein gegen den Großen Schatten zu bestehen, wäre Euer zwangsläufiger Untergang ein viel zu großes Opfer ...« Er schaute Dardan an. »Diesmal gibt es keine Diskussionen, mein alter Freund!« Er richtete sich auf und schaute zu der Dämonenbrut hinüber. Als hätte er ihnen ein geheimes Zeichen gegeben, breiteten sie ihre Schwingen aus und erhoben sich in die Luft.

»Bleibt in Sejeend.« Er wandte sich Tashil und den anderen zu. »Allerdings bietet Euch die Schleuse von Hubranda einen besseren Zufluchtsort. Bereitet Euch auf die Schlacht vor, helft dem Majordomo so gut Ihr könnt, und achtet auf alles, was sich aus westlicher Richtung entlang des Gronanvel-Tals nähert. Dort in Alvergost wütet ein anderer Pesthauch. Außerdem solltet Ihr auf schlechte Nachrichten aus Besh-Darok gefasst sein ...«

Die drei der Dämonenbrut schwebten jetzt dicht über ihnen, und Tashil spürte den Luftzug ihrer Schwingenschläge auf ihrem Gesicht. Während sie langsam herabsanken, sah Calabos seine Wächter der Reihe nach an.

»Meine Bestimmung führt mich jetzt in ein dunkles, gefährliches Reich, und in aller Aufrichtigkeit sage ich, dass dies vielleicht das letzte Mal ist, an dem wir uns in diesem Leben sehen.« Dann grinste er noch einmal, hinreißend und listig. »Sollte allerdings eine Möglichkeit bestehen, dass ich zurückkehren kann, sobald der Untergang abgewendet ist, dann seid versichert, dass ich alles daran setze, sie zu nutzen. In dem Fall werdet Ihr eine Geschichte zu hören bekommen, die ihresgleichen sucht.«

Er streckte die Arme hoch, und die Dämonenbrut hob ihn in die Luft. Tashil rief ihm ein Lebewohl hinterher, während ihr die Tränen in den Augen brannten. Sie und die anderen Magier blieben auf den Zinnen stehen, während die kleine Gruppe nach Süden flog und hinter den grauen Klippen aus ihrem Blickfeld verschwand. Die Trauer über diesen Abschied erinnerte sie an ihren Bruder Atemor, an ihren Vater und ihre Familie. Sie lehnte sich an den kalten Stein und flüsterte ein Gebet für sie. Sie richtete es an die ErdenMutter, aber sie hatte das Gefühl, dass ihre Worte ungehört in einem gähnenden Abgrund verhallten.

Wann sonst sollen wir von den Göttern etwas erflehen?, dachte sie und gesellte sich zu der Gruppe, die sich um den Majordomo scharte, um sich an den Diskussionen über die Vorbereitung auf die Invasion zu beteiligen.

Ein Soldat schrie vor Qual laut auf, als Helfer ihn von den Barrikaden wegzogen, zurück zum Lager. Ayoni saß auf einem halb zerschmetterten Fass und fragte sich, ob von den Verwundeten, die ins Zelt der Heiler gebracht worden waren, jemand überlebte. Der Oberste Heiler war im blutigen Chaos vom Vortag gestorben, welches das Festland überschwemmt hatte.

Chellour beendete seine mühsame Heilung der Fleischwunden der Soldaten, taumelte zu ihr und sank neben ihr ins Gras. Er ließ vollkommen erschöpft den Kopf hangen.

»Die Offiziere bezweifeln, dass wir sie das nächste Mal aufhalten können«, meinte er. »Vor allem dann nicht, wenn wir nicht die Truppen zurückbekommen, die wir ins Tal geschickt haben.«

»Es war eine verzweifelte Lage, Chellour«, antwortete Ayoni. »Jarrycs Hauptleute brauchten diese Verstärkung dringend. Und selbst mit ihnen hätte es auch leicht anders ausgehen können. Wir haben einfach Glück gehabt, dass die Mogaun ihre Angriffe offenbar nicht gut koordinieren.«

Chellour hob den Kopf. Die dunklen Ränder unter seinen Augen deuteten auf viel zu wenig Schlaf hin. »Ich frage mich, wie viele Häuptlinge sie verloren haben, nachdem Ihr Huzur Marag erledigt habt.«

Sie zuckte mit den Schultern. »Es ist zu früh, um das sagen zu können. Aber ich hoffe das Beste. Wenigstens werden wir immer stärker, je mehr Überlebende eintreffen ...«

»Aber von Ilgarion ist bisher noch nichts zu sehen«, meinte Chellour und lächelte schwach.

»Die Hoffnung stirbt zuletzt«, murmelte sie. »Habt Ihr irgendwelche Nachrichten in Gedankensprache aufgeschnappt, seit wir herübergekommen sind?«

»Vor dem letzten Angriff glaubte ich, Fetzen einer Nachricht von Calabos empfangen zu haben, und nicht lange danach eine Antwort von Tashil. Aber ich war zu müde, um mich darauf zu konzentrieren. Das bin ich immer noch.«

»Irgendetwas geht da vor«, sagte Ayoni. »Ich frage mich, ob sich die Fäulnis überall so rasch ausbreitet ...«

Chellour lachte freudlos, aber bevor er etwas sagen konnte, hastete ein Läufer der Infanterie heran, salutierte und reichte Ayoni ein Nachrichtenbrett.

»Vom General, Mylady.«

Ayoni widerstand der Versuchung, Jarrycs neuesten Titel mit einem Lächeln zu kommentieren, und drehte den Deckel an seinem Scharnier herum. Die Nachricht enthielt nur wenige Worte. *Komm rasch, Neuankömmlinge.* Darunter befand sich das Siegel ihres Ehemannes. Mit dem Daumen drückte sie den Lehm flach, bevor sie das Tablett schloss und es dem Läufer zurückgab. Der schob es in eine Gürteltasche neben einige andere, verbeugte sich und verschwand hastig.

»Ich werde im Zelt des Generals benötigt«, sagte sie und stand auf.

»Sagt Jarryc, dass wir diese Truppen dringend brauchen«, meinte Chellour.

Sie nickte und machte sich auf den Weg an der Schlucht entlang. Dieser führte zu einem kleinen, bewaldeten Plateau, das im Norden von steilen Klippen eingegrenzt wurde, nach Süden in einem langen, mit Büschen bestandenen Abhang abfiel und sich in ein sumpfiges Tal erstreckte, das sich nur sehr schwer verteidigen ließ. Daneben lag das Ufer des Kanals, das zum größten Teil am Fuß einer steilen, zerklüfteten Felswand entlangführte und in zwei kleine Buchten mündete. Dieses ganze Gebiet musste mit den aufgeriebenen Resten von zwei Kompanien verteidigt werden. Diese hatte Ilgarion vor zwei Tagen zur Verteidigung der Belagerungsmaschinen zurückgelassen, bevor er den Rest seines Heeres auf die Insel Besh-Darok geführt hatte.

Auf dem felsigen Plateau wuchsen nur wenig Bäume. Dafür hatten viele Arten von zähen Büschen Wurzeln zwischen den moosbedeckten Klippen und den Grasbüscheln geschlagen. Das Lager war ein hastig zusammengewürfeltes Durcheinander aus schäbigen Zelten. Jarrycs »Kommandozelt« bestand nur aus einem Segeltuch, das schräg an einen aufragenden Felsfinger neben dem Rand der Senke gebunden war. Von dort aus konnte man den Kanal überblicken. Zwei Mönche der ErdenMutter kümmerten sich um einige Verwundete, als Ayoni eintraf, und zwanzig schlammbespritzte und mitgenommene Soldaten scharten sich um ein Kochfeuer.

Als sie die Männer genauer betrachtete, erkannte sie in den meisten von ihnen Angehörige der Ehernen Garde. Das mussten die Neuankömmlinge sein, von denen Jarryc in seiner Botschaft gesprochen hatte.

Während sie zu Jarrycs Zelt eilte, schaute sie über den Kanal. Die Insel von Besh-Darok war mittlerweile vollkommen von dem fahlen, tödlichen Grau überzogen, dieser alles verschlingenden Fäule, die sich aus dem alten Kaiserpalast verbreitete. Die grauenvolle Furcht, die sie gestern beim Herannahen der grauen Substanz empfunden hatte, war ihr noch frisch im Gedächtnis. Ebenso wenig konnte sie den schrecklichen Anblick der Menschen, die erbittert miteinander rangen und sich sogar umbrachten, um einen Platz in den Booten zu ergattern, nicht vergessen. Natürlich kenterten viele dieser hoffnungslos überladenen Boote noch weit vor der Zeltstadt der Wallfahrer. Frauen und Kinder versanken in den eiskalten Fluten. Selbst während diese graue Substanz langsam zu den westlichen Grenzen der Insel schwappte, bekämpften sich die Streitkräfte von Ilgarion und Huzur Marag mit einem wahnsinnigen Hass, und das, obwohl ihr gemeinsamer Untergang unaufhaltsam auf sie zukroch.

All dies hatten Ayoni, Jarryc, Chellour und Baron Klayse vom Boot des Sehers aus mit ansehen müssen, als sie über den Kanal zurückruderten. Nachdem sie an Land gegangen waren, verfolgten die Seher der Mogaun ihre eigenen Ziele. Sie wollten in die Wälder im Norden zurückkehren. Ayoni, Jarryc, Chellour und Klayse wandten sich nach Südwesten und versuchten, unbemerkt nach Sejeend zu gelangen. Sie landeten mitten unter einer panischen Einheit kaiserlicher Soldaten. Eine der beiden Kompanien hatte noch vor wenigen Tagen unter Jarrycs Kommando gestanden, und Ayonis Gemahl hatte die Männer nicht einfach in einer solch verzweifelten Lage ohne Führung lassen können ...

Als sie jetzt die alten, ausgetretenen Stufen zu der Anhöhe hinaufstieg, auf der sich das Lager befand, trat Baron Klayse unter Jarrycs Zeltdach hervor. Sein Gesicht war grimmig.

»Mylady«, begrüßte er sie. »Euer Gatte und die drei anderen erwarten Euch bereits. Ich kann nicht bleiben, die Verteidiger im Tal brauchen mich!«

Mit diesen Worten eilte er sichtlich erschöpft davon. Ayoni sah ihm mutlos nach.

Drei andere?, dachte sie. Ilgarion und Erzmagier Tangaroth ... sie haben überlebt ...

Sie sollte sich irren. Als sie eintrat, stand Jarryc auf und begrüßte sie, ebenso wie Shumond, der Lordkommandeur der Ehernen Garde, und ein verschreckt wirkender junger Mann, in dem sie einen der Hofmagier erkannte. Eine vierte Person in einer weiten, dunkelblauen Robe blieb regungslos sitzen. Sie nahm vage eine Empfindung wahr, die diese Person ausstrahlte, ein Gefühl von Schmerz und Wut ...

»Gräfin, ich bedauere sehr, Euch unter solch unseligen Umständen begrüßen zu müssen«, sagte Shumond, bevor Jarryc reagieren konnte. »Ich überbringe tragische Neuigkeiten, die dennoch unbedingt Gehör finden müssen, ganz gleich, welche Trauer sie auslösen. Mylady, unser geliebter, mächtiger Kaiser Ilgarion, Sohn des Magramon, lebt nicht mehr. Er fiel auf dem Schlachtfeld, während er den Ruhm des Khatrimantinischen Reiches und seines Thrones bis auf den letzten Blutstropfen verteidigte ...«

Ayoni rührte keinen Muskel und unterdrückte ein Gefühl eisiger Genugtuung. Als sie jedoch Jarryc ansah, wirkte seine Trauer aufrichtig. Irgendetwas stimmte hier nicht, das wurde ihr sofort klar ...

»Kaiser Ilgarion starb, ohne Nachkommen zu hinterlassen. Doch die tödliche Gefahr, der wir uns hier und überall sonst gegenüber sehen«, fuhr Shumond fort, »verbietet uns, den Thron unbesetzt und verwaist zu lassen. Aus diesem Grund haben ich und die Offiziere der Ehernen Garde sowie die Adligen, die überlebt haben, vorgeschlagen, die Krone jemandem zu reichen, dessen Verdienste und Loyalität unanfechtbar sind, und dessen Vorfahren die erforderliche königliche Abstammung ...«

An diesem Punkt drehte sich die vierte Person auf ihrem Stuhl zu Ayoni um. Ihr schwante Übles. Dann hob die Gestalt zitternd die Hand und schlug die Kapuze zurück. Erzmagier Tangaroth hatte sich verändert. Seine Haut war blass, beinahe wächsern, und ein Auge war blutunterlaufen, doch Ayonis Aufmerksamkeit wurde sofort von den schmuddeligen, blutbefleckten Verbänden gefesselt, welche die untere Hälfte seines Gesichts verbargen.

»Der Erzmagier hat eine schreckliche Verletzung erlitten«, erklärte Shumond. »Da er seine Stimme nicht mehr benutzen kann, wird Gessik neben ihm als Medium dienen ...«

Der junge Magier fuhr heftig zusammen und sprach mit monotoner, hohler Stimme.

»Ich bin bereit, Eure vergangenen Verfehlungen zu übersehen, Gräfin«, leierte er Tangaroths Worte herunter. »Ebenso wie die Eurer Wächterkollegen, Eures Gatten und selbst die des Baron Klayse. Ich verlange nur Euer Wort, dass Ihr mit dem fortfahrt, was Ihr begonnen habt, nämlich Euch den Feinden des Kaiserreiches entgegenzustellen und sie zu vernichten.«

Es fiel ihr nicht leicht, diese Worte aus dem Munde eines Mannes zu hören, während sich ein wütender Blick aus den Augen eines anderen auf sie richtete, der die Quelle dieser Worte war.

»Ihr wisst, dass die Krone an den Zweig der Familie von Magramons Bruder gehen sollte«, erwiderte sie, »statt an die seines Onkels, der, wie ich glaube, den Zweig Eurer eigenen Vorfahren repräsentiert, Erzmagier.«

Tangaroths Blick wankte nicht.

»Woran seid Ihr im Augenblick mehr interessiert, Gräfin?«, sagte Gessik. »Wollt Ihr mit mir über Feinheiten der Thronfolge diskutieren, oder wollt Ihr überleben?«

Ayoni schaute Jarryc an, der unmerklich nickte.

»Einverstanden, Erzmagier«, sagte sie. »Ich gebe Euch mein Wort, dass ich mich den Feinden des Kaiserreiches widersetzen werde. Allen Feinden, wohlgemerkt!«

»Eure Worte stellen mich zufrieden, ganz im Gegensatz zu Eurem Benehmen, aber es soll genügen.«

Shumond lächelte strahlend. »Also herrscht Einigkeit. Jetzt können wir die vernichtende Niederlage unserer Feinde planen, der Mogaun.«

In ihren Gedanken hörte Ayoni plötzlich die Stimme des Erzmagiers.

Vergesst niemals, ich behalte Euch im Auge!

Sehr tröstlich, Hoheit, dachte sie, verbeugte sich und flüchtete fast aus dem behelfsmäßigen Zelt.

Dritter Teil

19

Hebt an mit Euren Orgien
Und der furiosen Nacht.

Jedhessa Ghant: Die Herren der Zerstörung,
3. Akt, I. Szene

Eingeschlossen in den Abgründen seines eigenen Verstandes wurde Corlek Ondene unfreiwilliger Zeuge jedes Wortes und Gedankens sowie jeder Handlung des Schattenkönig-Phantoms, und ebenso Opfer seiner eigenen Empfindsamkeit. Denn die Reise durch den monströsen Leib des Seegottes Garth verblasste neben dem Übergang in das Nachtreich. Das offene Portal der Schattenpforte gähnte in vollkommener Schwärze, und ein Schritt genügte, sich hineinzustürzen. Zudringlich fuhr ihre Umarmung unter seine Gewänder, umhüllte seine Haut, sickerte in ihn ein und erforschte Adern und Knochen, Nerven und Muskeln.

Er trat hindurch und verlangsamte seine Schritte, als er blanken Stein unter den Füßen spürte. Es war kalt, und es roch schwach nach muffigem Verfall. Neben seinen eigenen schleppenden Schritten hörte er plötzlich andere hinter sich. Unsichtbare Angreifer fürchtend, drehte er sich herum, und plötzlich konnte er sehen. Er stand in einem schmalen, gewölbten Gang aus Stein und Kieseln. Hier herrschte tiefster Schatten, doch ein merkwürdiges Leuchten ließ alles wie angelaufenes Silber schimmern. Hinter ihm standen etwa ein Dutzend geisterhafter Gestalten. Sie beobachteten ihn vollkommen regungslos. Ondene fühlte, wie die Furcht des Schattenkönigs in Neugier umschlug, als er ihre Verschiedenheit bemerkte. Ein altes Weib hatte einen Schal über den Kopf geschlungen. Neben ihr stand ein Kutscher in einem langen, schweren Umhang mit einem breitkrempigen Hut auf dem Kopf, daneben ein hagerer Mann, der bis zur Hüfte nackt war. Hinter der Frau stand ein riesiger, bärtiger Mogaun-Krieger in Pelzen und Kettenpanzer, und dahinter andere, in deren starren Augen der Wahnsinn leuchtete.

»Wer ... Wer seid Ihr?«, fragte er heiser.

Niemand öffnete den Mund, doch ihre Antworten glichen einem Fluss aus geflüsterten Seufzern, einem Durcheinander aus undeutlichen Stimmen. ... *Er sieht uns ... also ist dies der Andere ... Wo ist unser Gebieter? ... Ja, das Gefäß ... so schwach ... unser Gebieter wird sich bald erheben ... unsere Belohnung ...*

Ondene drehte sich herum und floh vor den Geistern und ihrem leisen Gemurmel. Eine urtümliche Angst beherrschte ihn vollkommen und trieb ihn voran. Panisch bog er an der nächsten Kreuzung nach links ab und gelangte in einen Gang ohne Decke. Der Himmel schimmerte wie ein Baldachin aus schwarzen und dunkel-violetten Wolken, die unaufhörlich umherwirbelten.

Als seine Furcht allmählich versiegte, gelangte er in eine Kammer mit mächtigen Pfeilern. In der gegenüberliegenden Wand gähnten drei große Öffnungen. Die große Kammer war schäbig, und ihre Wände bestanden aus nacktem Stein. Die Säulen überzog dunkelgrauer Schimmel, und auf dem Boden lagen fünfeckige Fliesen, von denen viele locker oder zerbrochen waren. Hinter zwei der Öffnungen sah er die Ziegelwand eines anderen Gebäudes, also trat er zögernd durch die dritte und gelangte auf einen Treppenabsatz, von dem Stufen zwischen dem blanken, schwarzen Fels und dem angrenzenden Gebäude in die Tiefe führten. Er hob den Kopf und sah sich um. Unbeweglich verharrte er auf der Schwelle, während er versuchte, zu begreifen.

Die Stufen bildeten eine lange Treppe, die in eine bleierne Dunkelheit führte. Weit unten sah er einen zerstörten Brunnen auf einem kleinen Platz, der von niedrigen Hallen und Häusern einer kleinen Ortschaft umringt war. Ein paar Dächer weiter schien eine große, befestigte Mauer diese Ortschaft zu teilen. Von ihren Wachtürmen stieg Rauch auf. Auf der anderen Seite der Mauer lag ein Bezirk von Fachwerkhäusern mit Giebeldächern. Daneben drängte sich eine Ansammlung von einfachen Hütten aus Lehm und Feldsteinen, neben denen sich der Holzwall eines Palisadendorfes erhob, dem die Vorbauten und Kreuzgänge von vornehmen Stadthäusern folgten, an die sich ein zerstörtes Fort anschloss, von dem ein langes, halb zerstörtes Viadukt wegführte, zu einem Tempel mit hohen Wänden, auf dessen Dach Wachen patrouillierten ... Es ging endlos so weiter. Der Boden schien von seinem Standort aus leicht anzusteigen. Es war eine schwindelnde Abfolge von Dächern und Türmen und Bögen und Hütten und Häusern und Tavernen und Türmchen und Mauern und Pfeilschanzen, alle zu einer ununterbrochenen Häuserlandschaft zusammengepfercht, zu einem Flickwerk aus zahllosen Dörfern, Ortschaften und Städten. Die letzten Bezirke verschwanden in der dunklen Ferne, verschwammen in dem tödlichen Zwielicht, das keine Quelle zu haben schien und dennoch alles durchdrang, sämtliche Farben erstickte und alle Flächen mit einer körnigen, grauen Patina überzog.

Ondene versuchte sich an das zu erinnern, was er während Calabos' Wortwechsel mit der Schlummernden Gottheit belauscht hatte, vor dem Auftauchen dieses Phantoms. Richtig, dies war die andere Stromwelt der Zeit, in welcher der Herr des Zwielichts triumphiert hatte. Dieses Nachtreich war ein lebender Albtraum unter der Tyrannei des Großen Schatten. Hier gab es keinen endgültigen Tod und kein Entrinnen ...

Und jetzt sitze ich selbst hier in der Falle, dachte Ondene grimmig. Wie soll ich an einem solchen Ort jemanden finden, dem ich trauen kann?

Plötzlich überlief es ihn kalt, und er drehte sich herum. Geisterhafte Gestalten näherten sich ihm von allen Seiten. Ihr Flüstern drang in seine Gedanken, er zuckte zusammen und wich langsam zum Absatz der langen Treppe zurück, während die Wesen näher schwebten.

Meister ... Meister ... erwacht ... erhebt Euch ... beginnt den Krieg ...

Ondene erstickte fast an seiner Furcht und stürmte die Treppe hinab in die Dunkelheit. Noch während er rannte, veränderte sich seine Angst, ihre unbarmherzige Spirale schlug in Wut auf diese Geister um, auf den Schattenkönig, auf Calabos, die Schlummernde Gottheit, und auf dieses Totenreich. Kurz vor dem Fuß der Treppe tauchten undeutliche Gestalten aus den tiefen Schatten auf, angelockt von seinen stampfenden Schritten. Zunächst waren es wenige, vielleicht ein Dutzend, doch ihre Zahl vergrößerte sich rasch. Ondene bemerkte die Feindseligkeit und das drohende Gebaren der Menge. Aber die kochende Wut in ihm erstickte alle Vorsicht, und er sprang weiter die Stufen hinab, während aus der Wut Hass entsprang, der schließlich seinen ganzen Verstand ausfüllte.

»Ein Fremder«, sagte jemand in der Menge.

»Ja, aus den Bergtunneln«, meinte ein anderer.

»Ist er gefährlich?«

»Es gibt nur einen Weg, das herauszufinden!«

Mit einem lauten Brüllen stürzte der Mob sich auf ihn. Ondenes Vernunft versank in seinem Hass. Er sprang die letzten Stufen hinab und wurde von der Menge umringt. Rücksichtslos wälzte sich der Mob über ihn, schwang Fäuste, Klingen und Keulen, und in dem wahnsinnigen Durcheinander kämpften die Angreifer bald auch miteinander. Blut spritzte auf die Pflastersteine. Es wirkte schwarz in dem diesigen Licht. Grauenvolle Wunden wurden geschlagen und empfangen, und viele wurden schrecklich verstümmelt. Dennoch sank niemand tot zu Boden oder tat seinen letzten Atemzug. Einige krochen aus dem Getümmel, hielten ihre abgetrennten Gliedmaßen fest oder versuchten zu verhindern, dass ihre Innereien auf das Pflaster fielen. Schreie, Kreischen und Gebrüll zerrissen die Luft, und in dem Gewühl der Kämpfenden war von Ondene nichts mehr zu sehen.

Plötzlich erhob sich aus dem Mittelpunkt dieses Haufens eine Gestalt. Sie ballte die Fäuste, die in einem grünen Feuer loderten, das sich im Glühen seiner Augen spiegelte. Sie knurrte die zermalmten Angreifer an, und glühend heiße Macht sickerte aus ihrem Mund.

»Nachthüter!«, schrie jemand. »Rettet euch, ein Nachthüter!«

Der Schattenkönig sah ihnen nach, als sie von dem Platz flohen. Die intensive Reinigung durch das Quellfeuer, das durch seinen Körper strömte, hatte etwas Erhabenes. Der Übertritt von der Zwischenwelt in das Nachtreich hatte ihn in die untersten Winkel von Ondenes Geist verbannt, doch als er die Feuer der Angst und des Hasses angefacht hatte, waren die Gatter zum BrunnQuell und zu ihm selbst wieder geöffnet worden. Jetzt war Ondene erneut ein Gefangener in seinem Innersten, und der Schattenkönig war wieder inthronisiert, mit der Macht des BrunnQuell zu seiner Verfügung und einem Reich vor sich, das es zu erobern galt.

Er lächelte unmerklich, als das Brennen des Quellfeuers ein wenig schwächer wurde.

Ein helles Lachen ertönte auf einem dunklen Schutthaufen an einer Seite der langen Treppe. Er runzelte die Stirn und ging dem Geräusch nach. Der Schutt war einst ein Teil der Fassade eines großen Ziegelgebäudes gewesen. In halber Höhe auf den Trümmern hockte ein drahtiger alter Mann in Lumpen. Er hörte auf zu lachen, als der Schattenkönig näher kam, und betrachtete ihn aus schwarzen, funkelnden Augen.

»Was belustigt dich?«, fragte der Schattenkönig.

Der alte Mann starrte ihn einen Moment an und platzte dann wieder vor Lachen heraus.

»... Sie kommen unaufhörlich!«, stieß er hervor. »Lass mich raten: Du willst alle Banden und Rotten und Milizen überreden, ihre uralten Fehden und ihren Hass zu begraben, sich unter deinem Banner zu vereinen und einen Krieg zu beginnen, um das Nachtreich von der Tyrannei des Großen Schatten zu befreien, ja?«

Der Schattenkönig betrachtete ihn nachdenklich und beschloss, so viel Wissen wie möglich aus diesem armseligen Geschöpf herauszulocken.

»Nein«, sagte er. »Ich bin gekommen, mir zu nehmen, was mir rechtmäßig zusteht.«

Der alte Mann sah ihn aufmerksam an.

»Hm, du wirkst nicht gerade wie ein naiver Held oder ein Schattenwerk auf mich, anders als die üblichen Unterhändler des Unglücks, die uns von Zeit zu Zeit mit ihrem Besuch beehren und uns die Bedeutung des Wortes ›vergeblich‹ neu lehren.« Er hustete und spie aus. »Also willst du uns nicht befreien, sondern einfach nur den Großen Schatten vom Thron stoßen. Das ist zwar auch nicht gänzlich neu, aber doch selten genug für eine erfrischende Abwechslung. Wohlan, ich bin dein Mann. Ich schwöre dir Treue und biete dir all die weisen Ratschläge an, die ich diesem alten Schädel entlocken kann ...«

Der Schattenkönig sah zu, wie er vorsichtig von dem Trümmerhaufen hinunterstieg.

»Ich habe nicht um deine Treue gebeten«, antwortete er. »Und wie kommst du darauf, dass ich deinen Rat brauche?«

»Wegen der Fragen, auf die du Antworten willst, Herr, und weil ich weiß, wer die ansässigen Milizanführer und Häuptlinge sind und einige ihrer Schwächen kenne.«

Der Schattenkönig lächelte. »Gut, ich nehme dich in meine Dienste. Doch bevor du mir die Treue schwörst, nenne mir deinen Namen.«

»Dar«, erwiderte der alte Mann. »Nur einfach Dar. Und du, Herr?«

Ich brauche einen Namen, dachte der Schattenkönig. Es muss ein Name voller Kraft und Zielstrebigkeit sein. Ja ... o ja, ich weiß einen ...

»Du darfst mich Lord Byrnak nennen.« Er spürte, noch während er den Namen aussprach, dass es richtig war.

»Byrnak«, erwiderte Dar. »Ich bin sicher, dass ich den Namen schon einmal gehört habe. Ist wohl lange her ... und außerdem, was ändert das? Also, mein Lord Byrnak, ich schwöre bei allem, was mir heilig ist, dir nach besten Kräften zu dienen. Und? Was ist meine erste Aufgabe?«

»Als dieser Mob vor meinem Zorn floh, schrie jemand ›ein Nachthüter‹«, meinte der Schattenkönig. »Erkläre das.«

»Ah, die Nachthüter.« Dar nickte wissend. »Kurz gesagt, die Nachthüter dienen dem General der Dämmerung, welcher wiederum dem Großen Schatten dient. Die Nachthüter bewohnen eine Anzahl von befestigten Trutztürmen im Nachtreich, von denen aus sie umherstreifen, einige auf Schwingen, andere zu Fuß. Sie warnen und bestrafen, und sehr selten belohnen sie auch.«

Der Schattenkönig Byrnak betrachtete die Mauern des Platzes und die dahinter liegenden Häuser und folgte mit seinem Blick dem in der Ferne verschwindenden Verlauf von Straßen und Dächern und Kuppeln und Türmchen.

»Und dieser General der Dämmerung?«, fragte er. »In was für einer Feste residiert er?«

»In einer gigantischen Festung, der Zitadelle des Zwielichts. Sie erhebt sich an den steilen Felsen in der Nähe des Zenits des Nachtreichs. Von den obersten Gemächern dieser Zitadelle aus gelangt man auf das Gipfelplateau dieser Felsen und von dort zu den Traumhöfen des Großen Schatten. Es ist ein von Säulen umringtes Labyrinth von sich bewegenden Wänden und Gebäuden, das zum Himmel hin offen ist.«

Byrnak lächelte. »Und sein Herrschersitz?«

»Ist ein riesiger, juwelenbesetzter Thron in der Form eines nach oben gerichteten Schwertes, der auf einem mächtigen Podest mit einer geschwungenen Treppe steht. Von dort aus herrscht er über die Traumhöfe. Dahinter sollen die Mauern des Weißen Gefängnisses liegen, eine riesige Wand aus Eis, in welcher der Große Schatten ihm ganz besonders am Herzen liegende Gefangene eingesperrt hat.«

»Der Große Schatten hat offensichtlich vieles zu verteidigen«, meinte Byrnak. »Wer bedroht ihn denn?«

Dar schnaubte verächtlich. »Das Nachtreich ist von den zerstörten Festungen und zertrümmerten Kriegsmaschinen derer übersät, die versuchten, sich ihm zu widersetzen. Aber er verfügt über die Furcht einflößenden Nachthüter, die Schwarzen Ritter des Generals der Dämmerung und die Heerscharen der Schwarzen Horde. Eine wahrlich beängstigende Streitmacht.«

»Dann stellen wir eben eine noch größere Armee auf«, erwiderte Byrnak. »Welchem dieser Bandenführer, die ich töten muss, sind wir am nächsten?«

»Das müsste ... Yanama sein, denke ich.« Dar kniff die Augen zusammen. »Ja, er befehligt eine kleine Bande von Schlägern in einer der unteren Hallen des Eyrie. Er ist nicht so wichtig, dass es viel Aufmerksamkeit erregen würde, ihn auszulöschen, aber auch nicht so unbedeutend, dass es sinnlos wäre.«

»Liegt dieser Eyrie weit von hier?«

»Wenn wir uns beeilen, erreichen wir ihn noch vor Einbruch der Dunkelheit«, erwiderte der alte Mann.

Byrnak verzog das Gesicht. »Tag und Nacht? Hier?«

»Allerdings. Eine eisige, von Nebel erstickte Nacht, durch welche gierige Mächte und hungrige Bestien schleichen, die uns jagen! Komm, machen wir uns auf den Weg, Herr ...«

Dar führte ihn über eisige, düstere Straßen, die an vielen sagenhaften Orten vorbeiführten, an Namen und Plätzen großer Schlachten. Byrnak erfuhr, dass es hier keinen echten Tod gab. Ganz gleich wie schrecklich ein Kämpfer verwundet wurde, die Körper der Opfer erneuerten sich immer wieder in bestimmten Gärten im Nachtreich. Dar sagte ihm ebenfalls, dass die einzige Nahrung aus Wurzeln und Knollen bestand, die in dunklen Kellern gediehen und deren Verzehr durch ein bitteres Traubenbier erleichtert wurde, das von Bauern am Rand des Nachtreiches gebraut wurde, in der Nähe der immensen Klippen, die dieses grimmige Land auf allen Seiten begrenzten. Er lernte, dass die meisten Waffen aus einer Art formbarem Metall bestanden, dessen Erz an verschiedenen Orten des Nachtreiches abgebaut wurde, an denen mächtige Rotten und Milizen ihre Stützpunkte eingerichtet hatten.

Während sie sich durch die Dunkelheit stahlen, sah Byrnak viele Leute allein oder zu zweit, die plünderten, kämpften oder rannten, träge in Torwegen lehnten oder in Fenstern lungerten. Kinder gab es offensichtlich keine. Nichts in den Äußerungen von Dar deutete an, dass der alte Mann etwas über die Ursprünge des Nachtreichs wusste oder überhaupt etwas von seiner Geschichte kannte. Der Schattenkönig dachte darüber nach. Wenn es keinen Tod gab, mussten all diese Frauen und Männer, die er hier sah, über dreihundert Jahre alt sein. Konnten sie tatsächlich den Schattenkönig-Krieg und den Triumph des Herrn des Zwielichts über diese Stromwelt der Zeit vergessen haben? Oder war ihre Ahnungslosigkeit das Ergebnis dieser schimmernden Aura, die vom Großen Schatten absichtlich über dieses Reich gesponnen worden war, um ihr Gedächtnis zu löschen?

Der Eyrie war ein großer, hässlicher Turm, um den sich ebenso hässliche Gebäude scharten. Die meisten waren teilweise oder vollkommen verfallen. Verschiedene Banden und Kriegshorden hausten in ihren Höhlen in den Nischen und Spalten am Boden oder in unterirdischen Gewölben. Den Rest des Turms kontrollierte eine mächtige Miliz, die sich die *Eisenfäuste* nannte und von einem gewissen Cebroul angeführt wurde. Yanamas Truppe nannte sich *Die Henker*. Ihr Bau lag unter einem der halb zerstörten Gebäude. Man erreichte ihn über einen knarrenden, mit Holz verschalten Tunnel, der sich durch den uralten Schutt wand. Zwei Wachen am Eingang des Gewölbes tasteten sie nach Waffen ab, bevor sie die beiden durchließen. Byrnak trat in die große Kammer und zählte kurz die Anwesenden durch. Es waren neun, einschließlich der Wachen. Auf ihn wirkten sie ziemlich sorglos und nicht sonderlich gefährlich.

»Besucher, hm?«, sagte ein kahlköpfiger Mann, der auf einer Empore am oberen Ende einer baufälligen Treppe saß. Darauf standen eine Pritsche und ein Stuhl. Hinter ihm bedeckten zwei vergammelte Läden ein Fenster. »Bist du geschäftlich oder zum Vergnügen hier?«

Das musste Yanama sein. Byrnak bedeutete Dar zu warten und stieg langsam die Treppe hinauf.

»Ich bin dein neuer Rekrut«, erklärte er.

Yanama schnaubte. »Ich nehme nur erfahrene Krieger auf, keine Frischlinge. Dafür akzeptiere ich dankend dein Wams, deine Stiefel und alle Waffen, die du besitzt.«

»Ich besitze nur meine Fäuste«, erklärte Byrnak, der sich dem obersten Treppenabsatz näherte. »Aber sie gehören dir.«

Als er den Rand erreicht hatte, stürzte er sich auf Yanama, der einen sichelförmigen Dolch gezogen hatte und damit auf Byrnaks Kehle zielte. Der packte den Mann am Handgelenk, drehte sich herum und schleuderte Yanama über seine Schulter auf den Boden. Die Bohlen bebten unter dem Aufprall. Byrnak rammte dem benommenen Anführer der Bande mehrmals seinen Fuß in den Leib, zerrte ihn hoch und schleifte ihn zu den Fensterläden, die er mit einem heftigen Tritt öffnete.

»Komm ja nicht zurück!«, knurrte er, bevor er Yanama mit dem Kopf voran aus dem Fenster warf. Dann wirbelte er herum und empfing die beiden Handlanger Yanamas, die brüllend die Treppe hinaufstürmten. Einer landete rücklings auf dem Boden und schrei vor Schmerz, während der andere seinem Anführer in den dichten Nebel hinaus folgte. Die übrigen sieben schauten sich verblüfft und furchtsam an.

»Ihr habt einen neuen Anführer«, verkündete Byrnak. »Bleibt oder geht!«

Die sieben Kämpfer zögerten nur einen Moment, bevor sie allesamt die Knie beugten und einen Treueschwur murmelten, während Byrnak die Treppe hinabschritt.

»Schön«, meinte er und deutete auf den bewusstlosen Mann auf dem Boden. »Schafft den da weg.«

Dar stand neben ihm und lachte leise.

»Sehr überzeugend, mein Herr, und sehr wirkungsvoll. Was ist dein Wille?«

»Wer ist der mächtigste Anführer im Eyrie?«, erkundigte sich Byrnak. »Nach Cebroul von den *Eisenfäusten*?«

»Kural von den *Steinwölfen*«, erwiderte Dar. »Er ist ein sehr gefährlicher Mann.«

»Wer sind seine Stellvertreter?«

Dar runzelte die Stirn. »Das weiß ich nicht genau, aber ich kann es sehr leicht herausfinden.«

»Tu das und bring in Erfahrung, wer von ihnen Kural am glühendsten hasst.«

Am nächsten Tag trainierte Byrnak die sieben restlichen Henker im Umgang mit Messer und Kampfstab, während Dar unterwegs war, um die gewünschten Informationen zu beschaffen. Er kehrte bald zurück. Kural befehligte drei Hauptleute. Einen von ihnen hatte er vor ein paar Tagen vor der ganzen Rotte gründlich heruntergeputzt. Byrnak richtete es so ein, dass er diesem Hauptmann Domas später am Tag in einem der oberen Säle »zufällig« begegnete. Er stellte sich ruhig vor und rühmte Domas' geschickte Taktik in einem Territorialkampf vor einigen Wochen. Davon hatte Dar bei seinen Nachforschungen ebenfalls erfahren. Dann erging er sich in rätselhaften Andeutungen, dass Domas' Loyalität nicht unbemerkt geblieben sei, und verzog verächtlich die Lippen, als er Kurals »Urteil« erwähnte. Anschließend verabschiedete er sich freundlich und ging seiner Wege. Ein sichtlich verdutzter Domas blickte ihm lange nach.

Am nächsten Morgen ersuchte Byrnak um eine Audienz bei Kural, zu der er sich von den zwei besten seiner sieben Kämpfer begleiten ließ. Fasziniert von diesem Fremden, der Yanama so rasch erledigt hatte, stimmte Kural dem Treffen zu. Das war sein Untergang. Kaum zehn Minuten nach seinem Beginn lagen Kural und zwei seiner Hauptleute zerfleischt am Boden der Kammer, während Domas etwas abseits saß, gebunden und geknebelt von den Männern des Schattenkönigs. Byrnak zeigte ihm seine Macht, indem er seine Kontrolle über das Quellfeuer kurz aufblitzen ließ. Er packte eine Tonflasche und verbrannte sie zu einem rußigen Erdklumpen. Domas waren die Furcht und Unsicherheit deutlich anzusehen.

»Erst die Steinwölfe«, sagte Byrnak, der ihm gegenübersaß und vertraulich leise mit ihm redete, als konferiere er mit einem Gleichgestellten. »Dann die Eisenfäuste und den gesamten Eyrie, danach diesen Bezirk, die Domäne und dann ...« Er lächelte. »Das Nachtreich braucht ein neues Ziel, eine neue Kraft und einen neuen Herrscher. Bist du an meiner Seite?«

Domas' Augen leuchteten, und er nickte.

Mit Domas' und Dars Hilfe ließ Byrnak verbreiten, dass Kural sich mit einer Miliz eines benachbarten Distrikts verbündet hätte, um Cebroul abzusetzen und die Eisenfäuste zu übernehmen. Drei Tage nach Kurals Sturz und nachdem seine Körperteile in einen weit entfernten Bezirk transportiert worden waren, wurde Byrnak barsch zu einer Audienz mit Cebroul in die Himmelshalle befohlen. Es war das oberste Stockwerk des Eyrie. Byrnak lächelte über den direkten Befehl, gab Domas und Dar einige Anweisungen und stieg dann die Stockwerke des Turms hinauf.

Die Himmelshalle war das luxuriöseste Gemach, das Byrnak bisher im Nachtreich gesehen hatte. Vor allem verglichen mit dem heruntergekommenen, schäbigen Elend, das sonst überall herrschte. An den geschwungenen Wänden hingen Banner, rechts und links neben dem Eingang waren Speerständer aufgebaut, und Öllampen mit Pflanzenöl warfen einen silbrigen Glanz über die schwarzen Pfeiler und die grauen Fliesen. Cebroul thronte auf einem Thronsessel aus rotgeädertem Marmor, flankiert von Dutzenden von Untergebenen und Wachen, und er starrte Byrnak finster an, als dieser ohne Begleitung eintrat. Byrnak hatte kaum einige Schritte in die Halle getan, als der Anführer der Eisenfäuste in eine hasserfüllte Tirade ausbrach. Er behauptete, Kurals Loyalität hätte niemals infrage gestanden, seine militärischen Fähigkeiten wären nur schwer zu ersetzen, und Byrnak wäre ein pockenverseuchtes Ungeziefer, das es verdient hätte, gevierteilt zu werden ...

Byrnak schwieg während dieses Ausbruchs und blieb etwa in der Mitte der Himmelshalle, genau zwischen zwei großen Säulen, stehen. Schließlich gingen Cebroul die Beleidigungen aus. »Was hast du für dich vorzubringen, he?«, knurrte er.

Byrnak runzelte die Stirn und schüttelte den Kopf. »Hörst du es nicht?«

Cebrouls Untergebene empörten sich flüsternd über die Unverschämtheit des Schattenkönigs.

»Was soll ich hören?«, fauchte Cebroul, dessen Gesicht vor Wut rot anlief. »Was?«

Byrnak legte einen Moment lauschend den Kopf schief und lächelte. »Etwas Unaufhaltsames.«

Plötzlich rumpelte es, und die Himmelshalle erzitterte. Ohne weitere Vorwarnung brach der größte Teil des Bodens ein. Er sackte plötzlich in einer prasselnden Kaskade aus Mauerwerk, Fliesen und schreienden Mitgliedern von Cebrouls Hof zusammen und riss auch Cebroul und seinen Thron in einer gewaltigen Staubwolke in die Tiefe. Byrnak befand sich an seinem Standort dagegen in Sicherheit. Er hatte sich vorher von der genauen Position der tragenden Wand im Geschoss unter der Himmelshalle überzeugt. Doch jetzt wich er zum Eingang zurück, als eine der massiven Säulen sich neigte und die Außenmauer durchschlug.

Byrnak hatte erwartet, dass er in die Himmelshalle zitiert werden würde. Deshalb hatte er eine Abteilung von vertrauenswürdigen Leuten vorausgeschickt. Sie sollten Cebroul diese verheerende Überraschung bereiten, und sie hatten ihre Aufgabe geschickt und wirkungsvoll erledigt. Bis auf zwei von Cebrouls Hofschranzen erlitten alle anderen den Halbtod. Der Zusammenbruch der Himmelshalle dagegen hatte kaum ein Drittel der darunter liegenden beiden Stockwerke zerstört und die Statik des ganzen Gebäudes nicht gefährdet. Da alle hohen Befehlshaber der Eisenfäuste verschwunden waren, gelang es Byrnak unwidersprochen, seine Autorität im Eyrie zu etablieren. Als am nächsten Morgen eine der benachbarten Milizen einen Überfall auf einen der Außenposten der Eisenfäuste durchführte, bot das Byrnak den perfekten Vorwand, um seine Kontrolle auszubauen. Nach einem raschen Vergeltungsangriff kehrten seine Männer schwer beladen mit Trophäen und Waffen zurück, was die Herrschaft des Schattenkönigs über den Eyrie besiegelte.

Am Morgen nach diesem Schlag inspizierte Byrnak gemeinsam mit Dar in der Himmelshalle die Schäden, während einige Arbeiter dabei waren, die geschwächte Außenwand abzustützen. Plötzlich ertönten warnende Schreie, und man hörte, wie Werkzeug achtlos zu Boden geworfen wurde. Byrnak drehte sich um. Eine große, geflügelte Kreatur kletterte durch den zackigen Spalt in der Wand des Eyrie, während die Arbeiter panisch davonliefen.

»Nachthüter«, meinte Dar. »Wieso interessiert sie das ...?«

Der Nachthüter war nahezu drei Meter groß und hatte einen entfernt menschlich wirkenden Körper. Doch seine Haut wirkte ledrig und rau, und das Gesicht war merkwürdig verunstaltet, das Kinn zu breit, und die kieselschwarzen Augen lagen tief unter knochigen Brauen. Die Gelenke seiner Schwingen ragten hoch über seine Schultern empor und deuteten auf eine erstaunliche Spannbreite der Flügel.

»Er ist es, den ich suche«, krächzte der Nachthüter kehlig, während er sich Byrnak näherte.

Der betrachtete ihn aufmerksam. Er spürte die primitive, nur halb kontrollierte Macht in der Kreatur. Er konnte diesen Nachthüter beherrschen, aber ihm war auch klar, dass die Konsequenzen eines offenen, feindseligen Vorgehens möglicherweise seine weiteren Pläne vereiteln konnten. Es war besser, seine eigene Macht zu verbergen, abzuwarten und dann in Ruhe zu urteilen.

Der Nachthüter blieb einige Schritte vor Byrnak stehen. Er überragte ihn um mehrere Köpfe und starrte mit unverhülltem Abscheu auf ihn herunter.

»Er hat also Cebroul auf seine Größe zurechtgestutzt, hat er das? Macht nichts, denn Cebroul war ein Wurm, so wie er selbst ein Wurm ist und zweifellos denselben Weg gehen wird. Bis dahin sind wir gekommen, um dafür zu sorgen, dass er vom Zins erfährt.«

»Welcher Zins?«, erkundigte sich Byrnak.

»Der Zins, den er an die Schwarze Horde entrichtet«, knurrte der Nachthüter. »Cebrouls Zins betrug neunzig fähige Körper im Monat, aber von ihm hier will ich ganze einhundert in sechs Tagen, verstanden? Ich sehe, dass er etwas von der Macht in sich trägt, aber er soll aufpassen, dass er nicht überheblich wird. Sonst enden die Teile seines Körpers über ein recht großes Gebiet verteilt, he?«

Byrnak nickte gelassen, und der Nachthüter knurrte.

»Würmer, das sind die Menschen. Würmer.«

Er schritt zu dem Spalt in der Wand, kletterte hinaus und schaute dann noch einmal über die Schulter zurück. »Vergiss er nicht, hundert Körper! Selbst wenn er einige von seinen Leuten opfern muss!«

Der Nachthüter breitete die dunklen Schwingen aus, schlug einmal damit und war verschwunden.

Byrnak war überrascht, wie ruhig er geblieben war, trotz des siedenden Hasses, der während dieses Wortwechsels in ihm aufgestiegen war. Er starrte auf die gezackte Öffnung in der Mauer, näherte sich ihr und winkte Dar, ihm zu folgen. Sie schauten beide über die ausgedehnte Unendlichkeit des Nachtreichs hinaus, eine Stadt aus Städten, endlosen, schattigen Bezirken und Domänen, eine glitzernde Dunkelheit, die von den silbrigen Punkten von Lampen übersät war.

»Woher ist dieser Nachthüter gekommen?«, erkundigte sich Byrnak.

»Aus dem Orlag-Trutzturm.« Dar streckte die Hand aus.

Byrnak folgte seinem ausgestreckten Arm und sah einen weißen Turm mit einer gewölbten Kuppel an der Spitze, der sich über ein Gewirr von Dächern in etwa zwanzig Meilen Entfernung erhob. Er war etwa zweimal so hoch wie der Eyrie und wirkte stabil und gut zu verteidigen.

»Was es wohl erfordern würde, den zum Einsturz zu bringen, hm?«, sinnierte Byrnak laut.

Dar begann zu lachen. »Ich weiß etwas, was nützlich sein könnte«, meinte er. »Sehr nützlich.«

Tashil war sich der Menschenmenge bewusst, die sich neugierig am Ufer versammelt hatte. Sie konzentrierte sich jedoch darauf, das schmale Boot im hellen Licht des Vormittags über den Vaale zum Südufer zu steuern, das vollkommen unter der grauen Substanz lag. Neben ihr ruderte Sounek, während Dardan in dem stumpfen Bug saß. Er trug seinen gewohnten Kapuzenmantel und wirkte irgendwie nervös. In seinem Schoß lag eine dicke Packtasche aus Leder, in der sich ein Ständer mit verschlossenen Phiolen befand. In jeder befand sich eine Flüssigkeit oder ein Pulver, die sie während der letzten Stunden hastig bei den Kräuterhändlern des nördlichen Sejeend zusammengerafft hatten. Sie hofften, wenigstens eines dieser Mittel könnte sich als nützlich gegen die graue Fäule erweisen.

Während sie ruderte, versuchte Tashil, sich auf die Aufgabe zu konzentrieren, die vor ihr lag, doch ihre Gedanken kehrten immer wieder zu dem Abschied von Calabos und seinen Verbündeten von der Dämonenbrut zurück, der erst wenige Stunden her war. *Ein dunkles und gefährliches Reich,* so hatte er sein Ziel beschrieben. Tashil hatte sich gewundert, wie monströs dieser Platz wohl sein mochte angesichts der düsteren Gefahren, denen sich die Wächter in den letzten Tagen ausgesetzt hatten. Andererseits hatte dieser Ort den Zauberer Jumil ausgebrütet und eine Vielzahl von Grausamkeiten beschworen, die in der grauen Fäulnis gipfelten. Tashils Fantasie beschwor die Vorstellung eines schattenerfüllten Reiches voller Monstrositäten, das sich in einem ständigen Aufruhr von Gewalt und Schmerz befand. Sie erschauerte unwillkürlich.

Mittlerweile hatten sie die Mitte des Flusses überquert und näherten sich dem gegenüberliegenden Ufer. Tashil sah sich um und überprüfte das Seil, das vom Heck des Bootes ins Wasser hing. Eine Reihe von Schweinsblasen markierte den Weg zurück zum Nordufer. Dort hielt sich eine Abteilung Hafenarbeiter bereit, das Boot zurückzuziehen, wenn die Magier es ihnen signalisierten.

Als sie das andere Ufer fast erreicht hatten, hörten Tashil und Sounek auf zu rudern und warfen einen kleinen eisernen Anker über die Seite, der mit einem vernehmlichen Platschen im Wasser versank. Aus dieser Nähe konnte Tashil mehr von dieser grauen, tödlichen Substanz erkennen. Sie reichte bis ans Ufer heran, hing in einem blassen, zerfetzten Vorhang hinunter oder quoll über einen nahe gelegenen Kiesstrand beinah bis an die Wasserlinie. Allerdings zuckte sie sichtlich zurück, wenn Wellen an den Strand schlugen. Während Tashil die Fäule betrachtete, öffnete Dardan die Tasche und zog zwei dicke Handschuhe aus einer Seite.

»Also, womit fangen wir an?«, meinte Sounek.

Dardan schniefte, als er den Inhalt des Gestells betrachtete, und lächelte nachdenklich.

»Es gibt eins, was ich schon immer versuchen wollte, seit die ganze Sache begonnen hat«, erklärte er, hob eine in Feuer getauchte Hand und schleuderte einen einzelnen Blitz auf den nahe gelegenen, vom grauen Pesthauch erstickten Kieselstrand.

Der brennende Keil schlug in das Grau ein. Beinah augenblicklich explodierte der Bereich um die Einschlagstelle. Merkwürdige Blasen wuchsen aus der Fläche, die aufplatzten und sich windende Tentakel enthüllten, bizarre, miteinander verbundene Gliedmaßen, die mehrere Meter lang waren und von denen einige sofort in Richtung des Bootes und seiner Besatzung zuckten. Sounek winkte heftig mit den Armen zum Nordufer hinüber, und die Hafenarbeiter zogen das Boot sofort zurück. Es bedurfte weiterer nachdrücklicher Signale, damit sie aufhörten, und nachdem der wilde Ausbruch der Substanz abgeebbt war, lichteten Tashil und Sounek den Anker und ruderten zu der Stelle zurück. Zu Tashil Ärger schien Dardan die ganze Episode eher zu amüsieren, denn er lachte immer noch, als er sich einen der schweren Handschuhe überstreifte.

»Wenigstens wissen wir jetzt, dass es die Niedere Macht nicht mag«, erklärte Sounek.

»Mal sehen, wie es das hier verdaut.« Dardan nahm eine der Phiolen heraus und schleuderte sie auf den verseuchten Strand. Während sie zusahen, strömte die bernsteinfarbene Flüssigkeit aus der gläsernen Phiole. Sie wurde sofort vollkommen absorbiert.

»Was war das?«, fragte Tashil.

»Korrosions-Elixier.« Dardan runzelte die Stirn.

Sounek lächelte. »Der Nächste bitte.«

Dardan arbeitete sich eine Phiole nach der anderen durch den Inhalt seiner Tasche, und jedes Mal war das Ergebnis dasselbe. Bei der sechzehnten Phiole gab Dardan seine vergeblichen Versuche entmutigt auf und streifte die Handschuhe ab. Tashil seufzte, nahm sie, zog sie an, suchte eine Phiole aus, die ein feines, weißes Pulver enthielt, und schleuderte sie auf den Strand. Sie wirbelte durch die Luft, und es knackte leise, als sie zerbrach. Der Inhalt schwebte in einer Wolke auf die Substanz herunter ... die sich beim Kontakt mit dem Puder auflöste. Es bildeten sich Lücken, durch welche braune Erde schimmerte.

»Bravo!«, sagte jemand in ihrer Nähe. »Welch faszinierende Entdeckung, aber unglücklicherweise viel zu spät.«

Der Sprecher stand einige Meter flussabwärts auf einem höher gelegenen Abschnitt des Ufers. Er war von Kopf bis Fuß in eine nachtschwarze Rüstung gehüllt, deren Oberfläche kein Licht reflektierte, sondern stattdessen bleiern schimmerte. Während Tashil zusah, löste sich das geschlitzte Visier auf, und der knapp sitzende Helm umrahmte die bleichen, wächsernen Gesichtszüge eines jungen Mannes.

»Ich bin der Hohe Hauptmann Vashad von der Schwarzen Horde«, sagte er. »Und schon bald der Gouverneur dieser Provinz.«

»Dessen scheint Ihr Euch ja sehr sicher zu sein«, erwiderte Sounek.

»Dazu habe ich allen Grund«, gab Vashad fast verträumt zurück. »Die Macht des Schicksals ist mit uns, nicht mit Euch.«

»Sehr logisch«, spottete Dardan. »Ein wahrlich vernichtendes Argument. Vielleicht sollten wir unsere Waffen einfach niederlegen und uns dem Unausweichlichen ergeben.«

»Das solltet Ihr allerdings.« Vashad schien von Dardans Sarkasmus vollkommen unberührt. »Allerdings werdet Ihr das nicht tun, sondern Eure erbärmlichen Armeen zusammenziehen, sämtliche armseligen Zauber ins Feld führen, mit denen diese Welt aufwarten kann, und uns auf jedem unserer Schritte bekämpfen und Widerstand leisten. Schritte, die mit Euren Gebeinen gepflastert sein werden. Euch erwarten Niederlage, Schmerzen und Tod, bevor das Ende kommt und diese Welt dem Nachtreich hinzugefügt wird, in einer schon lange überfälligen Vereinigung.«

Tashil lachte. »Wie dumm! Ihr glaubt, Ihr könnt alles erreichen, und Ihr glaubt, dass Ihr alles wisst und alles wissen könntet. Das ist eine logische Unmöglichkeit!«

Vashad lächelte beinahe liebenswürdig. »Wir wissen alles, was zu wissen notwendig ist, und von daher gibt es nichts, was wahrlich unbekannt ist.«

Tashil wechselte ungläubige Blicke mit Sounek und Dardan. »Wie unverwundbar, glaubt Ihr, ist die Domäne Eures Gebieters?«

»Wir wissen von denen, welche durch die Schattenpforte eingedrungen sind«, erwiderte Vashad. »Der Große Schatten ist der Meister des Lebens und des Todes, und von daher wird sich alle List und aller Widerstand als fruchtlos und vergeblich erweisen. Deshalb lautet meine Antwort: Seine Domäne ist vollkommen unverwundbar.«

Tashil nickte. »Und wie unbesiegbar ist Eure Armee? Ihr befehligt doch eine Armee, oder?«

Das Lächeln des Hohen Hauptmannes vertiefte sich. Er drehte sich etwas zur Seite und stieß seine behandschuhte Faust mit einer theatralischen Geste in die Luft. Auf dieses Zeichen hin wölbte sich die graue Substanz an zahlreichen Stellen neben ihm. Sie bildete Blasen, die an ihrem Sockel zerplatzten und sich wie Kokons abschälten. Aus ihnen stiegen schwarz gepanzerte Soldaten. Zunächst Hunderte, dann Tausende. Sie bildeten im Gleichschritt eine Phalanx, die sich mit dem Gesicht zum Vaale ausrichtete. Es waren ausnahmslos Bogenschützen, deren grotesk verzierte Bögen beinahe ebenso groß waren wie sie selbst.

»Ja, ich habe eine Armee«, sagte Vashad. »Allerdings ist dies nur die Vorhut, was fürs Erste ausreicht.« Das Metall seines Helmes floss zurück über sein Gesicht, und einen Augenblick später hatte sich das mit Schlitzen versehene Visier vollkommen geschlossen. »Ich gestatte Euch, zur anderen Seite zurückzukehren, bevor unser Angriff beginnt. Auf dass Ihr sterben mögt!«

Er drehte sich auf dem Absatz herum und marschierte davon. Dardan sah sich um und winkte zum Nordufer. Das Seil spannte sich an, als sie zurückgezogen wurden. Tashil betrachtete verzweifelt die dichten Schlachtreihen, die sich wie ein Mann bewegten, lange, mit Federn besetzte Pfeile aus ihren Köchern zogen und sie auf die Sehnen legten. Ihr schwante Übles, und sie konzentrierte sich auf die Gedankensprache ...

Inryk?

Ja, Tashil?

Habt Ihr zugesehen?

Ja, mit Magiersicht. Es sieht schlecht aus.

Ihr müsst alle, die am Hafen im Freien stehen, in Deckung schaffen, bevor die Bogenschützen feuern ...

Wir sind bereits dabei. Was ist mit Euch?

Tashil schaute zum Nordufer und schätzte die Entfernung von dem niedrigen Steg bis zum Kai und von dort zum nächstgelegenen Lagerhaus ab.

Wir können es schaffen. Aber es wird ziemlich eng.

Es wäre eine Hilfe, wenn wir wüssten, was diese Pfeile anrichten.

Ich erwarte etwas zwischen schlimm und verheerend.

Sehr gut, ich liebe Überraschungen.

Dardan hatte mitgehört und verdrehte die Augen, während das Boot schaukelte und schwankte, als die Hafenarbeiter das Tau Hand um Hand einholten.

Der Schmerz pochte scharf in Tangaroths Kiefer, kurz nachdem der Kriegsrat begonnen hatte, aber er unterdrückte ihn mit eiserner Disziplin. Er zwang sich zur Konzentration, als der

Emporkömmling Graf Jarryc einen Bericht über ihre Verteidigungsstellungen gab. Bezeichnenderweise klang Jarrycs Zusammenfassung so trostlos, als wollte er jeden Optimismus ersticken, indem er ein möglichst unheilvolles Bild beschwor. Shumond antwortete mit einem weit ausgewogeneren Rapport über ihre Erfolge, bevor er sich den Herausforderungen widmete, denen sie sich noch gegenübersahen. Sie waren auf dieser kleinen Anhöhe eingeschlossen und standen mit dem Rücken zum Großen Kanal.

Wenigstens blieb ihm die Anwesenheit dieser Vettel erspart, Jarrycs Weib, und dieses Hinterzimmerillusionisten Nyls Chellour. Allerdings strapazierte der aufgeblasene Baron Klayse seine Geduld bereits genügend, und das zusätzlich zu der Anstrengung, die es ihn kostete, seine Worte durch den Mund seines Vertreters Gessik zu äußern. Kurz nachdem er mit Shumond und dem Rest der Ehernen Garde eingetroffen war, hatte er erwogen, Jarryc und die anderen wegen Hochverrats hinrichten zu lassen. Er hatte davon Abstand genommen, weil er vermutete, dass in diesem Fall die Moral und Entschlossenheit der etwa einhundertfünfzig Soldaten zusammengebrochen wäre. In der Folge der Einkesselung Besh-Daroks durch die graue Fäule hatte sich diese Entscheidung als sehr weise erwiesen. Nachdem die kleine Schar der Verteidiger den ersten Tag und die erste Nacht überlebt hatten, wurden die Angriffe der Mogaun seltener. Es waren außerdem weniger Krieger daran beteiligt. Späher und Vorposten berichteten von Anzeichen wütender Gefechte unter den Mogaun selbst. Das war eine sehr erfreuliche Entwicklung. Seine Freude darüber wurde nur von der Mitteilung gedämpft, dass sie nur noch für zwei Tage Vorräte besaßen. Damit sahen sie sich zwei riskanten Alternativen gegenüber. Sie konnten Vorräte aus Belkiol heranschaffen, entweder durch Diebstahl oder einen Überfall, oder aber einen Ausbruch versuchen, dem eine überstürzte Flucht nach Süden in Richtung Sejeend folgen würde.

Als zukünftiger Kaiser fand Tangaroth keine der beiden Möglichkeiten sonderlich ansprechend. Erstere war viel zu gefährlich, Letztere kam wegen der Demütigung nicht infrage, die sie mit sich brachte. »Edle Herren«, ließ er Gessik sagen, »ich verstehe den Ernst unserer Lage und bitte Euch, mir einen Moment Zeit zu gewähren, um allein über diese Sache nachzudenken. Verlasst bitte kurz das Zelt. Ich danke Euch. Shumond, Ihr bleibt.«

Jarryc und Klayse stampften finster aus dem Zelt. Nachdem die Zeltklappe wieder zurückgefallen war, winkte Tangaroth Shumond zu sich.

»Stimmen diese Berichte?«, fragte er durch Gessik.

Der Lordkommandeur der Ehernen Garde nickte.

»Ja, Eure Majestät, und die Rationen der Männer sind bereits geviertelt.«

»Wie würdet Ihr weiter vorgehen?«

Shumond dachte einen Moment nach. »Ich würde für den Ausbruch stimmen«, sagte er. »Vielleicht mit einem kleinen Ausfall. Möglicherweise können wir einige Pferde erbeuten.«

Tangaroth nickte und ließ sich auf dem wackligen Stuhl zurücksinken. Erneut peinigten ihn die Schmerzen in seinem Gesicht.

»Ihr habt wahrscheinlich Recht. Ich will jedoch in Ruhe darüber nachdenken ...«

»Wie Ihr wünscht, Majestät.« Shumond ging zum Ausgang des Zeltes.

Ihr auch, Gessik, dachte Tangaroth. Sein Assistent sah ihn überrascht an, widersprach jedoch nicht und folgte dem Lordkommandeur nach draußen.

Sobald er allein war, atmete Tangaroth bebend aus und hob eine zitternde Hand an seinen Kopf. Mit der anderen durchwühlte er seine Roben und zog ein Büschel Trostbeerenblätter heraus, die Gessik am Morgen für ihn gepflückt hatte. Sorgfältig schob er den Verband beiseite, steckte sich eins nach dem anderen in den zerstörten Mund und kaute. Der Schmerz war unerträglich, doch dann begann der Saft der Blätter zu wirken und linderte die Qual.

Er erinnerte sich daran, wie die Schlacht mit der Kavallerie der Mogaun hin und her wogte, während diese grässliche graue Substanz auf sie alle zugekrochen war. Am Ende hatte ihn ein reiterloses Pferd, das von den Pfeilen in seiner Flanke wahnsinnig vor Schmerz war, erwischt. Es hatte sich wild aufgebäumt und Tangaroth mit einem Huf mitten ins Gesicht getroffen. Ilgarion hatte gesehen, wie er vom Pferd stürzte, und war ihm zu Hilfe geeilt. Dabei war er von einem Speerträger der Mogaun aus dem Sattel geschleudert worden. Trotz seiner Verletzung war es dem Kaiser gelungen, den Mogaun zu töten, bevor er seinem versprengten Pferd hinterherlief. Dabei war er in eine lange Zunge des alles verzehrenden Grau gelaufen, die der Hauptmasse der Fäule ein wenig vorausgeeilt war.

Ein Augenzeuge berichtete später, dass der Kaiser nicht einmal mehr dazu gekommen wäre, sein Schwert zu ziehen, bevor die graue Substanz ihn vollkommen umhüllt hatte. Danach war die Schlacht verloren, und die Überlebenden flohen überstürzt zum Kanal, in der Hoffnung, Boote oder auch nur schwimmende Trümmer zu finden.

Tangaroth hatte Glück gehabt. Angehörige der Ehernen Garde schleppten ihn zu einem der Langboote, mit dem die Armee übergesetzt war.

Die Trostbeerenblätter verbreiteten eine diffuse, taube Wärme in seinem Gesicht und seinem Hals. Er fühlte sich beinahe wieder in der Lage, die Besprechung fortzusetzen.

Trotzdem bin ich kein Kaiser, dachte er. Weder eine Krone noch eine Krönung macht mich zu einem Monarchen, aber ich muss diese Bürde auf meine Schultern nehmen und Khatrimantine retten. Ich muss.

Shumond hatte Recht. Ihnen blieb nur die Möglichkeit, auszubrechen und sich nach Sejeend zurückziehen, nachdem klar wurde, dass aus der Hauptstadt keine Hilfe zu erwarten war. Er hatte wiederholt versucht, seine Magier über Gedankensprache zu erreichen, aber ohne Erfolg, was ihm eigentlich die größte Sorge bereitete.

Er lehnte sich auf seinem Stuhl zurück, während er über

ihre missliche Lage nachdachte und gegen die einlullende Müdigkeit ankämpfte, die der Trostbeerensaft in ihm auslöste. Er benötigte dringend die Dienste eines Heilers, ein weiterer guter Grund für eine rasche Rückkehr nach Sejeend. Die Aussicht, nie wieder sprechen zu können, erfüllte ihn mit Entsetzen ...

In dem Moment spürte er an den äußersten Rändern seiner Magiersinne eine Erschütterung. Jemand oder etwas war dicht hinter ihm im Zelt erschienen, doch obwohl Tangaroth unbewaffnet war, blieb er merkwürdig ruhig. Zwar drängten ihn seine Instinkte, nach Gessik zu rufen, oder sogar nach der Gräfin, aber die Wesenheit regte sich nicht und strahlte offenbar auch keine bösen Absichten aus.

Wer seid Ihr?

»Einer, der Euch als gekrönten Kaiser sehen will«, sagte eine ruhige, männliche Stimme.

Eine Gestalt in einer schwarzen Rüstung trat vor. Über dem Panzer trug sie einen langen Umhang aus einem schimmernden, tiefroten Stoff mit einem dunkelblauen Futter. Die Rüstung überzog ein rauchiger, schimmernder Glanz, der heller war als das gedämpfte Licht im Inneren des Zeltes, offenbar ein Zeichen großer Macht.

Ihr kommt aus der grauen Substanz, welche die Insel Besh-Darok geschluckt hat, dachte Tangaroth. *Was wollt Ihr hier, und warum sagt Ihr solche Dinge?*

»Ich will Euch einen Pakt anbieten, Majestät. Und Eure Wunden heilen, falls Ihr das wünscht.«

Tangaroth starrte auf das glatte, schwarze Visier. Es saß in einem geschwungenen Helm auf dem sich eine merkwürdige Krone aus kurzen, zweigeteilten Zacken befand.

Ihr wollt meine Wunden ... heilen? Aus welchem Grund?

»Nennt es eine Geste des guten Willens, eine Gabe, welche an uralte, aber gemeinsame Bande erinnert.«

Bevor Tangaroth antworten konnte, zuckte ein kaltes, scharfes Prickeln durch die untere Hälfte seines Gesichts. Er hatte einen merkwürdigen metallenen Geschmack im Mund, als er fühlte, wie sich die zertrümmerten Splitter seines Kiefers bewegten, ohne dass es wehtat. Hitzewellen liefen durch seinen Mund, die von einem leisen Klingeln begleitet wurden. Dann wich das kalte Prickeln aus seinen Muskeln und seinem Fleisch, und nur ein dumpfer Schmerz in seinem Mund blieb zurück. Glücklicherweise ähnelte er in keiner Weise dem früheren, nervenzerfetzenden Schmerz. Mit zitternden Fingern zog Tangaroth die Verbände ab und betastete seine Lippen und sein Gesicht, während er forschend mit der Zunge in seinem Mund herumfuhr. Als ihm vor Erleichterung Tränen in die Augen stiegen, flüsterte eine winzige Stimme in seinem Kopf: *Jetzt stehe ich in seiner Schuld ...*

Er holte tief Luft und sammelte sich.

»Ich danke Euch, Herr«, sagte er heiser und genoss den Klang seiner eigenen Stimme. »Ihr habt eine schwere Bürde von mir genommen, wofür ich Euch zutiefst verpflichtet bin. Aber Ihr erwähntet einen Vertrag und uralte, gemeinsame Bande. Darüber würde ich sehr gern mit Euch sprechen. Jedoch könnt Ihr in aller Offenheit mein Gesicht betrachten, während ich Eures noch nicht gesehen habe.«

Noch bevor er zu Ende gesprochen hatte, veränderte sich das Visier des Helmes. Es schmolz und enthüllte das Gesicht eines Mannes. Es war ein jugendliches, sehr blasses Gesicht mit weißblondem Haar und eisgrauen Augen, die wie zwei Funken schimmerten. Tangaroth kam dieses Gesicht bestürzend bekannt vor.

»Seid willkommen, Herr«, sagte der Erzmagier. »Dennoch muss ich meine erste Frage wiederholen: Wer seid Ihr?«

»Man kennt mich als den General der Dämmerung, den Militarch der Nachthüter und den Heerführer der Schwarzen Horde des Großen Schatten.« Die blassen Lippen zuckten amüsiert. »Früher einmal trug ich einen anderen Namen und eine kurze Zeit einen anderen Titel. Auch ich diente einst als Kaiser.«

Tangaroth fühlte, wie das Herz in seiner Brust hämmerte, als der Grund für die Vertrautheit der Gesichtszüge dieses Mannes aus seiner Erinnerung emporstieg. Ihm wurde klar, dass eine jüngere Version dieses Gesichts überall in Sejeend und im ganzen Reich zu sehen war ...

»Seid Ihr ... wahrhaftig Tauric, der Sohn des Kerrigan?«

»Ich habe zwar die Ehre, diesen Namen zu tragen, aber ich bin nicht der Tauric, der sein Leben für das Wohl seines Volkes opferte.« Seine Miene verdüsterte sich. »Das letzte Gefecht im Großen Schattenkönig-Krieg fand in den tiefsten Tiefen der Leere statt und wurde so wild und zerstörerisch geführt, dass der Strom der Zeit selbst geteilt wurde. In einem Arm dieses Stromes wurden die Schattenkönige und der Herr des Zwielichts besiegt, und die Geschichte entwickelte sich so, wie Ihr sie kennt. Aber im anderen Arm dieser Stromwelt triumphierten sie. Die ganze Welt wurde unterjocht und in eine schreckliche Domäne hinabgezogen, das Nachtreich, einen bodenlosen Schlund unendlicher Sklaverei.«

Der Mann, der sich Tauric nannte, schüttelte den Kopf. »Lange Zeitalter hinweg haben wir vergeblich Verschwörungen und Revolten angezettelt und sie nur zu seiner brutalen Unterhaltung aufgeführt. Ich selbst wurde schließlich General der Dämmerung und Kommandeur seiner Schwarzen Horden. Ich verdrängte alles, was ich einst war, aus meinem Gedächtnis und meinem Bewusstsein. Nachdem ihn jedoch seine Gier und sein Stolz zu diesem Überfall auf Eure Welt veranlasst haben, sind andere und ich entschlossen, seinen Untergang herbeizuführen.«

Tangaroth hörte aufmerksam zu. Seine Gedanken überschlugen sich, als er versuchte, Lüge oder Wahrheit in dieser Geschichte aufzuspüren. Seine Logik verlangte nach einem Beweis oder einer Bestätigung, aber ein anderer, instinktiver Teil war sicher, dass dieser Tauric genau das war, was er behauptete. Tangaroth konnte dieses Dilemma nicht auflösen und kam zu dem Schluss, dass der vorgeschlagene Pakt vielleicht von größter unmittelbarer Bedeutung war.

»Ihr habt ein Bündnis erwähnt, Lord Tauric«, sagte er. »Wie genau soll das aussehen?«

»Eine Allianz, Majestät.« Tauric beugte sich vor. »Ich habe

eine kleine, handverlesene Streitmacht in diese Welt geführt, angeblich, um einen Brückenkopf vorzubereiten, bevor die Hauptarmee anrückt. Meine Absicht ist es jedoch, meine Männer von dieser Insel abzuziehen und sie mit Euren zu vereinen, um so die bevorstehende Invasion zurückzuschlagen. Aber es gibt sehr viele Agenten meines Gebieters unter den Mogaun. Sie stehen mir im Weg. Werdet Ihr mir helfen, diesen gemeinsamen Feind zu schlagen?«

»Welche Hilfe können wir Euch anbieten?«, fragte Tangaroth, der von dem Gefühl der Aufrichtigkeit der Worte seines Gesprächspartners beinahe überwältigt wurde.

Das Lächeln des Generals wurde breiter. »Euer Sinn für Großzügigkeit beschämt mich, Majestät. Wohlan, mein Plan sieht vor, dass im Schutz der Nacht ein Schiff mit meinen Männern über den Kanal segeln und Belkiol vom Hafen aus an seiner nördlichen Grenze angreifen wird. Wenn Eure Armee als Ablenkungsmanöver eine halbe Stunde vorher einen Überfall auf die südliche Grenze ausführen kann, wird unser Angriff sie überrumpeln und sie auslöschen.«

»Die Mogaun in und um diese Stadt herum sind uns zahlenmäßig beinahe um das Vierfache überlegen«, gab Tangaroth zu bedenken. »Solch eine List erfordert eine exzellente Planung.«

»Ihr besitzt einen ausgeprägten Sinn für Strategie, Majestät«, sagte Tauric. »Ich stimme vollkommen mit Eurer Einschätzung überein und habe deshalb folgenden Vorschlag ...«

Während die schwarz gekleidete Gestalt und Tangaroth die Köpfe zusammensteckten, beobachtete sie ein kleines Augenpaar hinter einem Grasbüschel am Fuß der Felswand auf der Rückseite des Zeltes. Die Augen gehörten einem kleinen Buschfuchs, der außerdem zwei sehr empfindliche, zuckende Ohren besaß. Der Buschfuchs hatte zuvor kleine Nager verfolgt, als ein unwiderstehlicher Zwang ihn durch das Unterholz zur Rückseite des Zeltes geführt hatte, ihn dann aufforderte, seine Schnauze unter das Segeltuch zu stecken und dort zu warten, zu beobachten und zu lauschen.

Weniger als fünfzig Meter entfernt, auf der anderen Seite des schroffen Felsens, hockten Ayoni und Chellour hinter Büschen, hörten, was der Buschfuchs hörte, und versuchten, daraus schlau zu werden. Kurze Zeit später wurde die kleine Kreatur von Insekten abgelenkt, die vor dem Zelt herumsummten, und als der Fuchs sich an ihre Verfolgung machte, löste sich das zerbrechliche Band auf.

»Wer war das?«, wollte Chellour wissen. »Und diese Geschichte mit der anderen Welt ...«

»Tangaroth scheint ihm zu glauben«, meinte Ayoni. »Vor allem, nachdem sein Kiefer geheilt wurde.«

Sie sahen sich besorgt an.

»Shumond wird alles stützen, was Tangaroth entscheidet«, meinte Chellour. »Was sagt Euer Gatte dazu?«

Ayoni biss sich auf die Unterlippe. »Das hängt davon ab, wie Tangaroth es ihm schildert. Er sollte allerdings nicht erwähnen, jemand wäre aufgetaucht und hätte behauptet, Kaiser Tauric I. zu sein!«

»Wir müssen Jarryc sofort von diesem Vorfall in Kenntnis setzen«, erklärte Chellour. »Dieser Fremde spielt ein perverses Spiel. Ich meine, warum will dieser General der Dämmerung, dass wir die Mogaun angreifen? Warum greift er sie nicht selbst an oder auch gleich uns?«

»Wir müssen außerdem mehr über die graue Fäulnis in Erfahrung bringen«, fuhr Ayoni fort. »Ich bin davon überzeugt, dass uns Tashil und die anderen mehr sagen könnten, aber ich habe immer noch kein Glück mit der Gedankensprache. Vielleicht sollten wir es alle halbe Stunde versuchen ... Was ist?«

Chellour konzentrierte sich angestrengt. »Unser kleiner Spion hat die Jagd nach Zweigfliegen aufgegeben, und ich habe ihn zum Zelt zurückführen können. Tangaroth ist wieder allein ... und sein aufgeregter Assistent Gessik ist ebenfalls wieder da.«

»Dann wird Tangaroth die anderen bald hineinrufen«, sagte Ayoni lächelnd. »Also müssen wir warten, was der Erzmagier ihnen erzählt. Ich bin sicher, dass Jarrycs Bericht sehr erheiternd werden wird!«

Es vollzog sich so langsam, diese Rückkehr seines Bewusstseins, so quälend langsam. Zunächst durchdrangen nur Eindrücke seines Gefühls die klare Dunkelheit, denen Funken von Gedanken folgten. Zögerlich flochten sich Verbindungen, hie und da, oben, unten, vor ihm, hinter ihm, um ihn herum und gegenüber ...

Dann rauschte plötzlich ein Wasserfall von Wissen auf ihn herab, und er nahm wahr, dass er an einem dunklen, feuchten Ort hockte, auf einem kalten, feuchten Stein, einen Arm mit dem anderen stützte, und dass die Finger einer Hand gebrochen und versengt waren ...

Es hatte wehgetan. Die Erinnerung an Schmerz kehrte zuerst zu ihm zurück. Dann verknüpfte sich Gedanke mit Gedanke, und das Netz erfüllte ihn mit flackernden Erinnerungen, angereichert mit Gefühlen, Geschmack, Tastsinn, Spürsinn, mit Geräuschen, Stimmen, die seine Namen riefen ...

Es schien vor ihm zu schweben, ein Echo in seinem Kopf, doch er zögerte. Etwas in ihm sehnte sich nach einem anderen Namen, einem hungrigen, wilden Namen. Mit überraschender Leichtigkeit vermochte er diese Sehnsucht in sich zu ersticken, und er konzentrierte sich stattdessen auf die fremden Geräusche, die er hörte, auf Schreie, hallende Schläge, auf Schritte, Stöhnen, das Rasseln von Ketten, eine gutturale, fordernde Stimme, die Fragen in einem starken Yularianischen Akzent stellte, so viel begriff er, als sich in seinem Verstand etwas verschob, als fiele plötzlich ein verrutschtes Fundament von Wissen wieder an seinen Platz.

Obwohl sich das Dämmerlicht in seinem von Pfeilern gestützten Verlies nicht änderte, bemerkte er die Veränderungen draußen, wie zum Beispiel das silberne Strahlen aus den schmalen, hohen Fenstern plötzlich undurchsichtig wurde und eine feuchte Kälte in die Gewölbekammern drang. Draußen herrschten Tag und Nacht, dessen war er sich sicher.

In einer dieser eisigen Nächte ereilte eine willkommene, zerstörerische Katastrophe das Gefängnis. In einem der Säulengänge gellten laute Schreie, und er sah Gestalten, die im silbernen Licht der Lampen hin und her huschten. Kurz darauf rannten Wachen mit Knüppeln vorbei, um einen Aufstand niederzuschlagen. Die beiden Wächter, die seinen abgesperrten Bezirk bewachten, schlossen sich ihnen an. Dann übertönte ein schwerer Schlag von oben das Brüllen aus den schattigen Höhen des Verlieses. Steinbrocken fielen klickend zu Boden, und eine Staubfontäne zischte hinterher. Ein zweiter Aufprall ertönte, danach ein Krachen und das Donnern von zerborstenen Mauern, deren Trümmer auf den Steinboden prallten. Inmitten von panischem und gequältem Geschrei und der gewaltigen Staubwolke kauerte er sich hin und kehrte diesem unglaublichen Aufruhr den Rücken zu, als jemand ihn an den Schultern packte und wieder herumdrehte.

»Calabos, Ihr seid jetzt in Sicherheit.«

Calabos.

Das war der Name gewesen, sein Name, der Schlüssel zum Schloss, der Riss im Damm, die Kerze im Abgrund, der Funke für den Kienspan.

»Qothan.« Mehr konnte er nicht sagen, weil die Emotionen ihm die Kehle zuschnürten, als der große Kundschafter und die beiden anderen der Dämonenbrut ihre Hände zu ihm hinabstreckten. Seine Befreier hoben ihn mit wuchtigen Flügelschlägen empor und aus dem zerklüfteten Loch in der Decke hinaus in eine neblige Nacht.

Einen Moment lang huschte eine leere, gepflasterte Straße, die von Steinmauern umschlossen wurde, unter ihm vorbei und blieb zurück. Sie stiegen weiter auf und flogen rasch durch den wabernden Dunst. Manchmal riss die Nebelbank auf und gab den Blick auf die Dächer zahlloser, eng zusammengepferchter Gebäude frei. Die verlassenen Straßen ähnelten schattigen Schluchten, deren Dunkelheit nur vom silbrigen Glühen einer einsamen Lampe unterbrochen wurde. Ihr Schimmern zeigte immerzu dieselbe Stadtlandschaft. Calabos fröstelte, als er sich an die Worte der Schlummernden Gottheit erinnerte. *... eine einzige ungeheure Landschaft ... in dem Territorium des Nachtreichs ... Bezirke führen mit ungehemmter Wildheit Krieg gegen ihre Nachbarn ...*

Einige Momente später tauchte ein großer, breiter Turm aus dem aschfarbenen Nebel auf. Calabos' Träger schwenkten nach rechts ab, sanken und wurden langsamer, als ein breiter Spalt an der Seite des Turms in Sicht kam. Dahinter brannten Lampen, und es warteten sitzende und stehende Gestalten. Qothan und seine Brüder landeten sanft in dem Spalt und setzten Calabos behutsam auf dem gefliesten Fußboden ab. Calabos gelang es, einige Schritte zu taumeln, bevor die Beine unter seinem Leib nachgaben und er zu Boden sank. Ihm schwindelte, und seine verletzte Hand schmerzte.

»Immer mit der Ruhe«, meinte eine weibliche Stimme, während einer der Dämonenbrut ihn wieder aufrichtete. »Du musst erst Kraft schöpfen und deine Hand versorgen lassen, dann kannst du spazieren gehen!«

Keuchend und etwas verlegen schaute Calabos hoch. Qothan hockte neben ihm.

»Wir hatten das Glück, Kerna und ihre Leute, die *Horngeister,* zu treffen, nachdem wir Euch verloren haben. Ohne ihre Hilfe hätte es erheblich länger gedauert, Euch ausfindig zu machen.«

»Dann wärst du vermutlich Urkus' zärtlichen Aufmerksamkeiten erlegen«, meinte die andere Stimme. »Aber so war es höchst erfreulich, mit Wesen zusammenzuarbeiten, die zwar wie Nachthüter aussehen, aber keine sind.«

»Ich stehe tief in Eurer Schuld«, begann Calabos, schaute seine Wohltäterin an und hielt überrascht inne. Ihr Haar war heller und länger, sie hatte eine frische Narbe am Kinn und einen Kratzer auf ihrer Wange, aber es war Keren. Jede Linie in ihrem Gesicht, ihr ruhiger, abschätzender Blick, ihre Ausstrahlung, all das tauchte aus den ältesten, tiefsten Erinnerungen auf, aus jenen, die ihm von Byrnak hinterlassen worden waren.

»Keren?«, murmelte er.

Sie runzelte die Stirn und lächelte. Eine Geste, bei der sein Herz höher schlug. »Kerna«, verbesserte sie ihn. »Ich bin die Anführerin dieser kleinen Schar idealistischer Halunken, und dies da ...« Sie fuhr mit der ausgestreckten Hand durch die Kammer, »ist unsere prachtvolle Kaserne, voll anheimelnder Gemütlichkeit und einem Arsenal scharfer Waffen. Ich lasse unseren Meister Guldarem nach deiner Hand sehen, wenn er von der Suche nach etwas Essbarem zurückkehrt. Bis dahin, Calabos, willkommen bei uns.«

Sie drehte sich um und sprach mit einem der etwa dreißig Männer, die sich in der Kammer ausruhten. Qothan, Viras und Yostil führten Calabos zu einer leeren Nische in der Seitenwand. Nachdem sie mehrere mit Tüchern umwickelte Bündel an die Wand gelehnt hatten, ließ sich Calabos schwer auf eine Steinbank fallen und seufzte.

»Wie lange, Qothan?«

»Es ist fast sieben Tage her, seit wir die Pforte passiert haben«, erwiderte der Kundschafter der Dämonenbrut und öffnete eines der Bündel. »Wir haben Euer Schwert.«

Der Anblick des Knaufs, der Parierstange und der Scheide, die aus dem Bündel ragten, erleichterte ihn. Es war noch nicht alles verloren, aber ... sieben Tage!

»Die Schlummernde Gottheit sagte, dass die Zeit hier schneller verstreicht«, meinte er. »Aber wir wissen nicht, wie schnell im Vergleich zu unserer Welt. Wir müssen uns einfach darauf verlassen, dass sich die Ereignisse hier langsamer vollziehen als dort, und einen Plan schmieden, wie wir zum Hof dieses Großen Schatten finden.«

»Das könnte sich als schwierig erweisen«, erwiderte Qothan und beschrieb Calabos das Nachtreich. Er schilderte das Leben und den Halbtod, wie die Menschen hier hausten und fochten und dass sie sich offenbar nicht an Ereignisse erinnern konnten, die weiter als einige Jahre zurücklagen. Allerdings gab es eine allgemeine Erinnerung an lange vergangene, gewaltige Schlachten, einschließlich einiger Aufstände gegen den Großen Schatten selbst. Dann gab er Calabos einen Überblick über die Kriegshorden, Rotten und die Milizen, welche den Nachthütern Tribut entrichteten, die wiederum die Macht des Großen Schatten von ihren Türmen aus sicherten. Diese Nachthüter gehorchten ihrerseits dem General der Dämmerung, dessen Felsenfeste, die Zitadelle des Zwielichts, den einzigen Zugang zu den Traumhöfen des Großen Schatten darstellte. Zusätzlich zu den Nachthütern bewachten Herden von Nachtjägern die Zugänge von der Luft aus, und Eliteeinheiten der Schwarzen Horde bemannten die Bastionen auf den Klippen.

»Ich muss gestehen, Calabos«, fuhr Qothan fort, »dass ich einen gewissen Verdacht habe, was diese Nachthüter angeht.« Ärger glühte in seinen Augen. »Ich fürchte, dass es die Dämonenbrut dieser anderen Welt ist, welche versklavt und korrumpiert wurde.«

Calabos nickte. »Ja, natürlich. Das bedeutet vielleicht, dass Orgraaleshenoth ebenfalls hier lebt.«

Qothan hob die Brauen, als er begriff.

»Der Große Prinz«, sagte er. »Er war der Erste, der rebellierte.«

»Selbst wenn er noch hier wäre, gäbe es keine Garantie, dass sein unabhängiger Geist diesen schrecklichen Ort überlebt hat.« Calabos schaute zu Kerna hinüber, die mit einem der Horngeister lachte, und Hoffnung keimte in ihm auf.

»Also müssen wir von hier aus zur Zitadelle des Zwielichts gelangen«, fuhr er fort. »Dann müssen wir unbemerkt dort eindringen und den Weg zu den Höfen des Großen Schatten suchen. Das alles erfordert Verstohlenheit, List und ein Meer von Glück ...« Er schaute Kerna an. »Und die Hilfe von Ansässigen.«

»Nachdem ich mit ihr gesprochen habe«, erwiderte Qothan, »bin ich fast sicher, dass sie uns gern helfen würde. Aber sie ist gerade mit einem Vorhaben beschäftigt, das sehr wichtig für sie ist. Sie will ihre Schwester Nilka aus den Kerkern eines Milizanführers retten, eines gewissen Grachek ...«

»Ihre Schwester?«, fragte Calabos ahnungsvoll.

Qothan runzelte die Stirn. »So sagt sie.«

»Wenn wir ihr bei ihrer Sache unsere Hilfe anbieten, hilft sie uns umgekehrt vielleicht auch.«

»Ich fürchte, dieser Handel wurde bereits abgeschlossen, Calabos«, erwiderte Qothan. »Wir schulden ihr unsere Hilfe bei ihrem Rettungsversuch für ihre Hilfe bei Eurer Befreiung.«

»Verstehe.« Calabos lehnte sich zurück. »Trotzdem werde ich später mit ihr darüber reden. Wir brauchen zumindest eine Wegbeschreibung, wie wir zu dieser Zitadelle finden ...«

Und vielleicht bringe ich ja auch mehr über ihre Schwester in Erfahrung, dachte er. Die Möglichkeit, dass es sich bei ihr um Nerek handeln könnte, das Spiegelkind, das Byrnak aus Keren geschaffen hatte, faszinierte und beunruhigte ihn gleichermaßen.

Die Gelegenheit zu diesem Gespräch bot sich eine Stunde später, als die Gruppe von ihrer Suche nach Essen zurückkehrte und Kerna ihn dem Meister der Horngeister vorstellte, einem schlaksigen, kahlköpfigen Mann namens Guldarem. Der warf einen kurzen Blick auf Calabos' verletzte Hand und nickte.

»Rohe Gewalt«, meinte er zu Kerna. »Typisch für Urkus' Jungs. Es überrascht mich nur, dass er noch alle Finger hat. Sie müssen es ziemlich eilig gehabt haben, als sie ihn verschleppten!«

Er begann mit seiner Arbeit, schnitt zunächst die schmutzigen Bandagen weg und wusch die Wunde aus. Kerna warf Calabos einen fragenden Blick zu.

»Ich habe deinen geflügelten Freunden keine befriedigende Erklärung entlocken können, woher ihr eigentlich gekommen seid«, meinte sie. »Willst du es vielleicht versuchen?«

Calabos wusste bereits, was Qothan ihr erzählt hatte, und beschloss, die Geschichte so einfach und unkompliziert wie möglich zu halten. »Es gibt noch andere Länder außerhalb des Nachtreiches«, begann er und zuckte zusammen, als Guldarem einen gebrochenen Finger berührte. »Unser Land zum Beispiel ist ganz anderes als deines und wird gerade von den Streitkräften des Großen Schatten angegriffen. Aber wir werden uns seiner Gier nicht ergeben. Deshalb müssen wir in die Zitadelle des Zwielichts gelangen.«

Kerna sah ihn einen Moment erstaunt an, dann platzte sie vor Lachen heraus.

»Ich kenne einen sehr einfachen Weg hinein«, meinte sie. »Geh zum Tor der Zitadelle und verkünde laut, dass der General der Dämmerung der Bastard eines Bestattungsjünglings und eines Rankenwurms ist! Ich bin sicher, dass die Schwarzen Ritter dich nur allzu gerne hereinbitten werden!«

Ihre Männer lachten grölend. Calabos nickte und lächelte ebenfalls.

»Ernsthaft«, meinte er, nachdem das Gelächter abgeklungen war. »Wenn man in die Festung gelangen wollte, wie müsste man das anstellen?«

Ihr Lächeln erlosch, und sie sah ihn scharf an. »Ich würde es nicht tun. Es käme einer Einladung zu einer endlosen Folter in den eisernen Zellen des Generals der Dämmerung gleich. Ich habe eine Legende gehört, die von einer angeblichen Rebellion gegen den Großen Schatten erzählt. Dabei haben sich Legionen der Schwarzen Horde mit den Rebellen verbündet. Sie sind bis zu den äußeren Traumhöfen gekommen. Weitere Einzelheiten kenne ich nicht ...« Sie zuckte mit den Schultern. »Ich habe einige Male den Halbtod erlitten. Danach fällt es einem schwer, sich an etwas zu erinnern.«

»Der alte Culri könnte es wissen.« Guldarem schaute von Calabos' Hand hoch, in der die Schmerzen langsam abflauten. »Er behauptet immer, dass er auch nach dem Halbtod seine Erinnerungen behalten hat.«

»Das klingt vielversprechend«, erwiderte Calabos. »Ich würde ihn gern kennen lernen.«

Kerna lächelte skeptisch. »Später, wenn die Nacht vorüber ist.«

Sie wandte sich ab und sprach mit ihren Männern. Guldarem richtete sich auf und verkündete, dass die Finger geheilt und die Knochen wieder zusammengewachsen seien.

»Du solltest die Hand trotzdem ein paar Tage nicht zu sehr belasten«, sagte er. »Und trage einen Handschuh. Die Haut wird eine Weile sehr empfindlich sein.«

Calabos nickte und bedankte sich. Seine Stirn war schweißnass. Die Hand fühlte sich kühl und taub an, aber er konnte seine Finger bewegen, und die Schnitte waren verheilt.

»Darf ich dich etwas fragen?«, erkundigte sich Guldarem.

»Bitte, gern«, antwortete Calabos.

»Irgendwie überlege ich, ob du einst ein Meister des Brunn-Quell gewesen bist«, meinte er nervös. »Jedes Mal, wenn ich ihren Fluss angezapft habe, ist er, wenn auch nur ganz leicht, zu dir gewirbelt. Vergib mir, wenn meine Frage aufdringlich sein sollte ...«

»Das ist sie nicht«, antwortete Calabos. »Meine Antwort lautet ja. Allerdings weiß ich nicht, ob dies in meinem Land dasselbe bedeutet wie hier. Sag mir, hast du jemals etwas von der Niederen Macht gehört?«

Guldarem schüttelte den Kopf. »Vielleicht weiß Culri etwas darüber.«

Er entschuldigte sich und kümmerte sich um die Wunden einiger anderer Männer. Calabos betrachtete ihn einen Moment lang und kehrte dann zu der Nische zurück, in der die Dämonenbrut ruhte. Qothan schaute hoch.

»Wie geht es Euren Wunden, Freund Calabos?«

Er hielt die Hand hoch und bewegte die Finger.

»Sie sind oberflächlich geheilt, aber sie müssen erst noch vollkommen genesen.« Er setzte sich neben den hünenhaften Kundschafter.

»Dafür bleibt möglicherweise keine Zeit«, erwiderte Qothan. »Diese Frau – Kerna – will den Rettungsversuch morgen Abend durchführen. Das bedeutet, wir müssen uns darauf vorbereiten.« Er schaute Calabos nachdenklich an. »Werdet Ihr eine Rolle dabei übernehmen, und möchtet Ihr Euer Schwert tragen?«

»Ja und ja«, antwortete Calabos. »Aber lasst mich vorher eines fragen: Hattet Ihr seit Eurer Ankunft Gelegenheit, Magie zu wirken?«

Qothan wechselte einen kurzen Blick mit Viras und Yostil. »Allerdings. Es war eine unangenehme Erfahrung.«

»Inwiefern?«

»Die Macht der Israganthir speist sich zwar aus dem Brunn-Quell, aber in einem anderen Teil der Leere«, erklärte Qothan. »Hier ist sie von anderen Mächten beeinflusst, und von daher verhält sie sich anders.«

Calabos nickte. »Das hat die Schlummernde Gottheit auch gesagt. Sie meinte, als der Herr des Zwielichts hier triumphierte, hätte er sich der anderen Kräfte bemächtigt und sie mit seiner eigenen kombiniert ... Aber ich habe nichts dergleichen durch meine Magiersinne wahrnehmen können, keine Macht gespürt, von der Luft und Umgebung durchsetzt sind, so wie es zu Hause ist. Vielleicht sollte ich einen Gedankengesang beschwören, aber ich weiß nicht, wie riskant das ist.« Er schnaubte unwillig. »Wahrlich, die Verzagtheit eines alten Mannes ...«

»Calabos«, sagte Qothan, »ich wollte es vorher nicht erwähnen, aber Ihr seht nicht mehr wie ein alter Mann aus. Nach Eurem Übergang sind Euer Haar und Euer Bart vollkommen schwarz geworden, und ich sehe auch nur wenig Falten in Eurem Gesicht.«

Unwillkürlich betastete Calabos seinen Bart und zog eine Locke glatt. Sie war nicht grau, sondern schwarz. Und als er seine Hände und Arme näher betrachtete, bemerkte er, dass sie weitaus muskulöser waren als zuvor.

»Hat die Reise hierher das verursacht?«, fragte Qothan.

»Vielleicht. Jedenfalls hat sie meinen Verstand beeinflusst«, gab Calabos zurück. »Ihr solltet jedoch wissen, dass ich mich nur als alter Mann verkleidet habe. Dies hier entspricht meinem tatsächlichen Aussehen.«

»Eine Maske«, meinte Viras. »Um Euer langlebiges Wesen zu verstecken.«

»Genau das. Allerdings bin ich auch ständig umgezogen, um keinen Verdacht zu erregen ...«

In diesem Moment gab es Unruhe in der Nähe des Eingangs am hinteren Ende der Kammer. Calabos schaute hin und sah, wie einige von Kernas Horngeistern mit einem kahlen, schlaksigen Mann in schäbigen Gewändern rangen, der schrill protestierte.

»Lasst mich los, ihr ... Schurken! Halsabschneider!«

Calabos und seine Begleiter schlenderten zusammen mit dem Rest von Kernas Bande näher, um den Zwischenfall zu beobachten. Sie selbst warf dem Störenfried einen finsteren Blick zu und beriet sich dann weiter mit ihren beiden Hauptleuten. Als Calabos näher kam, trat Guldarem neben ihn und deutete auf den zerlumpten Gefangenen.

»Du brauchst nicht mehr nach dem alten Culri zu suchen«, meinte der Meister. »Er ist zu dir gekommen!«

»... eure dreckigen Pfoten weg! Ich suche den Schwertträger, denjenigen, der die unsichtbare Brücke überquert hat!«

Calabos wechselte einen kurzen Blick mit Qothan und sah dann wieder den Bettler an. Die beiden Männer, die den Alten auf die Erde drückten, versuchten, ihm die Hände zu binden, aber er brüllte und kreischte und wehrte sich mit Händen und Füßen. Calabos war sicher, dass der alte Bettler ihn gemeint hatte, und wollte gerade etwas sagen, als Kerna vortrat.

»Was soll dieser Aufstand? Man versteht ja sein eigenes Wort nicht mehr!«

»Wir haben diesen alten Knochensack in den unteren Hallen herumschleichen sehen«, sagte einer von Culris Häschern. »Als er versucht hat, die äußeren Simse zu erklimmen, haben wir ihn geschnappt und hierher gebracht.«

Der alte Mann hörte auf, sich zu wehren, und warf dem Sprecher einen finsteren Blick zu.

»Früher warst du freundlicher zu mir, Losker!«, knurrte er. »Aber das war vor vier oder fünf Leben, als du noch mit Gonderlak marschiert bist ...«

Der Mann namens Losker erbleichte, und Culri sprach weiter, während er seinen Blick über die versammelten Krieger gleiten ließ. »Es gibt noch andere hier, die ich kenne, ja, wenigstens die Hälfte von euch kenne ich sehr gut, aber ihr wisst überhaupt nichts mehr von mir ...«

»Eines weiß ich dafür ganz genau.« Kerna baute sich vor ihm auf. »Ich bekomme Kopfschmerzen, wenn ich deinem Geschwätz noch länger zuhören muss!«

Culri sah sie missbilligend an. »Dich kenne ich auch ...«

»Und mich, alter Mann? Kennst du mich?« Calabos drängte sich nach vorn.

Als er Calabos sah, flackerte Freude auf Culris Gesicht auf, dann Ehrfurcht und eine Spur Angst. Auf eine Geste von Kerna hin ließen die Wachen ihn los. Er stand zögernd auf, ging zu Calabos und musterte ihn.

»Was hoffst du in meinem Gesicht zu finden?«, erkundigte Calabos sich gutmütig.

»So lange, so lange Zeit ... nur die Abwesenheit der Finsternis«, sagte Culri. »Ich erinnere mich an dein Gesicht, Calabos, ich erinnere mich daran trotz des Ozeans an Jahren, der durch dieses Reich der Dunkelheit gerauscht ist ...«

Kerna trat hinzu. »Einverstanden«, sagte sie zu Calabos. »Er kann fürs Erste hier bleiben. Aber sobald du deine Fragen gestellt hast, geht er. Ich will nicht, dass er Dinge belauscht, die ihn nichts angehen.«

»Wie du wünschst.« Calabos führte den alten Mann zu der Nische, während die anderen Krieger ihr Interesse verloren und sich wieder in der Kammer verstreuten. Culri schaute die Dämonenbrut einen Augenblick an, sichtlich amüsiert, und wandte sich dann zu Calabos herum, bevor der sich setzen konnte.

»Du wirst keinen Erfolg haben«, erklärte er. »Du wirst scheitern und in dem Gefängnis aus Eis enden, wenn du dein Wesen verleugnest!«

Calabos war bestürzt. »Auch, wenn es angesichts der riesigen Horden des Großen Schatten nichts bedeuten mag, aber wir haben Kräfte zu unserer Verfügung und eine Waffe von außerordentlicher Macht. Aber irgendwie müssen wir einen Weg in seine Höfe finden und ihn dort stellen.«

»Was für eine aufwändige Art und Weise, Selbstmord zu begehen«, erwiderte Culri mit unverhohlener Verachtung. »Es sei denn, du akzeptierst die Fundamente deines wahren Wesens.«

Calabos schwieg einen Moment, als ihm bewusst wurde, was der Mann meinte. Es überlief ihn eiskalt.

»Dieses ›Wesen‹, wie du sagst, ist für immer ausgerottet«, erklärte er. »Mit eben der Klinge herausgeschnitten, die ich mit hierher gebracht habe, um seine Macht an dem Großen Schatten zu erproben.«

Culri zuckte mit den Schultern. »Die Zeit wird kommen, und dann wirst du wissen, was zu tun ist. Bis es so weit ist, würde mich allerdings brennend interessieren, wie du auch nur bis zu seinen Höfen kommen willst.«

Calabos lächelte. »Soweit ich weiß, ist das mindestens einmal zuvor bereits gelungen.«

»Nur einmal. Es war der Höhepunkt des Feldzuges von Omizar«, erwiderte der alte Mann. »Und er hatte einen Schlüssel, mit dem er die Tore der Zitadelle des Generals der Dämmerung öffnen konnte: Die Rüstung eines Schwarzen Ritters.« Er lachte. »Allerdings hatte er außerdem noch eine gewaltige Armee hinter sich ...«

Er ließ seinen Blick über Kernas Bande gleiten und lachte erneut.

Calabos knirschte mit den Zähnen und unterdrückte seinen Ärger. »Und wie komme ich an die Rüstung eines Schwarzen Ritters?«

»Ganz einfach. Töte einen.«

»Natürlich.«

Culri warf einen Seitenblick auf Kerna, die ihm aus der Mitte der Kammer finstere Blicke zuwarf.

»Ich fürchte, meine Zeit hier ist fast abgelaufen«, sagte er. »Suche die Schwarzen Ritter nach Einbruch der Dunkelheit. Sie überbringen den Hohen Offizieren die Befehle des Generals der Dämmerung, und zwischen ihnen und den Nachthütern herrscht Rivalität. Letztere sehen sich selbst als den verlängerten Arm des Großen Schatten ...«

»Wo finde ich einen der Schwarzen Ritter?«, wollte Calabos wissen.

»Sie spazieren nicht über die Straßen, so viel ist sicher. Sie sind die Boten der Macht, also verlassen sie die Zitadelle nur für wichtige Aufgaben ...«

Zwei Horngeister schlenderten zu ihm und bauten sich hinter ihm auf. Es war eine schweigende Warnung. Culri zuckte mit den Schultern, tat, als achte er nicht auf sie, und ging langsam zum Ausgang der Kammer. Dort blieb er stehen und schaute Calabos von der Seite an.

»Nur der Halbtod lässt dich deine Natur vergessen«, sagte er. »Vergeude diese Gelegenheit nicht.«

Mit einem fröhlichen Lied auf den Lippen sprang er durch die Tür und war verschwunden. Calabos blieb zurück, hin und her gerissen zwischen Enttäuschung und Hoffnung.

Endlich klärte sich der Nebel der Nacht und enthüllte die unglaublich dunkle und dicht gedrängte Stadtlandschaft des Nachtreichs. Es gab keine Lichtquelle, sondern nur dieses seltsame, alles durchdringende, aschfarbene Strahlen, sodass man nur schwer Einzelheiten erkennen oder auch nur Entfernungen abschätzen konnte. Calabos glaubte jedoch ein breites Felsmassiv zu erkennen, in dessen Mittelpunkt eine gewaltige Festung lag, die fast bis zum Gipfel reichte. Er schätzte, dass sie etwa fünfzig bis sechzig Meilen entfernt war.

Verstreut über diese alle Vorstellungen sprengende Stadt erhoben sich spitz zulaufende Türme über dem Chaos aus Dächern und Straßen. Jeder Turm bestand aus einer bleiernen Säule mit einer bauchigen Kuppel auf ihrer Spitze. Einer von Kernas Hauptleuten verriet ihm, dass dies die Trutztürme der Nachthüter waren. Als Calabos sich erkundigte, wo Kernas Schwester gefangen gehalten wurde, deutete der Mann auf eine Ansammlung von viereckigen Befestigungen, die etwa fünfzehn Meilen den Hügel hinauf lagen.

»In der Roten Mark«, erwiderte er. »Das ist der Bau von Gracheks *Dolchhunden.*«

Calabos nickte und zog sich zurück, um über den bevorstehenden Überfall nachzudenken. Kurz darauf ging er zu Kerna und schilderte ihr seinen Plan. Sie hörte aufmerksam zu. Nachdem er geendet hatte, ging sie eine Weile hin und her und erwog seinen Vorschlag. Gelegentlich warf sie dabei Qothan und seinen Gefährten einen kurzen Seitenblick zu. Schließlich nickte sie.

»Das gefällt mir«, erklärte sie. »Genau so machen wir es.«

Während des nächsten Tages huschten die Horngeister zu zweit und zu dritt durch weniger belebte Straßen in die Nähe der Roten Mark. Aufgrund ihrer Statur und ihrer unübersehbaren, gewaltigen Schwingen waren die drei der Dämonenbrut gezwungen, über die Dächer zu reisen, während sie Ausschau nach möglichen Beobachtern hielten, seien sie über oder unten ihnen. Calabos wurde von zwei der besten Männer Kernas begleitet und folgte ihnen durch die schwarzen Bezirke. Sie kamen als Letzte an. Bei Anbruch der Dämmerung waren alle in Position, und der Angriff begann.

Qothan, Viras und Yostil gaben sich als Nachthüter aus und erzwangen sich Zutritt zu Gracheks Roter Mark, indem sie behaupteten, eine Inspektion durchzuführen, die vom Großen Schatten selbst angeordnet worden sei. So verlangten und erhielten sie Zutritt zu den Kerkern und wurden von verschiedenen Offizieren und Wächtern durch die von Zellen flankierten Gänge eskortiert, während Kerna und die Horngeister ihnen folgten. Sie eliminierten auf dem Weg die restlichen Wachen und verrammelten Zugänge, die zu anderen Flügeln der Roten Mark führten. Calabos blieb bei Kerna und beobachte die Zugänge, als sie Nachricht erhielten, dass man Nilka lebendig gefunden habe. Sie wirkte jedoch mitgenommen und übel zugerichtet, als sie begleitet von Qothan und den anderen auftauchte. Zu Calabos' Verblüffung schien sie tatsächlich Kernas Zwillingsschwester zu sein. Allerdings strahlte Nilka eine vibrierende Entschlossenheit aus, neben der Kernas Wesen beinahe sanft und umgänglich wirkte.

Als sie aus den Gefängnisgängen zurückkehrten, stießen sie auf Schwierigkeiten. In der von einer Empore umringten Eingangshalle, durch die sie hereingekommen waren, tobte ein heftiger Kampf. Horngeister fochten in den schattigen Säulengängen gegen Dolchhunde. Ein stämmiger, einäugiger Mann in einem Fellmantel und einer Lederrüstung trat auf einen Balkon hinaus, von dem aus er die Halle überblicken konnte. »Legt eure Waffen nieder!« blaffte er. »Ihr seid in der Unterzahl und könnt nicht siegen! Ergebt euch, dann verspreche ich euch ein rasches Ende ohne Folter ...«

Das war Grachek. Hinter ihm tauchte eine andere Gestalt auf, bei deren Anblick die Horngeister ängstlich murmelten. Der Mann trug eine Rüstung, die dunkel schimmerte und deren Visier wie ein höhnisches Gesicht geformt war. Die düstere Gestalt verschränkte die Arme, als genieße sie entspannt eine amüsante Zerstreuung.

»Ein Schwarzer Ritter!«, murmelte Kerna ihrer Schwester zu, die verächtlich ausspie und den Männern barsch befahl, gefälligst eine Reihe zu bilden.

Calabos starrte den Schwarzen Ritter an, dann seine Rüstung, und sagte in Gedankensprache: *Qothan, bringt mich dort hinauf!*

Sofort löste der Schwarze Ritter seine verschränkten Arme. »Wer bist du?«, fragte er.

Qothan und Viras trugen Calabos jedoch bereits zu dem Balkon hoch. Grachek griff sie mit einer Streitaxt an, aber ein Stoß mit einer Schwingenkralle beförderte ihn kopfüber von dem Balkon. Der Schwarze Ritter zückte sein gewaltiges Schwert, und Calabos erwiderte seinen unbarmherzig geführten Schlag mit dem Schwert der Vereinten Mächte. Bei der ersten Berührung zerbrach die Klinge des Ritters in tausend Stücke. Noch während der Ritter den nutzlosen Knauf zur Seite schleuderte, flammte grüne Macht um seine freie Hand auf, und ein gezackter Blitz entlud sich. Als Calabos und die Dämonenbrut den magischen Angriff konterten, wirbelte ihr Feind herum und floh in einen Korridor.

Calabos, Qothan und Viras verfolgten ihn und trieben ihn schließlich in einer hohen Kammer in die Enge, die mit Bannern und finsteren Trophäen geschmückt war. Qothan und Viras waren gegen die Angriffe des Schwarzen Ritters gewappnet und packten seine Arme. Sie rissen den ersten Arm aus seinem Schultergelenk, doch es sprudelte kein Blut aus der Wunde, sondern schwarzer Dampf entwich. Gleichzeitig erlosch jeder Widerstand ihres Gegners, und die schwarze Gestalt zerfiel im Griff der Dämonenbrut. Seine Rüstung stürzte klappernd zu Boden, unter Wolken desselben schwarzen, bleiernen Dampfes.

Qothan schnallte sich die Rüstung auf den Rücken, und gemeinsam mit Calabos kehrten er und Viras wieder zu den Horngeistern zurück. Mittlerweile traf Verstärkung der Dolchhunde ein. Angeführt von Kerna und Nilka zogen sich die Horngeister aus der Roten Mark über die geplanten Fluchtwege zurück. Sie liefen durch ein verschlungenes Labyrinth aus Gassen, das von einem eisigen Nachtnebel beherrscht wurde. Der verabredete Treffpunkt war das oberste Stockwerk eines verlassenen Milizhauses neben einem zerstörten Hexenmähren-Tempel. Als Calabos und die Dämonenbrut dort eintrafen, wartete bereits jemand auf sie. Der alte Culri.

»Du hast also die Rüstung erbeutet«, sagte er. »Hat der Schwarze Ritter dir einen guten Kampf geliefert?«

»Das Wesen hat sich aufgelöst«, erwiderte Calabos. »Es ist einfach in schwarzem Rauch aufgegangen. Was sind sie?«

»Angeblich sind es magische Abbilder eines Mannes, eines Feindes des Großen Schatten aus den frühesten Zeiten des Nachtreichs.« Der alte Mann zupfte an einem zerlumpten braunen Umhang, den er über den Schultern trug, und sah Calabos an. »Aber hör zu: Es gibt Nachrichten aus dem Nachtreich, Neuigkeiten, die du ganz bestimmt faszinierend finden wirst.«

Calabos schaute Qothan an, der die Rüstung abgelegt hatte und die Stücke anders zusammenlegte, damit er sie bequemer tragen konnte. Qothan lächelte kühl und zuckte unmerklich mit den Schultern.

»Und was sind das für Neuigkeiten?«, erkundigte sich Calabos. »Sag mir nicht, dass die Straßenräuberei zugenommen hat.«

Culri lachte finster.

»Einer der Trutztürme der Nachthüter, der Orlag, ist an den neuen Befehlshaber der Eisenfäuste gefallen, einer Miliz aus dem Osten. Dieser Mann war noch wenige Tage zuvor Anführer einer armseligen Bande von Schlägern und hat sich zum Befehlshaber emporgeschwungen. Und jetzt fordert er bereits die Herrscher des Nachtreiches heraus. Willst du seinen Namen wissen?«

Die Worte des alten Mannes erfüllten Calabos mit einer bösen Vorahnung, aber er nickte nur. »Sag ihn mir.«

»Er nennt sich Byrnak«, meinte Culri. »Byrnak, der Beschützer.«

Calabos war starr vor Staunen, während die Worte langsam in seinen Verstand sickerten. Sein Körper fühlte sich hohl an wie eine Glocke, die vom Schicksal geschlagen wurde.

20

Fratzen der Nacht tanzen mit Gespinsten des Tages,
Geister aus Eis tanzen mit Seelen aus Feuer,
Schwerter des Hasses tanzen
Mit Blumen der Liebe,
Nur die Weber des Schicksals tanzen allein.

GESANG DER MOGAUN-SEHER

Rauch aus den brennenden Gebäuden am Hafen waberte durch die Straßen des nördlichen Sejeend. Der graue Nebel wurde immer dunkler, je weiter sich der Nachmittag dem Abend zuneigte. In einem Fenster im dritten Stock eines Gebäudes, das am Yarram-Platz lag, sog Tashil die rauchige Luft ein und schaute nach Süden. An einigen nicht einsehbaren Stellen in der Nähe der befestigten Garnison der Schleuse von Hubranda stiegen Rauchsäulen in die Luft. Dort leisteten der Majordomo Roldur, Dardan, Inryk sowie eine Hand voll Adliger und etwa fünfhundert Soldaten erbitterten Widerstand gegen die immer zahlreicher werdenden Truppen der Schwarzen Horde. Je näher der Abend rückte, desto höher stiegen die Chancen für die Eindringlinge auf einen erfolgreichen Angriff gegen die Garnison.

Irgendwo auf dem Platz schrie eine Frau schmerzerfüllt auf und kreischte immer wieder den Namen ihres Sohnes. Tashil hörte ihre Schreie mit grimmiger Trauer. Obwohl man vor dem Angriff der Schwarzen Bogenschützen hastig mit einer Evakuierung begonnen hatte, waren Hunderte, vielleicht Tausende schon im ersten tödlichen Pfeilhagel ums Leben gekommen. Jetzt war der Norden der Stadt fast gänzlich verlassen, nur einige Häuser und Besitzungen am Stadtrand waren von Kranken und Alten überschwemmt sowie von Kindern, die ihre Eltern verloren hatten. Über die Hauptstraßen quoll ein stetiger Strom von Flüchtlingen, um den Banditen und Plünderer wie Mistfliegen kreisten, die von Aas angezogen wurden.

Und all das in kaum einem Tag, dachte Tashil. Vom Auftauchen von Vashad und seiner Schwarzen Horde heute Morgen bis zur Einkesselung der Schleuse von Hubranda waren erst wenige Stunden verstrichen.

Die Pfeilsalven, die von den Bogenschützen der Schwarzen Horde über den Vaale gefeuert worden waren, hatten wie erwartet verschiedene tödliche Eigenschaften besessen. Einige Pfeile waren bei ihrem Aufprall zu Feuerbällen explodiert, welche Dächer in Brand gesetzt hatten, andere trugen rasiermesserscharfe Dornen an sich, die auseinander platzten, sobald sie in den Körper eines Opfers eindrangen. Andere schienen beinahe lebendig zu sein. Sie gruben sich in den Körper und töteten von innen, während wieder andere auseinander brachen und Wolken von giftigen Insekten freisetzten.

Nach diesem gefiederten Grauen überquerte der Hauptteil der Schwarzen Horde den Vaale auf Barken, die sie an den Silbernen Kais und den anderen Piers und Molen erbeutet hatten. Unorganisiert und ohne klare Befehle hatten einige Abteilungen der Stadtwache sich auf die erste Angriffswelle der Eindringlinge gestürzt. Sie waren in Stücke gehauen worden. Dasselbe widerfuhr Baron Cortain, der dreißig Ritter der Schweren Kavallerie von Roharka gegen sie warf. Nur zwei Rittern gelang es, den Hellebarden und Streitäxten der Feinde zu entgehen. Die restlichen Stadtwachen und Soldaten der kaiserlichen Truppen waren entweder nach Norden und Westen geflohen oder hatten Schutz hinter den festen Mauern der Schleuse von Hubranda gesucht.

Während Dardan und Inryk Majordomo Roldur bei der Verteidigung halfen, hatten sich Tashil, Sounek und Dybel auf die Suche nach der Hohepriesterin des ErdenMutter-Tempels nördlich von Sejeend gemacht. Auf ihrem Rückweg führten sie auf einem Karren eine gruselige Fracht mit sich.

»Gut, wir sind hier fast fertig«, sagte Sounek hinter ihr.

Tashil wandte sich vom Fenster ab und sah, wie Dybel ein Tuch über dem Ende einer nicht ganz mannshohen, hohlen Röhre befestigte, die er dann in einen Segeltuchsack legte, in dem sich bereits neun oder zehn dieser Röhren befanden. Auf dem Boden neben der Tür standen schon drei weitere Säcke mit demselben Inhalt.

Tashil nickte. »Gut. Sind die Späher schon mit neuen Vorschlägen für einen sicheren Weg zurückgekehrt?«

Sounek lachte. »Bislang ist jeder Weg so gut oder schlecht wie der andere«, erwiderte er. »Man kann sich den Toren der Schleuse von Hubranda von Norden oder Süden nähern, über schmale Gassen oder vom Westen, über die Prachtallee mit den Statuen ... Es spielt keine Rolle, weil die Truppen der Schwarzen Horde überall sind. Sie haben zudem noch mehr Bogenschützen auf den Dächern und den Balkonen in der Nähe der Garnison postiert, sodass jeder, der sich der Schleuse nähert, ebenso von ihnen wie von den Truppen auf den Straßen angegriffen werden kann.«

»Deshalb müssen wir eine Gruppe mit einem der Säcke auf die Dächer schicken, von denen aus man die nördliche Route überblicken kann«, meinte Tashil.

»Das ist eine sehr exponierte Stellung«, gab Dybel zu bedenken. »Selbst nach Sonnenuntergang.«

»Das weiß ich«, erwiderte Tashil. »Deshalb werde ich diese Gruppe auch anführen.«

Sounek und Dybel widersprachen nachdrücklich und führten eine Vielzahl von Gründen ins Feld, aus denen sie für diese Aufgabe besser geeignet wären. Sie wetteiferten förmlich darum. Eine knappe Stunde später war es dennoch Tashil, die sechs verlässliche Gardisten mit Schilden auf ihrem Rücken durch die Hinterhöfe einer verlassenen Häuserreihe führte. Sie schloss sich an die Lager und Warenschuppen der Handelshäuser an, die gegenüber der Schleuse von Hubranda lagen. Das schwächer werdende Licht bot ihnen zwar Schutz vor aufmerksamen Augen, aber es verbarg auch die Gefahren unter ihren Füßen, wie zum Beispiel den verrottenden Abfall überquellender Misthaufen und das Ungeziefer, das davon angezogen wurde. Mehr als einmal unterdrückte Tashil einen Fluch, wenn sie bei ihrem Gang durch die stinkende Dunkelheit Ratten aufscheuchten, die erschreckt zwischen ihren Füßen davonhuschten.

Nachdem sie ein altes Holztor aufgebrochen hatten, fanden sie einen Zugang, der von den Quartieren der Pferdeknechte an den Stallungen zum Handelshaus führte. Von einer Spülküche aus führte eine Dienstbotentreppe in den ersten Stock hinauf. Das Gebäude hatte sechs Stockwerke und einen Dachboden, so viel wusste Tashil. In den Berichten der Kundschafter war die Rede davon, dass die Bogenschützen der Schwarzen Horde von Balkonen des obersten Stockwerks aus in die Garnison feuerten. Außerdem standen in jedem Stockwerk gepanzerte Wachen. Eine echte Herausforderung für ein lautloses Eindringen.

Mit größter Heimlichkeit und auf Umwegen über Fenstersimse erreichten sie schließlich eine stabile Leiter, die zum Dachboden hinaufführte. Mit ihrer Magiersicht erkannte Tashil schnell, dass die Bohlen des Dachbodens entweder verrottet und wurmstichig waren, oder gänzlich fehlten. Sie mussten auf das Spitzdach hinaufklettern und das Gebäude auf diesem Weg überqueren. Zu ihrer Überraschung war das gar nicht so schwierig, denn es gab viele Ziegelpflöcke, die ihnen sicheren Halt boten. Dann erklommen sie den Giebel selbst und kletterten die andere Seite wieder hinunter. So gelangten sie zu der Ecke des Daches, die direkt über den Bogenschützen lag.

In dem Gebäude gegenüber lauerten andere Bogenschützen, die in der Dunkelheit kaum zu erkennen waren. Tashil musste jedoch zuerst die auf den unteren Balkonen erledigen und hoffen, dass die Schilde der Gardisten ihr genug Zeit dazu geben würden.

Tashil drehte sich zu dem Mann herum, der den Sack mit den Röhren trug, Habrul, ein Kejaner mit einem kantigen Kinn.

»Fangen wir erst mal mit zweien an«, flüsterte sie.

Habrul nickte, zog ruhig zwei Röhren aus dem Sack und reichte sie ihr. Tashil legte sie vorsichtig auf die Ziegel und stützte sie in der Regenrinne ab. Eine ragte über die Fassade des Hauses hinaus, die andere über die Seite. Eine Pfeilsalve stieg von den unsichtbaren Bogenschützen auf. Tashil erstarrte und hielt einen Moment den Atem an. Dann zog sie die Kappen von den oberen Enden der Röhren und wickelte die Reißleine der vorderen Röhre um ihre Finger. Sie hielt inne und rief sich ins Gedächtnis, wie sich heute Morgen das Knochenmehl aus der Phiole in die graue Substanz gefressen hatte und wie später der Inhalt von Dardans zweiter Phiole innerhalb von Sekunden die Rüstung eines Schwertkämpfers der Schwarzen Horde und in wenigen Sekunden den Mann selbst zersetzt hatte. Es war ein sehr hässlicher Anblick gewesen, aber auch ein sehr erhellender. Danach waren sie zum nächsten Bestattungshain geeilt, hatten einen Karren mit geplünderten Knochen gefüllt und waren zum ErdenMutter-Tempel in Harring gefahren. Dort hatten sie die Hohepriesterin überredet, sie die vier großen Getreidemühlen benutzen zu lassen, mit denen sie die Knochen zermahlen hatten. Anschließend baten sie die Hohepriesterin, das Mehl zu segnen.

Gesegnetes Knochenmehl, dachte sie als sie sich auf den Angriff vorbereitete. Es klingt zwar absurd, aber es funktioniert ...

»Haltet die Schilde bereit«, flüsterte sie und riss an der Leine. Dann packte sie das obere Ende der Röhre und schwang es über die Regenrinne. Das Knochenmehl strömte heraus und sank in fahlen Wolken herunter.

Den überraschten Rufen folgten Flüche und dann erstes Keuchen und Angstschreie, aber da sanken schon weitere Mehlwolken auf die Balkone um die Ecke.

Dardan, sagte sie in Gedankensprache. *Zeit zu reagieren ... Jetzt!*

Wir sind schon unterwegs, wir sind ja schon unterwegs ...

Sie sah aus dem Augenwinkel, wie ein Pfeil auf sie zuschoss, und einen Moment lang glaubte sie, ihrem Tod ins Auge zu sehen ... bis der Pfeil in einen Schild hämmerte, der plötzlich heruntерzuckte. Holzsplitter flogen ihr um die Ohren, als eine schwarze Pfeilspitze den Schild durchbohrte, nur knapp neben dem Arm des Gardisten. Tashil riss eine weitere Röhre mit Knochenmehl aus dem Sack, zog die Haube ab und beschwor den Gedankengesang der Ramme in ihrem Kopf, während sie die Röhre auf die Bogenschützen auf dem anderen Balkon richtete. Sie riss an der Leine und schickte den Zauber durch die Röhre. Ein Strahl aus Knochenmehl schoss aus dem anderen Ende und zog wie ein Komet einen Schweif in der Dämmerung hinter sich her. Er wölbte sich über die Straße und prallte an die Mauer des gegenüberliegenden Hauses. Die Wolke hüllte fast die ganze Fassade in ihren erstickenden Nebel. Kurz darauf mischte sich in die gequälten Schreie der Männer unter Tashil das Brüllen derer auf den Balkonen von der anderen Straßenseite.

Plötzlich schrie ihr Schildmann auf, als er nach hinten gezerrt und beiseite geschleudert wurde. Instinktiv warf Tashil sich zur Seite und wirbelte herum, die Röhre noch in der Hand. Sie hämmerte sie gegen den Schwertarm eines schwarz gepanzerten Angreifers, und der Rest des Knochenmehls löste sich aus der Röhre. Er bedeckte den Helm und die Schultern des Mannes. Er konnte zwar noch einen Hieb mit seinem Schwert ansetzen, den sie mit der Röhre abwehrte, die darunter zerbrach, aber dann stöhnte er und stolperte zurück, ließ seine nachtschwarze Klinge fallen und zerrte an dem Visier seines Helmes. Heulend vor Schmerz sank er auf die Knie, rollte das Dach hinunter und hielt sich mit einer Hand an der Regenrinne fest. Tashil sah Blut und die blanken Knochen an seiner Hand, bevor er in die Tiefe stürzte.

Einen Augenblick rührte sie sich nicht, halb auf dem Dach liegend, halb darauf sitzend, und lauschte dem Kampflärm und den Schreien, die aus der Nähe und aus der Ferne zu ihr drangen, als hätte sich die Schlacht verlagert.

Dann hämmerte ein großer Pfeil einige Meter von ihr entfernt in die Dachziegel und zerfiel sofort zu einem halben Dutzend sich windender, schlangenähnlicher Kreaturen. Sie hatten keine Augen, schlängelten sich jedoch zielstrebig auf sie zu, bis Habrul eine der Knochenmehlröhren packte, das Ende öffnete, an der Reißleine zog und den Inhalt über die schwarzen Wesen schüttete. Sie wanden sich, zischten und blieben schließlich reglos unter dem Staub liegen. Habrul grinste.

»Selbst ihre perversen Kreaturen werden von den Knochen unserer Vorfahren zerstört ...«

Ein anderer Pfeil flog aus dem Dunkel heran und schlug in das Dach zu seinen Füßen ein. Das Geschoss ging in Flammen auf, und im nächsten Moment war Habrul nur noch eine einzige lodernde, kreischende Fackel. Er taumelte wie von Sinnen von dem wahnsinnigen Schmerz umher, verlor den Halt und stürzte brennend auf die Straße hinab.

Erschüttert stieß Tashil einen Fluch aus und befahl dem Rest ihrer Schildmänner, auf die andere Seite des Daches zu klettern. Noch während sie hinaufstieg, fühlte sie das Prickeln von Gedankensprache in ihrem Kopf. Dardan.

Siehst du, was da vorgeht?

Wir mussten vor diesen verfluchten Bogenschützen in Deckung gehen, erwiderte sie. *Was meinst du?*

Wir haben uns den Weg freigekämpft, und das Knochenmehl hat wahre Wunder gewirkt. Aber plötzlich zogen sie sich zurück, bis zu den Molen zwischen hier und den Seetoren, wie es aussieht. Wir haben das Haupttor der Schleuse von Hubranda fast erreicht, und jetzt hält uns niemand mehr auf.

Das ist merkwürdig, Dardan. Sie kletterte wieder zum Giebel des Dachs zurück. *Ich sehe mal nach ...*

Neugierig spähte sie über den First und setzte ihre Magiersicht ein, um die Gebäude jenseits der dunklen Allee zu betrachten. Doch die Dächer und Fenster wirkten leer, dunkel und verlassen, und sie ließ ihren Blick gerade über die Dächer gleiten, als etwas Großes über sie hinwegrauschte.

Im Namen der Mutter! Setzen Sie jetzt geflügelte Truppen gegen uns ein?

Ihre Gardisten hatten ihre Schwerter gezogen, und sie tastete nach einer Knochenmehlröhre, als eine Stimme aus der Dunkelheit ertönte.

»Tashil Akri! Fürchtet Euch nicht, wir sind Freunde.«

Sie setzte sich auf und sah, wie zwei geflügelte Gestalten aus dem Himmel herabsanken, die eine dritte zwischen sich trugen. Einer ihrer Männer hatte noch seine Tarnlaterne, und sie befahl ihm, die Klappen ein wenig zu öffnen, als gewaltige Schwingen durch die Luft peitschten und jemand rittlings auf dem Dachfirst abgesetzt wurde. In dem schwachen gelblichen Licht erkannte Tashil den Mann. Es war Calabos' Kusin Coireg. Er trug eine graue Hose und einen schlichten, ärmellosen Überwurf, die einfache Kleidung eines Tempelnovizen. Aber er hatte sich irgendwie verändert. Er strahlte eine eiserne Ruhe aus, und eine rätselhafte Entschlossenheit lag in seinem Blick.

Tashil stand auf. »Seid gegrüßt, Coireg. Gehe ich recht in der Annahme, dass die Dämonenbrut in den Kampf eingegriffen hat?«

Coireg nickte. »Pericogal, der Kapitän der *Sturmklaue*, hat zwar zunächst gezögert, seine Mannschaft in diesen Krieg zu verwickeln, aber nachdem ich ihn daran erinnert habe, wer mir meinen Auftrag erteilt hat, entschloss er sich zu handeln.«

»Was ist das für ein Auftrag?« Ihr schwante nichts Gutes.

»Nichts weniger als die Vernichtung dieses erbarmungslosen Feindes, der uns angreift.« Er lächelte ironisch. »Jedenfalls wurde ich mit einer Aufgabe betraut, die für dieses Ziel notwendig ist. Ich war mit der *Sturmklaue* auf Nydratha, wo Ondene erneut dem Schattenkönig unterlegen ist. Er ist mithilfe des Seegottes Grath geflohen, und Calabos ist ihm gefolgt. Kaum waren die beiden verschwunden, hat die Schlummernde Gottheit wieder gesprochen und mir eine Aufgabe aufgebürdet, deren Größe ich immer noch nicht ganz begriffen habe. Aber ich muss sie ausführen. Und dazu gehört auch, dass ich Euch mitnehmen muss.«

Sie starrte ihn an und wusste nicht, ob sie wütend sein oder lachen sollte. »Ihr wollt mich wohin mitnehmen?«

»Ins Herz des Krieges«, antwortete er. »Wir fliegen nach Norden, in die Nähe von Besh-Darok, auf Geheiß der Schlummernden Gottheit. Sie lässt Euch ausrichten, dass diejenigen, die Euch am nächsten stehen, bald Eure Hilfe brauchen werden.«

»Ayoni und Chellour? Sie schweben in Gefahr?«

»Das weiß ich nicht genau«, gab Coireg bedauernd zu. »Die Schlummernde Gottheit hat nur von ›fürchterlichen Fesseln‹ gesprochen. Das scheint eine der Schwierigkeiten bei göttlichen Prophezeiungen zu sein. Einige sind ziemlich direkt, andere vollständig verschleiert. Aber ich fürchte, Ihr müsst Euch entscheiden, weil wir sofort losfliegen.«

Während er sprach, landete ein weiteres Paar der Dämonenbrut auf dem Dach.

»Wir sind bereit, Freund Coireg«, sagt einer. »Werden wir gebraucht?«

»Einen Moment, Besarl. Lady Tashil ist sich noch nicht sicher, wo ihre Pflicht liegt.«

Tashil unterdrückte eine bissige Bemerkung, während sie versuchte, ihren Wert für die Verteidiger hier gegen einen nicht näher bestimmten göttlichen Auftrag abzuwägen. Es hätte ihr zwar geholfen, in Gedankensprache mit Ayoni und Chellour zu reden, aber von den beiden hatte sie schon den ganzen Tag keine Antwort bekommen und auch sonst nichts von ihnen gehört.

»Einverstanden«, sagte sie schließlich. »Ich komme mit, aber die hier«, sie hob den Schulterbeutel hoch, in dem sich noch drei Knochenmehlröhren befanden, »nehme ich mit.«

Coireg sah Besarl an, der nickte.

»Diese Last können wir tragen«, versicherte die Dämonenbrut.

Einige Minuten später erhob sich Tashil von dem Dach. Sie hielt sich mit beiden Händen an den muskulösen Armen fest, die sie trugen. Der Lufthauch von den Schwingenschlägen pfiff ihr um die Ohren, und als das Dach und ihre Gardisten hinter ihr zurückblieben, wurde ihr von der Höhe, in der sie sich befand, flau im Magen. Sie schloss die Augen, griff nach der Niederen Macht und erreichte Dardan mit Gedankensprache.

Dardan, ich bin bei einigen Freunden und Verbündeten ...

Ja, der Majordomo plaudert gerade mit ihrem Anführer, einem wirklich eloquenten Kerl namens Agasklin ...

Ich bin bei Coireg und einigen der Dämonenbrut. Wir fliegen nach Besh-Darok und helfen Ayoni und Chellour.

Ha! Erst Calabos und jetzt Ihr! Ich muss schon sagen, dass ich diesen geflügelten Reptilien weit weniger traue, als Ihr das offenbar tut!

Ich bin in Sicherheit, und das bleibe ich auch, beruhigte sie ihn. *Glaubt Ihr, dass Ihr die Garnison von Hubranda halten könnt?*

Eine Weile jedenfalls. Unsere neuen Verbündeten haben geholfen, unsere Gegner über den Vaale zurückzudrängen, aber sie scheinen über ein unbegrenztes Reservoir an Verstärkung zu verfügen. Wer weiß, was dieser Vashad sich als Nächstes ausdenkt?

Mittlerweile war die Dämonenbrut höher gestiegen, und unter Tashils Füßen breitete sich ganz Sejeend aus. Im Norden leuchteten Lampen, während im Süden rot glühende Feuer die Front markierten und grelle Blitze die magischen Auseinandersetzungen in der Nähe des Ufers kennzeichneten. Dann sahen sie die hellen Fackeln und Leuchtfeuer auf den Befestigungen der Schleuse von Hubranda. Sie beleuchteten die Abteilungen der Gardisten und das Banner des Majordomo, das im Wind wehte. Im Gegensatz dazu erschien das gesamte Südufer wie eine einzige dunkle Masse, in dessen Schwärze man nur schwach einige finstere Schatten sehen konnte. Eine düstere Bühne für die Schwarze Horde.

Seid vorsichtig, Dardan. Ich bete, dass wir uns wiedersehen.

Ja, passt auf Euch auf, Tash, und ... wandelt im Licht.

Als sie die Verbindung beendeten, schwenkte die Dämonenbrut nach Norden ab. Tashil hüllte sich in dem eisigen Wind fest in ihren groben, wollenen Umhang und fragte sich, wie es Calabos wohl im Nachtreich erging und ob er schon auf Ondene getroffen war.

Seid vorsichtig, Calabos, dachte sie, *und kehrt zu uns zurück.*

Der Fall des Orlag-Trutzturms war ein glorreicher Anblick.

Nach der Warnung durch die Nachthüter hatte der alte Dar Byrnak zu einem vollkommen verheerten Bezirk geführt. Es war eine Ebene von ausgebrannten und zerstörten Gebäuden. In den Gewölben unterhalb der umgestürzten Säulen und Bögen eines Tempels zeigte er Byrnak eine lange, fassförmige Kammer, in der verrottete Säcke, Steinhaufen und Kisten mit verstaubten Pfeilspitzen lagerten und in der auch ein gewaltiger, schwerer Wagen stand. Sein Rahmen bestand aus starken Hölzern, die man aus einem großen Gebäude geborgen haben musste, und seine Räder waren aus Stein und Holz und von einer harten, roten Substanz umrandet. Doch der Mechanismus, der sich auf dem Wagen befand, fesselte Byrnak sofort. Es war eine einzelne hölzerne Säule, die mehr als einen Meter im Durchmesser maß. Sie lag der Länge nach auf dem Gestell und konnte mittels einer Achse am hinteren Ende des Wagens gedreht werden. Diese Achse wurde von zwei Kurbeln bedient. Das vordere Ende der Säule war in einen großen, konischen Stein eingelassen, dessen Oberfläche mit tief sitzenden, sorgfältig angeschrägten Reihen von glitzernden schwarzen Klingenscherben bestückt war.

»Vor vielen Jahren«, hatte Dar gesagt, »hat ein mutiger und sehr listiger Narr namens Gonderlak das Nachtreich zu einer Revolte gegen unseren ewigen Herrn und Meister aufgestachelt. Seine Handwerker bauten diese Maschine, den *Malmer*, aber dann entschied er, dass er eine noch größere Ramme brauchte. Mit diesem Gerät zertrümmerte er die Tore der Zitadelle des Generals der Dämmerung. Doch seine Belagerung schlug fehl, und in dem gewaltigen Gemetzel ging das Wissen um dieses Original verloren.« Er grinste. »Nur wenige erinnerten sich ... allerdings muss ich zugeben, dass ich all dies von einem alten Mann erfahren habe, den ich einst kannte.«

Hastig hatte Byrnak von allen Arbeitern und Handwerkern seiner verbündeten Milizen eine Rampe bauen lassen und den Malmer auf die Straße geschafft, unter Häuten und vermodertem Segeltuch getarnt. In der Nacht hatte er ihn dann in einer riskanten Fahrt durch den verhexten Nebel zu einer gut bewachten Scheune nicht weit vom Orlag-Trutzturm bringen lassen.

Die Stunden vor dem Angriff waren ein Meisterstück der Irreführung, das Byrnak persönlich inszenierte. Die Eisenfäuste und ihre Verbündeten von den Blutratten verkündeten, dass eine andere mächtige Miliz, die Liga der Stahlfinger, ihre Frauen und damit ihrer aller Ehre zutiefst beleidigt hätten und dafür einen hohen Preis zahlen würden. Dann führten sie eine Reihe von wilden, grausamen Überfällen auf das Territorium der Liga durch. Sie verstümmelten ihre Gegner lieber, statt sie einfach dem Halbtod zu überantworten, und zerstörten und verwüsteten so viele Häuser wie möglich. Die Liga der Stahlfinger waren bekanntermaßen Verbündete der Nachthüter des Orlag-Trutzturms, und sie waren so ergrimmt, dass sie die Nachthüter um Hilfe baten.

Genau darauf hatte Byrnak gesetzt. Als der größte Teil der anderthalb Dutzend Nachthüter des Orlag zu den umkämpften Stützpunkten der Liga flogen, brachte Byrnak seine Gruppen nahe des Turms in Position. Dann schickte er den Malmer los.

Gezogen und geschoben von Dutzenden behelmter Krieger, rumpelte die Kriegsmaschine von ihrem Abhang auf ihr Ziel zu und nahm dabei tödlichen Schwung auf. Die Spitze der Ramme durchbrach die Mauer am Fundament des Turmes und bohrte sich tief hinein. Die beiden Männer, die wie verrückt an den Kurbeln am hinteren Ende drehten, wurden bei dem Aufprall heruntergeschleudert, doch sofort nahmen andere ihre Position ein. Erbarmungslos angetrieben von wütend gebellten Befehlen zogen die Männer den Malmer mit Seilen auf die Anhöhe zurück, bevor sie sich umdrehten und ihn erneut gegen den Orlag schickten. Diesmal zielten sie auf eine andere Stelle.

Den Männern an der Kriegsmaschine gelang es, vier klaffende Breschen in das Fundament des Trutzturms zu schlagen, bevor die Nachthüter zurückkehrten und angriffen. Aber da war es bereits zu spät. Große Risse liefen von den klaffenden Löchern und verbreiteten sich immer mehr. Dann flogen Trümmer hinab, als gewaltige Steinquader sich lösten, ein innerer

Stützpfeiler zerbrach und das Gewicht des Turms sich neigte. Er zermahlte das Fundament zu Staub. Byrnak beobachtete mit düsterem Frohlocken vom Flachdach einer Kaschemme aus, wie sich der riesige Turm immer mehr neigte und schließlich umstürzte. Es dröhnte ohrenbetäubend, als die gewaltige Spindel in der Mitte barst und zerbrach. Ein donnerndes Beben erfüllte die Luft, als der Orlag-Trutzturm fiel, seine riesigen Bruchstücke andere Gebäude zerstörten und er schließlich in einer Staubwolke in einem langen Streifen aus Trümmern zusammensackte.

Byrnak griff nach der Macht des BrunnQuell, um seine Sicht zu verstärken. Der Malmer war von den herabfallenden Trümmern des Turms verschont geblieben. Der Schattengott lachte, verstummte jedoch schlagartig, als eine große, geflügelte Kreatur sein Blickfeld kreuzte und auf das Dach der Schänke flog. Byrnaks Wachen hoben ihre Speere und Schlingen, aber er gebot ihnen mit erhobener Hand zu warten, als der Nachthüter mit perfekter Eleganz auf der niedrigen Mauer des Daches landete. Es war derselbe, der ihn bereits zuvor gewarnt hatte.

»Er!«, sagte das Geschöpf. »Ich hatte eine Ahnung, dass er Ärger machen würde.«

»Ich hoffe, ich habe dich nicht enttäuscht«, knurrte der Schattengott.

Der Nachthüter verzog feindselig das Gesicht. »Wenn wir den Orlag neu aufbauen, werden wir seine Knochen in den Grundstein einlassen. Wenn er dann vom Halbtod zurückkehrt, werden wir eine andere Verwendung für ihn finden.«

Auf seine Geste hin schwebten fünf andere Nachthüter über den Rand des Daches. Die Wachen keuchten und wichen zur Treppe zurück, Byrnak jedoch lachte nur. Ohne ein weiteres Wort griffen die Nachthüter ihn an.

Er wartete bis zum letzten Augenblick und ließ dann die aufgestaute Macht des BrunnQuell in einer spiralförmigen Welle frei. Zerschlagen und zerfetzt flogen seine Angreifer zurück und kippten vom Dach, bis auf ihren Sprecher, den Byrnak im erbarmungslosen Griff seiner Macht mitten in der Luft festhielt.

»Es gibt eine neue Macht im Nachtreich!«, rief er. »Das Alte wird dem Neuen weichen, einem neuen Ziel, einem neuen Glauben, hast du mich verstanden?«

Ohne auf eine Antwort zu warten, warf er den übel zugerichteten Nachthüter vom Dach der Kaschemme. Er blieb einen Augenblick schwer atmend stehen und genoss diesen Augenblick, an dem er die Macht des BrunnQuell zum ersten Mal vollständig genutzt hatte. Sie funktionierte hier anders, das war ihm früher schon aufgefallen, sie schmeckte anders, fühlte sich anders an, und unterschied sich auch in ihrer primitiven Ausprägung von ihrer früheren Wildheit. Der BrunnQuell wurde in diesem Reich von etwas anderem gebändigt. Vielleicht eröffneten sich dadurch ja neue Wege ...

Hinter ihm applaudierte jemand. Es hörte sich metallisch an. Byrnak drehte sich herum. Seine Wachen waren geflohen. Nur eine schwarze Gestalt stand auf dem Dach und beobachtete ihn. Der Mann war von Kopf bis Fuß in eine dunkle, schimmernde Rüstung gekleidet. Das Visier war offen und enthüllte das blasse Gesicht eines jungen Mannes.

»Sei gegrüßt«, sagte der Fremde. »Eine wirklich großartige Demonstration unkontrollierter Macht. Das gefällt mir, denn es ist sehr vielversprechend und könnte in eine lohnende Zukunft führen. Was allerdings letztlich davon abhängt, welche Entscheidungen du triffst.«

Byrnak schnaubte verächtlich. »Es gibt hier keine Zeit und keinen wahren Tod, wie kann es da eine Zukunft geben?«

»Vielleicht sollte ich genauer zwischen dem Leben, so wie es ist, unterscheiden, und dem Unleben im Weißen Gefängnis meines Gebieters, in dem es allerdings weder Gegenwart noch Zukunft gibt.« Der Gepanzerte lächelte humorlos. »Ich habe gehört, dass du dich Byrnak nennst. Stimmt das?«

»Allerdings. Und wer bist du?«

»Ich habe die Ehre, als General der Dämmerung bekannt zu sein, Befehlshaber der Schwarzen Horde.« Er verbeugte sich spöttisch. »Ein sehr interessanter Name, *Byrnak*. Hier kennt ihn fast niemand mehr, ich allerdings kenne ihn. Denn ich erinnere mich ...«

Byrnak betrachtete die Gestalt genau. Sie war nur ein Abbild. Der echte General der Dämmerung hielt sich irgendwo anders auf.

»Ich werde dich finden«, stieß er hervor. »Ich will alles, und ich werde dich vernichten, wenn du dich mir in den Weg stellst.«

»Wie erfrischend geradeheraus«, erwiderte der General der Dämmerung amüsiert. »Darin ähnelst du sehr dem ersten Träger deines Namens, wie er sich am Anfang benahm. Eigentlich ...« Er musterte Byrnak scharf und lächelte schließlich. »Ist das vielleicht eine Seiner Listen, ein unwissendes Fragment von Sich Selbst auszuschicken, in der Hoffnung, dass es gestärkt zurückkehrt? Wir haben dieses Spielchen schon häufiger gespielt, aber nie, während wir einen Krieg zur Eroberung einer anderen Welt geführt haben!« Er lachte. »Ich nehme die Herausforderung an und werde meinen Wert unter Beweis stellen! Bis wir uns wiedersehen, Byrnak, der Beschützer!«

Der General der Dämmerung lachte immer noch, drehte sich um und ging weg. Seine Gestalt löste sich dabei in Luft auf, und nach zwei Schritten verschluckten sie die Schatten auf dem Dach.

Byrnak starrte finster auf die Stelle, an der die Gestalt verschwunden war.

»Das ist kein Spiel«, murmelte er. »Und du wirst um deinen wahren Tod betteln, lange bevor dieser Kampf sich dem Ende neigt.«

Blankes Chaos und lautes Waffengeklirr erfüllten die Nacht. Ayoni tastete sich vorsichtig durch das Dunkel und bahnte sich mithilfe ihrer Magiersicht einen sicheren Weg durch das Dickicht. Aus Angst vor Entdeckung wagte sie jedoch nicht, Gedankensprache zu benutzen. Tangaroth und sein Handlanger lauerten irgendwo da draußen und warteten auf ein Zeichen von ihr oder Chellour.

Die Sorge um das Schicksal von Jarryc und den anderen verzehrte sie, und ihre Furcht drohte sie beinahe zu überwältigen. Sie zwang sich jedoch zu einer kühlen Ruhe, als wäre diese ein sicherer Fels in der Brandung. Es nutzte ihr nichts, wenn sie ihrem Schmerz und ihrer Unsicherheit nachgab. Sie musste weitermachen, die Wahrheit herausfinden und versuchen, an dieser Wahrheit nicht zu zerbrechen.

Sie hatten sich in Gruppen von zehn oder zwölf von ihrer Anhöhe durch eine Schlucht nach Norden gearbeitet. Tangaroths Befehle waren eindeutig. Sie sollten sich an das hügelige Westviertel von Belkiol heranschleichen, wo die Mogaun noch einen Stützpunkt unterhielten, und diese Stellungen angreifen. Tangaroth behauptete, er habe einen Pakt mit den Anführern der Schwarzen Horde geschlossen. Die schwarzen Kämpfer hatten den Hauptteil von Belkiol in ihrer Gewalt und trieben jetzt die barbarischen Mogaun und die Gestalter-Anhänger in die nördlichen Hügel. Er hatte dies nach Einbruch der Nacht wortreich verkündet, durch seinen eigenen, auf wundersame Weise geheilten Mund.

Ayoni, Jarryc und die anderen waren vor Bestürzung wie gelähmt gewesen und hatten nicht einmal widersprechen können, als Tangaroth den sofortigen Angriff befahl. Kaum eine halbe Stunde, nachdem Jarrycs Gruppe, zu der auch Ayoni und Chellour gehörten, die Schlucht durchquert hatten, waren sie von Shumond und den Resten der Ehernen Garde überfallen worden. Als die Lampen erloschen und sich alle hastig zerstreuten, war Ayoni von den anderen getrennt worden und in ein sanft abfallendes, buschbestandenes Tal geraten. Jetzt hatte sie den Hügelkamm auf dessen anderer Seite erreicht und hielt inne, um sich zu orientieren. Die Magiersicht war zwar tagsüber wirkungsvoller, doch auch in der Nacht brachte sie damit ihre Umgebung klarer zum Vorschein und durchdrang manchmal sogar schwache Illusionen. Sie hätte zwar die Magiersicht mit einem Gedankengesang verstärken können, aber sie wollte Tangaroth nicht auf sich aufmerksam machen, indem sie die Niedere Macht in seiner Nähe einsetzte.

Ayoni lehnte sich müde, schmutzig und zerkratzt an einen moosbedeckten Felsen und starrte in die Dunkelheit hinaus. Im Osten hörte sie Schreie und das gelegentliche Klirren von Waffen. Dort lag der Große Kanal, an dem die Schwarze Horde wartete. Also blieb ihr nur, sich ihrem ursprünglichen Ziel zu nähern, dem Westviertel von Belkiol, oder den Einsatz von Gedankensprache zu riskieren ...

Es war zwar verlockend, doch Tangaroth war ein sehr mächtiger Magier, und nachdem jetzt der General der Dämmerung sein Bundesgenosse war, konnte sie nicht abschätzen, über welche zusätzlichen Kräfte der Erzmagier verfügte. Ayoni kam zu dem Schluss, dass sie die größten Chancen hatte, Jarryc und die anderen zu treffen, wenn sie zur Anhöhe zurückging. Sie wendete sich nach Süden und war kaum ein Dutzend Schritte gegangen, als sie das Klatschen von Schwingen über sich hörte. Es waren sehr große Schwingen ...

»Gräfin«, hörte sie eine vertraute Stimme. »Wartet ...«

Sie schaute hoch und stieß erstaunt die Luft aus, als zwei geflügelte Kreaturen herabsanken. Sie hielten niemand anderen als Tashil Akri in den Klauen. Die junge Frau trug dicke Reisekleidung und hatte einen länglichen Sack auf dem Rücken. Nachdem Tashil sicheren Boden unter den Füßen hatte, umarmten die beiden Frauen sich, glücklich über das Wohlergehen der anderen, aber noch bevor Ayoni etwas sagen konnte, wurde eine andere Person auf dieselbe Weise abgesetzt. Coireg lächelte sie an und nickte.

»Seid gegrüßt«, meinte Ayoni, während sie die geflügelten Gestalten genau in Augenschein nahm. Sie sah ihre kräftigen Körper und ihre reptilienartigen Züge. »Vergebt mir, aber wenn ich es nicht besser wüsste, würde ich sagen, dass Eure Freunde ... Dämonenbrut sind?«

Tashil nickte. »Besarl und seine Gefährten haben uns in der Nacht von Sejeend hierher gebracht, und ja, Ayoni, diesen Namen trugen sie einst. Vor all diesen Geschehnissen haben sie sich unter dem gewöhnlicheren Aussehen als Mannschaft der *Sturmklaue* verborgen.«

Ayoni lächelte. Sie war überrascht, doch sie akzeptierte auch dies als einen Teil des Stromes der Ereignisse, der sie anscheinend unaufhaltsam mit fortriss. »Wie sieht es in Sejeend aus?«, erkundigte sie sich.

»Es ist so viel geschehen«, antwortete Tashil traurig, »dass es zu viel Zeit kosten würde, alles zu berichten. Es genügt zu sagen, dass die Substanz die halbe Stadt überzogen hat und jetzt eine Invasionsarmee, die sich die Schwarze Horde nennt, versucht, den Rest zu erobern.«

»Und dennoch seid Ihr beide hier«, stellte Ayoni fest. »Warum?«

Tashil schaute Coireg an, der ihren Blick gelassen und anscheinend amüsiert erwiderte.

»Aufgrund eines göttlichen Spruchs, richtig?«, fragte ihn Tashil und sah dann Ayoni wieder an. »Auf jeden Fall hat eine höhere Macht uns wissen lassen, dass diejenigen, die mir nahe stehen, sich sehr bald in großer Gefahr befinden würden. Ich bezog diese Warnung zunächst auf Euch und Chellour. Doch dann ergab sich etwas anders ...«

»Ich würde nicht gerade behaupten, dass unsere Lage unproblematisch ist«, erwiderte Ayoni.

Tashil schüttelte den Kopf. »Jarryc und Chellour sind in Sicherheit. Sie haben mit vierzig Soldaten in einer heruntergekommenen Jagdhütte etwa eine Meile nördlich von hier Zuflucht gefunden. Nein, diese göttliche Prophezeiung bezog sich auf meine Familie ...«

Ayoni bemerkte hinter ihrer gelassenen Fassade den besorgten Ausdruck in ihren Augen. »Seid Ihr sicher?«

Tashil nickte nur, und Coireg antwortete an ihrer statt.

»Es stimmt, Gräfin. Ich habe es durch das Band gesehen, das die Schlummernde Gottheit mit mir verbindet. Die Schwarze Horde hat den größten Teil von Belkiol nördlich von hier erobert und dabei zahlreiche Gefangene gemacht, die in der zeremoniellen Kammer des Tempels des Zwielichts festgehalten werden. Der Boden dieser Kammer wurde mit einem komplizierten Muster versehen, und die Gefangenen sind in elf Gruppen unterteilt worden. Zehn von ihnen wurden in einem Kreis aufgestellt, die elfte in seinem Mittelpunkt. Gleichzeitig wurde eine entsprechende Zahl von goldenen Statuetten verteilt. Kommt Euch das vielleicht bekannt vor?«

Ayoni lief es vor Entsetzen kalt über den Rücken. »Im Namen der Mutter ...!«

»Der größte Teil meiner Familie hat die Pilgerreise zum Ort der Himmelfahrt des Gestalters in Besh-Darok unternommen«, meinte Tashil ruhig. »Einige von ihnen, einschließlich meines Vaters, wurden gefangen genommen, als die Schwarze Horde in Belkiol einfiel. Und jetzt befinden sie sich unter den Gefangenen im Tempel.«

»Dieses Ritual darf auf keinen Fall stattfinden.« Ayoni wurde von Erinnerungen an die Zeremonie überwältigt, deren Zeugin sie geworden war. »Seid Ihr beide deshalb hier?«

»Ich bin deshalb hier«, erklärte Tashil und warf Coireg einen finsteren Seitenblick zu. »Er hat etwas anderes zu erledigen.«

»Mir wurde eine wichtige Aufgabe übertragen«, erklärte Coireg. »Auf der Insel von Besh-Darok.«

»Vermutlich auch ein göttlicher Auftrag«, meinte Ayoni. »Worum geht es dabei?«

»Ich bin ... angewiesen worden, das niemandem zu verraten.« Er lächelte entschuldigend. »Diese Bitte wurde so nachdrücklich erteilt, dass ich nicht einmal die Worte aussprechen könnte, wenn ich es wollte, Gräfin. Aber Ihr müsst beide akzeptieren, dass meine Aufgabe von essenzieller Bedeutung ist und außerdem so gefährlich, dass ich sie sehr wahrscheinlich nicht überleben werde. Trotzdem muss ich es versuchen.«

Ayoni nickte verstehend, als sie den Ernst in seiner Stimme hörte, auch wenn sie zu gern gewusst hätte, was es für ihn zu tun gab.

»Die Zeit ist unser schlimmster Feind«, meinte Tashil.

»Richtig«, stimmte Coireg ihr zu und schaute zu der Dämonenbrut hinüber. Die vier Geschöpfe entfalteten nacheinander ihre Schwingen und stiegen in die Luft. Zwei sanken zu

Coireg hinab und hoben ihn empor. »Lebt wohl, Tashil, lebt wohl, Ayoni. Wir werden uns nicht wiedersehen. Lebt wohl und wandelt im Licht ...«

Während sie zusahen, wie die kleine Gruppe im düsteren Nachthimmel verschwand, sagte Ayoni: »Er klingt, als würde er es wirklich glauben.«

»Das tut er auch«, erwiderte Tashil. »Mit einer Gewissheit, die fast irritierend ist.«

»Entschuldigt meine Neugier«, fuhr Ayoni fort. »Aber was befindet sich in dem Bündel, das Ihr auf dem Rücken tragt?«

Tashil lächelte. »Eine Waffe, die den Soldaten der Schwarzen Horde nicht gut bekommen wird. Ich erkläre es Euch, während wir weitergehen.« Sie schaute noch einmal über den Himmel und deutete auf die flache Mulde, die Ayoni gerade durchquert hatte. »Euer Ehemann und die anderen verbergen sich dort.«

Während sie durch das Buschwerk hasteten, dichte Wände aus Blattwerk umgingen oder über kleine Bäche sprangen, schilderte Tashil die schrecklichen Ereignisse, die Sejeend heimgesucht hatten. Vor allem ihr Bericht über den letzten todbringenden Tag, vor der Entdeckung der Wirkung des Knochenmehls auf die Krieger der Schwarzen Horde und dem Einlaufen der *Sturmklaue,* erstaunte und entsetzte Ayoni.

»Wie soll das Land einem derartigen Hammerschlag widerstehen?«, fragte sie.

»Ich glaube nicht, dass es überleben wird«, meinte Tashil. »Da die Hauptstadt in Trümmern liegt und der Kaiser tot ist, werden die Bezirksgouverneure so viel Macht an sich reißen, wie sie können. Vorausgesetzt, dass die Invasion des Großen Schatten fehlschlägt.«

Kurz darauf trafen sie auf einen Vorposten von Jarrycs Leuten, der sie in einen Wald führte, zu einer großen, halb verfallenen Blockhütte. Dort hatten Jarryc, Chellour und ihre Männer Schutz gesucht und sich versteckt. Nachdem sie sich glücklich und erleichtert begrüßt hatten, umriss Tashil die Lage im Tempel von Belkiol und die bevorstehende Opferung der

Gefangenen. Dann schilderte Ayoni ihren grimmigen Zuhörern, dass sie Zeugin eines ähnlichen Rituals in der Stadt Besh-Darok geworden war, welches die Fäulnis hervorgebracht hatte. Niemand widersprach, als Jarryc Befehl gab, das Lager abzubrechen, und alle machten sich entschlossen an die Arbeit.

Als Jarryc kurz darauf mit seinen etwa vierzig Soldaten nach Norden durch den Wald marschierte, traf ein Kundschafter von Baron Klayse ein. Er hielt sich mit etwa fünfzig Männern ungefähr eine Meile weiter im Westen versteckt. Jarryc und der Kundschafter einigten sich auf einen Vogelruf als Signal, bevor der Späher zum Baron zurückkehrte. Er sollte ihn zur südlichen Grenze von Belkiol führen. Eine Stunde später trafen sich die beiden Gruppen in tiefster Nacht in einem kleinen Gehölz bei einigen Köhlerkaten vor Belkiol. Während Jarryc und Ayoni den Baron in aller Hast über das bevorstehende tödliche Ritual informierten, das im Tempel vorbereitet wurde, leerten Tashil und Chellour eine Röhre und verteilten das Knochenmehl an alle, die kleine Lederbeutel besaßen, und erklärten ihnen genau, wie es eingesetzt werden musste.

Auf dem Grat des Bergrückens lichtete sich der Wald und wurde von einem Flickenteppich aus bestellten Feldern ersetzt, deren magere Ernte bereits von zahllosen Füßen niedergetrampelt worden war. Ayoni und Tashil gingen voran und führten die Männer durch die Dunkelheit. Sie gingen querfeldein, vorbei an leeren Ställen, in denen Hühner und Schweine gehalten worden waren. Schließlich breitete sich Belkiol vor ihnen aus, eine dunkle Masse von niedrigen Dächern, unter denen gelegentlich Lampen oder Fackeln brannten. An einer Stelle kündeten orangefarbene Flammen von einem brennenden Gebäude, aus dem eine Säule aus Rauch und Funken in den Himmel stieg. Tashil deutete zur Ostseite der Stadt, wo der Tempel des Zwielichts lag.

Verstohlen schlichen sie am südlichen Rand von Belkiol entlang in diese Richtung. Ayoni und Jarryc führten mit Tashil und Klayse den Zug gerade über einen Weg zwischen den zerstörten Gärten zweier Häuser hindurch, da tauchten plötzlich schattenhafte Gestalten mit Fackeln in den Türen auf. Ayoni sah sich sechs gepanzerten Schwertkämpfern der Schwarzen Horde gegenüber, hinter denen nervöse Mitglieder der Ehernen Garde standen, denen sichtlich unwohl war. Sie gehörten zur Eskorte des Erzmagiers. Dahinter hatte sich eine Reihe von dreißig gewöhnlichen Soldaten der Armee aufgebaut.

Einer der Soldaten der Schwarzen Horde hob den Arm und deutete auf Ayonis Gruppe.

»Verräter seid ihr, allesamt Verräter, die sich den Befehlen eures Kaisers widersetzen. Beugt euch, oder empfangt die Strafe durch die Klinge.«

Niemand sprach oder rührte sich, während allenthalben die Klingen in den Scheiden gelockert wurden. Der Gepanzerte betrachtete sie und nickte.

»Dann sei es so«, sagte er und zog sein Schwert. Es war eine lange, gekrümmte, schwarze Klinge.

»Wartet noch, Hauptmann«, unterbrach ihn eine Stimme aus dem Schatten. »Wir wollen nicht zu hastig über diese eigensinnigen Abtrünnigen urteilen. Ich spreche selbst mit ihnen.«

»Zu Befehl, Majestät.«

Tangaroth trat gelassen aus dem Schatten. Er trug immer noch den langen, dunklen Kapuzenmantel, aber als sein Gesicht in den Lichtschein der Fackeln geriet, hätte Ayoni vor Überraschung fast einen Schrei ausgestoßen. Erst vor wenigen Stunden hatte er vor einer Versammlung seiner Offiziere mit einem geheilten Mund und einem Gesicht gesprochen, das keine Spuren seiner schrecklichen Verwundung mehr aufwies. Jetzt waren Teile seiner Gesichtzüge von einer glitzernden, schwarzen Schicht bedeckt, die in einer breiten, gezackten Linie von der rechten Wange über den Mund und das Kinn reichte und unter dem linken Kieferknochen endete. Dieses Mal erinnerte an die glänzende Rüstung der Schwarzen Horde, aber es bewegte sich wie eine Haut, als er sprach. Er lächelte verzerrt, während aus seinen Augen der Wahnsinn leuchtete.

»Warum besteht Ihr auf dieser absurden Dummheit, Graf

Jarryc? Gräfin?«, fragte Tangaroth. »Die Belohnungen des Reichs erwarten Euch, doch Ihr zieht es vor, Euch meinem ausdrücklichen Willen zu widersetzen ...«

»Die Belohnungen welchen Reiches?«, fiel Tashil ihm ins Wort. »Ilgarion ist gefallen, und die Hauptstadt liegt halb in Trümmern, während in der anderen Hälfte das Chaos regiert.«

»Ah, das vorlaute Mogaun-Kind.« Tangaroth sah sie an. »Wisse, dass die Eherne Garde mir die Krone angedient hat, die ich zum Wohle des Landes zögernd akzeptiert habe. Ein Reich ist stets größer als ein Monarch oder eine Stadt.«

»Aber offenbar nicht so groß, dass Ihr die Hilfe derer ausschlagen mochtet, die gekommen sind, um es zu unterjochen«, antwortete Jarryc kühl. »Eure Majestät«, setzte er beißend hinzu.

Tangaroth warf ihm einen hasserfüllten Blick zu und trat näher an ihn heran.

»Ihr! Ihr wisst nichts ... gar nichts, Ihr rebellischer Emporkömmling! Diese Männer und ihr heldenhafter General sind unsere Freunde und Bundesgenossen, und sie haben versprochen, uns zu helfen, unsere Feinde zu vernichten ...«

»Ich weiß offenbar etwas, was Ihr nicht wisst ... Majestät«, sagte Tashil.

Er wandte ihr den Kopf zu. »Und was soll das wohl sein? Ein widerliches Mogaun-Rezept oder etwas über die Farbe von Pferdemist?«

Tashil grinste beinah wölfisch, und Ayoni bemerkte den glühenden Hass, der in ihr tobte.

»Nein, ich weiß, was unseren Feinden schadet.«

Gedankenschnell schleuderte sie ihre geballten Fäuste gegen Tangaroths Gesicht und öffnete ruckartig die Finger. Weißes Knochenmehl flog heraus. Noch während die blasse Wolke seinen Kopf umhüllte, holte der Hauptmann der Schwarzen Horde mit seinem Schwert aus, um Tashil niederzuschlagen. Jarryc rammte ihm seine Schulter in die Brust und schleuderte ihn zu Boden.

Wütende Schreie gellten auf, als die beiden Gruppen sich

aufeinander stürzten. Die Soldaten der Schwarzen Horde stürmten voran. Dann wehte noch mehr Knochenmehl durch die Luft, und die schwarz gepanzerten Soldaten taumelten und gingen zu Boden. Im gleichen Moment durchdrang ein schriller, erstickter Schrei den Kampflärm, und alle sahen zu Tangaroth, der sich in Krämpfen auf dem Boden wand.

Ayoni hatte wie gelähmt dagestanden und gesehen, wie das Knochenmehl sein Gesicht angriff. Die schwarze Haut bekam graue Flecken und begann, sich abzulösen. Doch die Wirkung des Knochenmehls hörte dort nicht auf.

»Die Verderbnis reicht tief«, meinte Tashil, die den qualvoll zugrunde gehenden Möchtegern-Kaiser leidenschaftslos betrachtete.

Das Gefecht kam ins Stocken, als die Schreie der sechs Kämpfer der Schwarzen Horde zu einem Chor aus gequältem Gebrüll anschwollen. Einer der Gardisten der Ehernen Garde aus Tangaroths Eskorte starrte entsetzt auf die sich zersetzenden Leichen, bevor er sich umdrehte und sich hörbar übergab.

»Soldaten und Gardisten!«, sagte Jarryc mit vernehmlicher Stimme. »Hier seht ihr, wie eure Loyalität und euer Vertrauen missbraucht wurden. Wollt ihr für solche Kreaturen«, er deutete auf den reglosen Leichnam Tangaroths, »kämpfen, oder wollt ihr eure Schwerter den unseren hinzufügen, um eine große Pflicht zu erfüllen? Wir müssen die Gefangenen befreien, die im Tempel festgehalten werden, und damit ein grauenvolles Ritual verhindern.«

Kaum jemand zögerte. Die Soldaten auf beiden Seiten schoben ihre Schwerter in die Scheiden, umklammerten ihre Unterarme im Kriegergruß und grinsten sich an, obwohl sie sich kurz zuvor noch über die Schneiden ihrer Schwerter hinweg herausfordernd angeblickt hatten. In diesem Moment näherte sich ein Kundschafter mit der Nachricht, dass sich zwei Dutzend Krieger von der Stadt aus im Laufschritt näherten. Ayoni drehte sich zu Tashil um, aber die zog bereits eine Röhre mit Knochenmehl aus dem langen Segeltuchbeutel.

»Ich glaube, ich weiß, wie wir mit diesem Ungeziefer fertig werden«, sagte sie.

Sie ließ eine Wolke des Staubes in einen Spalt zwischen den beiden nächstgelegenen Gebäuden rieseln, als die feindlichen Schwertkämpfer gerade hindurchstürmten. Anschließend führte Jarryc seine Männer an den sich windenden Körpern vorbei in die Straßen von Belkiol. Ayoni und Tashil blieben neben ihm und staunten ebenso wie er, dass sich keine weiteren feindlichen Soldaten zeigten. Einige Lampen flackerten hier und da, doch der hellste Schein drang aus den Portalen des Tempels. Das Gebäude hatte schräg abfallende Seiten und große Fenster, die innen und außen mit schweren, roten Fahnen verhängt waren. Im Inneren des Gebäudes leistete nur eine Hand voll von Schwarzen Soldaten schwachen Widerstand. Sie warfen sich der überlegenen Streitmacht der Befreier entgegen und fielen rasch dem Knochenmehl zum Opfer.

Auf dem komplizierten Muster des Tempelbodens saßen mehrere Gruppen der gefesselten Mogaun-Gefangenen und flehten, dass man sie befreien möge. Ayoni und Chellour machten sich daran, ihre Bande zu lösen, gefolgt von Tashil und den anderen. Kurz darauf hörten sie, wie Tashil aufschrie, und sahen, wie sie weinend die Stammesfrauen einer Gefangenengruppe eine nach der anderen umarmte. Danach drehte sie sich zu einem älteren Mann herum, der durch die Menge schritt. Von seinem Hals und seinen Handgelenken hingen noch Stricke herunter. Tashil schlug die Hand vor den Mund, bevor sie sich in seine Arme stürzte. Ayoni traten vor Rührung die Tränen in die Augen, und sie freute sich, dass ihre Freundin wieder mit ihrer Familie vereint war.

Dann stürmte ein Soldat herein, der vor dem Tempel Wache gehalten hatte. Er meldete Jarryc, dass einige Mogaun draußen warteten. Sie hätten eine Parlamentärsflagge dabei und wollten mit ihm sprechen. Ayoni schüttelte den Kopf. Sie fühlte sich immer mehr wie ein Blatt im Wind vorbeirauschender Ereignisse. Als sie das Chellour sagte, lachte der leise.

»Ich frage mich«, erwiderte er, »was die nächste Bö wohl mit sich bringt.«

»Wahrscheinlich nichts Gutes.«

Sie verstummte, als Baron Klayse durch die Menschenmenge auf sie zueilte. Seine Miene war ernst.

»Gräfin«, begann er, »ich will Euren Gatten nicht stören, weil er gerade mit den Mogaun aus Belkiol verhandelt. Aber Euch muss ich es sagen ...«

»Was müsst Ihr mir sagen, Baron?«

»Auf dem Tempeldach befindet sich eine merkwürdige Einfriedung«, meinte er. »Darunter stehen verschiedene primitive Fernrohre auf Dreifüßen....«

»Was habt Ihr gesehen?«, fragte Ayoni, Böses ahnend.

»Eine Flottille aus kleinen Booten, die über den Großen Kanal hierher übersetzt«, sagte er.

»Freunde?«, erkundigte sich Chellour.

Klayse schüttelte den Kopf. »Ich konnte sehen, dass sich auf allen Decks Soldaten der Schwarzen Horde drängen.« Er sah sie beide an. »Wir haben etwa noch eine Stunde, bevor sie hier eintreffen. Ich bezweifle, dass Tashil genug Pulver für sie alle hat.«

Aus dem Dachbodenfenster einer Herberge innerhalb von Speerwurfweite der Zitadelle des Zwielichts konnte Calabos sehen, wie Byrnaks Armee unaufhaltsam die letzten Meilen zu ihrem gemeinsamen Ziel vorrückte. Der Nachtnebel hatte sich gehoben und enthüllte ein breites Band aus hellen Lichtern in der Dunkelheit. Es waren die Laternen und Fackeln dieser riesigen Armee, welche gegen die Schwarze Horde kämpfte. Sie drängte die Soldaten des Großen Schatten Straßenzug um Straßenzug zurück. Nachthüter kreisten hoch über ihnen, große, geflügelte Schatten, die sich gelegentlich hinabstürzten, um Krieger auf dem Boden anzugreifen. Sie wurden von einem wogenden Meer spitzer Speere immer wieder zurückgetrieben. Und wann immer sie Magie einsetzten, zogen sie den fürchterlichen Gegenschlag von Byrnak und etwa einem Dutzend Hexer auf sich, die er sich irgendwie dienstbar gemacht hatte.

Vor vier Tagen war der Orlag-Trutzturm gefallen, und in dieser Zeit musste Byrnak ganze Haufen von Rotten- und Milizanführern überredet oder gezwungen haben, sich seinem Feldzug zur Vernichtung des Großen Schatten anzuschließen. In dieser Zeit hatte sich Calabos mit Qothan und Culri beraten, dann mit Kerna und Nilka, und versucht, einen Weg zu finden, wie sie in die inneren Bereiche der Zitadelle eindringen konnten. Vorausgesetzt, dass die Rüstung dieses Schwarzen Ritters ihm überhaupt die Portale öffnen würde.

Schließlich hatten sie sich auf einen Plan geeinigt. Sie würden warten, bis Byrnaks Armee etwa eine Stunde von der Zitadelle entfernt war, bevor sie zu ihrem Portal gehen würden. Calabos in der Rüstung des Schwarzen Ritters, und die drei von der Dämonenbrut, die sich als Nachthüter ausgeben würden, sollten sie anführen. Außerdem würden sich dreißig von Kernas und Nilkas Horngeistern als Soldaten der Schwarzen Horde verkleiden. Kerna, Culri und einige andere würden gefesselt mitgeführt und als gerade gefangene Rebellenführer ausgegeben, die sofort zu hohen Offizieren zum Verhör gebracht werden mussten.

Bis auf Culri hatten diesem Plan alle zugestimmt. Der Alte hatte darauf bestanden, dass sie noch einen Rückzugsplan schmieden sollten, falls der erste – aus welchen Gründen auch immer – scheiterte. Das taten sie pflichtschuldigst, indem sie eine der vorher verworfenen Ideen verwendeten. Diese sah vor, dass die Dämonenbrut Calabos in der Rüstung des Schwarzen Ritters und dann nacheinander die anderen auf einen der höheren Balkone der Zitadelle tragen sollten.

Daher stand Calabos jetzt, gewappnet in der schwarzen Rüstung, die überraschend leicht war, an diesem Fenster und versuchte, die Geschwindigkeit von Byrnaks langsamem Vormarsch den Hang hinauf abzuschätzen. Während er die weit entfernten Gefechte unter den unendlichen Schatten des Nachtreichs beobachtete, schweiften seine Gedanken ab. Was geschah wohl in der anderen Welt? Im Nachtreich waren sieben oder acht Tage verstrichen, aber er wusste nicht, wie viel Zeit für Tashil, Dardan und die anderen vergangen war. Waren sie bei dem Versuch gescheitert, die Invasion des Großen Schatten aufzuhalten, oder hielten sie immer noch aus in der Hoffnung, dass die Erlösung bald kam?

Das bedeutet es, die Bürde der Verantwortung zu tragen, dachte er. Sie ist eine unerträgliche Last, und das Schicksal ist unsicher. Wie kann ich es bewerkstelligen, sie leichter zu machen?

Er hörte Schritte hinter sich auf der Treppe und drehte sich um. Kerna tauchte auf.

»Ist es so weit?«

Sie nickte. Er trat vom Fenster weg und folgte ihr hinab, wo die anderen sich vorbereiteten. Nilka reichte ihm seinen schwarzen Helm, und als er ihn aufsetzte, stellte er fest, dass er durch das Visier gut sehen konnte. Culri gab ihm die Handschuhe, und Qothan hielt ihm das Schwert der Vereinten Mächte hin, das in einer aufwändig geprägten Lederscheide steckte, die schwarz eingefärbt und mit dunkelgrünen Edelsteinen verziert war.

Kurze Zeit später führte er die kleine Prozession aus östlicher Richtung zu den Portalen der Zitadelle. Abteilungen von Kämpfern der Schwarzen Horde, Schwertkämpfer und Bogenschützen, hasteten den Hang hinab oder nahmen ihre Positionen auf Dächern und Balkonen ein, von denen man die Hauptzufahrtswege überblicken konnte. Obwohl viele von ihnen die Gefangenen und ihre Eskorte bemerkten, versuchte keiner, sie aufzuhalten.

Dann erhoben sich die gewaltigen, ebenholzschwarzen Tore vor ihnen, die von zwei riesigen Statuen zähnefletschender Nachtjäger flankiert wurden. Calabos schaute auf die zu Stein gewordenen Schrecken, während er die kleine Gruppe dicht vor die Portale führte, die keine Anstalten machten, sich zu öffnen. Die Gedanken rasten in seinem Kopf, dann hob er seine gepanzerte Faust, um gegen die matte, schwarze Oberfläche zu hämmern. Bevor er das jedoch tun konnte, hörte er das metallische Knirschen von Zahnrädern und Balken, und ... die Tore schwangen auf.

In dem großen, ovalen Torweg erwarteten sie Offiziere der Schwarzen Horde. Sie verbeugten sich, als sie einen Schwarzen Ritter in Begleitung von drei Nachthütern sahen. Calabos bellte den einstudierten Satz heraus, dass er Rebellenführer gefangen genommen habe und sie zum Verhör brachte, und die Offiziere winkten sie hindurch. Getrieben von Erleichterung und dem Angst einflößenden Wissen, dass er sich jetzt inmitten seiner Feinde befand, führte Calabos die Gruppe zügig über eine bleigraue Treppe in einen hohen Korridor. Der Flur führte in einem weiten Bogen um die zentrale Eingangshalle herum, von der aus sich die Haupttreppe der Zitadelle auf roten Säulen erhob. Calabos hatte jedoch dank Culris weit reichender Erinnerung eine andere Route gewählt und bog rechts von dem Korridor ab. Er ging zu weniger prächtigen Treppen, die auf die äußeren Balkons, zu den Ruheräumen und anderen Emporen führten. Laut Culri durchzog ein ganzes Netzwerk dieser Treppen und Gänge die Zitadelle, von denen die meisten bis in das oberste der dreißig Stockwerke der Festung führten. Wichtig war jetzt nur noch, die Glaubwürdigkeit ihrer Täuschung so lange wie möglich aufrechtzuerhalten.

Sie schafften es immerhin bis in den siebten Stock, wo sie einem Schwarzen Ritter begegneten, der auf einer viereckigen Empore stand und von dort einen Ausbildungsraum überblickte.

Der Ritter hielt Calabos auf, als der die anderen an der Empore vorbeiführen wollte, und als der verkleidete Poet seine Hand abschüttelte und weitergehen wollte, schrie sein Feind wütend auf und schwang seine doppelschneidige Streitaxt. Instinktiv riss Calabos das Schwert der Vereinten Mächte heraus und parierte den Schlag. Er spaltete den Stiel der Axt sauber in der Mitte. Allerdings hatte der Schwarze Ritter bereits seinen Dolch gezogen und griff Calabos damit an. Der holte nicht erst zu einem neuen Schlag aus, sondern packte das obere Ende seiner Klinge direkt unter dem Heft und rammte sie seinem Widersacher in die Seite.

Ein blendendes, silbrig grünes Licht flammte auf und durchzuckte einen Augenblick die Empore und den Raum darunter. Der Schwarze Ritter stieß einen merkwürdig schrillen Schrei aus, bevor er in einem Haufen von Rüstungsteilen und umgeben von dichtem, schwarzem Dampf auf dem Boden zusammenbrach. Soldaten der Horde hasteten bereits die Treppen zu beiden Seiten der Empore hinauf und legten dabei Pfeile auf die Sehnen ihrer Bögen. Calabos stürmte mit seinen Leuten hastig durch einen Bogengang, der zur nächsten Treppe führte.

Danach stießen sie immer wieder auf Feinde, täuschten und schlugen sich durch und wurden unentwegt durch die schwarzen Gänge und Kammern der Zitadelle verfolgt. Schließlich gelangten sie in eine Halle mit zahlreichen niedrigen Bänken. Dort hielt Calabos an, setzte seinen Helm ab und verkündete den anderen, dass er ab jetzt allein weitergehen würde.

»Wie dumm kann ein Mensch sein?«, wollte Culri wissen. »Diese Aufgabe kannst du nicht allein bewältigen!«

»Die Hauptleute dieser Zitadelle dürften mittlerweile genau wissen, nach wem sie suchen müssen«, widersprach Calabos. »Sobald ein Feind einen Schwarzen Ritter in Begleitung von drei Nachthütern sieht, werden sie nicht mehr den roten Teppich ausrollen, sondern ihre Schwerter zücken.«

»Er hat Recht«, meinte Kerna. »Vermutlich hat er eine größere Chance, wenn er allein weitergeht. Allerdings haben wir jetzt das Problem, wie wir hier wieder rauskommen.«

»Sucht Euch einen Weg zu einem der Balkone«, schlug Calabos vor. »Qothan und seine Brüder könnten Euch von dort in Sicherheit bringen ...« Er sah Qothan an, der langsam und ernst nickte.

»Aber, Freund Calabos, Ihr ladet Euch das ganze Gewicht dieser Aufgabe auf Eure Schultern. Sollte nicht wenigstens einer von uns dreien mit Euch gehen?«

In dem silbrigen Dämmerlicht erkannte Calabos die Sorge auf der halb menschlichen, halb reptilienartigen Miene der Dämonenbrut, und seine eigene Furcht hätte ihn beinahe dazu gebracht, seine Meinung zu ändern. Aber er wollte seiner Angst nicht nachgeben.

»Ich verstehe Eure Sorge, Qothan, aber selbst die Anwesenheit von einem von Euch würde bereits unerwünschte Aufmerksamkeit und Argwohn auf sich ziehen.«

Qothan runzelte die Stirn, widersprach jedoch nicht, Culri dagegen starrte Calabos böse an.

»Das ist blanker Wahnsinn«, sagte er. »Du wirst hier sterben, und wofür war dann die ganze Mühe, he?«

»Geh in Frieden, Culri«, erwiderte Calabos, während er den Helm aufsetzte. »Wenn wir scheitern, bleib am Leben, alter Mann, und suche dir einen neuen, besseren Helden.«

Damit hob er die Hand und verabschiedete sich von Kerna und Nilka, von Culri, Qothan, Viras und Yostil und schritt zwischen zwei Bankreihen zu einer viereckigen Türöffnung in der gegenüberliegenden Wand. Es kostete ihn enorme Willensanstrengung, sich nicht umzudrehen.

Aber seine Einschätzung erwies sich als richtig. Es gelang ihm, die verschiedenen Suchtrupps zu umgehen, die durch die Flure hasteten, und ein- oder zweimal konnte er Abteilungen von Wachen der Horde täuschen. Während er Stockwerk um Stockwerk erklomm, stieß er immer seltener auf Wachen, und selbst die Kampfgeräusche ließen nach. Einmal riskierte er von einem Balkon im zweiundzwanzigsten Stockwerk einen Blick nach draußen und sah, dass sich Byrnaks Truppen am Fuß der Zitadelle drängten. Auf den niedrigsten Balkonen wurde bereits heftig gekämpft.

Als er das neunundzwanzigste Stockwerk erreicht hatte, waren keine Soldaten der Schwarzen Horde mehr zu sehen, dafür begegneten ihm jedoch gelegentlich in den Korridoren zeremoniell gekleidete Frauen und Männer. Das Licht veränderte sich ebenfalls und wurde etwas heller und weicher. Im dreißigsten Stockwerk nahm er seinen Helm ab und hielt ihn in der rechten Hand, während er nach der nächsten und letzten Treppe suchte.

Hier waren Flure und Räume belebter, und die Personen, die er unterwegs traf, trugen Masken, schlichte oder kunstvoll verzierte. Einige zeigten Gesichter, andere ähnelten Tierfratzen, während wieder andere Ideen oder Eigenschaften darzustellen schienen, wie Krieg oder Tod. Nur wenige Höflinge sahen Calabos auch nur an, während er an ihnen vorbeiging. Dafür war er dankbar, und er vermutete, dass sie ihn für weit unter ihrer Würde hielten.

Schließlich führte ihn seine Suche auf den Balkon eines ovalen Raumes, von dem einige Hand voll maskierter Zuschauer etwas beobachteten. Als er an die Balustrade trat, um selbst hinabzusehen, erstarrte er.

Zwei Männer kämpften mit Speer und Netz gegeneinander, ein großer, grauhaariger Mann in einem abgewetzten Lederharnisch und ein jüngerer, stämmigerer Mann, der Pelze und eine grobe Rüstung trug. Er hatte sein schwarzes Haar auf Stammesart nach hinten gebunden. Bei dem großen Mann handelte es sich um Ikarno Mazaret, und sein Gegner war der Oberhäuptling der Mogaun, Yasgur. Doch ihr Kampf ähnelte eher einem Ballett. Beide stöhnten und knurrten theatralisch, als führten sie ein Schauspiel auf.

»Eine schöne Vorstellung, findet Ihr nicht?«, sagte eine Frauenstimme hinter ihm. »Ich persönlich finde diese Schaukämpfe zwar nicht so unterhaltsam, aber mein Gemahl hat sie den Höflingen versprochen. Das erklärt diese Darbietung dort unten.«

Ohne sich umzudrehen, fragte Calabos: »Euer Ehemann? Wer kann das wohl sein?«

Sie lachte. »Der General der Dämmerung, natürlich. Und zu welchen Höflingen gehört Ihr, wenn ich fragen darf?«

Er drehte sich herum. Vor ihm stand eine blonde Frau in einem blauen Gewand mit einem hohen Kragen und einer geflügelten Halbmaske, die mit glänzenden grünen Federn geschmückt war. Sie lächelte, als sie ihn betrachtete, doch dann weiteten sich ihre Augen, ihr Lächeln erlosch, und ihre Lippen bebten.

»Allerhöchster, vergebt mir ...« stammelte sie. »Wir wurden von den Herolden nicht informiert. Ich hätte Euch gewiss erkannt ... aber es ist schon sehr lange her, seit Ihr diese Verkleidung das letzte Mal verwendet habt. Vielleicht bin ich sogar die Einzige hier, die sich noch daran erinnert ...«

Er begriff. Sie glaubt, ich bin der Große Schatten, der von seinem Thron herabgestiegen ist, um sich unter die Sterblichen zu mischen, dachte er. Das könnte vielleicht ganz nützlich sein ...

»Eure Loyalität ist höchst willkommen, aber ich möchte keine Aufmerksamkeit auf mich ziehen. Benehmt Euch gelassen und zwanglos.«

Sie nickte und rang sich ein Lächeln ab.

»Gut«, fuhr er fort. »Ja, diese Amüsements sind sehr interessant. Woher bekommt Euer Ehemann die Spieler?«

»Es sind nur Geistschatten, mit denen uns das Weiße Gefängnis versorgt, Allerhöchster.«

»Ja, richtig«, sagte er schnell. »Könnt Ihr mir noch weitere solcher Schauspiele zeigen?«

Sie nickte und führte ihn durch eine Reihe von Kammern, in denen Paare mit verschiedenen Waffen kämpften. Einige der Personen kamen ihm bekannt vor, andere waren ihm fremd. Wie zuvor glichen die Kämpfe eher einem einstudierten Tanz denn einem echten Kampf. Sobald jedoch ein Blutstropfen floss, verwandelten sich die galanten Sträuße in mörderischen Wahnsinn. Er sah eine Alael und einen Atroc, die sich mit langen Messern bekämpften. Bei diesem Anblick gefror ihm das Blut in den Adern.

Danach bat er sie, ihm den kürzesten Weg zu seinen eigenen Höfen zu zeigen. Sie warf ihm einen merkwürdigen Blick zu und führte ihn durch einen blau gesprenkelten Flur, dessen dunkle Wandbehänge belebte Szenen darstellten. Sie kamen an einem Raum vorbei, in dem blutrote Statuen mit eisernen Stimmen in einem unmenschlichen Chor sangen, durch eine mit Juwelen besetzte Kammer, an deren Decke Hunderte von Gliedern und Köpfen hingen und zappelten, über eine schwarzsilbern geflieste Empore, an deren Wänden große und kleine Münder sprachen, murmelten oder knurrten. Als sie eine Wendeltreppe hinaufstiegen, blieb die Frau ein paar Schritte vor Calabos stehen, drehte sich dann herum und warf ihm ein schlaues Lächeln zu.

»Vieles an Euch erscheint mir rätselhaft«, sagte sie, »und gibt mir zu denken ... Ich glaube, Ihr seid gar nicht der Große Schatten.« Sie legte ihm mit sanfter Anklage einen Finger auf seine gepanzerte Brust. »Ich glaube, Ihr seid der andere, Byrnak ... Ja, Ihr seid der Herr des Zwielichts aus der anderen Welt, und Ihr seid ins Nachtreich gekommen, um ihm seine Macht zu entreißen, während er gerade Eure Welt erobert! Welch eine Kühnheit!«

Er lächelte. »Ihr seid wahrlich sehr scharfsinnig. Fürchtet Ihr Euch nicht, dass ich Euch töten könnte, um mein Geheimnis zu bewahren?«

Sie rümpfte ihre vornehme, kleine Nase. »Euer Geheimnis ist bei mir sicher, mächtiger Byrnak. Nur ich erkenne Euer Gesicht, weil ich die älteste Gattin des Generals der Dämmerung bin. Der Allerhöchste hat diese Verkleidung das letzte Mal vor mehr als zweitausend Jahren angelegt. Seitdem neigt er dazu, zu seiner eigenen Unterhaltung Gesichter zu vermischen und zu verschmelzen.«

»Zweitausend Jahre?«, fragte Calabos unvermittelt.

»Ja. Es scheint, dass die Zeit hier schneller läuft als in Eurer Welt, und sie vergeht seit dem Triumph noch schneller. Das muss vor ungefähr dreitausend Jahren gewesen sein ... oder viertausend? Und was Euer Vorhaben angeht, mich zu töten ... Nun, offensichtlich lebe ich ja noch!«

Sie lächelte vergnügt und ging weiter die Treppe hinauf. Er folgte ihr, während er über die Zeit nachdachte. Wenn sich die drei Jahrhunderte, die seit dem Schattenkönig-Krieg vergangen waren, hier zu dreitausend Jahren gedehnt hatten, war es möglich, dass nicht mehr als ein Tag verstrichen war, seit er und die Dämonenbrut durch das Schattenportal getreten waren. Falls Tashil und die anderen tatsächlich noch aushielten …

»Habt Ihr etwas von dieser Invasion in die andere Welt gehört?«, fragte er. »Läuft sie gut?«

Sie zuckte mit den Schultern. »Es werden immer noch Einheiten der Schwarzen Horde durch die Portale geschickt, und mein Gatte teilt seine Zeit zwischen der Führung der Invasion und der Verteidigung dieser Zitadelle auf.« Sie lachte. »Wie amüsant! Er erwartet Euch dort unten auf den Zinnen, und Ihr seid bereits hier oben nahe dem Gipfel …!«

Vom Ende der Treppe gelangten sie in eine weite, ovale Kammer, in der es dunkler und kühler war als in den Stockwerken darunter. Kleine Lampen in Wandnischen tauchten die fünfeckigen Fliesen in ein kaltes Licht und beleuchteten auch die Halbreliefs mit Kriegsszenen an den Wänden. Eine Rampe aus flachen Stufen führte von der Wand zu einem großen, offenen Bogengang, und als sie hindurchgingen, schlug ihnen eisige Luft entgegen.

Der Gang führte durch dunkle Schatten und eine weitere Rampe hinauf zu einer breiten Plattform unter dem freien, glitzernden Himmel des Nachtreichs. Vor ihnen entfaltete sich entlang des östlichen Felsmassivs ein faszinierender Anblick. Befestigungen und Türme schmiegten sich zur Linken an die Klippen, während sich nach rechts das gesamte Nachtreich zu ihren Füßen ausbreitete. Es war ein Schwindel erregender, erstaunlicher Anblick, ein Teppich aus Gebäuden, eine gefrorene Lawine aus Städten, deren sanft ansteigende Dächer und Türme und Lampen sich in der Ferne verloren und zu einem dunklen Schimmer verschwammen.

Links von dem Bogengang führte eine breite, schlichte Treppe zu einem offenen Tor in den Felsbefestigungen, vorbei an zwei schlanken und offenbar nicht besetzten Wachtürmen.

Die maskierte Frau saß auf einer niedrigen Mauer, die sich bis zum Fuß der Klippentreppe erstreckte, und beobachtete Calabos aufmerksam.

»Was werdet Ihr tun, wenn Ihr siegt?«, erkundigte sie sich. »Werdet Ihr alle Gefangenen aus dem Weißen Gefängnis befreien und sie durch uns ersetzen?« Sie fröstelte delikat. »Es wäre interessant, sie zu sehen, wenn sie herauskommen.« Sie schaute über die Schulter zu den Felsen. »Manchmal, wenn ich hier oben bin, höre ich sie rufen und weinen ...« Sie stand auf, trat an die Balustrade und starrte in das Nachtreich hinaus. »Ich lebe schon viel zu lange, habe zu viel gesehen und beherberge zu viele Erinnerungen. Vielleicht solltet Ihr mich doch töten. Der Halbtod könnte eine Gnade sein, wenn es so etwas für jemanden wie mich gibt ...«

»Ich weiß nicht, was passiert, wenn ich Erfolg habe«, erwiderte Calabos. »Auf jeden Fall wird sich hier alles verändern ...«

»Ihr könntet auch Euer Gesicht verändern«, sagte sie. »Oder meines ... Würdet Ihr das für mich tun?«

Er starrte sie an, während eine vage Ahnung sich in ihm regte.

»Da Ihr mein Gesicht gesehen habt«, sagte er schließlich statt einer Antwort, »könntet Ihr mir da nicht Eures zeigen, damit ich die richtige Entscheidung treffen kann?«

»Wie Ihr wünscht, Herr.«

Sie setzte graziös die gefiederte Maske ab. Und dahinter verbarg sich tatsächlich ... Suviel Hantika.

Calabos lächelte traurig, setzte sich den Helm des Schwarzen Ritters auf den Kopf und richtete sein Schwertgehänge.

»Gebt auf Euch Acht, Mylady«, sagte er leise. »Ich bin nicht der, für den Ihr mich gehalten habt, aber wenn Byrnak tatsächlich hierher kommt, wird er nicht zögern, Euch Euren ersten Wunsch zu erfüllen.«

Ohne ein weiteres Wort ließ er sie stehen und stieg die Treppe hinauf, die zu den Traumhöfen des Großen Schatten führte.

Nachdem er Tashil und Ayoni verlassen hatte, war Coireg kurz davor gewesen, gegen seine schreckliche Pflicht aufzubegehren. Aber er hatte Besarl und den anderen bereits die Richtung genannt, in die ihre Reise ging. Während er mit seiner Furcht und seinen Zweifeln kämpfte, flog die treue Dämonenbrut ihn über den Nachthimmel nach Besh-Darok.

Sie überquerten den dunklen Großen Kanal, die breite Wasserstraße, die durch die Niederlage der Schattenkönige geschaffen worden war, als die fürchterlichen Zitadellen von Gorla und Keshada und ihre gewaltigen Bastionen in die Tiefe gesunken waren. Einige Momente später schimmerte nur noch das schwache Grau der Fäulnis unter ihnen. Es wirkte wie ein glattes Tuch, dessen flache Senken und niedrige Erhebungen die einzige Spur von Orientierungspunkten waren. Die Dämonenbrut schwenkte nach Norden ab, und kurz danach tauchte aus dem Dunkel ein breiterer Abschnitt des Kanals auf. Hier wölbten sich die beiden Ufer nach außen, denn an dieser Stelle hatte einst vor drei Jahrhunderten Keshada gestanden.

Die Dämonenbrut wurde langsamer, und Besarls Stimme durchdrang das Rauschen ihrer Schwingen.

»Ist das nahe genug, Freund Coireg?«

»Ja, aber sollten wir nicht vielleicht ein wenig tiefer ...?«

Besarl lachte. »Keine Sorge, wir werden unseren Griff nicht lösen. Schon bald werdet Ihr mit uns im Schlund der Zeit durch die Vergangenheit wandeln.«

Coireg nickte und redete sich ein, dass er sich sicher und ruhig fühlte, obwohl sein Magen brannte und sein Herz heftig hämmerte. Er wusste, dass Hauptmann Ondene diesen Sprung durch die Zeit ebenfalls erlebt hatte, genauso wie Calabos. Der Bericht des Poeten ging ihm durch den Kopf, vor allem der beunruhigende Teil davon. Coireg versuchte unterdessen, sich selbst einzureden, dass er sich auf das Ungewisse freute.

»Nun, Freund Coireg«, unterbrach Besarl seine vergeblichen Anstrengungen, »... schließt fest Eure Augen!«

Noch während Coireg gehorchte, veränderten sich seine Sinneseindrücke. Er hatte das Gefühl, als würde er sich sehr schnell im Kreis bewegen. Obwohl er die Augen fest zusammenkniff, sickerten graue Fäden von beiden Seiten unter seine Lider. Sie wurden silbrig, als sie sich miteinander verwoben, dann weiß, als sie sich ins Zentrum seiner Netzhäute wanden. Dann schnellte ihr spiralförmiger Mittelpunkt auf ihn zu, und er schrie auf, als sein Gleichgewichtssinn versagte und er heftig vor und zurück schwankte. Seine eigene Stimme gellte in seinen Ohren, er hörte sein panisches Keuchen, ein Zischen und Röhren ... Erst nach einem scheinbar endlosen Moment wurden diese Geräusche leiser und rhythmischer.

Er fand sich über einer verschneiten Landschaft wieder, deren unberührte weiße Decke nur durch Bäume, Bauernhöfe und Zäune unterbrochen wurde, und er hörte nur noch das rhythmische Schlagen der Schwingen der Dämonenbrut. Vor ihm ragte die gewaltige Masse von Keshada in den Himmel auf, und unter sich sah er eine frische, breite Spur, die eine große Anzahl von Reitern hinterlassen haben musste. Sie hatten den Schnee in Matsch verwandelt, und die Spur führte direkt in die breiten, offenen Portale der Festung.

»Sollen wir hineinfliegen?«, fragte Besarl.

Coireg deutete fröstelnd nach oben. »Auf die Wälle ... das ist schneller.«

Sie landeten auf einer verlassenen Brüstung, auf der graue Banner in der eisigen Brise wehten. Coireg wärmte sich auf, indem er die Hände gegen Arme und Beine schlug, und dachte an die Reise, die vor ihm lag. Durch ganz Keshada bis zu den Gewölben, von denen aus das Reich des Herrn des Zwielichts sich angeschickt hatte, die Welt zu erobern. Von dort würde er durch das Reich der Dämmerung zu den Bornbergen fliegen, wo er bald feststellen würde, ob der Befehl der Schlummernden Gottheit sie alle zu den Todeszuckungen der Alten führen würde und sie in den Schwarzen Traum von einer zerstörten Welt brachte ...

Ikarno Mazaret würde da sein und um sein Leben kämpfen, zusammen mit Bardow, Yasgur, Suviel und Gilly, mit Tauric und den Hexenmähren. Aber er würde keinen von ihnen sehen können und auch von ihnen nicht gesehen werden.

»Ich hatte einmal einen Bruder«, erzählte er Besarl, als die Dämonenbrut ihm einen zerfetzten, weggeworfenen Umhang reichte. »Ich wünschte, er hätte erfahren, dass ich meine innere Dunkelheit besiegt und mich erfolgreich gegen die äußere gewehrt habe. Aber das wird er nie wissen.«

»Alles, was sich aus der Leere erhebt, kehrt auch dorthin zurück«, antwortete Besarl. »Wenn Ihr Eure Aufgabe erfüllt habt, wird er es wissen.«

Coireg dachte über die Worte der Dämonenbrut nach. Es war ein langer, erhellender Moment, und er verneigte sich tief. »Ich danke Euch, Besarl. Eure Worte haben mich verändert.«

»So sollte es sein, Freund Coireg«, antwortete die Dämonenbrut. »Wollen wir beginnen?«

»Beginnen wir.«

Besarl schritt voran in den Schlund von Keshada.

Das ist also das Ende, das der Anfang sein wird, dachte Coireg. Aber wird dieser Anfang uns auch zu einem lohnenden Ende führen?

21

Ich kam von den Bergen,
Mit einem Lied auf den Lippen.
Doch mit Fackel und Schwert
Stieg ich in den Abgrund hinab.

Gundal: Der Untergang von Gleoras

Hand über Hand zog sich Byrnak die steile Felswand zu den befestigten Traumhöfen des Großen Schatten hinauf und bohrte dabei mit seinen Fingern Löcher in den Fels. Unter ihm tobte die Belagerung. Die erbittertsten Kämpfe fanden um die beiden ungeheuren Löcher statt, welche der Malmer in die äußere Mauer geschlagen hatte, bevor die Verteidiger ihn mit einer gut gezielten Ladung Mauerwerk zerstören konnten. Außerdem wurde ein niedrigerer Wall, von dem Netze und Sturmleitern hingen, bereits hart umkämpft.

Der brutale Anblick befriedigte Byrnak. Die Zerstörung des Orlag-Trutzturms hatte ihm den Ruf eingebracht, rücksichtslos und zielstrebig vorzugehen, was ihm bei seinen Verhandlungen mit den anderen Milizanführern sehr zugute gekommen war. Fast ebenso wichtig waren die Magier, die von seiner offenkundigen Beherrschung des BrunnQuell angezogen worden waren, und deren Loyalität er mit dem Versprechen, sie ebenfalls in dieser Kunst zu unterweisen, gewonnen hatte.

Je höher er kletterte, desto schwieriger wurde es, in dem Menschengewühl am Fuß der Zitadelle Freund und Feind zu unterscheiden. Die schimmernde Aura verwischte die Einzelheiten und verschmolz die Kämpfer zu einer wogenden, dunklen Masse. Byrnak betrachtete das Schauspiel einen Moment lang, lachte und setzte seinen Aufstieg fort.

Auf halbem Weg änderte er die Richtung, überquerte die Felswand horizontal in Richtung Zitadelle und sprang auf einen breiten, mit Stuckverzierungen überladenen Balkon. Er betrat die Zitadelle, erklomm ihre Stockwerke und tötete alle, denen er unterwegs begegnete. Trauben von stutzerhaft gekleideten, maskierten Höflingen kreischten und flohen vor dem gezackten, schwarzen Schwert, mit der er alles verstümmelte oder erschlug, was sich ihm in den Weg stellte.

Das ist der wahre Genuss der Herrschaft, dachte Byrnak. Sobald ich den unwürdigen Herrn des Nachtreichs besiegt habe, werde ich eine neue Ordnung in jeden Winkel und jedes Leben bringen. Ich werde jede Hand und jeden Rücken brauchen, wenn ich die Eroberung all der anderen Welten beginne, die jenseits von dieser liegen.

Während er seine blutige Spur in den Hallen hinterließ, richtete er einen Teil seiner Wahrnehmung nach innen. Er war neugierig, ob der ursprüngliche Geist seines Wirtskörpers wahrnahm, was sich ereignete. Byrnaks inneres Auge flog zu einem engen Ort, wo der undurchsichtige Kern des Menschen Ondene residierte. Bilder und Erinnerungen wanden sich fest um einen dumpfen Funken, zweifellos die letzte Glut seiner Hoffnung.

Schließlich erreichte Byrnak eine kühle Kammer und eine geschwungene Mauer, die auf das Dach der Zitadelle führte. Er trat in die eisige Finsternis hinaus und sah die silbergrauen Klippen, die sich zu beiden Seiten erstreckten. Er befand sich jetzt am Rand der Dachplattform, blickte über das Nachtreich und brüllte lachend seinen Triumph und seinen Trotz hinaus. Dann wandte er sich zu den steilen Felswänden und der breiten Treppe um, die zu einem offenen Durchgang führte, und lief los. Mit leichtfüßigen Sprüngen nahm er drei Stufen auf einmal.

Zwei schlanke Türme mit Aussichtsplattformen an der Spitze flankierten diesen Durchgang, aber beide waren ebenso verlassen wie die gepflasterte Straße darunter. Obwohl keine Wachen zu sehen waren, durchdrang ihn das Gefühl, von zahllosen Augen beobachtet zu werden. Auf der Schwelle des Torwegs hielt Byrnak inne und starrte finster auf die dunklen

Fenster des großen, prachtvollen Gebäudes direkt gegenüber. Er war sicher, dass er eben noch Gestalten gesehen hatte, die sich darin bewegten. Er überquerte die Schwelle, und das Gebäude verblasste, während ein anderes, kleineres an seiner Stelle auftauchte. Es hatte ein spitzes Satteldach. Einige Momente später verwandelte es sich in einen säulengeschmückten Tempel mit einem hohen Glockenturm.

Während er wachsam die Straße entlangging, ereigneten sich pausenlos solche Veränderungen um ihn herum. Eine lautlose Stadt tat sich vor ihm auf, aus kurzlebigen Gebäuden, Mauern und Giebeln, die ineinander verschmolzen, Türen, die sich zu Eingängen von Hinterhöfen weiteten, Bogengängen, die zu Fenstern schrumpften. Straßen, die plötzlich ihre Richtung änderten, zu Sackgassen wurden oder Kreuzungen bildeten, von denen Seitenstraßen abgingen.

Byrnak runzelte gereizt die Stirn, als die Straße, der er folgte, plötzlich von Reihenhäusern versperrt wurde, während sich gleichzeitig eine große Villa zu seiner Rechten teilte und eine neue Abbiegung schuf. Er wusste, dass er durch dieses flimmernde, neblige Labyrinth gesteuert wurde, und ihm war auch klar, dass er es kontrollieren konnte, wenn er wollte. Mit einem Machtwort konnte er alles erstarren lassen.

»Treib du nur deine Spielchen!«, brüllte er die sich ständig verändernden Gebäude an. »Das wird deinen Untergang nur verzögern, nicht verhindern!«

Während er durch eine neue Öffnung schritt, bemerkte er jedoch andere Einzelheiten. Zum Beispiel die riesigen, dunklen Säulen, die mitten aus mutierenden Höfen aufragten und von der Dunkelheit über ihm verschluckt wurden. Sie veränderten sich nicht. Und während die Gebäude neben ihm verschwammen und sich verzerrten, erkannte er hinter ihnen etwas ebenso Unveränderliches wie diese Säulen. Es war ein gewaltiges, geneigtes Podest, das sich fast eine halbe Meile weit erstreckte. Auf seiner Spitze führten Stufen zu einer breiten Plattform, auf der ein Thron stand, der einem riesigen, erhobenen Schwert glich. Hinter dem Thron erstreckte sich eine hohe, blassgraue, schwach gesprenkelte Wand zu beiden Seiten, während auf dem Herrschersitz selbst ...

Saß dort eine dunkle Gestalt? Und starrten ihn aus der Entfernung Augen voll uralten Hasses an? Byrnak konnte es zwar nicht genau erkennen, aber er fühlte den Zorn dieser unerbittlichen Wesenheit. Er lachte barsch auf und ging weiter.

Straßen schlossen und öffneten sich, Gassen führten auf sich selbst zurück, und Treppen verwandelten sich in Brücken. Dann verengte sich die Straße, der er folgte, zu einem gemauerten Durchgang, der in einer Vorkammer endete. Sie führte auf einen Kreuzgang hinaus, der die festgestampfte Erde eines Kampfplatzes umgab. Auf allen vier Seiten standen Sitzreihen, und auf ihnen befanden sich zahlreiche Zuschauer. Allerdings waren sie ebenso unstet und geisterhaft wie die Gebäude der Traumhöfe des Großen Schatten. Und genauso schweigsam.

Byrnak kümmerten die Zuschauer nicht. Er wusste, dass sein Auftauchen hier ein Duell ankündigte, entweder mit dem Großen Schatten selbst oder seinem Champion. Würde es der General der Dämmerung sein oder ein anderer, monströser Diener?

»Ich bin bereit!«, blaffte er die nebulösen Zuschauer an. »Tritt vor und verteidige dich!«

Einen Moment lang passierte gar nichts. Nur die Zuschauer drängten sich auf ihren Sitzen, lachten und plauderten miteinander, wechselten die Plätze und deuteten auf die Arena hinab, alles, ohne einen einzigen Laut von sich zu geben. Dann tauchte jedoch eine Gestalt auf der anderen Seite des im Schatten liegenden Kreuzganges auf. Der Mann trug die Rüstung eines Schwarzen Ritters und hatte ein Langschwert auf den Rücken geschnallt. Byrnak wusste sofort, dass dies nicht der General der Dämmerung war. Dessen Aura kannte er. Nein, es war jemand anders, der ihm allerdings ebenfalls vage bekannt vorkam.

»Wer bist du?«, fragte er höhnisch. »Welchen schwächlichen Gegner hat der Große Niemand an seiner Stelle vorgeschickt?«

Der Ritter antwortete nicht, sondern griff nach dem Schwert über seiner Schulter und zückte eine lange, gerade Klinge, die silbrig grün schimmerte. Als Byrnak sie sah, erzitterte er.

»Ich bin hier, um Göttern und Möchtegern-Göttern den Garaus zu machen«, erwiderte der Schwarze Ritter. »Nicht, um vor ihnen zu kriechen.«

Die bebende Furcht in Byrnaks Innerem verwandelte sich bei diesen Worten in heiße Wut auf seinen Feind. »Du wirst nicht mehr kriechen können, wenn ich mit dir fertig bin!«, knurrte er, zog sein Schwert und griff an.

Calabos hatte ebenfalls das Labyrinth der Traumhöfe überwunden. Er war mehr als einmal stehen geblieben und hatte sich umgedreht, weil er spürte, dass jemand ihn verfolgte. Er sah jedoch niemanden und ging weiter. Er eilte an den sich verändernden Gebäuden vorbei und über die Straßen, die ihn zu locken schienen. Er überquerte eine Steinbrücke, deren Balustrade sich dreimal verwandelte, während er darüber schritt, als er eilige Schritte hinter sich hörte. Er wirbelte herum und griff nach seinem Schwert.

Es war der alte Culri, der schwankend vor ihm stehen blieb, seine Hände auf seine Knie stützte und nach Atem rang.

»Verdammt sollen ... diese ... verrückt gewordenen Straßen sein!«

»*Du* solltest verflucht sein, weil du so ein eigensinniger alter Mann bist«, erwiderte Calabos. »Wir sind hier im Herzen der Gefahr! Geh sofort zurück!«

Culri kam wieder zu Atem und wischte sich mit einem schmutzigen Ärmel den Schweiß von der Stirn. »Ich habe einen verdammt langen Weg hinter mich gebracht, und jetzt will ich ihn bis zum Ende gehen.«

Calabos schüttelte den Kopf. »Du bist ein Narr, Alter.« Er drehte sich herum und ging weiter.

»Gewiss, ich war ein Narr und noch Schlimmeres, Calabos.« Culri lachte leise. »Aber benimmst du dich bei diesem Abenteuer etwa weniger verrückt als ich, sag?«

»Vielleicht, denn ich weiß mehr über seine Gefahren als du!«

Sie setzten ihr Wortgefecht noch eine Weile fort und streuten dabei ihre Beobachtungen und Spekulationen über diese unstete Stadt ein, durch die sie gingen. Schon bald beschritten sie eine schmale Straße, die in einem Bogengang mündete. Dessen düsterer Torweg senkte sich und endete in einem finsteren Kreuzgang um eine Arena aus Lehm.

Aus dem Schatten sah Calabos, wie die mit einem Kettenpanzer bekleidete Gestalt von Corlek Ondene aus einem anderen Durchgang auftauchte. Sein Gesicht glühte beinahe von der Macht des Geistes, der ihn kontrollierte. Als er den gespenstischen Zuschauern seine Herausforderung entgegenbrüllte, sah Culri Calabos an, dann den Ondene-Schattenkönig, und dann wieder Calabos.

»Hier?«, fragte er leise. »Ist das hier der Ort, wo alles endet?«

»Bleib in Deckung«, erwiderte Calabos und trat aus dem Schatten.

»Nein, warte ...!«

Der Schattenkönig, der sich Byrnak nannte, sah Calabos kommen und schnaubte verächtlich.

»Wer bist du? Welchen schwächlichen Gegner hat der Große Niemand an seiner Stelle vorgeschickt?«

Calabos spürte die Macht, die von Byrnak ausging. Er war offensichtlich viel stärker als zuvor. Er fühlte auch die Hitze des BrunnQuell, die an den Rändern seiner Sinne glühte und gierig wartete. Dafür ist es noch zu früh, dachte er, als er zum Schwert der Vereinten Mächte auf seinem Rücken griff und es mit beiden Händen vor sich hielt.

»Ich bin hier, um Göttern und Möchtegern-Göttern den Garaus zu machen«, sagte er. »Nicht, um vor ihnen zu kriechen.«

Byrnak zitterte vor Wut, und sein verzerrtes Gesicht lief rot an.

»Du wirst nicht mehr kriechen können, wenn ich mit dir fertig bin!«

Er riss seine Waffe heraus, eine anderthalb Meter lange,

gezackte, schwarze Klinge, hob sie über seine Schultern und griff an.

Calabos ließ das schwarze Schwert nicht aus den Augen, schätzte Byrnaks Schwung und den wahrscheinlichen Bogen des Schlages ab. Die schwarze Klinge sang, als sie durch die Luft dorthin sauste, wo Calabos' Hals gerade noch gewesen war. Der hatte sich jedoch im entscheidenden Moment geduckt, wirbelte herum und wollte Byrnak die Füße wegtreten. Der durchschaute das Manöver jedoch und sprang über das ausgestreckte Bein. Er stolperte zwei Schritte weiter, während Calabos sich herumrollte und aufsprang.

Sie musterten sich einen Augenblick lang. Calabos spürte den ätzenden Hass, den Byrnak ausstrahlte. Dann trat der Schattenkönig vor und führte einen Hieb, dem Calabos auswich, dann einen zweiten und dritten. Der vierte war ein wilder Hieb von der rechten Seite, den Calabos mit einer Parade erwiderte.

Während die beiden Schwerter aneinander stießen, hörte Calabos, wie das Schwert der Vereinten Mächte einen leicht dissonanten Ton von sich gab, als es seiner magischen Klinge nicht gelang, sich in die andere Waffe zu fressen.

Byrnak grinste ihn über ihre beiden verhakten Schwert an.

»Ich habe dieses Messer einem Nachthüter abgenommen«, erklärte er, »und ihn anschließend damit in Stücke geschnitten. Ich frage mich, wie gut deine Klinge Eingeweide schneidet.«

»Das ist kein Metzgerwerkzeug.« Calabos drehte sich etwas zur Seite und zog seine Klinge an der von Byrnak herunter. Als der Schattenkönig die Balance verlor und vorwärts stolperte, rammte Calabos ihm den Fuß in die Seite und brachte ihn damit vollends aus dem Gleichgewicht. Byrnak brüllte vor Wut, konnte sich jedoch abrollen und sprang wieder auf die Füße. Er warf Calabos einen mörderischen Blick zu.

»Genug gespielt!«, knurrte er und schleuderte ihm seine freie Hand entgegen. Grelle Blitze der Macht schossen daraus auf Calabos zu. Noch während sie flogen, stürmte er vor. Calabos griff unwillkürlich nach der Niederen Macht und musste plötzlich mit der wirbelnden Kraft ringen, die das Nachtreich aus dem BrunnQuell gemacht hatte, in dem der Große Schatten die Niedere Macht und die Gabe der ErdenMutter verschmolzen hatte. Calabos bemühte sich, den Gedankengesang der Kadenz zu beschwören. Es fiel ihm schwer, nicht, weil er sich die Elemente nicht hätte vorstellen können, sondern weil ihr Kreis zu leicht von der Macht gestört wurde, von der er sich speiste. Doch es war schon zu spät. Die Blitze des Quellfeuers erreichten ihn ... und die Klinge der Vereinten Mächte fuhr hoch und fing sie alle auf der flachen Seite ein. Das Schwert erglühte und klang in einem neuen, vollen Ton.

Byrnak sah dies alles, während er vorstürzte und sein Schwert über den Kopf hob.

Calabos erkannte in diesen Bruchteilen eines Augenblicks den Zweifel in seinen Augen. Er parierte den weit ausgeholten Schlag mit seinem eigenen, glühenden Schwert. Als diesmal die schwarze Klinge die silbergrüne Waffe traf, zerbrach Erstere mit einem lauten, klirrenden Geräusch, das durch die ganze Arena hallte. Calabos verschwendete keine Zeit, sondern rammte das Schwert der Vereinten Mächte unterhalb des Brustkastens bis zum Heft in Byrnaks Seite.

Der Schattenkönig starrte ihn fassungslos und ungläubig an. Calabos keuchte und schien einen Moment diesen Stoß selbst fühlen zu können. Es war ein Widerhall der Erinnerung, die ihm vom ursprünglichen Byrnak hinterlassen worden war.

Dann sank der Schattenkönig im Körper von Corlek Ondene vor Calabos auf die Knie. Die schlaffe Hand umklammerte immer noch den zerborstenen Stumpf seines Schwertes.

»Wie ... geschieht ... mir?« Der Schattenkönig starrte Calabos an. »Wie kannst du ... da stehen ...?«

Calabos zog sein Schwert aus dem Mann. Die Klinge wies keinen einzigen Blutfleck auf. Byrnak erstarrte vor Entsetzen, und sein Blick zuckte wie irre umher, während beunruhigende flüsternde Laute über seine hängenden Lippen drangen. Dann stieg das erste Phantom aus seinem Hals, eine dunkle, undurchsichtige Masse, die sich aus dem Kettenpanzer wand. Byrnaks Augen verdrehten sich, bis man nur noch das Weiße des Augapfels sah. Ein zweites Phantom riss sich aus ihm los, dann ein drittes und viertes ...

Plötzlich stand Culri neben Calabos und zog ihn am Arm. »Calabos, durchbohre mich mit dem Schwert ...«

»Was? Hast du den Verstand verloren?«

»Rasch, verdammt!«, schrie der alte Mann. »Du musst mich nicht töten, es reicht, wenn du meine Haut ritzt ...«

Wütend schüttelte Calabos ihn ab. »Lass mich in Ruhe ...«

Im nächsten Moment schrie Culri vor Angst und starrte etwas an, das sich offenkundig hinter Calabos befand. Der wirbelte herum und sah einen ganzen Schwarm von Phantomen auf sich zufliegen. Er wich panisch zurück und schlug wie wild mit dem Schwert der Vereinten Mächte auf sie ein. Doch obwohl sie verletzt waren, drängten sie weiter ...

Er wurde von einem Wirbel grauer Formen umringt, die eine nach der anderen in seine Haut eindrangen. Er empfand seinen Körper nicht mehr als Muskeln, Knochen und Haut, sondern eher als eine hohle Form, die von dem Eindringen jedes Angreifers erschüttert wurde, und in dem ein immer habgierigerer Chor sang, der seine eigenen Entsetzensschreie mehr und mehr erstickte. Schließlich drang das letzte Phantom in sein unwilliges Fleisch ein. Er sank ausgestreckt rücklings auf den Boden des Kampfplatzes und stützte sich auf einen Ellbogen, während er mit der anderen Hand sein Schwert umklammerte. Es herrschte Todesstille. Selbst die lautlosen, unruhigen Zuschauer waren verschwunden. Nur Corlek Ondene lag stöhnend etwas abseits auf dem Rücken, und Culri starrte ihn furchtsam aus dem Kreuzgang an.

In Calabos herrschte Chaos, ein tosender Tumult aus Stimmen. Er versuchte sich diese groteske Invasion als Monster vorzustellen, die in einem Orkan auf hoher See miteinander rangen, oder als Jäger mit gewaltigen Fängen, die über einer Wüste fochten, oder als Feuerwesen, die in einer Kaverne aus schwarzem Eis kämpften.

Hilflos auf dem Rücken ausgestreckt, wurde er sich plötzlich bewusst, dass Culri auf Händen und Knien zu ihm kroch. Von Ondene fehlte jede Spur. Kurz darauf war der Alte ihm nah genug, um ihn an der Schulter berühren zu können.

»Benutz das Schwert, Calabos!« Er hatte Tränen in den Augen.

»Ich könnte es nicht ... selbst wenn ich es wollte«, stieß dieser hervor.

»Du musst es irgendwie schaffen!« Culri sah über seine Schulter. »ER holt uns zu sich!«

Calabos bemerkte, dass hinter der Arena die schimmernden Gebäude der Traumhöfe des Großen Schatten an beiden Seiten vorüberglitten, während die Arena sich stetig auf das gewaltige Podest mit dem Schwertthron zubewegte. Sah er da eine dunkle Gestalt auf dem Thron, die mit einem Finger winkte ...? Waren das Fantasien, oder erblickte er es wirklich?

»Du musst mich mit dem Schwert durchbohren, Calabos«, wiederholte Culri. »Ich hatte einmal einen Bruder, weißt du, einen mächtigen Krieger, den es überrascht hätte zu erfahren, dass ich meiner Pflicht treu geblieben bin, dreieinhalbtausend Jahre lang, meiner Pflicht der Schlummernden Gottheit gegenüber ...«

»Wie kannst du ... von der ... Schlummernden Gottheit ...?« Er brach ab, als eine Ahnung in ihm aufkeimte. Der Gedanke war fast betäubend.

»Ich musste das Ende finden, um zum Anfang zu gelangen«, erwiderte der Alte. »Dann musste ich darauf warten, bis das Ende erneut kam, um dir die Gabe der Schlummernden Gottheit zu übergeben. Finde die Kraft, Calabos, benutze das Schwert.«

»Coireg ...« murmelte Calabos beinahe furchtsam.

»Eben der ...«

»Ich kann nicht ...« In dem Moment drängte sich etwas Schwarzes in seine Gedanken. *Ich werde dir deinen Wunsch erfüllen, Wurm!*, sagte es.

Das Phantom bemächtigte sich Calabos' Körper, dessen Hand das Schwert hob, es in Coiregs Brust rammte und dort umdrehte. Calabos heulte vor Wut und Trauer auf und erkämpfte sich die Kontrolle über seinen Körper zurück. Zu spät. Er sah, wie sein alter Freund neben ihm auf dem festgestampften Lehmboden der Arena starb. Schrecklich geschwächt, konnte er nur langsam seine Hand zu Coiregs ausgestrecktem Arm schieben.

Da geschah etwas Merkwürdiges. Etwas Fahles, Undurchdringliches erschien in Coiregs offenen, toten Augen, erhob sich aus ihnen, und ein kleines, langsam um sich selbst kreisendes Gespinst glitt auf Calabos zu. Bevor er reagieren konnte, drang es in seine Augen ein. Wie ein weißer Blitz wirbelte es in die tiefsten Winkel seines Hirns. Und dort, im Wrack seines Verstandes, mitten im Toben der wilden Geister, fand er sich selbst mit einem Stachel aus hellem Licht. Er stellte sich vor, er hielte es wie ein gleißendes Schwert in der Hand ...

Die Waffe des Geistes. Die erlöschende Stimme konnte nur Coireg gehören. Es waren seine letzten Worte.

Jetzt wusste Calabos, was zu tun war, und mit der Geschwindigkeit, mit der sich die Arena durch die verändernde Stadt bewegte, blieb ihm nur sehr wenig Zeit dafür.

Er musste all diese wahnsinnigen Geister zähmen, den Drang ihres wilden Begehrens brechen, sie seinem Willen unterjochen, und dann hoffen, dass sie ihm irgendwie helfen konnten, gegen den Großen Schatten zu bestehen.

Außerdem bezweifle ich irgendwie, dass er mir die Gunst erweist, sich mit mir auf einen Schwertkampf einzulassen.

Als der Schattenkönig, der sich Byrnak nannte, sich in einen Schwarm von Phantomen auflöste, die sich von seinem Körper losrissen, hätte Corlek Ondene am liebsten einen juchzenden Schrei der Erleichterung ausgestoßen. Doch selbst nachdem das letzte Phantom verschwunden war und vor der strahlenden Wesenheit von Calabos' Schwert floh, musste Ondene um die Kontrolle kämpfen. Er versuchte, mit Sinnen wahrzunehmen, die von dem rücksichtslosen Usurpator Byrnak missbraucht und verzerrt worden waren.

Das schimmernde Dunkel des Nachtreichs wirkte wie ein dichtes Chaos aus Schatten. Er lag auf dem harten Lehmboden des Kampfplatzes und stöhnte. Dabei nahm er undeutliche Stimmen in der Nähe wahr. Dann flammte ein zitternder Lichtfunke über ihm auf. Während er ihn beobachtete, wuchs er zu einem blassgrauen Oval an, das tatsächlich aussah wie zwei Hände, die vor ein Gesicht geschlagen wurden. Dann veränderte sich die Erscheinung und wurde zu einer nebelhaften Gestalt. Als sie die Hände sinken ließ, kam das Gesicht eines jungen Mannes dahinter zum Vorschein.

»Corlek«, sagte er. »Du musst dich bewegen, du musst diese Arena verlassen ... Sieh, dahinten sind einige Durchgänge ...« Die ausgestreckte Hand flackerte leicht.

»Wa ... Warum?«, stieß er hervor. Die Worte fühlten sich wie Steine in seiner Kehle an.

»Wir haben eine Aufgabe zu erfüllen, du und ich, so wie Coireg und Calabos eine bewältigen müssen. Komm jetzt, hoch mit dir! Oder willst du so dem Großen Schatten gegenübertreten?«

Ondene hätte darüber fast gelacht, zwang sich aber stattdessen auf die Knie, wuchtete sich hoch, schwankte zu dem pechschwarzen Kreuzgang und folgte dem fahlen Gespinst durch einen der Bogengänge. Dahinter führte es ihn durch Straßen, die von verzerrten Gebäuden flankiert wurden, deren dunkle und surreale Fassaden bedrohlichen Wahnsinn ausstrahlten. Mehr als einmal rief er die bleiche Gestalt an, die voranschwebte, fragte nach ihrem Namen, wollte wissen, wohin sie ihn führte; er verlangte es zu wissen und fluchte, weil sie nicht antwortete, stolperte dabei aber weiter hinter ihr her, weil er die Alternative noch mehr fürchtete.

Endlich, nach einer Vielzahl von lauernden Straßen, einem Gewirr aus geisterhaften Schluchten, die sich zu einem endlosen Labyrinth flochten, trat Ondene aus einem hohen Torbogen und fand seinen geisterhaften Begleiter in einer Kammer wieder, die mit starren, geometrischen Reliefs geschmückt war. Allerdings hatte jede Linie die Form einer Kette.

»Sehr gut, wie du so rasch nach solchen Erlebnissen wieder Kontrolle über deinen Körper gewonnen hast«, erklärte die Erscheinung.

»Und, willst du mir jetzt endlich sagen, wer du bist?«, knirschte Ondene.

»Das weißt du doch längst«, bekam er zur Antwort. »Auf der Spitze der Felsnadel in Nydratha, mitten in dem Ewigen Sturm, hat die Schlummernde Gottheit tief in dich hineingeblickt und all deine Gedanken überprüft sowie die möglichen Fäden deines Schicksals bloßgelegt. Ich nahm mir ebenfalls diese Freiheit.«

Ondene bemühte sich, das zu verstehen. »Als ich in den düsteren Ketten des Schattenkönigs lag, fühlte ich einen Funken in mir, eine kleine Flamme im Dunkeln. Warst du das?«

»Das Band, das dich an mich bindet, war schwach genug, damit der Schattenkönig es übersah, und dennoch stark genug, um seine willkürlichen Brutalitäten zu überstehen. Folglich bin ich hier.«

»Und wer bist du nun?«

Der geisterhafte Junge lächelte schwach und zuckte mit den Schultern. »Du kannst mich Tauric nennen, obwohl dieser Name für mich dasselbe ist wie der Schössling für einen Baum.«

Ondene starrte ihn ungläubig an. »Und ich habe dich den ganzen Weg von Nydratha mit hierher gebracht?«

»Du hast das Band in dir getragen«, verbesserte Tauric ihn. »Genügt das? Uns bleibt nur noch wenig Zeit für das, was getan werden muss. Die Schlacht zwischen Calabos und dem Großen Schatten wird gleich beginnen.«

»Und was ist unsere Aufgabe?«

»Wir müssen derweil ein paar Gefangene befreien«, erklärte der geisterhafte Tauric, als er voranging und die geschmückte Kammer verließ. Ondene folgte ihm über einen kurzen, schlichten Gang, an dessen Ende er eine Wand sah, die von Schatten gesprenkelt war. Schließlich trat er aus dem Gang und stand vor dem Weißen Gefängnis.

Ein ungeheurer Wall aus nebligem, frostigen Grau erstreckte sich endlos nach oben, bis sie von den eisigen, schwarzen Höhen des Nachtreichs verschluckt wurde. Nach rechts stieß sie an die Mauer, welche die Traumhöfe von den Klippen trennte, und nach links ragte sie weit über das abschüssige, mit Stufen versehene Thronpodest hinaus. Überall auf der tödlichen, transparenten Oberfläche des Walls sah man Spuren von zahllosen Gefangenen, seien es herausragende, gefrorene Gliedmaßen und Köpfe, oder Gesichter, die mit aufgerissenen Augen unter der Oberfläche verschwammen, oder die undeutlichen Gestalten derer, die tiefer darin eingeschlossen waren.

Ondene näherte sich der Wand fasziniert und gleichzeitig eingeschüchtert, während er die Personen betrachtete, die darin gefangen waren. Hier sah er einen bärtigen Mann um die fünfzig, der ein Buch an die Brust gepresst hielt, dort einen jungen Mann in der Kluft eines Bauern, der ein zerbrochenes Schwert umklammerte. Er fand eine matronenhafte Mutter, die einen kleinen Jungen mit einem Arm beschützte und den anderen abwehrend ausstreckte. Etwas weiter sah er einen Krieger in abgeschabter Rüstung, der die Fäuste an den Seiten ballte.

»Hier treffen sich alle Besiegten«, erklärte der geisterhafte Tauric neben ihm. »Die Mutigen und die Narren, all jene, die versuchten, den Großen Schatten zu stürzen, und die allesamt zum Scheitern verurteilt waren. Orte wie das Nachtreich fußen auf der willkürlichen Ausübung von Macht, und Götter sind die manifestierten Träume der Macht. Also kann an einem solchen Ort nur ein Traum einen Traum besiegen.«

Ondene lachte ironisch. »Du?«

»Das hoffe ich«, sagte Tauric. »Aber da ich als Traum spreche, kann ich das nicht allein.«

Ondene streckte die Hand aus, um die Wand des Weißen Gefängnisses zu berühren, riss sie jedoch hastig fort, als die eisige Kälte in seine Haut biss.

»Wie könnten wir sie daraus befreien?«

Tauric schwebte näher heran. »Indem wir sie aus dem Traum aufwecken.« Mit diesen Worten hob er seine Hand und tippte Ondene leicht auf die Schulter.

Eine eisige Kälte durchzuckte ihn, und er taumelte überrascht vor, streckte unwillkürlich die Hand aus und ... rang nach Luft, als sie ungehindert durch die leicht transparente Oberfläche drang.

»Tritt ein«, sagte Tauric, »ich werde dich durch dieses eisige Gefängnis führen, aber sei bereit zum Kampf. Der Feind wartet im Herzen des Gefängnisses auf uns.«

Der fahle Tauric schwebte ruhig in die graue Wand hinein, und nach kurzem Zögern folgte ihm Ondene. Er schloss die Augen, bevor sein Gesicht auf die milchige Oberfläche traf ...

Als er sie wieder aufschlug, trieb er zwischen den zahllosen Gefangenen dahin. Er schaute hinauf und hinunter und sah Hunderte von ihnen, die in der nebligen Düsternis verschwanden. Tauric war über ihm. Er bedeutete ihm mit einem Winken, ihm zu folgen. Also blickte Ondene in Taurics Richtung und schwebte langsam hinauf. Zusammen glitten sie zwischen den Gefangenen hindurch. Dabei berührte Tauric den einen oder anderen mit seinen geisterhaften Fingern an der Stirn oder tippte ihm auf die Schulter. Ausdruckslose Augen füllten sich mit Gefühlen, Köpfe drehten sich, und in Gliedmaßen kehrte vorsichtig Leben zurück. Als Ondene über die Schulter blickte, sah er einen ganzen Zug von ihnen, der ihnen folgte.

Schon bald tauchte ein langer, heller Streifen in der Dämmerung auf, und einige Momente später trat Ondene in einen glänzenden Tunnel, der von winzigen Lampen beleuchtet wurde. Ihr silbernes Strahlen wurde von allen Oberflächen reflektiert. Das andere Ende des Tunnels mündete in einer Art Kammer, in der es grün leuchtete. Als er darauf deutete, nickte Tauric.

»Du wirst Kraft und Mut für das brauchen, was dir bevorsteht«, erklärte er. »Und außerdem noch vieles andere.«

Er flog unvermittelt auf die Kammer zu, und als Ondene ihn zu Fuß verfolgte, bemerkte er, wie hart sich der Boden des Weißen Gefängnisses unter seinen Füßen anfühlte. Er erreichte die Kammer. Sie war leicht konkav, riesig, und ihre glitzernden Wände waren von gefrorenen Gesichtern übersät. Ein breites rundes Loch in der Mitte wurde von einer niedrigen Mauer umringt. Daraus pulsierte ein grünes Strahlen, das die Kammer hell erleuchtete und Taurics geisterhafte Gestalt mit einem blassen Grün überzog. Er stand neben dem offenen Loch und starrte auf die andere Seite. Die Gestalt dort war in eine dunkle, reich verzierte Rüstung gekleidet, die sie von Kopf bis Fuß einhüllte.

»Willkommen in der Kammer der Ketten des Weißen Gefängnisses, das schon bald Euer neues Heim werden wird.« Die Gestalt deutete eine Verbeugung an. »Ich bin der General der Dämmerung, Hüter des Nachtreichs, Befehlshaber der Schwarzen Horde.« Er drehte sein Visier in Taurics Richtung. »Ich wusste zwar, dass etwas Gefährliches sich näherte, aber ich hätte mir nie träumen lassen, dass du es bist. Es muss enttäuschend für dich sein, zu sehen, wie schwach deine Verbündeten sind.«

Der fahle Tauric schüttelte den Kopf. »So enttäuschend ist das gar nicht, wenngleich es mich überrascht, wie unsicher du zu sein scheinst. Deine gewaltigen Armeen, die Trutztürme deiner Nachthüter, deine Zitadelle und selbst die Rüstung, die du trägst, sie alle lassen darauf schließen, dass du und dein Gebieter sich wahrlich fürchten müssen. Hast du denn wenigstens den Mut, uns dein Gesicht zu zeigen, hm?«

Einen Moment lang antwortete er nicht, doch schließlich machte der General der Dämmerung vor Ondenes Augen eine winzige Geste, und das Visier seines Helmes verschwand. Es entblößte die bleichen Gesichtszüge eines jungen Mannes, die denen Taurics vollkommen glichen. Allerdings loderte in seinen Augen ein glühender Hass, obwohl er sarkastisch lächelte.

»Ah, du selbstgefälliger Frömmler, du lange abwesender, aber keineswegs gänzlich vergessener Auswurf«, spie er hervor. »Du klingst wie einer dieser Priester der Wurzelmacht. Sicher weißt du noch sehr gut, wie es ihnen erging, nachdem ihre magische Macht zermalmt wurde. Du solltest dich auf ein ähnliches Schicksal vorbereiten.«

»Du solltest dir lieber über dein eigenes Schicksal den Kopf zerbrechen«, mischte sich Ondene ein. »Wenn Calabos deinen Gebieter erst unterworfen hat ...«

Der General der Dämmerung warf ihm einen verächtlichen Seitenblick zu. »Was hast du mir da angeschleppt?«, fragte er Tauric. »Was ist das für ein herumtollendes Insekt?«

»Darf ich vorstellen, mein lieber General der Dämmerung?«, fragte Tauric spöttisch. »Der Prinz des Wandels. Dein Untergang.« Er drehte sich zu der funkelnden Wand um und winkte mit den Fingern. Sofort schwebte eine durchscheinende weibliche Gestalt aus dem Eis, verbeugte sich kurz vor ihm und glitt mit ausgestreckten Armen zu Ondene. Der sah ihr ängstlich entgegen und zuckte zusammen, als sie ihn erreichte und sofort in ihn eindrang. *Seid gegrüßt, Corlek. Mein Name sei Fionn ...«*, sang eine melodische Stimme in seinem Kopf.

»Genug von dieser albernen Maskerade«, knurrte der General der Dämmerung. »Machen wir ihm ein Ende.«

Er zog ein geschwungenes, schwarzes Schwert, dessen Schneide und Vertiefungen den grünen Schein des BrunnQuell widerspiegelten. Dann trat er um den Brunnen herum auf Ondene zu, der zurückwich und Tauric flehentlich ansah.

»Wie kann ich ...?« Mehr bekam er nicht heraus, als sich der General auch schon auf ihn stürzte und mit seiner schrecklichen Waffe einen Schlag gegen seinen Hals führte. Ondene schrie auf und riss instinktiv den Arm hoch, um den Schlag abzuwehren. Die Schneide prallte auf seinen Oberarm ...

... und zerprang. Glühende grüne Funken der Macht stoben aus den Stücken, die durch die Luft flogen. Ondene fühlte zwar den Aufprall, aber keine Wunde oder auch nur Schmerz, nur die Wucht des Schlages, die ihn und den General der Dämmerung voneinander abprallen ließ. Gleichzeitig hörte er einen verklingenden Schrei in seinem Inneren. Er kam von dem Phantom, das sich Fionn nannte, dessen war er sicher. Im nächsten Moment löste sich eine weitere Erscheinung aus der

Wand, eine männliche diesmal, schwebte auf ihn zu und in ihn hinein.

Seid gegrüßt, Corlek. Mein Name sei Shaleng.«

»Du bist der Prinz des Wandels. Du bist die Waffe, die ihn bezwingen wird ...«, sagte Tauric zu ihm, als Ondene sich schwankend aufrichtete.

»Meine Hände werden bewerkstelligen, was mein Schwert nicht vermochte«, knurrte der General und stürmte mit geballten Fäusten vorwärts.

Ondene verschränkte die Hände, duckte sich unter den schwingenden Armen weg und hämmerte beide Fäuste mitten auf seine gepanzerte Brust. Der General der Dämmerung flog mit einer solchen Wucht nach hinten, dass er sich überschlug und auf der Seite landete. Ondene schwankte leicht und hörte einen weiteren schwachen, ersterbenden Schrei in seinem Kopf. Gleichzeitig löste sich die nächste neblige Gestalt aus der Eiswand, deren gefrorene Gesichter mittlerweile mit einer verzweifelten Eindringlichkeit zuzusehen schienen.

Seid gegrüßt, Corlek. Mein Name sei Avalti.

Bekämpfe ihn, hörte Ondene Taurics Stimme jetzt in seinem Kopf. *Jeder deiner Schläge wird seine Macht reduzieren.*

So wurde Ondene mit jedem Zusammenstoß zuversichtlicher, während der General der Dämmerung immer schwächer wurde. Dabei strömte unablässig eine Prozession von gespenstischen Wesenheiten in Ondene, die sich opferten, damit er den Kampf fortführen konnte.

Schließlich war die Rüstung des Generals der Dämmerung zerborsten und zerstört, sein Gesicht blutig und zerschlagen, und dennoch bemühte er sich, aufzustehen und zu kämpfen. Unter Ondenes Blick schien er ein wenig Kraft aus dem pulsierenden Strahlen des BrunnQuell zu ziehen, das hell in der Kammer glühte. Dann stand der fahle Tauric neben Ondene.

»Der Konflikt zwischen Calabos und dem Großen Schatten steht auf Messers Schneide«, erklärte er. »Wir müssen darauf vertrauen, dass er siegreich für uns entschieden wird, und uns darauf vorbereiten, was dann geschieht.«

»Versuchen wir, den BrunnQuell zu zerstören, wie es am Ende des Schattenkönig-Krieges geschehen ist?«, erkundigte sich Ondene.

Tauric schüttelte den Kopf. »Es gibt hier keine Leere, welche die fürchterlichen Konsequenzen einer solchen Handlung absorbieren oder heilen könnte. Nein, uns bleibt nur, den BrunnQuell auf ewig in dieser Welt zu versiegeln.«

Er trieb auf Ondene zu und umhüllte ihn mit seiner geisterhaften Gestalt wie mit einer zweiten Haut, bis seine Wesenheit wie die Töne einer Melodie in Ondenes Gedanken erklang.

Wohlan, bereiten wir uns vor.

Ondene verstand, was er wollte, packte den General der Dämmerung, der nur noch schwache Gegenwehr leistete, und zerrte ihn zu der niedrigen Mauer um den BrunnQuell. In dem Loch führte eine schmale Wendeltreppe in die Tiefe. Ohne zu zögern stieg Ondene über die Mauer und zog den General der Dämmerung hinter sich her.

Calabos' Versuch, die Phantome in seinem Kopf mit der Waffe des Geistes zu unterdrücken, entwickelte sich zu einer Hetzjagd in den Gewölben und bröckelnden Abgründen seiner Gedanken. Die Phantome begriffen bald die Natur dieser neuen Bedrohung, vereinten sich und wandten sich gemeinsam gegen ihn.

Währenddessen glitt die dunkle Arena unerbittlich näher zu dem gewaltigen Thronpodest, und merkwürdige Silhouetten und schimmernde, silbrige Lichtstrahlen jagten über den Lehmboden. Als Calabos zufällig in die Richtung blickte, die sie nahmen, glaubte er eine finstere Gestalt auf dem Podest zu sehen. Sie war in wogende Schatten gehüllt und winkte ...

In seinem Inneren nahm Calabos den Kampf gegen das größte Phantom auf, das in seiner Vorstellung die Gestalt eines sich windenden, vielarmigen Grauens annahm, das dem Seegott Grath nicht unähnlich war. Mit der Waffe des Geistes schlug er Tentakel und lange, spiralförmige Arme ab und wob ein Netz aus weißen Symbolen darum herum. Das Phantom versuchte, ihm zu entkommen, indem es sich teilte, aber dieser Akt der Selbstverstümmelung misslang. Das Netz aus Symbolen flammte auf, und das Phantom war besiegt, seine wütende Gegenwehr zerstört, und es war nun seinem Willen untertan. Als er sich danach seinen kleineren Brüdern widmete, ergaben sie sich rasch der Übermacht der Waffe des Geistes.

Als Calabos die Augen aufschlug, kam die Arena langsam zum Stehen. Ihr vorderer Rand wölbte sich zu einem Bogenportal auf, während der Fuß des Thronpodestes immer näher rückte. Calabos umklammerte das Schwert der Vereinten Mächte und formierte die gebändigten, gehorsamen Phantome in seinem Verstand. Er erhob sich und sah, wie eine dunkle, verhüllte Gestalt das Podest herunterschritt.

Ich weiß alles über dich, Calabos, erklang eine dröhnende, machtvolle Stimme. *Ich weiß alles über das Schwert der Vereinten Mächte und die Häutung des ursprünglichen Byrnak. Aber deine Waffe kann mich nicht verletzen, denn ich kann nicht aus mir selbst verbannt werden. Ich bin ganz und unteilbar, ich bin der Meister aller Rituale, ich erschaffe Anfang und Ende.*

Der Große Schatten schritt die letzten Stufen hinab und betrat durch das Bogenportal die Arena. Pechschwarze Schatten umwehten ihn wie die zerfetzten Schöße eines gewaltigen Umhangs und erlaubten nur flüchtige Blicke auf eine gewaltige, barbarische Rüstung, gaben die Andeutung eines Gesichtes frei, das dumpfe, grüne Glühen der Augen, das Elfenbein von gefletschten Zähnen. Der Rest lag im Dunklen.

Calabos hob gelassen das Schwert der Vereinten Mächte und legte es sich in einer Pose theatralischer Kühnheit über die Schulter. Ich weiß ja nicht, ob ein pompöser Auftritt in meiner Lage hilfreich ist, dachte er, aber es fühlt sich verdammt gut an. Außerdem ist der Kreis meiner Zuschauer ohnehin eher klein …!

»Dann wisse dies, große Pestilenz«, erwiderte er. »Ich bin gekommen, um dich vom Thron zu stoßen und deine Krone zu zerbrechen. Und ich bin nicht allein.«

Noch während er das sagte, beschworen die gezähmten Phantome in seinem Kopf verschiedene Gedankengesänge.

Es liegt nur ein schmaler Grat zwischen Widerstand und Anmaßung. Die Stimme des Großen Schatten rollte wie Donner durch die Arena. *Aber ich bin nicht nachtragend. Verneige dich vor mir, gelobe ewige Treue, und ich werde mein brennendes Verlangen nach Vergeltung zügeln. Du könntest dich für mein wachsendes Reich als nützlich erweisen ... Ich würde dir sogar einen neuen Namen geben. General des Morgengrauens, wie wäre das ...*

Calabos lachte verächtlich. »Der Kapitän bietet mir einen Platz auf seinem sinkenden Schiff an«, erwiderte er. »Wie großzügig, und wie ignorant dem bevorstehenden Untergang gegenüber.«

Du solltest aufwachen und die Realität um dich herum wahrnehmen, Calabos. Du magst vielleicht dieses verkrüppelte Abbild meiner selbst bezwungen haben, aber glaube nicht, dass seine zerbrochenen Fragmente mir auch nur den geringsten Schaden zufügen könnten. Du bist hier im Herzen meines Reiches, umgeben von Gefahren. Ich brauche nur über die Art und Weise zu entscheiden, wie du sterben wirst.

Die dunkle Gestalt des Großen Schatten war in der Mitte der Arena stehen geblieben. Calabos lächelte und umkreiste ihn langsam.

»Was ist bloß in dich gefahren, frage ich mich«, erklärte er sarkastisch. »Du herrschst hier über eine ganze Welt, die nach deinen Launen und Verrücktheiten tanzt, und über eine Bevölkerung, die auf jedes deiner Gelüste, jeden Wunsch und jeden Befehl gehorsam reagiert. Und dennoch bist du unter den Schleier der Zeit und des Zufalls gedrungen und versuchst, meine Welt in deine Hände zu bekommen. Warum? Welcher Grund könnte diese Aggression ausgelöst haben?«

Das Gelächter des Großen Schatten hallte tief und drohend durch die Arena.

Welchen Grund brauche ich neben dem Leitstern der Macht und der Herrschaft?

Calabos' Grinsen vertiefte sich. »Ach ja. Was du erreichen kannst, nimmst du dir auch.«

Ganz recht. Alles andere ist entweder Unterordnung oder eine Ablenkung. So wie du.

Die große Gestalt hob einen Arm, und zerfetzte Schatten zuckten wie hungriger Rauch empor und formten eine schwere, doppelschneidige Streitaxt, deren schwarze Oberfläche kunstvoll graviert war. Das Gegengewicht auf dem Schaft bildete ein großes, silbernes Juwel. Die oberen Zacken der Axt glühten in einem blendenden Weiß.

Ich bin die Quelle und der Anfang des Nachtreichs, und auch der Vater aller Enden. Und hier kommt deines!

Er senkte die Axt auf die Höhe von Calabos' Kopf. Im selben Moment warnten Calabos seine Sinne, die von den Phantomen in seinem Innern alarmiert worden waren.

Später wusste er nicht zu sagen, ob ihn seine eigenen Instinkte gerettet hatten oder die ihren, aber er sprang in einem unwiderstehlichen Impuls zurück und wirkte rasch den Gedankengesang der Ramme, der ihn noch weiter zurückwarf, als seine Beine ihn hätten tragen können. Die Dämmerung um ihn herum verfinsterte sich einen Moment lang, und ein Geräusch wie ein Seufzen aus Tausenden von Kehlen ertönte, bevor ...

... etwas Gewaltiges auf die Stelle krachte, an der er eben noch gestanden hatte. Es war ein Gebäude, ein Turm, der mit der Spitze zuerst in einem schrägen Winkel im Boden einschlug. Calabos landete unmittelbar neben einer Säule des Kreuzgangs, und noch während er sich abrollte, fühlte er den gigantischen Aufprall und hörte das ohrenbetäubende Krachen. Der Turm zerbrach, und sein gewaltiges Gewicht ließ Mauertrümmer wie Geschosse in alle Richtungen fliegen. Calabos kroch auf Händen und Füßen hinter die Säule, das Schwert der Vereinten Mächte noch in der Hand, während um ihn herum Trümmer in die Wände einschlugen. Ein großes

Trümmerstück wirbelte um seine eigene Achse und zermalmte eine Säule neben ihm zu einem Haufen Schutt.

Schließlich ebbte das Dröhnen ab. Die folgende Stille wurde nur von dem leisen Klacken kleinerer Bruchstücke gestört, bis auch sie zur Ruhe kamen.

Und von Schritten.

Calabos erhob sich aus seiner kauernden Haltung, drehte sich um und trat aus dem Schatten des Kreuzgangs hinaus. Die Reste des umgestürzten Turmes lagen mitten in der Arena in einem Trümmerberg, auf den sich eine feine Staubwolke legte. Vom Großen Schatten war nichts zu sehen, doch stattdessen standen fünf andere Gestalten dort, deren Namen er nur zu gut kannte.

»Sieh an, unser Bruder«, erklärte Thraelor mit einem trägen, boshaften Grinsen.

»Unser verlorener Bruder«, sagte Kodel und betrachtete Calabos nachdenklich.

»Unser verräterischer Bruder«, zischte Ystregul, der Schwarze Priester, finster.

»Unser zaudernder Bruder«, knurrte Grazaan.

»Unser feindlicher Bruder«, erklärte Byrnak. »Gekommen, um Throne zu stürzen und Kronen zu zerbrechen, sich gegen uns zu wenden und am Ende unweigerlich zu scheitern. Gestehe die Vergeblichkeit deiner Absichten ein, Bruder, und geselle dich zu uns.«

Calabos starrte in das Gesicht, das seinem so sehr glich, und betrachtete dann die anderen. Die fünf Schattenkönige standen in einem Halbkreis vor ihm, alle in verzierte Rüstungen gekleidet, die offenbar aus einem glänzenden, fremdartigen Metall angefertigt waren. Jede schillerte in einer anderen Farbe. Gold, Purpur, Jade, Bernstein und Blau. Und jeder Schattenkönig war mit einer langstieligen, doppelschneidigen Streitaxt bewaffnet.

Calabos lachte und schüttelte den Kopf, während er sich mit seinen Phantomen beriet.

»Also möchtest du diese Farce fortsetzen«, erklärte er schließlich. »Diesen Maskenball unter den Schatten. Vergib mir, aber ich habe kein Interesse, an deiner kleinen Inszenierung teilzunehmen. Nehmt eure Masken ab und zeigt mir eure Gesichter. Oder seid ihr wirklich das Große Nichts?«

Die Schattenkönige schüttelten ihrerseits die Köpfe und sagten wie aus einem Mund: »Die Anmaßung eines Wurms.« Plötzlich sprangen sie vor. Calabos wich zurück, weil er dachte, sie wollten sich auf ihn stürzen, doch stattdessen trafen sie einige Meter vor ihm aufeinander. Ihre Gestalten verdunkelten sich, glitten ineinander und schmolzen zu einer einzigen, hünenhaften Gestalt zusammen, die in taumelnde Schatten gehüllt war.

Du wirst verschlungen, donnerte der Große Schatten. *Und das Verschlingen deines Körpers wird das Nachtreich stärken.*

Wieder nahm Calabos die durchdringenden Warnungen der Phantome in ihm wahr und warf sich zur Seite, als etwas aus dem Boden der Arena emporschoss. Zuerst hielt er es für einen groben Pfeiler, der so dick war wie ein Mann, doch dann wand es sich und bog sich zu ihm herab. In der augenlosen Fratze klaffte ein schwarzes Maul. Wie eine groteske Schlange aus Stein wand es sich in seine Richtung und zwang ihn, wegzulaufen. Das Gelächter des Großen Schatten dröhnte über den Kampfplatz, als ein zweites dieser Wesen aus dem mit Trümmern übersäten Boden wuchs, dann ein drittes und ein viertes. Sie verfolgten ihn. Die Dämmerung im Kreuzgang konnte ihn nicht vor seinen Verfolgern retten, und während er ihren zuschnappenden Mäulern auswich, wurde ihm klar, dass er jetzt allmählich Gegenmaßnahmen ergreifen musste.

Es ist so weit, sagte er zu den Phantomen in seinem Verstand. *Seid ihr bereit?*

Ja, Calabos, aber wir benötigen etwas von dir, um den Sieg zu erringen.

Was?

Das Muster der Waffe des Geistes ist in deinen Gedanken verankert. Übergib es uns, dann werden wir diesen Gott für dich zerstören.

Er zögerte nur wenige Augenblicke, in denen er einer zustoßenden Steinschlange auswich und ihr einen Hieb mit dem Schwert der Vereinten Mächte versetzte. Es prallte klirrend von dem Stein ab.

Das Muster gehört euch, sagte er. *Geht!*

Als er es ihnen übergab, verschwammen seine Sinne, und er schien sich gleichzeitig aus verschiedenen Richtungen zu sehen, wie er hinter einem schrägen Bruchstück der Turmmauer kauerte. Dann glitten die Phantome aus ihm hinaus. Ihre Formen waren entfernt menschenähnlich, und in ihren knotigen Händen hielten sie grell leuchtende weiße Klingen. Ihre Gesichter glichen allesamt dem seinen.

Mit seinem inneren Auge folgte er ihnen, als sie zu dem Großen Schatten emporflogen, der über dem Schutthaufen schwebte, und sich auf ihn stürzten. Als der Kampf begann, musste Calabos jedoch vor den Steinschlangen flüchten, die ihre wütenden Angriffe verstärkten. Sie gingen jetzt koordinierter vor und hielten ihn in dem Bereich des Kreuzgangs fest, in welchen der Turm hinabgestürzt war. Nur der Schutt und die Trümmer, die sich auf den Mauern über dem Kreuzgang türmten, boten ihm eine gewisse Deckung. Er konnte im Geiste beobachten, wie die Phantome den Großen Schatten umzingelten und ihn mit raschen, gezielten Sprüngen angriffen. Seine eigene Lage wurde derweil immer bedrohlicher, da die Steinschlangen mit ihren Köpfen den schützenden Schutthaufen rammten und ihn ständig verkleinerten.

Der Aufprall ihrer Stöße ließ nicht nur einen Schauer von kleinen, scharfen Splittern auf ihn niederregnen, sondern drohte auch, den Hang aus Trümmern hinter ihm zum Einsturz zu bringen. Eine der Steinschlangen tauchte unmittelbar vor ihm auf. Ihre zahnlosen Kiefer schnappten nur eine Handspanne vor ihm zu. Calabos beobachtete düster die herannahenden verhexten Biester und versuchte seine Chancen abzuschätzen, sich an ihnen vorbeizuducken und sich dann möglichst rasch in einen anderen Schlupfwinkel zu retten.

Dann wurden die vagen Bilder in seinem Verstand schwarz.

Eine schreckliche Furcht überkam ihn, unmittelbar bevor die Steinschlangen ein bellendes Brüllen ausstießen und mit einem lauten Krachen zu Boden stürzten. Als die dröhnenden Echos verklangen, wagte sich Calabos vorsichtig aus seiner Deckung und sah sich in der Arena um. Die Schlangen lagen in Trümmern auf dem Boden, während ein Aufruhr in den Höhen über den Traumhöfen tanzende Strahlen auf die Gebäude warf, die sich jetzt nicht mehr veränderten.

Calabos ...

Er schaute zu dem langen Schuttberg. Er sah jedoch nichts, verließ sich auf seine Magiersinne und hastete durch den Kreuzgang auf die andere Seite des Kampfplatzes. Dort wartete bereits eine große, dunkle Gestalt. Sie rührte sich nicht, als er näher kam und schließlich stehen blieb. Er erkannte die Züge des Großen Schatten, dessen Gestalt jedoch war ein Flickwerk aus seiner eigenen, finsteren Substanz und den rauchigen Phantomen von Calabos, die in einem langsamen Wirbel um ihn herumglitten.

Calabos, der Große Schatten kann nicht zerstört werden. Seine Essenz wird vom BrunnQuell gespeist und ist fest an die Fundamente des Nachtreichs gebunden.

Es war sehr beunruhigend, dass die Phantome ihm das mit seinem eigenen Mund sagten, während sie gelassen um die dunkle Gestalt des Großen Schatten kreisten.

»Können wir denn nichts tun?«, fragte er resigniert.

Es wurde bereits etwas getan. Corlek Ondene und ein anderer erwarten uns im Herzen des Weißen Gefängnisses, neben dem BrunnQuell. Der General der Dämmerung ist unterworfen, aber wie auch bei dem Großen Schatten ist das nicht von Dauer. Allerdings behauptet Ondenes Gefährte, dass es eine Lösung gibt.

»Und die wäre?«

Exil. Der Große Schatten muss zum BrunnQuell gebracht werden, aber wir können ihn nicht bewegen, weil unsere Kräfte dadurch gebunden sind, ihn zu bändigen.

Calabos starrte auf die unheimlichen, ruhigen Abbilder seines eigenes Gesichtes, die über die erstarrte dunkle Gestalt des Großen Schatten glitten.

»Was verlangt Ihr von mir?«

Wir verlangen nichts. Wir können nur die Lösung anbieten. Du selbst musst entscheiden. In diesem Fall besteht die einzige Möglichkeit, den Großen Schatten zu bewegen, darin, dass du ihn selbst zum BrunnQuell trägst. Er wird eine sehr schwere Last für dich sein, und zwar in vielerlei Hinsicht.

Calabos schluckte schwer.

»Ihr meint, ich muss mich als Wirt für ihn zur Verfügung stellen.«

Du wirst uns ebenfalls tragen ... Welche List er auch anzuwenden versucht, wir werden da sein, um ihn zu fesseln und um dir Sicherheit zu bieten.

»Und wie soll ich das bewerkstelligen?«

Tritt einfach in seine Gestalt hinein. Deine Sicht wird einen Moment verschwinden, doch dann kehrt sie wieder zurück. Und wir dürfen nicht zu lange zögern.

Calabos atmete tief ein und lachte dann. Er schaute hinauf in die Dämmerung und auf die gewaltigen Pfeiler, die in ihren Höhen verschwanden. Dann streifte sein Blick das Thronpodest und die fahle, hohe Mauer des Weißen Gefängnisses. Entschlossen trat er in die finstere Umarmung und kniff dabei die Augen fest zusammen.

Der Schacht, der bis zum Ursprung des BrunnQuell führte, ähnelte einem Flaschenhals. Seine strahlenden, smaragdgrünen, engen Wände weiteten sich zu einer dämmrigen, grauen Kaverne. Aus der Mitte ihres flachen Bodens stieg der gleißende Strom des BrunnQuell in einer zitternden Säule aus Macht empor, die für gewöhnliche Augen zu hell war. Ondene stand einige Meter entfernt und bewachte den verdrossenen General der Dämmerung, während der geisterhafte Tauric sorgfältig den BrunnQuell untersuchte.

»Ihr könnt nicht gewinnen«, knurrte der General der Dämmerung. »Die Essenz meines Gebieters ist über das ganze

Nachtreich verstreut. Es spielt keine Rolle, wenn ihr ihn hierher schafft und das vernichtet, was ihr gefangen habt, denn er wird sich wieder erheben.«

»Das sagst du«, erwiderte Ondene. »Aber da du nichts zu sagen hast, was ich hören will, verschwendest du nur deinen Atem.«

»Bedauerlicherweise spricht er die Wahrheit«, erklärte Tauric.

Bestürzt drehte sich Ondene zu ihm um und schützte seine Augen vor dem Gleißen des BrunnQuell, doch bevor er sprechen konnte, trat ein Neuankömmling aus dem Schacht und kletterte die groben Quader hinunter, welche zu dem Boden hinabführten. Es war Calabos in der schimmernden Rüstung eines Schwarzen Ritters. Er trug ein Langschwert in einer Scheide über dem Rücken. Ondene wurde von einer Woge von Freude und Erleichterung ergriffen, doch sein Lächeln erstarb, als er Calabos' erschöpfte und gepeinigte Miene sah und die kaum verhüllte Furcht in seinen Augen.

Calabos taumelte auf den BrunnQuell zu, blinzelte und wandte sich dann davon ab.

»Befreit mich von ihm!«, stieß er zwischen den Zähnen hervor. »Sofort! Ich befehle es Euch!«

Während Ondene zusah, verschwamm seine gepanzerte Gestalt, und ein aschfarbener Nebel stieg um ihn herum auf, der sich zu einer größeren, geisterhaften Gestalt verdichtete. Sie wurde dunkler und verbarg Calabos, und Ondene bemerkte, dass sich in dieser dichten Schwärze auch andere Formen bewegten, wogende Figuren, die Calabos' Antlitz trugen.

Noch während der erschreckte Ondene das verarbeitete, trat Calabos aus dieser bedrohlichen Gestalt. Er schien sich fast mit Gewalt den Weg hinaus zu bahnen. Zitternd und keuchend, mit leichenblassem Gesicht, stolperte er einige Schritte weiter, bevor er zu Boden sank. Ondene war schon an seiner Seite.

»Ich hätte es fast ... nicht bis hierher geschafft«, keuchte Calabos. »Seine vergifteten Gedanken strömten wie ein verseuchter Fluss durch meinen Geist. Jeder Schritt war ein Kampf gegen wildes Begehren und verlockende Illusionen, trotz der Hilfe meiner Phantome.« Er verzog das Gesicht. »Ich war kurz davor, mich zu ergeben und die Dunkelheit willkommen zu heißen ...«

»Mein Gebieter wird euch alle umschließen«, sagte der General der Dämmerung mit verzerrter Stimme. »Seht! Seine göttliche Essenz wird sich gegen euch minderwertige Kreaturen erheben ... Werft diese Fesseln ab, Großer Schatten, und zermalmt unsere Feinde!«

Konturlose Schatten wanden sich um die große Gestalt, und während Ondene und Calabos zusahen, wurden Ausschnitte eines entstellten Gesichts sichtbar. Die Gestalt machte einen Schritt in Richtung BrunnQuell, dann einen zweiten, und dann stimmten die Phantome mit Calabos' Gesicht ein dröhnendes Lied an. Der Große Schatten blieb stehen, aber sein Hass war in der dämmrigen Kaverne beinahe fühlbar wie ein unsichtbarer, erstickender Hauch des Todes.

Bald sind all unsere Kräfte erschöpft, sang eines der Phantome. *Du musst entscheiden, was getan werden muss, und zwar bald.*

Calabos schüttelte den Kopf. »Da seine Essenz an das Nachtreich gebunden ist, kann er nicht vernichtet werden. Also würde vermutlich dieser Ort und alles in ihm zerstört werden, wenn wir ihn vernichten.« Er schaute Ondene an. »Was bleibt uns zu tun? Und wer ist Euer Gefährte?«

Der geisterhafte Tauric schwebte zu ihnen und lächelte.

»Sei gegrüßt, Calabos, Poet und Magier. Wir haben einen langen Weg zurückgelegt, du und ich.«

Calabos starrte ihn einen Moment an und lachte dann leise. »Also hat die Schlummernde Gottheit uns ein zweites Geschenk gewährt, ja?«

Tauric lächelte traurig. »Wenngleich es mehr ein Opfer ist als ein Geschenk, Calabos«, erwiderte er. »An diesem Ort hier umschlingen sich die Schicksale, und in beiden Richtungen lauert der Untergang ...«

Seine Worte gingen unter, als ein donnerndes Wutgeschrei die Kaverne erschütterte. Alle schauten zu der von Schatten umhüllten Gestalt, und Ondene durchzuckte Panik, als er sah, dass eines seiner Gesichter auf den Phantomen sich in eine dunklere, brutalere Fratze verwandelt hatte.

Die Zeit geht zur Neige, sangen die anderen, als sie sich auf den Usurpator stürzten.

Calabos hielt sich an Ondenes Arm fest und versuchte, sich hochzuziehen. Ondene half ihm und stützte ihn an der Taille.

»Was müssen wir tun?«, fragte der Magier-Poet.

»Kapituliert«, knurrte der General der Dämmerung, der ausgestreckt am Boden lag. »Entblößt eure Kehlen und akzeptiert das Messer ...!«

»Exil«, erklärte Tauric. »Der Große Schatten kann nicht vernichtet werden, also müssen er und der BrunnQuell verbannt werden. Die vereinten Kräfte des BrunnQuell stehen mir offen, und zusammen mit den Fähigkeiten der Phantome können wir vielleicht diese Kaverne in ein Gefängnis verwandeln.«

»Wird das genügen?«, erkundigte sich Ondene.

»Leider nicht«, erwiderte Tauric. »Sobald es versiegelt ist, muss das Gefängnis allmählich vom Nachtreich losgelöst werden, bevor seine Bande mit der Leere verletzt werden. Dann muss es noch tiefer hinabgestoßen werden, in das Nichts unter der Leere!« Er lächelte traurig. »Aber weder ich noch die Phantome sind in der Lage, den BrunnQuell zu beherrschen und ihn ohne einen lebenden Wirt zu führen. Nur die lebendige Essenz kann mich in die Lage versetzen, die Bande des Großen Schatten zum BrunnQuell zu überwinden. Der General der Dämmerung ist gänzlich seine Kreatur und von daher unwiderruflich verdorben ...«

»Also muss es einer von uns sein« sagte Calabos. »Dann mache ich es.«

Ondene sah ihn scharf an, musterte sein bleiches Gesicht und sah die Erschöpfung, die so klar auf seinen gefurchten Zügen geschrieben stand. Plötzlich bemerkte er, dass der fahle Tauric ihn ebenfalls anstarrte.

Dann wechselten Tauric und er einen Blick, und Ondene begriff plötzlich alles glasklar.

»Es tut mir Leid, Calabos«, sagte er. »Aber ich muss das tun.«

Der ältere Mann wich vor ihm zurück und zwang sich mit sichtlicher Willensanstrengung, ohne Hilfe zu stehen.

»Nein, Corlek, Ihr besitzt weder genug Wissen über diese Macht, noch habt Ihr die Fähigkeiten, damit umzugehen, ganz zu schweigen von Eurer mangelnden Erfahrung ...«

»Die Wahrheit ist, dass Ihr am Ende Eurer Kräfte seid«, widersprach Ondene. »Ihr habt viel gegeben, um so weit zu kommen, und Ihr habt Euch beinahe vollkommen verausgabt, um diese unerträgliche Last hierher zu bringen. Ihr müsst mich diese Aufgabe beenden lassen. Immerhin hat mich die Schlummernde Gottheit zum Prinzen des Wandels erklärt.«

Ein weiterer, gutturaler Wutschrei dröhnte durch die Kaverne, der zwar gedämpft wurde, aber nicht vollkommen zum Verstummen gebracht werden konnte.

»Wir haben keine Zeit mehr, Corlek«, erklärte Tauric. »Bist du bereit?«

»Ja. Aber Calabos muss vorher in Sicherheit gebracht werden.«

»So sei es.«

»Verdammt, nein ...!«

Ondene ignorierte Calabos' Ärger, während Tauric auf ihn zuschwebte. Einen Moment lang wurde er von Nebel eingehüllt, und dann durchdrang die Wesenheit seine Gedanken und seine Sinne aufs Neue. Beinahe unbewusst zog er Kraft aus dem reißenden Strom des BrunnQuell, hob Calabos hoch, als wäre er ein Kind, und stieg durch den Schacht in die Kammer der Ketten des Weißen Gefängnisses. Dort warteten Dutzende ehemalige Gefangene, die ihre Augen vor dem strahlenden Ondene-Tauric schützten, als er heraustrat und Calabos behutsam auf dem Boden der Kammer ablegte.

Der Magier stützte sich auf einen zitternden Arm. »Wie ich sehe, habt Ihr Euch entschieden ...« Er schloss einen Moment die Augen und öffnete sie dann wieder. »Also ... Ich habe den Phantomen befohlen, Euch zu gehorchen wie zuvor mir.«

»Danke, Calabos«, erwiderte Ondene-Tauric. »Sagt allen Wächtern und der Dämonenbrut Lebwohl von mir.«

»Das werde ich tun. Und jetzt geht und tut, was getan werden muss.«

Ondene-Tauric wandte sich an einen der Zuschauer. »In dieser Kammer wird es sehr bald für euch alle sehr gefährlich. Ihr müsst rasch gehen und meinen Freund mitnehmen. Schafft ihr das?«

Sie nickten wortlos. Einige eilten zu Calabos, packten ihn und trugen ihn hinaus. Während sie verschwanden, stieg Ondene-Tauric den Schacht hinab und kehrte in die Kaverne zurück. Dort kroch der General der Dämmerung auf seinen Gebieter zu, den Großen Schatten, dessen Gestalt nun ein stürmischer Wirbel war, den die Phantome mühsam zu kontrollieren versuchten.

Er verschwendete keine Zeit und stellte sich in den gleißenden Strom des BrunnQuell. Er war gerade dabei, die Steinblöcke loszureißen und damit den Schacht zu blockieren, als etwas aus der Kammer der Ketten hinunterpolterte. Es war Calabos' Schwert der Vereinten Mächte, das sicher in seiner Scheide steckte. Ondene-Tauric lächelte und legte es zur Seite, bevor er mit seiner Arbeit fortfuhr. Schon bald war der Schacht von zerborstenen Quadern blockiert, die mit Netzen aus grünem Quellfeuer versiegelt wurden. Schließlich war der Zugang vollkommen geschlossen, und der Strom des BrunnQuell kreiste durch die ganze Kammer.

Danach wurde Ondene zu einer Seite gezogen, als das gottgleiche Wesen in ihm den BrunnQuell auf eine erstaunliche und unerklärliche Weise manipulierte. Er hatte während seiner außerordentlichen Abenteuer in der Leere viel gehört und gelernt, und ihm kam es vor, als wäre diese Kaverne jetzt das Relikt der Leere dieser Welt, zerstört und geschrumpft, als der Herr des Zwielichts triumphierte, hier triumphierte. Während die Gottheit, die einstmals Tauric gewesen war, ihre

Macht wirken ließ, verbreitete sich das Strahlen des BrunnQuell durch die ganze Kaverne und lief in langsamen, kräuselnden Wellen über die unebenen Wände. Dabei verlor es seinen gleißenden Glanz, wurde ruhiger und dunkler. Gleichzeitig erhob sich ein merkwürdiger, feiner Dunst und sammelte sich wie schwebende Schichten von Rauch, die herumwirbelten und immer dichter wurden. Gelegentlich wurde der Dunst von einem rötlichen Blitz durchzuckt, der einen Blick auf eine weit größere, unterirdische Höhlenlandschaft erlaubte, als hätte sich die Kaverne plötzlich mehrere Meilen weit ausgedehnt.

Die Tauric-Gottheit ignorierte das und widmete sich konzentriert ihrer Arbeit. Sie versiegelte die Grenzen des Gefängnisses des Großen Schatten und bereitete die Loslösung der Kaverne vom Nachtreich vor.

In der Kaverne selbst verloren Entfernungen plötzlich alle Bedeutung, und der glühende Dunst verlieh den Ansichten von Hügeln, Tälern, Mooren und sanften Hügelketten, die sich plötzlich endlos um sie herum erstreckten, eine traumartige Qualität. Vom Großen Schatten und seinem Diener, dem General der Dämmerung, war nichts mehr zu sehen, und ihr wütendes Heulen war beinahe vollkommen verstummt. Eine Weile herrschte eine atemlose Ruhe, bis eine einzelne, wabernde Form aus dem Nebel heranglitt. Es war eines von Calabos' Phantomen.

Der Große Schatten naht, verkündete es. *Der Krieg kommt.*

Ondene rang nach Luft, als die Fontäne des BrunnQuell verschwamm und auseinander strömte. Sie wurde zu einer Festung mit weißen Mauern, auf deren Bastionen er sich plötzlich wiederfand, während die Zinnen mit Tausenden von Kriegern in strahlenden Rüstungen besetzt waren, die alle Calabos' Gesicht hatten. Er selbst trug ein silbrig grünes Kettenhemd und einen fließenden, strahlend blauen Umhang.

Das Ende ist nah, sagte Tauric in seinem Verstand. *Aber unser Feind hat etwas von seiner alten Kraft zurückgewonnen und stellt sich mit einer endlosen Gier in seinem Geist und einer bebenden Furcht im Herzen gegen uns. Du musst ihn aufhalten, bis meine Aufgabe beendet ist. Du musst!*

Dann gellten barbarische Hörner in der von Finsternis verschleierten Ferne, und das wilde Gebrüll aus Tausenden von Kehlen erschütterte die Luft. Einen Moment später tauchte eine breite Phalanx aus verschwommenen, schwarzen Gestalten aus dem Nebel auf. Sie gewannen an Deutlichkeit, während sie voranstürmten. Es war nur die Vorhut einer riesigen Horde von schwarzen Kreaturen, die auf zwei, vier oder gar sechs Beinen herangaloppierten. Ohne innezuhalten, stürmten sie über das offene Gelände auf die Festung des BrunnQuell zu, angetrieben von großen, gepanzerten Rittern, die auf grotesken, echsenartigen Bestien mit einer Vielzahl von Augen und Mäulern saßen. Die Schlacht begann.

Bei dem wahnsinnigen Zusammenprall ungezügelter Brutalität schienen die Ereignisse ineinander zu verschwimmen. Zunächst focht Ondene allein auf den Bastionen, dann kämpfte er im Hof der Festung von einem Pferderücken aus. Schließlich befand er sich außerhalb der Wälle, nur dass sein Ross sich in ein gewaltiges, gepanzertes Biest verwandelt hatte, das einem Ochsen oder einem Bären glich. Dann wurde es zu einem riesigen, goldenen Drachen, während die BrunnQuell-Feste zu einem großen Schiff wurde, das sich durch eine stürmische See pflügte, eine ungeheure Dromone mit einem Dutzend Masten, die vor Kriegsmaschinen nur so strotzte. Mittschiffs stieg die Säule des BrunnQuell empor und breitete sich über die Decke der Kaverne aus, die absurder Weise zu sehen war, und lief an ihren Wänden herunter, die Tiefen erhellend.

Der Kampf ging weiter, sei es gegen Meereskreaturen oder Angreifer, die sich von oben auf sie stürzten. Ondene dirigierte eben einen Angriff auf eine Flotte von Schiffen, die mit gepanzerten Nachtjägern voll gepackt waren, als es unheilvoll rumpelte und ein gewaltiger Stoß die Kaverne erschütterte.

Das Gefängnis löst sich vom Nachtreich. Der Abstieg hat begonnen, erklärte Tauric. *Wir stürzen hinab, tiefer hinab in das Nichts unter der Leere, und spannen die Bande zwischen*

BrunnQuell und Nachtreich, verdünnen das Gift des Feindes immer weiter, bis die Verbindung schließlich reißt ...

Ein bestialischer Wutschrei dröhnte durch die Luft. Aus den Wassern tauchten abstruse, Grauen erregende Monstren auf, die sich gegen die Seiten der BrunnQuell-Dromone warfen ...

Das Schiff veränderte sich erneut und wurde eine Zitadelle mit hoch aufragenden Mauern, während das stürmische Meer zu einer Wüste aus vom Wind geformten Dünen und zerklüfteten Felsen versandete. Um den Fuß der Mauern schwärmten Legionen des Feindes und setzten Sturmleitern an, die aus lebenden Kreaturen bestanden. Aber in der Kaverne ging das Beben weiter. Ondene fühlte es unter seinen Füßen, während er sein goldenes Reittier auf die Wälle der Zitadelle lenkte und abstieg. Er schaute zu dem hohen, glühenden Deckengewölbe hinauf und dann in die dunstige Ferne, und hoffte, dass Calabos einen sicheren Ort gefunden hatte, nachdem er sein Schwert in den Schacht, der zum BrunnQuell führte, geschleudert hatte. Und hoffentlich half dies alles den Verteidigern in Sejeend und Besh-Darok.

Wir steigen ab ... Das Nichts unter der Leere ruft, und der Knoten des Schicksal zieht sich zu!

Dann klaffte die Wüste auf, und der Große Schatten ritt aus der Dunkelheit auf einem Pferd mit einem Schlangenkopf heran. Hinter ihm strömte eine endlose Armee wie eine dunkle Woge über den Sand. Ondene fühlte, wie der Stein unter seinen Füßen bebte, dann schrie er überrascht auf, als die herannahende Kriegshorde sich auf konturlosen Schwingen in die Luft erhob, wie eine riesige Sturmfront, und sich auf die Zitadelle stürzte ...

Die Kaverne wurde vom Boden bis zur Decke erschüttert, von Wand zu Wand. Einen Augenblick lang verdunkelte sich alles, als hätte sich ein gigantisches Auge geschlossen ...

Alles ...

... hielt inne ...

Als sich das Dunkel lichtete, sah die Kaverne aus wie zuvor, doch der Strom des BrunnQuell war zu einem schwachen

Rinnsal versiegt, während die Kaverne unaufhörlich bebte und vibrierte. Vor dem unsteten, erlöschenden grünen Licht kämpfte eine brüllende, schwarze Gestalt mit einer fahlen, geisterhaften. Ondene schwindelte, aber er zwang sich dazu, sich aufzurichten, und taumelte einige Schritte auf die beiden zu. Er wusste nicht genau, was er tun sollte. Da stieß sein Fuß gegen ein klapperndes Hindernis auf dem Boden. Er sah hinunter. Ein blankes, schimmerndes Schwert lag dort auf dem unebenen Boden. Calabos' Schwert der Vereinten Mächte, dachte er, hob es rasch auf und näherte sich den kämpfenden Göttern.

Alles ist vollbracht, sagte Tauric in seinen Gedanken. *Die letzten Bande sind durchtrennt, und der BrunnQuell ist nur noch eine Kerze, die ihre letzten Reserven verbrennt. Wir werden auf ewig durch das Nichts unter der Leere stürzen, unsere Essenzen werden sich langsam erschöpfen und in dem schlummernden Ozean auflösen, aus dem das Schicksal seine Beute fischt. Bist du bereit, Corlek?*

»Ich bin bereit«, erwiderte er. »Lass mich nur noch einen letzten Schlag ausführen!«

Der Große Schatten, einst der Herr des Zwielichts, die Graue Eminenz und die Vereinigung der fünf Schattenkönige, warf einen unendlich hasserfüllten Blick über die Schulter auf Ondene, der langsam näher kam.

Ich werde euch beide verschlingen!

»Das kümmert mich nicht!«, schrie Ondene, während er noch näher trat. »Denn nach uns kannst du dich nur noch am Nichts gütlich tun!«

Mit ausgestrecktem Arm rammte er das Schwert der Vereinten Mächte in die Brust des Großen Schatten. Der Feind, der nach wie vor mit Tauric rang, lachte laut und verächtlich auf, doch unmittelbar danach schlug dieses Lachen in einen überraschten und qualvollen Schrei um, als die Schwertspitze den dichten Nebel um seine Gestalt durchdrang. Der Große Schatten ließ Tauric los und wich vor Ondene und dem Schwert der Vereinten Mächte zurück, während aus der Wunde in seiner Brust schwarzer Rauch drang. Dann sprang er mit einem Satz zu dem flackernden, erlöschenden Rinnsal des BrunnQuell. Noch während er danach griff, erlosch dessen schwaches Glühen. Corlek Ondene hörte ein nervenzerfetzendes Heulen voll Furcht und Verlust. Danach senkte sich die undurchdringliche Finsternis endgültig herab, und er wusste nichts mehr vom Licht.

EPILOG

Es gibt keinen Anfang,
Es gibt kein Ende,
Nur einen Strom,
Der ewig mündet und neu entspringt.

SPRICHWORT DER MOGAUN

Als die Kaverne des BrunnQuell ihren Abstieg in das Nichts unter der Leere begann, machten sich die ersten sichtbaren Auswirkungen an den Soldaten der Schwarzen Horde bemerkbar. In Oumetra und Adnagaur, oder vielmehr auf den von der grauen Substanz überzogenen Ebenen, auf denen diese Städte gestanden hatten, wurden die Vorstöße der Schwarzen Horde ins Landesinnere immer seltener und hielten sich dicht an den tödlichen Grenzen der Fäulnis.

In Alvergost stand die Schwarze Horde unter einem Dauerangriff einer gewaltigen Gestalter-Armee aus Anghatan. Dort zogen sich die finsteren Truppen auf die Substanz selbst zurück. Am Großen Kanal, vor der gänzlich unter dem grauen Pesthauch erstickten Insel von Besh-Darok, lösten sich die Kompanien der Schwarzen Horde von den sie verfolgenden Mogaun-Kriegern und zogen sich nach Belkiol zurück, wo sie von den Resten der Armee Khatrimantines aufgerieben wurden, die unter Jarrycs Kommando standen und mit den Mogaun verbündet waren.

In der halb ausgelöschten Stadt Sejeend kam die Schlacht, die am Ufer des Vaale getobt hatte, zum Stillstand, und die Schwarze Horde fiel zu den Felsen zurück, wo ihre Bogenschützen verzweifelt versuchten, die Angriffe der Dämonenbrut abzuwehren. In den finsteren Bezirken des Nachtreichs durchbrach Byrnaks Belagerungsarmee die Tore der Zitadelle des Zwielichts, noch während der Untergrund unheilvoll bebte und die Nachthüter wilde, selbstmörderische Angriffe aus der Luft gegen sie vortrugen.

Schließlich überdehnten die Bande, welche den BrunnQuell an das Nachtreich banden, in den bodenlosen Schlünden des Nichts unter der Leere und rissen. Als die Kaverne des BrunnQuell ein wahrhaftiges Gefängnis wurde und ungehindert in der Versenkung verschwand, löste das eine gewaltige Kettenreaktion aus. Die graue Substanz wurde dunkel, schrumpfte und riss auf, als sie sich von den Ländern und Städten zurückzog, die sie verschlungen und bedeckt hatte. Noch dramatischer zeigten sich die Auswirkungen dieser Ereignisses an den Soldaten der Schwarzen Horde. Einige hielten mitten in der Bewegung inne und fielen leblos zu Boden, während andere brüllten und sich in Krämpfen auf dem Boden wanden. Wieder andere zerfielen einfach in die Bestandteile ihrer Rüstungen, während ihr Wesen sich in einem dichten, schwarzen Dampf auflöste. Etwa ein Drittel von ihnen blieb von den Auswirkungen unberührt, strömte jedoch zurück zu den Schattenpforten und versuchte, ins Nachtreich zu fliehen.

Eine Hand voll von ihnen legte die Waffen nieder, und sie nahmen ihre Helme ab. Darunter kamen Frauen und Männer zum Vorschein, die sich an ein Leben im Nachtreich erinnerten, bevor sie zur Schwarzen Horde rekrutiert worden waren. Keiner von ihnen zeigte die geringste Neigung, dorthin zurückzukehren.

Im Nachtreich selbst rebellierten Legionen von Kämpfern gegen ihre Kommandeure, während die Schwarzen Ritter eisern kämpfend starben. Nachdem die Nachthüter entweder brennend von ihren Türmen gestürzt waren oder sich in unzugängliche Schlupfwinkel gerettet hatten, stritten die Anführer der Rotten und Milizen erbittert um jeden Vorteil. Beben und Erdstöße erschütterten das Nachtreich von einem Ende bis zum anderen, doch Qothan und die beiden anderen der Dämonenbrut harrten auf ihrem Posten auf der Spitze der Zitadelle des Zwielichts aus. Sie hofften, dass Calabos auftauchen würde. Die

Traumhöfe des Großen Schatten erstarrten mitten in einer Veränderung zu einem bizarren Labyrinth aus verdrehten Häusern und verzerrten Straßen, wie die Ausgeburt eines wahnsinnigen Architekten. Die Dämonenbrut hatte bereits die Lage der Schattenportale ausfindig gemacht. Vier davon waren über die zehn Bastionen auf den Klippen verteilt, das fünfte hatten sie im dreißigsten Stock der Zitadelle gefunden.

Schließlich tauchte Calabos tatsächlich auf. Er wurde auf einer improvisierten Sänfte getragen und von einer riesigen Menschenmenge begleitet. Es waren Tausende und Abertausende von erschöpft wirkenden Männern und Frauen. Als Qothan vorschlug, mit ihm und der Dämonenbrut sofort zum nächsten Schattenportal zu eilen, lehnte Calabos ab. Er wollte vorher sicherstellen, dass die Flüchtlinge eine sichere Zufluchtsstätte fanden. Fast alle waren ehemalige Gefangene des Weißen Gefängnisses und hätten daher Frieden und Schutz verdient.

Während Viras und Yostil sie in Gruppen durch die Zitadelle nach unten führten, suchte Qothan Kerna und Nilka auf, die zustimmten, den ehemaligen Gefangenen einen sicheren Zufluchtsort weit ab von den Kämpfen zu suchen. Beinahe drei Tage später verließen die Letzten von ihnen die Zitadelle. Calabos' Genesung hatte mittlerweile gute Fortschritte gemacht. Drei Tage nach der Gefangennahme und dem Exil des Großen Schatten, in das ihn Corlek Ondene und der Gott Tauric begleitet hatten, war das fürchterliche Beben zu einem gelegentlichen Zittern des Erdbodens abgeebbt, und es wurde heller. Selbst die Luft roch frischer.

Nach weiteren drei Tagen war nur noch das Schattenportal in der Zitadelle offen, also sah auch Calabos ein, dass es Zeit wurde, zu verschwinden. Ob während der vielen Tage im Nachtreich wohl in der Welt, die seine Heimat war, wenige Stunden vergangen sein mochten? Von der Plattform auf dem Dach der Zitadelle aus ließ er seinen Blick noch einmal über die endlose Stadtlandschaft des Nachtreichs gleiten, hob zum Abschied die Hand und folgte dann der Dämonenbrut hinab in die Zitadelle des Zwielichts, um den Rückweg anzutreten.

Als die Dämonenbrut Besarl und seine drei Gefährten knapp einen Tag nach der Vernichtung der Fäulnis und der Schwarzen Horde vor Besh-Darok auf Belkiols zentralem Marktplatz landeten, erkundigte sich Tashil Akri nach Calabos' Freund Coireg. Die Dämonenbrut war jedoch nicht sonderlich mitteilsam.

»Wir haben geschworen, das wenige, das wir wissen«, erklärte Besarl, »nicht zu erhüllen, Lady. Nicht einmal unseren Brüdern und Schwestern an Bord der *Sturmklaue* werden wir von unseren Erfahrungen berichten. Wir haben einen Heiligen Eid geleistet.«

Das konnte Tashil nur akzeptieren, und obwohl die Neugier an ihr nagte, war sie mit anderen Dingen beschäftigt, zum Beispiel dem Wiedersehen mit ihrer Familie. Als sie ihre Tanten und ihren Vater unter den Gefangenen im Tempel gesehen hatte, Schlingen um Hals und Gliedmaßen, hatte sie einen schrecklichen Moment der Furcht durchlebt, die schließlich freudiger Erleichterung gewichen war. In den Stunden danach, als die Schwarze Horde nach Belkiol zurückkehrte und erbitterte Kämpfe in den nördlichen Außenbezirken der Stadt ausbrachen, hatte sie beschlossen, bei ihrer Familie zu bleiben, sollten ihre Verwandten und sie selbst überleben.

Nur einen Tag nach der Niederlage und vollkommenen Vernichtung der Invasoren hatte ihr Vater erklärt, dass die Akri-Familie so schnell wie möglich nach Nord-Khatris aufbrechen würde. Als er Tashil aufforderte, mitzukommen, sah die sich in der zerstörten Stadt um, betrachtete die Häuser und Hallen, die Flüchtlinge und Verwundeten, und entschied sich, doch zu bleiben. Zudem stand Atemors Tod zwischen ihnen, und es fiel Tashil leichter, sich zu verabschieden, als sie es erwartet hätte.

Nachdem ihre Familie Belkiol verlassen hatte, half Tashil den Heilern so gut sie konnte, kümmerte sich um die provisorischen Unterkünfte oder übersetzte für Jarryc, der sich bemühte, das Verhältnis zu den Häuptlingen und Ältesten der Mogaun zu festigen.

Zwei Tage später erhielt sie eine Nachricht von Dardan und Sounek, in der die beiden sie fragten, ob sie rasch zurückkehren und an einem Konzil teilnehmen könnte, das von mehreren Adligen einberufen worden war, um die Nachfolge zu entscheiden. Ilgarion und Tangaroth hatten bei ihrem Tod keine Thronfolger hinterlassen, also drohte die Gefahr eines blutigen Machtkampfes, den die Wächter und Majordomo Roldur mit einem eigenen Kandidaten für die Krone, dem Grafen Jarryc, im Keim zu ersticken hofften. Also wurde Tashil am dritten Morgen nach dem Scheitern der Invasion von Besarl und seinen Dämonenbrut-Brüdern durch den eisigen Himmel nach Sejeend getragen.

Am späten Nachmittag landeten sie unter einem strahlend blauen Himmel auf den befestigten Wällen der Schleuse von Hubranda. Dardan und Sounek erwarteten sie bereits. Dardan bemühte sich um eine strenge Miene, während Sounek unverhohlen grinste.

»Wenn Ihr so weitermacht«, erklärte Dardan, »werdet Ihr noch ausreißen und auf dem Kahn der Dämonenbrut anheuern.« Dann hellte ein Lächeln seine düstere Miene auf. »Allerdings bezweifle ich, dass selbst sie Eurer Herr werden!«

Tashil lachte. »Mein Herr, ich habe hier noch einige wichtige Aufgaben zu erfüllen, bevor ich in ferne Länder aufbreche. Zum Beispiel muss ich Euch dringend die Adresse eines guten Schneiders geben!«

»Eher wird er den Gestalter-Anhängern beitreten, bevor er seinen Waldschratmantel ablegt«, behauptete Sounek. »Schön, Euch wiederzusehen, Tash. Eure Gegenwart und Euer Augenzeugenbericht wird sich gewiss bei diesem Konzil der Edlen zugunsten von Graf Jarryc auswirken.«

Sie nickte. »Sicher. Wenn Calabos hier wäre, befänden wir uns allerdings auf sichererem Boden.« Sie verbarg ihre schlimmsten Befürchtungen hinter einem unbeschwerten Lächeln, das sie den beiden schenkte. »Hat man schon etwas von ihm gehört?« Nur ihre bebende Stimme verriet ihre Gefühle.

Dardan und Sounek wechselten einen Blick und lächelten verschwörerisch. In Tashil flammte neue Hoffnung auf.

»Es hat tatsächlich eine Nachricht gegeben«, erwiderte Sounek. »Vor etwa einer Stunde sind zwei der Dämonenbrut aus den Ruinen des Palastes gekommen, aus dem Schattenportal, das offensichtlich als einziges noch offen ist. Sie haben behauptet, Qothan und Calabos würden ihnen folgen. Allerdings haben die Wachposten, welche das Portal beobachten, bis jetzt noch nichts gemeldet.«

Tashil dachte nach und erinnerte sich sehr deutlich an Calabos' Schwur, zurückzukehren.

»Ich bin sicher, dass er zurückkommt«, meinte sie.

»Er ist ein zäher alter Fuchs«, meinte Dardan. »Ich bin auch davon überzeugt.«

»Wann soll dieses Konzil der Edlen beginnen?«, erkundigte sich Tashil.

»Heute Abend.«

»Gut, Zeit genug, den Vaale zu überqueren und nachzusehen, was von Sejeend übrig geblieben ist, nicht wahr?«

Alle stimmten ihrem Vorschlag zu. Als sie aufbrachen, veränderten Besarl und die anderen der Dämonenbrut ihre Gestalten. Sie schrumpften wieder zu großen, gestreng dreinblickenden Menschen.

Gemeinsam liefen sie aus dem Haupttor der Schleuse von Hubranda den Hügel hinab zum Flussufer. Jede Straße wies Narben des Kampfes auf: vom Feuer geschwärzte Türen und Fenster; Wasser, das sich aus zerbrochenen Zisternen und Leitungen ergoss; Familien, die ihre Habseligkeiten aus dem Schutt und den Trümmern ihrer Häuser klaubten. Aber es halfen auch viele Soldaten, die Trümmer zu beseitigen, oder patrouillierten aufmerksam in der Gegend umher, um Plünderer abzuschrecken, während Arbeiter und Handwerker Wände abstützten oder Dächer reparierten. Der Anblick des Elends machte Tashil ebenso hilflos wie traurig, aber sie erlebte auch selbstloses Mitleid unter einfachen Menschen, die sich bemühten, sich gegenseitig zu helfen, und die sich trotz der gewaltigen Bürde nicht geschlagen geben wollten.

Ja, dachte sie, ich gehöre hierher, gerade jetzt, wo so viel Arbeit zu tun ist.

Kurz darauf erreichten sie das Hafenviertel, und Tashil konnte ihren ersten ausgiebigen Blick auf das Ostufer werfen, seit die graue Substanz verschwunden war. Aus der Luft hatte sie nur einen dunklen, konturlosen Flecken Boden gesehen, der sich von den Felsklippen und dem Nordufer der Bucht bis zum Ufer erstreckte, und dann weiter südlich bis zum Gronanvel-Tal. Aus der Nähe jedoch wirkte es wie Hektar um Hektar bestellten Landes, das bis auf einige wenige solide Mauerreste flach war. Tashils düstere Stimmung spiegelte sich in Dardans und Souneks Mienen, als sie alle über die einzige, hastig aufgebaute Brücke eilten. Die neuen Bohlen klapperten unter ihren Füßen.

Auf der anderen Seite standen einige Hütten, und ein Dutzend Wachen in den Uniformen der Stadtgarde beobachtete einige Gruppen von Arbeitern, welche das Ufer auf der Suche nach den Fundamenten der Kais und Molen umgruben. Sounek redete kurz mit dem Offizier der Garde. Der nickte und ließ sie ungehindert passieren.

Ein schlammiger Pfad führte auf eine steile Anhöhe zu der Ebene, auf welcher dieser Teil der alten Stadt errichtet worden war. Von dort aus verschwand er in einer großen Bresche in den Klippen, aus denen einst der Kala geströmt war. Tashil sah sich schweigend um und beschwor aus ihrer Erinnerung die Straßen mit den uralten Gebäuden, während sich ihren Augen eine einzige Einöde darbot. Dann glitt ein Schatten über den Boden, und die große, geflügelte Gestalt einer Dämonenbrut landete vor ihnen. Tashils Unruhe legte sich sofort, als sie Qothan erkannte.

»Freund Qothan«, sagte sie. »Es freut mein Herz, Euch bei guter Gesundheit zu sehen. Dürfen wir annehmen, dass Calabos ebenfalls gesund und munter ist?«

Während er seine Schwingen faltete, betrachtete Qothan sie mit einem belustigten Ausdruck. »Dem geehrten Calabos geht es gut. Er hat bei dem Kampf mit dem Großen Schatten sehr gelitten und mehr gegeben, als er sich eingestehen will. Deshalb fehlt ihm die Kraft, Euch in Gedankensprache zu grüßen.

Ich habe mich angeboten, vorauszufliegen, seine Ankunft anzukündigen und sein Schweigen zu erklären.«

Tashil warf einen Seitenblick auf Dardan und Sounek. In ihren Mienen spiegelte sich ihre eigene Sorge.

»Was ist mit Corlek Ondene?«, fragte sie.

Qothan schüttelte den Kopf. »Wir kennen nur wenige Einzelheiten, die Calabos erwähnte. Er war im Herzen der Traumhöfe des Großen Schatten und sah, was sich ereignete, bevor Corlek Ondene und die Schlummernde Gottheit sich mit dem Feind und seinem Diener, dem General der Dämmerung, einschlossen. Danach versenkten sie dieses gemeinsame Gefängnis in die unendlichen Tiefen des Nichts unter der Leere.« Die Dämonenbrut klang feierlich. »Sie gaben alles.«

Einen Moment schwiegen alle.

»Also weiß Calabos, was passiert ist«, meinte Sounek.

»Ich nehme an, dass er durch die Schlucht des Kala kommt«, wandte sich Dardan an Qothan.

»Ich habe ihm angeboten, ihn von den Klippen hinunterzufliegen«, meinte Qothan. »Aber das wollte er nicht.«

»Das sieht ihm ähnlich«, antwortete Dardan. »Wir sollten uns beeilen, bevor sich der alte Narr noch ein Bein bricht.«

Während sie den schlammigen Weg hinabeilten, erklärte Qothan, wie merkwürdig ihre Rückkehr gewesen war, wie langsam im Vergleich mit der Reise dorthin, und wie strapaziös es für sie beide gewesen war. Sie erklommen die Anhöhe, auf welcher einst der Hojamar-Fried gestanden hatte, und lauschten Qothans Schilderung des Nachtreichs, als Tashil Dardan fluchen hörte. Als sie hochblickte, sahen sie eine halb nackte Gestalt, die im Eingang des Kala-Tals verschwand.

»Wer ...?«, fragte sie, doch Dardan unterbrach sie.

»Bureng!«, stieß er hervor. »Dieses Piratengezücht. Ich habe ihn mit meiner Magiersicht erkannt. Kommt!«

Als sie voranstürmten, sprang Qothan in die Luft und flog zu der Bresche in der Klippe. Wut und Angst trieben Tashil vorwärts, und gleichzeitig strömte eine Flut von Bildern in ihren Verstand. Sie erinnerte sich daran, wie der wahnsinnige Bureng die Armee aus Untoten von den Kais hinaufgeführt hatte, und auch an den gespenstischen Kampf auf dem nächtlichen, regengepeitschten Dach der Werkstatt. Alle hatten angenommen, dass er entweder im Kampf umgekommen oder aber der Fäulnis zum Opfer gefallen war, als sie die östliche Hälfte von Sejeend überwucherte. Jetzt fütterte ihre Fantasie sie mit den schlimmsten Vorahnungen.

Als die drei Wächter die schmalen, braunen Fluten des Kala erreichten, erwartete sie ein schreckliches Bild. Am gegenüberliegenden Ufer des rauschenden Flusses stand Bureng, nur mit einem Lendenschurz bekleidet, hinter Calabos, der vor ihm kniete, und hielt ihm einen Dolch an die Kehle. Der Pirat grinste Qothan verächtlich an, der einige Meter entfernt auf derselben Uferseite stand. Der Blick der Dämonenbrut verriet mühsam beherrschte Wut, und die geballten Hände mit den scharfen Klauen leuchteten silbern und tödlich.

»Ah, Dardan, Sounek und ... Tash«, meinte Calabos heiser. »Verzeiht mir, wenn ich nicht aufstehe, um Euch angemessen zu begrüßen ...«

»Hör mit deinem Geschwätz auf, Wirt«, befahl Bureng. »Keines dieser Insekten vermag zwischen meine hübsche Klinge und deinen Hals zu kommen. Aber wenn sie sich vor mir verneigen, mache ich vielleicht nützliche Schoßhündchen aus ihnen, sogar aus dem Geflügelten da ...«

Burengs Worte und sein Verhalten wirkten kraftvoll und konzentriert, aber Tashil sah, dass er körperlich fast am Ende war. Er war schlammverkrustet, sein Körper von Narben überzogen, und er schien sich einen Arm gebrochen zu haben, der schief wieder zusammengewachsen war.

»Ich werde niemals dein Schoßhündchen sein«, knurrte Qothan. »Wir dienen deinesgleichen nicht, wir zerstören es.«

»Sieh an, aber dein Freund hier kniet vor mir, oder nicht?« Bureng zerrte an den Roben, die Calabos trug. »Willst du mit ansehen, wie sein Blut den Fluss tränkt, oder möchtest du ihn begleiten, wenn er im Abgrund seines Verstandes versinkt und besessen wird?« Bei diesen Worten bückte er sich, verdrehte den Hals und schaute in Calabos' Gesicht. Dann hob er mit einem Ruck den Kopf und starrte Qothan böse an.

»Was nutzt Euch das?«, fragte Sounek gelassen. »Tötet ihn, und nichts wird uns abhalten, Vergeltung zu üben, lasst ihn frei, ergebt Euch, und wir ... kümmern uns um Euch.«

Bureng lachte verächtlich. »Kümmern, ja? Vielleicht wollt ihr mich ja in einen eisernen Käfig stecken, hm? Ihr seid erbärmliche Narren, allesamt! Nein, wenn ich zu meiner wahren Größe aufsteige, werde ich mich um euch kümmern. Und zwar besser, als sich der arme Rikken am Ende um mich gekümmert hat. Immerhin hat er mir genug Kraft gegeben, um auszuhalten und abzuwarten ... Heda, halt!«

Qothan hatte einen Schritt auf ihn zu gemacht, blieb aber stehen, als der Dolch sich an Calabos' Hals presste und eine feine Linie darüber zog, aus der Blut tropfte.

»Zeit für den letzten Schlag, denke ich«, erklärte Bureng. »Zeit, dass ein neuer Schattenkönig sich erhebt.«

Schnell und gelassen nahm er den Dolch von Calabos' Hals, hob ihn an und ... schnitt sich selbst die Kehle durch.

Dardan stieß einen Fluch aus, und Tashil schrie überrascht und entsetzt auf. Als Bureng auf die Knie sank und sein Blut über seinen Körper sprudelte, rückte Calabos einige Schritte von ihm ab und schüttelte den Kopf, als Qothan ihn weiter wegziehen wollte. Bureng grinste, als seine Augen sich verdrehten, bis nur noch das Weiße zu sehen war. Dann sank er hintenüber. Einen Moment lang schien alles wie eingefroren, und dann sah Tashil genau das, was sie befürchtet hatte. Ein Phantom züngelte aus der Leiche.

»Calabos, bring dich in Sicherheit!«, rief sie. »Qothan, packt ihn, fliegt mit ihm weg ...!«

»Nein!«, widersprach Calabos. »Es muss hier enden, hier und jetzt, und nur ich weiß, was getan werden muss.«

Schon, aber hast du auch die Kraft dazu?, dachte sie, als sie die Erschöpfung in seinem Gesicht sah, die dunklen Ringe unter den Augen und das Zucken eines Muskels auf seiner Wange.

Doch Calabos holte nur tief Luft und stand auf, als das Phantom sich von Burengs Leichnam losriss und zu ihm schwebte. Rauchige Tentakel zuckten zu seinem Gesicht, während es immer näher kam. Als das erste Tentakel die Haut über seinem Auge berührte, ruckte Calabos' Kopf unmerklich zurück, aber er wich nicht aus. Stattdessen wartete er, bis mehrere der widerlichen Tentakel auf seiner Haut klebten, bevor er seine Hand hob und sie direkt vor den Kern des Phantoms hielt. Einen Moment glaubte Tashil, es würde weiterschweben und die Hand umhüllen und danach sein Gesicht, aber stattdessen hielt es inne. Calabos' Blick war unerbittlich, und nach einem Moment lief ein helles Zucken durch das Innerste des Phantoms. Es zog seine Tentakel zurück. Dann schob Calabos es langsam immer weiter vor sich her, bis er über dem Leichnam des Piraten stand. Er drängte es nach unten in die Brust des Kapitäns.

»Stirb!«, sagte er und richtete sich wieder auf.

Der Leichnam zuckte, die Brust holte Luft, und die Arme bewegten sich ruckartig, ebenso die Beine und Füße. Dann richtete der Tote sich ungelenk auf. Die verdrehten Augen blinzelten, und ein furchtbares Grinsen verzerrte den Mund, doch das dauerte nur einen Moment. Eine schlaffe Hand griff nach oben und betastete die klaffende Wunde im Hals. Ein Ausdruck unaussprechlichen Grauens zeigte sich auf dem entstellten Antlitz, bevor der Leichnam erzitterte und auf den Rücken fiel. Sein letzter Atemzug war ein leises, Grauen erregendes Keuchen.

Calabos lächelte und lehnte sich an den blanken Fels der Schluchtwand, rutschte dann daran herunter und hockte sich hin. Tashil und die anderen wateten hastig durch den Kala, und Qothan ging zu ihm und setzte sich neben ihn.

»Ich bin hier«, erklärte Calabos mit der bedächtigen Genauigkeit vollkommener Erschöpfung, »durch die Tapferkeit und die Selbstaufopferung teurer und edler Freunde. Es ist sehr herzerfrischend zu sehen, dass ich noch einige übrig behalten habe!«

Als sie ihm halfen aufzustehen und ihn vorsichtig in den Sonnenschein führten, betrachtete er die Spuren der Verheerung und die kahle Erde.

»Und, wie geht es Ilgarion und unserem geliebten Tangaroth?«

»Sie sind beide tot«, erwiderte Dardan.

Calabos hob eine Braue. »Gibt es schon Streit wegen der Thronfolge?«

Sounek grinste. »Für heute Nachmittag ist eine große Beratung angesetzt. Aber wir haben unsere Pläne, in denen der Graf und die Gräfin von Harcas eine Schlüsselrolle spielen ...«

Calabos nickte zustimmend. »Hm, vielleicht wäre jetzt ein kurzes Nickerchen angebracht ...«

Tashil lachte und umarmte ihn innig. »Das vielleicht ein paar Tage dauert?«

Calabos sah sie an und lächelte. »Da könntest du recht haben, Tash, wenn ich genauer darüber nachdenke.«

Als sie zum Vaale hinuntergingen, fragte Tashil: »Ist das jetzt das endgültige Ende der Schattenkönige und des Herrn des Zwielichts?«

Calabos, Poet und Magier, schwieg einen Moment. »Ja«, antwortete er dann, »sie sind verschwunden, vernichtet, vergangen. Aber ich muss an etwas denken, was mein Freund Coireg mir einmal gesagt hat. ›Böse Taten bedürfen nicht unbedingt der Hand eines bösen Gottes.‹«

»Und gute Taten?«, fragte Qothan. »Woher kommen die?«

Calabos lächelte und zuckte mit den Schultern.

»Spielt das denn eine Rolle?«

DANKSAGUNG

Am Ende eines langen Weges fällt mir auf, dass viele Menschen eine Rolle in dem unaufhörlichen Durcheinander meines Lebens gespielt und folglich meine Schattenkönig-Bücher beeinflusst haben. Und zwar so viele Menschen, dass ich zweifellos jemanden übersehen habe. Ich entschuldige mich deshalb schon im Voraus, falls ich dummerweise den einen oder anderen von euch vergessen haben sollte. Es war keine Absicht, ich schwör's.

Der Reigen der Danksagungen, so gut ich ihn eben zustande bekomme, beginnt bei Ben Ball, Melissa und dem S&S Team, die sehr geduldig auf diesen letzten Band gewartet haben. Es geht weiter mit Dank an meinen Agenten John Parker von MBA (sowie an Susan und Dana und den unschätzbaren Tim Webb), das mächtige Duo John Jarold und Darren Nash für ihre Einsicht und Details, und an Steve Stone für seine großartige Kunst.

Stewart Robinson, Kumpel und Loftbesitzer, Dave Wingrove, (des Diamanten-Opas Diamanten-Opa!), Derek Cameron, Lorna und Dave McGilvray, der mir immer wieder erlaubt hat, ihn anzuschnauzen (also hast du immer noch die Party-Karte, hm?), Graeme Fleming für einige der schärfsten Prog-Gigs aller Zeiten, Debbie Miller, die ein spitzenmäßiger Schreiberkumpel ist, Ariel, die sich darum gekümmert hat, dass die Website weitertickte, Neil, Al, Phil, Gary, Craig, Paul, Barry, Duncan, Lawrence, Jim S und Jim Calabos, Elsie und Veronica und alle Mitglieder des GSFFW-Zirkels, ehemalige wie gegenwärtige.

Ian McDonald, Bill King, der mich KE Wagner vorgestellt hat, Eric Brown, der ein Super-Typ, Super-Schreiber und Super-Vater ist (nicht unbedingt in dieser Reihenfolge), Keith Brooke für seine Hingabe und seine unendlich positive Haltung.

Mark Roberts und Jeff Vandermeer, ohne welche diese Thackery-Lambshead-Anhäufung von ausgedachten Verwicklungen sich niemals den Weg in unser Leben gebahnt hätte, Storm Constantine und Gabriel Strange von Immanion Press, Cuddles, dessen Begeisterung und Aufmunterung nie nachließen, Andrew J. Wilson und Alistair Travis und seinen Hippykillern.

Raymond, John, Marion, Pam, Jean, Helen, Andy, Billy, Jim, Mags, Leslie, Susan, Liz, Sophie, Angela, James A, Joe, Carol, Martin, Aneeta, Lorna und die Dutzende großartiger Menschen, mit denen ich mich angefreundet habe, als ich zwischen '98 und '04 im Atrium Court, Stockwerk 5 arbeitete, nicht zu vergessen die aufrechten und warmherzigen Jeff, Yvonne und Kenny!

Der Soundtrack beim Schreiben dieses Buches wurde von einem großen Pantheon der subtilen und der hirnzerschmetternden Vertreter des Heavy Metal geliefert. Erwähnt werden müssen die wundervollen elektronischen Soundlandschaften von Ashok Prema und Bjorn Lynne, die epischen Metal-Klänge von Rhapsody, Luca Turilli und Ayreon, der schwere Blues von Spiritual Beggars, Quill und Grand Magus, ganz zu schweigen von dem besten musikalischen Export, den Amerika in diesem Jahrzehnt hervorgebracht hat, Monster Magnet. Außerdem die letzte CD von Yello und eine wundervolle, posthume Veröffentlichung von Bill Hicks, »Shock and Awe«, ein Mitschnitt einer der spontanen Auftritte, die er in Oxford gegeben hat.